LES CHRONIQUES D'ĔPHЎR

LIVRE I : LE CRÉPUSCULE DES PEUPLES

Titre original :
LES CHRONIQUES D'ĚPHŸR,
Livre I : LE CRÉPUSCULE DES PEUPLES

Éditions Naleyo
8, rue Coup de Lune, Délénis, Terres-Neuves

ISBN : 978-2-956-36871-7

L.S. NOELYJAY

LES CHRONIQUES D'ĔPHŸR

LIVRE I : LE CRÉPUSCULE DES PEUPLES

ÉDITIONS NALEYO

À la petite fille qui écrivait des histoires extraordinaires dans ses cahiers d'écolier.

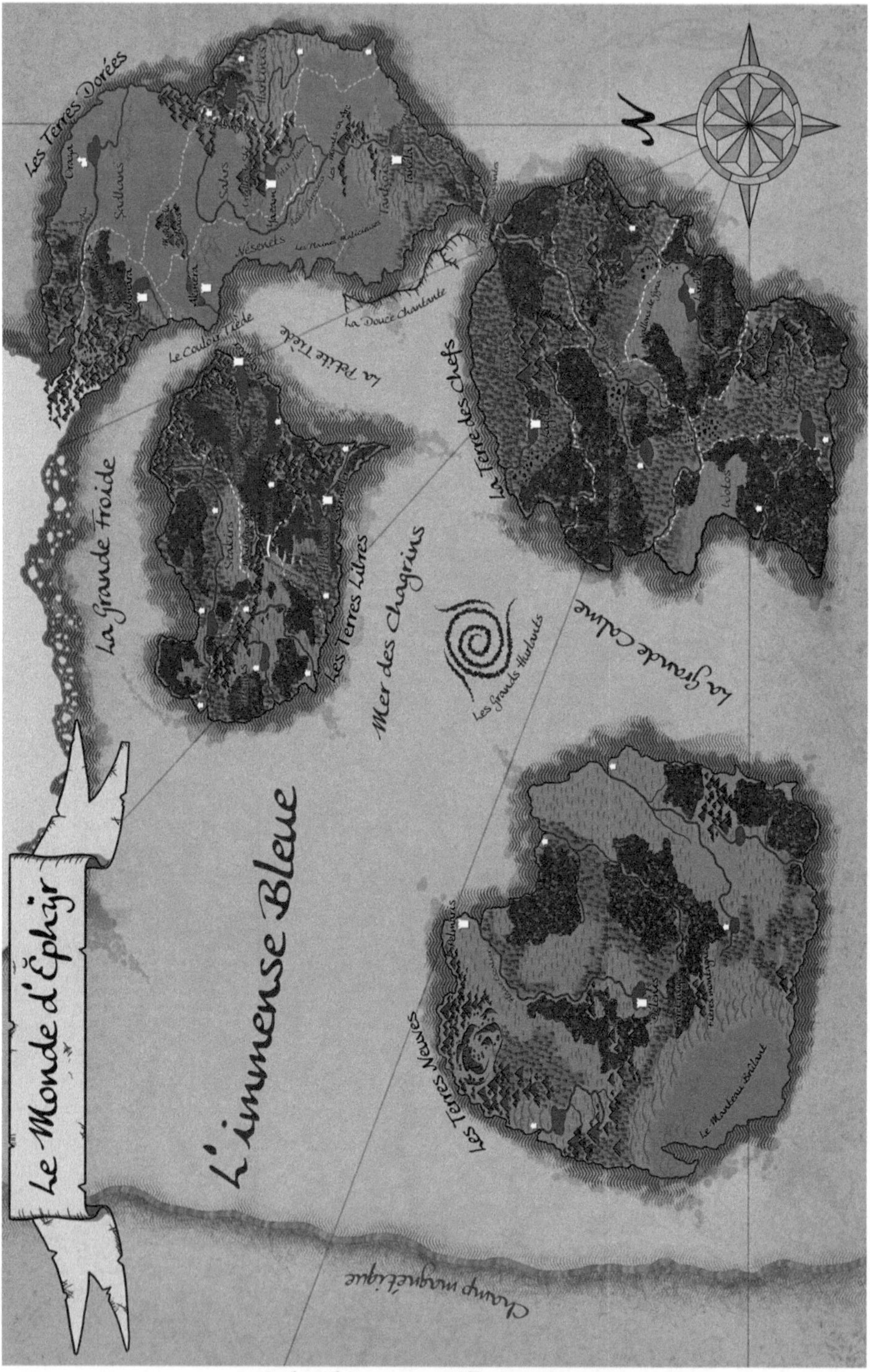

Galaad Lescur - Illustrateur

Le monde d'Ĕphÿr

Quatre terres connues

Au centre-nord : Les Terres Libres (anciennes Terres Blanches)

À l'est : Les Terres Dorées

Au sud des Terres Dorées : La Terre des Chefs (anciennes Terres Noires et reprise du nom)

À l'ouest de La Terre des Chefs : Les Terres Neuves (anciennes Terres Rouges)

Les peuples

Les Terres Libres : les Szakirs (au nord), les Irhyns (à l'ouest), les Heldans (au sud), les Karus (à l'est)

Les Terres Dorées : les Şadhans (au nord-est), les Batürs (au nord-ouest), les Nésenets (centre-ouest), les Sahrs (centre), les Harkinis (centre-est), les Tanhoïs (au sud)

La Terre des Chefs : les Tembas (au nord), les Kamas (à l'ouest), les Nagudas (au centre), les Ijars (à l'est), les Wotos (sud-ouest) et les Gadusos (au sud)

Les Terres Neuves : un seul peuple (avant les Feymas et les Raunas)

Les cités majeures

Les Terres Libres : Karrmeler (les Heldans), Rayymer (les Karus)

Les Terres Dorées : Oraya (les Şadhans), Nahmara (les Batürs), Akméra (les Nésenets), Yazam (les Sahrs), Tanéla (les Tanhoïs), mais pas de cité pour les Harkinis.

La Terre des Chefs : Lagdo (les Tembas), Laréké (les Nagudas)

Les Terres Neuves : Délénis (au centre), Pelmaris (au nord-est sur la côte)

Les 2 grandes guerres historiques

Guerre des Deux Terres (la) : elle opposa les Heldans des Terres Blanches (ancien nom des Terres Libres) et les Tanhoïs des Terres Dorées ainsi que leurs alliés respectifs pour les richesses des Terres Rouges (ancien nom des Terres Neuves).

La victoire de la Bannière blanche (18 lanns après) : il y eut une coalition des peuples des Terres Dorées avec les Szakirs et les Irhyns, puis les Karus des Terres Blanches pour débarquer sur le terrtoire des Heldans ; en outre, sur les territoires conquis par les Heldans, les habitants des Terres Rouges ainsi que ceux des Terres Noires se sont soulevés contre leurs oppresseurs, les Heldans.

Périodes d'Ĕphÿr les plus marquants pour tous les peuples

Lëhama (la Lumière foudroyante) : la période qui a suivi la victoire de la Bannière blanche, entraînant de grands bouleversements sur toutes les terres (des changements aussi de nom) excepté sur les Terres Dorées.

Grande Vision (la) : l'époque de grande expansion pour les Terres Libres ayant abouti à la découverte des Terres Rouges (actuelles Terres Neuves).

Le vocabulaire du monde d'Ĕphÿr

Les mots inventés, en italique, sont expliqués dans le lexique que vous trouverez à la fin du livre.

PROLOGUE

Son corps tout entier se disloquait dans un bruit assourdissant. Pendant combien de temps ? Il avait perdu toute notion de durée.

Il se réveilla affalé sur un sol brûlant. Un petit coffre de taille moyenne, en cuivre sans aucun motif gravé, était toujours accroché à son poignet droit de couleur corail. Il fut saisi d'un soulagement immense au contact de son précieux trésor qui le mènerait au Xōrl-Tôt, le pouvoir suprême. En attendant ce moment, ses trois grosses orbites violines s'étaient entrouvertes sur un monde étrange : un soleil jaune accablant, un ciel avec diverses nuances de bleu, des collines de sable pour tout horizon. La chaleur était intolérable. Une sensation de faiblesse extrême le saisit quand il redressa son immense corps très mince. Il tenta à plusieurs reprises de léviter et de trouver un abri afin d'échapper rapidement à ce soleil vif infernal, en vain. Il avait manifestement perdu ses pouvoirs dans ce monde insolite. Soudain, le sol se déroba sous son poids dans un énième atterrissage brutal. La chute était interminable. Puis, une chaleur insoutenable s'empara de son corps, le transperçant de mille feux. Enfin, son esprit sombra dans le néant.

Quand il se réveilla pour la seconde fois, il ne ressentait aucune douleur. Rien ! Il se palpa immédiatement dans le but de vérifier qu'il n'avait rien de cassé. Mais, ses mains ne rencontrèrent aucun contact.

Paniqué, il les tendit alors devant lui afin de les examiner soigneusement. Il aperçut uniquement une énergie informe. Il n'y comprenait rien ! À la recherche de son trésor, il inspecta le lieu dans lequel il avait atterri. C'était apparemment une caverne. Il distingua non loin de lui le coffre qu'il transportait, celui qu'il avait tant convoité, celui dont il avait enfin réussi à s'emparer. Ce coffre se trouvait dans un état déplorable : des débris gisaient un peu partout sur le sol terreux. Nulle part, il ne voyait son précieux chargement ! La substance bleue qu'il contenait avait entièrement disparu. Il se demanda où elle était passée. Soudain, une idée horrible s'insinua dans les méandres de son esprit. Il s'obligea à regarder de nouveau ses larges mains : une couleur bleue translucide mouvante les remplaçait. Il se pencha immédiatement pour examiner également ses jambes longilignes : elles avaient complètement disparu, remplacées par la même couleur bleue translucide. Par déduction, il réalisa que son corps avait absorbé cette matière dangereuse pour le meilleur et pour le pire ! Terrorisé, il se précipita pour remonter à la surface de la cavité. Mais, plus il avançait vers la lumière et plus son corps semblait s'évaporer lentement. Par conséquent, il avait rebroussé chemin afin de se réfugier tout au fond de l'antre sombre tel un animal blessé.

Et, il était resté là ! Il ne savait pas si un jour il récupérerait son corps. Cela ne pouvait pas finir ainsi ! Non, il était trop proche de son but. Le Xōrl-Tôt serait à lui. C'était son destin. Alors, il apprendrait la patience, seul dans le noir.

*

Il ne se souvenait pas depuis combien de temps il vivait dans cette caverne désolée. Son corps subsistait toujours sous la forme de l'énergie bleue translucide. Il n'avait toujours pas récupéré une once de matière physique, ce qui le soustrayait aux contingences d'une enveloppe tangible. Il ne buvait pas, il ne mangeait pas, il ne dormait pas. Par contre, ses pensées s'entrechoquaient régulièrement dans une absence totale de cohérence.

Soudain, il entendit un bruit. Il vit un être étrange, vraisemblablement un habitant de ce monde. Il avançait lentement vers lui. Tout en marchant, cet inconnu portait sa main devant lui, comme ébloui par l'intensité d'une lumière. Arrivé à sa hauteur, il tomba à genoux en marmonnant des paroles incompréhensibles. Il voulut le relever pour qu'il disparût rapidement de sa vue, car il ne pouvait rien faire pour lui. Mais, par un phénomène extraordinaire, il entra dans le corps du visiteur.

Et il constata tout de suite qu'il le contrôlait entièrement : son enveloppe corporelle, mais également son esprit.

Il décida donc d'en profiter pour remonter à la surface et pour quitter enfin cette prison ténébreuse. Il cheminait avec prudence. Cette fois-ci, la lumière du jour ne semblait pas avoir un quelconque effet sur lui. Ce corps usurpé le protégeait totalement. Mais, pendant combien de temps? Il lui fallait rester extrêmement vigilant. Le chemin emprunté déboucha sur une petite pièce vide avec un sol terreux. Il y avait une porte entrouverte en bois brut qu'il poussa lentement. Il arriva dans une immense salle remplie d'autres êtres aussi primitifs que le corps dont il se servait. Ces derniers se tenaient à genoux sur de grands tapis multicolores. Chacun semblait parler tout seul à mi-voix. Il entendait très clairement dans son esprit leur principal besoin. Par un heureux hasard, il pouvait tout à fait les satisfaire. Il y vit là une opportunité incroyable !

Toujours sous l'aspect d'un de ces êtres, il s'approcha d'eux en criant d'un ton fiévreux :

— Dieu m'est apparu ! J'ai vu Dieu, mes frères, comme je vous vois !

Il observa la stupeur se répandre dans la salle. Puis, l'un de ses compagnons demanda d'une voix forte :

— As-tu vu le Soleil Doré ? Où et quand, mon frère ?

— Je viens de rencontrer Dieu, à l'instant, dans les fondations de Yazam, notre cité sacrée, en montrant le sol de son index droit. Je m'étais égaré dans les nombreux passages. Et Dieu m'est apparu !

Il porta son regard béat sur l'assemblée captive et asséna une terrible vérité :

— Dieu est invisible. Ce n'est pas le Soleil Doré dont nos ancêtres nous parlent depuis la nuit des temps !

Il percevait des réactions contradictoires qui parcouraient l'immense pièce.

— Oui. Je vous l'assure. Dieu est invisible. C'est la vérité, répéta-t-il, de nouveau avec ferveur.

— S'il est invisible, comment sais-tu que c'était un dieu ? cria une autre voix hostile.

— Il y avait une lumière éblouissante ; mes yeux ne pouvaient la supporter. Et Dieu m'a parlé comme tu me parles maintenant. Il m'a dit qu'il nous avait choisis pour le servir. Il a un dessein pour notre communauté qu'il nous révèlera bientôt.

Ses compagnons le regardaient avec déférence. Ils constataient tous que quelque chose avait effectivement changé chez lui. Ses yeux, habités par une lueur bleuâtre et dégageant une impression surnaturelle, les examinaient tour à tour comme pour transpercer leur âme.

Soudain, ils sentirent alternativement la présence de ce dieu en eux et acceptèrent comme une évidence cette affirmation extraordinaire.

— Dès aujourd'hui, mes frères, nous abjurons le Soleil Doré et nous déclarons à tous que *l'Invisible* est désormais notre seul et unique Dieu. Par conséquent, nous nous appellerons dorénavant les Fils de *l'Invisible*. Et je deviens votre Sahrfir, votre guide spirituel.

— L'acceptez-vous tous mes frères ? questionna-t-il d'une voix aux intonations divines.

Ils répondirent tous en chœur.

— Oui, nous l'acceptons, Sahrfir !

Son interminable attente touchait à sa fin.

I - L'étincelle

Une cité en flammes !

Akméra brûlait !

La cité était dévorée par une bête insatiable. Au sud, elle avait déployé ses immenses ailes jaune-orangé pour avaler avec une grande facilité les petits baraquements délabrés des esclaves, puis ceux plus solides des serviteurs. Les volutes épaisses de fumée qui montaient toujours plus haut dans le ciel pâle masquaient de plus en plus les premières lueurs du jour.

Grandiose ! Le spectacle était grandiose !

Perché sur le robuste toit du plus haut bâtiment de la partie ouest de la cité, Zoltanör contemplait avec délectation l'horizon. Il suivait à présent le monstre rougeoyant qui continuait sa lente et inexorable progression. L'embrasement d'une partie de la cité l'avait plongée dans le chaos. Les habitants s'étaient réveillés terrorisés. Sans attendre, ils détalaient avec femmes, enfants, bagages, et parfois même, animaux. Leurs cris d'effroi, de colère, d'agonie montaient des rues dévastées jusqu'aux oreilles de Zoltanör. Ce dernier les accueillait avec une grande avidité. C'était une chose aussi fondamentale pour lui que de respirer.

Il se délectait de ce spectacle malgré l'air qui devenait de plus en plus suffocant à cause de la forte odeur de brûlé.

La pieuvre orangée n'avait toujours pas achevé sa route, elle se déplaçait beaucoup plus rapidement maintenant en raison du vent qui s'était levé depuis peu. Zoltanör devait attendre encore quelques *ménins*. Le monstre tentaculaire se rapprochait des premiers bâtiments du quartier commerçant.

D'immenses flammes vives léchaient à présent les petites maisons des artisans : c'était le signal !

Zoltanör trouva son fidèle capitaine derrière lui.

— Marür, lance la phase 2 !

Les assaillants, dont Zoltanör était le *Däg-Chem*, appartenaient aux *Sarkinis*. Lors de la réunion de son État-Major pour préparer cette guerre, ce dernier avait exposé une stratégie pour prendre la cité en trois phases. La première consistait à envoyer un groupe restreint pour allumer un incendie dans le quartier au sud-ouest de la cité afin de créer une diversion. La deuxième exigeait de se faufiler jusqu'au palais pour s'emparer du roi en livrant un combat contre la garde royale. Enfin, la troisième se clôturait avec la reddition de la cité grâce à la capture du roi et avec l'entrée de leur armée postée à l'extérieur des murs. Ce plan audacieux, exécuté par leur commandant suprême en personne, limitait ainsi de lourdes pertes humaines, car les remparts d'Akméra étaient solides, notamment celui de la partie Est.

— Oui, Däg-Chem, à vos ordres !

Marür scruta attentivement l'horizon et recula de quelques *mabs* afin de prévenir les différentes unités du passage à la phase suivante. Il banda son arc et envoya rapidement deux flèches successives en direction du sud, livré aux flammes ardentes. Il les suivit consciencieusement des yeux. Elles s'élevèrent avec vélocité dans le ciel noirci, fendirent l'air en sifflant légèrement pour atterrir enfin à une *maba* environ sur la terrasse dépouillée d'un commerçant. Puis, il recommença la même action, en visant à l'opposé, devant eux, dans le vaste quartier des dignitaires. Quant à Zoltanör et lui, ils étaient perchés sur la bâtisse d'un notable. En dépit d'un toit sans aucune prétention, un superbe jardin luxuriant s'étendait en contrebas sur la droite. La disposition des plantes en fonction des différentes couleurs de leurs fleurs donnait un beau dégradé arc-en-ciel. Les parfums, qui auraient dû flotter naturellement dans l'atmosphère, s'étaient totalement évaporés, laissant place à une épouvantable odeur de brûlé. Elle avait maintenant imprégné tout l'air de cette partie de la cité.

Toutefois, on pouvait encore admirer au centre du jardin un grand bassin ovale érigé dans une magnifique pierre blanche brillante ; des motifs inconnus ornaient les parois. On voyait à l'intérieur des poissons multicolores qui semblaient tout minuscules depuis le toit de la maison. Ignorant leur destin funeste, ils continuaient à tourner en rond dans une eau limpide. Ayant atteint ses cibles, Marür se retourna et regarda brièvement son Däg-Chem. Tout chez lui transpirait le soldat : une silhouette taillée pour le combat au corps à corps, ce qui décourageait rapidement nombre d'adversaires, un maintien superbement droit imposant le respect à tous et un visage impassible dont les yeux étaient totalement dépourvus de la moindre empathie. Cette parfaite machine de guerre était l'instrument de l'Invisible, leur dieu. En effet, cela faisait cinq lanns que Zoltanör avait été choisi comme Däg-Chem.

— Marür, allons chercher ce chien de traître ! aboya-t-il avec une impatience non dissimulée.

Marür fut surpris par cet éclat intempestif, car d'habitude le visage de Zoltanör demeurait toujours placide. Il n'était pas habitué à le voir exprimer aussi ouvertement ses sentiments, et en outre, si violemment. Pourtant, il avait la même réaction que lui en pensant au roi terré dans son palais.

Dans la pénombre, ils descendirent rapidement trois étages de l'escalier intérieur de la luxueuse demeure. Ils l'avaient investie plus tôt dans la nuit. Selon leur habitude, les Sarkinis n'avaient fait aucun mal aux domestiques, des gens du peuple, nénmoins, ils les avaient attachés par mesure de précaution. En revanche, ils réservaient toujours un châtiment fatal à leurs maîtres ; les propriétaires de cette maison y avaient échappé en raison de leur absence. Alors qu'ils sortaient de cette habitation, une unité de vingt-cinq hommes les attendait déjà pour passer à la phase 2 : capturer le roi en prenant d'assaut son palais. À la vue de leur chef, ses soldats le saluèrent de la tête. Zoltanör enfourcha un fougueux cheval gris. Deux membres de l'unité avaient été chargés de récupérer des chevaux qu'ils avaient laissés, plusieurs jours auparavant, chez l'un de leurs partisans.

Une fois le guerrier juché sur le dos de l'animal, la bête se cabra instinctivement sentant l'excitation de son cavalier. Il le mit rapidement au pas grâce à son excellente maîtrise des chevaux. Puis, il releva la tête et regarda brièvement ses hommes, l'un après l'autre, avant de leur dire d'un ton solennel :

— Sarkinis ! Nous sommes ici par la volonté de *l'Invisible*. Nous devons faire payer à ces Incroyants leur traîtrise envers les peuples des *Terres Dorées* ! *Melkamat* !

Il entendit de nombreux Melkamat en retour.

Tandis que les soldats akmériens se précipitaient en direction de la zone dévastée pour tenter de stopper la propagation de l'incendie ravageur, l'unité de Zoltanör se dirigea vers l'est, puis bifurqua rapidement vers le nord de la cité, là où se dressait le palais royal.

*

Le palais du roi des Nésenets était renommé sur toutes les Terres Dorées. Une construction d'une telle merveille qu'elle éclipsait toutes les autres demeures royales, excepté peut-être celle du roi des *Batürs*. L'édifice déployait ses différentes ailes de façon indolente dans des courbes gracieuses telle une femme, au large bassin, nonchalamment allongée. De loin, les murs semblaient peints dans une couleur unie, ce qui n'était pas du tout le cas ; le rose nacré s'étirait dans un nuancier progressivement plus clair de la base jusqu'au sommet. Une fine ligne en or soulignait le socle d'un toit étonnant faisant apparaître de petites bulles argentées comme des arbres fruitiers dans un verger. Au sommet de chacune de ses formes rondes, une pierre de couleur différente étincelait au soleil. Enfin, des motifs enchanteurs recouvraient toutes les façades de l'édifice.

Marür se trouvait avec ses compagnons devant l'entrée sud du palais. Il était ébloui par sa magnificence. Il aurait dû ne ressentir qu'aversion pour tout ce qui n'avait pas été construit avec la bénédiction de *l'Invisible*, contre toute attente ce n'était pas le cas. De ce fait, il se recomposa rapidement un visage détaché, espérant que nul n'avait remarqué son émoi passager. Il se demanda si l'un de ses pairs avait également été troublé comme lui.

Cependant, jamais il ne pourrait le leur demander, car l'attachement à la beauté matérielle était considéré comme une pensée impure.

Les Sarkinis étaient à présent descendus de leurs chevaux et examinaient minutieusement les défenses du contingent de soldats akmériens, notant au passage quelques *nagors*. Ils allaient devoir se battre férocement pour pénétrer à l'intérieur. Ce n'était pas une surprise pour eux, ils s'y attendaient, ils l'espéraient même. Les soldats, qui défendaient la résidence royale, n'étaient pas de simples combattants : c'était la garde royale ! Ils disposaient de la *chirmaï*. Elle avait été créée en recherchant un remède pour sauver la vie du père de l'actuel roi des Nésenets. En effet, le plus grand guérisseur du peuple des Şadhans avait été amené impérieusement à la cour. Pendant plusieurs *semas*, il avait testé des mélanges de poudres venues des quatre coins d'Ĕphўr pour lutter contre le mal dont souffrait le roi. Et par accident, il avait découvert ce mélange qui produisait une explosion ! Souhaitant rester les seuls maîtres de cette arme terrifiante, les Nésenets prirent toutes leurs précautions. Ils firent bien évidemment disparaître le guérisseur sans aucun scrupule après avoir pris grand soin de récupérer ses précieuses notes. Malheureusement pour eux, l'ingrédient principal servant à la préparation de cette effroyable arme se trouvait, très loin d'Akméra, au-delà des *Grands Hurlants*, sur les *Terres Neuves*. Aussi, les Nésenets géraient avec parcimonie leur stock. Il était partagé au sein de la garde royale entre le corps traditionnel, qui défendait le palais, et le corps d'élite, appelé les Kars : il protégeait exclusivement la personne du roi. Pour le moment, les défenseurs du palais, en faction à l'entrée sud, ne faisaient aucune manœuvre : ils laissaient la décision de l'offensive aux assaillants.

Zoltanör avait arrêté son unité à cinq mabas environ de leur objectif. Il attendait que toutes ses unités se soient déployées aux positions stratégiques convenues.

— Marür ! Tout le monde est-il prêt ?

Les Sarkinis étaient descendus de leurs chevaux et s'étaient déployés en arc de cercle pour faire face à leurs adversaires.

— Oui, Däg-Chem ! Les hommes n'attendent plus que vos ordres, répondit Marür d'un ton servile.

— Transmets l'ordre à l'unité située à l'ouest, continua-t-il sans détourner les yeux du palais qu'il scrutait attentivement.

Ce dernier pensa que ses protecteurs auraient beaucoup de difficultés à le défendre. En effet, c'était une construction de prestige édifiée pour être admirée et non pour être défendue, en témoignaient les nombreuses ouvertures (cours, grandes fenêtres, terrasses). Il songea qu'il ne faudrait que peu de temps à ses quatre unités qui l'encerclaient pour en venir à bout.

Marür se servit de son arc pour la seconde fois. Il tira une flèche en direction du nord-ouest. Cette fois-ci, il n'en décocha qu'une seule pour donner l'ordre d'attaquer. Un code basé sur le tir d'un nombre de flèches successives était utilisé sur le terrain des opérations : une signifiait l'attaque, deux le passage à une autre phase, trois une pause dans une offensive, quatre la tenue de leurs positions jusqu'à la mort c'est-à-dire le sacrifice ultime des soldats pour *l'Invisible*.

Le *guetteur-délivreur* de l'unité positionnée à l'ouest du palais aperçut l'unique flèche qui planait dans les airs avant de tomber non loin de lui. À son tour, il banda son arc et délivra le même message qu'il venait de recevoir à l'unité postée à l'entrée nord du palais.

Après d'interminables ménins, Marür entendit une grande explosion et de furieux bruits de bataille. Comme tout soldat, ces sons familiers étaient sa raison de vivre. Il sentit une grande excitation l'envahir. L'impatience gagnait tout son corps : ses muscles se contractèrent, prêts à se mettre à son service sur simple commandement. D'ailleurs, on le considérait comme l'un des meilleurs Sarkinis : le plus grand cavalier, et nul ne l'avait jamais vaincu à la longue épée, hormis son Däg-Chem. Il était également redoutable avec les autres armes : l'épée courte, l'arc, la lance, excepté l'arbalète.

— Däg-Chem, pensez-vous que l'unité au nord tiendra ses positions ?

— Je suis confiant, Marür. Ce sont tes frères d'armes. Vous avez tous reçu le même entraînement fait d'endurance, de souffrances et de privations afin d'endurcir vos corps et vos esprits.

— Oui, Däg-Chem. Ils vont tout de même être rapidement en sous-effectif, répliqua-t-il d'une voix qu'il souhaita la plus neutre pour masquer une petite anxiété.

— Les Sarkinis ne sont pas de simples hommes, ce sont *les Fils de l'Invisible* ! prononça-t-il avec une ferveur mystique. Tout nous est possible !

Zoltanör était sûr de lui, car son plan était parfait. La partie nord du palais royal comportait une terrasse immense donnant accès à un grand lac vert sombre, ce qui affaiblissait toute position défensive. Une attaque, juste à cet endroit, obligerait chaque contingent de la garde royale, installé aux trois autres entrées du palais, à envoyer plusieurs soldats pour venir en renforts. C'est exactement à ce moment précis qu'une partie de l'unité de l'ouest rejoindrait l'entrée sud ; les deux unités lanceraient alors un assaut conjoint. Cette partie du plan comprenait un risque énorme : l'unité des Sarkinis au nord devait tenir ses positions. Plus que celle de l'ouest, qui se retrouverait également en sous-effectif, celle du nord était la clé de ce plan audacieux. Au sud, débordés par un afflux de combattants Sarkinis, les soldats de la garde royale n'auraient pas d'autre choix que d'envoyer des renforts basés sur le mur Est du palais. Ce dernier, réputé imprenable grâce à une hauteur de plusieurs dizaines de mabs et de son épaisseur considérable, devrait pouvoir repousser les envahisseurs selon la stratégie de défense akmérienne. Ce serait leur plus grande erreur ! En effet, les Sarkinis étaient non seulement des guerriers redoutables, mais également très agiles. Ils avaient développé un matériel amovible surprenant afin d'escalader rapidement des murs d'enceinte. L'unité de l'est faisait ainsi partie des unités mobiles de l'armée des Sarkinis : ils étaient les spécialistes de l'escalade. Cette partie du plan était la moins risquée.

La stratégie que Zoltanör avait élaborée semblait bien démarrer puisqu'on entendait des bruits lointains de batailles en provenance du nord.

Devant l'entrée sud, les soldats s'agitaient de plus en plus, ils attendaient le signal à leur tour. Certains scrutaient attentivement le ciel lorsqu'ils virent au loin une flèche planer furtivement avant de retomber.

Zoltanör regarda Marür, puis posa ses yeux sur chaque soldat présent, esquissa un sourire et hurla : « Melkamat ! ».

Marür savait que cette mine signifiait qu'il comptait sur l'abnégation de chacun d'entre eux. Dès le début, on leur avait enseigné dans leur formation de Sarkinis que *l'Invisible* se tiendrait à leurs côtés pour combattre les Incroyants. Par conséquent, ils sortiraient victorieux de cette bataille.

Ils commencèrent à entonner leur *hegâ* en le scandant de plus en plus fort jusqu'à le rythmer en levant leurs épées courtes : « Un Sarkinis tombe, dix se relèvent ». Cette devise avait pour effet d'exalter leur foi dans leur Dieu et leur invincibilité. Ensuite, ils hurlèrent plusieurs fois leur cri de guerre « Waramir », de façon à glacer le sang des adversaires les plus courageux. Enfin, dans un silence assourdissant, toute l'unité se remit à cheval en un seul mouvement impressionnant, démontrant s'il le fallait leur maîtrise équestre. Ils attendirent quelques instants sur place, sur une ligne imaginaire, leurs chevaux piaffaient d'impatience.

Au centre de cette ligne, Zoltanör leva son bras droit en l'air avec l'assurance du chef. Les yeux de ses guerriers étaient suspendus au geste inéluctable qui surviendrait dans les *dorons* suivants. Son bras retomba enfin : les chevaux, sous une poigne ferme, avancèrent au pas. La machine de guerre des Sarkinis commença à accélérer la cadence jusqu'à s'envoler.

— Exterminez-les tous !

Marür enregistrait tout autour de lui : les respirations haletantes, les cris rageurs, les râles d'agonie, les explosions sporadiques… Les deux unités de Sarkinis, la moitié de celle de l'ouest et la sienne s'étaient ruées vers l'entrée, l'épée à la main ; la défense akmérienne fut débordée par cette attaque simultanée de son flanc droit malgré l'utilisation de la chirmaï. Arrivés près de leur objectif, les Sarkinis toujours à cheval, se laissèrent glisser à terre et coururent se jeter directement sur leurs ennemis.

Marür regarda à gauche pour vérifier où se trouvait son Däg-Chem. Ce dernier se tenait seulement à quelques pas, aux prises avec trois soldats qui semblaient être de jeunes recrues. En effet, elles paraient difficilement les coups de son commandant suprême sans réussir à trouver une ouverture pour lui porter l'estocade fatale. Elles tombèrent successivement à ses pieds dans d'atroces hurlements de douleur.

— Marür ! Dépêche-toi ! Il faut investir les lieux au plus vite ! Il ne faut surtout pas que le roi puisse s'échapper ! cria son Däg-Chem en continuant à se frayer un chemin à la pointe de son épée courte en direction des portes du palais.

Tout autour, la bataille faisait rage et on percevait les bruits sourds de métal qui s'entrechoquaient. Marür finissait de se débarrasser de ses propres adversaires, au moment où il entendit ces mots. Il avait tranché la tête du premier tandis que le second avait été embroché. Sa longue épée avait été terriblement efficace : c'était l'arme la plus redoutable des Sarkinis.

La rumeur prétendait qu'elle pouvait trancher d'un seul coup un *ruanok.* Certains comme lui préféraient toujours utiliser leur longue épée, même lors d'opérations d'infiltration. Après s'être consultés brièvement du regard son Däg-Chem et lui, ils se précipitèrent avec détermination vers la brèche que venaient de créer leurs compagnons. Pendant qu'ils couraient vers les portes, ils entendirent les pas de leurs frères d'armes derrière eux. Arrivés près de l'entrée, ils ralentirent comme un seul homme.

Sans se retourner, Zoltanör ordonna tout à coup :

— Un à gauche, un autre à droite !

Aussitôt, deux Sarkinis surgirent des rangs et allèrent se placer de chaque côté de la double-porte noire en fer forgé. De petites perles d'une couleur si translucide qu'elles ressemblaient à des gouttes d'eau la parcouraient entièrement formant un motif assez complexe. Avant de pénétrer dans le somptueux palais, les deux guerriers appliquèrent les consignes qu'on leur avait inculquées lors de leur formation. Aussi, ils marquèrent un temps d'arrêt essayant de jauger le danger derrière le bel ouvrage, puis, ils disparurent comme happés par le vide. Après une attente interminable, ils ressortirent en faisant pivoter chaque panneau de la double-porte. L'un des deux guerriers fit un bref rapport à leur commandant suprême. Il avança vers ce dernier et le salua en lui disant :

— Däg-Chem, nous avons exploré le palais sur une quinzaine de mabs et inspecté toutes les pièces. Il semble vide.

— Avez-vous entendu du bruit ?

— Non, Däg-Chem. Aucun bruit dans le palais.

— Merci, soldats. Rompez !

— Marür, qu'en penses-tu ? demanda Zoltanör d'un ton direct à son fidèle capitaine qui l'accompagnait comme d'habitude à une distance de quelques mabs.

— Je ne sais pas. C'est franchement bizarre. Les soldats auraient dû déjà rencontrer les Kars. Où sont-ils passés ? Étrange !

— Oui, c'est vraiment curieux. Il faut se tenir sur nos gardes !

Il donna des ordres pour que tous restassent aux aguets quand ils entreraient à l'intérieur du palais royal.

Pendant ce temps-là, la bataille, qui faisait rage, quelques ménins auparavant, avait pris fin aussi brutalement qu'elle avait commencé. N'ayant pu utiliser comme ils l'avaient voulu leur chirmaï, la garde royale, malgré sa très bonne science du combat et son nombre, ne pouvait rivaliser au corps à corps avec les Sarkinis, les meilleurs combattants d'Ëphÿr.

*

Les deux Sarkinis, qui avaient ouvert l'imposante double-porte, se portèrent de nouveau devant la section composée d'une quinzaine d'hommes, un peu plus de la moitié d'une unité. Ils s'étaient placés à une vingtaine de mabs devant eux pour servir d'éclaireurs. Ils pénétraient les premiers dans chaque pièce spacieuse, scrutant chaque recoin de leur regard acéré afin de parer à toute attaque contre leur groupe. Le luxueux palais était plongé dans un silence inquiétant. Plus ils progressaient au cœur de l'édifice, plus l'atmosphère devenait électrique. La tension était palpable.

Tout en avançant prudemment, Marür pensait que le plan se déroulait tel que son Däg-Chem le leur avait exposé. Victorieux à l'entrée, leurs compagnons s'étaient empressés sans aucun doute de porter secours à l'unité du nord en sous-effectif depuis un bon moment. Cette dernière serait très soulagée de recevoir du renfort plus tôt que prévu, limitant ainsi ses pertes. Quant à l'unité de l'est, elle avait dû se rendre maîtresse des murs. Ils allaient être fixés sans plus tarder, car ils se dirigeaient dans cette direction, dans le but d'atteindre les appartements du roi.

— À couvert ! crièrent les deux éclaireurs à l'unisson.

Une pluie de flèches leur tomba brutalement dessus. Chacun chercha à s'abriter derrière son bouclier pour éviter les pointes mortelles. Les assaillants avaient débouché dans une longue galerie étroite avec un plafond doré uni. Elle servait à rallier l'aile Est du palais, réservée aux appartements du roi et de sa famille.

À peine les Sarkinis eurent-ils échappé à la première salve qu'une autre leur fut envoyée. Ils se mirent de nouveau à l'abri derrière leurs boucliers en reculant légèrement. Ils venaient de retrouver sans nul doute un contingent de la garde royale, mais pas n'importe lequel, l'élite de l'armée akmérienne : les Kars ! Ces derniers avaient été formés par d'anciens Harkinis qui avaient refusé de se convertir à *l'Invisible*, des traîtres pour Marür et ses compagnons. Cette bataille serait donc rude.

— Marür ! Les voilà, nos disparus. On les a trouvés ! s'exclama Zoltanör avec un petit sourire satisfait de celui qui attend un combat digne de lui.

— Oui. C'est ce que je constate, Däg-Chem.

— On va voir s'ils sont à la hauteur de leur réputation !

— Marür ! Y a-t-il un autre chemin pour atteindre les appartements royaux ? questionna Zoltanör d'une voix partagée entre son impatience à capturer le roi et l'envie de se mesurer aux Kars.

— Non, Däg-Chem. C'est le seul !

— Il va falloir attendre l'unité du capitaine Vogär. Il les prendra à revers avec ses hommes s'il a pu franchir le mur Est du palais, énonça-t-il avec sa logique habituelle.

Zoltanör hésitait dans sa stratégie, n'étant pas d'un naturel patient. Au même moment, les Sarkinis entendirent qu'on les apostrophait du bout de la galerie.

— Sarkinis ! Je suis Malakaï, le commandant en chef des Kars. Nous sommes nettement plus nombreux que vous et nous avons de la chirmaï en quantité pour vous expédier directement chez votre Dieu ! Retirez-vous de notre palais et nous ne vous poursuivrons pas !

Le ton était autoritaire, nulle peur ne l'entachait, fort de ses cinquante hommes face à la quinzaine de Sarkinis qui le contraient. Il s'avança devant ses troupes pour s'exprimer dans la langue commune aux Terres Dorées, le fadari, pour être certain d'être compris de tous les hommes présents dans cet espace restreint. C'était un combattant impressionnant :

il était très grand, une tête de plus que le chef des Sarkinis, et doté d'une puissante musculature. Ses cheveux noirs étaient coupés très court donnant un aspect austère à son visage ; ses yeux semblaient de la même couleur, mais leur expression était indéchiffrable. Vêtu de la tenue des Kars composée d'un large pantalon bordeaux et d'une chemise verte épousant le corps, les couleurs du peuple Nésenet, il se tenait bien droit. Avant de répondre, Zoltanör adopta la même attitude superbement altière face à son adversaire en se levant à son tour pour le rejoindre dans l'espace vide entre les deux camps adverses/rivaux. Arrivé à quelques mabs de lui, Zoltanör fixa Malakaï. Ce dernier y vit brièvement une lueur mystique et essaya de dissimuler son léger trouble.

— Malakaï, je suis Zoltanör et je suis honoré de faire la connaissance du chef des Kars. Je pense qu'il est inutile de me présenter davantage.

— Inutile, en effet. Ta réputation te précède, rétorqua sèchement Malakaï.

— Je te remercie pour ton offre généreuse que je décline bien évidemment, car nous venons chercher votre roi, ce traître !

Zoltanör prononça ces mots en esquissant un petit sourire mécanique pour compenser son regard glacial.

— Qui t'a donné le droit de blasphémer contre notre roi ? s'indigna Malakaï face à son adversaire excessivement calme.

— L'*Invisible* est notre Dieu à tous. C'est lui qui m'autorise à parler de ton roi sur ce ton. Ton roi qui s'autoproclame fils aîné d'un faux dieu et qui a trahi notre peuple !

Zoltanör prononça ces mots comme s'il s'adressait à un enfant ignorant. Ensuite, il continua avec l'inflexion impérieuse qu'il employait pour s'entretenir la plupart du temps avec les gens.

— Livrez-nous votre roi ou nous vous exterminerons tous jusqu'au dernier !

— C'est vous et vos hommes qui mourrez bien avant nous, rugit Malakaï, perdant son contrôle face à la détermination sans faille dans la voix et le maintien de Zoltanör.

Comme tout le monde, le chef des Kars avait entendu les rumeurs qui couraient sur les Sarkinis. Lorsqu'ils étaient acculés, jamais ils ne se rendaient ! Leur code de combat exigeait de tenir jusqu'à la mort pour leur Dieu tout en emportant le plus grand nombre d'ennemis avec eux. Sa dernière *nar* était donc venue ; même s'il arrivait à empêcher les Sarkinis d'atteindre les appartements royaux, ils risquaient fortement tous de mourir aujourd'hui, là, dans cette galerie étroite.

— Évidemment si vous utilisez la chirmaï, nous ne pourrons pas défendre véritablement nos chances, en revanche si vous vous battez avec honneur comme de vrais guerriers au corps à corps, votre défaite est inévitable, railla le chef des Sarkinis en regardant son adversaire d'un air méprisant.

En fin stratège, Malakaï avait bien entendu saisi la provocation de Zoltanör, seulement il était également un homme, comme bien d'autres, pétri d'orgueil. Il hésitait sur la décision à prendre quand il entendit derrière lui des bruits de pas et le fameux cri de guerre des Sarkinis, qui glaça le sang de beaucoup de ses soldats. Dans l'espace réduit, l'écho faisait retentir à l'infini un son caverneux. Avant même de se tourner vers ces nouveaux assaillants, il avait compris qu'une troupe de Sarkinis avait franchi le mur Est du palais, celui réputé inviolable. Il se dit que la fin était arrivée pour lui et ses hommes. Tels des *romöls* se jetant sur leurs proies, les Sarkinis qui s'étaient introduits dans les lieux n'eurent aucun mal à tuer un bon nombre de Kars totalement pris par surprise et gênés par un espace de combat aussi étroit. Ces derniers n'avaient pas couvert leurs arrières, persuadés que ce fameux mur était infranchissable comme on leur répétait depuis leur incorporation au service du roi. Ils s'étaient lourdement trompés ! Et cette erreur serait fatale à tous les Akmériens présents dans ce palais.

Malakaï se retourna, faisant face de nouveau au chef des Sarkinis pour tenter de l'éliminer et sauver le reste de ses troupes, mais il rencontra les yeux froids du guerrier qui avait anticipé son attaque. L'épée lancée l'atteignit en plein cœur, faisant couler un fin filet de sang.

Gisant par terre, Malakaï suivait du regard Zoltanör qui s'approchait de lui doucement comme s'il profitait du plaisir de le voir agoniser. Il savait qu'il ne lui restait plus que quelques ménins à vivre. Arrivé auprès de lui, Zoltanör prononça d'un ton férocement doucereux, et sans aucun remords :

— Rejoins ton faux dieu, et ton roi ne va tarder à te retrouver !

Malakaï entendait des bruits de plus en plus éloignés. Il essayait de fixer ses yeux sur le plafond doré de la galerie. Il scrutait une tache noire au milieu du jaune éclatant. Tout à coup, le doré disparut, la lumière également. Il était seul dans un gouffre obscur infiniment immense. Une sensation de froid glaçait tous ses membres. Il ne pouvait plus bouger. Et ce fut le néant.

Zoltanör retira son épée courte du cœur ensanglanté de son ennemi, puis d'un coup sec le décapita. Il cria :

— Votre commandant est mort ! Rendez-vous !

Il montrait à tous les combattants présents, en pivotant lentement sur lui-même, la tête de Malakaï placée à la pointe de sa lame. Malgré la mort de leur chef, les Kars continuèrent résolument le combat, car leur mission primordiale était de défendre leur roi. Sans véritable stratégie de défense, ils tombèrent un à un face aux Sarkinis. L'engagement avait été très rude, la victoire était pour les assaillants.

Zoltanör demanda un bref rapport. Marür lui fit état de sept morts dans leur camp et cinq blessés graves ; en revanche, les défenseurs étaient tous morts. Le capitaine de l'unité de l'est vint également faire son rapport.

— Däg-Chem, le mur Est du palais se trouve sous notre contrôle. La voie est dégagée du mur à cette galerie.

— Bon travail, Capitaine, répondit Zoltanör d'un air satisfait en ne s'adressant qu'à lui. Il continua d'une voix forte pour toute la section :

— Allons chercher le traître !

Arrivés au bout de la galerie, les Sarkinis se dirigèrent dans le couloir à l'opposé du chemin emprunté précédemment par l'unité de l'est. Ils parcoururent une dizaine de mabs et virent une double-porte fine et dorée, gravée de motifs semblables à ceux qui recouvraient les façades du palais. Nul garde en vue ! Comme ils avaient survécu à l'attaque dans l'étroit couloir, les mêmes éclaireurs surgirent de nouveau pour détecter le moindre signe de danger. Ils ouvrirent violemment les panneaux de la double-porte brillante. Contrairement à la fois précédente, ils n'entrèrent pas directement. L'ouverture aux trois quarts dévoilait une pièce richement décorée : sur le sol se succédaient plusieurs ravissants tapis tissés dans des couleurs chatoyantes bordés de fils fins tressés en or ; sur la gauche, un plateau vert éclatant aux bords arrondis semblait suspendu dans les airs ; sur la droite, un élégant pied de couleur or et un robuste accoudoir de couleur crème appartenaient vraisemblablement à un fauteuil sophistiqué ; dans le prolongement de l'ouverture, tout au fond de la pièce, de lourds rideaux bordeaux, satinés avec des coutures scintillantes variées, servaient probablement à cacher un grand balcon. La pièce fastueuse semblait totalement vide !

Les deux éclaireurs avancèrent avec prudence ; leurs sens détectèrent une présence sur la droite. À côté du fauteuil de couleur crème, sur un élégant canapé du même ton, dont le haut du dossier se terminait par une large bande dorée incrustée de plusieurs dizaines de pierres précieuses multicolores, était assis un homme dans la fleur de l'âge. Le roi sans aucun doute et manifestement tout seul ! Il semblait attendre. Un air inquiet habitait son visage. Il regarda les deux soldats se poster chacun d'un côté de la double-porte raffinée qu'ils ouvrirent complètement.

Le roi y vit un guerrier d'une stature moyenne sortir comme par magie. Son maintien imposait une obéissance ou même une soumission absolue. Il était vêtu d'un ensemble commun aux peuples des Terres Dorées : un pantalon avec une tunique.

Par-dessus cette tenue de couleur orange, caractérisant son appartenance aux Sarkinis, il portait une fine armure marron doré qui épousait son buste et ses bras, confortant un corps massif et musclé. Son visage possédait deux caractéristiques physiques frappantes : une forte mâchoire et des yeux mordorés inoubliables qui saisissaient ses interlocuteurs d'effroi. La touche finale au portrait de ce redoutable combattant résidait dans des cheveux d'une teinte d'un feu rougeoyant enfermés dans deux tresses qui pendaient de chaque côté de ce visage carré. Le roi avala péniblement sa salive se rendant immédiatement compte qu'il ne pourrait guère négocier avec un tel homme. Le genre d'homme qui n'ambitionnait ni un poste dans une cour quelconque ni une fortune immense. Le genre d'homme qui était habité intégralement par l'accomplissement de son devoir dans lequel il mettait une foi totale. Il comprit que ses derniers instants lui étaient comptés. Il commença à transpirer de peur. En effet, plus personne dans ce palais n'était en vie pour le défendre.

Quant à Zoltanör, il balaya du regard la pièce sans s'arrêter sur toutes les richesses qui s'y trouvaient : une table en bois précieux avec des motifs gravés, des sculptures en différentes matières posées à même le sol ou sur des meubles luxueux disséminés dans la pièce. Des peintures sous forme de fresques décoraient les murs et des voilages en soie étaient à demi cachés derrière les lourds rideaux bordeaux… Enfin, une réplique de dimension modeste du trône était placée tout au fond à droite de la pièce, orientée vers l'est. Dans la salle du trône, il avait aperçu furtivement le siège royal imposant sculpté en or massif, orné de gemmes scintillantes; désormais dans cette pièce somptueuse, il en découvrait les détails. Sur les côtés étaient gravés les mêmes motifs qu'il voyait partout, propres à la culture du peuple Nésenet. Mais, ce qui attirait tous les regards, c'était le magnifique soleil, surplombant le dossier, dont chaque branche était incrustée exclusivement de pierres précieuses vertes et bordeaux en alternance. Enfin, il posa son regard glacial sur le roi. Il observa attentivement le monarque qui essayait de se donner de l'assurance. Elle fondit de façon fulgurante, remplacée par une terreur qui prenait peu à peu possession du futur prisonnier.

Puis, Zoltanör remarqua son embonpoint contrastant avec les corps musclés de tous les hommes présents dans la pièce. Son visage avait dû posséder une certaine beauté dans sa jeunesse, seulement les excès dus sans nul doute à la prise de différentes drogues et à la satisfaction de plaisirs inavouables lui conféraient un aspect veule. Ses yeux paraissaient avoir été extraits de force de leurs orbites et une ombre grisâtre s'étendait tout autour ; ils étaient noirs comme ses cheveux. Ses mains gonflées portaient, pour tout ornement, une seule bague à son majeur : un énorme rubis carré, entouré de petites pierres vertes, l'ensemble scintillait de mille feux. Il était paré très humblement du vêtement traditionnel le plus courant pour les gens modestes sur les Terres Dorées : un pantalon et une tunique blanche, les teintures étant très onéreuses.

— Savez-vous qui je suis ?

Le roi avait compris qui il était dès qu'il avait pénétré dans la pièce. C'était Zoltanör, le Däg-Chem des Fils de *l'Invisible*. Le guerrier impitoyable avait commencé à assiéger leur cité depuis quelques jours.

Cela faisait cinq lanns qu'il craignait ce jour funeste. De probable la menace était devenue fatale ; en cet instant, elle se tenait devant lui.

Il déglutit avant de répondre à la question posée d'une voix qu'il espérait non tremblotante :

— Oui.

Zoltanör toisa le roi en s'adressant à lui d'un ton ironique :

— Je constate que la tenue du peuple sied bien à votre majesté.

Il continua d'un ton dur :

— Un traître comme vous devrait pourtant s'abstenir d'insulter son peuple en empruntant ses vêtements, sale chien !

Le monarque ne répliqua pas, car il se méfiait des réactions de cet être dangereux. Ce dernier reprit plus calmement :

— Où est votre famille ?

Il déglutit de nouveau avant de satisfaire la curiosité de son interlocuteur. Il chercha quelle réponse il pourrait bien donner. Il avait peur pour sa famille notamment ses jeunes fils parmi lesquels se trouvait l'héritier du trône des Nésenets. Il se dit que leur dernière nar était arrivée !

*

La volonté de résister abandonna le roi avant même qu'elle ne vît réellement le jour dans son esprit. Terrifié, il montra la pièce derrière le trône. Deux Sarkinis se précipitèrent immédiatement vers la porte indiquée sur le signe de tête de leur Däg-Chem. Ils disparurent et réapparurent aussitôt avec un petit nombre de personnes. Il y avait deux femmes dont les visages étaient invisibles en raison de leurs *aschës*. Elles étaient vêtues simplement de robes longues de couleur grise correspondant à celles de gouvernantes des Terres Dorées. À côté d'elles se tenaient cinq enfants de différentes tailles. Le plus grand était un adolescent : il possédait des yeux et des cheveux noirs tout comme le monarque ; d'ailleurs, il avait un air de ressemblance avec le souverain. Deux autres garçons, aux yeux et cheveux très clairs, âgés d'une dizaine de lanns environ, serraient chacun la main d'une des deux femmes. Deux filles, aux yeux et cheveux marron, complétaient ce tableau : l'une était une adolescente et l'autre était la plus jeune des cinq enfants. Comme les deux jeunes garçons, elles tenaient chacune la main de l'autre femme. Tous semblaient terrorisés, excepté l'adolescent qui s'était placé légèrement à l'écart et dont les quelques tressaillements au niveau des joues démontraient l'effort énorme qu'il s'imposait pour maîtriser sa peur. Il eut même le courage de lever la tête.

L'adolescent croisa le regard hostile du terrible chef des Sarkinis.

Ce dernier l'examina sommairement.

— Comment t'appelles-tu ?

Le jeune homme hésita quelques dorons pendant lesquelles ses yeux allèrent du guerrier au monarque, puis à nouveau au guerrier. Il répondit dans un murmure à peine audible :

— Nelaï.

— As-tu un autre nom ? insista le chef des Sarkinis d'une voix aussi douce qu'il le pouvait, mais c'était une piètre tentative.

Impressionné, l'adolescent ne put qu'acquiescer timidement de la tête, essayant de récupérer un semblant de voix. Le farouche guerrier croisa alors ses bras sur sa poitrine, montrant ainsi ostensiblement qu'il allait attendre indéfiniment jusqu'à obtenir la réponse.

— Hazsas, entendit-il enfin très faiblement.

À l'écoute de ce nom, Zoltanör esquissa un sourire de satisfaction. Il s'approcha des autres enfants et réitéra sa demande. Il avait réussi péniblement à emprunter un air désinvolte, presque gentil pour ne pas les effrayer afin d'arracher rapidement l'information qu'il recherchait. Il ne retint pas les prénoms qui ne l'intéressaient nullement. Il enregistra seulement à chaque fois « Hazsas ».

Ainsi, en une seule prise, il avait mis la main sur le roi ainsi que sur tous ses enfants. Il était très content de lui, car il avait quasiment terminé la campagne militaire contre les Nésenets ; la cité devait toutefois encore se rendre. Pour le moment, il lui restait à identifier les femmes qui tenaient les plus jeunes. Même si elles n'avaient aucune valeur réelle pour lui, il se tourna néanmoins vers elles. Il leur ordonna d'enlever leurs aschës ; elles reculèrent la tête baissée, une réaction instinctive plutôt qu'une vraie volonté de désobéir à l'ordre sans appel de l'implacable guerrier. Zoltanör transmit ses directives par gestes. Un Sarkinis se plaça alors de chaque côté de leur corps, saisissant un bras de chacune d'elles. Il s'approcha de la première femme. Elle était d'une taille moyenne. Il se planta devant elle, lui arracha son aschë sans ménagement. Il nota un visage encore relativement jeune malgré les rides naissantes aux coins des yeux et quelques mèches blanches mêlées à une chevelure châtain clair. Il ordonna d'un ton péremptoire :

— Votre nom, femme !

— Hazsas, répondit-elle dans un souffle en baissant la tête effrayée manifestement en raison de son visage dévoilé et également par le ton du guerrier.

Ensuite, Zoltanör s'approcha de la seconde femme. Elle était plus petite que la première. On aurait dit une toute jeune fille. Il chercha à deviner son âge, à travers sa robe, avant de lui ôter également son aschë sans ménagement. Elle avait gardé la tête baissée. Il fut surpris par la cascade de cheveux blond-argenté. Attiré par leur éclat, il en attrapa une poignée et tira d'un coup sec, curieux de son apparence. Cette splendide chevelure encadrait un visage ovale d'une blancheur laiteuse. Il était d'une très grande beauté malgré ses yeux clos. Le guerrier était impatient de découvrir son regard. Il saisit plus doucement qu'il ne l'aurait voulu son menton délicat. Refusant de voir son conquérant, elle gardait les yeux fermés. Il attendit plusieurs ménins en maintenant sa prise en silence. Puis, deux prunelles bleues, étincelantes comme des pierres précieuses, s'ouvrirent lentement et le contemplèrent effrayées. Subjugué par ce regard intense, il eut envie instinctivement de la réconforter. Et s'ils avaient été seuls, il l'aurait même prise, là, sur-le-champ pour assouvir un désir irrépressible qui montait en lui. Malgré un contrôle exercé en toutes circonstances, notamment pour donner l'exemple à ses hommes, il dut faire appel à toute sa volonté.

— Votre nom, femme ! essayant de reproduire avec une certaine difficulté le ton qu'il avait employé quelques instants plus tôt auprès de sa compagne.

Il attendit en espérant ne pas entendre le nom qui se répétait en boucle depuis quelques ménins, pourtant l'*Invisible* lui avait réservé une surprise comme il en avait le secret.

— Hazsas, prononça-t-elle également dans un souffle pour le plus grand malheur de Zoltanör.

Zoltanör avait capturé toute la famille royale : le souverain, ses deux épouses et ses cinq enfants légitimes dont l'héritier du trône. Il se tourna vers le monarque.

— Je pense que vous n'aurez finalement plus besoin de ces vêtements trop indignes de vous, votre majesté. Et vos femmes non plus d'ailleurs.

Subitement, il changea de tonalité. Elle devint violemment méprisante. Il se mit à le tutoyer en crachant chaque mot prononcé :

— Ta nar a sonné, sale traître ! *L'Invisible* avait prévu ton pitoyable sort. Toi et ton engeance vous allez devoir payer tous les blasphèmes portés contre lui.

Il conclut enfin d'une voix plus aiguë où perçait un accent quasi mystique :

— Seul votre sang à ta progéniture et à toi lavera tes péchés contre *l'Invisible* et délivrera notre terre de la souillure.

Le chef des Sarkinis s'était exprimé en fadari. À ces mots, un silence s'abattit dans la pièce, avant d'entendre les cris hystériques des deux femmes. Ces dernières voulaient prendre leurs enfants dans leurs bras afin de les protéger. Elles auraient voulu se rebeller contre ce sort fatal, brutal et injuste, seulement leurs membres étaient toujours retenus de chaque côté par deux Sarkinis. Le roi n'osait plus regarder sa famille. Il ne les reverrait probablement plus jamais. Il était monté sur le trône avec pour ambition de devenir un grand monarque. Il avait très vite abandonné ce vœu pieux. Faisant sans cesse passer son désir avant toute autre considération, il avait été un mauvais souverain. Et il réalisait seulement maintenant qu'il avait également été un mauvais père. En effet, il ne s'était guère occupé de ses fils, ne leur montrant que peu d'affection et ne leur accordant jamais de temps. De plus, les rares fois où il avait requis la présence de Nelaï, son héritier, il avait toujours fait preuve d'une grande dureté à son égard. Par contre, il n'avait aucun regret pour ses femmes.

Leur principale utilité avait été d'augmenter ses richesses et de lui avoir donné ses fils. Ses filles auraient été également une source de fortunes supplémentaires s'il avait eu le temps de profiter de leur avenir.

Au milieu de ses réflexions, il vit le chef des Sarkinis faire signe à son capitaine de s'approcher. Ils discutèrent à voix basse. En fait, le chef parlait et le subalterne acquiesçait de temps en temps. Cela dura quelques ménins, ensuite, ils se retournèrent en même temps vers lui. Zoltanör fit un mouvement de tête à l'adresse de l'un de ses hommes. Sans aucune parole échangée, il lui communiqua ses ordres. De sa main droite levée qui avait cessé de serrer le pommeau de son épée, il désigna avec ses doigts le chiffre trois, puis son index le montrait.

Le roi prit peur. Il savait leur fin imminente. Rien ne pouvait plus les sauver, ni lui ni ses fils.

Sept hommes se postèrent devant le souverain :

— Levez-vous et suivez-nous ! ordonna un soldat.

Aussitôt, ils encadrèrent le monarque. Gagné par le désespoir, ce dernier s'était redressé difficilement. Il fut escorté hors de la pièce. Il ne put prononcer un seul mot d'adieu à sa famille. Il ne vit donc pas les sept autres gardes se saisir des garçons avec des poignes d'acier pour les faire avancer, le capitaine Marür à la tête de ce deuxième peloton. Quant aux femmes, elles étaient déjà aux mains de soldats ; d'autres empoignèrent les filles. Ce peloton, plus nombreux suivit les deux précédents.

Après quelques ménins de marche, les trois groupes arrivèrent à l'entrée sud, là même où la plupart des Sarkinis avaient pénétré quelques nars plus tôt dans le palais royal. Dehors, on devait être déjà au milieu de la journée, mais le ciel matinal bleu pâle s'était transformé en une épaisse couche grisâtre. L'odeur de fumée attaquait fortement les narines et la gorge. Les enfants furent pris de toussotements intempestifs. Des sons lointains étouffés avaient remplacé le bruit des fracas assourdissants de la matinée.

Leur mission réussie, les Sarkinis envoyèrent deux flèches en direction du nord et de l'ouest.

En réponse, ils reçurent deux flèches de l'ouest, espacées de deux autres. Les unités du nord et celle de l'ouest n'allaient plus tarder. Les deux groupes n'eurent pas à patienter bien longtemps avant de voir arriver au galop les premiers combattants des deux autres unités.

Dès qu'ils mirent pied à terre, les deux capitaines de ces unités firent leur rapport à leur Däg-Chem. Zoltanör les félicita pour leurs victoires, puis leur donna l'ordre de lancer la phase 3 : la reddition de la cité.

Cette phase 3 consistait à rallier l'entrée principale de la cité, qui se trouvait à l'est, à l'opposé du quartier dévasté par des flammes intenses quelques nars plus tôt. Il fallait contourner une partie de l'armée akmérienne occupée à éteindre l'incendie et à assurer principalement la sécurité des marchandises indispensables à la cité. L'armée des Sarkinis attendait derrière le mur Est que les unités atteignissent leurs objectifs : la capture du roi des Nésenets et l'ouverture des lourdes portes de la cité.

La longue colonne s'acheminait au trot vers l'est. Elle ne rencontrait aucune résistance, car le roi était bien visible à cheval, en tête de ce cortège, aux côtés du chef des Sarkinis. Les soldats, après avoir tenté d'éteindre l'embrasement du quartier ouest, étaient exténués. Ils n'auraient pas pu combattre les farouches Sarkinis dans cet état d'épuisement total, néanmoins ils avaient bien œuvré : ils avaient sauvé leur cité.

Cependant, le prix à payer avait été exorbitant : leurs défenses étaient complètement anéanties. Le wartür, le vent malin comme on l'appelait sur les Terres Dorées, soufflait toujours dans deux directions le matin, d'abord du nord au sud pendant quelques nars, puis tout à coup, il changeait de cap en soufflant vers l'ouest. Il avait trahi les Akmériens et s'était révélé un allié capital dans le plan de leurs ennemis. Le feu s'était propagé à grande vitesse jusqu'au mur ouest, dévorant tout sur son passage : les maisons, les jardins ainsi que les bâtiments publics, avalant peu à peu la pierre et les riches décorations. Une partie de cette richesse architecturale s'était transformée progressivement en un tas de cendres.

Mais, l'autre partie de l'armée akmérienne avait également combattu sans relâche jusqu'à sauver une bonne part du quartier des nobles et celui des temples. C'était pourquoi, lorsque les soldats virent passer la longue colonne des Sarkinis, ils la regardèrent totalement passifs en raison de leur épuisement et de la capture de leur roi.

Celle-ci arriva à l'entrée principale de la cité, devant le mur Est. Le ciel était beaucoup plus sombre que devant le palais et l'odeur de fumée y était plus soutenue. L'incendie avait été maîtrisé depuis peu. Des quintes de toux parcoururent l'ensemble du cortège donnant l'impression d'un grand animal étrange doté d'un langage singulier.

Comme dans le palais, royal des combattants furent envoyés pour ouvrir l'immense double-porte d'Akméra. Au bout de quelques ménins, les lourds panneaux en fer extrêmement épais, d'une hauteur de quinze mabs, s'ouvrirent totalement. Soudainement, on vit surgir de ce trou béant des chevaux avec des robes de plusieurs couleurs : isabelle, alezan, brun, noir, bai, gris, blanc… On apercevait juchés dessus, des hommes armés, vêtus de pantalons et de tuniques orange de la même couleur que ceux des assaillants de la cité. Peu à peu, chevaux et soldats se déversèrent dans les rues.

Akméra était tombée !

Zoltanör contemplait avec jubilation la partie de son armée qui pénétrait dans la Cité des Arts comme on la surnommait ; l'autre partie campait à l'extérieur par mesure de sécurité. C'était la première cité qui connaissait enfin le châtiment que méritaient tous les Incroyants des Terres Dorées. Les sentiments du roi des Nésenets étaient diamétralement opposés à ceux de son conquérant. Il assistait, impuissant, à l'invasion de sa splendide cité par les soldats des Fils de *l'Invisible*. Avec eux, l'ignorance allait se propager telle une maladie contagieuse incurable à l'intérieur de ses murs où l'art régnait auparavant.

Zoltanör accueillit ses hommes à cheval. Ils lui témoignèrent une profonde vénération silencieuse en inclinant tous leur tête, car il avait de nouveau démontré qu'il était le plus extraordinaire guerrier en prenant la cité avec quatre unités seulement.

Après cet instant de forte communion, il se dirigea, toujours à cheval, vers les quartiers des soldats, à proximité du mur Est. Il avait décidé d'y emprisonner le monarque ainsi que ses fils avant leur exécution prévue pour le lendemain devant tous les habitants.

Arrivé devant une longue bâtisse vert foncé, Zoltanör fit signe, sans se retourner, au détachement à qui Marür avait donné l'ordre de le suivre. Le reste de ses forces devait prendre possession d'Akméra en arrêtant ses soldats, en traquant les éventuels résistants et en se postant aux points stratégiques (murs, portes d'entrée...). Une fois descendu de cheval, Zoltanör appela son capitaine.

— Marür !

Ce dernier obéit à son chef promptement en s'approchant de lui.

— Oui, Däg-Chem ?

— Je te confie la garde des fils du roi. Prends bien soin d'eux jusqu'à demain matin sinon tu en répondras de ta vie ! dit Zoltanör sur un ton ferme que Marür connaissait bien.

— Oui, Däg-Chem. Je ne vous décevrai pas. Vous pouvez compter sur moi.

— Je sais, assura Zoltanör, moins durement.

Il héla deux soldats pour qu'ils encadrent le monarque qui devait mettre pied à terre. Ces derniers l'accompagnèrent à la hauteur de leur Däg-Chem.

Depuis qu'ils avaient quitté le palais, même quand ils chevauchaient côte à côte, Zoltanör ne lui avait plus adressé la parole. Il parla de nouveau :

— Vos nouveaux quartiers vous plaisent-ils votre majesté ? demanda ironiquement le chef des Sarkinis en montrant la solide bâtisse peu attrayante comportant une construction principale et deux parties latérales.

Le monarque ne supportait plus ce traitement irrespectueux, néanmoins il ne pouvait rien dire sans risquer d'écourter sa vie.

Zoltanör savourait l'humiliation du roi. Il le méprisait. Ce dernier avait trompé son peuple. Il leur avait donné à glorifier un faux dieu pour son intérêt personnel, l'éloignant ainsi du véritable Dieu, *l'Invisible*. Il le toisa d'un regard glacial en lui disant sans ménagement :

— Profitez bien de votre ultime nuit, car demain vous aurez rejoint votre père, le Soleil Doré !

— N'ayez crainte, vos fils ne vous abandonneront pas puisqu'ils vous retrouveront également ! continua-t-il avec un sourire narquois.

Cette phrase finale sonnait le glas de la toute petite lueur d'espoir qui avait tout de même survécu malgré les propos menaçants lancés par son ennemi lors de sa capture.

Zoltanör se tourna vers l'un des deux soldats proches du monarque et s'adressa à lui :

— Enfermez-le dans la cellule la plus sale et mettez-le au régime du peuple, cela ne lui fera pas de mal !

Et il dit en riant franchement :

— Il ne mourra pas de faim puisqu'il sera mort avant !

Les deux soldats rirent de bon cœur avec leur Däg-Chem, ce qui n'arrivait que trop rarement. Ensuite, ils s'éloignèrent avec leur prisonnier vers l'entrée du bâtiment principal de l'édifice.

De son côté, Marür prit la direction de l'aile gauche perpendiculaire à celui-ci. Arrivé tout près, il découvrit les quartiers consacrés aux réserves de vivres. L'aile était construite de plain-pied et aurait bien eu besoin d'une nouvelle couche de peinture. Après avoir visité plusieurs pièces, il en trouva une de taille moyenne, relativement propre et pratiquement vide; les murs étaient en pierre épaisse et le sol recouvert de vieille paille. Le capitaine demanda à ses hommes d'aller chercher des femmes pour nettoyer sommairement celle qu'il avait retenue. Au bout de quelques ménins, deux jeunes servantes arrivèrent. Elles portaient des balais et des chiffons. Pendant qu'elles s'activaient dans les lieux, Marür attendait dehors avec les enfants.

On les avait fait asseoir sur un petit banc vétuste en bois foncé trouvé par un soldat dans l'une des pièces. Quand les domestiques ressortirent, des soldats les remplacèrent en amenant de la paille fraîche et en transportant des meubles. Marür fit alors entrer les enfants. Leur nouvelle habitation était aménagée de façon spartiate avec : trois couches épaisses, une table très simple et un fauteuil. Il invita chaque enfant à prendre place sur l'une des paillasses fort modestes par rapport à celles qu'ils avaient toujours connues. Submergés par une grande fatigue, ils se laissèrent glisser dessus et s'enroulèrent dans les couvertures déposées à leur attention. Marür s'installa dans le fauteuil pour les surveiller jusqu'au lendemain, le jour de leur exécution. Sa responsabilité étant totale, il avait décidé de ne pas déléguer cette garde à ses hommes.

Assis de l'autre côté de la pièce, il pensait au souverain. Il le condamnait sans aucun état d'âme : il devait mourir, le plus vite serait le mieux. Toutefois, il était tiraillé au sujet du sort fatal réservé aux jeunes princes. S'il comprenait bien le pourquoi, cela ne le réjouissait pas vraiment, car selon lui, la guerre était uniquement une affaire de guerriers qui devaient s'affronter face à face.

Il sentit que l'aîné l'épiait attentivement. Il lui rendit son regard sans ciller. Après plusieurs ménins d'observation plus curieuse que défiante, le silence se brisa.

— Depuis combien de temps êtes-vous un Sarkinis ?

— Dix lanns, répondit Marür d'un ton neutre.

— Puis-je vous poser une autre question ?

Marür lui intima l'ordre de continuer à parler d'un signe avenant de la main. L'adolescent semblait chercher ses paroles. Puis, il dit de la façon la plus détachée possible :

— Je sais que je vais bientôt mourir, et j'aimerais savoir pourquoi exactement. Mon précepteur m'a expliqué le fonctionnement du royaume des Nésenets et l'histoire des Terres Dorées. Nous sommes une même nation, alors pourquoi vous, les Sarkinis, souhaitez-vous tuer vos frères, si ce n'est pour vous accaparer leurs biens ?

Marür le regardait avec étonnement. C'était un enfant qui avait grandi dans l'opulence, néanmoins qui ne semblait pas veule comme son père. L'innocence habitait encore son visage altier. Le tiraillement qu'il avait ressenti plus tôt se manifesta une nouvelle fois.

Les Terres Dorées ! Qu'avait vraiment appris ce jeune prince ? Lui avait-on tout enseigné comme lui au même âge ?

Il le regarda de nouveau et ouvrit la bouche pour dire :

— Veux-tu que je te raconte l'histoire des Terres Dorées et du véritable Dieu ?

L'adolescent acquiesça solennellement la tête, les yeux avides de connaissance, comme s'il allait bientôt faire partie d'un cercle d'initiés.

Il écouta attentivement le Sarkinis lui conter les Terres Dorées d'une voix grave. Une fois fini, le jeune prince resta silencieux, le visage bouleversé.

Le silence se prolongeant, Marür reprit avec une ferveur convaincante pour se débarrasser de tout remords superflu :

— Tu vois, nous ne convoitons nullement vos biens, aussi riches que vous soyez, nous venons seulement libérer les peuples d'un faux dieu et de rois sans honneur. *L'Invisible* nous a demandé de faire le *Shakkar*. Nous nous soumettons uniquement à sa volonté.

Son ton s'était radouci pour prononcer les paroles suivantes :

— Si cela peut te consoler, dis-toi que *l'Invisible* réclame vos vies pour que nous devenions véritablement une seule et même nation. C'est notre destin !

Sur ces dernières paroles, Marür se leva et sortit de la pièce, laissant l'adolescent à ses propres réflexions.

II - Les desseins de l'Invisible

La mission secrète de Zoltanör

Après avoir quitté son fidèle capitaine, Zoltanör entra dans le long bâtiment principal, tout proche du mur Est, celui des quartiers des soldats. Là, il confia immédiatement le roi à ses hommes. Selon ses instructions, ces derniers l'enfermèrent dans la cellule la plus sale de la prison située dans les sous-sols de la solide bâtisse.

Zoltanör s'installa dans la chambre réservée au commandant. Elle n'était pas du tout spartiate, mais plutôt confortable. Depuis des lanns, il vivait dans un confort minimal ; il y était habitué. Le commandant suprême jeta un bref coup d'œil à la pièce. Dans le fond se tenait un lit avec un gros matelas qui semblait très douillet. Il était recouvert d'un délicat linge de couleur jaune ocre et d'un gros édredon bleu sombre, ce dernier étant indispensable pour les nuits très fraîches de la saison. Cependant, ces effets ne ressemblaient pas tout à fait au paquetage habituellement distribué aux soldats dans leurs baraquements, cela correspondait plutôt aux affaires couramment utilisées dans des maisons de riches commerçants. Deux autres éléments détonnaient dans la chambre : un coffre en bronze de plus d'un mab en longueur et en hauteur dont les extérieurs dévoilaient de fines gravures et un élégant miroir façonné en étain aussi large qu'un visage. Le reste était plus conforme au quartier d'un soldat : un grand bureau en bois tout simple sur lequel s'étalaient quelques documents avec une chaise assortie, un grand meuble en bois dans lequel les lames de diverses épées venaient s'encastrer, un fauteuil robuste dont le tissu bleu sombre était légèrement élimé et une table moyenne sur laquelle étaient disposés une petite cuvette et un broc en cuivre. Il secoua doucement sa tête en se moquant de ce peuple imprégné d'art jusque dans son quotidien et totalement dépourvu du moindre sens pratique dans la construction des défenses de sa cité. Excepté les Kars, qu'ils avaient vaincus grâce à leur excellent plan, les Sarkinis n'avaient pas rencontré de guerriers dignes d'eux.

Zoltanör se dirigea vers le fauteuil usé. La journée avait été très longue et il n'aspirait qu'à une seule chose : dormir. Il se laissa choir sans ménagement, cala bien son dos, allongea tranquillement ses jambes musclées et ferma ses yeux sans plus attendre. Des cris de bataille résonnaient dans sa tête. Il tenta de les chasser, en vain. La tension de son corps était toujours palpable. Il se releva brusquement et appela les gardes postés derrière sa porte. Il était protégé en permanence par ses hommes qui l'adulaient ; ils donneraient leur vie pour la sienne. Zoltanör pensa à Marür, son fidèle parmi tous ses fidèles, dont il était séparé pour la première fois depuis qu'il assurait sa protection. Il lui avait confié les enfants du roi pour le tenir à l'écart de ce qu'il s'apprêtait à faire.

Il décida de repousser de quelques ménins sa mission secrète, celle que lui avait confiée le *Sahrfir* avant leur départ pour Akméra.

*

La veille de leur départ, Nimôn, l'un des plus anciens serviteurs du Sahrfir, accompagné d'un soldat, était venu le chercher dans sa demeure ; son maître le réclamait de toute urgence. Marür, dont le rôle était de le protéger en permanence, sur un champ de bataille comme dans les alcôves d'un palais, l'avait bien évidemment suivi dans ce déplacement nocturne jusqu'à l'ancien palais royal des Sahrs dans lequel résidait désormais leur guide spirituel. Les quatre hommes s'étaient déplacés avec discrétion. Ils étaient entrés dans le palais par l'une des nombreuses portes dérobées, servant autrefois aux va-et-vient des courtisanes du roi. Plus d'une fois, Marür lui avait formulé sa profonde désapprobation au sujet de l'utilisation de ces passages, reflet d'une vie de débauche. Leur existence même souillait leur Sahrfir, le saint parmi les saints, le représentant de *l'Invisible* sur Ĕphўr. Zoltanör conservait à chaque fois un visage placide face aux propos de son capitaine.

Le serviteur les avait conduits devant une porte que Zoltanör ne reconnaissait pas. Il avait lancé un regard perplexe à Marür. Comprenant ce message silencieux, ce dernier s'était tenu sur ses gardes sans avoir dégainé ses deux épées, mais en position défensive. Enfin, le serviteur avait frappé deux coups secs successifs à la porte ; elle s'était ouverte immédiatement. Farôn, l'intendant du Sahrfir, de taille moyenne et aussi menu que son maître, les avait accueillis comme à son habitude avec bienveillance, faisant retomber instantanément la prudence de Marür. Zoltanör le connaissait depuis longtemps étant donné que ce dernier servait déjà Gorrôn, à l'époque où il était un jeune *Hafir* méconnu, bien avant qu'il devienne le nouveau Sahrfir. L'intendant avait aussitôt congédié le serviteur ainsi que le soldat. Ensuite, il leur avait fait signe de rentrer dans la pièce en entrouvrant davantage la porte et en reculant à l'intérieur pour les laisser entrer. Ils étaient ainsi arrivés dans une antichambre. Farôn avait également frappé deux coups secs consécutifs avant d'ouvrir directement la porte. Sur le seuil, il avait annoncé sur un ton révérencieux en inclinant son buste :

— Sahrfir, le Däg-Chem est ici !

Tandis que Zoltanör pénétrait dans les lieux, l'intendant avait placé sa main sur la poitrine de Marür.

— Mon maître m'a bien stipulé que seul le Däg-Chem Zoltanör était invité, je suis désolé Capitaine Marür, j'obéis seulement à mon maître, avait-il ajouté en secouant la tête d'un air navré.

Zoltanör s'était retourné vivement pour faire signe à Marür de l'attendre, puis il avait fait quelques pas dans une pièce de la dimension d'une chambre à coucher. Il ne se souvenait pas y être déjà venu. Elle était toute blanche, recouverte dans toute sa surface d'un épais tapis bleu foncé. Il n'y avait aucune décoration excepté un énorme lustre en étain accroché au plafond qui illuminait toute la superficie grâce à de nombreuses boules de feu. Assis par terre, en tailleur comme d'habitude, la tête baissée vers son livre posé dans le creux de ses membres croisés, son guide spirituel lisait les préceptes de *l'Invisible*.

Le saint homme avait relevé les yeux vers son visiteur dès qu'il avait entendu la porte se refermer pourtant doucement.

— Mon fils ! Viens près de moi ! Comment vas-tu aujourd'hui ?

— Bien, Sahrfir. Je vous remercie de prendre des nouvelles de votre humble serviteur.

Les deux hommes étaient installés sur le tapis brodé de fils orange, d'une dimension imposante, mais bien moins que celui de la salle principale de la résidence. Un silence de réflexion, pas du tout pesant, s'était établi. Puis, le Sahrfir lui avait dit :

— Mon fils, tu sais que la lutte que nous avons entreprise est la volonté de *l'Invisible* ?

— Oui, Sahrfir. Je le sais.

— C'est *l'Invisible* qui t'a choisi, toi et toi seul, et qui m'a demandé de te guider pour accomplir ses desseins sur les Terres Dorées. Et je n'aurais pas souhaité quelqu'un d'autre que toi pour cette mission divine ! avait continué son guide spirituel avec un grand sourire très satisfait.

— Je vous remercie, Sahrfir. Vous êtes trop bon, et c'est un honneur pour moi de vous servir vous et *l'Invisible*, avait-il rétorqué dans une profonde déférence en inclinant sa tête en signe de soumission totale.

Le Sahrfir avait secoué sa main droite de façon désinvolte comme pour signifier que ce n'était pas grand-chose.

— L'*Invisible* t'envoie pour commencer le Shakkar. Comme il a été décidé, pour des raisons de stratégie militaire que tu maîtrises beaucoup mieux que moi, notre armée a pour mission de prendre Akméra, la cité du roi des Nésenets.

— Oui, j'ai bien étudié la cité. Mon plan est parfait. Et avec l'aide de *l'Invisible*, nous serons vainqueurs, avait-il répondu avec ferveur.

— La cité est très riche. Elle possède un fabuleux trésor

dont peu de gens ont connaissance. Il faudra donc le chercher, t'en emparer et le ramener à *Yazam*. C'est la mission principale de cette campagne.

— Je pensais qu'il fallait prendre Akméra, exécuter le roi et ses fils et libérer le peuple de leur faux dieu ? avait demandé Zoltanör d'un air étonné.

— Oui, tu as tout à fait raison, mon fils, c'est ce que je voulais dire. Il faut préserver le peuple, car si le trésor demeure à Akméra, quelqu'un finira par le découvrir. Nous aurions alors un risque de rébellion des Akmériens pour récupérer leur cité. Il vaut mieux le ramener à Yazam, là où nous le conserverons en secret. Par conséquent, il est impératif que peu de gens soient informés non seulement de son existence, mais également de son transfert, s'empressa de rectifier le Sahrfir.

Puis, il ajouta sur un ton confidentiel :

— En d'autres termes, ta mission doit demeurer secrète. Même ton fidèle Marür ne doit pas être au courant ! Lorsque tu seras à Akméra, fais donc appel au capitaine Örkon, et laisse Marür dans l'ignorance pour une fois.

Zoltanör avait observé attentivement son guide spirituel. Il savait qu'il affectionnait beaucoup Marür. D'ailleurs, il l'avait conforté dans son choix de le prendre comme bras droit. Par conséquent, sa demande était bien étrange, cependant il ne discutait jamais les décisions du Sahrfir.

Il était ressorti de son entrevue le visage impassible. Il n'avait rien rapporté à Marür qui n'avait pas osé le questionner.

*

Zoltanör revint au présent. Il décida de se restaurer et de se changer avant d'effectuer sa mission.

— Sarkinis !

Deux soldats entrèrent immédiatement.

— Apportez-moi mes vêtements et à manger !

La porte se referma.

Il attendit quelques ménins. Un soldat réapparut dans la pièce avec ses affaires ; il les posa par terre. Il reconnut ses vieilles sacoches en cuir marron foncé.

— Merci, soldat. Vous pouvez disposer !

Ce dernier le salua, avant de partir comme il l'avait fait en entrant, serrant son bras droit contre sa poitrine en plaçant son poing fermé sur son cœur dans un geste ferme tout en penchant légèrement la tête à gauche de façon brève. C'était le salut académique du militaire subalterne.

Zoltanör lui rendit son salut en inclinant uniquement sa tête, la gardant bien droite, la réponse du supérieur hiérarchique. Ensuite, il se dirigea sans tarder vers la table de toilette, bien avant d'entendre la porte se refermer. Une bassine y avait été posée avec des serviettes. L'eau était froide, toutefois il y était habitué. Il se demanda si le commandant de ces quartiers confortables faisait chauffer son eau, car il semblait vivre dans un certain luxe. Il se nettoya le visage, les avant-bras et les mains méticuleusement avec un gros savon noir. Il frotta ses membres vigoureusement. Le redoutable guerrier éprouva immédiatement la fraîcheur sur son corps moite. Il se sentit revigoré. Il extirpa de ses sacoches usées une tunique propre, mais d'une couleur inhabituelle pour lui : noire. Il l'enfila. Il laissa par terre en évidence son gilet marron doré, sa tenue et son armure tâchés, les témoins des assauts sanglants, afin qu'ils soient nettoyés.

À peine eut-il terminé, qu'il entendit la porte s'ouvrir de nouveau. Trois jeunes femmes vêtues de robes longues beige clair entrèrent portant chacune une partie de son repas. Il ne voyait ni leurs cheveux ni leurs visages dissimulés dans le aschë traditionnel. La première d'aspect robuste et très grande pour une femme s'avança pour poser son plateau sur le bureau. Elle suspendit son geste en lui désignant du menton les documents étalés. Il fit un bref signe de la tête, lui indiquant ainsi qu'elle pouvait pousser les papiers pour se débarrasser de sa charge. La deuxième, petite et ronde, s'avança pour déposer deux cruches en cuivre. Enfin, la dernière, de taille moyenne, apporta une grande corbeille de fruits attrayants dont certains lui semblaient totalement inconnus.

Quand elles eurent tout mis sur la table, elles s'agglutinèrent les unes aux autres et attendirent à trois mabs environ derrière la chaise placée devant la table. Zoltanör s'attabla pour se restaurer copieusement.

Il avait très faim après cette journée d'âpres combats. La première femme s'approcha pour soulever le couvercle du plateau. Un maelström de parfum vint s'engouffrer dans ses narines séduisant son odorat. Sur un petit plat cuivré, il aperçut des grillades appétissantes dont s'écoulait lentement une sauce marron doré. Cela sentait un met délicieux qu'il avait dégusté pour la première fois le jour où il était devenu Däg-Chem. À côté, un alléchant ragout orangé fumant se dévoilait fièrement dans un plat creux en cuivre. Dans deux petites assiettes, il y avait également une purée jaune pâle onctueuse et de grandes tranches très fines de galettes sèches sur lesquelles apparaissaient de minuscules points noirs irréguliers. C'était un repas de luxe comparé à ce qu'il mangeait habituellement. La jeune femme remplit sa grande assiette cuivrée qui complétait le plateau en y déposant des portions moyennes des différents mets. La deuxième lui demanda s'il souhaitait de l'eau ou du *liekel*. Il opta pour le liekel, car il avait envie de fêter leur victoire bien qu'elle serait entérinée seulement le lendemain avec la mort du monarque et de ses fils. Il mangea rapidement en silence remplissant son estomac affamé, puis but plusieurs gorgées qui le désaltérèrent. Les femmes, derrière lui, ne faisaient aucun bruit même pas les gloussements qu'il entendait habituellement. Enfin, la troisième s'avança quand il eut fini, pour lui proposer leurs meilleurs fruits, des spécialités qu'on ne rencontrait pas sur les autres territoires des Terres Dorées. Zoltanör lui désigna un fruit violet de forme allongée. Cette dernière le prit et incisa la peau rugueuse avec un couteau qui se trouvait sur le plateau, après elle décolla délicatement la peau. Une chair rose juteuse se dévoila à lui. Elle la coupa avec dextérité dans le creux de sa main et lui tendit trois lamelles. Le guerrier les prit doucement et en porta une à sa bouche.

Là, le jus gicla dès qu'il referma ses dents robustes sur celle qu'il retenait prisonnière de sa mâchoire. Un goût liquide sucré s'y répandit tel un torrent qui dévale une montagne, inondant son palais.

— Bien, dit-il en maîtrisant sa voix, car il ne voulait pas qu'on puisse se rendre compte du plaisir qui l'avait saisi pendant un instant.

Zoltanör fit signe aux trois servantes de disposer. Elles ramassèrent les restes du repas et partirent en lui disant bonsoir tout en inclinant leur buste dans un geste de soumission.

Maintenant qu'il s'était restauré, il pouvait mener à bien sa mission secrète. Il appela de nouveau les soldats.

— Sarkinis ! Conduisez-moi au prisonnier !

Il sortit de la pièce en prenant ses armes au passage. Ceux qui gardaient sa porte se placèrent devant lui pour lui indiquer le chemin. Il leur emboîta le pas. Tous les trois empruntèrent le couloir qui débouchait sur un palier. Le bâtiment principal ne comptait qu'un seul étage. Ils descendirent les escaliers, une première fois, puis une seconde afin de se retrouver au sous-sol. Un vaste palier était éclairé grâce à plusieurs torches accrochées aux différentes parois. En atteignant ce niveau, on découvrait trois couloirs dont on ne voyait pas la fin : l'un à gauche, l'autre à droite, et le dernier en face. L'un des soldats qui l'accompagnaient s'avança vers le poste de garde. Les autres, occupés à aiguiser les lames de leurs épées, se levèrent aussitôt qu'ils aperçurent le commandant suprême derrière les nouveaux arrivants. Ils saluèrent leur chef en un seul mouvement.

— Däg-Chem, dirent-ils en cœur, effectuant le salut académique.

Zoltanör les salua à son tour. Il les observa dans la clarté lumineuse. Il y avait six gardes. Leurs tenues orange luisaient sous les rais de lumière. Les soldats étaient tous plus grands que lui. Leurs visages jeunes et farouches étaient encadrés des deux tresses, signe de leur appartenance aux Sarkinis. Ils semblaient fatigués, cependant une lueur brillait dans leurs yeux dont il n'arrivait pas à déterminer l'origine exacte : la simple satisfaction de servir *l'Invisible* ou l'appel du Shakkar qui rencontrait un vif succès auprès des nouvelles recrues ? se demanda-t-il avec curiosité.

— Qui commande ici ?

Un soldat s'avança jusqu'à lui.

— Capitaine Barăg pour vous servir Däg-Chem ! annonça-t-il en le saluant.

— Capitaine, conduisez-moi à la cellule du roi ! exigea-t-il d'une voix forte en répondant à son salut militaire.

— C'est par là, Däg-Chem, dit-il avec respect en lui montrant le couloir de droite.

— C'est là que se trouvent les cellules les plus inconfortables, pour ne pas dire extrêmement sales. Nous y avons installé le roi comme vous l'avez expressément demandé, continua-t-il sur le même ton révérencieux.

Ce dernier se tourna vers les soldats qu'il commandait :

— Dochlar, apporte-moi deux torches ! réclama-t-il sur un ton autoritaire à l'opposé de celui qu'il employait pour s'adresser à son Däg-Chem.

Le soldat interpellé revint quelques ménins plus tard en tenant une torche dans chacune de ses mains. Il les tendit à son capitaine. Ce dernier lui fit un signe de tête pour l'exécution rapide de l'ordre. Le capitaine Barăg se retourna vers son Däg-Chem en lui proposant l'une des deux torches. Il se dirigea ensuite vers le couloir de droite. La pénombre y était encore plus importante que dans les deux autres couloirs, semblait-il, car les flambeaux accrochés aux parois étaient au moins espacés d'une dizaine de mabs. Ils marchèrent en silence jusqu'à ce que le capitaine s'arrêtât devant une cellule.

— C'est ici, Däg-Chem !

Ce dernier prit sur sa ceinture le trousseau de clefs et déverrouilla la cellule de la main droite. La pièce était plongée dans un noir total. Il y introduisit la torche qu'il tenait de sa main opposée pour tenter d'apercevoir le souverain. Il ne voyait rien, puis dans un petit recoin du cachot, il vit une masse recroquevillée sur elle-même. Il recula, et tout en gardant la porte ouverte, se tourna vers son Däg-Chem pour lui faire un signe affirmatif. Ce dernier entra à son tour dans la pièce en balayant l'espace restreint grâce à sa source de lumière. Zoltanör distingua également un corps assis, dos au mur du fond, genoux remontés dans lesquels une tête était enfouie. Il ne le voyait pas très bien, aussi, il exigea une autre torche. Celle-ci ne tarda pas à apparaître sur la paroi, juste à côté de la porte de la cellule. Le cachot était dorénavant mieux éclairé puisqu'il pouvait maintenant observer les traces de saleté sur les vêtements ainsi que sur le visage du roi qui venait de relever sa tête. Le guerrier impitoyable s'avança pour se placer à la hauteur du monarque.

Zoltanör se retourna vers l'entrée pour exiger de façon autoritaire :

— Apportez-moi une chaise !

Le roi n'avait pas bougé au son de la voix du redoutable combattant. Il scrutait le chef des Sarkinis avec un regard vide. Un soldat revint essoufflé, c'était le même qui avait amené les torches quelques ménins plus tôt. Il cala la chaise dans le sol terreux irrégulier. Zoltanör lui fit signe de sortir. Le soldat le salua, puis tourna ensuite les talons vers l'entrée de la cellule. Se retournant vers le capitaine Baräg, Zoltanör lui dit avec fermeté :

— Vous pouvez disposer également pour le moment.

— Bien, Däg-Chem.

Zoltanör entendit le bruit d'une lourde porte se refermer peu après.

Il réfléchit quelques ménins puis s'adressa au monarque :

— Levez-vous ! vociféra-t-il sans faire le moindre geste.

Le roi se mit d'abord à quatre pattes avant de pouvoir se redresser complètement sur ses jambes en s'aidant du mur derrière lui. La position intermédiaire avait entraîné de nouveau une insulte de Zoltanör :

— C'est comme cela que se tiennent les chiens de ton espèce ! Sale traître !

Le roi des Nésenets vivait un cauchemar depuis sa rencontre avec le terrible guerrier. Jamais, il n'avait été traité de la sorte. Depuis tout petit, on s'aplatissait littéralement devant lui. Il s'efforça de ralentir son cœur qui s'emballait trop vite en tentant de respirer plus doucement. Il repensait encore à sa famille, en particulier à ses fils. Il ne les reverrait probablement pas une dernière fois. Il avait les yeux fermés pour essayer de se rappeler leurs visages.

Il sentait un regard le transpercer. Comme mus par une volonté propre, ses yeux s'ouvrirent lentement sur la face de son bourreau. À la lueur des torches, il était bien plus terrifiant qu'à la lumière du jour. Son regard de feu incandescent semblait lui traverser l'âme.

— Où se trouve le trésor royal ? exigea son ravisseur d'une voix lourde de menaces.

Le roi sentit la panique le gagner totalement. Ainsi, après lui avoir pris sa cité, son palais, sa famille, le chef des Sarkinis voulait le déposséder de son fabuleux trésor accumulé par ses ancêtres. Comment les Fils de *l'Invisible* en avaient-ils eu connaissance? Peu de personnes détenaient cette information très confidentielle. Un de ses proches l'avait donc trahi ! Malheur à lui ! D'ailleurs, c'était sûrement le même qui avait facilité à l'ennemi l'accès à la cité par l'entrée secondaire située à l'ouest puisque le feu avait démarré non loin de cette zone. Terrifié, le monarque déglutit péniblement, car il savait qu'il ne pourrait pas résister à son ravisseur. Plongé dans ses réflexions, il ne s'était pas aperçu que ce dernier scrutait attentivement son visage, lisant toutes les émotions qui s'y bousculaient : frayeur, fureur, lassitude, inquiétude...

Zoltanör comprit alors qu'il arracherait sans peine la vérité au roi. Celui-ci n'était d'ailleurs pas de taille à lutter contre lui.

— Où se trouve le trésor royal ? répéta-t-il, mais cette fois-ci sur un ton neutre.

Le roi garda le silence. Il savait que si les Sarkinis s'en emparaient, Akméra et tout ce qu'elle représentait (l'art sous toutes ses formes) tomberaient dans l'oubli à tout jamais. Son cœur souhaitait résister de toutes ses forces, seulement son corps et son esprit en étaient tout simplement incapables.

— Où se trouve le trésor royal ? questionna Zoltanör pour la troisième fois, changeant encore de tactique en soulevant brutalement le souverain d'une seule main.

La puissante poigne de fer du formidable combattant lui emprisonnait la gorge. Il avait du mal à respirer. Il haletait de plus en plus. Un marteau semblait frapper minutieusement sa tête à intervalles réguliers. Une douleur lancinante s'empara de lui ; elle devenait insupportable. Ses poumons commençaient à manquer d'air ; sa respiration se fit sifflante.

Lorsqu'il fut sur le point de s'évanouir, l'étau se desserra soudainement. Privé de toute énergie, il tomba sur ses genoux, ses jambes étant trop chancelantes pour retenir son corps.

— Sache, chien, que si tu ne me donnes pas la bonne réponse, nous descendrons un étage plus bas. Tu connaîtras alors des souffrances au-delà de toute imagination. Et si par miracle tu réussissais à résister, c'est ton fils aîné, Nelaï, c'est bien son nom ? C'est lui qui prendrait ta place. Je te conseille donc de nous épargner cette perte de temps inutile, dit-il en martelant ces mots distinctement pour bien montrer sa détermination.

Le monarque était épuisé aussi bien physiquement que psychiquement. De plus, il n'avait pas mangé un seul repas de la journée. Toujours à genoux, il se mit à trembler sous le coup d'émotions trop fortes pour lui. Il n'était pas habitué à gérer des situations si extrêmes. Jamais il n'avait connu de tels évènements dramatiques !

On entendit une voix fluette prononcer :

— Dans les fondements du mur Est.

Zoltanör tourna la tête légèrement à droite. Le souverain ne le vit pas expirer lentement par les narines, libérant la tension qui l'habitait plus tôt. Puis, il se recomposa un visage impassible avant de faire volte-face vers ce dernier.

— Levez-vous ! Comportez-vous comme un homme ! sermonna-t-il sévèrement, employant le ton utilisé pour réprimander des enfants.

Il continua implacablement :

— Suivez-moi ! Vous m'indiquerez le chemin !

Il clama encore une fois d'une voix forte :

— Ouvrez la porte !

On entendit la porte s'ouvrir immédiatement et le soldat nommé Dochlar se précipita à l'intérieur.

— Allez me chercher le capitaine Barӓg !

Quelques instants plus tard, ledit capitaine revint dans la pièce, le soldat était resté à l'extérieur.

Zoltanör le regarda de nouveau attentivement. Ses yeux exprimaient une soumission quasi religieuse.

— Capitaine ! Demandez à l'un de vos hommes de localiser le capitaine Örkon. Il le trouvera soit dans la salle commune au rez-de-chaussée soit dans l'un des dortoirs du premier étage. Qu'il lui dise de me rejoindre en tenue furtive avec dix de ses meilleurs guerriers et douze montures sellées devant l'entrée principale dans dix ménins.

Avant de s'éloigner, il termina par :

— Ah, j'allais oublier. Trouvez un *calir* pour le roi !

Zoltanör entendit le capitaine Barāg transmettre sa demande au soldat posté devant le cachot. Ce dernier partit rapidement délivrer son message.

Le capitaine Barāg attendit que son commandant sortît avec le roi sur ses talons, ensuite il referma la cellule et leur emboîta le pas.

Le roi se frotta vigoureusement les paupières. Il était ébloui par la lumière du couloir. Il était resté dans le noir complet seulement pendant plusieurs nars, mais ses yeux avaient déjà souffert de l'absence de clarté. Ils devaient s'y réhabituer. Le souverain suivait le guerrier dans le long corridor qui déboucha sur un palier spacieux dans lequel se tenaient des soldats en faction. Là, l'un d'entre eux lui tendit un calir noir dans lequel il s'enveloppa. Il inclina la tête avec un geste de dédain comme il le faisait jadis quand il gouvernait. Ils remontèrent les escaliers et arrivèrent au rez-de-chaussée. Après cela, ils traversèrent la grande salle. Peu de soldats étaient présents ; après le repas, soit ils se reposaient dans les dortoirs soit ils avaient pris leur tour de garde. On voyait des femmes se faufiler entre les meubles en bois pour nettoyer la vaste salle commune. Il continua à suivre avec difficulté le grand guerrier qui avait allongé le pas. Ce dernier avançait tout droit. Il passa la porte d'entrée du bâtiment gardée par deux hommes. Le capitaine Barāg, qui fermait leur groupe, s'arrêta net à cette porte, passant le relais à ses compagnons d'armes.

Légèrement sur la gauche se trouvait une section d'une dizaine de soldats. L'un s'approcha d'eux.

— Däg-Chem, nous sommes à votre service, dit-il d'un ton de profonde déférence.

Zoltanör examina le nouveau venu. Il le reconnaissait très bien grâce à sa chevelure de la couleur des flammes facilement identifiable. Parmi tous ses capitaines, il avait une préférence pour Marür. Il le savait dévoué de façon inconditionnelle à sa personne. En revanche ce soir, pour remplir la mission que lui avait confiée le Sahrfir, il avait besoin d'un capitaine sans scrupules aussi implacable que lui-même, ce qui n'était pas le cas de Marür. Ce dernier idéalisait leur mission. Zoltanör avait ressenti son malaise face au sort des fils du roi. Il savait que son capitaine le comprenait du point de vue stratégique. Cependant, la quête concernant le trésor royal aurait accru son trouble jusqu'à lui faire perdre totalement cette innocence qui subsistait en lui malgré le farouche soldat qu'il était. Zoltanör préférait le préserver, cela pourrait s'avérer utile dans l'avenir. Il saisissait maintenant la décision avisée du Sahrfir de tenir Marür à l'écart.

Le chef des Sarkinis se tourna vers le roi :

— Si votre majesté veut bien nous indiquer le chemin, en reprenant le ton ironique dont il l'avait abreuvé tout au long de cette journée cauchemardesque.

— Au palais royal, informa le roi d'une voix blanche.

Neuf chevaux noirs, montés par des soldats, patientaient, immobiles. Trois autres d'une robe identique attendaient leurs cavaliers : le capitaine Örkon, le roi et le chef des Sarkinis. Les guerriers avaient échangé leur traditionnelle tunique orange ornée d'un rond blanc contre des tuniques noires, celles qu'ils utilisaient pour les missions discrètes, assorties à des sortes d'aschës, mais beaucoup plus épais que ceux portés par les femmes.

*

Ils se dirigèrent vers le palais royal. Sur le chemin, ils furent arrêtés par deux patrouilles, le capitaine Örkon présenta à chaque fois des laissez-passer indiscutables tandis que Zoltanör, la tête couverte également, restait en retrait avec le reste de la troupe de cavaliers pour préserver leur anonymat.

Ils arrivèrent rapidement devant le palais royal. Ils virent une demi-unité (soit douze hommes) qui en gardait l'entrée. Face à eux se dressait une sorte de bûcher fait de diverses choses hétéroclites : tableaux, coussins... Ils le contournèrent, puis pénétrèrent dans l'édifice. Dès qu'ils descendirent de cheval, Zoltanör poussa le roi en tête de leur groupe, ce dernier fut déséquilibré par la violence du geste. Comme il avait les mains libres, il réussit à se rattraper à la barre d'un guéridon d'un autre amas composite encore intact; le chef des Sarkinis n'avait manifestement pas peur qu'il s'échappât, car il ne l'avait pas ligoté depuis sa reddition. En effet, n'étant pas un guerrier, qu'aurait-il pu faire face à des milliers de Sarkinis? Néanmoins, deux d'entre eux l'encadraient constamment pour se déplacer, lui évitant un coup de folie. Un éclaireur ouvrait le pas, puis venait le trio formé de Zoltanör, du capitaine Örkon ainsi que du roi, ensuite les autres soldats de la section deux par deux, enfin un dernier fermait la marche. Ils prirent le chemin que Zoltanör avait emprunté plus tôt dans la journée avec son unité pour accéder aux somptueux appartements royaux. Tandis que le groupe s'enfonçait de plus en plus dans le palais, Zoltanör remarqua que les objets de décoration présents plus tôt s'étaient éclipsés, alimentant ainsi les bûchers vus à l'entrée.

Le roi était sous le choc. Le groupe était arrivé dans la pièce où il s'était rendu. Il ne put la reconnaître ; elle était devenue méconnaissable ! Les décorations, les ornementations, les bibelots, les statues, les tableaux : tout avait disparu ! Et le petit trône en or s'était également volatilisé ! Jusqu'à cet instant, le monarque avait fait bonne figure devant les lieux dévastés, même face à la grandiose salle du trône, en revanche pour ses appartements privés, il éprouvait une douleur quasi physique. Son visage était complètement défait, il ne pouvait plus cacher sa détresse. Il pensait à toutes ses merveilles qu'il avait pu admirer chaque jour pendant de longues lanns et dont la beauté avait réjoui son cœur.

Il ne perçut pas tout de suite la voix du chef des Sarkinis qui l'appelait.

— Où allons-nous maintenant ? interrogea Zoltanör, cette fois-ci d'une voix impatiente.

Le monarque avait de grandes difficultés pour se concentrer sur les mots qui s'échappaient de la bouche du redoutable guerrier. Il répondit à sa question par une voix tremblotante :

— Là, dit-il en désignant devant lui de son index une porte étroite bien visible.

Zoltanör fit un signe de tête aux Sarkinis qui encadraient le roi. Ces derniers entrèrent dans la pièce avec précaution. Ils en sortirent au bout de quelques ménins en faisant comprendre que l'expédition ne présentait aucun danger. Toute la section s'y engouffra : c'était un cul-de-sac. La salle était petite, pourtant malgré cela, elle avait subi le même traitement que les autres : tout avait été saccagé.

Zoltanör se tourna vers le souverain d'un air mécontent en lui disant :

— Attention, sale traître, ta vie ne tient plus qu'à un fil !

Le monarque se précipita pour donner les informations qu'attendait le chef des Sarkinis, cependant les mots se bousculaient dans sa tête. Tétanisé, il ne put prononcer la moindre phrase cohérente. Aussi, il s'avança maladroitement dans la pièce jusqu'à un pan de mur qui semblait totalement neuf comme si la construction avait été achevée la veille. Il appuya sur la gauche à peu près à mi-hauteur avec le pouce et l'index. Ses doigts s'enfoncèrent dans une petite cavité, puis on entendit un léger clic et le pan s'entrebâilla légèrement. De nouveau, les deux mêmes soldats se portèrent en avant pour sécuriser le chemin. Ils disparurent plus longtemps que les autres fois. Zoltanör commença à porter la main sur sa courte épée et fit signe aux autres d'en faire autant, puis de se positionner en arc de cercle. Enfin, les deux éclaireurs émergèrent du mur sans blessure. Le chef des Sarkinis donna l'ordre d'aller chercher des torches avant de franchir le seuil. Le groupe passa l'ouverture secrète et arriva sur un petit palier, desservi par un escalier en pierre dont les marches poussiéreuses étaient assez larges pour que trois à quatre soldats puissent s'y tenir à la fois. Plus les Sarkinis descendaient le long d'une paroi sombre, plus ils se rendaient compte qu'ils pénétraient dans une caverne. Cela sentait fortement l'humidité et une autre odeur désagréable difficile à identifier.

Après une descente interminable, ils atteignirent le dernier niveau. La cavité était obscure, éclairée uniquement par les torches qu'ils levaient vers le haut. Non loin d'eux, ils voyaient quelques objets précieux et coffres remplis de pierres précieuses brillant de mille feux ; au loin, ils apercevaient des gemmes de toutes les couleurs qui semblaient suspendues comme par magie dans les airs.

Zoltanör se tourna vers le roi :

— Y a-t-il un système pour éclairer cette caverne ? demanda-t-il d'un ton sec.

— Oui. Il faut allumer la vasque centrale sur la gauche. Ainsi, elle va répandre un feu dans les différents bacs rectangulaires contigus, la caverne baignera de lumière, répondit-il avec une mauvaise grâce évidente.

Zoltanör mit immédiatement en pratique l'explication du monarque. Il alla jusqu'à la vasque centrale, y renversa sa torche et attendit quelques ménins. Une énorme flamme jaillit brusquement, l'obligeant à faire un rapide pas en arrière afin de se protéger de la chaleur intense qu'elle dégageait.

*

Là, comme dans un rêve, ses compagnons et lui virent s'étaler à perte de vue les différentes pièces du fabuleux trésor royal. Il était rangé par type d'objet : tout à gauche se dressaient diverses statues des plus petites aux plus grandes, elles étaient en or ou dans une pierre blanche éclatante comme celle qu'ils avaient vue dans le palais royal sur divers éléments ; ensuite en allant vers la droite s'étalaient de nombreux tapis, roulés ou déroulés, dont on pouvait contempler la richesse des fils utilisés à leur confection ; au centre, des coffres de la même taille que ceux utilisés pour ranger les vêtements, d'un bel ouvrage, étaient ouverts et remplis de différents types de pierres, brillantes ou non, regroupées également par couleurs (rouge, bleu, vert, jaune, violet…) ; vers la gauche, des tissus et des vêtements étaient posés, on le supposait, sur de grandes tables dont on apercevait uniquement les pieds simples en bois ; tout à gauche, des bijoux remplissaient également des coffres par catégorie (colliers, bracelets, bagues…) et par nature (or, argent, pierres douces, pierres précieuses…).

Zoltanör et ses compagnons se promenaient dans les diverses allées pour admirer ces merveilles qui s'exhibaient de façon insolente sous leurs yeux. Zoltanör ne s'attendait pas à tant de richesses. D'ailleurs, tout comme ses compagnons, il n'en avait nullement vu autant.

Le roi était désespéré. Ces présents fastueux allaient lui être ravis. Une fois rassasié par la contemplation de ces fantastiques objets, Zoltanör se détendit. Il était soulagé d'avoir trouvé le trésor des Nésenets. Il repensa à sa conversation avec le Sahrfir sur la nécessité de soustraire ces richesses extraordinaires à son peuple, évitant ainsi un futur prétendant au trône qui tenterait de reprendre leur cité.

Le Sahrfir serait content, car il avait parfaitement rempli sa mission : l'officielle, la reddition d'Akméra et la capture du roi des Nésenets comme l'officieuse, la saisie du trésor royal. *L'Invisible* avait guidé ses pas.

Zoltanör était revenu non loin de la vasque centrale. Le roi se tenait près de lui. Il se tourna brusquement vers ce dernier.

— Y a-t-il un autre passage pour accéder à cette caverne ? questionna-t-il avec rudesse comme s'il venait de penser tout à coup à une grande contrariété.

Zoltanör devait s'assurer de rester en possession du trésor royal.

— Non, répondit le souverain dans un souffle, totalement épuisé par les évènements successifs interminables qui le dépouillaient de plus en plus de sa dignité et de ses richesses.

— Et les différents passages dans la caverne où mènent-ils ? Et l'entrée ? continua-t-il sur le même ton.

— Aucun passage. Il n'y a aucun passage nulle part. Mes ancêtres les avaient déjà condamnés, et je les ai fait vérifier de nouveau quand j'ai accédé au trône. C'est une cachette parfaite, assura le monarque, extrêmement las, avec sa mine dévastée.

Le terrible guerrier scruta le visage du roi pour y déceler la moindre tromperie. Il n'y trouva qu'une peur intense et une extrême fatigue. Cela aurait été trop long de tout contrôler et cela aurait également attiré l'attention du reste de ses troupes. Le Sahrfir lui avait recommandé la plus grande discrétion au sujet du trésor royal. C'est la raison pour laquelle il s'en acquittait en pleine nuit et non à la lumière du jour.

Le chef des Sarkinis contempla une dernière fois ces merveilles avant de faire signe de remonter. Une fois tout le groupe arrivé à l'entrée de la cachette souterraine, Zoltanör ordonna à trois soldats de demeurer, pour plus de sécurité, en faction dans la caverne et non pas à l'extérieur. Ils feraient un roulement pour protéger le trésor jusqu'au début du chargement de celui-ci en vue de son transfert à Yazam. Il leur donna donc pour consignes strictes de ne s'absenter de leur poste sous aucun prétexte ; ils devaient attendre à chaque fois la relève.

Enfin, il termina d'une voix menaçante :

— *L'Invisible* vous regarde. Ne le décevez pas, car vous en répondrez tous de vos vies !

— Nous sommes au service de *l'Invisible*. Nous ne le décevrons pas, ni lui, ni le Sahrfir, ni vous également, notre Däg-Chem. Nous jurons sur nos vies, assurèrent-ils avec ferveur en récitant l'un des serments de fidélité des Sarkinis.

Le reste de la section ressortit du palais royal, utilisant la voie par laquelle ils étaient arrivés, l'entrée sud. Là, le capitaine Örkon et ses hommes relevèrent la demi-unité qui gardait le bâtiment. Zoltanör prit le chemin du retour avec cette nouvelle escorte. Désormais à son point de départ, il envoya chercher le capitaine Baräg. Il n'eut pas à attendre longtemps avant qu'il se présentât devant lui.

— Capitaine ! Ramenez le prisonnier à sa cellule et surveillez le bien jusqu'à demain !

Ce dernier prit fermement le bras du souverain et lui intima l'ordre d'avancer.

Zoltanör les suivit quelques instants des yeux avant de détourner son regard des deux hommes. Il se dirigea vers sa chambre, emprunta l'escalier, longea le couloir, ouvrit la porte et s'affala comme quelques nars plus tôt, mais cette fois-ci sur le lit douillet.

Il avait réussi !

Le trésor des Nésenets était désormais aux mains des Sarkinis comme le désirait le Sahrfir. Sur cette satisfaction immense, il ferma les yeux.

L'académie militaire

Après avoir conté l'histoire des Terres Dorées au prince héritier d'Akméra, Marür était sorti de la pièce. Il décida de s'accorder un bref moment de détente avant de reprendre sa garde. Il donna des ordres pour le remplacer avant de s'éloigner dans la nuit orangée ; des centaines de feux gigantesques éclairaient la cité vaincue. Une odeur de brûlé persistait encore, néanmoins elle n'était plus suffocante. Il repensa aux évènements qui l'avaient amené jusqu'à Akméra.

À treize lanns, sans en parler à son père dont il connaissait déjà la réponse, il entreprit de participer à un tournoi pour l'entrée dans la première académie militaire des Harkinis, son peuple. Il sentait tout au fond de son cœur que sa destinée allait changer de façon irrémédiable.

Le fameux jour, il s'était levé très tôt bien avant son père. Il avait quitté la chambre alors que ses deux petits frères et ses trois sœurs étaient endormis. Il s'était rué vers la lisière de la forêt clairsemée qui s'étalait au pied d'une chaîne de petites montagnes rocailleuses. Une fois arrivé à son endroit favori, il s'était glissé sur un vieil *huroa* robuste, sur lequel il avait appris à grimper aux arbres, pour attendre. Aux premiers rayons du soleil sur son visage juvénile, il s'était levé et avait marché vers son destin. Le territoire des Harkinis ne possédait pas une grande cité, mais de petits bourgs disséminés et une petite cité centrale où avaient lieu les échanges commerciaux. En général, l'*argan*, un grand bâtiment rectangulaire d'un étage en pierre dans lequel résidait un *arg*, était construit à proximité du bourg. Chaque arg était un guerrier redoutable qui vivait sur un *argatal*, la terre qu'il avait conquise.

Les Harkinis n'avaient pas non plus de roi, car seule la force du métal donnait à un homme le pouvoir et le respect des autres. C'était pourquoi leur *Arg-Chem*, le Grand seigneur, était toujours le guerrier le plus fort. On assistait donc à un changement fréquent du Grand seigneur, ce qui les engluait dans des luttes intestines dont le peuple subissait les conséquences dramatiques.

Il se rappelait vaguement l'ambiance : une foule nombreuse, des odeurs de nourriture, un vacarme énorme… En revanche, il se souvenait précisément qu'il s'était inscrit auprès d'un soldat bourru. Chaque concurrent devait effectuer une série de trois épreuves ; la dernière avait été la plus difficile. Il se revoyait comme si c'était la veille s'avançant sur la ligne de départ, transpirant en raison de la forte chaleur et des épreuves précédentes. Il avait couru sans s'économiser en essayant d'augmenter la cadence à chaque foulée : c'était la course de sa vie, son avenir en dépendait. Il ne voyait personne autour de lui, ses yeux fixaient l'horizon en attendant la ligne d'arrivée.

Puis, il revit sa première rencontre avec Zoltanör : le héros de la victoire de la *Bannière blanche*, une légende sur toutes les Terres Dorées et même au-delà de la *Petite Tiède*. Sans avoir le titre de roi, Zoltanör, le célèbre guerrier était devenu leur Grand seigneur. Il avait apporté le triomphe aux Harkinis ; il leur avait rendu leur honneur et leur fierté. Tous les adolescents présents ce jour-là rêvaient en secret de lui ressembler un jour, d'être aussi forts que lui. Néanmoins, ce qui le caractérisait avant tout, c'était l'aura qu'il dégageait. On savait instinctivement qu'on se trouvait en présence d'un chef incontestable. Très intimidé, Marür avait essayé de se tenir droit devant lui malgré la fatigue de la compétition. Zoltanör l'avait félicité en lui tendant l'épée courte, l'épée de la victoire.

Le lendemain, il avait pris la route avec les recrues pour l'académie. Ne disposant pas d'un bâtiment unique suffisamment grand pour accueillir sur une longue durée deux cent cinquante jeunes gens, on avait réparti les élèves. Ce qu'on appelait l'académie était en fait un regroupement de cinq sites dirigés par les cinq meilleurs guerriers Harkinis parmi lesquels figurait leur chef incontesté. Chaque arg accueillait les recrues juvéniles sur ses terres. Il avait eu une chance extraordinaire de faire partie du groupe d'adolescents formés par Zoltanör et ses capitaines. Toutefois, le programme était identique aux cinq sites. L'entraînement y était très rude. Ils se réveillaient avant le lever du soleil. Le matin était consacré à l'étude des préceptes de l'*Invisible* et au maniement des armes ; l'après-midi, les premières lanns, ils enchaînaient la formation à la course à pied ; ensuite, les lanns suivantes, l'apprentissage des exercices d'équitation. Les prières avaient une place très importante également. L'entraînement était très intense ; l'engagement devait être total. L'abandon n'était pas possible, tandis que le renvoi l'était. Très peu l'avaient été, car l'obéissance était devenue peu à peu une seconde nature.

Pourtant, il y avait eu un incident assez grave. Un soir, après une petite bousculade à l'entrée du dortoir, une bagarre avait éclaté entre un grand rouquin musclé et un garçon très mince avec une tignasse brune. Le rouquin lui avait donné l'ordre de s'excuser même si c'était pourtant lui le fautif. Outré par une mauvaise foi évidente, le plus mince avait refusé de s'exécuter. Le grand rouquin avait demandé à deux de ses acolytes de tenir l'impertinent afin de lui donner une leçon sur le respect. Il avait commencé à le frapper. Dans le dortoir en effervescence, personne n'avait bronché. Le bourreau avait interrompu ses coups quelques ménins, exigeant de nouveau des excuses de l'insolent. Malgré la souffrance évidente, le garçon brun hardi avait refusé de se plier devant une telle injustice. Au moment où son persécuteur allait recommencer, Marür l'avait interpellé sans aucun ménagement :

— Hé, le rouquin !

Celui-ci s'était retourné pour voir qui s'était permis de l'appeler avec une pareille désinvolture afin de lui donner également une bonne leçon.

— Que veux-tu le solitaire ? avait-il répliqué désagréablement. Toujours seul à ce que je vois, comme d'habitude, avait-il ricané d'un air mauvais en s'approchant dangereusement avec d'autres acolytes.

— Tu es peut-être finalement très timide pour te faire des amis, avait-il ajouté toujours en se moquant.

Les deux adversaires avaient su dès leur rencontre, le premier jour, qu'ils ne seraient jamais amis. Le rouquin n'ayant pas accepté avec humilité sa défaite au concours dont on relatait sans cesse la course épique.

— Lâche-le ! avait dit Marür d'une voix neutre.

— Et pourquoi j'obéirais à un garçon qui n'a manifestement aucun soutien ? avait rétorqué le grand garçon aux cheveux roux, continuant à le regarder d'un air railleur.

— Tout simplement parce que c'est un comportement de lâche, avait asséné Marür d'un air narquois.

Lâche !

À peine prononcé le mot que le rouquin s'était jeté sur lui. Il était très fort, ses coups de poing l'atteignaient à une vitesse saisissante sur le visage et dans les côtes. Pris dans un violent étau qui le faisait reculer vers le fond du dortoir, Marür avait mis en place une stratégie pour se dégager de cette mauvaise posture. Il avait d'abord commencé par parer les coups en consolidant minutieusement sa défense, puis il avait senti une ouverture due au déséquilibre de son adversaire qui avait buté sur le pied robuste d'un des lits en bois. Marür était donc passé à l'offensive. Il avançait implacablement tandis que son rival reculait. Tout à coup, la porte du dortoir s'était ouverte violemment.

Une voix avait tonné :

— Ça suffit !

Les deux adolescents s'étaient immédiatement arrêtés et s'étaient mis au garde-à-vous.

Marür se souvint de la froide colère de son héros qui les avait menacés de renvoi. Aussitôt, son adversaire avait confessé sa faute. Ensuite, il s'était excusé en public auprès de ses camarades. Zoltanör avait scruté attentivement les yeux du rouquin, puis les siens y cherchant vraisemblablement la vérité. Enfin, il s'était de nouveau exprimé durement.

— Chez les Harkinis, chaque guerrier doit être prêt à mourir pour son frère d'armes. Qui surveillera vos arrières si vous êtes dans la discorde ? Si personne ne le fait, ce sera la défaite assurée, jeunes gens ! Est-ce cela que vous nous proposez ? Pensez-y !

Il avait conclu en disant d'un ton coupant :

— Je vous ferai connaître ma décision demain quant à votre comportement indigne de futurs guerriers Harkinis.

Le lendemain, Zoltanör était revenu dans leur dortoir, leur capitaine se tenant à ses côtés. Ils étaient tous alignés devant les lits tout neufs. Après les différents saluts d'usage, les adolescents attendaient avec une grande crainte la sanction.

Finalement, Örkon et lui avaient échappé à la condamnation définitive. En revanche, leur héros avait asséné d'un ton détaché :

— J'ai décidé de punir toute votre section, car aucun de vos camarades n'a tenté de vous séparer. Vous endurerez une nar d'entraînement en plus pendant une *misa* entière le soir au lieu de profiter de votre temps libre.

Quand il fut parti, personne n'avait osé prononcer un mot de peur que cela ne dégénérât de nouveau. Sans s'en rendre compte, ils venaient d'appliquer leur première leçon de cohésion de groupe, ils avaient fait passer l'intérêt général avant leurs individualités. Dès ce jour, Marür avait gagné un ami à vie, le jeune garçon brun qui se nommait Lahär, et un rival à vie, l'adolescent roux, Örkon.

*

Les lanns passèrent très vite jusqu'au dernier soir de leur formation. Pour l'occasion, Zoltanör avait fait dresser un beau banquet dans la grande salle carrée située au rez-de-chaussée de l'argan. Depuis plusieurs semas, ses frères d'armes et lui s'interrogeaient sur leur avenir. Intègreraient-ils tous l'armée des Harkinis ? Les rumeurs les plus folles circulaient, néanmoins on annonçait une grande nouvelle lors du dîner de clôture de leur enseignement militaire. Après un repas exceptionnellement très copieux, arrosé de liekel, Zoltanör avait révélé la création d'une unité d'élite. Il avait décidé d'organiser une compétition ouverte comme il l'avait fait jadis pour l'académie. Et pour fêter cela, il leur accordait une journée entière de repos.

Cette journée était l'un de ses plus beaux souvenirs excepté le petit malaise du début. Il s'était réveillé un peu après le lever du soleil, car il s'était couché relativement tôt. Il réfléchissait à ce qu'il allait faire, bien déterminé à en profiter au maximum. C'est à ce moment-là qu'un oreiller avait atterri sur son visage. C'était Lahär. De caractères diamétralement opposés, ils se ressemblaient pourtant beaucoup physiquement : même taille (environ 1,80 mab), des cheveux noirs (légèrement plus noirs pour Lahär), même hâle sur leur peau dorée en raison de leur vie au grand air. Et leur amitié était aussi solide que des liens fraternels.

— Qu'as-tu l'intention de faire aujourd'hui ? Vas-tu rendre visite à ta famille ? lui avait demandé Lahär sur un ton qu'il espérait léger.

Ce dernier avait essayé plusieurs fois d'aborder le sujet de sa famille, mais Marür n'aimait pas en parler. En revanche, il savait que son compagnon, lui, se languissait de la sienne qui vivait tout au nord des Terres Dorées.

— Non.

— Ce sera pour la prochaine fois

— Oui, c'est cela, la prochaine fois, avait-il rétorqué d'un air absent.

Contrairement à celle de Lahär, sa famille n'habitait pas très loin de l'académie, néanmoins quelque chose le retenait de leur rendre visite. Il n'avait guère eu l'impression d'appartenir à leur monde. C'était pourquoi il s'était senti toujours seul même au milieu de sa famille nombreuse. Et aujourd'hui encore, il avait du mal à s'ouvrir aux autres. Heureusement que Lahär était tout l'inverse ! Ce dernier l'avait véritablement fait entrer dans leur section. Excepté l'incident avec Örkon tout au début de leur formation, Marür avait passé ses meilleurs lanns au sein de l'académie, entouré de ses frères d'armes. Ils étaient tous prêts désormais à mourir les uns pour les autres ; pour Örkon, cela méritait une grande réflexion. *L'Invisible* devait lui pardonner, pourtant son instinct lui disait de se méfier de ce camarade.

Il n'avait pas entendu tout de suite la question que lui avait posée Lahär. Ce dernier avait répété :

— Alors ? Que fait-on aujourd'hui ?

— Que dirais-tu d'aller au lac piquer une tête ?

— Pas mal !

Ils avaient rapidement arrangé leurs affaires, puis étaient partis chercher leurs chevaux dans la grange et avaient passé le mur d'enceinte.

Dès la quatrième lann, ils avaient l'autorisation de prendre leurs chevaux quand ils le désiraient, car il fallait consolider la complicité entre le cavalier et sa monture, garante d'une obéissance à toute épreuve lors de prochaines batailles. Ils avaient pris la direction du lac. C'était une très belle journée : le ciel était d'un bleu intense et les rayons du soleil inondaient de chaleur ce lieu reposant. On ne trouvait nulle habitation à proximité, c'était pourquoi beaucoup d'animaux sauvages venaient s'abreuver dans ses eaux. Le lac était d'un vert émeraude, plus foncé que celui des herbes hautes et des nombreux arbres avoisinants. Loin de la pression et du groupe, ils avaient retrouvé leur insouciance d'enfants. La matinée était passée bien vite : ils avaient nagé, s'étaient éclaboussés, puis ils avaient pêché leur repas du midi. Plus doué que Marür, Lahär avait attrapé un très gros poisson bleu argenté grâce à une technique apprise de son père : un secret de famille jalousement gardé. Son compagnon lui avait même fait bénéficier d'une recette familiale pour la cuisson. À ce moment-là, le soleil était déjà arrivé à son zénith. Ils avaient mangé, à quelques mabs des bords du lac, sous un grand arbre majestueux dont les longues branches garnies en feuilles denses les protégeaient du soleil ardent. Après le repas, ils avaient partagé ouvertement leur ambition mutuelle de rejoindre la première unité d'élite des Harkinis. Malgré leur jeune âge, ils espéraient réussir. Ils avaient ainsi laissé leur imagination vagabonder : ils se racontaient des combats futurs mémorables dans lesquels ils étaient les héros au côté de leur Arg-Chem dans cette fameuse nouvelle force. Sur ces rêves d'aventures et de gloire, ils s'étaient tous les deux endormis dans la douce chaleur. À leur réveil, l'après-midi étant encore très chaud, ils avaient de nouveau nagé, s'étaient séchés au soleil, puis de nouveau reposés. Ils n'avaient vu aucun animal sauvage ce jour-là. Ayant probablement repéré leur odeur, les locataires habituels avaient déserté le lac. Quand le soleil avait commencé à décliner, Lahär et lui avaient pris le chemin du retour afin d'arriver à temps pour la prière.

Dès le lendemain, l'excitation avait gagné l'ensemble de l'argatal. L'atmosphère y était joyeuse, contrairement aux autres jours où une réserve empreinte de discipline régnait.

Chaque argatal avait une misa pour sélectionner ses combattants.

*

Il se souvenait surtout le tournoi final. La durée de la compétition avait été plus longue que celle du concours préliminaire. Les épreuves avaient été également beaucoup plus difficiles : le combat à la lance, une course à cheval avec de nombreux obstacles et le combat à la longue épée, leur arme reine. Le dernier test était spirituel, basé sur les préceptes de l'*Invisible*. Au démarrage, Lahär et lui avaient été une nouvelle fois distancés sur la première épreuve comme au tournoi préliminaire, tandis qu'ils s'étaient rattrapés sur la seconde, surtout lui qui était un cavalier hors pair. Ensuite, cela avait été l'épreuve de vérité : les combats à l'épée longue, le prestige des Harkinis. Depuis qu'il avait découvert cette arme, Marür était fasciné. Il avait alors décidé, en secret, de devenir le meilleur combattant. C'était pourquoi, dès qu'il le pouvait, il s'entraînait même sur son peu de temps libre. Sur l'argatal, il s'était placé malgré son jeune âge parmi les vingt meilleurs.

Quand son tour était arrivé, il s'était avancé sereinement face à son concurrent dans son armure en fer lui couvrant tout le haut du corps. Cela avait été le combat le plus difficile qu'il n'eut jamais disputé jusqu'à ce moment, car l'enjeu était énorme. Il avait senti chez son rival la même détermination que la sienne. Il avait dû sa victoire à un instant de déconcentration de son adversaire. Ce dernier avait mal évalué son déplacement, il avait perdu l'équilibre, Marür en avait profité pour effectuer un mouvement rapide, créé en secret, qui l'avait désarmé. Les spectateurs avaient été ébahis, car peu de combattants étaient capables de désarmer avec une telle précision, la plupart du temps l'épée venait avec une partie du corps (doigt ou main généralement). Il avait été déclaré vainqueur à son plus grand soulagement.

Il restait encore l'ultime épreuve tant redoutée par tous les concurrents, l'épreuve religieuse. C'était le Hafir, le guide spirituel de leur Arg-Chem en personne, qui s'en chargeait. Il avait spécialement effectué le déplacement afin d'évaluer les âmes de cette nouvelle unité d'élite, le bras armé de *l'Invisible*. Marür se rappelait être entré dans une tente blanche totalement dépouillée de décoration.

Un feu avec des flammes étranges trônait au centre de l'espace. Seul, sous la tente, assis par terre sur des coussins, vêtu d'un *nelaj* jaune pâle, le Hafir lui avait fait signe de s'avancer. Depuis son arrivée sur l'argatal, Marür l'avait toujours aperçu de loin lors des différentes épreuves auxquelles il assistait. Comme tous ses compagnons, il allait enfin le voir de près. Sous cette tente, il avait l'occasion de l'observer minutieusement. Il avait été étonné par l'aspect juvénile de son visage, c'est ce qui l'avait frappé en premier, en raison peut-être de sa forme ovale. On y trouvait un nez ni trop gros ni trop petit au milieu de pommettes basses ; des lèvres fines habitaient une mâchoire triangulaire, laissant entrevoir des dents bien blanches quand il avait esquissé un léger sourire à son approche. Des yeux étranges trônaient sur ce visage, si noirs qu'ils semblaient donner sur le néant.

Enfin, des cheveux fins, entre le brun et le marron avec des reflets de couleur cuivre, lui tombaient sur les épaules cachant partiellement des oreilles légèrement décollées. Quant à sa taille, assis, il paraissait moyen ; sa tenue laissait deviner un corps menu. Tout à son observation, Marür n'avait pas remarqué, que pendant qu'il s'avançait vers lui, le Hafir le dévisageait aussi enregistrant sa haute silhouette, sa musculature mince, ses traits anguleux et son jeune âge. Quand il avait croisé son regard, le saint homme l'avait invité à prendre place sur le grand tapis posé à même le sol, de l'autre côté de ce feu étrange, inoffensif, car il ne semblait guère brûler véritablement. Marür s'était exécuté. Ensuite, le Hafir avait plongé son regard scrutateur dans ses yeux comme s'il tentait de le dépouiller de tous les secrets de son âme. Au bout de quelques instants, ce dernier le questionna de sa voix mélodieuse qui attirait un nombre incalculable d'adeptes. Après plusieurs ménins de réflexion, Marür lui avait formulé une réponse qu'il espérait exacte. Le Hafir l'avait de nouveau observé attentivement, impassible, scrutant jusqu'au tréfonds de son âme dans laquelle Marür essayait de dissimuler son lourd secret. Ensuite, ses yeux étranges avaient noté tous les détails de son visage. Son observation achevée, son examinateur lui avait fait signe de se retirer.

Cette ultime épreuve avait duré deux jours pendant lesquels le Hafir avait reçu tous les concurrents.

Il leur avait posé à chacun une question différente. En effet, en échangeant avec leurs compagnons, les candidats s'en étaient rendu compte. Que cela voulait-il dire ? Comme prévu, le douzième jour avait clôturé le tournoi ; on allait proclamer les résultats. Une estrade avait été montée dans la cour pour que le Hafir soit visible de tous.

Zoltanör ainsi que les neuf chefs de délégation se tenaient debout en rangée, vêtus de façon bigarrée, mais armés de leur longue épée, à trois pas du Hafir. Ce dernier était assis dans un fauteuil simple sans aucune décoration, toujours habillé d'un nelaj jaune pâle. Dès qu'il s'était levé, les conversations avaient fini immédiatement. Depuis son arrivée, c'était la première fois qu'il s'adressait à eux. Il avait commencé son discours de sa voix singulière :

— Mes chers fils, c'est une grande joie pour moi d'être parmi vous. Depuis mon songe de la victoire de la *Bannière blanche*, je suis devenu l'instrument de *l'Invisible*. Il y a cinq lanns, il m'a envoyé un nouveau songe dans lequel je voyais une nouvelle armée, son armée. Et la lann dernière, il m'a montré des combattants extraordinaires, une unité d'élite qui changerait à tout jamais le visage d'Ëphÿr. Oui, mes fils, *l'Invisible* a choisi notre peuple pour mener à bien ses desseins. Il a déjà tout écrit, mais il nous indique la voie pour que cela s'accomplisse en le servant parfaitement comme il le demande. Êtes-vous prêt à le servir fidèlement, mes fils ?

Un tonnerre de « *Yori* » s'était fait entendre.

Quand le bruit s'était tu. Il prononça d'une voix forte :

— Melkamat !

La ferveur avait gagné toute l'assistance. Ils avaient attendu le bouquet final : le nom des élus de cette nouvelle unité d'élite. Le Hafir avait reculé jusqu'à son siège pour s'y rasseoir. Zoltanör s'était alors avancé pour appeler les deux cent cinquante vainqueurs de ce premier tournoi. Parmi les cent premiers du classement, on retrouvait beaucoup de soldats de son argatal, on voyait la satisfaction transparaître sur son visage à l'énonciation des noms de ses guerriers.

Lorsqu'il arriva au cent unième, Marür se souvint avec fierté que son arg avait marqué une pause avant de prononcer son nom tellement il avait été surpris par son excellent résultat. En effet, les autres, dont Lahär et Örkon ainsi que deux de ses acolytes s'étaient classés entre la 180e et la dernière place. Quand il eut fini d'énumérer la liste des vainqueurs, les félicitations fusaient de tous les côtés.

Zoltanör fit également un discours enflammé :

— Mes frères, je suis fier de chacun d'entre vous ! Vous avez tous été à la hauteur et certains se sont même surpassés. Je n'en attendais pas moins de vous. Je commanderai personnellement cette nouvelle unité. Pendant cinq lanns, nous allons nous entraîner si dur que notre façon de combattre nous deviendra aussi naturelle que de respirer. Nous allons expérimenter de nouvelles techniques de combat, de nouvelles armes, de nouvelles stratégies. Rien ne nous résistera, car nous sommes au service de *l'Invisible* !

Des tonnerres d'applaudissements avaient ponctué sa déclaration.

Le Hafir s'était levé de son fauteuil. Zoltanör avait alors reculé pour se remettre sur la rangée des chefs des délégations. Il parla de nouveau d'une voix particulière :

— Mes fils, comme vient de le dire votre Arg-Chem, notre nouvelle unité sera le bras armé de *l'Invisible*, c'est elle qui doit nous mener à la victoire. Aussi, nous devons lui trouver un nom digne d'elle. Après plusieurs hésitations, j'ai choisi le nom de Sarkinis.

Il leur avait laissé plusieurs ménins pour se faire à ce nom. On avait entendu alors dans la foule des « Sarkinis » prononcés sur tous les tons. Ensuite, il avait repris son discours, cette fois-ci, quasi mystique :

— Oui, les Sarkinis ! C'est pour faire référence à nos deux peuples : les Sahrs choisis pour transmettre la parole de *l'Invisible* et le peuple de votre Arg-Chem désigné par *l'Invisible* comme chef de guerre. D'ailleurs, votre Arg-Chem portera désormais le titre de Däg-Chem c'est-à-dire le commandant suprême.

Il y avait eu un brouhaha de contentement à la fin de toutes ces explications. Puis, il avait repris d'une voix plus aiguë :

— Aujourd'hui deux cent cinquante, demain mille, après dix-mille et plus. Voilà, ce qui vous attend. Cette unité grandira peu à peu jusqu'à devenir l'essentielle de notre armée. Et elle sera... Invincible !

Un tonnerre de « Yori » beaucoup plus bruyant que précédemment s'était fait entendre.

Le Hafir avait continué son discours avec ferveur :

— Mes fils, vous avez choisi le chemin de *l'Invisible*. Il est maintenant à vos côtés pour la vie. Ne doutez jamais de lui ! Le châtiment mérité des Incroyants approche. Sachez que *l'Invisible* choisit sa nar. En attendant, il faut nous préparer pour ses desseins. *L'Invisible* m'a montré, toujours en songe, notre armée, vêtue de la couleur orange, celle du feu, signe de purification, et l'annonce prochaine du Shakkar. De plus, pour attester de la conversion de chaque peuple des Terres Dorées au véritable Dieu, vous ferez dorénavant après chaque défaite de nos ennemis, une tresse dans vos cheveux que vous porterez jusqu'aux épaules ! Pour le moment, seuls les vainqueurs d'aujourd'hui seront appelés Sarkinis et auront ce privilège. Les autres, soyez patients !

Il avait terminé par un « Melkamat », empreint d'un accent solennel avant de quitter l'estrade. De fervents « Yori » avaient accompagné son départ.

Après une fête mémorable, une nouvelle formation avait démarré dès le lendemain, celle des Sarkinis pour cinq lanns.

III - L'ascension des Sarkinis

La naissance des Sarkinis

Revenu de son expédition nocturne, Zoltanör était confortablement installé dans le robuste fauteuil de sa chambre. Les yeux fermés, il revoyait les principaux épisodes de ces dernières lanns, ceux qui avaient fondamentalement changé sa vie. L'élément déclencheur avait été sa rencontre avec un jeune Hafir.

Lors du temps de *Lëhama*, Melveir, surnommé « le juste », était venu plaider sa propre cause auprès des Harkinis après avoir fui son sol natal, les *Terres Blanches*. Les Harkinis avaient reçu favorablement sa demande, néanmoins ils ne pouvaient rien pour lui sans le soutien des autres peuples des Terres Dorées. Il fallait tous les fédérer sous une bannière unique. L'Arg-Chem des Harkinis décida de donner au plaidant une escorte de guerriers pour l'accompagner dans sa longue tournée des rois des Terres Dorées. Zoltanör faisait partie de cette escorte, car il était le bras droit du commandant du détachement.

Ses compagnons et lui commençèrent par Sayâ, la cité des Sahrs. Ils pénétrèrent dans une salle immense dont les murs étaient tapissés de tentures, la couleur or y prédominait et le sol était composé d'une pierre d'une nuance crème. Une foule de courtisans habillés luxueusement se retourna à leur arrivée. Zoltanör se rappelait la débauche de couleurs éclatantes qui remplissait la vaste pièce : des tissus chatoyants, des pierres précieuses qui habitaient des corps de toutes les tailles et de différents sexes. Le roi des Sahrs était assis sur un élégant trône en or sans accoudoirs.

Il était vêtu d'un ensemble brillant : un pantalon large et une tunique brodée de fil doré avec des motifs compliqués, le tout dans sa teinte préférée, un bleu aussi profond que le cœur des mers, disait-on. Le monarque avait accepté de recevoir la délégation en provenance du territoire des Harkinis : Melveir et quatre de ses compagnons conduits par le commandant de l'escorte des Harkinis et Zoltanör lui-même. Ils s'étaient tous avancés jusqu'à une dizaine de mabs du souverain. Zoltanör avait vu un personnage d'âge mûr, avec une taille pourtant encore élancée, qui écoutait d'un air distrait Melveir démontrer qu'il était temps que les Terres Dorées et les autres terres se soulèvent contre les Heldans. De fait, même s'il apparaissait lui-même comme un traître, c'était son devoir de sauver Ĕphÿr que son peuple menait à sa perte. Cependant, le souverain ne semblait nullement ému par la situation dont il ne subissait pas encore les conséquences ; cet avenir néfaste paraissait bien lointain de ses préoccupations immédiates. Au moment où Melveir découragé allait conclure pour se retirer, un personnage de petite taille au visage reflétant une sagesse émergea de la foule des courtisans et sollicita le souverain pour prendre la parole. Le monarque avait acquiescé mollement. L'inconnu s'avança alors au centre des deux rangées perpendiculaires au trône qui s'étaient formées.

— Votre majesté, il a été porté à ma connaissance un fait important. Un jeune Hafir de notre ordre a fait un songe cette nuit.

Il s'arrêta quelques instants pour créer un effet.

— La victoire !

Des murmures s'étaient propagés à travers l'immense salle. Le roi qui écoutait distraitement s'était redressé sur son siège pour fixer le personnage qui venait de parler.

— Sahrfir ! Que dis-tu ? Quelle victoire puisque je n'ai même pas encore pris ma décision ? Attention, Sahrfir, explique-toi vite avant que je ne perde patience ! s'exprima-t-il d'un air furieux.

Le Sahrfir, un homme assez vieux, vêtu d'un nelaj jaune foncé, avait répondu au roi d'une voix très calme :

— Bien sûr, votre majesté.

Il avait fait une courte pause pour faire signe à quelqu'un dans la rangée d'où il avait émergé. Un deuxième personnage, de taille moyenne, vêtu d'un nelaj jaune pâle, s'était avancé timidement au centre. Il se plaça face au souverain.

— Votre majesté, je vous présente Gorrôn, l'un de nos Hafirs. Je le laisse vous expliquer.

Le Sahrfir avait fait alors trois pas en arrière pour permettre au roi de contempler le nouveau venu. À l'instar du souverain, la foule le scrutait attentivement notant les aspects les plus étonnants de son physique : un corps tout menu, un visage juvénile et des yeux étranges d'un noir très sombre. Le monarque attendait le discours du jeune Hafir. Ce dernier, peu habitué à la foule, avait beaucoup de mal à commencer ses explications, mais voyant l'impatience gagner peu à peu le visage du roi, il lança de manière convaincante :

— Oui, notre victoire !

Le roi avait semblé à nouveau intéressé. Gorrôn avait continué d'une voix mélodieuse comme si la musique accompagnait ses paroles. L'auditoire avait été charmé dès ses premiers mots.

— Notre Dieu, *l'Invisible*, m'a montré trois faces de la victoire. J'ai reconnu deux des visages de mon songe d'hier dans cette salle.

Il s'était déplacé lentement pour capter toute l'attention. Tout à coup, il s'était arrêté devant Melveir et lui avait dit :

— Notre Dieu soutient ta cause. Tu auras une armée pour vaincre les Heldans.

Melveir avait à peine eu le temps d'assimiler ses paroles qu'il s'était déjà placé devant lui pour dire, et jamais il n'oublierait ces paroles :

— Notre Dieu, *l'Invisible*, t'a choisi, toi le jeune guerrier, plein de promesses, pour mener son armée à la victoire. Tu deviendras l'instrument de sa gloire.

Il avait alors disparu aussi rapidement qu'il était apparu. Il était parti se placer juste derrière le Sahrfir. D'abord des murmures, puis un brouhaha avaient rempli la salle.

— Silence ! Et qui est la troisième face de la victoire ?

— Dans mon songe, j'étais le modeste révélateur de cette prophétie divine.

— Comment être certain de la véracité de ce songe ? Comment y accorder foi ? Nous avons prié notre Dieu, le Soleil Doré, pourtant nulle vision ne nous est apparue, dit le roi d'une voix fatiguée à l'adresse des deux religieux.

— *L'Invisible* avait anticipé ta réponse. Il t'enverra un signe, avait répondu le jeune Hafir confiant.

C'était le milieu de l'après-midi. Le vent, qui s'était levé le matin, était retombé. Pourtant, Zoltanör se souvint du bout de tissu blanc qui avait pénétré dans la grande salle et avait virevolté au-dessus de la tête de Melveir, ensuite de la sienne et enfin s'était laissé choir sur les genoux du roi, qui avait dû lutter contre la frayeur qui semblait le gagner. Sans se lever de son trône, il avait pris de nouveau la parole d'une voix indéterminée :

— Moi, Dimron, roi des Sahrs, vous offre mon soutien pour votre cause. Notre armée combattra à vos côtés sous cette bannière qui se trouve sur mes genoux : la bannière blanche !

Il s'était laissé tomber en arrière dans son trône comme exténué par un effort intense.

*

Après avoir obtenu l'appui du roi des Sahrs, la délégation avait poursuivi son long voyage pour gagner celui des autres peuples des Terres Dorées. Ils avaient presque tous répondu favorablement après qu'on leur ait conté le miracle de la salle du trône, c'était comme cela qu'on avait appelé ce qui s'y était passé. Telle une légende, le récit avait enflammé le cœur des moins courageux et des plus réticents à la guerre inévitable qui se profilait à l'horizon.

Ensuite, l'escorte était revenue chez les Harkinis pour y attendre la venue de tous les rois ou dirigeants des Terres

Dorées afin de préparer l'invasion.

Son Arg-Chem n'avait pas été enchanté par la tournure des évènements en sa faveur, lui qui n'avait même pas fait ses preuves dans une bataille. En revanche, comme tous les Harkinis, il n'avait qu'un souhait unique : effacer la honte de leur défaite lors de la *Guerre des Deux Terres*. Il s'était alors accommodé de cette situation inhabituelle afin d'obtenir la victoire. Zoltanör avait donc été promu général de l'armée de la *Bannière blanche*. Une fois les préparatifs terminés, ils s'étaient tous rendus sur le territoire des Sahrs pour recevoir la bénédiction du jeune Hafir.

Arrivée à Sayâ, l'armée avait pénétré dans Yazam, l'enceinte sacrée des Fils de *l'Invisible*. La cérémonie de bénédiction avait eu lieu dans la nar. Debout, sur un petit balcon du premier étage de la bâtisse principale de la cité sacrée, le jeune Hafir avait prononcé d'une voix forte et assurée des phrases tantôt en fadari tantôt dans une langue inconnue, celle utilisée par les religieux. Zoltanör avait saisi des bribes de mots : combattre les ennemis de *l'Invisible*, unité des Terres Dorées, instrument des desseins de *l'Invisible*, le meneur de l'armée.

Pendant qu'il prononçait ces mots, ses bras étaient tendus, paumes vers le bas en signe de protection octroyée à cette armée. Celle-ci était restée immobile le temps que le jeune Hafir descende la rejoindre sur le perron de l'édifice. Il était apparu, toujours vêtu d'un nelaj jaune pâle, une bannière blanche dans ses mains… celle du miracle de la salle du trône ? Rien n'était moins certain. Il l'avait dressée vers le ciel en prononçant une série de phrases, toujours aussi incompréhensibles. D'une voix forte, il leur avait dit à tous qu'ils devraient se convertir à *l'Invisible* dès leur retour triomphant. Ensuite, il l'avait appelé, lui, le général en chef de cette armée, pour lui remettre la bannière promise à la victoire. Tout bas, il lui avait confié qu'un serviteur viendrait le chercher plus tard ; il devait lui parler.

La nar suivante avait été occupée à leur installation sur le territoire des Sahrs. Et comme annoncé, le serviteur était arrivé pour lui demander de l'accompagner. Il l'avait suivi dans un dédale de couloirs, puis était parvenu brusquement dans une cour intérieure. C'était comme un petit coin de paradis : des arbres d'un vert éclatant et des fleurs magnifiques de toutes les couleurs avaient pris possession d'un jardin dans lequel étaient érigés un large bassin d'eau et des bancs simples en bois lisse d'un marron très clair. Le jeune Hafir était assis sur l'un d'eux dans sa tenue habituelle. Zoltanör se rappelait qu'il s'était levé avec respect pour l'accueillir dès qu'il l'avait aperçu et lui avait fait signe d'approcher.

Arrivé à la hauteur de son hôte, le général en chef de la nouvelle armée avait pu constater la transparence de l'eau du bassin circulaire dans lequel résidaient uniquement de grosses pierres plates de différentes tailles alternant des nuances de gris et de noir.

— Voilà, notre meneur !

— Hafir ! avait répondu Zoltanör, le buste courbé en signe de profond respect voire de soumission dans un ensemble marron assez confortable.

— J'avais à vous parler en privé.

Zoltanör avait attendu patiemment qu'il poursuive. Le jeune Hafir avait semblé perdu dans ses pensées, puis l'avait regardé avec un petit sourire en coin avant de dire :

— *L'Invisible* a tracé ton chemin par sa seule volonté, jeune guerrier. Tu es déjà promu général en chef d'une armée immense. Parmi tous les guerriers, il t'a choisi, toi le novice. Pourquoi ? Le sais-tu ?

Il était reparti dans ses pensées. Puis, il l'avait de nouveau dévisagé attentivement, scrutant ses yeux, jusqu'à deviner les secrets enfouis au plus profond de son âme.

— Ton regard se porte loin, jeune guerrier. Je vois également que tu n'es pas attaché aux croyances du Soleil Doré contrairement aux rois. Tant mieux ! dit-il sur ton laconique.

Zoltanör l'avait observé avec une mine interrogatrice. Le jeune Hafir avait repris la parole, toujours de sa voix mélodieuse :

— Hier soir, j'ai de nouveau fait un songe que je n'ai pas

l'intention de dévoiler même à mon Sahrfir. Nos destins sont liés, jeune guerrier. Je deviendrai Sahrfir et toi tu deviendras le commandant suprême de l'armée des Fils de *l'Invisible*. Ensemble, nous mènerons victorieusement les desseins de *l'Invisible*. Je te prédis donc une renommée pour toi, pour ton peuple, les Harkinis, et pour tous les autres peuples des Terres Dorées réunis dans une seule et même nation.

Il s'était arrêté pour le fixer lentement. Et, il avait terminé de cette façon :

— Veux-tu de cet avenir que t'offre *l'Invisible* ?

— Oui ! avait répondu Zoltanör d'une voix rauque, pris par une émotion soudaine, inexplicable.

— Mets-toi à genoux mon fils et réponds à mes questions !

Zoltanör s'était exécuté diligemment.

— Crois-tu en *l'Invisible* ? L'acceptes-tu comme ton seul et unique Dieu ? Défendras-tu au risque de ta vie les missions que *l'Invisible* te confiera ? M'acceptes-tu pour guide spirituel ? Acceptes-tu de payer de ta vie un reniement à l'un de ces engagements ? demanda-t-il dans une série d'interrogations rapides.

Zoltanör avait approuvé toutes ces exigences, car il percevait comme une présence invisible dans les mains du jeune Hafir posées sur sa tête lorsqu'il prononçait toutes ces phrases.

— Lève-toi, Fils de *l'Invisible* !

Il s'était exécuté une nouvelle fois rapidement.

Le jeune Hafir l'avait fixé de nouveau longuement. Finalement, il lui avait dit :

— Tu dois pour le moment taire ta conversion et notre conversation jusqu'à ce que je t'autorise à le faire ! Va maintenant ! Que *l'Invisible* étende sa main bienveillante sur toi. Melkamat !

La campagne avait été difficile, car, malgré la bénédiction de Yazam, il ne se sentait pas légitime pour commander cette immense armée : environ sept mille hommes. La grande bataille avait eu lieu, cette fois-ci sur les Terres Blanches, cela avait été la revanche de la *Guerre des Deux Terres*.

La victoire, celle de la *Bannière blanche* avait été splendide : sa science du combat avait été reconnue par tous et surtout il avait brillé sur le champ de bataille, gagnant le respect de tous les guerriers.

*

Grâce à son titre d'Arg-Chem, gagné sur terrain, il avait persuadé tous les chefs Harkinis de se convertir comme lui. Ensuite, sur une demande du jeune Hafir, il les avait aussi convaincus d'accepter la fondation d'une académie militaire en vue de fonder une armée au service de *l'Invisible*. Elle mènerait leur peuple vers l'unité des Terres Dorées et vers la gloire. Cinq lanns plus tard, cela avait été la création des Sarkinis, l'unité d'élite de la nouvelle armée au service de *l'Invisible*.

Il se souvenait de cette première unité d'élite comme si c'était hier. Deux cent cinquante guerriers avaient été sélectionnés pour leurs compétences physiques et spirituelles. De nouveaux uniformes avaient été confectionnés : de couleur orange pour le combat de jour, noirs pour celui de nuit ainsi que pour les missions secrètes et marron pour l'entraînement quotidien. Ils avaient commencé en signe de soumission à *l'Invisible* à incorporer deux tresses dans leur chevelure coupée à hauteur d'épaules. Pendant cinq lanns, Zoltanör avait perfectionné leur science du combat : leur maîtrise du cheval ainsi que des différentes armes (arc, lance, épée courte et épée longue). Il avait aussi expérimenté, puis intégré dans la formation des Sarkinis d'innovantes techniques de combat : des stratégies offensives jamais encore mises en place, la fabrication de dispositifs mobiles en vue de l'escalade de murs d'enceinte, la dévotion au groupe par le sacrifice ultime de sa vie... Beaucoup d'idées lui étaient venues dans son sommeil. Il pensait bien que c'était *l'Invisible* qui lui donnait toutes ces inspirations afin de renforcer la capacité d'attaque des Sarkinis. Par ailleurs, les Sarkinis devenaient également des experts dans la connaissance des préceptes de *l'Invisible*, leur Dieu; ils pouvaient maintenant argumenter face à un Incroyant aussi efficacement que les Hafirs. Au bout de cinq lanns, les deux cent cinquante guerriers s'étaient transformés en de redoutables combattants.

Zoltanör avait choisi ses fidèles capitaines, dont son bras droit, Marür, dans cette première promotion qu'il avait personnellement supervisée.

La même lann, son guide spirituel avait failli perdre la vie peu de temps après sa nomination comme nouveau Sahrfir. Encore aujourd'hui, sa fureur était vive. Par vengeance, le roi des Sahrs, le plus fourbe des scélérats, avait tenté d'assassiner le saint homme. Heureusement l'*Invisible* veillait. Le peuple, aidé par des soldats convertis, l'avait protégé jusqu'à son arrivée. Son cœur s'accéléra en pensant à cette chevauchée nocturne infernale avec ses deux cent cinquante compagnons, suivis des guerriers des autres argatals. Impressionné par l'irruption inattendue d'un millier de guerriers farouches et par le soulèvement du peuple contre son roi, le reste de l'armée avait rapidement juré allégeance au Sahrfir. Le destin du roi avait été scellé à cause de cet acte ignominieux : il fut arrêté et exécuté.

Abandonnant le passé derrière lui, Marür revint au présent. Il huma une dernière fois l'air, légèrement chargé de l'odeur de brûlé, avant de rentrer dans l'aile où il avait laissé les enfants du roi des Nésenets. C'était une journée de triomphe pour les Sarkinis. Pourtant, il n'arrivait pas à se sentir tout à fait heureux. Il pénétra sans bruit dans la pièce moyenne où des braises contenues dans une cheminée diffusaient de petits faisceaux de lumière qui permettaient de voir trois corps allongés sur des couches disposées à même le sol. Assis sur une chaise, le soldat qui les surveillait se redressa immédiatement pour se mettre au garde-à-vous et saluer son supérieur. Marür lui rendit son salut et lui indiqua par un signe qu'il pouvait lever la garde. Une fois le soldat parti, il s'approcha pour inspecter les corps. Sur les deux premiers matelas, les jeunes princes dormaient à poings fermés, sans doute épuisés par les évènements de la journée. En revanche, sur le troisième, le prince héritier se tournait et se retournait sans cesse, son sommeil était difficile à trouver en raison probablement de l'échéance fatale prochaine. Il se laissa choir sur le fauteuil et décida de s'accorder un peu de repos. Le bruit de la relève à 5 nars du matin devant la bâtisse le réveilla. Il regarda autour de lui, rien n'avait changé dans la pièce : les trois corps n'avaient pas bougé. Il s'extirpa de son siège et étira ses membres pour y chasser toute raideur. Il s'avança vers la porte, l'ouvrit pour appeler les soldats en faction :

— Gardes !

Deux hommes, différents de ceux de la veille, entrèrent dans l'espace béant et se mirent en position réglementaire pour le saluer.

— Surveillez les prisonniers jusqu'à mon retour !

Marür sortit pour aller se reposer un peu. Il décida de s'allonger deux à trois nars en vue de la journée dramatique qui s'annonçait. Ne voulant pas y penser, il fit le vide dans sa tête afin de récupérer ses forces laissées sur les différents théâtres d'opérations.

Trois nars après, les rayons du soleil le réveillèrent. Il se sentait reposé malgré sa nuit de veille auprès de ses prisonniers. Il s'assit et jeta un rapide coup d'œil aux quartiers spartiates qu'on lui avait aménagés. La pièce était de taille moyenne, la lumière du jour l'éclairait déjà grâce à l'étroite fenêtre située à sa droite ; le sol était recouvert d'une paille fraîche empreint d'un léger parfum agréable. Différents objets en bois la décoraient : une commode simple, une bassine posée dessus, un coffre ouvert sur ses affaires, une petite table avec une chaise, et, pour finir, le lit sur lequel il avait dormi. Puis, il se leva et appela les gardes qui protégeaient l'entrée de sa chambre.

— Demandez à une servante de m'apporter de quoi me rafraîchir et me restaurer !

Il se souvint qu'il n'avait rien mangé la veille au soir ; les enfants du roi non plus. Tout en y pensant, il commença à se dévêtir. Il se débarrassa d'abord de son ceinturon, mélange de cuir et de métal, dont l'usage était de soutenir les deux épées, qu'il avait déposées sur le lit avant de s'endormir. Il continua par retirer ses bottes souples en peau de couleur marron et ses espèces de grosses chaussettes claires en laine. Il termina en enlevant son pantalon serré et sa longue tunique orange ornée d'un rond blanc. Après s'être libéré de tout cela sur le lit, il resta au milieu de la pièce avec uniquement ses caleçons blancs comme protection de sa virilité. Il perçut alors un timide coup en provenance de la porte. Elle s'ouvrit sans attendre de réponse. Il se retourna rapidement et vit une frêle jeune femme vêtue d'une longue robe beige clair ; elle tenait un seau d'eau, un gros savon noir et une grande serviette. Elle s'avança pour transvaser l'eau dans la bassine posée sur la commode. Elle pivota et dit d'une seule traite :

— Appelez-moi dès que vous aurez terminé, mon seigneur, pour que je vous apporte votre repas.

Elle sortit précipitamment sans lever les yeux sur lui. Marür se dirigea vers les effets mis à sa disposition et en fit bon usage. Quand il eut fini, il sentit un peu de vigueur réintégrer son corps. Il se rafraîchit également le visage, qui semblait plus reposé, ainsi que sa chevelure noire ondulée à cause de ses deux tresses, éliminant la transpiration de ses dernières nars. Enfin, il prit dans ses affaires des changes pliés sur le coffret pour se rhabiller à l'identique.

Il appela de nouveau. La jeune servante entra immédiatement pour débarrasser la bassine. Elle revint pour enlever le savon et la serviette. La troisième fois, ce fut pour lui apporter son repas qu'elle déposa sur la petite table en bois. Ensuite, elle le laissa une nouvelle fois seul. Il attaqua le plateau mis à sa disposition : des galettes de maïs, des morceaux de poulet, quelques fruits et du liekel pour se désaltérer. Il mangea le tout avec un très bon appétit. Puis, il se leva pour réajuster son ceinturon autour de sa taille et replacer les deux épées comme d'habitude le long de chacune de ses hanches. Une demi-nar environ après son réveil, il sortit de la pièce pour rejoindre ses prisonniers.

*

Il emprunta le long couloir plongé dans la pénombre, et après avoir passé trois portes, il s'arrêta sur sa gauche. Là, se tenaient deux gardes en faction. Dès qu'ils reconnurent leur capitaine, ils n'esquissèrent aucun geste. En s'introduisant dans la cellule, Marür entendit un bruit sourd d'épées qui changeaient de position. Il avança donc lentement afin que les gardes à l'intérieur aient tout le loisir de le voir entrer. Dès qu'ils l'aperçurent, ils baissèrent immédiatement leur arme. Après avoir vérifié d'un coup d'œil les trois corps endormis, Marür se tourna vers les soldats et leur ordonna :

— Rompez !

Ils exécutèrent diligemment l'ordre après le salut militaire que Marür leur rendit. Ce dernier se retourna de nouveau pour observer les trois couchettes. Sans état d'âme, il réveilla les enfants brusquement ; d'abord l'aîné, après les deux plus jeunes. Ceux-là étaient hagards, se frottaient sans cesse les yeux et semblaient avoir oublié les évènements de la veille, car ils regardaient continuellement autour d'eux, ne reconnaissant pas la pièce où ils se trouvaient. Il décida de ne pas les ménager, le temps leur était compté : il avait rendez-vous avec Zoltanör à 10 nars, il était déjà 8 nars 30 passées.

— Réveillez-vous ! dit-il en s'adressant à ses prisonniers

d'un ton sec.

En se levant, le plus âgé se renseigna d'une voix grave en le fixant droit dans les yeux.

— C'est pour aujourd'hui ?

Marür, bien que mal à l'aise, ne laissa rien paraître de son léger trouble et lui répondit sèchement en soutenant son regard :

— Oui.

— À quelle nar ? continua le prince héritier d'une voix qui se voulait la plus neutre possible.

— À midi, quand le soleil atteindra son zénith ! répliqua-t-il, cette fois-ci d'un ton plus doux.

Après un instant de silence, on entendit un long soupir.

L'adolescent le rompit par une nouvelle interrogation :

— Y avez-vous déjà assisté ? demanda-t-il avec un air où se mêlaient à la fois l'horreur et la curiosité.

Marür avait tout de suite saisi la question sans que le jeune homme n'ait eu besoin d'expliciter.

— Oui, répondit Marür d'une manière plus cassante qu'il ne l'avait voulu.

L'adolescent semblait hésiter à obtenir plus de renseignements ; la curiosité l'emporta. Il demanda donc d'une voix timide, mais insistante :

— C'était comment ?

— Sanglant !

Et sans lui laisser le temps de réfléchir de nouveau pour arriver à ses fins, il lui dit d'un ton péremptoire :

— Bon, maintenant il faut se dépêcher, car nous sommes attendus à 10 nars. Gardes ! hurla-t-il en se retournant vers la porte d'entrée.

Il avait ainsi tourné le dos à son interlocuteur pour lui signifier la clôture de cet aparté.

Deux soldats entrèrent. Marür leur ordonna :

— Ramenez-moi une servante !

En attendant, il fit quelques pas de long en large. Il était impatient d'en finir avec cette journée, car il sentait depuis la veille, avec l'annonce du sort des enfants du roi, un trouble qui ne s'était toujours pas dissipé. Il souhaitait retrouver au plus vite sa tranquillité d'esprit. Les princes royaux, assis en tailleur sur leur matelas, le suivaient des yeux.

Après plusieurs ménins, une femme entra dans la pièce ; la couleur de sa longue robe indiquant sa condition de servante. Elle était plus âgée que celle qui l'avait servi plus tôt dans « ses quartiers ». Les rides autour de ses yeux ne trompaient pas sur sa lointaine jeunesse malgré son aschë. Face à lui, elle inclina la tête. Elle resta dans cette position en attendant qu'il s'adressât à elle en premier.

— Femme ! dit-il d'un ton rude.

— Oui, mon seigneur, répondit-elle en se redressant immédiatement pour le regarder.

Il l'observa quelques instants en scrutant attentivement ses yeux marrons comme lorsqu'il essayait de jauger un de ses soldats. Il sembla satisfait.

— Voici trois jeunes garçons, continua-t-il en montrant ses prisonniers du doigt. Je vous les confie pour les baigner et leur donner une solide collation. Deux soldats resteront en permanence à vos côtés. Ramenez-les au plus vite, car je suis pressé !

Elle regarda les enfants assis sur leur matelas. Elle les avait bien évidemment reconnus en dépit de la saleté qui recouvrait leurs traits tirés et leurs vêtements complètement froissés, même déchirés à certains endroits. Un spectacle poignant.

— Venez avec moi, mes princes ! dit-elle de sa voix la plus douce.

Les jeunes gens interrogèrent Marür du regard, il inclina la tête, signifiant ainsi son assentiment. Ils se levèrent donc et suivirent la servante. Arrivés sur le pas de la porte, deux gardes se placèrent derrière le groupe pour les accompagner. Marür resta seul dans la pièce. Il s'assit sur le fauteuil comme la veille au soir.

Son esprit, indépendamment de sa volonté, se mit à vagabonder vers le souvenir qu'il souhaitait refouler depuis la veille, celui qui l'avait bouleversé quelques lanns auparavant : l'exécution du roi des Sahrs, plus précisément, celui de ses fils. Il allait de nouveau revivre la même expérience. Il espérait ne pas montrer son trouble plus tard, sur l'estrade face à la foule, et surtout aux côtés de son Däg-Chem. S'il n'avait aucune pitié pour les rois qui avaient renié leur Dieu, *l'Invisible*, il en allait autrement pour leurs enfants. Étaient-ils responsables eux aussi des péchés de leur père ? Les préceptes de *l'Invisible* l'affirmaient avec force. Était-ce juste ? Sûrement pas, en revanche, cela servait un objectif plus grand que leurs vies : ces enfants étaient sacrifiés pour unir demain leur nation, le mot qu'avait utilisé le jeune prince. Il décida de solliciter *l'Invisible* pour qu'il lui accordât la sérénité de l'esprit. Il se mit à genoux, les paumes tournées vers le ciel, et commença à prier.

*

Quand il eut fini sa prière, il se leva. Ses pensées n'étaient plus assaillies par des doutes. Non, ce n'était pas le bon mot, plutôt par la compassion. C'est à ce moment-là que la porte s'ouvrit. Les princes royaux entrèrent dans la pièce. Ils avaient retrouvé une certaine prestance : leurs visages et leurs cheveux lavés rappelaient les enfants qu'il avait découverts la veille. Par contraste, leurs vêtements, faits de tissus précieux, déchirés, évoquaient des évènements dramatiques récents.

— Vous voilà ! Mon Däg-Chem doit nous attendre ! Allons-y !

Il prit la tête du groupe ; les deux gardes fermaient la marche. Après avoir emprunté le couloir toujours plongé dans la pénombre, ils débouchèrent à l'air libre sous une chaleur étouffante. Marür accéléra son allure en se dirigeant vers l'entrée principale de la bâtisse. Il s'y introduisit d'un pas décidé en compagnie de ses prisonniers. Ils atterrirent dans la salle commune.

— Attendez-moi là ! ordonna-t-il sur un ton sans appel en se retournant vers l'un des soldats qui l'accompagnaient.

— Gardez les prisonniers ! ajouta-t-il.

Ensuite, il s'avança vers les deux gardes qui le saluèrent lorsqu'il arriva à leur hauteur.

— Les quartiers du Däg-Chem ?

— Au premier étage, quatrième porte à droite.

Il monta les escaliers pour aboutir sur un palier baigné d'une douce lumière, puis longea un couloir peu sombre. Il s'arrêta devant la porte indiquée. D'ailleurs, il n'aurait pas pu se tromper, car c'était la seule gardée par deux soldats armés. Il frappa avant d'entrer. Zoltanör finissait de se préparer ; il mettait une touche finale à sa tenue en enfilant son fameux gilet marron doré dont il ne se séparait en aucune circonstance. Un jour, emporté par la curiosité, Marür lui avait demandé pourquoi il le portait continuellement. Zoltanör l'avait observé avec un regard lointain et il avait ensuite esquissé un sourire en coin, mais il n'avait pas répondu. Jamais plus, Marür n'avait essayé d'en savoir plus sur ce vêtement.

— Ah, te voilà ! dit-il en guise de bienvenue. Comment vont tes prisonniers ?

Marür voyait qu'il était d'une excellente humeur. Akméra était tombée et la famille royale capturée. Toutefois, il sentait que c'était autre chose qui rendait son Däg-Chem presque heureux.

— Bien, Däg-Chem. Tout s'est bien passé. Ils sont en bas dans la salle commune : nettoyés et restaurés, répondit Marür d'un ton neutre.

— J'ai donné des instructions semblables pour leur père. Il ne devrait plus tarder. J'ai fait également chercher des tenues de rechange pour nos détenus. Ils doivent être à la hauteur de l'évènement. Ne penses-tu pas ?

On frappa à la porte. Des soldats apportèrent une pile de vêtements qu'ils déposèrent sur le coffre avant de quitter la pièce. On entendit une seconde série de coups contre le bois. Le capitaine Baräg entra, suivi du roi des Nésenets.

— Voici le prisonnier, décrassé et nourri selon vos ordres, Däg-Chem, dit-il. Ce dernier nota les détails de son visage qu'il n'avait pas remarqués la veille : des petites rides autour des yeux dénotant une propension au rire dans une figure avenante.

— Merci, Capitaine. Rompez ! rétorqua Zoltanör.

Le capitaine sortit de la pièce après avoir salué son Däg-Chem, puis Marür. Zoltanör scrutait le roi avec le même mépris que la veille.

— Nous vous avons apporté vos vêtements. Habillez-vous !

Le souverain s'exécuta en silence. Une fois terminé, il se tourna vers ses geôliers. Ces derniers l'observèrent attentivement ; il avait presque retrouvé son apparence de la veille.

— Bien. Maintenant, prenez des vêtements pour vos fils !

Le monarque obéit de nouveau. Son visage défait s'était illuminé à la mention de ses fils avant de s'assombrir très vite.

— Allons-y !

Marür prit la tête du peloton, suivi du roi, puis de Zoltanör ; les deux soldats en faction à la porte fermaient la marche. Ils longèrent le couloir, débouchèrent sur le palier, descendirent les escaliers et arrivèrent dans la salle commune. Le souverain voulut continuer vers ses enfants. Marür l'en empêcha. Il s'empara des vêtements que tenait le monarque et s'avança lui-même vers ses prisonniers. Parvenu à leur hauteur, il dit avec rudesse en leur tendant les vêtements :

— Dépêchez-vous de vous habiller !

Une fois les enfants vêtus, Zoltanör s'approcha d'eux avec leur père. Il se plaça face à tout le groupe pour prononcer sans ménagement cette phrase terrible sans appel pour les captifs :

— *L'Invisible* a décidé de vous punir aujourd'hui pour vos crimes !

Après, il donna des ordres à voix basse pour la suite.

Tous les membres masculins de la famille royale furent placés dans une carriole de paysans, de sorte à être visibles de tous, pour être transportés tels des animaux à l'abattoir. Le cortège des prisonniers traversa une partie de la cité sous un soleil de plomb. On voyait un peu partout les vestiges des évènements de la veille : des maisons colorées de fumée noire ou réduites en tas de cendres, des marchandises détruites, des arbres calcinés…

La Grande place était noire de monde à leur arrivée. Une estrade en bois construite sommairement pour leur exécution, non loin des temples dédiés au Soleil Doré, leur dieu, les attendait telle une amie patiente. La carriole avala les dernières mabs lentement, sous les cris de fureur et les pleurs de la foule composée des différentes catégories sociales de la cité, pour se placer tout contre la complice qui allait les faire mourir. Quand les prisonniers entamèrent les premières marches des escaliers, un silence s'abattit sur la place. Zoltanör et Marür étaient déjà prêts sur l'estrade ; ils attendaient les condamnés. Ces derniers arrivèrent sur le côté gauche. Zoltanör s'avança alors, seul, tout au bord. La foule l'observait dans le silence. Il commença son discours :

— Habitants d'Akméra ! Je suis Zoltanör le vainqueur de la victoire de la *Bannière blanche*.

On perçut un brouhaha dans ce rassemblement. Il continua sans s'arrêter d'une voix autoritaire :

— Votre roi ici présent a failli. *L'Invisible*, l'unique et vrai Dieu, lui avait accordé sa protection. Il s'en est détourné pour revenir à votre faux dieu, le Soleil Doré.

Il s'était tourné pour pointer un doigt vengeur en direction du monarque.

— Pour mettre fin à ce mensonge dont vous avez été les victimes, habitants d'Akméra, moi Zoltanör, par la volonté de *l'Invisible*, dont je suis le bras armé, condamne votre roi à mort ainsi que ses fils.

Des cris de stupeur mêlés à des pleurs s'entendirent dans la foule. Certains n'avaient pas cru en l'exécution des enfants malgré l'annonce des *Volchoïs*.

— Et je défie donc votre dieu, le Soleil Doré, d'épargner à

l'instant la vie de votre monarque, son soi-disant fils aîné, continua-t-il avec morgue.

Le silence s'était de nouveau abattu sur la place. Certains craignaient la fureur du Soleil Doré face à cet outrage. Ils attendirent le châtiment du grand guerrier plusieurs ménins, en vain. Rien ne se passa ! Zoltanör leva donc légèrement ses bras en haussant les épaules, signifiant ainsi que nul courroux ne l'avait frappé. Il reprit son discours avec ferveur :

— Habitants d'Akméra, votre roi vous ment depuis des lanns. Le Soleil Doré, votre dieu, n'existe pas ! Votre souverain, tout comme les autres monarques des Terres Dorées, l'ont inventé pour vous exploiter, vous le peuple, la principale richesse de notre terre. Abandonnez ce faux dieu et rejoignez-nous ! Oui, rejoignez les Fils de *l'Invisible* ! Notre Dieu, le vrai et l'unique, nous promet comme destinée l'unification de toutes les Terres Dorées.

Après un court silence, la foule se rallia en scandant le nom du légendaire guerrier.

Alors, Zoltanör fit un signe aux soldats qui encadraient les prisonniers. Ceux-ci les poussèrent en avant avec leurs lances. Les captifs se retrouvèrent au milieu de l'estrade. La cohue les aperçut dans toute leur splendeur, les rayons du soleil se reflétant dans les tissus précieux. Leur opulence tranchait avec l'extrême misère du peuple et leur faiblesse surtout se révélait au grand jour ! Zoltanör reprit sa position initiale dans le fond de l'estrade. Le bourreau s'avança près du roi ; ses fils reculèrent de trois pas. Il lui intima l'ordre de s'agenouiller et de mettre sa tête sur le billot dressé pour la circonstance. Le monarque obtempéra, totalement résigné.

Zoltanör lui demanda sur un ton courtois dénué de toute moquerie :

— Souhaitez-vous prononcer vos dernières paroles ?

Le silence se fit à nouveau. On entendit dans un murmure : « Mon dieu, sauvez mes fils ! »

Puis, sa tête vola dans les airs.

Pendant quelques instants, la foule fut choquée par

cette vision, ensuite elle manifesta bruyamment son contentement. L'asservissement était enfin terminé! Cependant, il restait encore les fils du roi. Le peuple était partagé entre leur mort et leur grâce. Zoltanör l'avait perçu tout comme Marür qui, au fond de lui, espérait un miracle pour eux.

Zoltanör reprit la parole tout en s'avançant une nouvelle fois :

— Habitants d'Akméra, l'*Invisible* dit que les enfants sont responsables des crimes de leur père. Par conséquent, il réclame leur sacrifice! Nous devons purifier notre terre de tous les Incroyants. Croyez dans *l'Invisible*, il ne vous abandonnera point, car nous sommes le peuple qu'il a élu pour accomplir la destinée d'Ĕphÿr, ajouta-t-il d'une voix rassurante. C'est pourquoi nous lui présentons cette offrande royale en témoignage de notre soumission.

Dans le silence, les princes avancèrent vers leur mort : les petits trop hébétés, l'aîné très digne. La foule fut impressionnée par l'attitude du prince héritier, cependant l'avenir qu'on lui promettait exigeait de se défaire de ses anciennes attaches. Elle n'avait donc pas le choix : elle devait accepter ce sacrifice pour prouver son allégeance à son nouveau Dieu.

Quand tout fut fini, Zoltanör se mit une dernière fois sur le devant de l'estrade et dit avec conviction :

— Notre avenir commence aujourd'hui!

Puis, suivi de Marür, il quitta la place sous les cris de joie du peuple qui oublia bien vite son élan de compassion envers les jeunes princes dont les têtes avaient roulé sur les planches de bois jusqu'à celle de leur père.

Le peuple d'Akméra venait donc de sceller son destin à celui des Fils de *l'Invisible* pour le meilleur et pour le pire.

L'après-midi, Zoltanör réunit son État-Major dans la salle commune du long bâtiment vert foncé où la veille il avait établi ses quartiers. Là, il donna des directives concernant l'administration et le maintien de l'ordre dans la cité vaincue après le départ de l'armée prévu le surlendemain. Il la confia à l'un de ses commandants, un soldat trop vieux dorénavant pour les opérations militaires; en revanche, ce dernier excellait dans les chiffres comme il avait pu le constater depuis plusieurs lanns. De plus, il lui affecta des troupes pour étouffer toute velléité de révolte. Le capitaine Örkon, avec lequel il avait effectué sa mission nocturne, n'était pas présent, car il lui avait attribué une tâche vitale : transporter le somptueux trésor royal du palais aux carrioles en vue du départ pour Yazam, la Grande. Tard dans la soirée, son capitaine vint lui faire son rapport. Tout s'était bien déroulé : il avait rempli cinq larges charrettes. Il avait choisi d'assigner les mêmes gardes pour terminer cette mission le lendemain soir.

Après deux jours de règlement des affaires de la cité et une fois le sentiment du devoir accompli, Zoltanör s'autorisa enfin à fantasmer sur des yeux bleus éblouissants telles des pierres précieuses d'un fabuleux trésor. Subjugué par sa grande beauté, il avait ordonné que la plus jeune des femmes du roi soit amenée sous sa tente au milieu de l'autre partie de son armée qui campait hors de la cité. S'il était impatient de retourner chez lui à Yazam, la Grande, c'était en grande partie afin de s'abandonner aux sensations qui enflammaient son corps depuis qu'il avait croisé ce regard azur extraordinaire. Sa mission à Akméra l'avait aidé à rester concentré tandis que maintenant, tous ses objectifs atteints, son esprit commençait à vagabonder selon son gré. Quand il quitta définitivement la bâtisse dans laquelle il avait établi ses quartiers pendant trois jours, le soleil était encore perché dans le ciel bleu pâle. Marür l'attendait près des chevaux. Les deux hommes se saluèrent brièvement, enfourchèrent leur monture et prirent la tête du détachement rejoignant ainsi le reste de l'armée.

À leur arrivée, Zoltanör prit quelques ménins pour échanger rapidement avec ses commandants, récupéra son magnifique étalon blanc et ordonna la levée du camp pour mettre le cap vers l'est. Ils retournaient chez eux !

La route fut longue en raison de la lente avancée des carrioles remplies du splendide trésor royal ainsi que des nombreux prisonniers, faisant partie de la noblesse d'Akméra, qui feraient office de futurs esclaves. Mais, ce ne serait pas le cas de sa prisonnière. Zoltanör avait décidé de lui céder sa tente pour le long trajet, car il comptait sans aucun doute l'épouser, refusant ainsi qu'elle devienne une esclave sexuelle comme tant de prisonnières qui ne trouveraient pas d'époux parmi les soldats Sarkinis. Leurs coutumes les autorisaient à épouser leurs captives, cependant ils devaient attendre le mariage officiel avant de consommer leur union. C'était la raison pour laquelle Zoltanör n'avait pas encore partagé sa couche afin de respecter les traditions de pureté avant la cérémonie, même si ladite femme avait déjà été mariée, sinon l'union serait invalidée. Par conséquent, il n'aurait plus le droit ni lui ni un autre de l'épouser. Et en définitive, elle deviendrait une esclave sexuelle. Cette éventualité était si horrible pour le terrible guerrier qu'il garda rigoureusement ses distances avec sa belle captive.

Enfin, l'armée victorieuse arriva dans l'après-midi du quatrième jour à Yazam, la Grande, sous une foule en liesse galvanisée par leur triomphe. Prévenu par un éclaireur, le Sahrfir les accueillit en faisant un discours enflammé sur leur destinée qui se concrétisait. Il rendit hommage aux Sarkinis et à leur Däg-Chem. Puis, il invita Zoltanör à le suivre directement. Le guide spirituel le reçut dans l'ancienne salle du trône. Elle était dorénavant méconnaissable pour ceux qui l'avaient arpentée auparavant. On avait fait disparaître le trône d'or, les lourds tissus précieux accrochés aux murs et les décorations jugées profanes. À la place, on avait disposé un immense tapis dont les dimensions recouvraient la moitié de la pièce, cela avait été une commande spéciale. Sur celui-ci apparaissaient des motifs géométriques simples de différentes couleurs où des cercles blancs, vides prédominaient dans une régularité étonnante que ce soit à horizontale, à la verticale, ou à la diagonale sur un fond d'un orange éclatant. Les fils extérieurs étaient également blancs.

Le Sahrfir l'invita à s'installer en son milieu.

— Zoltanör, mon fils ! l'accueillit-il avec un grand sourire.

— Sahrfir ! répondit son invité plein de respect en inclinant longuement sa tête.

Puis, Zoltanör s'assit à son tour en tailleur en face du Sahrfir à trois mabs environ. Ce dernier fit signe de la main à des serviteurs discrets de se retirer et de les laisser seuls.

— Donne-moi des nouvelles d'Akméra ! Je t'écoute maintenant !

Ayant ordonné l'envoi d'une brève missive par l'un de ses nombreux pigeons voyageurs, le soldat savait donc que ce qu'attendait son interlocuteur était un récit vivant.

Zoltanör lui narra la prise d'Akméra, la confiscation du trésor royal qu'il avait ramené et la décapitation du roi ainsi que de ses fils avec force détails.

— Melkamat ! prononça-t-il d'une voix emplie d'une extase religieuse.

Pendant quelques instants, il savoura ces nouvelles les yeux fermés, puis les rouvrit de façon singulière.

— Je t'avais dit que *l'Invisible* t'avait accordé sa bénédiction. Il t'a choisi, toi, et personne d'autre, pour être son bras vengeur de même qu'il m'a choisi pour guider tous les peuples des Terres Dorées réunis dans une seule nation. Les outrages des Incroyants ne resteront pas impunis ! Sa vengeance a commencé. Nous allons porter son message sur toutes les Terres Dorées au cœur de notre nation, puis au-delà, termina-t-il avec une ferveur dans les yeux.

— Oui, Sahrfir, répondit Zoltanör d'une voix laconique.

Alerté par cette brièveté, son regard noir insolite scruta le guerrier comme s'il voulait déceler la moindre de ses pensées. Quant à Zoltanör, il voyait uniquement deux tâches d'un noir profond ouvrant sur un néant, aucune lumière ne s'y reflétait.

Mais, pour une raison étrange, il ne ressentait aucun froid, toutefois une impression indéchiffrable.

— Il me semble que tu as quelque chose à me demander. Vas-y mon fils, je t'écoute !

Après quelques ménins, Zoltanör, ayant détaché ses yeux de ceux de son guide spirituel, dit d'une voix qu'il essaya de rendre neutre :

— Sahrfir, je souhaite prendre une nouvelle épouse ! J'ai arrêté mon choix sur l'ancienne reine d'Akméra que j'ai capturée et ramenée à Yazam, la Grande. Je sais que j'ai déjà plusieurs femmes, néanmoins je voudrais continuer de faire des fils qui plus tard serviront *l'Invisible* tout comme leur père. Celle que j'ai élue a déjà donné naissance à deux fils et elle est jeune, pas plus de vingt-cinq *teymirs*. Et je n'ai qu'un seul fils pour le moment !

Le Sahrfir l'avait écouté avec attention. Il le regarda de nouveau avec ses yeux singuliers. Puis, il rétorqua d'un ton compréhensif :

— C'est tout à fait ton droit de vouloir d'autres fils. Cependant, quelque chose me dit que ce n'est pas la seule raison de ce choix. Prends-la pour femme si tel est ton plaisir ! Tu veux d'autres garçons ? Rien n'est moins sûr. Tu verras si *l'Invisible* te les accorde ou non ! Viens avec elle ce soir pour que je vous unisse.

En quittant la demeure de leur guide, Zoltanör réalisa qu'une certaine tension avait disparu de son corps ; il s'étonna de cette bizarrerie. Il prit la direction de chez lui, le cœur léger en pensant aux yeux bleu saphir. À la demande du Sahrfir, il avait laissé son argan pour s'établir à Yazam, la Grande, dans l'une des résidences appartenant à un ancien conseiller du roi. Marür l'y attendait. Il avait donné des ordres comme d'habitude pour que tout soit prêt à son arrivée.

Après avoir profité d'un bain, Zoltanör revint dans la salle des repas pour partager son dîner avec son capitaine. Tous deux avaient troqué leur tenue de combattants pour des vêtements confortables. Ils s'installèrent l'un en face de l'autre, sur des banquettes, et commencèrent à manger.

Accoudé sur un bras, Zoltanör lâcha au bout de quelques ménins de façon anodine tout en continuant d'ingérer sa nourriture :

— Je me marie ce soir !

Zoltanör, sa prisonnière, Marür et deux soldats se rendirent dans la demeure du Sahrfir. La cérémonie fut brève. Elle se déroula non pas dans l'immense pièce dans laquelle le maître des lieux recevait quotidiennement, mais dans une petite pièce privée ; elle ressemblait à celle dans laquelle le Sahrfir l'avait convoqué un certain soir. En effet, il se souvenait des murs blancs, de l'épais tapis bleu foncé au sol et de l'énorme lustre qui faisait briller la pièce de mille feux. Les époux avaient revêtu des ensembles verts et or délicats et brillants et le Sahrfir portait exceptionnellement un nélaj blanc. Il posa les questions d'usage pour une union ; Marür était le seul témoin de la cérémonie. Contrairement à la tradition, ce fut le silence qui prédomina. Au moment de prononcer les vœux, on nota une petite hésitation de la part de la mariée. Zoltanör plongea alors un regard dur dans celui un peu craintif de sa captive, étouffant ainsi toute velléité de résistance de sa part. C'est à ce moment-là qu'il admira, seulement pour la deuxième fois, ses surprenants yeux saphir puisqu'il avait décidé de les fuir jusqu'à cette célébration. Quelques dorons après, le *jemva* fut prononcé.

*

De retour chez lui, Zoltanör abandonna bien vite son fidèle compagnon. Il partit se promener dans son jardin pour calmer son impatience pendant qu'on apprêtait sa nouvelle épouse. Il en avait déjà quatre. Aucune n'avait retenu son attention à l'exception de la mère de son unique fils. Les autres lui avaient donné seulement des filles, les privant définitivement d'une quelconque affection. En revanche, il jouissait sans états d'âme de leur dot constituée de terres, de bétail et d'argent, accroissant ainsi sa fortune et son prestige. Mais, pour la première fois, il se mariait par désir, car son corps s'enflammait dès qu'il se figurait les yeux bleus lumineux qui l'avaient captivé au premier regard. Les autres y verraient évidemment l'appât du prestige ou la volonté d'avoir de nouveaux fils. Il les laisserait le croire puisque de toute façon personne ne penserait à une autre éventualité, et encore moins au désir.

Il revint vers sa chambre. Il y pénétra doucement. Des lampes, qui diffusaient une douce lumière, étaient allumées. Allongée dans le lit comme l'exigeait la tradition, son épouse attendait le bon vouloir de son mari dans une attitude de soumission totale. Il se rapprocha lentement de la couche. Il enleva sa tenue verte de jemva, puis entra dans le lit. Dès son arrivée dans la pièce, il avait entendu une respiration rapide qui se faisait de plus en plus saccadée au fur et à mesure qu'il avançait jusqu'à devenir sifflante. Par contre, sa nouvelle épouse n'avait pas bougé d'un *lecmab*, la tête cachée sous les draps et la couverture pour éviter de voir son bourreau. Il décida d'enlever le tout afin de l'apercevoir. Comme il l'avait fait quelques jours auparavant avec l'aschë, sa main tira drap et couverture, puis arracha avec impatience la chemise transparente, la dénudant en grande partie. Son corps nu, exposé, trembla légèrement au milieu des lambeaux de tissu. Dans la lumière nocturne, il contempla une peau laiteuse scintillante qui recouvrait un corps d'une perfection inimaginable : des jambes fines, des courbes voluptueuses et des seins généreux qu'il eut envie de cueillir immédiatement. Il réfréna le désir qu'il sentait monter en lui, car il voulait qu'elle se donnât entièrement pour une raison qu'il ne s'expliquait pas. Contrairement aux autres femmes avec lesquelles il avait toujours pris son plaisir plus ou moins brutalement en fonction de son humeur, il attendait autre chose de leurs futurs ébats.

Zoltanör se plaça au-dessus d'elle, ses coudes retenaient le poids de son corps musclé, couvrant totalement le sien. Il humait la douceur de son parfum exquis, un mélange de fleurs délicates qui enivrait ses sens. Puis, il libéra l'un de ses appuis pour saisir le visage gracile d'une de ses mains puissantes. Doucement, il lui intima alors l'ordre d'ouvrir les yeux. Il se répéta deux ou trois fois avant qu'elle réussît à s'exécuter. Comme hypnotisé, il plongea dans un vaste océan bleu d'une infinité de nuances. Enfin, il revint sur la terre ferme pour se délecter de ses traits d'une grande beauté : l'ovale parfait, les pommettes hautes et une bouche pulpeuse rosée qui n'attendait que d'être dévorée tel un fruit mûr. Une superbe cascade or-argenté, descendant jusqu'au creux de ses reins, couronnait cette beauté inhabituelle sur les Terres Dorées. D'où venait-elle ? se demanda-t-il.

Probablement des Terres Libres. Le soldat commença à laisser libre cours à une sensualité étonnante de sa part : la caressant avec sa bouche et ses mains à la fois, il parcourait son visage et tout son corps. Il respirait très fort, car son désir le consumait de plus en plus. Il se plaqua tout contre elle pour qu'elle sentît totalement sa virilité et pour l'exciter comme il l'était lui-même. Mais, il refusait que cela fût trop bref, aussi il retira son sexe de cette enivrante torture, souhaitant faire durer le plaisir qu'il ressentait. Il n'avait jamais vécu de telles sensations auparavant. Tout son corps était devenu un volcan en fusion, l'éruption semblait imminente. Pourtant, il décida à nouveau de retarder l'explosion inéluctable en prenant possession de sa bouche pour la goûter prolongeant ainsi le supplice. Elle serrait les dents pour l'empêcher de pénétrer, mais il arriva à ses fins par une ruse des plus classiques : un pincement de joue bien placé, un étonnement automatique et une ouverture involontaire. Il enfonça très rapidement sa langue et nota aussitôt que sa bouche avait un léger goût fruité ; celle-ci commença alors à en explorer les moindres recoins, appréciant pleinement la saveur, avant de se coller définitivement à celle de son épouse dans un mouvement circulaire sans relâche à en perdre le souffle. Il sentait qu'elle voulait se dégager, mais il l'en empêcha en accentuant la pression à la fois sur ses lèvres dures et sur ses mains qui encerclaient désormais son visage. Il perçut qu'elle se débattait timidement, puis de façon plus énergique. Enfin, il la lâcha brutalement. Il l'entendit respirer bruyamment comme si elle ne l'avait pas fait depuis une éternité, remplissant ses poumons de tout l'air qu'elle pouvait happer. Ses yeux bleus limpides virèrent vers une nuance plus foncée en le regardant durement et non avec excitation comme il l'avait espéré. Ses lèvres pulpeuses étaient meurtries par le traitement brutal qu'elles avaient subi. On était très loin du scénario érotique fantasmé qu'il avait élaboré tel un jouvenceau à propos de leur nuit de jemva.

Désorienté, Zoltanör ressortit de la couche, nu comme un

ver. Il fit des pas en large et en travers tout en essayant de calmer la colère qui montait en lui, car il la désirait au point où il ressentait un manque inexplicable. Elle ne souhaitait manifestement pas se donner à lui.

Il la regarda les yeux pleins d'une flamme ardente et explosa soudainement :

— Que veux-tu, bon sang ? J'aurais pu te tuer dans le palais royal, pourtant j'ai décidé de te sauver la vie ! C'est comme cela que tu me témoignes ta reconnaissance ?

Il avait tout naturellement utilisé le tutoiement, car il se sentait déjà lié à elle.

Pendant qu'il marchait, elle s'était redressée dans le lit. Elle s'était assise, les jambes repliées comme un bouclier en les serrant avec ses bras tout en prenant grand soin de couvrir son corps avec le drap. Elle l'observait en silence telle une condamnée à un supplice mortel ; ses yeux semblaient agrandis sous l'effroi. Mais, elle avait néanmoins rougi quand son regard s'était posé par inadvertance sur son sexe encore dressé dans toute sa fierté virile. Puis, il l'entendit répliquer avec colère par une autre question tout en retenant ses sanglots :

— Peux-tu me rendre mes fils ? Ton Dieu t'écoute-t-il pour rendre à une mère ses enfants morts ?

Il répondit sur un ton neutre :

— *L'Invisible* réclamait le sang de tes enfants également. Nous ne faisons que lui obéir !

Il passa sa main en signe de nervosité dans ses cheveux à la couleur du feu ardent.

— Quel est ce Dieu qui prend la vie de petits innocents ? Quel est ce Dieu qui fait rejaillir la faute du père sur sa progéniture ? continua-t-elle en éclatant en sanglots.

Les mots sortaient saccadés de sa bouche ; des torrents dévalaient ses joues rougies.

— *L'Invisible* fut au commencement et sera à la fin du monde. Il tient tous nos destins en main ; le tien également puisque je t'ai épargnée. Tu ferais bien de t'en souvenir ! déclara-t-il d'une voix menaçante.

Il se radoucit, tout en revenant vers la couche, comme lorsqu'on expliquait les choses à un enfant.

— Il t'a donnée à moi ! C'est sa volonté ! Tu ne peux pas résister, ajouta-t-il encore d'un ton furieusement impatient de libérer la tension qui le faisait souffrir.

Il entra alors brusquement dans le lit et chercha à l'allonger pour se coller de nouveau à elle. Elle tenta de le repousser, en vain. Épuisée par les torrents versés, les forces lui manquaient. Il essaya de l'embrasser. En revanche, cette fois sa ruse ne prit pas et elle lui mordit durement ses lèvres minces, l'ultime défi d'une prisonnière ! Un fin filet de sang s'écoula jusqu'à son menton et une goutte tomba sur le drap d'un blanc immaculé. Cette vision rouge engendra une colère irrépressible chez le guerrier, s'emparant de tout son être et portant son désir au paroxysme. La tension de son sexe était extrêmement douloureuse, car il n'était pas encore soulagé. Plaquée sur le lit, son épouse se débattait de toutes ses forces, refusant le contact du corps de son ravisseur. Il ne put réprimer plus longtemps sa véritable nature. Il explosa de fureur et la gifla une fois, puis une deuxième fois. Elle s'arrêta alors de lutter, tétanisée sous cette violence. Il se colla contre elle. Elle se laissa faire. Il l'embrassa de nouveau. Elle se laissa faire. Il n'était pas content de cette tournure, car il voulait qu'elle le désirât également. Il tenta une dernière fois de lui donner du plaisir en introduisant ses doigts au plus profond de son intimité : ils plongèrent et se retirèrent encore et encore avant d'aller doucement titiller avec son pouce le point de plaisir de nombreuses femmes. Elle ne s'abandonnait toujours pas, il remarquait sa volonté de le combattre à travers la raideur de son corps. En revanche, lui était dans un état d'excitation encore jamais égalé. Il arrivait aux limites de toute maîtrise ; il sentait qu'il ne pouvait plus se retenir très longtemps. Il décida donc de la traiter comme les autres femmes avec lesquelles il avait couché, de s'occuper égoïstement de son propre plaisir. Il se redressa en la maintenant fermement sur le dos en écrasant ses mains dans une poigne de fer. Il fit néanmoins une ultime tentative en se penchant pour goûter avec délicatesse ses seins généreux : mordillant doucement et léchant les tétons comme de petites friandises appétissantes. Mais, excédé par l'absence de réaction de la jeune femme, il laissa libre cours à sa nature profonde en la giflant violemment de nouveau deux fois.

Puis, le guerrier lui écarta les cuisses sans ménagement avant de s'enfoncer en elle profondément d'un seul coup de rein comme il montait son cheval en la regardant durement, ses pupilles étaient devenues deux ovales jaunes. Il la sentit tressaillir sous la douleur, il l'entendit même étouffer des sanglots, les yeux fermés ; néanmoins il n'arrêta pas, plus par manque évident de volonté que par cruauté affirmée. Il bougeait d'avant en arrière comme un possédé, un damné, ses yeux emplis d'un désir bestial qu'il allait pouvoir satisfaire ; sa forte respiration laissait passer des sons rauques par intervalles. Finalement, au bout de plusieurs ménins, après avoir assouvi tous ses fantasmes avec ce corps livré à ses désirs, il s'abandonna enfin à la jouissance qui l'envahit entièrement. Il se dit qu'il n'avait jamais ressenti un tel plaisir auparavant, ses sens étaient enfin apaisés, pour le moment. Il poussa un long râle de contentement, et satisfait, il s'endormit subitement, épuisé, en maintenant son épouse dans un véritable étau.

Quelques nars plus tard, il se réveilla. Il profita encore du délicieux corps de sa femme, prenant un plaisir évident à la malmener pour la punir de son manque de désir pour lui. Il souhaitait surtout se rassasier d'elle avant de repartir à la guerre et de l'oublier ensuite comme toutes les autres.

IV - La crainte de l'étincelle

Nouvelles préoccupantes

Sur les Terres Libres, Dolfir, du peuple des *Karus,* était au *pays de Narmala*. Il entendait un vacarme dont il n'arrivait pas à déterminer la provenance. Brusquement, il se réveilla en percevant des sons étouffés. Après quelques ménins pendant lesquelles il fut désorienté, il se souvint rapidement de l'endroit où il se trouvait : chez lui, dans sa chambre, dans son lit. Il tourna légèrement la tête sur la gauche. Dans la lueur du feu rougeoyant, il vit une masse de cheveux noirs très raides étalée sur un coussin blanc volumineux, une peau laiteuse et un profil attendrissant : son épouse. Allongée auprès de lui, elle était plongée dans un profond sommeil. Il écoutait sa respiration. Elle était paisible, car nulle préoccupation ne troublait son repos nocturne. Depuis quelques semas, le sien n'était pas serein. Dès qu'il avait appris que l'armée impressionnante des Sarkinis se dirigeait vers Akméra, la cité des Nésenets, sa sérénité habituelle l'avait abandonné. Il avait peur, néanmoins il se rassurait en se disant que c'était une affaire qui concernait uniquement les peuples des Terres Dorées, seulement eux !

Il discerna maintenant des bruits secs. Totalement éveillé, il les identifia sans problème cette fois-ci. C'étaient des coups frappés à la porte de sa chambre. Cela devait être extrêmement urgent pour qu'on le dérangeât ainsi en pleine nuit. Ne souhaitant pas inquiéter son épouse, il préféra se lever rapidement de son lit pour ouvrir lui-même la porte plutôt que de crier à son visiteur nocturne d'entrer. Ce devait être sans aucun doute son intendant. Il se dépêcha d'enfiler son long *balam*, bordé de fourrure sombre, pour ne pas attraper froid.

Il ouvrit la porte suspendant ainsi le bras de Guefer qui allait de nouveau frapper. Dolfir tança vertement son intendant en lui disant sans franchir la porte de sa chambre :

— Dis-moi quelle nouvelle ne pouvait pas attendre le matin !

— Akméra, mon seigneur…

Il se doutait bien que les Nésenets ne feraient pas le poids contre les Sarkinis. Ces diables s'étaient entraînés pendant toutes ces lanns pour mener maintenant leur guerre, assouvissant ainsi leur nature belliqueuse. Il répondit donc avec désinvolture :

— Bon, la cité est tombée, on s'en doutait. Ce n'était pas la peine de me réveiller en pleine nuit pour me dire cela ! Tu peux disposer maintenant !

Guefer secouait la tête de gauche à droite, il était apparemment sous le coup d'une grande émotion, lui, si impassible d'habitude, cherchait ses mots.

— Qu'y a-t-il d'autre ? continua Dolfir toujours mécontent que son intendant l'ait réveillé pour une évidence, certes dramatique, mais une évidence tout de même.

— Le roi, lâcha-t-il enfin.

— Oui, le roi ?

Puis, son visage se défit d'un seul coup. Il commençait à comprendre l'extrême émotion de Guefer. Ce dernier le regarda et bougea sa tête d'un signe affirmatif. Dolfir questionna d'une voix blanche tout en refusant de croire à cette nouvelle infamie :

— Ils ont de nouveau décapité un roi et ses fils ? C'est ça ?

— Oui, mon seigneur, confirma l'intendant d'une voix brisée.

— Des barbares ! Des foutus barbares !

L'utilisation de mots très grossiers était très rare chez lui, car il soignait toujours son langage.

— Ils n'ont aucune considération pour la vie, non aucune, répéta-t-il de façon mécanique. Ils ne respectent aucun dieu sauf le leur, évidemment, continua Dolfir d'une voix éteinte.

Pendant plusieurs ménins, il resta debout sans faire le moindre geste, son corps accusant le coup de cette terrible nouvelle. Puis, il se redressa pour dire à son intendant d'une voix à peine maîtrisée :

— On ne peut rien faire cette nuit malheureusement. Demain, il sera temps de réfléchir à une convocation prochaine du *Nemgar* pour prendre une décision sur la conduite à suivre. Va te coucher Guefer ! Et je te remercie de m'avoir réveillé, assura-t-il avec amabilité, son ton contrastant avec le début de leur conversation.

— Oui, mon seigneur.

Dolfir referma doucement la porte pour retourner se coucher. Il déposa son long balam, là où il l'avait pris plus tôt, sur un fin porte-vêtements. Une fois réinstallé dans son lit confortable, il essaya de se rendormir. Une anxiété grandissante prit possession de lui. Il n'arrivait pas à fermer l'œil.

Il se réveilla de nouveau. Il se tourna pour voir le visage de sa femme. Il fut surpris par son absence. Son regard se porta sur la cheminée : il ne restait que des cendres du feu de la veille. C'était assurément le matin. Finalement, il avait réussi à dormir quelques nars. Puis, il jeta un rapide coup d'œil à la chambre spacieuse baignée par la lumière du jour. Sans être luxueuse, elle possédait un confort certain avec une belle armoire en bois, de la taille d'un homme et de la longueur d'une femme de taille moyenne ; les gravures sur les pans démontraient un travail d'artisan très méticuleux, le meuble était coordonné au lit. Il y avait aussi dans la pièce un mobilier très élégant toujours en bois dénotant un bon goût : un nécessaire pour la toilette, un grand miroir de pied, un fin secrétaire et un canapé à deux places en tissu multicolore, assorti à une table basse en marbre blanc, ramené de leur *valmen*. L'ensemble était bien agencé, on pouvait circuler aisément. Puis, il regarda à travers la grande fenêtre encadrée de lourds rideaux de velours vert foncé qui faisaient ressortir la couleur des meubles et du plancher brillant.

Il apercevait un soleil éclatant ; il devait être assez tard. Par conséquent, il se leva pour enfiler de nouveau son balam sombre. À peine levé du grand lit en bois, il vit la porte de sa chambre s'ouvrir laissant passer son épouse. Elle était toujours d'une humeur égale, ce qui lui facilitait beaucoup la vie, car plusieurs de ses compagnons n'avaient pas une chance pareille. Dans la mesure où les unions des enfants étaient des associations complémentaires entre les familles, il était bien rare qu'elles fussent heureuses, mais c'était leur cas. Quand les parents de Chlaryde, des *Ërers* désargentés, avaient proposé leur fille à son père, un riche commerçant, ce dernier avait saisi l'occasion d'accroître le prestige de sa famille. Contre toute attente, son épouse et lui avaient trouvé un vrai bonheur ensemble : ils s'aimaient tout simplement. En revanche, ils ne montraient pas leur amour en public, car cela ne se faisait pas chez les Karus. Chlaryde se précipita vers lui avec un visage tourmenté. Depuis leur union, il pouvait lire en elle très facilement. Il eut à peine le temps de lui ouvrir ses bras qu'elle s'y réfugiât. De taille identique, leurs têtes se touchèrent de façon assez brusque en raison de l'élan de la petite course qu'elle venait de faire.

— Qu'y a-t-il mon épouse qui vous chagrine ainsi dès le matin ?

Il la sentait trembloter dans ses bras.

— Allons, allons, ce ne doit pas être si grave que cela ? Quelle catastrophe a pu avoir lieu ce matin ? Votre mère a-t-elle décidé de s'installer avec nous ?

La dernière question était une blague récurrente entre eux ; il la tenait par les avant-bras en la regardant avec des yeux moqueurs.

— Je n'ai pas envie de plaisanter mon époux. Depuis ce matin, on ne parle que de la prise d'Akméra et de la décapitation du roi ainsi que des jeunes princes.

Il la regarda sans émettre la moindre surprise, ce qui eut le don de l'énerver.

— Je vois que vous êtes déjà au courant ! Je ne suis guère étonnée, mais vous auriez pu m'avertir !

— En effet, je suis déjà au courant. Guefer est venu me l'annoncer cette nuit. Je ne voulais pas vous réveiller, confirma-t-il en prenant sa voix qu'il utilisait pour faire amende honorable.

La colère de son épouse retomba immédiatement. Toutefois l'angoisse la remplaça dans ses yeux bleus dont la nuance se rapprochait maintenant d'une mer agitée, la grande tempête avait pris le large.

— Sommes-nous en danger, mon amour ? chercha-t-elle à savoir en pensant au *Couloir Tiède*, le retour à l'utilisation du petit mot affectueux confirmait son pardon.

Il se demandait comment il pouvait répondre aussi simplement à sa question. Il pensait à ces Sarkinis qui avaient constitué une armée offensive depuis plusieurs lanns sous le nez des peuples des Terres Dorées ainsi que sous celui du reste d'Ĕphÿr. Quelques-uns comme lui s'en étaient quelque peu inquiétés, en revanche leur voix avait été minoritaire. De toute façon, même avec la meilleure volonté, l'action aurait été limitée, car les Sarkinis étaient souverains sur leur terre. On aurait pu éventuellement intervenir lorsqu'ils avaient décapité notamment les enfants du roi des Sahrs, pourtant personne n'avait réagi de peur de les affronter. Et aujourd'hui, ils récidivaient avec les enfants du roi des Nésenets. Qu'allait-on faire ? Que pouvait-on faire ?

Il fixa son épouse ou plutôt ses magnifiques yeux bleus qui possédaient une palette de nuances qu'un peintre aurait pu utiliser pour réaliser des centaines de chefs-d'œuvre, et choisit avec précaution les mots qu'il allait prononcer sans lui mentir :

— Les Sarkinis sont une menace, essentiellement pour les Terres Dorées. Ils ont pour projet d'unifier leur nation et ils ont créé une armée pour atteindre cet objectif. Ils tuent les rois et leurs fils pour renverser définitivement le régime tyrannique de la royauté et libérer les peuples d'après ce qu'ils disent. N'avons-nous pas fait la même chose, il y a quelques lanns, en nous débarrassant de nos rois corrompus ?

Son épouse l'interrompit vivement en se libérant de son étreinte :

— Oui, nos anciens dirigeants ont été renversés, seulement le peuple n'a point assassiné de jeunes enfants innocents ! Comment peux-tu nous comparer à ces barbares ?

Elle était fondamentalement contre les systèmes de privilèges même si elle était issue d'une famille qui en avait bénéficié. Elle préférait pour beaucoup la nouvelle société créée grâce à laquelle elle avait pu épouser son mari, ce qui aurait été impensable dans celle d'autrefois basée sur la naissance.

— Ce n'est pas exactement ce que je voulais dire, Chlaryde. Ils libèrent leur peuple de l'asservissement et de l'injustice comme nous l'avons fait jadis.

Il hésita un bref instant avant d'ajouter d'une voix lasse.

— Cependant, une rumeur persistante prétend que leur Dieu leur a demandé de mener une grande mission divine. Voilà, tu sais tout !

Dolfir reprit son épouse dans ses bras pour chasser sa peur.

*

À plusieurs *mabaris* de là, chez les Heldans, Malïrr venait lui aussi d'apprendre la nouvelle dramatique de la chute d'Akméra et la décapitation du roi des Nésenets ainsi que celle de ses fils. Il pensa avec colère à ces barbares. Comment avaient-ils osé ? La première fois, on pouvait essayer de comprendre une vengeance excessive de leur Sahrfir qui avait manqué d'être assassiné. Mais cette fois-ci, les Sarkinis n'avaient aucune excuse ! Ils montraient leur vrai visage : celui de tueurs sanguinaires, pires que des animaux !

Malïrr était l'un des descendants des Ërers, l'ancienne classe dirigeante privilégiée des Terres Libres. C'était un adolescent lorsque la victoire de la *Bannière blanche* avait irrémédiablement changé sa vie. Révolté par la ruine de sa famille, il s'était juré de regagner leur fortune. Grâce à des investissements très rentables dans de nombreux domaines et à sa volonté inflexible, il était devenu très riche, certes pas autant que sa famille dans le passé.

Cependant, il n'était pas heureux, car il voulait faire payer aux peuples des Terres Dorées, plus particulièrement aux Harkinis, devenus Sarkinis, et aux Tanhoïs, instigateurs de la dernière guerre, sa déchéance sociale. Il avait aussi une rancune contre sa propre nation : le peuple des Karus, celui des Szakirs et également les Irhyns qui avaient participé à son malheur. Ces derniers s'étaient tous retrouvés dans une coalition militaire contre son peuple, les Heldans. Mais désormais, les Karus, les Szakirs, les Irhyns ainsi que son peuple faisaient partie de la Fédération des Terres Libres formant une seule et même nation.

Malïrr réfléchissait à cette nouvelle fraîche en analysant la situation sous différents angles. D'une nature opportuniste, c'était un homme très rationnel ; il maîtrisait toujours ses émotions et ne précipitait jamais ses décisions. Seul le bénéfice qu'il pouvait tirer d'une action guidait ses pas. Il appliquait également ce précepte dans sa vie privée. C'était la raison pour laquelle il avait épousé la fille unique d'un des leaders qui avait initié le changement, l'ami fidèle de Melveir le juste, le fondateur de leur nouvelle société. Malïrr avait attiré la jeune fille, issue d'une famille modeste, par le prestige de son nom, un charme certain et une aisance financière qui promettait déjà beaucoup lors de sa demande en *gemen*. De même, il se demandait ce que pouvait lui apporter cette nouvelle horrible. Il avait des intérêts chez les Tanhoïs, ses anciens ennemis, car il ne mélangeait jamais la politique et les affaires.

Il en était là de ses réflexions lorsque la porte de son bureau s'ouvrit. Son épouse entra. Elle était petite de taille, on aurait pu la confondre avec une enfant ; ses cheveux étaient châtain clair et ses yeux noisette. Sans être une beauté, elle avait toutefois un petit charme. Seulement n'ayant pas été élevée dans une riche famille comme lui, elle manquait totalement de prestance en dépit de la luxueuse toilette qu'elle arborait avec une robe en satin rose agrémentée de rubans blancs. De même, sa grossesse accentuait cette vérité. Elle marcha vers lui péniblement, son corps alourdi par une nouvelle grossesse. Il la regarda en pensant à la mésalliance qu'il avait contractée.

Pourtant, son gemen lui avait été plus que favorable dans ses affaires, pour la partie touchant au négoce, car les marchands, ces êtres vulgaires, pensait-il, le traitaient comme l'un des leurs. Leur union était pour le moment infructueuse. Elle avait déjà supporté deux fausses couches. Il espérait enfin un enfant, un fils, son héritier. Depuis plusieurs misas, il sentait l'inquiétude de son épouse quant à leur avenir commun ; elle avait peur qu'il se séparât d'elle. Il le savait, mais ne faisait rien du tout pour rassurer la pauvre jeune femme. En d'autres circonstances, il n'aurait pas hésité si elle ne menait pas à terme cette grossesse. En revanche avec les évènements qui se profilaient à l'horizon, d'avoir pour épouse la fille d'un des anciens dirigeants, acteur du changement opéré sur les Terres Libres, pourrait s'avérer plus que vital.

Aussi, l'accueillit-il avec un petit sourire forcé dont elle n'eut pas conscience :

— Qu'y a-t-il mon épouse? s'enquit-il d'une voix avenante.

— J'ai entendu les serviteurs annoncer qu'ils préparaient vos bagages. Vous venez à peine de rentrer de l'inspection de vos entrepôts. Je pensais que vous resteriez plusieurs semas pour attendre la naissance de notre fils, répliqua-t-elle d'une traite comme si elle avait pris son courage à deux mains.

Il l'observa attentivement. Il lisait sur son visage la peur qu'il s'éloignât à nouveau d'elle. Il savait qu'elle était au courant de ses incartades, pourtant elle ne lui en avait jamais parlé par crainte de sa réaction. Il se demandait ce qu'il lui dirait si elle lui posait effectivement la question de façon franche. Pour une fois, ce n'était ni ses affaires ni une autre femme qui allaient l'éloigner d'elle pendant plusieurs semas, seulement son devoir envers son peuple.

— Venez, mon épouse. Asseyez-vous là. J'ai à vous parler de choses graves.

Il la prit doucement par les épaules et l'installa sur le luxueux sofa qui paradait au milieu de la grande pièce richement décorée avec un goût exquis.

Immédiatement, il vit ses yeux noisette en forme d'amande paniquer ; il la voyait échafauder toutes sortes de théories. Aussi y mit-il un terme rapidement en lui caressant les mains et en lui embrassant doucement la joue.

— Akméra est tombée !

Elle fut horrifiée, car elle connaissait cette cité ; il l'y avait emmenée pour leur valmen. Contrairement au mode de vie des Terres Libres, Malïrr avait tenu volontairement son épouse à l'écart des vicissitudes de la vie, la laissant vivre dans un monde parfait régi par une grande opulence. La dure réalité la rattrapait à présent.

— J'ai reçu un message, je dois me rendre de toute urgence sur le territoire des Irhyns pour le Nemgar. Nous devons décider de ce que nous allons faire, continua-t-il doucement comme lorsqu'on s'adressait à un enfant.

— Oui. Je comprends, mon époux.

Malïrr constata qu'elle était rassérénée par le motif de son départ qui n'avait rien à voir avec une autre femme.

— Pendant mon absence, dit-il en se levant du sofa, vous serez confinée dans la maison pour prendre soin du bébé. J'ai doublé les gardes pour votre sécurité en ces temps troublés.

Elle se jeta dans ses bras en pleurant doucement, puis se redressa vivement pour essuyer les larmes restantes avant de se retourner.

— Je vais veiller à la préparation de vos bagages, l'informa-t-elle en reprenant une certaine contenance tout en s'apprêtant à sortir de la pièce.

Il la retint par un bras, se décidant à lui laisser un bon souvenir de leur séparation. Il la tira vers lui, souleva doucement son menton en forme de cœur pour qu'elle le regardât bien en face, elle avait tendance à le contempler en biais en raison de sa grande timidité, malgré les nombreuses lanns. Puis, du bout des doigts il caressa délicatement ses fines lèvres rosées avant de l'embrasser avec vigueur, amplifiant délibérément son désir d'elle.

Il la sentait tressaillir et se presser contre lui, s'abandonnant totalement en dépit de son gros ventre, car il ne partageait plus sa couche depuis l'annonce de sa grossesse. Il ne voulait prendre aucun risque, certain que cette fois-ci la chance lui sourirait.

Enfin, il mit fin à ce long baiser. Ensuite, il caressa son visage du revers de sa main avant de dire d'une voix tendre :

— Au revoir, petite fleur.

Il avait sciemment utilisé ce mot affectueux pour accentuer le trouble intense qu'il percevait en elle. D'ailleurs, incapable de parler, les joues rougies par le plaisir, elle quitta la pièce en silence sans se retourner.

Malïrr n'était pas mécontent de sa prestation ; la connaissant, elle chérirait pendant son absence le souvenir de leur étreinte passionnée. Pourquoi avait-il fait cela ? Il voulait qu'elle restât sereine pour le bien du bébé en évitant de trop penser aux possibilités qu'il aurait malgré son voyage politique de rencontrer d'autres femmes et de succomber avec délectation à leurs nombreux charmes.

L'accueil pour le Nemgar

Plusieurs jours plus tard, à l'ouest des Terres Libres, sur le territoire des Irhyns, Torgmer s'apprêtait à recevoir ses collègues pour former le Nemgar. On lui avait annoncé l'arrivée d'un premier invité. D'après les étendards, c'était son vieil ami du peuple des Szakirs, résidant au nord des Terres Libres. Il appela son intendant pour qu'il apportât sans tarder des rafraîchissements à offrir aux invités dès leur arrivée dans l'enceinte de son *ragnak*. La victoire de la *Bannière blanche* avait entraîné de profonds bouleversements dans leur mode de vie, désormais très loin de celui de leurs ancêtres. Par ailleurs, ils avaient mis fin au système des clans avec leurs luttes incessantes pour la possession de terres. Dorénavant, les Irhyns choisissaient chaque lann leur *Ragmär*, leur chef, pour faire autorité sur tous les seigneurs du territoire, faisant régner ainsi la justice et l'égalité entre les *Êtres*. Depuis trois lanns, il avait l'honneur de porter ce titre. Par conséquent, il était devenu le représentant de son peuple dans le Nemgar de la Fédération des Terres Libres. Créé par les Irhyns, le Nemgar se tenait toujours sur les terres de celui qui le convoquait en premier, contrairement à l'Assemblée des Représentants qui se tenait toujours à Karrmeler, la plus grande cité des Terres Libres. Le Nemgar se composait d'hommes jeunes pouvant prendre la route sans tarder à la moindre convocation, lui conférant ainsi une grande réactivité. Ses membres élus par l'Assemblée des Représentants (un élu par peuple) avaient l'expérience soit de la guerre soit des affaires : c'était une espèce de conseil d'urgence qui analysait les problèmes et apportait déjà des débuts de résolution en attendant la réunion de l'Assemblée des Représentants dans laquelle était prise la décision finale.

L'invité était un homme colossal. Sa tenue dessinait sa carrure massive : il portait son armure de combat avec son épée qui pendait dans son fourreau. En descendant d'un gigantesque cheval alezan, il avait ôté son casque. On apercevait alors son visage massif barbu et moustachu et ses longs cheveux blonds indisciplinés qui lui tombaient dans le dos comme une crinière d'animal.

Ses yeux d'un bleu très clair se posèrent sur son hôte avec bonheur.

— Torgmer !

— Wolmer !

Torgmer l'attendait depuis plusieurs ménins sur le devant de sa demeure. Ils se donnèrent de longues accolades viriles et chaleureuses.

— Ravi de te revoir mon ami !

— Moi également !

— Viens te reposer après ce long trajet !

Ils pénétrèrent ensemble dans la salle commune où on leur servit à boire. Wolmer prit le temps de se désaltérer après sa longue chevauchée. Une fois faites les salutations d'usage, ils abordèrent l'objet du Nemgar.

— Bon sang ! On ne pourra jamais être tranquille sur cette foutue terre !

Il adorait jurer. Il le faisait plus comme on pratique un art de vivre que pour être véritablement grossier.

— Je pensais pouvoir m'occuper tranquillement de mes terres jusqu'à ce que la mort vienne comme une amie me chercher. Mais non ! Il fallait que ces démons d'Harkinis ou de Sarkinis, je ne sais plus comment il faut les appeler, fomentent quelques violences.

Torgmer l'écoutait, impassible.

— Tu te souviens que pendant la campagne de la *Bannière blanche* je t'avais dit qu'on aurait dû régler cela entre nous, les peuples des Terres Blanches (anciennes Terres Libres) ? Qu'on ne devait pas faire confiance à ces satanés perfides qui se comportaient comme des maîtres sur le territoire des Heldans ?

— Oui, je me souviens, Wolmer. Je me souviens de tout, assura Torgmer sur le ton de quelqu'un qui avait entendu ces propos un millier de fois.

Les deux hommes restèrent quelques ménins dans un silence total se remémorant les images des Harkinis qu'ils avaient rencontrés lors de cette campagne. Depuis, la victoire de leur coalition militaire avec eux, très peu de personnes des Terres Libres les avaient de nouveau côtoyés. Ils s'étaient terrés dans leur territoire, dans leurs argatals, préparant minutieusement cette campagne qui ne faisait que débuter sans aucun doute.

— Il paraît que leur armée est immense, forte de milliers d'hommes venant volontairement des quatre coins de leur territoire. On dit aussi que leur nouveau Sahfir, celui qui avait, tu t'en souviens, béni notre grande armée, a déclaré leur Sarshak, non c'est plutôt Shorkar, reprit Wolmer, un brin énervé de ne pas trouver le terme exact.

— C'est Shakkar, le corrigea Torgmer d'une voix laconique.

Puis, Torgmer ajouta sur un ton calme :

— Oui, j'ai entendu cette rumeur. Ils auraient environ dix mille hommes.

À ce moment-là, la grande cloche retentit de nouveau dans le bâtiment. Son intendant entra dans la pièce pour annoncer le deuxième invité, c'était le représentant du peuple des Karus, il venait de l'est des Terres Libres. Après plusieurs ménins, il pénétra dans la salle commune. Torgmer s'avança pour l'accueillir.

— Bienvenue, seigneur Dolfir. Avez-vous fait un bon voyage ?

— Oui. Je vous remercie, seigneur Torgmer. Je suis heureux de vous voir malgré les circonstances dramatiques. Cela fait déjà une lann, depuis notre dernière Assemblée. Comment allez-vous ?

— Bien. Je vous remercie.

Torgmer observa Dolfir. En une lann, il n'avait guère changé. De taille moyenne, il était assez massif sans être gros. Son visage exprimait toujours une bonhommie, il semblait heureux dans la vie, les épreuves difficiles lui avaient sans doute été épargnées. Son visage rond portait une barbe de la même couleur que ses cheveux châtains, un nez épais et des yeux marron foncé venaient compléter ce portrait.

Il arborait comme tenue : un pantalon large coupé aux trois quarts, de couleur foncée, et une chemise blanche accompagnée d'un gilet aux manches également trois quarts, mais de couleur vive ; des boutons en or, fermant ce haut, indiquaient une vie aisée. Aux pieds, il portait d'épaisses bottes noires vernies. Après s'être désaltéré, Dolfir entra en grande discussion avec Wolmer. Les deux hommes se racontèrent comment ils avaient eu l'information en pleine nuit. Puis, ils prirent des nouvelles de leur famille respective. Tous deux comptaient une famille nombreuse, le sujet pouvait donc durer un bon moment, cependant ils furent interrompus par le son annonçant le dernier visiteur.

Torgmer était impatient de connaître le quatrième membre du Nemgar provenant du sud des Terres Libres. Il avait été élu lors de la dernière réunion de l'Assemblée des Représentants, néanmoins peu de personnes avaient eu l'occasion de lui parler, car son beau-père, l'un des plus fidèles compagnons de Melveir le juste, était mourant. Il espérait que ce serait un homme prompt à prendre des décisions comme lui.

*

Le sujet de ses réflexions entra dans la pièce. En quelques dorons à peine, Torgmer le jugea ; sa déception fut grande. Il enregistra l'air condescendant de ce nouveau venu qui examinait la pièce, un comportement typique d'un ancien Ërer. Apparemment, il n'était encore jamais venu sur le territoire des Irhyns. Torgmer vit qu'il avait du mal à apprécier toutes les subtilités que requerrait la maîtrise du bois dans laquelle les peuples de l'ouest et du nord des Terres Libres étaient passés maîtres. Les nombreux motifs qu'on trouvait à la fois à l'extérieur et à l'intérieur des solides demeures démontraient une recherche artistique. Habitué aux constructions de pierre sur son territoire, il observait l'habitation avec une fascination teintée d'une répulsion non dissimulée. Toutefois, il ne put cacher sa surprise devant la hauteur des lieux.

Torgmer examinait sa demeure en suivant le regard de son invité. Il nota la décoration sommaire en bois de l'immense pièce : de grandes tables rectangulaires avec des chaises disposées perpendiculairement à une table plus petite, celle du chef.

Derrière cette dernière se dressait un grand fauteuil orné de motifs incurvés à partir duquel il dirigeait son territoire. Quand il eut fini son inspection, les yeux du dernier arrivant se posèrent sur les hommes assis. Sans attendre, Torgmer se leva de sa table une seconde fois pour accueillir l'un de ses invités.

— Bienvenue dans ma modeste demeure, seigneur Malïrr, déclara-t-il d'un ton très réservé en lui serrant la main.

— Je vous remercie de m'accueillir chez vous, seigneur Torgmer, assura-t-il d'une voix guindée, la main encore emprisonnée dans celle de son hôte.

— Avez-vous fait bon voyage ?

— Très bien, je vous remercie.

Au-delà de cet échange de politesse et de serre-mains, les deux hommes essayaient déjà de se jauger en attendant la réunion imminente pour laquelle ils étaient tous présents. Torgmer découvrit un homme obsédé par le paraître. En effet, il arborait un ensemble très luxueux pour voyager. Une veste grise mi-longue en brocart complétait une tenue composée d'un pantalon bleu pâle plus serré que celui de Dolfir et d'une chemise blanche finement travaillée avec des dessins complexes qu'on apercevait dans l'échancrure de son gilet coordonné à sa veste. Sa prestance démontrait également des origines aisées avec un maintien quasi militaire de son corps svelte. Quant à sa tête, il la bougeait avec une certaine arrogance, fier de ses traits aristocratiques, disposés avec une parfaite symétrie entre un fin nez droit, des lèvres minces, des pommettes saillantes et des yeux gris intense parfaitement assortis à des cheveux blonds d'une nuance que Torgmer n'avait encore jamais vue. On aurait dit que de l'argent liquide recouvrait entièrement son crâne bien proportionné.

Pendant ce temps, Malïrr dévisageait également son hôte. Il remarqua sa carrure de guerrier, tranchant avec la sienne. Contrairement à son ami Wolmer, Torgmer, n'ayant pas voyagé, ne portait pas son armure. Il avait fait un effort vestimentaire pour ses invités en revêtant l'une de ses plus belles tenues : un pantalon dans un vert sombre brillant, une chemise blanche simple et une veste mi-longue cintrée assortie à ses yeux bleu cobalt, épousant sa carrure musclée. Sur le plan vestimentaire, Torgmer ne pouvait pas rivaliser avec son dernier invité, en revanche, sur le plan physique, il n'avait pas grand-chose à lui envier. Comme lui, il possédait également les traits fins : une bouche et un nez bien dessinés, des pommettes hautes. Par contre, sa chevelure, un mélange étonnant de mèches châtaines et blondes, détonnait dans une prestance presque parfaite.

Torgmer l'invita à s'installer à sa table, ses convives se levant à tour de rôle pour l'accueillir.

— Seigneur Malïrr, puis-je vous présenter mon bon ami, le seigneur Wolmer, du peuple des Szakirs ? demanda-t-il d'une voix dans laquelle on décelait une amitié sincère forgée dans les batailles et non dans des soirées de courtisans.

— Bonjour, seigneur Wolmer. Je suis enchanté de faire votre connaissance, dit-il avec une extrême politesse en lui présentant une main que le géant lui écrasa légèrement de façon délibérée. À l'instar de Torgmer, les quelques ménins en sa présence avaient suffi pour se forger une opinion à son sujet.

— Bonjour, seigneur Malïrr, répondit le géant en le toisant.

Tout comme son ami, Torgmer avait perçu le ton empli de préjugés du dernier invité. Depuis le temps de *La Grande Vision*, les Heldans se considéraient comme supérieurs aux autres peuples des Terres Libres malgré leur défaite lors de la victoire de la *Bannière blanche*. Ils jugeaient les gens de l'ouest et du nord comme des êtres frustes et incultes.

— Seigneur Malïrr, puis-je également vous présenter, notre cher seigneur Dolfir, qui a bien voulu abandonner sa femme pour répondre à notre convocation ? demanda-t-il de nouveau essayant ainsi de détendre l'atmosphère.

— Bonjour, seigneur Dolfir, je suis ravi de faire votre connaissance. Je vous ai aperçu lors de la dernière réunion de l'Assemblée, en revanche nous n'avons pas eu le temps d'échanger quelques mots ; mon beau-père, Nelmir, était mourant, s'exprima Malïrr d'une voix extrêmement triste.

— Mais, laissons là ces souvenirs malheureux. Le seigneur Torgmer parlait de votre difficulté à quitter votre femme. Elle doit être d'une grande beauté, je vous félicite pour votre choix, continua-t-il sur un ton charmeur en arborant un large sourire.

— Je suis très flatté de faire aussi votre connaissance, seigneur Malïrr, dit Dolfir sous le charme de cet homme manifestement bien né, lui qui était encore complexé par les Ërers, car la famille de sa femme lui reprochait toujours leur mésalliance malgré les bénéfices qu'elle tirait de ses richesses.

Torgmer observait Dolfir qui tombait sous la coupe de ce manipulateur. Dolfir était un homme simple et un honnête commerçant. Cependant, il avait épousé une ancienne Ërer et s'était retrouvé à siéger à l'Assemblée alors qu'il n'y était pas à l'aise ; malgré cela, il faisait son devoir. Très rusé, Malïrr avait noté les origines modestes de son interlocuteur en dépit de ses riches vêtements, il avait donc commencé son travail de séduction pour s'assurer de son soutien prochain. C'était bien calculé, car aussi vrai que les Heldans étaient proches des Karus, les Irhyns l'étaient des Szakirs partageant avec eux les mêmes goûts et valeurs.

Le Nemgar s'annonçait plus difficile que Torgmer ne l'avait imaginé au départ.

Une fois qu'ils furent tous attablés, ce dernier se leva et prit la parole :

— Chers membres, je vous remercie d'être venus très rapidement. Je vous laisse prendre un peu de repos, nous souperons ensuite. Mon intendant va vous installer dans vos appartements. Je vous dis donc à tout à l'heure.

L'intendant pria les invités de l'accompagner.

*

Torgmer les suivit du regard jusqu'à un imposant escalier en bois qui menait au premier étage. Il évitait de s'y rendre pour ne pas raviver des souvenirs extrêmement douloureux.

Pourtant, le malheur n'était pas arrivé dans ces pièces. Au contraire, ces pièces renfermaient le bonheur, c'était la raison pour laquelle il ne s'y aventurait plus. Elles avaient connu sa *numen*, ses deux fils y étaient nés et ils avaient partagé nombre de moments joyeux en famille.

Des lanns de bonheur avant que le chagrin ne frappât à sa porte. Il avait appris à nager à ses deux fils. Ils adoraient l'eau et réclamaient sans cesse qu'il les emmenât au lac. Il leur avait recommandé de ne point y aller seul, car certains endroits étaient très dangereux. Un jour, en son absence, lors d'une promenade pour aider leur mère à cueillir des fruits afin de confectionner son dessert favori, ils échappèrent à sa vigilance et allèrent jusqu'au bord du lac. Cependant, ils n'étaient pas du bon côté de la vaste étendue d'eau. Les courants les avaient emportés avec leur mère qui avait dû tenter de les sauver. On organisa une grande battue ; elle dura deux jours. Le troisième, les trois corps furent découverts beaucoup plus loin sur la berge. Il avait alors aménagé une pièce au rez-de-chaussée qui servait auparavant de réserve. Il y dormait dorénavant, laissant les pièces du haut pour les visiteurs. Torgmer ferma les yeux, maîtrisant la douleur qui commençait à le submerger avec la vision vaporeuse de trois têtes blondes. Après avoir enfilé une tenue plus confortable, il sortit pour faire un tour à cheval en attendant le repas. Quand il revint, les préparatifs du banquet s'achevaient. Il commanda un bain à une servante qui s'empressa de servir ce seigneur aussi beau à regarder que soucieux du bien-être de sa maisonnée. Contrairement aux pratiques encore latentes et condamnables notamment dans le sud, il n'abusait pas de ses servantes. Il avait toujours été fidèle à sa femme qu'il adorait de son vivant. Et depuis sa mort, quatre lanns auparavant, son corps avait des besoins naturels qu'il devait satisfaire ; en revanche, jamais avec des femmes vivant sur ses terres, cela aurait été pour lui une insulte faite à sa défunte épouse, au grand désespoir de nombreuses servantes.

Il s'était changé pour accueillir de nouveau ses convives qui en avaient fait autant. Sans surprise, Malïrr s'exhibait dans un ensemble trop luxueux, tranchant avec la simplicité de la demeure en bois.

Torgmer les accueillit avec la plus grande courtoisie.

— Venez prendre place ! proposa-t-il en se levant de son siège, attendant que ses invités prissent place pour se rasseoir.

L'immense salle était lumineuse, éclairée grâce à un lustre géant placé très haut, dont les multiples bougies brillaient comme autant d'étoiles. De nombreuses torches suspendues aux murs à intervalles réguliers ajoutaient aussi de la clarté à la pièce. Pour faire honneur aux invités, on avait disposé plusieurs bouquets de fleurs fraîchement cueillies dont les parfums se mélangeaient de façon agréable à ceux des mets attendant d'être servis. On avait également sorti de grandes bannières verticales en velours lourd des quatre peuples des Terres Libres et de celui de l'Assemblée. Une foule de personnes était attablée : des guerriers, des dames, des commerçants, des artisans et même certains paysans, au grand dam de Malïrr probablement.

Quelques instants plus tard, Torgmer se leva pour prendre la parole d'une voix ferme :

— Bonsoir à vous tous ! Des évènements graves ont eu lieu à Akméra. Je suis certain que vous êtes tous déjà au courant. Devant ce péril, j'ai convoqué de toute urgence le Nemgar. Je suis très heureux d'accueillir ses membres moins de trois jours après ma requête.

Puis en s'exprimant d'une voix claire et forte :

— Levez-vous seigneur Wolmer !

La salle l'applaudit.

— Levez-vous seigneur Dolfir !

La salle en fit autant.

— Levez-vous seigneur Malïrr !

Ce fut le même accueil pour le dernier.

Une fois tous rassis, Torgmer continua son discours :

— En attendant notre réunion qui commencera demain, je vous propose, mes chers invités, d'oublier quelques instants nos soucis et de profiter de ce repas confectionné à votre intention ainsi que du spectacle.

On commença à apporter une succession de plats : des spécialités du pays des Irhyns, mais aussi des pays des Szakirs, des Karus et des Heldans.

Les fumets appétissants venaient titiller les narines des convives pour enchanter leurs palais. Comme boisson, on servait essentiellement le *benvir*, la boisson locale. Quant au spectacle, il y avait des jongleurs, des musiciens avec des instruments dont les sonorités n'avaient jamais été manifestement entendues ni par Malïrr ni par Dolfir tellement ils étaient surpris par les mélodies. Le clou du spectacle fut des danses acrobatiques. Torgmer vit que Malïrr semblait très intéressé par les corps sveltes des jeunes filles dévêtues.

— Avez-vous déjà vu ce genre de spectacle à Karrmeler ? interrogea poliment Torgmer pour qu'il détachât ses yeux concupiscents des corps attirants des jeunes danseuses.

Il se dit que sa première impression était la bonne : non seulement c'était un manipulateur de la pire espèce, mais il devait également maltraiter les femmes à commencer par la sienne. Il décida de le faire surveiller afin qu'il ne profitât pas des femmes de son ragnak sans leur consentement, tout particulièrement des servantes. Torgmer le vit se recomposer un visage placide avant de se tourner complètement vers lui en répondant d'un air blasé :

— Il me semble que j'ai déjà vu ce genre de spectacle, seulement chez nous les femmes sont beaucoup plus habillées.

Contrairement à ces paroles contrôlées, ses yeux ne semblaient nullement indifférents. Ils étaient avides lorsqu'ils se posaient sur les poitrines et les hanches dénudées des danseuses.

À la fin de la prestation, il se tourna à nouveau vers Torgmer en s'exprimant avec une timidité feinte :

— Puis-je vous poser une question un peu indélicate, seigneur Torgmer ?

— Oui, allez-y ! Parlez franchement. Que souhaitez-vous

savoir ? s'enquit-il avec plus de rudesse qu'il ne l'avait voulu, ce qu'il compensa par un sourire tardif.

— Dites-moi…, dit-il avec hésitation, avez-vous choisi votre danseuse pour la nuit ? continua-t-il en lui faisant un clin d'œil complice.

Torgmer souhaitait lui donner un bon coup de poing dans son visage parfait, toutefois, en tant qu'hôte, il maîtrisa sa pulsion et lui répondit avec un air moqueur :

— Ne savez-vous pas que chez les Irhyns, ce sont les femmes qui décident avec qui elles veulent prendre du plaisir ?

Interloqué, Malïrr regarda son hôte pour déterminer si c'était une plaisanterie ou non.

— Ah, j'oubliais aussi que nul homme ne peut les contraindre sous peine d'y laisser sa vie qu'il soit de notre peuple ou non, riche ou pauvre, ajouta Torgmer non sans délectation en insistant sur le mot « riche ».

— Que voulez-vous ? Nous sommes un peuple de barbares, très loin de votre raffinement, conclut-il, satisfait de la mine défaite de son invité qui avait dû déjà dresser un plan pour la nuit, dans lequel figurait l'une des danseuses, consentante ou non.

Puis, il se leva en disant d'une voix lasse :

— Chers invités, profitez du banquet tant que vous le souhaitez. Pour ma part, je vais me coucher. Je vous verrai tous demain. Il se tourna vers les membres du Nemagar en inclinant légèrement la tête.

Puis, il se retira dans sa chambre en essayant de garder son rire au fond de sa gorge en pensant à la tête stupéfaite de son invité lorsqu'il l'avait informé de leurs coutumes.

Une séance très difficile

Le lendemain, Torgmer se réveilla très tôt. N'ayant pas abusé du benvir, il était reposé avec les idées claires. Le Nemgar s'annonçait difficile avec son nouveau membre, Malïrr. Il l'avait bien observé la veille, c'était un homme qui se pensait au-dessus des autres. Comment les Heldans avaient pu le choisir, lui, un ancien Ërer, alors que depuis des lanns ils faisaient tout pour se faire pardonner le passé ? Avaient-ils décidé de cesser toute repentance ? Torgmer se rappelait son sourire enjôleur. Il avait dû manifestement employer tout son charme pour arriver à ce poste, et sans doute d'autres moyens peu scrupuleux encore. Il se demandait ce que Malïrr cherchait véritablement avec cette charge politique, lui qui possédait une immense fortune ; il lui avait d'ailleurs parlé de son entreprise commerciale renommée (ses bateaux transportaient des marchandises partout sur Ĕphÿr). Sachant qu'il ne trouverait pas la solution dans l'immédiat, il mit fin à ses supputations et se concentra sur son objectif : il fallait qu'il obtienne une action préventive de la part des Terres Libres.

Après avoir fait un brin de toilette et enfilé une tenue confortable, un pantalon et une courte veste foncée avec une chemise bouffante blanche et des bottes usées marron, Torgmer entra dans l'immense salle commune. Contrairement à la veille, on n'avait pas besoin du lustre géant, la lumière du jour pénétrait l'intérieur grâce à un système ingénieux de nombreuses ouvertures dans les murs en bois. Il retrouva Malïrr et Dolfir en grande discussion. Malïrr riait aux éclats et semblait beaucoup moins guindé que la veille. Contrairement à Dolfir, qui portait comme lui des vêtements plus simples, le Heldan continuait à étaler sa luxueuse garde-robe. D'ailleurs, sa mise l'aidait sûrement à tisser sa toile telle une araignée avant de dévorer sa proie ; en l'occurrence la victime était le pauvre Dolfir. L'enjeu était tel que le représentant du Sud ne lâcherait pas sa prise.

— Bonjour, seigneur Dolfir ! Bonjour, seigneur Malïrr !

— Bonjour, seigneur Torgmer !

— Avez-vous bien dormi ?

Prenant Dolfir de vitesse, Malïrr regarda Torgmer droit dans les yeux et lui répondit d'un ton neutre :

— Bien, mais j'ai senti un peu de fraîcheur.

— Vous m'en voyez vraiment désolé. Je vais donner des ordres pour qu'on vous apporte des couvertures supplémentaires. Je m'en voudrais de manquer à mon devoir d'hôte en ne vous accueillant pas comme vous le méritez, rétorqua Torgmer d'un ton faussement naïf, faisant semblant de ne pas comprendre le mécontentement de Malïrr qui avait passé une nuit bien solitaire.

N'ayant pas suivi l'échange de la veille, Dolfir fut surpris par la réponse de Malïrr. Il s'empressa de rassurer son hôte :

— Je suis désolé pour le seigneur Malïrr, en jetant un coup d'œil peiné vers son voisin. Quant à moi, j'ai eu suffisamment chaud, car le feu a été entretenu toute la nuit. D'ailleurs, vous remercierez vos serviteurs de ma part, seigneur Torgmer.

— Je n'y manquerai pas, seigneur Dolfir. Je vous remercie de votre indulgence. Les étrangers ne sont pas habitués à nos nuits fraîches, c'est pourquoi j'ai en effet donné des ordres aux serviteurs de passer dans vos chambres afin d'entretenir vos feux toute la nuit, dit-il sur un ton affable.

— Bonjour, mes seigneurs. Quelle belle matinée ! entendit-on brailler.

Sans nul doute, c'était Wolmer. Torgmer tourna la tête sur la gauche où se trouvait l'imposant escalier et vit son ami descendre, également vêtu d'un ensemble simple sans son armure.

— Comment te sens-tu ce matin ? lui demanda-t-il en guise de salutation avec un léger ton de reproche.

— Bien. Ne t'inquiète pas, répondit-il en s'asseyant avec eux.

— Ravi de vous revoir, seigneur Wolmer, dit Dolfir avec un large sourire.

— Seigneur Malïrr !

— Seigneur Wolmer !

Se saluant à peine, les deux hommes se concentrèrent sur leurs assiettes. Échangeant peu, ils terminèrent rapidement leur repas copieux. Puis, Torgmer les invita à se lever pour le suivre dans la pièce qu'il avait fait aménager également, trois lanns auparavant quand il était devenu Ragmär, et par conséquent, membre du Nemgar. Cette responsabilité, que ses meilleurs amis s'étaient empressés de lui proposer, l'avait sauvé de son désespoir : s'occuper des autres lui avait donné une autre raison de vivre. Il prenait ainsi sa charge très au sérieux.

*

Une fois tout le monde dans la pièce, Torgmer les pria de s'asseoir. Elle était décorée avec un mobilier en bois comme le reste de son ragnak : une table ronde qui faisait apparaître un très bel ouvrage, assortie à des fauteuils robustes et confortables, destinés à de longues séances de travail. Plusieurs cartes accrochées aux murs faisaient office de décoration simple.

Sans tarder, Torgmer prit la parole d'une voix pleine d'assurance :

— Mes chers membres, des évènements dramatiques nous rassemblent ici. Comme vous le savez tous non seulement Akméra, qui se trouve à quelques *yals* de la pointe orientale de notre terre, est tombée, mais les Sarkinis ont une nouvelle fois décapité un roi ainsi que ses enfants. Nous ne pouvons pas continuer à tolérer de tels comportements barbares ! Les peuples des Terres Libres doivent réagir avant qu'il ne soit trop tard !

Il se tut pour laisser la parole à quelqu'un d'autre.

Sans surprise, ce fut Malïrr qui enchaîna d'un ton convaincant :

— Nous sommes tous ici extrêmement choqués par le comportement des Sarkinis. Devons-nous pour autant nous précipiter dans une situation inextricable ? Je vous rappelle qu'ils ne nous menacent nullement. De quel droit irions-nous nous mêler de ce qui se passe sur leurs terres ? Si c'était le contraire, accepterions-nous qu'ils viennent nous dicter la loi sur les nôtres ?

Torgmer percevait plus à travers ces mots le souci économique que la sécurité du peuple.

Dolfir fut sensible aux arguments de droit qu'avait développés Malïrr. Aussi répondit-il sereinement :

— Je suis d'accord avec vous, seigneur Malïrr, il n'y a aucune menace imminente pour nos terres même si j'éprouve une inquiétude légitime. Par conséquent, il ne faudrait pas agir trop précipitamment.

— Pas de menace pour nos terres ! gronda Wolmer.

— Comment appelez-vous une armée offensive de dix mille hommes aux portes de nos terres ? continua-t-il en criant, abasourdi d'entendre de telles inepties.

— Calmez-vous, seigneur Wolmer. Il n'est pas certain que les Sarkinis possèdent vraiment une armée aussi nombreuse. Si j'étais vous, je ne me fierais pas à des rumeurs pareilles. Et je vous rappelle que ce sont les Heldans et les Karus qui sont les plus exposés s'il y a une invasion sur les Terres Libres, nous en avons bien conscience, le seigneur Malïrr et moi. Pourtant, tous les deux, nous vous prions de ne pas précipiter notre réaction, lui rétorqua Dolfir d'un ton conciliant.

— L'un de nos proverbes anciens dit : « si tu es à la recherche de la paix, il te faut sans tarder préparer la guerre ». Nous devons commencer à mobiliser notre armée, dit Torgmer d'un ton ferme.

On sentait le soldat qui entrait déjà dans une future campagne militaire.

— Puis-je vous poser une question d'ordre privé, seigneur Torgmer ? dit Malïrr avec une intonation fielleuse.

Torgmer se demandait quelle pouvait être sa question. Impatient de savoir où il voulait en venir, il lui fit donc signe de la main de continuer.

— Avez-vous des enfants, seigneur Torgmer ? questionna-t-il d'un ton faussement intéressé, car il connaissait déjà la réponse, ayant interrogé quelques serviteurs loquaces la veille très peinés du si grand chagrin de leur seigneur.

Torgmer essaya de maîtriser la douleur qui montait de son cœur, telle une mer déchaînée, charriant des sentiments lugubres incessants. Il n'allait pas donner à ce fourbe le plaisir de le déstabiliser, il fit donc un effort surhumain pour soutenir son regard rusé en lui répondant sèchement :

— Non. Je n'en ai pas effectivement.

Wolmer s'était levé brutalement dans l'intention de saisir le col de la luxueuse veste de Malïrr, mais Torgmer plus prompt que son ami retint son bras fermement en effectuant une pression pour qu'il se rassît sans prononcer le moindre mot.

— Ma femme attend pour bientôt notre fils. Je pense donc à leur sécurité, ne vous en déplaise, seigneur Torgmer. Et je vous rappelle qu'une action intempestive de notre part nous entraînerait d'une manière inéluctable vers une nouvelle guerre. Est-ce cela que vous souhaitez pour les enfants des Terres Libres ? La dernière fois cela nous a coûté beaucoup, dit-il avec gravité.

Dolfir n'avait pas apprécié l'attaque de Malïrr, aussi il ajouta d'un ton compatissant :

— Seigneur Torgmer, nous sommes tous tristes pour les enfants royaux, cependant nous devons d'abord penser aux nôtres, à nos peuples.

— Seigneur Dolfir, je comprends votre point de vue. Certes, je n'ai plus d'enfants, informa-t-il en insistant sur l'avant-dernier mot, et bien que le sort des enfants royaux ait été atroce, ma position n'a néanmoins rien à voir avec le passé. C'est l'avenir qui me préoccupe. Et malheureusement, l'avenir c'est une guerre prochaine voulue ou non par nous, elle frappera à notre porte, soyez-en certains !

— Bon sang ! Moi, j'ai fait campagne avec les Harkinis pour la victoire de la *Bannière blanche*. On ne peut pas leur faire confiance, car ils n'ont point digéré leur défaite lors de la *Guerre des Deux Terres*. Et ce n'est pas la victoire de la *Bannière blanche*, la victoire d'une coalition de peuples qui va effacer ce qu'ils considèrent comme une honte indélébile. Tôt ou tard, cela fait plusieurs lanns que je le répète, ils viendront nous affronter, s'exprima Wolmer avec rudesse.

— C'est bien un raisonnement de militaire, je ne pouvais pas en attendre davantage. Vous partez d'un constat d'il y a dix-sept lanns pour extrapoler une réalité d'aujourd'hui. Avez-vous des preuves de ce que vous avancez? exigea Malïrr d'un ton condescendant.

Wolmer eut une nouvelle fois envie de se lever pour frapper le méprisable personnage, toutefois il ne fit aucun mouvement réussissant à se contenir cette fois encore.

— J'ai entendu des rumeurs évoquant une espèce de guerre sainte, rétorqua Dolfir, d'une voix mal assurée, partagé entre sa position et son honnêteté naturelle.

— Des rumeurs ! Quand des rumeurs n'ont-elles jamais constitué des preuves tangibles ? continua Malïrr en essayant de réduire à néant tous les arguments de ses opposants.

— Plusieurs personnes relatent depuis plusieurs lanns ces rumeurs d'une guerre sainte, leur Shakkar. Elles doivent bien avoir un fondement ! insista Torgmer avec vigueur.

Malïrr et lui étaient essoufflés par leur argumentation respective.

*

Pendant plusieurs ménins, personne ne parla dans la pièce. Chacun des deux protagonistes principaux cherchait dans sa tête les mots susceptibles de gagner à sa cause les deux autres participants et remporter ainsi le vote crucial.

Par conséquent, Torgmer décida d'essayer une autre approche.

— Afin que vous mesuriez la situation critique dans laquelle nous nous trouvons, je vais vous l'exposer militairement, énonça-t-il de nouveau sur un ton très posé et assuré, chassant la fébrilité émanant de ses propos précédents.

Il jeta un coup d'œil à son auditoire pour être certain qu'ils étaient tout ouïe. Exposer les faits d'une façon militaire était plus aisé pour lui que faire de la rhétorique comme le faisait Malïrr, un grand spécialiste, semblait-il. Il se leva pour aller chercher une carte des Terres Dorées, accrochée à l'un des murs de son bureau. Puis, il la déposa sur la table en bois, la calant avec des petites pierres qui trônaient négligemment sur le meuble.

Il prit la dague qui se trouvait sur son flanc pour faire sa démonstration en continuant d'un ton martial, le visage impassible :

— Les Sarkinis vivent actuellement à la fois sur l'ancien territoire des Harkinis et sur l'ancien territoire des Sahrs, expliqua-t-il en montrant le centre et l'est des Terres Dorées dans un mouvement circulaire à l'aide de sa dague. Ils viennent de prendre Akméra à l'ouest. Deux choix s'ouvrent maintenant à eux : soit envahir le territoire des Karus, se trouvant à quelques yals seulement d'Akméra, nous prenant tous par surprise, soit descendre vers le sud pour accaparer le territoire des Tanhoïs, ceux qui les avaient lâchement abandonnés lors de la *Guerre des Deux Terres.*

Les membres du Nemgar regardaient fixement la carte comme s'ils voyaient les Sarkinis se déplacer sous leurs yeux. Torgmer continua donc sa démonstration :

— Une fois la cité des Tanhoïs tombée, ils pourront soit continuer jusqu'à la *Terre des Chefs* pour en faire des alliés futurs contre nous dans la guerre prochaine qui s'annonce, soit remonter dans le Nord pour envahir les territoires des Batürs et des Şadhans pour unifier leur nation.

Il s'arrêta quelques instants pour reprendre son souffle avant d'achever son exposé :

— Une armée aussi discrète prépare généralement un plan d'envergure en commençant par une ou deux opérations spectaculaires avant d'abattre véritablement ses cartes. Par conséquent, à mon humble avis, ils sont en train d'unifier leur nation avant de nous combattre. Aussi, leur prochaine cible est le peuple des Tanhoïs, le plus dangereux pour eux sur leurs terres. Nous avons donc le temps de nous préparer. Il faut à tout prix saisir cette opportunité de répit sans tarder, formula-t-il calmement.

Il s'arrêta de nouveau quelques instants pour conclure son intervention solennellement :

— Par conséquent, je vous demande que l'on convoque l'Assemblée des Représentants sans plus tarder et que vous souteniez ma proposition de commencer à mobiliser l'armée.

— Oui, Torgmer. Je suis tout à fait d'accord avec toi, dit Wolmer avec conviction en hochant la tête, plus que convaincu.

Le silence s'abattit de nouveau sur le bureau. Le Nemgar était composé de deux guerriers et de deux hommes politiques, leurs objectifs différaient souvent. Les premiers semblaient plutôt à l'aise face à la situation décrite ; les seconds voyaient une invasion possible qui mettait fin à une rhétorique inutile. Cependant, les politiciens se demandaient si les militaires ne s'emballaient pas trop vite une nouvelle fois.

Écartelé entre ses sentiments contradictoires, Dolfir finit par dire :

— Seigneur Torgmer, je soutiens votre demande de convocation au plus vite d'une Assemblée pour en débattre, car notre conduite nécessite une grande réflexion. En revanche, je trouve prématuré de mobiliser notre armée. Qu'en pensez-vous seigneur Malïrr ?

— Même si je ne suis pas d'accord avec vous sur l'urgence de la convocation de l'Assemblée, nous pourrions tout à fait attendre la date prévue, je vous rejoins totalement dans une grande prudence envers les Sarkinis. Nous risquerions bien d'accélérer les évènements sans le vouloir, asséna-t-il d'un ton ferme.

Après moult discussions, d'arguments et contre-arguments, les quatre hommes continuèrent à en débattre même pendant le déjeuner qui fut servi dans la petite salle. Chacun resta sur ses positions du matin : les deux guerriers face aux deux politiciens ou plutôt aux deux hommes d'affaires, la guerre étant souvent mauvaise pour le commerce à long terme.

Les décisions du Nemgar étaient souveraines : la convocation urgente de l'Assemblée des Représentants fut décidée à trois voix contre une ; l'armée ne fut pas mobilisée en l'absence de majorité. Dès le lendemain, les convives quittèrent le ragnak de Torgmer. Ils allaient se retrouver très prochainement. Après leur départ, Torgmer repensa à son peuple. Il avait toujours vécu plus au moins à l'écart de la course aux richesses qui avait embrasé Ĕphÿr quelques *lannas* plus tôt.

S'il s'était abstenu de collaborer à *la Guerre des Deux Terres*, il avait par contre décidé de soutenir la cause de Melveir, le juste, en participant ainsi à la victoire de la *Bannière blanche*. Et voilà qu'il était de nouveau aux portes d'une guerre qu'il allait subir, ne pouvant en aucun cas refuser d'y participer, car elle menaçait directement sa sécurité. Son sixième sens lui disait que ce conflit imminent risquait d'anéantir définitivement tous les peuples d'Ĕphÿr y compris les Sarkinis, les instigateurs de cette folie. Il repensa également à la nouvelle de la chute d'Akméra et à la mort de la famille royale. Il reconnaissait en son for intérieur que le sort des enfants royaux l'avait ébranlé. Quelles sortes d'hommes pouvaient tuer des enfants innocents ? De plus, d'une manière aussi barbare ? Il n'allait pas rester les bras croisés pendant que le malheur s'installait doucement. Si la décision du Nemgar avait été très claire sur la non-mobilisation immédiate de l'armée, néanmoins il avait tout à fait le droit de mobiliser les guerriers de son *rag*. En revanche il n'avait pas l'autorisation de le faire pour les autres rags, même en tant que Ragmär, ce qui aurait été passible de haute trahison. C'est pourquoi, le jour même, il donna des ordres pour une mobilisation générale de ses hommes et une intensification des entraînements militaires. Puis, il envoya une missive au doyen de l'Assemblée des Représentants.

V - Étouffer l'étincelle

Un ordre pour Némak

Némak se promenait avec Kôdan dans leur forêt. Son fils l'avait encore supplié de l'y emmener pour chasser le gibier très nombreux. Le père regarda son fils : il grandissait trop vite. Il lui semblait que c'était hier que Hëylyah avait accouché de Kôdan. Hëylyah et lui s'étaient rencontrés à la grande fête de *Wäleyr*. Ses longs cheveux de la couleur des *nesmis* l'avaient captivé ; ils flottaient dans la brise de cette fin d'après-midi ensoleillé telle la lumière d'un phare désignant au bateau en détresse un port pour y jeter l'ancre. Depuis qu'il l'avait aperçue, son regard n'arrivait plus à se détacher de la jeune fille. Il ne cessait de lui jeter des coups d'œil répétés, de plus en plus appuyés. Sa timidité l'empêchait de se déplacer pour aller lui parler, étant plus à l'aise au milieu de la forêt et des animaux qu'avec ses semblables. Heureusement pour tous les deux, la jeune fille, d'un naturel avenant, n'avait pas hésité à aborder ce grand jeune homme à la mine revêche avec la simplicité qui la caractérisait. Elle lui avait demandé d'être son partenaire pour la cueillette des *bomins* servant à la fabrication du jus dont raffolait la population. Elle avait décidé de gagner le concours qui consistait à en ramasser le plus possible en duo : l'un secouait la branche, l'autre ramassait les fruits. Les équipes mixtes étaient les plus efficaces pour cette épreuve dont le gain était une brebis qu'elle pensait, en cas de victoire, offrir à sa mère. Ils étaient tombés sous le charme l'un de l'autre. Ce fut un coup de foudre. Par un accord tacite, ils laissèrent le concours pour profiter ensemble de cette belle fin d'après-midi radieux.

Trois misas plus tard, ils étaient mariés. Elle avait dix-neuf lanns, il en avait vingt-et-un. Ils avaient dû attendre trois longues lanns avant la naissance de leur fils. Pendant cette période difficile, elle avait commencé à se fermer aux autres avant de renaître littéralement à la venue au monde de son bébé. Ils avaient de nouveau goûté au bonheur d'autrefois. Ils voulaient d'autres enfants, seulement pour le moment les dieux ne leur accordaient pas cette faveur. Quelle en était la raison? Némak avait décidé d'être patient encore une fois. En revanche, Hëylyah, son épouse, ne l'était pas du tout. C'était à nouveau une période très difficile pour leur amour. Némak voyait souvent un voile obscurcir son beau regard vert; et lorsqu'il lui demandait ce qui n'allait pas, elle chassait de la main son inquiétude. Ils s'éloignaient doucement l'un de l'autre. D'ailleurs, il la voyait se tourner de plus en plus vers les dieux et des breuvages supposés garantir la fertilité, lui laissant de plus en plus la responsabilité de s'occuper de leur fils. Ayant beaucoup de choses à lui apprendre pour devenir un homme, il s'accommodait pour le moment de cette situation. Néanmoins, il avait décidé d'y mettre fin après *lün*. Il voulait retrouver leur bonheur passé avec ou sans autres enfants. Il l'aimait plus que tout et Kôdan suffisait à son bonheur.

Il regardait son fils courir en zigzaguant derrière un *picnis* pour chercher à l'attraper. Ils étaient dans leur clairière préférée. C'était là que Hëylyah lui avait annoncé la nouvelle de sa grossesse. Ils avaient été si émus et heureux. Il avait hésité à lui faire l'amour, car il avait eu peur pour le bébé, toutefois elle l'avait rassuré comme on le fait avec un adolescent sans expérience. C'était l'un de ses plus beaux souvenirs. Il regardait autour de lui; la clairière semblait figée dans un temps qui lui appartenait en propre : l'herbe était toujours aussi drue, il n'y avait aucun endroit piétiné ni par des animaux ni par des hommes. Des arbres majestueux datant du temps du *Soleil rayonnant,* la période bénie pour leur peuple, entouraient cet espace circulaire. Les rayons du soleil inondaient la clairière comme autant de lames qui s'enfonçaient doucement dans sa peau. Il était temps de rentrer, pensa-t-il. S'ils partaient maintenant, ils arriveraient pour le repas.

Son fils devait avoir faim après s'être dépensé autant !

Il se leva et l'appela d'une voix forte :

— Kôdan ! On rentre !

Le petit garçon avait laissé l'oiseau derrière lequel il courait quelques instants auparavant. Il était accroupi, la tête baissée vers l'herbe, et l'observait avec concentration. À l'appel de son nom, il releva la tête en direction du son qu'il avait entendu, repéra son père et courut avec bonheur pour se jeter dans ses bras. Némak réceptionna son fils et le tint plusieurs ménins dans ses bras en le faisant tournoyer. L'enfant riait aux éclats. Puis, il le reposa à terre et lui dit avec douceur :

— On rentre à la maison.

— Père, j'ai chaud ! On va à la rivière, dis ? implora-t-il, les yeux pleins d'espoir.

— Non, Kôdan. Il est tard. Je dois ramener le gibier, car la chaleur commence à être très forte et ta mère risque de s'inquiéter, répondit-il avec douceur en souriant.

L'enfant regarda son père avec une mine si triste qu'on aurait dit qu'un grand malheur s'était brusquement abattu sur lui. Némak observa ce dernier avec un regard sévère. L'enfant changea immédiatement d'expression pour reprendre une mine normale.

— Kôdan, je t'ai déjà dit que lorsqu'on veut quelque chose, on le demande ! C'est ce que tu as fait, c'est bien. Mais, si la réponse ne te plaît pas, tu dois l'accepter sans broncher et ne plus faire le bébé. Tu vas bientôt être un homme, c'est compris ? formula-t-il avec gravité.

— Oui, père, mais on ira nager demain, alors ? S'il te plaît ! Tu avais dit que tu m'apprendrais à plonger, rappela l'enfant d'une voix légèrement suppliante.

Némak avait du mal à résister aux demandes de son fils. Toutefois, il le faisait parfois à contrecœur pour ne pas trop le gâter. En effet, cela lui coûtait, car il adorait ces moments passés ensemble, pas assez nombreux à son goût. Il devait la plupart du temps s'occuper de leurs terres, c'était son travail pour assurer leur subsistance.

Il y consacrait la moitié de son temps et l'autre moitié était consacrée à servir les Terres Neuves.

— Allez, viens, petit bonhomme, on rentre ! annonça-t-il d'un ton affectueux.

— Je ne suis pas un petit bonhomme, mais un garçon. Et je suis déjà grand, j'ai cinq lanns ! notifia-t-il à son père d'un ton ferme en fronçant ses sourcils noirs.

— Tu as raison, Kôdan. Tu es grand. Je vais arrêter de te traiter comme un bébé.

Il était plus grand que la plupart des enfants de son âge. Il avait hérité des yeux verts maternels et des cheveux noirs paternels. Sa peau était hâlée, d'une couleur brunâtre, car il passait plus de temps dehors à chasser, nager, faire du cheval et apprendre les rudiments du combat qu'à lire et à écrire.

— Viens ! Tu vas m'aider à détacher les chevaux.

Ils marchèrent côte à côte jusqu'à la lisière de la clairière. Némak avait calqué ses pas sur ceux de son fils pour lui éviter de courir derrière lui. Ils détachèrent de l'arbre les rênes des deux chevaux qui attendaient tranquillement dans l'ombre des arbres : un étalon noir puissant et un poulain à la robe alezane. Némak vérifia tout de même que le gibier était toujours dans ses sacoches. Quand ils partaient tous les deux, ils ne chassaient pas, pour des raisons de sécurité. Il apprenait plutôt à son fils à survivre dans la forêt : masquer son odeur, effacer ses traces, poser et relever les pièges, faire du feu, construire un abri ou fabriquer des outils rudimentaires pour survivre. L'enfant était très attentif et retenait tout ce qu'il lui enseignait, trouvant cela tellement plus intéressant que de jouer avec ses amis. Cependant, Némak s'autorisait parfois à emmener son fils en compagnie de ses hommes, car il savait que ces derniers le protègeraient au péril de leur vie ; ils étaient alors plusieurs à veiller sur l'enfant. Le père et le fils enfourchèrent leurs montures et prirent la direction de leur ferme.

*

À peine eut-il le temps de descendre de son étalon noir, que son intendant se précipita vers lui en courant, la mine catastrophée.

Némak se dit que quelque chose d'extrêmement grave était arrivé en son absence. Il pensa immédiatement à Hëylyah. Il essaya de se maîtriser pour accepter la douleur qui allait dévaster son cœur dès que Solak, son intendant, parlerait.

— Ah Monsieur ! Enfin, vous êtes là ! Des envoyés du colonel Dagan vous attendent à l'intérieur depuis deux nars ! Ils ont une nouvelle de la plus haute importance à vous délivrer.

Son esprit s'était fermé à son environnement immédiat dès qu'il avait vu la panique sur le visage de Solak. Maintenant que la peur l'avait quitté, il aperçut les deux chevaux inconnus devant l'enclos. Il se retourna vers Solak :

— Où sont-ils ? questionna-t-il d'une voix cassante, aidant ainsi son intendant à retrouver son calme.

— Dans la salle commune, Monsieur, répondit-il d'un ton plus apaisé, sa voix ayant retrouvé à peu près son timbre habituel.

— Bien, émit-il en soulevant son fils de son poulain et en le déposant par terre.

— C'est bon, père. Je sais descendre tout seul maintenant, protesta son fils.

En effet, il venait d'accepter, plus tôt dans la clairière, de ne plus le traiter en bébé.

— D'accord, fils. Va voir ta mère maintenant et ramène-lui les fleurs que nous avons cueillies ensemble ! ajouta-t-il affectueusement en lui ébouriffant les cheveux.

— D'accord, dit son fils, en regardant son père en biais quelques dorons avant de hocher la tête en signe d'acceptation.

Némak resta un instant à le suivre du regard, le voyant s'éloigner vers la maison principale, puis il se tourna de nouveau vers Solak.

— Allons-y !

Ils entrèrent dans le bâtiment secondaire de la propriété.

Il était réservé à une vingtaine d'hommes célibataires, une dizaine d'autres vivaient avec leurs femmes et leurs enfants dans des petites maisons regroupées entre la demeure principale et le bâtiment secondaire. Ils étaient tous ouvriers : certains étaient d'anciens compagnons de son père et l'avaient vu grandir, d'autres avaient décidé de s'installer sur sa terre, car il était réputé pour être un propriétaire juste. Depuis la fin de *Lëhama* (qu'on appelait le *Grand espoir*), malgré des avancées majeures dans la construction d'une nouvelle société, les Terres Neuves étaient en proie à une insécurité persistante. Certains ne voulaient pas d'une société plus juste, préférant s'inspirer des comportements passés de leurs anciens « maîtres », ils accaparaient les biens d'autrui. En effet, des bandes de hors-la-loi ravageaient régulièrement les petites fermes mal protégées ainsi que les voyageurs malchanceux. Par conséquent, on avait créé un corps spécial pour lutter contre ces bandes, le *Sekker*. Il était composé de volontaires donnant de leur temps sur leur territoire pour assurer la sécurité de tous. Aussi, Némak partait régulièrement en mission pour maintenir l'ordre avec ses voisins sur leur district (la ville et les fermes alentour dont la sienne).

Les deux hommes s'étaient levés pour le saluer à son entrée.

— Commandant Reyken? demanda l'un d'eux en s'adressant à lui. Le soldat ne pouvait être certain de l'identité de l'entrant, car ce dernier ne portait pas son uniforme contrairement à eux en raison de leur mission officielle.

L'armée avait été créée au lendemain de la victoire de la *Bannière blanche*. Les premiers dirigeants avaient posé les bases de leur sécurité, car ils ne voulaient plus que les Terres Neuves puissent rester sans défense, en proie à l'occupation et la domination d'un peuple étranger. Par ailleurs, on l'avait renforcée par un service obligatoire, le *Rekkin*. Chaque lann pendant les quatre misas de lün, les jeunes de 16 jusqu'à 21 lanns apprenaient à se battre pour être capables un jour de défendre leur peuple. Ensuite, ils confortaient ou augmentaient leur savoir au sein du Sekker ou de l'armée. Et certains, comme lui, continuaient les deux services, nécessitant une organisation rigoureuse.

— Oui, je suis le commandant Reyken, confirma-t-il avec autorité.

— Le colonel Dagan m'a dit de vous avertir qu'Akméra a été prise par les Sarkinis. Ils ont décapité le roi et ses fils. Il m'a demandé également de vous remettre cette missive, ajouta-t-il en lui tendant un papier plié.

Némak accusa le coup. Il fit un effort énorme pour ne pas montrer sa peur. Depuis la décapitation du roi des Sahrs, il savait qu'ils étaient tous en sursis sur les Terres Neuves ; les Sarkinis n'allaient pas uniquement se contenter des Terres Dorées. Son père lui avait dit qu'un jour ils viendraient pour occuper leurs terres. Ce dernier avait combattu aux côtés des Harkinis avant qu'ils deviennent les Sarkinis, pendant la campagne de la *Bannière blanche,* il avait appris à les connaître. Pendant des lanns, Némak s'était employé à refouler ces mises en garde alarmistes, pourtant elles s'avéraient aujourd'hui cruellement réelles. Il lut rapidement le mot, puis se tourna vers le soldat qui s'était adressé à lui :

— Annoncez au colonel que je serai là pour la réunion de l'État-Major dans cinq jours, le temps de mettre quelques affaires en ordre.

Il regarda les deux soldats éreintés par leur longue chevauchée.

— Vous pouvez vous reposer encore si vous le désirez avant de repartir.

— Je vous remercie mon commandant, mais nous préférons transmettre sans tarder votre réponse au colonel. Toutefois, nous serions contents d'avoir quelques provisions, formula-t-il timidement.

— Comme vous voulez. Pour le reste, demandez à mon intendant de vous remettre ce dont vous avez besoin, ajouta-t-il d'un air distrait.

— Merci mon commandant.

— Rompez soldats ! ordonna-t-il en les saluant en guise de prise de congé.

Puis, il sortit pour se rendre dans le bâtiment principal, dans sa demeure.

*

À son arrivée devant la maison, la femme de son intendant l'attendait comme d'habitude à l'entrée. Elle lui offrit un grand verre de bomin qui le désaltéra après la chevauchée qu'il venait de faire. En jetant un coup d'œil à gauche vers la grande salle du rez-de-chaussée de la demeure, il vit son fils à moitié allongé sur une grosse masse de poils beige. Une lann auparavant, Némak avait trouvé l'animal errant dans la forêt, gravement blessé et affamé. Il l'avait soigné et nourri avec l'aide de son fils, puis tous deux avaient raccompagné ensemble l'animal dans la forêt pour lui rendre sa liberté.

Contre toute attente, le grand chien sauvage s'était attaché à l'enfant et avait refusé de le quitter à la plus grande joie de ce dernier. Il monta à l'étage de la grande bâtisse en pierre de couleur ocre. Les Heldans et les Karus, leurs anciens « maîtres », formés eux-mêmes par les peuples des Terres Dorées, avaient montré leur savoir en matière de construction aux habitants des Terres Neuves. Ainsi, de nombreux peuples d'Ĕphÿr étaient passés, en quelques lannas, d'un habitat mobile (en raison d'une vie nomade) à un habitat en bois plus solide, puis en pierre. Suite au partage des terres dû à la défaite et à l'expulsion de leurs anciens « maîtres », son père avait récupéré les terres sur lesquelles sa famille et lui vivaient. Grâce à une grande capacité d'adaptation et à un grand sens des affaires, ce dernier était devenu, en quelques lanns, l'un des plus gros producteurs de chevaux et de bétail, la demande étant forte. Il avait ainsi construit une très belle demeure pour y installer sa famille.

Némak arriva devant sa chambre. La porte était entrouverte. Il la poussa complètement. Sa femme était assise sur la chaise face à sa coiffeuse, près de l'embrasure, ce qui lui permettait de voir l'extérieur. Elle avait la tête baissée. Ses doigts tenaient apparemment un objet ; il était trop loin pour l'identifier. Il commença à avancer lentement en décrivant un arc de cercle, évitant ainsi le lit, curieux de découvrir ce qu'elle agrippait entre ses doigts fins. Quand il arriva à sa hauteur, il fut tout surpris de voir qu'elle contemplait la bague qu'il lui avait offerte pour sa demande en mariage : un anneau en argent ciselé sur lequel était montée une pierre lisse brillante de couleur verte, ayant la même nuance que les yeux de son épouse. Au moment où il allait lui réclamer des explications, elle se retourna vers lui avec un petit air nostalgique :

— Te rappelles-tu ce jour-là ? Comme nous étions heureux ! dit-elle avec une voix triste qui retenait un sanglot.

Il s'agenouilla près d'elle, lui prit les deux mains en les enserrant avec douceur dans les siennes et lui dit avec amour :

— Nous sommes heureux, mon amour. Je t'aime et tu m'aimes. Que te faut-il de plus ?

Elle secoua doucement la tête et exposa d'un ton désespéré :

— Je ne sers plus à rien. Tu pourrais prendre une autre femme qui te ferait d'autres enfants. Je sais que tu as envie de donner des frères et des sœurs à Kôdan. Ne me mens pas s'il te plaît ! Je vois comme tu es heureux quand tu regardes notre fils jouer avec ses amis.

Il s'avança légèrement pour lui prendre le visage avec délicatesse. Puis, il plongea son regard épris dans le sien pour qu'elle vît tout l'amour qu'il ressentait pour elle et lui déclara avec passion :

— Bien sûr que je suis heureux quand je regarde Kôdan, car c'est le fruit de notre amour ! Mais, je t'aime plus que tout. Avoir ou ne pas avoir d'autres enfants m'importe peu tant que tu demeures à mes côtés. Je ne pourrai jamais vivre sans toi. Je t'aime plus que ma vie, mon amour. Tu me crois ?

Trop émue pour répondre à la déclaration d'amour de son mari, Hëylyah secoua la tête de gauche à droite dans un mouvement continu sans réussir à s'arrêter tout en sanglotant en silence. Les larmes coulaient lentement telle une source indolente de ses immenses beaux yeux verts. Il la leva alors de sa chaise, la prit dans ses bras musclés et commença à la bercer doucement tout en lui répétant combien il l'aimait, la tête de sa bien-aimée nichée sur son épaule droite. Il sentit qu'elle se calmait peu à peu, les sanglots s'arrêtant au fil des ménins qui s'écoulaient.

Puis, il releva son visage et sécha délicatement avec ses doigts les dernières larmes. Enfin, il l'embrassa doucement. Ses lèvres souhaitaient lui confirmer ce que ses paroles venaient de lui dire. Hëylyah se laissa aller pleinement à ce réconfort. Puis, la passion fit irruption brusquement dans ce moment de grande douceur. Némak avait envie de son épouse. Cela faisait un moment qu'ils n'avaient pas fait l'amour, car elle était souvent triste ces dernières semas, il s'était donc contenté de la tenir dans ses bras quand ils dormaient. Aussi, il ne réfréna pas son désir pour elle. Il appuya de plus en plus ses baisers. Il sentait sa femme défaillir ; il l'entendait haleter. Il chercha à s'abreuver de sa bouche tel un assoiffé qui n'aurait pas bu depuis des misas. Puis, il commença à la déshabiller non pas avec délicatesse, mais plutôt avec passion, défaisant hâtivement le haut de sa robe pour essayer de capturer ses seins tout en continuant à embrasser sa bouche, ses joues, ses yeux, son cou. Son corps s'embrasait totalement, consumé par le feu du désir, mais il voulait qu'elle fût dans le même état que lui. Il l'écarta donc légèrement pour vérifier son désir : leurs yeux se rencontrèrent en se scrutant attentivement. Il voulait la reprendre dans ses bras, toutefois il attendit qu'elle lui montrât très clairement son envie de lui. Hëylyah avait saisi ce message silencieux, car elle commença à se déshabiller tout en le regardant d'un air provocateur en se dirigeant vers leur lit. Elle lui envoyait les différents tissus de sa tenue, il les attrapait au vol, cela lui rappelait les premières lanns de leur mariage.

Quand elle eut fini, elle était toute nue à côté du lit. Némak la dévisageait toujours avec amour. Son regard se portait sur sa chevelure auburn qu'elle venait juste de dénouer avec sensualité et sur son visage d'un ovale parfait avec ses beaux yeux verts brillants et ses lèvres pulpeuses. Puis, il continua sur ses seins menus et fermes, sa taille étroite avec des hanches fines malgré une première grossesse. Il termina enfin sur ses jambes d'une longueur interminable qui lui permettaient de le rattraper un peu en taille. Ses yeux se rassasiaient de ce spectacle magnifique tandis que son corps en voulait plus. Il s'approcha lentement d'elle en prenant tout son temps pour qu'elle l'admirât également.

Il voyait sa poitrine se soulever de plus en plus vite, ce qui prouvait également son désir. Il eut à peine le temps d'enlever ses derniers vêtements qu'elle tendit un bras vers lui en lui intimant l'ordre de venir jusqu'à elle. Il ne se fit pas prier. Lorsque leurs deux corps se rejoignirent, ils sentirent qu'ils formaient de nouveau un être complet, un ensemble s'épousant parfaitement. Némak souleva sa femme pour l'allonger sur leur lit, puis il la recouvrit de son corps. Ils s'embrassaient avec passion, leurs langues s'emmêlaient avec délice. Hëylyah lui caressait tantôt le torse tantôt le dos lui procurant des sensations intenses. Voulant également lui rendre la pareille, il bascula sur le côté tout en la gardant prisonnière de ses bras, pour se retrouver en dessous d'elle et profiter ainsi du spectacle de sa poitrine qu'il put caresser comme il le voulait. Il la sentait frémir surtout quand il passait lentement ses doigts sur ses tétons durcis. Elle bougeait en ondulant légèrement sur lui, recherchant la position qui lui procurait le plus de plaisir. Fort excité, il ramena le corps de sa femme vers lui pour lécher langoureusement ses seins tendus par le désir. Il la sentait tressaillir de plus en plus, elle lui donna une petite tape sur le bras pour qu'il cessât cette torture exquise. Il ne voulait pas l'écouter, alors elle se dégagea de ses bras pour, à son tour, embrasser tout son corps, le torturant également avec sa bouche, ses lèvres, sa langue. Hëylyah descendait de plus en plus bas jusqu'à son sexe bien dressé qu'elle goûta pleinement.

Némak succombait sous ses va-et-vient d'abord très lents, puis de plus en plus accélérés, le suppliciant littéralement. Ne résistant plus à ce plaisir insoutenable, il la renversa brusquement à nouveau sur le dos pour la soumettre également à une torture identique. Il parcourut son corps avec sa bouche distillant des baisers enflammés jusqu'à son intimité secrète qu'il embrassa d'abord avec délicatesse, puis avec gourmandise et enfin avec passion. Son épouse se tordait dans tous les sens, tirant sur les draps souples, en l'appelant encore et encore de sa voix sensuelle pour qu'il la délivrât de ce tourment suprême. La sentant au comble de son excitation et ne pouvant plus attendre également, il se redressa et entra en elle avec une grande vigueur, lui arrachant un cri aigu.

Il ne put alors réprimer son désir brûlant qui le fit bouger comme un fou, un désespéré d'amour. Elle le rejoignit dans leur danse ardente, bassin contre bassin dans des ondulations sensuelles incessantes, ses mains s'accrochant aux épaules vigoureuses, jusqu'à l'explosion des sens. Ils tombèrent en sueur dans les bras l'un de l'autre. Ils se dirent combien ils s'aimaient, s'embrassèrent langoureusement et s'endormirent heureux.

Arrivée à Délénis

Némak était sur la route, accompagné d'une escorte, pour se rendre à la convocation de l'État-Major. Il était de nouveau pleinement heureux. Il pensait à son couple. Hëylyah et lui avaient fait plusieurs fois l'amour avec passion le jour où il avait eu connaissance de la terrible nouvelle en provenance des Terres Dorées. Éloignées depuis trop longtemps sur des chemins tortueux, leurs âmes étaient à nouveau à l'unisson. Quand ils avaient enfin apaisé la faim de leur corps, Némak avait appris à son épouse le dernier épisode dramatique advenu sur les Terres Dorées. Il lui avait dit qu'il devait partir deux jours plus tard, car le colonel Dagan avait expressément réclamé sa présence pour la réunion de l'État-Major. Son épouse avait été plus atterrée par la nouvelle de la fin tragique des enfants du roi, en tant que mère, que par la nouvelle de son départ prochain et des dangers éventuels pouvant survenir sur sa route. Elle garda une certaine contenance malgré son inquiétude. Aussi, les jours précédant son départ, Némak avait recouvré un bonheur familial comparable à la période suivant la naissance de leur fils. Tous les trois, ils avaient profité ensemble de chevauchées avec leur chien galopant à leurs côtés, de balades au bord de leur lac préféré, de joyeuses baignades pendant lesquelles ils bataillaient comme des enfants espiègles et de soirées au coin du feu, blottis les uns contre les autres. Lors de ces veillées, les deux êtres que Némak aimait le plus l'écoutaient raconter des histoires avec un plaisir certain. La dernière nuit, Némak avait fait l'amour à son épouse non pas avec une passion effrénée, mais au contraire avec une infinie douceur.

Au petit matin, lorsqu'elle l'avait senti éveillé, tout en l'encerclant de ses bras aimants, elle avait cherché à savoir ce qui le tracassait. C'était son caractère : avenante et franche. D'ailleurs, c'est ce qui l'avait séduit chez elle, en dehors, bien sûr, de sa grande beauté.

— Qu'est-ce qu'il y a mon amour? avait-elle demandé d'un ton plein de douceur l'invitant à la confidence.

— Je ne sais pas. Je n'arrête pas de penser à plein de choses. Tout se mélange dans ma tête. En fait, je n'arrive pas à croire à cette nouvelle dramatique des Terres Dorées, avait-il fini par dire d'un ton légèrement anxieux.

— Tu crois que nous allons réellement être impliqués dans ces évènements ? l'avait-elle questionné en le regardant avec un petit air inquiet.

Il aurait voulu ne pas montrer son angoisse naissante pour ne pas l'affoler, toutefois il avait été incapable de lui mentir sur un sujet aussi grave. Il avait donc répondu en toute franchise :

— Je pense que des évènements terribles vont se produire. Et je pense également que nous allons être obligés d'intervenir pour nous protéger avant que les Sarkinis ne décident tout simplement de remplacer nos anciens « maîtres ».

Ses immenses yeux verts avaient semblé s'agrandir sous le coup des prédictions pessimistes de son époux. Elle s'était serrée très fort contre lui comme pour trouver un remède efficace contre l'avenir fataliste qui s'abattait une nouvelle fois sur leur peuple. Il avait alors caressé très lentement sa sublime chevelure auburn et lui avait affirmé avec conviction :

— Depuis dix-sept lanns, notre peuple s'est préparé à cette possibilité. Chaque homme et chaque femme des Terres Neuves a reçu un entraînement militaire, à travers le Rekkin, comme toi, et l'a poursuivi dans les missions du Sekker ou de l'armée comme moi. Alors, Sarkinis ou non, ils ne sont pas prêts de nous vaincre !

— Dis-moi, pourquoi es-tu donc si préoccupé s'il n'y a pas lieu d'avoir peur ? l'avait-elle interrogé avec une fausse naïveté.

— Je suis préoccupé, car je t'aime comme un fou et j'aime notre fils. Comme tout époux et père, je m'inquiète dès que je ne suis pas auprès de vous ; je serai d'ailleurs absent plusieurs jours. Et surtout, j'aurais aimé vous épargner ces moments d'inquiétude d'une prochaine guerre dont nous sortirions victorieux si elle devenait réelle. Néanmoins, elle engendrerait forcément des souffrances et beaucoup de larmes pour notre peuple, avait-il énoncé d'un ton extrêmement las.

— Ne t'inquiète pas. Je ne suis pas une si faible femme. Occupe-toi de te rendre à la réunion de l'État-Major ! Moi, je m'occuperai de gérer notre maison et notre fils. Tout se passera bien pendant ton absence, avait-elle affirmé avec une assurance qui avait disparu de sa personnalité depuis plusieurs lanns.

Elle avait saisi avec fermeté son visage entre ses deux mains.

— Nous sommes de nouveau une équipe, avait-elle ajouté avant de capturer ses lèvres ourlées et de l'embrasser avec douceur en prenant tout son temps pour goûter à sa bouche délicieuse.

Se remémorant ses souvenirs, il n'avait pas porté attention au paysage qui avait défilé sur sa route pendant ces trois longues journées. Ses compagnons et lui avaient quitté les forêts et les plaines de son district, contourné les *Fières montagnes* et la *forêt Rouge*, puis longé le *fleuve Escalier* pour atteindre les grandes plaines du centre baignées par un soleil brûlant.

*

Némak arriva ainsi avec son escorte aux abords de Délénis, la plus grande cité des Terres Neuves. Elle avait été fondée par un riche Tanhoï qui y avait fait construire toutes les commodités nécessaires à son confort : temples, bains publics, théâtres, jardins et une route pour rallier Délénis à l'autre grande cité, *Pelmaris,* située au bord de la mer. Il connaissait très bien la métropole. En effet, il s'y rendait régulièrement avec son père, quand il était petit, ce dernier souhaitant le former très tôt à la gestion de ses affaires. Puis, il était aussi venu, plusieurs fois, pour des réunions depuis qu'il avait intégré l'armée. C'était un habitué de la cité. Il la préférait à Pelmaris qui s'était principalement bâtie autour des activités économiques. Délénis, elle, alliait le développement des affaires à celui d'une activité culturelle et politique. D'ailleurs, située à l'intérieur des terres, mieux protégée en cas d'invasion, contrairement à Pelmaris, trop exposée sur la côte, Délénis était logiquement devenue le siège de leur gouvernement.

Malgré cela, elle ne possédait toujours pas de remparts.

La victoire de la *Bannière blanche* avait bouleversé la société des Terres Neuves. Pendant un *lannari*, ils étaient demeurés nomades. Ils circulaient en toute liberté sur leur terre en tirant de la nature leur subsistance. Puis, sous la domination de peuples inconnus arrivés par-delà les mers, ils étaient devenus sédentaires pour exploiter, sous la contrainte, les richesses de leur sol natal. Et par la suite, la victoire contre leurs anciens oppresseurs avait créé trois catégories d'hommes et de femmes.

La première était les hommes d'affaires : ils avaient développé une grande capacité d'adaptation et ils étaient devenus leurs propres patrons, parfois ils avaient même fait fortune comme son père, se souvenait Némak.

La deuxième catégorie était les employés qui gagnaient leurs gages : ils n'avaient pas l'ambition ni la motivation pour créer leur propre activité, ils préféraient travailler chez des patrons. Toutefois ils devaient faire face à un problème majeur : trouver des gens aussi honnêtes qu'eux-mêmes. Enfin, la dernière catégorie comprenait les bandits, des êtres extrêmement dangereux. Ils vivaient en marge de cette nouvelle société qu'ils rejetaient, car ils étaient persuadés que la vie fonctionnait uniquement par des rapports de force, les forts mangeant les faibles. Par conséquent, ces derniers faisaient régner l'insécurité partout sur les Terres Neuves en attaquant les honnêtes gens. Malgré une certaine rancune contre les peuples des Terres Libres, principalement contre des Heldans et les Karus, les peuples des Terres Neuves s'étaient inspirés de leur fonctionnement politique. Ils avaient également une Assemblée (les Représentants Élus) qui gérait les affaires de leur peuple : tous pouvaient être élus, les hommes, les femmes, les riches, les pauvres. Némak avait hésité à se présenter pour être membre de l'Assemblée des Représentants Élus car son père avait autrefois assuré cette charge. N'ayant pas une grande éloquence, contrairement à son père, il avait préféré servir son peuple en intégrant l'armée, car il excellait au combat depuis son jeune âge grâce à une formation draconienne et à un grand talent.

Délénis n'avait pas changé, elle s'étendait toujours à perte de vue sur un terrain bien plat. Cela faisait une lann au moins qu'il n'était pas venu, car il n'avait pas souhaité abandonner son épouse dans l'état dans lequel elle se trouvait ces dernières misas. Par conséquent, il avait envoyé Solak, son fidèle intendant, pour gérer ses affaires : les tarifs de vente, les intermédiaires, la négociation de nouveaux contrats. Ce dernier s'en était fort bien acquitté, car ils avaient gagné encore plus d'argent que la lann précédente. Il chevauchait au pas dans les rues de la métropole avec ses compagnons, admirant les nouvelles constructions, la réfection de l'avenue principale, l'activité urbaine qui défilait sous leurs yeux. Némak se porta en tête, indiquant la direction de la demeure dans laquelle il avait l'habitude de séjourner. Après avoir suivi sur plusieurs mabs la grande avenue principale, les voyageurs tournèrent sur leur gauche pour emprunter une rue secondaire. Elle avait un certain cachet avec son allée bordée d'arbres dont les feuilles semblaient cracher des langues de feu. Au bout de plusieurs mabs, ils s'arrêtèrent devant une grande maison qui semblait déjà ancienne parmi les nouvelles constructions de cette allée. Elle était érigée sur un étage et semblait relativement vaste avec sa forme rectangulaire. En cette fin d'après-midi, le soleil venait caresser de ses derniers rayons la belle pierre ocre.

Son pied avait à peine touché le sol que la porte d'entrée s'ouvrit sur un homme bien charpenté qui se précipitait pour l'accueillir. Némak avait envoyé un message par l'intermédiaire des soldats venus sur ses terres pour prévenir leur hôte de leur arrivée.

— Ah, fiston, quel plaisir de te revoir ! dit avec émotion le géant barbu, aux cheveux roux ondulés, vêtu d'un costume gris foncé très sobre.

— Malaak ! Quel plaisir ! répliqua Némak avec une voix pleine d'émoi également.

Le géant emprisonna Némak quelques dorons dans un étau manquant de l'étouffer avant de le lâcher brutalement et de saluer ses compagnons. Il les invita tous à entrer dans sa demeure.

*

Némak franchit le seuil lentement comme s'il vénérait cet instant. Cela lui semblait une éternité depuis qu'il y était venu. Des souvenirs lointains refirent surface. Tant de choses s'étaient passées en ces lieux. Il retrouvait une partie de son enfance heureuse malgré la mort de sa mère à l'accouchement. Son père avait commencé à l'emmener dans cette demeure à chaque fois qu'il résidait à Délénis. Némak en aimait la décoration simple, sans ostentation, avec un côté très chaleureux. Les employés de maison les accueillirent avec des serviettes et des petites bassines pour qu'ils puissent se rafraîchir après leur chevauchée et leur offrirent du jus à base de bomins qu'ils burent avec plaisir, c'était la spécialité de la maîtresse dont la renommée du breuvage faisait la fierté. Elle n'en avait même pas communiqué la recette à Hëylyah qu'elle adorait pourtant et qu'elle avait soutenue lors de ses difficultés à concevoir. D'ailleurs, la maîtresse de maison ne tarda pas à arriver.

— Némak ! Quel garnement tu fais ! Tu n'as pas honte de nous abandonner ainsi ! s'exclama-t-elle en guise d'accueil.

— Nihma ! Mille excuses ! répondit-il d'un ton penaud en se précipitant pour la serrer dans ses bras.

Puis, il l'éloigna de lui, la tenant à bout de bras pour la contempler à loisir. C'était encore une belle femme malgré son âge avancé. Ses beaux cheveux noirs, retenus dans une coiffure subtile ne dépassant pas sa nuque, étaient devenus gris argenté avec le temps. Elle était aussi grande que lui, toutefois beaucoup moins que son géant de mari, et contrairement à ce dernier elle demeurait encore très mince. Ses yeux dorés pétillaient constamment malgré le drame dont elle avait failli ne jamais se remettre. Quand Némak n'était qu'un bébé, leur unique enfant était mort dans un accident tragique. Il avait compris bien plus tard pourquoi son père l'amenait aussi souvent dans ce foyer quand il était petit. Malaak et Nihma étaient ses plus chers amis et il se devait d'aider la jeune femme à survivre à son chagrin. Quant à Némak, sa mère étant morte en lui donnant la vie, il avait besoin d'une figure maternelle.

— Où sont Hëylyah et Kôdan ? Tu ne les as pas amenés

avec toi? Tu exagères, jeune homme, tu mériterais une fessée comme lorsque tu étais petit! gronda-t-elle cette fois-ci avec un vrai ton de reproche maternel, tout en feignant avec sa main de lui en donner une.

— Nihma! Laisse ce jeune homme tranquille! S'il n'est pas venu avec sa famille, c'est qu'il a ses raisons. Laissons-le respirer un peu! interrompit son mari avec une fausse rudesse.

Nihma salua les compagnons de Némak et entraîna la gouvernante, restée dans l'entrée avec eux, à l'extérieur de la pièce tout en lui donnant des directives dignes d'un général en chef. Némak pensait qu'il était heureux de retrouver ce couple qu'il considérait bien plus que comme de simples amis. Il les traitait depuis tout petit comme des membres de sa famille voire des seconds parents depuis la mort de son père. Le jeune homme souriait en regardant Nihma s'affairer. Elle régentait sa maison d'une main de fer et se faisait obéir de son mari, l'un des Représentants Élus les plus craints. Le géant lui obéissait au doigt et à l'œil comme un enfant sage.

Il regarda Malaak et il vit ses yeux pétiller de malice. Ils échangèrent un regard complice.

— Venez vous asseoir les jeunes! dit-il à ses invités avec un grand sourire en leur proposant de s'installer dans son bureau dont la porte était grande ouverte.

Les compagnons de Némak déclinèrent l'invitation, ils prétextaient vouloir se reposer de leur long trajet. Némak avait compris qu'ils souhaitaient leur laisser de l'intimité pour leurs retrouvailles.

Quand les deux hommes furent seuls, leurs visages devinrent brusquement graves.

— Tu es ici en mission commandée, n'est-ce pas?

— Oui, mon colonel a requis ma présence pour une réunion de l'État-Major qui doit avoir lieu demain matin.

— Que penses-tu des dernières nouvelles des Terres Dorées?

— Tu veux la version officielle ou la version officieuse?

— Je crois que tu me connais trop bien pour me poser une telle question !

— Excuse-moi, mais je suis très préoccupé. Mon père, qui avait combattu avec eux dans l'unique troupe mixte créée, me disait quand j'étais petit qu'il sentait qu'ils allaient revenir et qu'il fallait s'y préparer. C'est sans doute la raison pour laquelle non seulement il avait recruté les meilleurs combattants pour me former dès mon plus jeune âge, mais il avait également réussi à faire adopter avec toi la création du Rekkin. Tout cela pour dire que pour la première fois de ma vie, j'ai peur de ce que l'avenir nous réserve.

— Oui, je suis d'accord avec toi. Je sens une ombre obscurcir notre avenir. La guerre est-elle donc inévitable ?

— Je le crains. Et nous devons réagir avec la plus grande fermeté. Nous ne pouvons pas risquer de nous retrouver de nouveau envahis !

Le silence s'installa, car ils étaient tous les deux plongés dans leurs pensées.

— Ta venue est une vraie bénédiction pour moi. L'Assemblée des Représentants Élus doit se réunir dans trois jours. J'aimerais que tu restes jusque-là pour me servir de conseiller militaire lors de mon intervention. Acceptes-tu ?

Némak souhaitait repartir chez lui le plus tôt possible en raison des évènements terribles qui se profilaient à l'horizon. Il voulait profiter des derniers jours de paix, d'insouciance avec sa famille avant que la guerre ne bouleversât une nouvelle fois leur vie. En tant que militaire, il était de son devoir de penser d'abord à la sécurité de son peuple avant de penser à son bien-être personnel. Par conséquent, il n'hésita pas une seconde :

— Tu peux compter sur moi, Malaak. Je t'accompagnerai.

— Merci mon garçon. Je n'en attendais pas moins de toi.

Son hôte l'avait entraîné dans son bureau pour leur conversation confidentielle. Ils en sortirent pour rejoindre sa femme qui donnait une dernière touche au repas du soir.

Némak s'excusa auprès d'eux pour faire un brin de toilette avant le dîner. Il monta à l'étage. Comme il était venu seul, pensant lui faire plaisir, Nihma lui avait fait préparer la chambre de son enfance. Cela faisait longtemps qu'il n'y avait plus dormi. Lors de ces dernières visites, comme Hëylyah et Kôdan l'accompagnaient, son fils avait hérité de son ancienne chambre tandis que sa femme et lui avaient emménagé dans celle réservée autrefois à son père. On avait monté ses sacoches qu'on avait posées sur une petite table à l'entrée de la pièce. Oubliant sa fatigue, il inspecta la chambre de petite taille comparée aux autres de la demeure. Un lit en bois solide occupait le tiers de la surface : il n'était pas très large, en revanche il était long, on avait anticipé le développement de son fils en tenant compte de la taille du père. Il ouvrit le petit meuble en bois servant à ranger ses affaires. Sans le fouiller, il repéra d'un coup d'œil quelques-unes de ses anciennes affaires mélangées à des vêtements de Kôdan. Il pensa alors à son dernier séjour qui n'avait pas été une franche réussite en raison de la mélancolie de son épouse. Malgré cela, il n'avait pas été non plus catastrophique, car Nihma avait beaucoup soutenu Hëylyah, lui évitant de sombrer plus en avant. Némak lui en avait été très reconnaissant.

Un coup frappé à la porte interrompit ses pensées. Une employée vint lui annoncer que son bain était prêt. Il se rendit dans la pièce d'eau et plongea avec délice dans une eau bien chaude qui lui ôta toute la fatigue de ses trois jours de chevauchée, relaxant ses muscles contractés. Une fois lavé, il retourna dans sa chambre pour s'habiller. Il enfila un beau costume sombre de bonne facture sans être luxueux, composé d'un pantalon long et d'une veste assortie mi-longue avec une chemise blanche. Quand il fut prêt, il descendit retrouver ses hôtes et son escorte dans la salle des repas.

— Ah ! Te voilà enfin ! tonna le géant.

Ils étaient tous déjà présents. Des employés servaient des *minsis*. On lui en proposa un dès son arrivée, de même qu'une boisson. Malaak racontait à ses compagnons quelques anecdotes sur sa vie. Il avait un certain don pour captiver l'attention de ses auditeurs et les faire rire aux éclats sur des sujets pourtant tout à fait anodins. Pendant que ses compagnons écoutaient Malaak avec plaisir, Nihma s'approcha de Némak. Elle lui prit le bras et l'entraîna sur la terrasse qui donnait derrière la demeure.

— Comment va Hëylyah ?

Elle était très inquiète pour leur couple depuis que son épouse tardait à avoir un autre enfant. Elle avait essayé plusieurs fois de la sortir d'une certaine mélancolie avec quelques petits succès comme lors de leur dernier passage.

— Beaucoup mieux. Elle a remonté la pente, répondit-il avec un large sourire.

— Enfin ! Les dieux m'ont écoutée ! Je suis si contente pour vous deux. Je savais qu'elle s'en sortirait. C'est une femme forte. Il lui fallait juste plus de temps, dit-elle avec douceur.

— Nous nous sommes enfin retrouvés juste avant mon départ. J'espère que cette fois-ci elle a vraiment compris que je souhaite plus que tout la garder à mes côtés, plutôt que d'avoir d'autres enfants avec une autre femme, affirma-t-il sur un ton amoureux.

Nihma était sa confidente. C'était la seule à qui il confiait ses états d'âme lorsqu'il était perdu dans ses difficultés avec son épouse. Elle savait écouter et le réconforter. Il n'était plus alors ni le militaire ni l'homme d'affaires, seulement le petit garçon d'autrefois à qui elle avait prodigué tout son amour maternel. Elle le serra longuement dans ses bras et déposa un baiser délicat sur sa joue. Puis, ils rejoignirent les autres pour dîner.

— Vous voilà enfin, tous les deux ! Je constate que c'est comme avant, toujours en train de comploter de votre côté, dit Malaak sur le ton de la plaisanterie.

Il était content de voir sa femme si heureuse ce soir, car Némak lui manquait beaucoup. Ils passèrent tous une belle soirée sans évoquer la raison de sa visite à Délénis.

La fermeté de l'État-Major

Le lendemain, Némak se réveilla très tôt. Il devait retrouver son supérieur. Il mit son uniforme d'apparat : un pantalon en toile solide noir assorti à une veste verte et ses bottes noires vernies en cuir. Il sortit sans escorte. Ses trois compagnons, qui l'avaient accompagné pour prévenir des dangers des hordes de bandits sur les routes incertaines, étaient inutiles dans les rues de Délénis. Il alla chercher son étalon noir dans le box, l'enfourcha et s'éloigna de la demeure encore endormie. Il remonta la rue calme de la maison de Malaak et déboucha sur l'avenue principale. Le soleil s'étant à peine levé, une lueur orangeâtre éclairait timidement l'avenue relativement déserte. Néanmoins, quelques individus seuls ou en bande, qui semblaient avoir du mal à marcher, déambulaient apparemment sans destination précise, sans doute avaient-ils abusé de breuvages trop forts. Il mit son cheval au trot pour gagner l'entrée ouest de la ville.

Au bout de plusieurs ménins, il arriva devant l'unique accès du camp militaire. C'était une vraie petite cité disposant de sa propre sécurité. Malgré son uniforme, des gardes lui demandèrent de descendre de cheval, puis se renseignèrent sur son nom et l'objet de sa visite. Il répondit avec précision à toutes leurs questions, ce qui sembla les satisfaire. On lui ordonna alors de patienter quelques ménins, le temps d'attendre le retour d'un des soldats qui venait d'enfourcher un cheval et qui galopait vers la partie résidentielle. Au bout d'une attente interminable, le soldat revint avec une escorte de deux hommes le sommant de les suivre. Némak remonta sur son cheval et s'éloigna avec eux. Cela faisait une lann également qu'il n'avait pas mis les pieds dans le camp. Débordé par son activité au sein du Sekker, il avait sollicité une dispense afin de se concentrer sur la sécurisation de son district. Ainsi, il n'avait fait que passer très rapidement, la lann précédente. Il regarda brièvement autour de lui. Le camp n'avait pas changé : huit baraquements pour les unités de protection de la ville, le grand bâtiment de restauration, celui de l'administration, celui pour les opérations, les différents terrains d'entraînement, les petits logements confortables destinés aux hauts gradés (généraux et colonels), l'hôpital, le temple pour les dieux, l'école et deux ou trois magasins. Plus d'un millier de personnes vivaient là en permanence.

L'escorte se dirigea vers le côté résidentiel du lieu ; chaque soldat l'encadrait. Ils arrivèrent devant une petite maison semblable aux autres. Il la connaissait, c'était celle de son chef. Ils mirent tous pied à terre pour se diriger vers l'habitation dont la porte s'ouvrit instantanément, l'aide de camp du colonel guettant apparemment son arrivée.

Némak entra dans la résidence en laissant son escorte sur le seuil. Il attendit son chef dans le vestibule. Ce dernier parut, vêtu d'un uniforme dont la veste était bleue, affirmant ainsi son grade.

— Commandant Reyken !

— Colonel Dagan !

Ils se saluèrent avant de se serrer respectueusement la main, puis le colonel l'entraîna dans son bureau, là où Némak avait déjà eu l'occasion de pénétrer. Son supérieur, un homme de taille moyenne encore musclé avec un visage sévère flanqué d'un unique œil gris, l'invita à prendre place sur un fauteuil en face de lui. La pièce était toujours aussi spartiate : une table pas très grande en bois sur laquelle se trouvaient des cartes, une chaise et deux fauteuils. Le colonel Dagan commença sans ménagement.

— Comme vous savez, les Sarkinis ont pris Akméra. Ils contrôlent ainsi tout le centre des Terres Dorées. D'après nos espions, en repartant vers Yazam, ils auraient convoyé plusieurs chariots qu'ils ne possédaient pas en arrivant dans la cité. On peut supposer qu'ils aient trouvé des richesses immenses au vu du nombre de chariots. Si tel est le cas, ils vont avoir une réserve suffisante pour s'allier d'autres peuples, énonça-t-il d'un ton professoral.

Némak écoutait son chef avec une très grande concentration.

— Le temps nous est compté, Némak, ajouta-t-il.

Némak fut surpris par l'utilisation de son prénom, chose rare chez ce militaire. Malgré leur appréciation réciproque, son colonel gardait toujours une certaine distance.

Depuis qu'il le connaissait, c'était seulement la deuxième fois qu'il l'appelait par son prénom. La première fois, c'était quand Némak lui avait demandé une dispense d'une lann pour veiller sur sa famille et son district. Fin psychologue, son chef avait compris qu'il ne pouvait supporter d'être séparé de sa femme compte tenu de son état fragile à ce moment-là. Ce qu'il avait sans doute remarqué lorsqu'elle l'avait accompagné à la fête annuelle du camp.

— Je vous ai ordonné de venir, car, comme je vous l'ai écrit, l'État-Major se réunit ce matin. Et je requiers votre présence comme conseiller stratégique. Nous n'avons pas le choix, nous devons intervenir immédiatement avant que les Sarkinis ne mettent le feu aux Terres Dorées et continuent ensuite à faire de même chez nous. Pour les stopper, j'ai trouvé un plan infaillible. Mais, vous seul avez les compétences indéniables pour en assurer le succès.

Puis, le colonel Dagan s'interrompit brusquement, hésitant apparemment à poursuivre. Les ménins s'égrenaient doucement en silence. Il semblait plongé dans la contemplation du camp qui s'étendait au-delà de la fenêtre de son bureau. Némak avait du mal à contenir son impatience, mais s'obligea à ne faire aucun mouvement. Enfin, son supérieur reprit la parole d'une voix nerveuse et peu assurée. C'était la première fois que Némak le voyait dans cet état.

Après un long soupir, il détacha enfin son unique œil gris valide du paysage pour le porter sur son subalterne en lui disant :

— Je vais vous demander une chose excessivement difficile. Je dois savoir si vous accepterez la mission dont je ne peux pas encore vous faire part. Je ne vous cache pas qu'elle sera la plus dure que vous n'ayez jamais effectuée. Mais, c'est la seule idée qui me soit venue pour sauver notre terre.

— Accepterez-vous la mission si elle est décidée ? interrogea-t-il avec gravité.

Némak avait compris, par l'attitude inhabituelle de son supérieur, que ce serait une mission dont les chances d'en revenir vivant étaient quasi nulles.

En quelques dorons, il pensa à sa femme et à son fils. Mais, il s'était engagé pour protéger son peuple et c'est ce qu'il allait faire. D'ailleurs, il avait toujours eu la conviction que chacun avait une mission sur cette terre, tracée ou non par les dieux. Et la sienne, il le sentait tout au fond de lui, était de protéger son peuple au péril de sa vie.

Sans plus tergiverser, il répondit d'une voix aussi ferme qu'il le pouvait :

— Oui, colonel. Je serai votre homme. Ma seule condition sera d'avoir le choix de mon équipe qui sera composée uniquement de volontaires comme moi-même.

— Accordé Commandant, assura-t-il d'une voix soulagée.

Ils restèrent quelques ménins dans un silence mutuel, Némak se demandait quelle pouvait être la mission qu'il venait d'accepter.

Brusquement, le colonel se leva.

— Allons-y, Commandant Reyken !

Némak se leva à son tour et suivit son chef.

*

Ils quittèrent la maison du colonel pour se rendre au bâtiment dédié aux opérations. Ils descendirent de cheval. L'aide de camp du colonel donna des ordres pour surveiller les chevaux puis il leur emboîta le pas. Le long bâtiment rectangulaire était construit sur deux niveaux, en yxzan, cette pierre ocre, utilisée pour la plupart des bâtiments publics et des maisons à Délénis et dans le reste des Terres Neuves. On l'avait découverte dans les carrières du nord-ouest des Terres Neuves. Ils entrèrent au rez-de-chaussée. Il y avait un groupe d'hommes : de rares vestes d'uniformes vertes, plutôt des bleues (celles des colonels) et des rouges (celles des généraux) avec des grises (celles des aides de camps). On les interpella :

— Colonel Dagan ! cria une voix faussement aimable qu'il connaissait bien.

Il se retourna pour voir celui qui avait apostrophé son chef. C'était le colonel Celran, un militaire un peu aigri, qui prenait un malin plaisir à se mettre en opposition avec son chef.

— Colonel Celran ! Comment allez-vous ? s'enquit son supérieur sur la même intonation que celle utilisée par son interlocuteur.

— Bien. Je vous remercie de prendre de mes nouvelles, continua le premier.

Derrière des propos polis, un grand antagonisme, dû à une très ancienne rivalité, couvait entre les deux hommes. Le colonel Dagan s'éloigna déjà, mettant ainsi un terme à cet échange de banalités pures. Comme ils s'éloignaient, ils entendirent de très loin :

— À tout à l'heure, à la réunion.

Le colonel Dagan saluait déjà d'autres membres présents dont les échanges paraissaient sincères pendant que Némak restait légèrement en retrait par discrétion. L'aide de camp, lui, était posté au fond de la pièce comme tous ses collègues. Soudain, on entendit une voix forte ordonnant d'entrer dans la salle réservée à la réunion, mais avant, chaque participant devait décliner son nom et son grade auprès du préposé posté devant le seuil. Le colonel Dagan s'avança, indiquant qu'il était avec son conseiller stratégique. Le chef entra en premier dans la pièce, son conseiller lui emboîta le pas. C'était la première fois que ce dernier pénétrait dans cette salle. « Austère » était l'adjectif qui lui correspondait le mieux avec son immense table et sa vingtaine de chaises, le tout en bois d'un style vieillot remontant à quinze lanns au moins. Les rayons du matin provenant des embrasures éclairaient la pièce d'une douce lumière. Cela procurait une atmosphère accueillante. Les participants prirent apparemment leurs places attitrées. Gamanek, le général en chef de l'armée, fut le dernier à s'installer. C'était un homme de haute taille avec un corps resté mince en raison d'une discipline militaire rigoureuse, montrant ainsi l'exemple à ses hommes. Son maintien martial était souligné par sa veste jaune vif très ajustée. Il regarda l'assemblée présente en fixant quelques dorons chacune des personnes présentes autour de la table. Némak se tenait légèrement derrière le colonel Dagan comme les autres conseillers. Il entendit la voix pleine d'assurance de leur général en chef :

— Bonjour à tous ! Nous nous réunissons aujourd'hui en une nar extrêmement préoccupante. Comme vous le savez tous, les Sarkinis ont une nouvelle fois décapité un roi, celui des Nésenets ainsi que ses fils. Nous n'avons pas de nouvelles de ses deux épouses, cependant je crains le pire pour ces malheureuses. On peut même leur souhaiter d'être déjà mortes.

Il s'interrompit pendant quelques ménins parcourant de son sombre regard d'aigle l'assemblée, puis reprit sur le même ton :

— L'ordre du jour de la réunion d'aujourd'hui est d'établir notre position face à ce crime barbare. Devons-nous ou ne devons-nous pas intervenir ?

Dans les argumentations, deux courants s'opposaient : les attentistes dont faisaient partie le colonel Celran et les interventionnistes soutenus par le colonel Dagan et ses partisans.

À la fin, ils procédèrent au vote à main levée.

— Je vous remercie d'avoir pris une décision rapide. Vous avez choisi l'intervention. Moi-même, je soutiens également ce choix, confirma le général d'un ton soulagé.

La salle resta anormalement silencieuse après le résultat.

— Oui, nous devons agir en prévention afin de protéger notre terre. Maintenant que la décision est prise, quelqu'un a-t-il une idée intéressante à nous soumettre ? ajouta ce dernier.

Le colonel Dagan prit alors la parole pour réclamer la sécuritim, c'est-à-dire la plus grande confidentialité pour un plan militaire. Seul un cercle très restreint comprenant le général en chef, le chef de la mission ainsi que les supérieurs hiérarchiques de ce dernier en prendrait connaissance. On lisait la stupeur générale sur les visages présents. Personne n'avait jamais fait valoir ce point du règlement depuis la création de l'armée. Chacun des membres se demandait quel plan le fin stratège avait bien pu mettre au point pour exiger un tel secret.

— C’est bien beau de demander la sécuritim, mais avez-vous déjà trouvé le fou qui accepte une mission sans en connaître les détails ? Quelle est donc cette perle rare ? railla le colonel Celran, vexé par la démarche de son rival.

En effet, celui-ci évoquait un point important du règlement : il fallait d’abord trouver le chef d’une mission pour invoquer cette disposition.

Au lieu de répondre vertement, le colonel Dagan répondit avec ferveur :

— Je vous rappelle que les Sarkinis contrôlent tout le centre des Terres Dorées. Nous devons absolument les empêcher d’étendre leur domination sur les autres territoires. Par conséquent, il est urgent d’agir rapidement et sans attendre d’aide des autres terres ! Vous comprendrez donc que l’élément de surprise reste notre plus grand atout. C’est la raison pour laquelle, j’ai fait valoir mon droit en réclamant la sécuritim pour garantir tout simplement la vie de nos soldats et leur assurer le succès.

Il s’arrêta quelques dorons pour calmer sa voix qui devenait légèrement aiguë.

— Et pour répondre à votre question, Colonel Celran, nous avons cet homme, non pas fou, mais au contraire un soldat très courageux qui possède un grand sens du devoir. Non seulement c’est l’un de nos meilleurs combattants, mais c’est également un meneur d’hommes exceptionnel. Il est bien l’homme de la situation. Je ne pouvais rêver mieux pour cette mission ! conclut son supérieur sur le ton d’un commerçant vantant son meilleur produit.

— Peut-on connaître le nom de cet homme extraordinaire, colonel Dagan ? demanda le général en chef Gamanek sur un ton courtois.

— Bien sûr ! Je lui ai demandé de m’accompagner. Voici, le commandant Reyken ! répondit-il en lui faisant un signe de se montrer à tous.

Némak se leva sur l’invitation muette du colonel en se mettant au garde-à-vous.

— Commandant Reyken, je connais votre excellente réputation comme la plupart des hommes autour de cette table. Cependant, dans ce moment crucial pour notre peuple, nous voulons tous savoir si nous pouvons vous confier notre destin, questionna-t-il avec insistance, cherchant dans le regard de son subalterne une volonté implacable d'aller jusqu'au bout malgré les risques importants encourus.

— Oui, général, vous pouvez compter sur moi ! assura-t-il fermement avant de se rasseoir.

— Très bien. Dans deux jours, l'Assemblée des Représentants Élus se réunira pour débattre de la nécessité d'intervenir ou non. Je recommanderai donc l'intervention. Et en cas d'acceptation, nous pourrons mettre en œuvre votre plan, annonça-t-il avec satisfaction, en se tournant vers le colonel Dagan.

— Bien, la séance est levée, conclut le général en chef Gamanek d'un ton solennel en s'adressant cette fois-ci à tout l'État-Major.

En partant, le colonel Celran jeta un regard haineux à son rival, resté assis avec son commandant, son supérieur, le général Relom ainsi que le général en chef.

Resté seul avec les trois autres, le général Gamanek leur fit signe de se lever et de se rapprocher avec lui du mur opposé à la porte d'entrée. Puis, il regarda longuement son colonel avant de lui dire :

— Vous avez exigé la sécuritim, nous vous écoutons colonel Dagan !

Ce dernier parla longuement d'une voix posée ; ses interlocuteurs l'écoutèrent attentivement sans l'interrompre. Quand il eut fini son exposé, ils demeurèrent sans voix. C'était un plan d'une si folle audace !

Némak quitta le camp militaire. Il était plongé dans ses pensées. L'étalon noir, sentant le trouble de son maître, avançait lentement au pas, se dirigeant instinctivement vers la demeure de Malaak. Il pensait à son avenir prochain. Il n'avait pas eu le choix. Sa conscience lui dictait la voie qu'il devait suivre : celle du devoir envers son peuple au mépris de sa propre vie. Si la mission s'avérait lui être fatale, ce qui était plus que probable, au moins il aurait la satisfaction d'avoir défendu l'avenir de sa famille, de son peuple, de sa terre. Il acceptait ce prix très lourd à payer, car c'était un soldat; en revanche, il était très inquiet de la réaction de sa femme. Comprendrait-elle sa décision? Lui en voudrait-elle de ne pas en avoir discuté ensemble? Il secoua lentement sa tête de gauche à droite en pensant qu'il était trop pessimiste. Au fond de lui, un petit espoir s'accrochait à son cœur, pensant que ce cauchemar allait prendre fin très rapidement soit parce que les Sarkinis n'allaient pas franchir *la mer des Chagrins* soit parce que l'Assemblée des Représentants Élus refuserait finalement l'intervention, annulant par là même sa mission. Par conséquent, il pourrait vieillir auprès de son épouse tout en regardant son fils grandir; il s'autorisa à rêver à ce tableau idyllique. Cependant, ce mince espoir qui tenaillait son cœur fut brisé par son esprit logique qui lui soutenait que les Sarkinis, malheureusement, n'allaient pas s'arrêter ni au royaume des Nésenets ni aux Terres Dorées, car leur soif de domination allait s'étendre sur tout Ĕphÿr.

Némak arriva sans encombre à la demeure de Malaak. Un employé vint lui prendre les rênes de son cheval. Il entra dans la demeure paisible qui lui apparut comme un havre de paix. Dans la salle des repas, il ne trouva personne. Il entendit des voix provenant de la terrasse. Malaak était en grande discussion avec un employé. Il s'approcha d'eux. Il entendait des sons, par contre il ne comprenait pas le sens des propos échangés, son esprit étant totalement engourdi.

Étonné par son silence, Malaak, qui l'avait vu entrer avec une mine égarée, congédia rapidement son employé.

— Némak ! Te voilà de retour, l'accueillit-il d'un air joyeux, feignant de ne pas remarquer le trouble du jeune homme.

Némak se tourna vers lui. Il le fixait du regard comme s'il ne le voyait pas vraiment.

— Qu'y a-t-il mon garçon ? lui demanda son hôte d'un ton paternel en s'approchant pour lui tenir le bras d'un geste de réconfort.

— On m'a confié une mission, lui répondit-il sur un ton laconique.

— Oui ? l'invita ainsi Malaak à poursuivre son explication.

— Le général Gamanek va réclamer l'intervention sur les Terres Dorées lors de la prochaine session de l'Assemblée des Représentants Élus, informa Némak toujours sur le même ton.

— Bravo mon garçon ! Voilà des hommes comme je les aime ! tonna-t-il d'un air de grande satisfaction tout en assénant une grande tape sur le dos du jeune homme.

Le silence de Némak ainsi que sa mine toujours égarée lui indiquèrent que quelque chose de grave, dont il n'avait pas encore connaissance, était arrivé.

— Némak ?

— C'est la mission dont tu as parlé tout à l'heure ? continua-t-il en essayant de comprendre ce qui n'allait pas.

— Oui, c'est la mission ! confirma-t-il sur un ton grave en regardant Malaak droit dans les yeux.

Ce dernier y vit une petite lueur de détresse tapie tout au fond de son regard.

— Raconte !

Némak aurait tant voulu se confier à son fidèle ami, mais il ne le pouvait pas. Il se contenta donc de lui rendre son regard en lui assénant :

— Sécuritim !

— Ah ! commenta Malaak, plus que troublé.

Depuis qu'il était devenu un homme, Malaak ne l'avait jamais vu dans cet état, les yeux éteints. Il s'avança donc pour le prendre dans ses bras, laissant sa sensibilité paternelle s'exprimer. Némak ressentit la profonde affection de Malaak, ce qui eut un effet salutaire sur lui. Il se dégagea doucement et se mit à parler d'une voix émue. Pour la première fois de sa vie, au lieu de se livrer à Nihma comme il le faisait habituellement depuis son enfance, il s'ouvrit totalement sans aucune réserve à Malaak qui avait remplacé son père disparu. Il lui confia sa peur ainsi que son déchirement de laisser son épouse et son fils sans protection. Celui-ci était très jeune et il ne voulait pas perdre le bonheur qu'il venait de retrouver avec sa femme. Cependant, si les Sarkinis débarquaient sur les Terres Neuves, il n'y aurait plus de bonheur possible ni pour lui ni pour tous les habitants des Terres Neuves. C'était un époux, un père et il était également un soldat dont le père avait façonné le destin en le formant dès son plus jeune âge à l'art de la guerre. À la fin, très ému, Malaak le serra très fort pour lui transmettre tout l'amour qu'il lui portait. Ils restèrent ainsi quelques ménins dans un silence apaisant. Enfin, Malaak se redressa tout en tenant Némak à quelques pas de lui : les bras tendus et les mains sur ses épaules. Il le regarda avec gravité et commença à parler :

— Némak, tu es un homme de grande valeur. Tu te contentes d'une vie simple auprès des tiens sans rechercher la gloire ou l'argent, même si ton père t'a laissé une fortune considérable à gérer. Ta nature profonde te pousse à protéger les plus faibles, c'est la raison pour laquelle tu es devenu un soldat et non un politicien comme ton père. Et le soldat que tu es a juré de protéger notre peuple donc ta conscience ne peut te détourner de cette charge.

Il s'interrompit quelques dorons pour reprendre son souffle.

— Mais, tu es également un mari et un père aimant aspirant au bonheur comme tout un chacun. C'est donc tout à fait normal d'avoir peur pour ta famille et surtout d'avoir peur de perdre ce bonheur en risquant ta vie dans une mission hautement périlleuse.

— Sache que tu aurais tout mon soutien même si tu décidais, aujourd'hui, d'abandonner cette lourde charge. Ta vie m'est plus précieuse que l'avenir de tout notre peuple ! Est-ce que notre salut doit passer par le sacrifice d'hommes tels que toi ? Je ne pense pas, mais peut-être ne suis-je pas tout à fait objectif, conclut-il d'une voix brisée.

Il le lâcha pour essuyer rapidement ses larmes qui perlaient au coin de ses yeux de la couleur de l'yxzan, la pierre de leur terre natale.

— Je vais voter la non-intervention et demander à mon camp dans l'Assemblée d'en faire autant, déclara-t-il avec un fol espoir dans la voix.

— Non ! asséna Némak d'un ton brutal en se dégageant de l'étreinte de Malaak.

— Tu n'as pas le droit de risquer la sécurité voire l'indépendance de notre peuple pour une vie, encore moins pour la mienne ! Si tu faisais cela, je ne serais plus digne ni d'être un soldat ni d'être le fils de mon père. Et toi tu renierais non seulement tes convictions, mais également tes amis morts pendant la dernière guerre, déclara Némak d'un ton sans appel et plein d'assurance qui contrastait avec son état de détresse quelques instants plus tôt.

Malaak assista stupéfait à une transformation fulgurante chez le jeune homme.

— Jure-le ! continua-t-il sur le même ton, en revenant vers Malaak et sasissant ses avant-bras dans une poigne d'acier.

L'ancien regardait le jeune avec un mélange de fierté et de souffrance pour son courage et son intégrité.

— D'accord. Je te le jure.

— Sur l'âme de mon père !

— Oui, sur l'âme de ton père.

Némak savait que Malaak ne trahirait nullement sa parole. Il était soulagé maintenant.

— N'en parle pas à Nihma tant que nous n'avons pas la certitude de ta mission prochaine, dit son hôte d'un air catastrophé.

De son côté, Némak allait avoir du mal à convaincre Hëylyah.

Par un accord tacite, ils décidèrent ne plus en parler jusqu'à la réunion de l'Assemblée des Représentant Élus.

*

Pendant cette période de répit, comme pour conjurer l'avenir angoissant, Malaak narrait lors des repas une quantité impressionnante d'anecdotes de l'enfance de Némak, faisant beaucoup rire ses compagnons. Ces derniers se faisaient très discrets apparaissant et disparaissant aux moments opportuns. Quant à Nihma, elle restait légèrement en retrait de cette joie collective ; elle les observait régulièrement avec un visage impénétrable. Elle percevait la gravité d'un problème dont elle ne connaissait pas encore l'origine ; elle finirait par leur faire avouer le fin mot de l'histoire comme à chaque fois. En attendant, elle donnait le change en essayant de maîtriser son inquiétude.

Le matin du troisième jour, Malaak et lui quittèrent la maisonnée après le repas. Un employé avait sorti le *céol* de son maître. Némak suivit à cheval le céol transportant Malaak avec son conducteur. Ils arrivèrent devant *l'Aséycall*. Némak descendit de cheval et se rapprocha du céol de Malaak, l'aidant à descendre. Puis, ils grimpèrent ensemble les marches de l'édifice. À l'entrée, Malaak rencontra nombre de personnes qu'il salua avec une grande politesse y compris des adversaires notoirement reconnus. Avec sa grande taille et son langage franc, il inspirait le respect à tous ; sa voix comptait beaucoup lors des décisions de l'Assemblée. Un petit hall, dans lequel on pouvait s'entretenir, précédait une grande salle rectangulaire qui reproduisait la forme de la construction. Devant l'accès de la pièce consacrée aux débats se trouvait le *viguerem*. Tout Représentant Élu avait le droit de faire appel à un expert dans une question abordée afin qu'il expose son argumentation en pleine séance. Aussi, Malaak et lui prirent place sur des bancs en bois robustes. Ils s'installèrent dans la deuxième rangée sur six au total, à plusieurs mabs du *layerr*. De l'autre côté de ce dernier se trouvaient six autres rangées. À gauche et à droite de la salle, c'était le vide, permettant aux participants de quitter plus facilement leur place.

Quand la salle fut complète, on entendit retentir la clochette qui marquait habituellement le début de la séance. L'auteur était le Président de l'Assemblée, un homme petit de taille et assez sec. Il avait été élu par ses pairs pour sa faculté à trouver des accords difficiles. Toutefois, la plupart des Représentants Élus auraient souhaité que ce soit Malaak, « le roc » comme on le surnommait en raison de son physique ainsi que de sa profonde intégrité, mais ce dernier avait décliné l'offre souhaitant conserver sa nature indépendante, loin des compromis sans fin que requérait un tel poste.

— Représentantes et Représentants Élus, vous savez toutes et tous pourquoi nous avons convoqué rapidement la séance du jour. La situation est extrêmement grave : le roi des Nésenets ainsi que ses fils ont été décapités. Les responsables de cette barbarie sont les Sarkinis. Pour comprendre comment la situation sur les Terres Dorées peut nous être préjudiciable, nous allons d'abord écouter le général en chef Gamanek, puis nous débattrons de la décision à prendre. À vous, Général !

Le général Gamanek monta jusqu'au layerr. Tout le monde put ainsi admirer ce formidable combattant qui s'était fait connaître lors de la victoire de la *Bannière blanche*. Il était aussi grand que Malaak et son maintien dénotait l'assurance des hommes de commandement. Son visage laissait apparaître une cicatrice qui lui traversait toute la joue droite verticalement, impressionnant ses interlocuteurs quand ils se tenaient à proximité. Son regard, à lui seul, implacable, pouvait déstabiliser n'importe quel adversaire dans le combat ou dans l'argumentation comme maintenant.

— Représentantes et Représentants Élus. Je viens vous parler aujourd'hui pour vous exposer la situation sur les Terres Dorées, déclara-t-il comme s'il s'adressait à son État-Major. Les Sarkinis se sont rendus maîtres de tout le centre des Terres Dorées. Les territoires, restant à conquérir sont ceux qui appartiennent aux deux peuples du nord, les Batürs et les Şadhans, mal préparés à la guerre, et au peuple du sud, les Tanhoïs, qui possèdent une armée solide, néanmoins c'est peu probable qu'elle puisse repousser celle des Sarkinis. Comprenez bien que les Sarkinis se sont mis en marche pour s'emparer de toutes les Terres Dorées et malheureusement aucun peuple dans cette région ne peut les en empêcher !

Il fit une pause de quelques dorons pour soigner sa conclusion.

— Il faut savoir également que leur guide, le Sahrfir, a déclaré le Shakkar, la guerre sainte qui doit purifier notre monde de tous les Incroyants dont notre peuple fait partie. Vous devez donc prendre conscience que notre terre sera inéluctablement attaquée par les Sarkinis. Par conséquent, la question qui doit être débattue maintenant est celle de l'intervention ou de la non-intervention, termina-t-il.

Des applaudissements retentirent dans la grande salle à la fin de sa prise de parole.

— Nous pouvons remercier le général en chef pour son exposé très clair et très concis, dit le Président d'un ton avenant en se tournant vers le général qui avait déjà regagné sa place.

— Quelqu'un souhaite-t-il donner son avis sur la question ? demanda-t-il d'une voix posée.

Un Représentant Élu leva la main. Le président l'invita d'un signe à venir s'exprimer sur le layerr.

— Chers collègues, oui, nous avons tous compris la situation. Pour autant serait-il vraiment judicieux de prendre l'initiative d'entrer en conflit avec les Sarkinis ? interrogea-t-il d'un ton sévère. Non, je ne le crois pas. Nous sommes des politiciens et non des soldats. Par conséquent nous devons agir comme tels ! Nous devons privilégier d'abord le dialogue, l'utilisation de la force n'étant que le dernier recours. Attendons de voir comment la situation va évoluer sur les Terres Dorées ! C'est pourquoi je voterai résolument contre toute intervention que je juge prématurée pour le moment, ajouta-t-il avec conviction.

Son discours fut accueilli par beaucoup d'applaudissements également. Malaak vint aussitôt le remplacer sur le layerr. Son charisme naturel imposa immédiatement un silence quasi religieux.

Il commença de sa voix profonde :

— Chers collègues, contrairement à mon prédécesseur, je ne suis guère attentiste. Quand un problème survient, il faut le traiter, non sans réfléchir, je vous l'accorde, toutefois il faut choisir la meilleure façon d'y mettre fin. Le général en chef Gamanek nous a brossé l'avenir dramatique qui nous attend. Personne ne veut la guerre, mais avons-nous réellement le choix ? Non ! Malheureusement, notre peuple se retrouve de nouveau pris en otage par des évènements qui ont lieu sous d'autres cieux. Mais contrairement au passé, cette fois-ci nous avons les moyens de nous défendre.

Il fit une pause, regardant Némak d'un air hésitant. Ce dernier soutint son regard avec fermeté. L'échange fut si bref que personne ne le remarqua.

— En conséquence, je soutiendrai l'intervention, conclut-il sur le ton de celui qui sait qu'il a profondément raison.

D'autres vinrent également argumenter sur l'intervention comme sur la non-intervention. Ils furent également très applaudis. Enfin, le Président proposa de procéder au vote. À la surprise générale, la demande d'intervention l'emporta. Pourtant, c'était la non-intervention qui avait reçu le plus d'applaudissements dans les derniers ménins. Le Président interrogea le général en chef pour savoir s'il avait déjà réfléchi à une stratégie. Ce dernier revint sur le layerr pour lui confirmer qu'un plan avait été proposé en sécuritim. Les opposants les plus récalcitrants à l'intervention firent valoir bruyamment leur profonde indignation en objectant qu'on ne pouvait pas confier l'avenir de leur peuple à une poignée d'hommes belliqueux avec des plans obscurs sans aucune vision politique globale. Ne répondant pas à l'insulte, le général en chef assura l'Assemblée de la confiance de son État-Major dans la sécuritim, qui avait pour objectif la défense de l'intégrité de leur territoire et la sauvegarde de leur peuple. Les partisans de l'intervention reconnurent une sage décision.

— Très bien, général Gamanek, nous approuvons la sécuritim. Néanmoins, pouvez-vous nous dire quand cette fameuse opération pourra-t-elle avoir lieu? demanda cette fois-ci le Président d'un air soucieux comme s'il réfléchissait à un autre problème délicat.

— Très rapidement, répondit le général sur un ton ferme.

— D'accord. Comme votre État-Major, nous vous témoignons notre confiance afin de régler cette situation. Quelqu'un veut-il ajouter quelque chose ? s'enquit-il.

Personne n'ajouta le moindre mot, dorénavant inutile.

— La séance est donc levée. Que les dieux nous protègent !

L'avenir des Terres Neuves ou plus globalement celui d'Ĕphÿr, leur monde, venait peut-être de se jouer là, chez ce peuple qui avait longtemps vécu dans la servitude et qui n'avait pas du tout l'intention de renouveler une expérience aussi traumatisante.

VI - Une position frileuse

Retrouvailles à Karrmeler

Dolfir avait fait un voyage de retour difficile depuis le ragnak de Torgmer. Il avait pris la route de l'est, tandis que les autres membres du Nemgar avaient pris celle du nord, longeant les *monts Gracieux*, pour Wolmer, et celle du sud, contournant les *Hautes Lames*, pour Malïrr. À peine Dolfir fut-il arrivé à la frontière entre le territoire des Irhyns et celui des Karus, au passage du *Bras Ami*, là où la traversée du *fleuve Vertueux* était plus aisée, qu'une pluie diluvienne s'abattit sur lui, rendant impossible son franchissement pendant plusieurs jours. Il dut chercher refuge dans une auberge des environs et attendre avec impatience l'éclaircie qui survint trois jours plus tard. Il avait hâte de rentrer chez lui pour être auprès de sa famille en ces temps qui s'annonçaient incertains.

Environ trois semas après son départ, sa famille le revit avec soulagement; elle avait été très inquiète. Ses cinq enfants, surtout les deux garçons, lui posèrent de nombreuses questions sur le territoire des Irhyns. On ne connaissait pas grand-chose de ce peuple qui s'aventurait peu sur les autres terres de la Fédération bien qu'il fut à l'initiative de sa création. Au repas du soir, les enfants demandèrent à leur père de leur conter une fois encore l'histoire des Terres Libres et de leur plus grand héros, c'était un rituel dont il ne se lassait pas après chaque voyage. Ils mangèrent dans la bonne humeur riant et plaisantant et après le repas, ils s'installèrent tous confortablement au salon, enlacés sur les sofas et fauteuils respirant le bonheur familial.

Une fois bien calé dans son siège, Dolfir prit une grande inspiration et commença d'une voix mystérieuse :

— Il y a très longtemps sur notre terre, appelée alors les Terres Blanches, vivaient quatre peuples : Les Szakirs, habitaient au nord, Les Karus, notre peuple, à l'est, les Heldans au sud et les Irhyns à l'ouest. Tous partageaient le don pour la navigation et vénéraient les divinités de la forêt et de la mer.

Il contait merveilleusement. Ses enfants étaient toujours fascinés par l'histoire de leurs ancêtres ; c'était comme une histoire magique. À la fin de sa narration, il poussa un long soupir de satisfaction, profitant de ce moment de félicité.

Il conclut son récit comme à son habitude.

— Retenez-bien les enfants que sans le combat de Melveir, le juste, jamais je n'aurais pu épouser votre mère et vous ne seriez pas nés ! Et depuis, votre mère et moi nous vivons heureux avec nos cinq garnements. Allez au lit maintenant !

Après les embrassades, Chlaryde, son épouse, emmena les enfants pour les coucher. Dolfir arrêtait toujours son histoire à cette fin heureuse pour ses enfants. Mais, aujourd'hui, il était en proie au doute. Et si *Lëhama* n'avait été qu'un éclair ? La paix n'avait-elle duré que dix-sept lanns avant une nouvelle guerre ? Impossible ! Cependant, le monde semblait en attente de quelque chose. Les évènements récents sur les Terres Dorées allaient-ils bouleverser une nouvelle fois Ěphÿr ? Quel avenir les attendait tous ? se demandait-il avec anxiété. Torgmer ne pouvait pas avoir raison en pensant que la clef de l'avenir des Terres Libres et du reste du monde se trouvait entre les mains des Sarkinis, cette secte d'adorateurs d'un Dieu impitoyable ! Son collègue avait dû envoyer sa demande de convocation pour une tenue anticipée de l'Assemblée des Représentants. Dolfir espérait que Torgmer était trop alarmiste et qu'il avait tort.

*

Prévue pour la misa de *Lër*, l'Assemblée avait été avancée sur décision du Nemgar. Comme les autres membres, Torgmer s'était dépêché de rejoindre Karrmeler, là où elle se tenait toutes les lanns depuis la création de la Fédération des Terres Libres. Karrmeler était la plus ancienne cité des Terres Libres. Elle avait été construite par les Heldans durant le temps de la *Grande Vision*.

Elle était également l'un des principaux ports des Terres Libres avec *Rayymer* d'où partaient les bateaux en expédition. Quand ils avaient découvert les Terres Rouges, les Heldans avaient agrandi le port, ils avaient aussi construit de nombreux bâtiments, toujours en bois, servant à leur commerce et pour les maisons aux alentours. Puis, ils firent venir les spécialistes de la construction en pierre, les Bäturs des Terres Dorées. Ces derniers édifièrent une cité avec des remparts : Karrmeler. C'était une merveille pour tous les habitants des Terres Blanches (actuelles Terres Libres), qui n'avaient guère eu la possibilité de voir d'autres cités. Grâce aux richesses provenant surtout des Terres Rouges, les Heldans y avaient construit des demeures de plus en plus luxueuses. Leur mode de vie avait aussi considérablement changé : ils avaient adopté des vêtements fabriqués dans des tissus précieux, ils avaient arboré progressivement une quantité impressionnante de bijoux inestimables (en or, pierres et perles précieuses) et ils commençaient à se sentir supérieurs, car ils se faisaient servir par des esclaves ramenés soit des Terres Rouges soit des Terres Noires ; l'oisiveté devenant leur quotidien. Pendant ce temps, la population de la cité avait grandi de façon importante. Par conséquent, il fallut créer des charges pour gérer cette multitude. Peu à peu, une caste de riches Heldans apparut, qui s'octroya des privilèges et nomma des conseillers pour tenir le peuple à sa place pendant qu'ils s'adonnaient à toutes sortes de plaisirs : c'étaient les Ërers.

Ces derniers avaient fait de Karrmeler la plus belle cité et la plus prospère des Terres Libres. Ses remparts crénelés et majestueux, réalisés dans une pierre blanche laiteuse qu'on trouvait au cœur des forêts, dominaient les alentours. Les zones forestières avaient considérablement reculé au cours des lannas au profit de plaines et de paysages miniers. Le quartier du port demeurait au bord de la mer, à plusieurs *mabapés* de la magnifique cité afin de ne pas en abaisser son prestige. Quand on passait la Grande porte de fer, savant mélange de travail entre l'art des Harkinis, spécialistes du métal, et celui des Nésenets, fabuleux artistes, on arrivait dans une petite enceinte pouvant contenir l'ennemi en cas d'attaque; deux garnisons placées de chaque côté de ce périmètre gardaient l'unique entrée de la cité.

Puis, on devait franchir de nouveau une petite porte et après les dédales de rues des quartiers populaires et commerçants assez propres, on débouchait sur une vaste place de marché avec ses échoppes multicolores et au centre une magnifique fontaine en pierre blanche translucide gardée par une statue de femme. Elle était drapée dans une robe moulante, portait délicatement sur son épaule droite un récipient d'où jaillissait l'eau servant à remplir les différents bassins agencés en cascade. Derrière, on avait érigé un petit temple. Au second niveau de la cité, construite en hauteur par manque de place, on trouvait des jardins publics, des bains, une bibliothèque et des bâtiments dédiés aux spectacles publics offerts par les riches habitants; ces derniers s'en réservaient l'usage exclusif à partir du coucher du soleil. Enfin, il y avait la Place blanche avec ses nombreuses statues magnifiques démontrant une variété artistique. C'est là qu'on annonçait les nouvelles importantes concernant la cité; elle avait été aménagée au sein de résidences stylées, de jardins, du Grand temple et du *Parmen*. Et derrière celui-ci, les demeures les plus riches s'étalaient à l'abri des regards. Karrmeler était également la plus grande cité des Terres Libres, même Rayymer, la plus grande cité des Karus, ne pouvait pas rivaliser avec elle; les Szakirs et les Irhyns n'en possédaient pas de cette taille. C'est la raison pour laquelle elle accueillait avec fierté la réunion annuelle de l'Assemblée des Représentants dont le bâtiment datait de la création de la Fédération. Elle était en conséquence la capitale des Terres Libres.

La Fédération des Terres Libres, née de la volonté de mettre fin non seulement aux guerres, mais également à l'arbitraire pour les peuples, se dota d'un organe législatif pour assurer la sécurité et le bien-être de tous ses habitants. Des valeurs comme l'égalité entre les Êtres, l'interdiction de pratiquer l'esclavage et d'exploiter d'autres peuples étaient une avancée révolutionnaire sur Ěphÿr et devait leur éviter de nouvelles guerres. Ces principes pleins de bon sens furent repris par les habitants des Terres Neuves tandis qu'ils furent rejetés par les rois des Terres Dorées et adoptés uniquement par certains peuples des Terres Noires. Pour obtenir une société plus juste, tous les Êtres devaient avoir, selon la Fédération, les mêmes droits.

Compte tenu du nombre important de la population de toutes les Terres Libres, il était impossible de faire siéger tout le monde dans une assemblée. Alors, dans une savante construction d'un système d'élections pyramidales, on avait abouti à une Assemblée de Représentants composée de cent vingt membres. Et pour être certain que cette Assemblée représentait bien tous les habitants, elle intégrait des quotas par sexe, âge et corps de métiers; il n'existait plus de catégories de privilégiés. Tous ceux qui étaient nés modestes étaient très fiers d'y participer tel Dolfir. En revanche, les anciens Ërers comme Malïrr étaient frustrés de la perte de leurs prérogatives; ils côtoyaient dorénavant les gens modestes. Quant aux anciens guerriers, ils faisaient leur devoir en servant au mieux leur peuple, c'était le cas de Wolmer et de Torgmer qui devaient revoir leurs collègues dès la session d'ouverture.

*

Wolmer séjournait depuis deux jours dans la capitale afin de profiter pleinement de tous ses charmes. Quant à Torgmer, il était arrivé, la veille, avec les autres membres de la délégation des Irhyns et une escorte armée. Ce dernier s'était installé comme chaque lann dans une petite auberge sans prétention. Lui non plus n'était pas en reste, car il était parti rendre visite à une jolie veuve dans les bras desquels il noyait son chagrin.

Torgmer avait fait sa connaissance la deuxième lann où il était venu siéger. Elle était importunée par quelques soldats éméchés. Il s'était interposé, car les milices sécuritaires étaient absentes de cette zone pour une raison inconnue ce jour-là. Elle lui avait été très reconnaissante de l'avoir secourue, elle et son jeune fils. Naturellement, la jeune femme avait proposé à son sauveur un bon repas en gage de remerciement. Elle lui avait communiqué son adresse avec l'heure du dîner. Ce dernier s'était déroulé dans une ambiance singulière, car, ne se connaissant pas, ils n'avaient pas vraiment de sujet de conversation; heureusement, les questions de l'enfant avaient meublé le silence entre les deux adultes. Fasciné, le petit garçon écoutait le guerrier décrire son territoire ainsi que ses coutumes. À la fin du dîner, la mère avait envoyé son fils se coucher.

Torgmer avait attendu plusieurs ménins par pure politesse avant de se lever pour prendre congé. Mais, la jeune femme en avait décidé autrement.

Il revécut la scène. Elle se jeta brusquement contre lui se pressant avec ardeur, montrant ainsi explicitement son désir. Il sentait son corps chaud, féminin, irradier le sien. Puis, elle nicha sa tête sous son menton attendant avec impatience sa réponse. Refusant de succomber, il allait se dégager doucement quand ses narines inhalèrent un parfum délicat, sans doute une essence de fleurs émanant de ses longs cheveux ondulés. Ses sens s'étaient affolés, il avait la sensation d'être enivré. Il n'arrivait plus à penser, son cerveau était engourdi. Il réalisa à cet instant-là qu'il n'avait plus touché une femme depuis une lann entière, précisément depuis la disparition de son épouse bien-aimée. Et personne ne l'attendait à son retour de voyage. Soudain, il sentit le poids de la solitude, et son corps répondit tout naturellement à cette invite sensuelle. Le sentant faiblir, elle l'entraîna fermement par le bras à l'étage. La pièce était confortable et meublée avec un lit robuste, une commode d'un bel ouvrage sur laquelle trônait un charmant miroir, une chaise et un coffre assortis. Le sol était très propre. La jeune femme ferma la porte avec la clef qu'elle posa sur la table et revint vers lui. Elle commença à se dévêtir à quelques pas de lui de façon érotique en le regardant droit dans les yeux, dégageant sa robe pour s'exposer dans une simple chemise blanche ouverte sur une poitrine laiteuse. Sans réaction de sa part, elle décida de s'approcher pour le déshabiller : d'abord sa veste, ensuite sa chemise. Il se retrouva rapidement torse nu. Elle caressa alors doucement sa poitrine en traçant des motifs imaginaires, puis repassa sur la même zone avec ses lèvres aussi douces que des pétales de fleurs. Percevant un frémissement dans le corps du guerrier, la séductrice continua en le léchant du bout de la langue avec une lenteur étudiée du haut du torse en descendant progressivement jusqu'à la limite de son pantalon. De temps en temps, elle mordillait à son gré également de petits morceaux de chair, et ses longs cheveux, défaits à la hâte, le caressaient également lui procurant des frissons délicieux. Torgmer sentait son corps s'éveiller peu à peu d'un long sommeil.

Puis, elle se releva pour lui saisir les mains. Elle les plaça directement sur sa poitrine généreuse en les pétrissant sans ménagement ; une chaleur intense se répandit dans tout le corps du guerrier telle une lame de fond qui balayait une digue. Il captura alors son visage de ses deux mains puissantes et se mit à embrasser sa bouche offerte à en perdre haleine. Il avait l'impression d'avoir été assoiffé pendant une éternité au moins. Son corps renaissait enfin au désir. Ce n'était pas une simple réponse mécanique, c'était une sensation provenant du fond de son être. Il finit de la dévêtir. Les yeux de la séductrice le contemplaient avec avidité. Il se débarrassa de son dernier vêtement à une vitesse prodigieuse et porta ensuite la jeune femme nue sur le lit. Là, il la couvrit, à son tour, de baisers et de caresses sensuelles. Elle gémissait de plaisir. Et cette musique plaisante augmentait son désir. La jeune femme essaya de le plaquer contre elle pour qu'il mît fin à cette torture ; il résista encore voulant savourer pleinement son plaisir, mais, cela ne dura pas plus de quelques ménins. Ne réussissant plus à se retenir, Torgmer écarta alors avec douceur les jambes de sa partenaire, se plaçant juste au seuil de son intimité. Il tenait des jambes douces et rondes, bien différentes de celles de son épouse défunte. Déstabilisé par un passé révolu, il hésita aux portes de l'extase. Percevant cette petite indécision, la jeune femme souleva doucement la tête avec un regard d'interrogation. Il reprit alors là où il s'était arrêté, décidé à profiter de cet instant merveilleux comme il n'en avait pas vécu depuis bien longtemps. Il caressa l'intérieur des cuisses de sa partenaire qui se remit à gémir de plaisir. Puis, il toucha délicatement son intimité et l'explora de plus en plus profondément, amplifiant ses soupirs, qu'il cueillait de sa bouche, leur souffle s'emmêlant, les empêchant de respirer. Les misas d'abstinence eurent alors raison de sa maîtrise, il se redressa brusquement pour s'enfoncer en elle. La sentant toute chaude, il s'enfonça encore plus profondément. Et instinctivement, leurs corps commencèrent à effectuer ensemble une danse timide, puis ils s'enhardirent en bougeant de plus en plus vite, enfin ils arrivèrent à un rythme effréné sans aucune retenue, haletant et gémissant ensemble, se griffant et se tirant les cheveux, cherchant à soulager leurs deux corps.

Puis, quand il eut l'impression qu'il pourrait mourir si la tension extrême ne disparaissait pas, il sentit une longue jouissance apaiser enfin ses sens à vif depuis qu'elle l'avait touché près de la porte. Ils s'affalèrent ensemble sur le lit. Ils recommencèrent à faire l'amour deux autres fois cette nuit-là. Il prit soin à chaque fois de lui donner autant de plaisir qu'elle lui en donnait, habitué à le faire avec son épouse défunte et aussi parce que sur son territoire, une femme insatisfaite allait tout simplement voir ailleurs, c'était son droit le plus strict même si elle avait un époux.

Il était revenu chaque soir durant toute la session de l'Assemblée, en laissant son fidèle compagnon à l'auberge. Puis, à la clôture de la session, il était allé lui dire au revoir. Ils avaient échangé un long baiser d'adieu sans aucun mot, sans aucune promesse. Et il était parti.

C'était la troisième lann consécutive que Torgmer passait chez la veuve pendant une session de l'Assemblée. Ils venaient de faire l'amour. La jeune femme était agréable à regarder avec un petit charme qui faisait son effet. Par ailleurs, elle était d'une humeur facile et surtout elle était généreuse quand ils faisaient l'amour ; elle se donnait entièrement. Il l'appréciait pour cela. Il sentit son regard insistant le fixer. Il lui demanda :

— Qu'est-ce qu'il y a, Maynis ?

Il était surpris par son silence rare, car elle essayait toujours de le distraire en lui racontant la vie de la cité quand ils avaient terminé leurs ébats. Sans vraiment en parler, il avait compris qu'elle n'avait point aimé son mari mort et, elle, qu'il avait profondément aimé son épouse défunte.

Elle posa timidement une question :

— Pourquoi tu ne t'installerais pas ici pendant la durée de ton séjour au lieu de rester dans ton auberge ? Cela t'éviterait des va-et-vient éreintants et nous pourrions nous voir plus longtemps, donc nous ferions beaucoup plus l'amour. Qu'en dis-tu ?

Tout en parlant, elle avait commencé à lui caresser la poitrine, puis sa main descendait de plus en plus bas vers…

— N'as-tu pas peur des ragots ? questionna-t-il d'une voix étonnée en interrompant son geste sans réfléchir.

— Non. Tu sais, en plus, je suis certaine que beaucoup de gens savent qu'un grand guerrier me rend visite le soir très très tard dans ma chambre pour me faire subir toutes sortes de tortures inavouables, affirma-t-elle en riant aux éclats tout en se plaçant à califourchon sur lui.

Là, brusquement, elle commença à frotter lascivement son corps contre le sien en le regardant avec ses yeux étirés sous l'emprise du désir. Il la regarda, dans la lueur du matin, pleine d'assurance, sa chevelure noire ondulée et ses yeux bleu-gris tout en contraste avec une peau albâtre. Ne tenant plus à cette invite sensuelle, il la renversa sur le dos et la pénétra sans autres formes de préliminaires, car il l'avait sentie aussi excitée que lui. Il bougeait rapidement d'avant en arrière. Elle lui caressait les épaules tout en essayant d'étancher sa soif de lui en l'embrassant avec gourmandise. Ne pouvant plus se retenir, il laissa libre cours à son plaisir tout comme la jeune femme. Une fois ses sens comblés, il couvrit son corps du sien. Quelques instants plus tard, avant de s'endormir, il lui murmura à l'oreille :

— Oui, tu as tout à fait raison. Je ferai porter mes affaires dès aujourd'hui.

Et, il ferma les yeux, épuisé, la serrant tout contre lui.

Une décision pragmatique

Il faisait jour depuis au moins deux nars lorsque Torgmer arriva à son auberge. Avec surprise, il vit Wolmer, déjà attablé, qui prenait un repas solide. Ce dernier le regarda avec un petit sourire moqueur :

— Je vois qu'on a passé une bonne nuit. Je devrais peut-être me trouver une jolie veuve, moi aussi, siffla-t-il d'un ton goguenard.

— Si tu veux conserver tes parties viriles, je te conseille d'oublier tout de suite ce genre d'idée. Je serai très peiné d'apprendre ton soudain malheur, connaissant ton épouse, nargua-t-il ostensiblement.

— Bon. Je n'ai pas fait trop de bêtises cette fois. Tu vois, je suis déjà en pleine forme.

Ils mangèrent en se racontant les dernières nouvelles, car Torgmer était absent à l'arrivée de Wolmer. Le premier annonça au second son déménagement en fin de journée chez sa jolie veuve. Son ami lui dit combien il était content, qu'il fallait profiter de la vie, car les jours de malheur arrivaient à grands pas, et par-dessus tout, que sa défunte épouse aurait voulu le voir heureux. Torgmer ne savait pas s'il l'était véritablement, néanmoins il avait arrêté de souffrir, c'était déjà un bon début. Les deux hommes finirent leur repas en silence, et une fois rassasiés, ils partirent pour l'Assemblée des Représentants. Les chevaux étant interdits dans cette partie de la cité pour la conserver propre, ils devaient soit emprunter les litières publiques (on pouvait les louer au nar, au jour, à la sema ou à la misa) soit marcher. Les deux hommes n'aimaient pas se pavaner comme des riches, toutefois ils étaient obligés de choisir la première solution, le chemin était vraiment trop long pour être effectué à pied à moins d'accepter d'arriver à destination en sueur. Les deux amis avaient donc adapté leur tenue : ils avaient échangé leurs vêtements de combattants au profit d'habits d'apparat, ressemblant de cette façon aux autres participants.

Ils arrivèrent devant le Parmen. On voyait déjà nombre de litières avec leurs porteurs assis sur les marches.

Ces derniers y restaient toute la journée, car ils ne savaient pas à quelle heure leur client partirait. C'était un travail incontestablement ingrat, mais qui rapportait parfois beaucoup ; les deux amis les rétribuaient très généreusement. L'Assemblée des Représentants se tenait dans un grand édifice magnifique comprenant deux parties : l'une rectangulaire, l'autre ronde. On avait confié sa construction à des ouvriers spécialisés, des Batürs. Des pierres, les mêmes que celles utilisées pour les statues décorant la Place blanche, s'assemblaient dans une harmonie et une impression de légèreté. Torgmer et Wolmer en montèrent les marches jusqu'à l'entrée gardée par une troupe de soldats. Là, ils traversèrent la salle rectangulaire pas très longue servant pour des discussions en aparté lors des pauses, décorée de bancs blancs polis tout simples en pierre, puis débouchèrent enfin dans l'immense salle ronde. Des gradins, toujours dans la pierre de couleur laiteuse, étaient disposés sur cinq niveaux ; des allées les entrecoupaient pour faciliter la circulation des participants ; et au centre, on avait aménagé un grand espace pour les orateurs. Ils devaient descendre afin d'argumenter ou de contre-argumenter à tour de rôle, évitant ainsi tout incident physique. On appelait cet espace le *parlen*.

Le doyen ouvrait toujours la session de l'Assemblée. Ce dernier prit la parole d'un ton solennel :

— Chères Représentantes, chers Représentants, nous nous réunissons plus tôt que prévu, à la demande du Nemgar, pour débattre d'une situation extrêmement grave. Comme il y a cinq lanns, une nouvelle famille royale a été décapitée par les Sarkinis sur les Terres Dorées, je ne vous apprends rien. Et je pense que nous sommes tous d'accord pour condamner un comportement si barbare, intolérable et injuste ! Mais, au-delà de notre condamnation, devons-nous ou ne devons-nous pas intervenir ? Afin de prendre notre décision, nous entendrons pendant deux jours ceux qui sont favorables et ceux qui sont défavorables, puis nous passerons au vote le troisième jour. Je laisse sans tarder maintenant la place au premier inscrit de la liste. Concernant les sessions urgentes, on procédait de la façon suivante : les débats duraient uniquement trois jours.

Pour faire une intervention orale, il fallait, au tout début de la séance, s'inscrire sur une liste. Chaque orateur disposait d'un quart de nar maximum pour s'exprimer à tour de rôle. Un orateur pouvait exposer plusieurs fois son point de vue en deux jours si d'autres membres de l'Assemblée ne s'exprimaient pas. Le troisième jour, deux chefs de point de vue opposés s'affrontaient et chaque camp pouvait poser des questions supplémentaires auxquelles ces derniers devaient répondre. Puis, le vote clôturait la session de l'Assemblée. Parfois, il y avait une session complémentaire trois jours après cette première clôture, dans laquelle on entendait soit les témoignages soit les plaidoyers d'invités. À l'issue de cet unique jour, on organisait un nouveau vote, toujours à la majorité, confortant ou récusant la décision précédente. Le décompte des voix se faisait, dans les deux cas, à main levée par le doyen assisté du plus jeune membre. La décision devenait de cette manière définitive.

*

Les interventions commencèrent. Les orateurs se relayaient dans le parlen. Les avis favorables de même que les avis défavorables se succédaient. L'Assemblée semblait assez partagée à ce moment. Torgmer nota que les orateurs aisés semblaient plus enclins à ne pas intervenir. L'argument principal contre l'intervention était de conserver une économie à peine remise des conséquences de la guerre vécue dix-sept lanns plus tôt; les plus convaincus de l'intervention avaient la certitude de devoir subir une attaque prochaine des Sarkinis. Aux différentes pauses de la journée, on vit des regroupements dans la petite salle rectangulaire. Une légère collation et des rafraîchissements étaient servis avec parcimonie pour éviter aux membres de s'endormir après un repas copieux.

Le deuxième jour fut une répétition de la veille, toujours le même rapport de force, un léger avantage tout de même pour les partisans de la non-intervention. Le matin du troisième jour, dans la petite salle, on désigna rapidement les deux orateurs devant représenter chaque camp. À l'ouverture de la séance, Torgmer ne fut pas surpris de voir que le champion pour défendre la non-intervention n'était autre que Malïrr; apparemment il jouissait d'une grande considération à Karrmeler.

Quant à son camp, celui des partisans de l'intervention, on l'avait désigné pour deux raisons : la première, c'était lui qui avait convoqué le Nemgar et la deuxième, c'était un guerrier, on avait besoin de ses compétences militaires pour convaincre. Malïrr s'avança au centre du parlen. Il était vêtu d'une tenue extrêmement luxueuse : un pantalon serré, de couleur crème, dont le tissu était plus fin que celui qu'il avait porté le jour de leur première rencontre, une chemise bleu-gris assortie à ses yeux et un fin manteau doré ajusté à la taille qui laissait percevoir son corps svelte. Le vêtement assez long n'était pas bordé de fourrure comme la fois précédente, mais incrusté de pierres précieuses qui brillaient de mille feux; des souliers stylés coordonnés à son manteau complétaient la touche finale.

Il prit une posture élégante avant de prendre la parole. Sa prestance en imposait avant même qu'il n'ait ouvert la bouche. Il commença d'un ton assuré :

— Chères Représentantes, chers Représentants, c'est un honneur pour moi, en dépit de mon manque d'expérience, de prendre la parole aujourd'hui devant vous pour défendre les opposants à une intervention sur les Terres Dorées. Pour cela, nous avançons deux arguments majeurs. Le premier est la responsabilité des rois des Terres Dorées. Ils connaissaient le fanatisme religieux des Fils de l'*Invisible*. Ils ont pactisé avec eux. Puis, quand ils se sont rendu compte de leur erreur, ils n'ont pas pris les mesures radicales qui s'imposaient. Ils ont manqué de courage en n'y mettant pas fin immédiatement. Et c'est ce manque de courage de leur part que nous devrions payer aujourd'hui? s'étonna-t-il, en haussant le ton avec une mine faussement outragée en prononçant les derniers mots.

Puis, il bougea la tête avec l'arrogance qui le caractérisait, ce qui eut pour effet de faire voleter sa chevelure blonde aux reflets étonnants. Torgmer voyait la salle suspendue à ses lèvres. Il était manifestement en train d'emporter de nombreuses adhésions.

Ensuite, il reprit d'un ton dur :

— Non, mes frères et mes sœurs! Nous ne paierons pas l'addition de leur égarement. Par conséquent, nous ne risquerons pas la vie de nos pères, de nos oncles, de nos frères, de nos cousins, de nos fils et de nos amis. Nous disons non !

Enfin, il conclut en changeant à nouveau de ton, utilisant une voix pessimiste :

— Le deuxième argument que nous avançons est l'état pitoyable de notre armée. Cela fait dix-sept lanns que notre armée n'a fait aucune guerre. Malgré un maintien d'une force minimale, nous devons faire face à de jeunes recrues inexpérimentées et de vieux soldats, ici présents, sans nommer personne, qui ne sont plus en bonne condition physique pour affronter les Sarkinis, qui selon les rumeurs, possèdent une armée de plus de dix mille hommes. Nous sommes donc contre toute intervention face aux Sarkinis !

À la fin de son discours, Malïrr fut longuement applaudi. Néanmoins, il dut essuyer plusieurs questions du camp adverse. Il s'en sortit plus que bien et put repartir s'asseoir à sa place. Le doyen invita l'autre camp à envoyer son champion. Torgmer se leva avec une petite appréhension tant l'intervention de Malïrr avait été remarquable. Wolmer, assis à ses côtés, lui fit un petit signe d'encouragement de la tête. Il rejoignit donc à son tour le parlen.

Torgmer savait qu'il ne pouvait pas rivaliser en tenue avec les plus riches de l'Assemblée, aussi avait-il revêtu un ensemble mixte. En bas, il avait revêtu un pantalon de combat dont les bouts rentraient dans des bottes souples rehaussées de lanières fines, le tout en cuir marron. En haut, des motifs inconnus ressortaient d'une étonnante chemise blanche assortie à une veste courte à col relevé d'un vert rappelant les forêts de son territoire et ornementée de boutons argentés ; ajustée à la taille, elle faisait ressortir sa carrure musclée. Enfin, une grosse ceinture avec une énorme boucle en fer sur laquelle on apercevait les mêmes motifs inconnus complétait sa tenue. Nulle dague n'ornait sa taille, car toutes les armes étaient interdites dans l'enceinte du bâtiment. En général, les membres les laissaient à l'intérieur de leurs litières, sachant que des soldats postés à l'extérieur les protégeaient.

Torgmer avait également fière allure dans sa tenue atypique

en ces lieux, car elle accentuait son côté de dangereux guerrier. Il prit une longue inspiration avant d'exprimer d'une voix assurée :

— Chères Représentantes, chers Représentants, c'est la troisième lann que je siège parmi vous. D'habitude, nous gérons le développement des Terres Libres. Aujourd'hui, l'heure est grave. Le développement peut attendre tandis que la sécurité de nos terres et de nos familles, elle, est prioritaire. Je prends ainsi la parole au nom des partisans de l'intervention sur les Terres Dorées ; ce qui s'y passe n'est malheureusement que le début. Nous devons agir maintenant, prendre des mesures pour assurer notre sécurité, seulement pas de façon provisoire, mais de façon définitive !

Il s'arrêta quelques instants pour reprendre son souffle :

— Je vous exposerai deux arguments. Le premier est une stratégie militaire ouverte. Nous considérons tous les peuples des Terres Dorées comme nos ennemis, seulement un vieil adage dit : « les ennemis de mes ennemis sont mes amis ». Nous devrions à mon avis voir prochainement la délégation des rois des Terres Dorées ; si c'était le cas, il faudrait absolument les soutenir contre les Sarkinis. Le deuxième argument que j'avancerai concerne les valeurs que défendait Melveir, le juste. Je vous rappelle certaines de ses paroles « Même si la bataille n'a pas lieu chez vous, la guerre s'invite où elle veut ; il est alors de votre devoir d'agir justement ». Ne soyez ni sourds ni aveugles, mes sœurs, mes frères ! Ne vous accrochez pas à vos illusions ! Je vous le confirme, et je le fais en mesurant profondément mes paroles, la fin de *La Lumière foudroyante* ne nous a pas amené *L'Esprit clairvoyant*, comme vous le pensez, parce que notre société est devenue moins arbitraire et plus égalitaire. Ne vous leurrez pas, Ěphÿr est déjà entré dans le temps du *Grand chaos*, que vous le vouliez ou pas, cela ne dépend plus de vous ! En revanche, vous pouvez décider d'inverser cette donne, ici et maintenant, en décidant d'intervenir résolument !

Comme Malïrr quelques ménins plus tôt, Torgmer fut également applaudi longuement. L'argument sur Melveir avait touché plusieurs membres. Il dut essuyer plusieurs questions du camp opposé, il ne s'en sortit pas trop mal. Enfin, il alla récupérer sa place.

Le doyen reprit la parole d'une voix solennelle :

— Nous allons procéder au vote sans plus tarder. Ceux et celles qui sont pour, levez la main. Ceux et celles qui sont contre, levez la main. Ceux qui s'abstiennent, levez la main.

Assisté du benjamin de l'Assemblée, le doyen fit le décompte des voix. Puis, il annonça toujours solennellement :

— Représentantes, Représentants, les vainqueurs sont les opposants à l'intervention. Nous validons cette décision en clôturant la première session. En effet, nous aurons une session complémentaire, car nous avons reçu ce matin deux missives annonçant l'arrivée de deux délégations des Terres Dorées : celle des rois, mais aussi celle des Fils de l'*Invisible* ! Elles souhaitent toutes les deux être entendues par notre Assemblée. Nous nous réunirons donc à nouveau dans trois jours !

À l'instar des autres membres, Torgmer était très surpris de la venue des Sarkinis. La délégation des rois pouvait encore modifier la décision des Représentants tandis que celle des Sarkinis pouvait la renforcer. Il se dit que la partie allait être très difficile à remporter. Tout n'était-il pas déjà perdu ? Il fallait garder espoir. Wolmer et lui se quittèrent au pied des marches. Son ami repartit à leur auberge habituelle tandis que lui retourna chez Maynis.

Quand Torgmer arriva chez la jeune femme, il était très tard. Elle l'accueillait toujours avec prévenance. Elle lui avait fait préparer un bain dans lequel il se plongea avec délice. Cependant, elle ne le laissa pas longtemps tout seul. Elle passa la porte de la pièce d'eau dans laquelle il se trouvait. Elle se plaça derrière lui pour lui masser doucement les épaules afin de le débarrasser de toute la tension accumulée pendant la journée. Son corps se détendait peu à peu, puis le désir vint soudainement.

Torgmer se leva brusquement de son bain, se sécha à peine,

enroula une grande serviette épaisse autour de sa taille et entraîna Maynis rapidement dans sa chambre. Là, il lui fit l'amour délicatement et lentement, la remerciant ainsi de prendre aussi bien soin de lui. Depuis quelque temps, il se doutait des sentiments de la jeune femme à son égard : elle était tombée amoureuse de lui. Pourtant, il ne savait toujours pas ce qu'elle représentait pour lui : des bras aimants pour oublier son épouse défunte ou un futur qu'il pourrait construire avec elle ? En outre, il aimait beaucoup son fils, un enfant attachant. Parfois, il le regardait discrètement ; il lui faisait penser à son plus jeune fils décédé. Aussi, il décida de profiter de ces trois jours d'oisiveté pour passer plus de temps en leur présence.

Une confirmation logique

Pendant trois jours de bonheur « familial », la maisonnée de la jeune femme avait résonné de rires qu'il n'entendait plus chez lui, dans son ragnak. Torgmer se rendit de nouveau au Parmen pour la session supplémentaire. Avant, il passa prendre Wolmer à son auberge, car il n'avait pas eu le loisir de le voir durant cette période. En entrant, il vit que la salle était déjà bien bondée pour le matin. Avec tout ce monde inhabituel, elle perdait ce qui faisait son charme, son côté convivial. Les tables débordaient de victuailles et il ne restait guère de bancs libres. Grâce à sa haute taille, il aperçut son ami au fond de la salle. Il se fraya un passage en bousculant par inadvertance quelques personnes avant d'arriver à sa hauteur.

— Je vois que tu te portes comme un charme. Tu as dû faire beaucoup d'exercices ces derniers jours ? dit Wolmer d'une voix forte en guise de bienvenue.

Contrairement à son habitude, Wolmer fit semblant de ne pas voir le bonheur qui irradiait le visage de son ami. Torgmer s'était rendu compte ce matin qu'il n'arrivait pas à se départir d'un sourire béat, qui à son avis, le faisait paraître totalement idiot. Il fut étonné de la discrétion de Wolmer qui haussa juste les sourcils, accompagné d'un sourire en coin en le regardant s'attabler.

— Oui, ça va. Je te remercie, en répondant avec hésitation ne sachant quelle attitude adopter. Était-il sérieux ou faisait-il allusion à ces nuits de passion qu'il supposait à juste titre ? Il décida de ne pas relever le sous-entendu.

— Et toi-même ? Ton épouse a-t-elle des raisons de s'inquiéter ? s'enquit Torgmer avec un petit sourire moqueur.

— Non, répondit-il sur un ton ennuyé en penchant son visage vers son assiette.

Il ajouta :

— Je n'ai fait que boire quelques pintes de leur spécialité locale en faisant la tournée de quelques tavernes avec les nôtres. J'avais quelques chaperons avec moi pour me garder sur le droit chemin.

Il devait parler de la délégation du pays des Szakirs. Parmi ses trente membres, certains faisaient partie de la famille de l'épouse de Wolmer.

— Mon ami, je compatis à ton triste sort, affirma-t-il d'une voix contrite tandis que ses yeux bleu cobalt rieurs exprimaient le contraire.

— C'est ce que je vois.

— Allons, mon ami, ne fais pas la tête par cette si belle journée !

Puis, regardant autour de lui, il demanda soudainement à son compagnon :

— Il y a beaucoup de monde aujourd'hui. Que se passe-t-il ?

— Les délégations des Terres Dorées sont arrivées, il y a deux jours.

— Quel rapport avec tout ce monde en désignant les clients attablés, serrés les uns contre les autres ?

— Figure-toi que la délégation des rois a peur d'être attaquée par celle des Sarkinis. Elle a donc offert une très grosse somme d'argent à deux auberges voisines, tu sais celles qui se situent plus haut, celles qui donnent sur la place de la fontaine…

— Et ? dit Torgmer qui ne comprenait toujours pas.

— Eh ben, ils ont demandé à leurs clients déjà présents de plier bagage et de trouver une autre auberge. Non, mais quel culot ! Nous avons bien fait de ne jamais y mettre les pieds ! conclut-il énervé en tapant du poing sur la table pour montrer son indignation.

Torgmer trouvait la façon de faire d'une grande impolitesse ; cependant, dans cette cité, ce qui comptait était encore les richesses, toujours les richesses. Il se demandait comment la délégation pourrait convaincre les opposants de se battre quand beaucoup étaient attachés à des choses aussi futiles que leur argent.

— Bon, ce n'est pas tout, il faut y aller !

Ils se levèrent et sortirent de la salle. Après avoir attendu plus que d'habitude pour trouver une litière, ils arrivèrent au Parmen.

*

Dans la petite salle du bâtiment, Torgmer constata que beaucoup de ses pairs étaient déjà arrivés. On remarquait déjà deux clans distincts entre les partisans et les opposants à une intervention sur les Terres Dorées. Il y avait également les membres des deux délégations qui s'observaient avec une grande animosité. La session fut annoncée. Tous les Représentants entrèrent dans la grande salle et regagnèrent leur place habituelle. Les deux délégations restèrent près de l'entrée à l'intérieur de la pièce attendant les directives du doyen. Ce dernier annonça d'une voix solennelle :

— Chères Représentantes, chers Représentants, voilà trois jours que nous avons arrêté nos débats en attendant les interventions des deux délégations des Terres Dorées : celle des rois et celle des Fils de l'*Invisible*. Sans plus tarder, je laisse la parole à la première délégation, celle des rois.

Un homme s'avança au milieu du parlen. De taille moyenne, il était habillé plus richement que Malïrr : tout ce qu'il portait respirait le luxe, que ce soit les tissus fins ou les pierres précieuses qui décoraient ses habits parfaitement coupés, et cela jusqu'à ses chaussures. Ses cheveux excessivement noirs, coupés courts, à la base de la nuque, contrastaient avec le hâle doré de sa peau luisante. Ses mains supportaient un nombre incalculable de pierres précieuses. Il prit une légère inspiration et commença d'une voix assurée :

— Très chers Représentants des Terres Libres, commença-t-il en oubliant volontairement de nommer les Représentants de sexe féminin, je me présente, je suis Jemaï, l'émissaire des rois des Tanhoïs et des Batürs, et je parle également au nom du roi des Şadhans. Il y a cinq lanns, le roi des Nésenets est venu vous voir, plein d'espoir, car son ami, le roi des Sahrs avait été décapité avec ses fils. Vous l'avez renvoyé en lui assurant une intervention en cas de faits graves répétés. Il n'aura pas eu le temps de vous solliciter de nouveau : il est mort de façon barbare, lui aussi décapité avec ses jeunes fils.

Il laissa son auditoire méditer ses derniers mots, puis il reprit son discours sur un ton contrit :

— Nous plaidons notre responsabilité dans ces évènements. Avions-nous le choix ? Je vous rappelle qu'il y a dix-sept lanns à peine, les Heldans nous dominaient tous, exceptés vous, les Irhyns, essayant de flatter un soutien déjà acquis à leur cause.

Il s'arrêta quelques dorons avant de poursuivre :

— Lorsque nous avons scellé notre alliance avec les Harkinis, à l'époque, ils n'étaient point les fanatiques d'aujourd'hui. En effet, durant le temps de *Lehamä, La lumière foudroyante*, alors à la recherche d'une aide pour combattre les Heldans, nous nous sommes rapprochés des Fils de l'*Invisible*. Pour quelle raison ? Yazam, la petite citadelle consacrée à l'*Invisible*, au cœur de la cité de Sayâ, avait été l'unique lieu épargné lors de la *Guerre des Deux Terres*. Nous y avons vu un signe. Et lorsque le bruit courut qu'un jeune Hafir avait eu une vision et qu'on nous relata le miracle de la salle du trône, nous nous sommes rangés du côté de la coalition de la *Bannière blanche*. Nous nous sommes ralliés du côté de la justice contre l'oppression, à vos côtés. Était-ce une erreur, très chers Représentants ?

Il marqua un arrêt et promena son regard faussement interrogateur vers ses auditeurs. Puis il continua son plaidoyer :

— Nous reconnaissons avoir promis notre conversion à l'*Invisible* à la suite de la bénédiction de l'armée de la coalition. Nous avons été pragmatiques. En effet, nous avons pensé que cette religion à laquelle nous faisions allégeance pour remporter la victoire était moins un geste de foi qu'un geste politique, voire militaire. Mais, le Soleil Doré est et restera notre seul dieu ! D'ailleurs, nous considérions cette religion depuis des lanns comme une secte et nous n'avions pas mesuré son potentiel d'attraction sur notre nation. Nous comprenons que nous avons pu heurter les Fils de l'*Invisible* par notre manque de parole et nous nous en excusons. Est-ce une raison néanmoins pour nous punir en décapitant nos rois les uns après les autres ? Et que dire de la décapitation d'enfants innocents sous prétexte qu'ils sont la progéniture d'un père ayant manqué à sa parole ?

En entendant des murmures de désapprobation, il fit une pause de quelques dorons, avant de conclure d'une voix dramatique :

— Moi, Jemaï, émissaire des rois des Tanhoïs, des Batürs et des Şadhans, je vous demande à vous, très chers Représentants des Terres Libres de ne pas laisser ces crimes impunis, de vous lever avec nous pour défendre aujourd'hui nos terres, puis demain les vôtres. Retrouvons-nous comme par le passé dans une coalition, cette fois dirigée contre les Sarkinis pour stopper leur Shakkar sur tout Ephÿr ! Ne faites pas confiance aux Sarkinis ! Réagissez pendant que nous le pouvons tous encore ! Je vous remercie de m'avoir écouté.

Il avait prononcé ces dernières phrases d'un ton déchirant. Torgmer regarda autour de lui les réactions de ses pairs, plus d'un semblait avoir été ébranlé. L'espoir renaissait en lui. Il attendait maintenant le passage du deuxième orateur.

*

Par contraste, l'orateur des Fils de *l'Invisible* apparaissait bien modeste. De prime abord, il ressemblait au premier orateur : une taille semblable, la même couleur de peau et de cheveux, le bas du visage laissait toutefois apparaître une barbe drue d'une bonne longueur, accentuant une certaine sagesse. En revanche, contrairement à son prédécesseur, il était habillé plus que sobrement : il avait revêtu un nelaj orange, signe de son appartenance aux Fils de l'*Invisible*, mais très clair. Il s'avança doucement au centre du parlen et commença d'une voix agréable :

— Chers Représentants des Terres Libres, se lança-t-il en oubliant également volontairement de nommer les Représentants de sexe féminin, je suis Lorôn et je parle au nom de notre Sahrfir, notre guide spirituel, interlocuteur privilégié de notre Dieu, *Shê* ou comme vous avez l'habitude de l'appeler, l'*Invisible*. Nous sommes ses fils, c'est pourquoi nous nous nommons les Fils de *l'Invisible*. Nous sommes grandement reconnaissants à l'émissaire des rois pour ce plaidoyer fort touchant, toutefois la réalité est tout autre. Il prétend ici, devant vous, sans aucune vergogne, que nous avons décapité le roi des Sahrs en raison de sa non-conversion. Rien de plus risible. Certes, nous avons été déçus, mais soyons un peu sérieux tout de même ! continua-t-il d'un ton railleur.

Puis, l'émissaire regarda l'assistance d'un air accusateur.

— Les rois des Terres Dorées ont commis plusieurs fautes envers nous. La première fut le manquement à leur parole guidé par un opportunisme politique certain. Ils ont accepté notre soutien, mais refusé notre vision de la société, car elle remettait en cause leur pouvoir sur le peuple. En effet, chers Représentants, tout comme vous, nous prônons l'égalité entre les hommes.

On nota l'absence une nouvelle fois à toute référence à la femme.

— Nous n'acceptons pas de roi, tout comme vous, car notre soumission est totale au Sahrfir et à *l'Invisible*, le véritable et unique Dieu ! Aujourd'hui, les rois reconnaissent avoir mal agi envers nous et s'en excusent. C'est pourquoi nous acceptons leurs excuses uniquement pour cette erreur, mais pas pour les autres.

Il marqua une courte pause avant de poursuivre :

— La deuxième fut la persécution de nos adeptes. Jaloux de la ferveur du peuple envers notre Dieu, nos fidèles ont subi maintes injustices : privation d'exercer certains métiers, arrestations arbitraires, obligation d'abjurer leur foi ; cependant, plus les persécutions augmentaient, plus le nombre de nos croyants devenait important. La troisième fut l'expulsion de nos pratiquants de leurs différents royaumes en les dépouillant de leurs biens, avouant ainsi aux yeux du monde leur faiblesse. Par cet acte odieux, les rois ont créé eux-mêmes la situation critique dans le royaume des Sahrs. En effet, la cité de Sayâ, abritant notre cité sacrée, Yazam, protégée par notre Dieu, était la seule à accueillir nos frères exilés.

Ce monologue avait été déclamé avec une éloquence certaine, insistant sur les valeurs communes entre les Terres

Libres et les Fils de *l'Invisible*. Torgmer pensa que le seul élément qui leur était reproché était la décapitation des enfants, celles des rois pouvant être acceptées. Comment allait-il s'en sortir ?

L'orateur s'était arrêté pour reprendre son souffle :

— Quant à la véritable raison de la décapitation du roi des Sahrs, elle ne tient pas à cette non-conversion comme on essaie de vous le faire croire alors que, je vous rappelle, elle est intervenue douze lanns après la victoire de la *Bannière blanche*. Elle tient plutôt à la tentative sournoise d'assassinat de notre Sahrfir, un crime impardonnable ! dit-il en prononçant les derniers mots tout en pointant un doigt accusateur vers son adversaire. Il laissa l'effet produit agir dans le public pendant quelques instants avant de reprendre d'un air peiné :

— Je sais, vous allez me dire que nous avons décapité aussi les enfants de ces rois. Pourquoi une action aussi extrême ? Nous avons dû nous y résoudre, car les partisans royaux voulaient s'en servir contre nous en levant des armées en leurs noms. Ce fut un acte politique détestable, cependant nécessaire pour garantir notre sécurité. Ne laissez pas ce seul élément nous séparer. Nous avons plus en commun que nos différences ! Aidez-nous à mener notre peuple vers la liberté comme vous l'avez fait jadis pour le vôtre. C'est votre devoir moral de respecter vos valeurs, celles pour lesquelles vous vous êtes battus !

Il avait prononcé ces dernières phrases dans une ferveur plus politique que religieuse, ce qui ébranla définitivement les certitudes des derniers indécis.

Il se tut quelques dorons, avant de conclure d'une voix harmonieuse :

— Voilà, ce que j'avais à vous dire, chers Représentants. Je vous remercie de m'avoir écouté.

*

Le doyen reprit la parole d'une voix forte :

— Y a-t-il des questions avant de passer à la délibération finale ?

— Oui, entendit-on. C'était une voix féminine.

Torgmer tourna la tête pour apercevoir une Représentante Szakir. Elle s'était levée du fond de la salle pour que tous puissent la voir lorsqu'elle prendrait la parole, c'était la coutume lors de la session complémentaire.

Elle était très grande et blonde comme la plupart des gens de son peuple.

— Bonjour, émissaire des Fils de l'*Invisible* ! débuta-t-elle d'une voix polie.

L'émissaire se contenait. On voyait qu'il était mal à l'aise qu'une femme s'adressât ouvertement à lui en public. Sur les Terres Dorées, les femmes n'avaient pas le droit à une parole libre et demeuraient la plupart du temps cloîtrées dans leurs maisons.

— Comment pouvons-nous être certains de ce que vous avancez ? Quelle garantie avons-nous que vous ne déciderez pas de débarquer sur nos côtes un jour prochain ? Pour le Shakkar ? demanda-t-elle sèchement en bougeant à la fois son buste et sa main pour prendre à témoin son auditoire.

Elle avait délibérément utilisé les mots «*prochain*» et «*Shakkar*» pour montrer qu'elle ne leur faisait aucune confiance.

Torgmer observa l'émissaire qui donnait sa réponse.

— Chère Représentante, insista-t-il cette fois-ci sur la terminaison du mot, nous ne sommes qu'une simple communauté religieuse persécutée sans cesse par des rois cruels et cupides. C'est pourquoi nous sommes obligés de nous défendre pour garantir la sécurité de nos adeptes qui nous font confiance, dit-il sur un ton outragé.

Il n'avait pas répondu à la question de la Szakir portant sur le Shakkar.

— Je voudrais savoir Monsieur l'émissaire des Sarkinis si le roi des Sahrs a véritablement tenté d'assassiner le Sahrfir, et de quel crime impardonnable est responsable celui des Nésenets, exigea un Heldan d'un ton réprobateur.

— C'est beaucoup plus compliqué qu'il n'y paraît, lâcha

avec mauvaise humeur l'émissaire des rois, en remuant légèrement la tête dans un mouvement indéchiffrable.

D'autres questions continuèrent à fuser pour les deux émissaires qui essayaient d'y répondre sur le ton le plus convaincant possible.

Alors qu'on s'acheminait vers la fin des interventions, Torgmer posa la question qui lui brûlait les lèvres :

— Comment expliquez-vous qu'une communauté religieuse réussisse à lever une armée de plus de dix mille hommes ? Et que pouvez-vous nous dire également au sujet du Shakkar ? interrogea-t-il d'un ton intéressé.

— Cher Représentant, il ne faut pas croire toutes les rumeurs. Nous avons accueilli un nombre impressionnant de réfugiés suite à leur expulsion des différents royaumes, puis, encore suite à la nomination de notre nouveau Sahrfir. Ce sont ces chiffres, à mon avis, qui circulent pour nous discréditer. De plus, le Shakkar est uniquement une dévotion collective en notre Dieu, rien de plus. Je vous demande de ne pas écouter l'émissaire de ces rois fourbes, répondit-il sur un ton suave.

— Est-ce normal pour des religieux de créer des académies militaires? Pouvez-vous nous expliquer à quelle fin? continua-t-il sur le même ton.

— Comme je vous le disais, cher Représentant, il ne faut pas croire toutes les rumeurs. Nous avons recueilli nombre d'orphelins à qui nous avons donné une instruction tout simplement, rétorqua-t-il d'une voix doucereuse.

Torgmer constata que l'émissaire du Sahrfir excellait en contre-argumentation contrairement à celui des rois.

Le silence se fit finalement. Le doyen demanda s'il n'y avait plus de questions. Personne ne leva la main. Il dit alors d'un ton toujours aussi solennel en se tournant vers les deux émissaires debout sur le côté du parlen :

— Vous pouvez disposer. Nous vous appellerons pour vous faire connaître notre décision, conclut-il en attendant leur sortie avant de se retourner vers ses pairs pour leur dire :

— Chères Représentantes, chers Représentants, vous avez entendu les différentes interventions et les exposés lors de la première session, puis aujourd'hui les plaidoyers des émissaires des Terres Dorées. Nous allons donc procéder au vote final.

Il s'arrêta quelques instants pour le marquer solennellement.

Les Représentants des Terres Libres étaient face à un dilemme : soit ils laissaient les rois ainsi que leurs enfants subir le châtiment barbare que leur réservaient les Fils de l'*Invisible* pour contribuer à la fin de l'oppression de leur peuple, soit ils intervenaient pour aider les rois à combattre l'armée des Fils de *l'Invisible*, les Sarkinis, soutenant ainsi des comportements contraires à leurs valeurs. Le choix de cette dernière option allait alors les entraîner dans une guerre plus meurtrière que la précédente.

— Qui est pour une intervention sur les Terres Dorées ?

À peine un tiers des mains se levèrent, toute la délégation des Irhyns et quelques Szakirs. C'était un échec cuisant pour les partisans de l'intervention !

— Qui est pour une non-intervention sur les Terres Dorées ?

Au moins plus des deux tiers des mains se levèrent. Les opposants avaient gagné. Ces derniers avaient donc été convaincus par l'émissaire du Sahrfir, qui avait davantage argumenté sur leurs ressemblances et sur leur absence de désirs de répandre leur religion hors des Terres Dorées. Les Représentants des Terres Libres s'étaient donc laissé convaincre de leur bon choix, car ils aspiraient profondément à une tranquillité retrouvée après la dernière guerre.

Le doyen continua sur un ton soulagé :

— L'Assemblée confirme la décision de non-intervention sur les Terres Dorées. Je vous rappelle donc que, selon nos textes, il n'y a pas de recours possible.

Torgmer était consterné par cette décision. Il pensait que c'était une erreur monumentale qu'ils n'allaient pas tarder, tous, à payer chèrement. Pourtant, il ne pouvait rien faire, tout comme les autres Représentants qui pensaient comme lui, excepté agir sur son ragnak, ce qu'il avait déjà commencé à faire depuis la fin du Nemgar.

Les Terres Libres avaient donc choisi de ne pas porter secours aux rois des Terres Dorées. L'avenir leur dirait si cette décision avait été judicieuse ou non.

VII - Les tourments du cœur

Un mariage au goût amer

Zoltanör se réveilla. Sa nouvelle épouse était allongée dans le lit tout contre lui. Il la serrait dans un étau, l'empêchant ainsi de bouger. Il se souvint de la nuit passée, sa nuit de jemva. Il avait désiré sa femme comme un fou, jamais il n'avait été dans un état pareil d'excitation juste pour une simple femelle. Qu'avait-elle de si particulier ? Ses autres femmes, sans être de véritables beautés, avaient toutes un certain charme. Et parmi les esclaves sexuelles dont il avait bénéficié depuis sa conversion jusqu'à son premier mariage, certaines étaient très belles. Alors ? Il ne s'expliquait pas cette attirance irrépressible envers la jeune femme. Étaient-ce ses immenses yeux saphir au regard intense, voire magnétique, qui l'attiraient ? Ou cette chevelure blonde de couleur argentée qu'il n'avait encore jamais vue ? Il secoua légèrement la tête en se redressant sur un coude comme s'il voulait se défaire de cette emprise. Il desserra automatiquement son étreinte de fer. Il sentit la jeune femme bouger de façon imperceptible. Elle n'avait sans doute guère envie de lui montrer qu'elle était éveillée, redoutant qu'il n'abusât à nouveau d'elle. Zoltanör n'était pas très fier de lui. Il ne s'était jamais préoccupé de donner du plaisir à une femme, prenant le sien sans partage. Il considérait les femmes comme inférieures, comme de simples possessions, par conséquent il ne tenait pas compte de leurs sentiments. D'ailleurs, pourquoi serait-il intéressé par ce qu'elles pensaient ou ce qu'elles éprouvaient ? Avant sa nouvelle épouse, il n'avait nullement ressenti le besoin de partager son plaisir avec une femme, car il aurait alors dû la considérer comme une partenaire ou plus, son égale.

En revanche, il n'avait point encore levé la main sur l'une d'entre elles afin d'obtenir sa soumission. En effet, c'était un homme qui inspirait une véritable crainte non seulement aux hommes, mais également aux femmes tout particulièrement dans l'intimité. Ces dernières avaient l'intuition qu'il pouvait leur faire subir les pires châtiments bien que cela s'était révélé faux jusqu'à la nuit dernière.

Il nota qu'il était tard. Les rayons du soleil venaient baigner chaudement la pièce en se faufilant par la grande terrasse. Toujours redressé sur un coude, la main soutenant sa tête, Zoltanör appréciait les formes de sa nouvelle épouse que le mince drap dessinait. L'esprit enflammé par le souvenir nocturne de ce corps parfait, il voulut l'admirer à la lumière du jour. Il baissa l'étoffe soyeuse avec délicatesse et lenteur comme on dévoilait un trésor. Il entendit la jeune femme commencer à haleter faiblement, essayant d'étouffer les bruits sans y parvenir véritablement. Il marqua un arrêt délibéré au niveau de ses hanches. Il la vit tressaillir légèrement. Il effectua une légère pression pour la retourner lentement sur le dos, la libérant totalement de son étreinte de fer. Il en eut le souffle coupé : son corps était encore plus beau dans la clarté lumineuse ! Il se redressa brusquement sur les genoux comme piqué au vif par quelque objet et tira d'un coup sec le tissu jusqu'à ses pieds. Il parcourut ainsi des yeux ses jambes fines d'une teinte blanche satinée s'arrêtant quelques instants sur le triangle, de la même couleur aussi surprenante que sa chevelure, qui masquait l'entrée d'une caverne remplie de jouissances. Il continua son inspection, remontant sur ses hanches voluptueuses contrastant avec sa taille très fine, puis terminant sur ses seins généreux comme des fruits bien mûrs dont on pouvait se saisir à pleines mains pour les croquer afin d'en goûter la douce saveur. Il était comme hypnotisé par une telle vision. Pendant qu'il la regardait, son sexe s'était redressé tout naturellement. Il vint ainsi s'allonger sur elle pour rechercher le contact de son intimité. Il la sentit retenir son souffle, pourtant elle ne bougea pas pour s'y soustraire, se rappelant la violence subie la veille. Il lui prit le visage entre les deux mains, exerçant une forte pression pour l'empêcher de le détourner.

Il plongea ses yeux marron doré dans les siens d'un bleu lumineux, puis libéra sa main droite pour le caresser lentement, aussi délicatement qu'il le pouvait. Il y laissa courir ses doigts avec un plaisir évident, feignant de ne pas remarquer les deux zones rouges sur ses joues qui dénaturaient la blancheur de sa peau. C'était le résultat des quatre gifles qu'il lui avait administrées la veille à cause du manque de coopération dans leurs ébats sexuels. Plus il la touchait, plus elle tressaillait. Il ne savait pas si c'était par peur ou par manque de désir pour lui comme lui avait fait comprendre son corps la nuit précédente, confirmant ainsi ce que sa bouche lui avait dit en toute franchise. Saisi d'une impulsion soudaine, il couvrit son visage de centaines de baisers tandis que sa main caressait son cou, son épaule nue, puis toute la longueur de son bras gauche. Ses lèvres minces quittèrent alors son visage pour entamer le délicieux voyage que venait de faire sa main : sur son cou, son épaule, son bras. Pendant ce temps-là, sa main gauche remonta pour cueillir l'un de ses seins généreux, le caressant, le pressant doucement, puis elle titilla son téton rosé, passant et repassant dessus avec son pouce. Il sentait l'excitation monter de plus en plus dans son corps sous cette douce torture qu'il lui infligeait. Immobile, la jeune femme gardait les yeux résolument fermés n'émettant aucun son; seuls de légers tressaillements contredisaient son contrôle. Refoulant sa fierté, car il aurait aimé qu'elle le désirât également, il décida sans vergogne de continuer à prendre du plaisir sans rechercher son consentement. Il sentait la tension dans son bas ventre devenir de plus en plus douloureuse. Répondant au message muet de son corps appelant à la délivrance de cette tension insoutenable, il se laissa dominer par ses sens. Ne perdant pas de temps comme la nuit précédente à essayer d'éveiller un désir qu'elle n'éprouvait manifestement pas, il se jeta brutalement sur elle. Il la sentit hésiter à le repousser quand il la pénétra plus durement qu'il l'avait voulu. Elle accepta l'assaut rageur sans mot dire, les jambes écartelées à mi-hauteur. Il bougeait en elle, possédé par une faim insatiable comme si sa tête allait éclater, là, à l'instant, s'il n'arrivait pas à assouvir ce besoin impérieux qu'il avait d'elle.

Au début, le rythme de son corps gardait une cadence constante, réceptif à la chaleur qui l'envahissait agréablement. Puis, il ne put se maîtriser davantage, il accéléra brusquement les va-et-vient ; ils étaient de plus en plus violents, rendant sa respiration plus sifflante. La transpiration perlait de son torse s'insinuant peu à peu entre leurs deux corps. Il captura sa bouche pulpeuse mordillant ses lèvres pleines au passage pour en accentuer l'ouverture. Il y plongea sa langue au fond comme pour recueillir l'air qui se vidait trop vite de ses poumons ; elle avait conservé le léger goût fruité de la veille. Il sentit qu'il était au bord de l'effondrement physique quand son corps se libéra enfin d'une flamme dévorante ; il interrompit soudainement son mouvement de va-et-vient, se contracta et libéra sa jouissance. Son corps fut secoué de plusieurs spasmes, satisfaisant pleinement ses sens, avant de se détendre entièrement. Il s'affala alors tout contre elle, l'écrasant complètement sans lui demander son avis.

Au bout de quelques dorons, elle bougea pour se soustraire à son poids qui l'empêchait de respirer correctement. Ayant noté sa respiration sifflante, dans un dernier effort physique il se redressa pour basculer sur le côté tout en l'emprisonnant dans un étau comme la nuit passée. Il pensa avant de s'endormir que *l'Invisible* connaissait bien les hommes et leur faiblesse. Ainsi, pendant les trois jours suivants de jemva, l'obligation des quatre prières par jour pour les Fils de *l'Invisible* était réduite à celle du coucher uniquement, favorisant la fécondation de l'épouse par son époux.

*

Quand il se réveilla de nouveau, le soleil était déjà haut dans le ciel. Il sentit le vide à côté de lui. Il chercha son épouse dans la pièce. Il la trouva devant la terrasse de la chambre. Le soleil se reflétait sur sa chevelure blond argenté. Elle portait un vêtement féminin d'un beau tissu crème qui la recouvrait totalement. Cependant, les rayons se jouaient de l'étoffe précieuse dessinant des figures singulières, dévoilant son corps à son époux sans qu'elle s'en aperçût.

— Viens ici, femme !

Elle se retourna et releva la tête avec un port digne d'une reine, ce qu'elle avait été. Elle tenait ses bras le long de son corps, les poings fermés effectuant une forte pression sur ses doigts dont les jointures étaient devenues rouges subitement ; ses yeux le regardaient avec une colère contenue. Pourtant, quand elle ouvrit la bouche, elle s'exprima avec calme :

— As-tu l'intention de me garder dans ton lit toute la journée ou suis-je autorisée à me lever ? questionna-t-elle d'une voix sourde.

Zoltanör nota son accent chantonnant et très plaisant qui n'était pas originaire des Terres Dorées ; il n'avait pas fait attention à ce détail la veille, sa voix étant trop bouleversée. Il savait trois choses à son sujet. La première : il connaissait son prénom Eiinis que le Sahrfir avait prononcé, la veille au soir, au cours de la cérémonie. La deuxième : elle avait été la seconde épouse du roi des Nésenets dont il avait ordonné la décapitation. La troisième et la dernière information dont il avait connaissance : elle avait eu deux garçons d'une dizaine de lanns dont le sort avait été lié à celui de leur père. Il ne savait rien d'autre. Subjugué par sa beauté lors de sa capture, il lui avait épargné l'avenir d'esclave sexuelle pour son armée, préférant se la réserver pour son usage exclusif. Cependant, comme les préceptes de *l'Invisible* interdisaient aux hommes mariés d'avoir des relations charnelles en dehors du mariage, il avait dû l'épouser. Ce n'était pas une mauvaise chose, car cela confortait le prestige dont il bénéficiait déjà sur les Terres Dorées. En revanche, il devait reconnaître que la jeune femme avait une certaine emprise sur lui qu'il ne s'expliquait pas. En effet, ce n'était pas uniquement son corps qu'il désirait, mais aussi quelque chose d'autre qu'il n'avait point encore possédé. Il ne savait pas trop ce qu'il attendait de cette union, toutefois c'était assez important pour qu'il l'épousât. Il la regarda attentivement puis l'appela cette fois-ci avec douceur :

— Eiinis.

Il fut surpris par la sonorité de son prénom quand il le prononça. Il avait l'impression de la caresser sensuellement.

Elle le regarda, surprise par le ton plein de douceur qui contrastait avec la violence qu'il lui avait fait subir la veille et ce matin. Elle hésitait à répondre à sa demande même si elle savait qu'elle n'avait guère le choix. Aussi, elle s'approcha lentement du lit avec une évidente mauvaise volonté. Elle s'arrêta tout près de lui. Elle l'observait avec prudence comme on se méfie d'un animal très dangereux. Avec sa main libre, il lui fit signe de s'asseoir au bord du lit, tapotant l'endroit précis désigné à son intention, de façon brève et répétitive.

— Voilà qui est mieux, dit-il avec satisfaction.

Une fois assise, Eiinis resta silencieuse, les yeux baissés contemplant ses mains fixement, évitant de voir le corps dénudé de son époux. Zoltanör lui prit le menton fermement de sa main libre et effectua une légère pression, obligeant la jeune femme à relever la tête avant de la laisser retomber mollement. Puis, il se redressa totalement dans le lit en calant son dos contre les nombreux coussins, le drap descendit jusqu'à sa taille dévoilant son corps impressionnant. Surprise par ce mouvement, Eiinis eut un petit mouvement de recul qu'elle maîtrisa très vite pour ne pas entraîner de nouveau sa colère. Il la regarda quelques dorons, puis lui dit d'une voix presque sévère :

— Je te rappelle que j'aurais pu soit te tuer dans le palais royal soit te donner à mes hommes pour réchauffer leur couche à tour de rôle !

Il lui accorda quelques instants pour assimiler l'information. Elle le regarda, choquée. Il ne baissa pas les yeux sous son regard plein de dégoût.

— Oui. C'est la dure loi de la guerre, femme. Les prisonniers capturés sont répartis en fonction de leur utilité. Et toi, tu m'es utile donc je t'ai gardée. C'est aussi simple que cela, même si c'est cruel je te le concède.

Il fit une petite pause afin de lui laisser ainsi la possibilité de faire une remarque. C'était la première fois qu'il essayait de se justifier auprès d'une femme. Pourquoi ? Devenait-il sentimental ?

Il reprit sur un ton plus radouci :

— Tu es maintenant mon épouse. J'en ai déjà quatre qui m'ont donné des enfants, seule ma troisième épouse m'a donné un fils ; il est âgé de trois lanns. J'attends donc de toi un autre fils ! Par conséquent, nous ferons l'amour aussi souvent que je le voudrai pour mon plaisir et pour avoir d'autres fils.

Il marqua à nouveau une pause pour vérifier qu'elle comprenait bien tout ce qu'il disait, puis termina l'exposé destiné à lui faire accepter sa nouvelle vie sur un ton autoritaire :

— Et si pour cela nous devons passer toute la journée au lit, tu l'accepteras sans rien dire, est-ce clair ?

Un silence s'installa.

Zoltanör lisait sur le beau visage d'Eiinis une multitude de sentiments : effroi, dégoût, colère, tristesse, lassitude…

— Je veux que tu oublies ton ancienne vie et que tu en recommences une nouvelle avec moi, dans cette demeure, dans cette cité. Et je veux également que tu acceptes notre Dieu, l'*Invisible*, qui t'a liée à moi, ajouta-t-il d'un ton presque tendre, en lui caressant les deux mains.

Les yeux marron, mélange d'arrogance et d'une espèce de tendresse, scrutaient les yeux bleus, légèrement apeurés dans lesquels persistait une petite flamme de résistance. D'ailleurs, la jeune femme se leva promptement, oubliant d'éventuelles représailles ; elle recula prestement du lit et lui dit en laissant éclater sa colère :

— Quelle sorte d'homme es-tu pour prendre une femme en *dirmi* de son mari et de ses enfants assassinés sur ton ordre et de lui demander de tout oublier comme si sa vie n'avait point existé avant ?

Elle éclata en sanglots à la fin de sa tirade. Ses larmes baignèrent son visage, tels des torrents débordant de leur lit. Il la laissa donner libre cours à sa colère, à son chagrin également jusqu'à ce qu'il ne put plus supporter de la voir dans un tel état de désespoir. Un sentiment inconnu le fit se lever, malgré sa nudité exposée en plein jour, pour s'avancer vers elle et la prendre dans ses bras afin de la réconforter.

À peine l'eut-il touchée, qu'elle se dégagea vivement. Il la retint plus fort, la plaquant contre lui avec un seul bras, la main de l'autre bras lui caressant doucement le sommet de la tête. Elle lui martelait le torse avec ses poings fermés. Il ne broncha pas, acceptant cette réaction normale de la part de la jeune femme pour le prix du sang qu'il avait versé.

*

Après plusieurs ménins, ses pleurs s'arrêtèrent brutalement. Elle prit une longue inspiration pour reprendre la maîtrise de son corps, puis ses poings repoussèrent avec insistance sa poitrine nue. Il ouvrit le bras qui la retenait et enleva la main posée sur sa tête. Il la regarda faire lentement quelques pas incertains avant de se retourner soudainement, le buste en avant en le pointant du doigt.

— Je n'accepterai jamais cette vie avec toi ! Comment peux-tu sincèrement penser qu'une mère puisse oublier ses enfants… assassinés de surcroît ?

Zoltanör nota qu'elle n'avait pas parlé de son mari, il se sentit soulagé pour une raison qu'il ne comprit pas véritablement.

— Et dis-moi comment une mère peut les oublier dans les bras de leur assassin !

Elle le regarda avec une légère crainte à travers ses longs cils ; elle n'avait pas pu retenir ses mots cruels.

— Jamais je ne me donnerai à toi de mon plein gré ! Tu seras toujours obligé de me prendre de force si le cœur t'en dit, car je te haïrai de toutes mes forces ! hurla-t-elle à pleins poumons.

— *L'Invisible*, notre Dieu, m'a demandé de punir ton mari et a réclamé également la vie de ses héritiers. Je suis désolé pour toi, pour tes enfants, mais je n'avais pas le choix. J'obéis aux ordres du Sahrfir, qui, lui-même, suit la volonté de l'*Invisible*. Je n'avais rien contre tes enfants. Tu me crois ? demanda-t-il d'une voix conciliante en essayant de se justifier, tout en se passant la main droite dans sa chevelure de feu, l'ébouriffant davantage.

Elle l'écouta attentivement, puis rétorqua :

— Si tu me redonnais aujourd'hui mes enfants, je serais pour toi la plus aimante des épouses, mais c'est impossible. Ni toi ni ton Dieu n'en avez le pouvoir. Tu n'auras donc jamais mon amour, par contre ma haine sera présente tous les jours de notre mariage, je le jure sur mes enfants! proclama-t-elle en prononçant ses derniers mots sur un ton implacable.

Au lieu d'envisager un futur bonheur ensemble, elle lui annonçait froidement une haine qu'elle nourrirait tous les jours de leur mariage. Par conséquent, sa nature profonde ressurgit. La frustration face à une promesse d'un avenir sombre déclencha une réaction d'une violence inouïe. En deux enjambées, il fut près d'elle. Il lui agrippa violemment le bras pour la traîner de nouveau vers le lit. Elle essayait de se retenir à différents meubles, disposés dans la pièce, pour reculer l'inévitable. Jugeant qu'il n'avançait pas assez vite, il la chargea sur son épaule telle une vulgaire marchandise. Arrivé près du lit, il la balança sans ménagement. La tête de la jeune femme vint frapper violemment le matelas, l'étourdissant légèrement; il la laissa là pour tenter de reprendre son souffle pendant qu'il allait chercher dans l'un de ses coffres un objet fort utile. Dans ses affaires, il saisit un *stépir* que l'un de ses beaux-pères lui avait offert quelques lanns auparavant. Il revint très vite près du lit, ses yeux marron mouchetés d'or s'étaient transformés en deux fentes dorées tels ceux des félins les plus dangereux. La colère, qui couvait depuis la veille, avait atteint les rivages d'une folie meurtrière.

— Femme, je suis Zoltanör, le Däg-Chem des Sarkinis, le plus grand guerrier d'Ěphÿr. Et toi, qui es-tu pour me menacer de la sorte? Je crois que tu as besoin assurément d'une bonne leçon pour te rappeler quelle est ta place et que tu ne l'oublies plus à l'avenir!

Il arracha alors son déshabillé luxueux, puis la positionna sur le ventre. Il se mit alors à califourchon sur ses fesses comme s'il montait son cheval, laissant tout son dos exposé, et commença à lui asséner des coups secs avec le stépir. Il entendait la jeune femme crier et se tordre sous la douleur, néanmoins il continuait comme possédé par un démon vengeur.

Au bout de quelques ménins, il réalisa qu'elle avait arrêté de bouger et qu'il n'entendait plus le son de sa voix. Il se détacha alors brusquement de son postérieur en fixant son regard sur son dos zébré de marques rougeâtres, sans que le sang perlât, et retourna son corps inerte. Elle avait les yeux fermés, les larmes coulaient à nouveau sur ses joues dans le silence. Contrairement à ce qui s'était passé précédemment, son objectif n'était pas de la réconforter pour obtenir ses faveurs, mais de la soumettre pour arracher une reddition totale ! En même temps, cette violence avait de nouveau décuplé son désir d'elle. Il la maintint sur le dos dans une véritable poigne de fer. Puis, il la prit avec une violence bestiale que la jeune femme n'avait encore jamais subie. Il eut plaisir à la châtier, se délectant de sa douleur, la punissant de sa franchise, essayant d'étouffer toute volonté de rébellion future. Elle avait le visage enfoncé dans les draps, les larmes coulaient toujours sur ses joues sous l'assaut brutal. Elle respirait à peine. Et quand ses sens furent rassasiés, Zoltanör resta en elle pour lui dire d'une voix effrayante en se tenant au-dessus d'elle tel un vautour qui allait se jeter sur sa proie :

— Tu es à moi comme mon épée et mon cheval : ma possession ! Tu feras donc tout ce que je t'ordonnerai sinon tu en subiras à chaque fois les conséquences comme maintenant, tu as compris ?

Elle hocha la tête totalement hébétée par ce qu'elle venait de vivre, le pire depuis qu'elle le connaissait.

— Dis-le ! cria-t-il voulant entendre la reddition verbale de son épouse.

Submergée par la douleur et la fatigue physique, elle répéta d'une voix brisée :

— Je ferai tout ce que tu m'ordonneras de faire.

— Répète-le plus fort !

— Je ferai tout ce que tu m'ordonneras de faire.

— Encore plus fort !

— Je ferai tout ce que tu m'ordonneras de faire.

Il l'exigea encore deux autres fois avant d'être totalement satisfait. Puis, il se retira d'elle, s'allongea sur le dos et s'endormit immédiatement. Contrairement, aux deux premières fois, il ne se retourna pas sur le côté pour la serrer tout contre lui.

Quand Zoltanör se réveilla de nouveau, il vit son épouse qui dormait à poings fermés dans leur lit. Il ne comprenait pas la violence qu'il avait déployée contre elle, encore une fois, comme si un démon, tapi au fond de lui, sortait uniquement pour maltraiter la jeune femme. En même temps, c'était son droit : la femme devait obéir à l'homme ! Il aurait aimé qu'elle soit aussi soumise que ses quatre autres épouses qui s'employaient à satisfaire ses moindres désirs ; en revanche, cela ne pouvait pas être son cas en raison du sang de ses enfants qu'il avait sur les mains. Elle ne pourrait jamais lui pardonner leur mort. Il n'avait pas du tout pensé à cela quand il avait décidé de s'unir à elle, car chez les Fils de *l'Invisible* la femme devait accepter son destin sans broncher. Il décida, magnanime, de lui laisser du temps, persuadé que son avertissement porterait ses fruits. Sa nouvelle épouse obéirait dorénavant, il en avait la certitude. Certes, son obéissance était fondamentale pour lui, néanmoins il aurait voulu autre chose également d'elle. C'était peut-être trop demandé au destin. *L'Invisible* avait béni leur jemva, toutefois rien n'était garanti ensuite : un fils, son désir et peut-être un jour son amour ? L'amour ? Il ne s'était guère appesanti sur la question. Toutefois, il n'avait supporté ni ses mots ni son regard plein de haine. Il décida d'arrêter cette introspection, digne d'un jeune puceau, et de se lever pour commencer les préparatifs de leur nouvelle campagne militaire.

Il sortit du lit et enfila des caleçons blancs avec une longue chemise ample de couleur marron qui descendait jusqu'aux genoux. Il regarda la chambre : elle était vaste. Un grand tapis précieux recouvrait le sol entre le lit et la terrasse. Son large lit était recouvert nouvellement de draps et de couvertures luxueux. Comme meubles principaux, il y avait trois coffres dans lesquels reposaient ses affaires. Le plus petit contenait des accessoires divers : ceintures, chaussures… Le deuxième d'une grosseur moyenne abritait ses tenues pour les cérémonies, les banquets… Le dernier, le plus grand, renfermait ses tenues de combat : protection en cuir, casques…

Il y avait également un grand meuble de bois sur lequel reposait son armure marron doré, ou plus exactement, une demi-armure, car les Sarkinis se protégeaient essentiellement le buste et les bras, ils portaient parfois des casques. Les autres meubles étaient secondaires pour lui, simple décoration : une table avec une chaise dont il ne se servait nullement, préférant son bureau pour écrire et réfléchir, un grand fauteuil confortable dans lequel il pouvait paresser au lever tout comme au coucher du soleil.

Il se dirigea vers la porte pour quérir un soldat. Deux restaient toujours en faction dès qu'il se trouvait dans ses appartements privés. Par ailleurs, il avait demandé, pour la première fois à Marür, d'observer une distance pendant son jemva. Le jeune homme avait été surpris, néanmoins il avait obéi sans contester. Zoltanör, lui-même, avait été surpris par sa propre demande. Cela faisait dix lanns qu'il avait été nommé à la tête des Sarkinis ; Marür était devenu son garde du corps cinq lanns plus tard. Il l'avait choisi personnellement parmi tous ses capitaines, d'ailleurs le Sahrfir lui avait confié peu de temps après qu'il avait fait le meilleur choix parmi ses hommes.

— Soldat !

Les deux soldats se mirent immédiatement au garde-à-vous pour saluer leur Däg-Chem en entrant dans la pièce.

— Demandez aux servantes de me préparer un bain et venez m'avertir lorsqu'il sera prêt, commanda-t-il en les saluant à son tour.

Zoltanör referma la porte. Il se dirigea vers la terrasse pour prendre l'air, il avait chaud. Le soleil était pratiquement à son zénith. Il se revit la veille au même endroit, le cœur encore plein d'espoir sur le mariage qu'il venait de contracter, fantasmant tel un adolescent sur le corps de son épouse. Il secoua la tête en se moquant légèrement de lui, puis profita de la vue plaisante. Ses yeux virent une cité moins spectaculaire que ne l'était Akméra. Il y avait peu de bâtiments à étages, les plus élevés étaient dotés uniquement d'un seul étage. Sur sa gauche se trouvait la demeure du Sahrfir, cachée derrière le quartier des gardes du palais.

En face d'une grande résidence aménagée en dortoirs pour la garde rapprochée du Sahrfir, on pouvait voir le quartier populaire des artisans. Devant sa maison se dressaient des demeures confortables appartenant à de riches commerçants ainsi qu'aux cadres de son armée. Une grande place, destinée au marché et aux crieurs publics, avait été aménagée devant la demeure du Sahrfir à une maba au moins, séparant les deux quartiers. Puis derrière cette place, on voyait Yazam, la Petite, l'enceinte sacrée de *l'Invisible*, l'ancienne résidence du Sahrfir. Cependant, depuis l'exécution du roi des Sahrs, leur guide spirituel avait établi sa demeure dans l'ancien palais royal. Seuls les Hafirs résidaient désormais dans Yazam, la Petite, comme on l'appelait dorénavant, utilisant l'appellation de Yazam la Grande pour parler de Sayâ, l'ancienne cité des Sahrs. Derrière l'enceinte sacrée se trouvait le quartier des serviteurs, des esclaves pour la plupart ; il n'était pas visible depuis chez lui. Enfin, il n'y avait pas véritablement de baraquements pour les soldats dans la cité ; ils logeaient au milieu de la population pour des raisons de place et une meilleure sécurité en cas d'attaque. Seuls ceux qui étaient affectés à la surveillance du mur de protection logeaient dans de petites casernes rectangulaires de couleur sable, la prison se trouvait dans ses sous-sols. Transpirant sous la chaleur, il enleva sa chemise. Il resta, là, torse nu et bras écartés, s'offrant aux rayons du soleil. Les yeux fermés, il percevait son corps qui se revigorait peu à peu.

Au bout de quelques ménins, il entendit son nom. Cela provenait de très loin ; le son était étouffé. Récupérant sa chemise posée sur la solide balustrade blanche, il rentra dans sa chambre en l'enfilant. Il jeta un coup d'œil au lit dans lequel sa femme dormait toujours, à poings fermés. Il dirigea alors son regard vers la porte ; elle était légèrement entrouverte. Un soldat n'osait passer sa tête complètement pour inspecter l'intérieur, mais l'appelait à travers l'ouverture. En quelques enjambées, il arriva au seuil et ouvrit la porte d'un coup sec.

— Oui ?

— Däg-Chem, les servantes m'ont prié de vous dire que votre bain est prêt, répondit le militaire d'un air confus.

Zoltanör ressortit de sa chambre en fermant la porte derrière lui.

— Restez là, gardez la porte ! Seules les servantes peuvent entrer, donna-t-il comme consignes.

Puis, il signifia implicitement aux gardes qu'il n'avait aucunement besoin d'une escorte. Il se dirigea ensuite vers le fond du couloir et entra dans la petite pièce. L'ancien propriétaire de la demeure que le Sahrfir lui avait offerte avait aménagé, à cet étage, un bac en bois dans lequel on pouvait allonger tout son corps pour prendre un bon bain. Pour accéder à un tel confort, il fallait faire chauffer de grandes marmites d'eau qui étaient ensuite transvasées dans de grands seaux prévus pour le transport ; puis les servantes montaient ces seaux d'eau chaude avec d'autres d'eau froide pour remplir le bac. Une fois le bain terminé, on tirait le petit bouchon pour que l'eau s'écoulât de nouveau dans ces seaux qu'on descendait pour la balancer dans une mare d'eaux usées avec les immondices ; on nettoyait ensuite ces récipients. Zoltanör entra avec plaisir dans l'eau chaude. Toute la tension de ses ébats sexuels dispararut progressivement avec le relâchement de son corps. Il ferma les yeux pour profiter de ce moment de détente.

*

Après sa toilette, Zoltanör retourna dans sa chambre. Il entra tout doucement, évitant de réveiller son épouse qui dormait peut-être encore, mais elle était assise sur la chaise assortie à la table. Elle tenait la tête dans ses mains. Dès qu'elle l'entendit, elle se leva immédiatement, se retournant vers lui, les yeux et la tête baissés vers le sol en signe de soumission.

— Te voilà réveillée ! dit-il en guise de salutation, sur un ton léger.

— Oui, mon seigneur, répondit-elle d'une voix neutre tout en serrant contre son corps le déshabillé et la chemise de nuit déchirés. Elle avait fait preuve d'ingéniosité pour recouvrir son corps à l'aide des lambeaux de tissus.

Elle le regardait à travers ses longs cils noirs pendant qu'il commençait à s'habiller. Plus il enfilait de vêtements, plus elle se détendait. Il avait choisi des habits tout simples dans le coffre de taille moyenne : un pantalon marron et une chemise jaune sable. Il ouvrit également le petit coffre à la recherche d'une large bande de tissu afin de retenir son ample chemise ; son choix se porta sur une de couleur mordorée. Puis, dans le troisième coffre, il prit une petite dague qu'il plaça à sa taille à l'intérieur de la ceinture improvisée. Enfin, il se retourna pour la fixer attentivement :

— Quand nous dormirons ensemble, c'est toi qui devras commander mon bain et choisir une tenue appropriée à mon occupation du jour. As-tu compris ?

— Oui, mon seigneur. Je m'en occuperai la prochaine fois.

— Bien. Je vais te commander un bain et donner des ordres à mon intendant pour qu'un tailleur vienne te faire des vêtements. On t'a également préparé une chambre depuis hier, ce n'est pas les pièces qui manquent ici, la demeure est très grande. Je serai occupé toute la journée, je ne te verrai que ce soir. J'attends de toi que tu m'accueilles à mon retour, continua-t-il sur un ton ferme, se contentant d'aborder les aspects pratiques, tout en se rapprochant involontairement de son épouse.

Zoltanör vit sa poitrine qui se soulevait de plus en plus vite, cependant elle gardait la tête baissée et n'esquissa aucun mouvement de recul, ayant retenu la leçon précédente. Arrivé, à sa hauteur, il lui prit le menton avec rudesse, relevant ainsi sa tête. Alors, il plongea ses yeux avec délice dans une mer bleue étincelante et resta là, subjugué et immobile, quelques dorons, comme s'il hésitait. Puis, mu par une impulsion indépendante de sa volonté, il caressa doucement ses cheveux soyeux, puis délicatement sa joue et tendrement sa bouche. Il avança finalement ses lèvres fines pour saisir les siennes. La jeune femme tremblotait. Toutefois, elle se laissa faire quand il exerça une petite pression pour ouvrir sa bouche. Il la tenait plaquée contre lui, sentant son corps souple et chaud à travers ses guenilles, et goûta à cette saveur comme à un fruit mûr délicieux, en prenant tout son temps, fondant encore et encore sur sa langue. Enfin, il la lâcha brusquement. Elle manqua de perdre l'équilibre. Il la retint quelques instants à bout de bras, puis la quitta sans aucune parole. Il referma de nouveau la porte sur le seuil de la pièce.

— Soldat ! Allez chercher une servante pour qu'elle s'occupe de mon épouse !

— Oui, Däg-Chem.

— Vous serez tous les deux responsables de mon épouse, dit-il en désignant également son collègue qui se tenait à ses côtés.

Les soldats attendirent placidement la fin des instructions.

— Vous lui servirez d'escorte toute la journée partout où elle se rendra sauf à son bain, bien entendu. Vous en répondrez de vos vies s'il lui arrive quoi que ce soit. Est-ce bien clair ? conclut-il, d'un ton tranchant.

— Oui, Däg-Chem. Nous sommes à ton service. Nous ne te décevrons pas, répondirent-ils en cœur. Ils avaient adapté le début du serment des Sarkinis pour répondre.

Zoltanör salua rapidement les deux soldats et s'éloigna à grands pas. Il descendit l'étage des chambres pour rejoindre la salle des repas, car il ressentait maintenant son ventre vide. Il avait une faim de romöls. Marür, son fidèle capitaine et garde du corps, était déjà attablé. Il mangeait avec application tout seul sur la longue table. Dès qu'il aperçut son chef, Marür se leva et le salua. Zoltanör répondit à ce salut militaire avec un petit sourire.

— Mon ami, dit-il d'un ton affectueux en le saisissant par les épaules pour une accolade très virile. Je vois que tu as très bonne mine. As-tu profité de certains charmes ? s'enquit-il d'un ton complice.

— Cela se pourrait, répondit Marür sur un ton vague.

N'étant pas encore marié, il n'avait aucun scrupule à jouir des nombreuses servantes de cette maisonnée. Elles étaient à la disposition des invités de passage, même si lui résidait de façon permanente en ces lieux afin de s'acquitter de sa mission principale : assurer la protection de leur Däg-Chem aussi bien dans la cité que sur un champ de bataille.

— Et vous-même, mon seigneur, avez-vous passé une

bonne nuit ? chercha-t-il à savoir avec une réelle sollicitude.

Zoltanör repensa au plaisir qu'il avait pris plusieurs fois dans la nuit et au petit matin terni néanmoins par le manque de coopération de sa femme, toutefois, son corps avait enfin assouvi le désir qu'il avait d'elle depuis qu'il l'avait découverte.

— Oui, Marür. Je te remercie, dit-il d'un ton vague.

Marür observa son Däg-Chem avant de lui délivrer l'information importante.

— Un messager est passé pour dire que le Sahrfir vous attend ainsi que tous vos commandants dans trois jours. Vous avez une permission pour votre jemva, informa Marür d'un ton plein de respect pour son chef.

— Très bien, dit Zoltanör. Mangeons !

Les deux guerriers mangèrent en silence, chacun plongé dans ses réflexions. Puis, d'un commun accord, ils décidèrent de s'entraîner dans la salle que Zoltanör avait fait aménager; c'était l'ancienne salle de réception de la demeure. Elle était immense, ce qui était satisfaisant pour un bon entraînement. Le guerrier y avait déposé tout le matériel approprié : protections du corps, épées, casques… Souhaitant se mettre à l'aise, ils enlevèrent tous les deux leur chemise, mais protégèrent tout de même leur poitrine.

— Voyons ce que tu vaux actuellement. Choisis ton arme ! dit Zoltanör avec l'assurance du maître face à un élève très doué, néanmoins qui ne le surpassait pas encore.

Le secret des Sarkinis était leur discipline de fer : ils s'entraînaient de façon quotidienne pour garder la forme, grâce à cela ils étaient devenus des experts du combat.

Marür s'était dirigé vers une longue épée. Il l'ôta du mur.

— Voilà, j'ai choisi, annonça-t-il d'un ton de défi.

Zoltanör ne fut pas surpris. Régulièrement, Marür le défiait à l'épée longue, car c'était la seule arme avec laquelle il n'avait pas réussi encore à le vaincre. Il prit sa position de garde, la lame levée vers le haut, attendant son adversaire de pied ferme.

Le combat commença. Marür tenta une ouverture que Zoltanör para sans grande difficulté. Il essaya à nouveau, sans succès également. Puis, il accéléra progressivement la cadence en tournoyant autour de son adversaire qui commençait à reculer peu à peu sous les assauts répétés. Les deux hommes semblaient se mouvoir dans une danse, extrêmement dangereuse en raison des épées bien affutées. Voyant une percée en raison d'un petit déséquilibre de Zoltanör, Marür s'y engouffra instinctivement, cependant, au dernier moment, Zoltanör se redressa, tournoya sur lui-même et vint placer sa longue épée sur la gorge de son capitaine, stupéfait de la manœuvre.

— Tu as encore progressé Marür. Il te reste cependant à plus anticiper tes coups, à moins réfléchir à la stratégie du combat ; néanmoins, je commence à avoir du mal à tenir ton rythme, car tu bouges de mieux en mieux. Dans quelque temps, je serai incapable de te battre, assura-t-il sur le ton d'un père fier de son enfant.

— Vous êtes trop indulgent avec moi, Däg-Chem, rétorqua Marür en acceptant le compliment avec un bonheur teinté d'amertume.

— C'est possible. C'est possible. Toutefois, tu es déjà un formidable combattant et tu deviendras, je pense, le plus grand guerrier des Terres Dorées, car tu maîtrises pratiquement toutes les armes sauf l'arbalète, on se demande pourquoi ? dit-il sur un ton moqueur.

Il se dirigeait vers un haut coffre sur lequel étaient disposées, tous les matins, des serviettes fraîches. Zoltanör en prit une machinalement pour essuyer la transpiration qui perlait sur son front. Il en lança une à Marür qui l'attrapa au vol, imitant son chef.

— Je me souviens de notre première rencontre quand tu as remporté le tournoi pour le recrutement de la première académie des Sarkinis, tu promettais déjà beaucoup. Et regarde-toi maintenant, j'ai eu du mal à te vaincre. J'y suis parvenu uniquement grâce à une feinte, ajouta-t-il d'un ton lointain comme si les images du passé défilaient devant ses yeux.

Le compliment, quelques instants plus tôt, avait ravi Marür, toutefois le recours à la feinte dont venait de parler son Däg-Chem était plutôt dû à un manque de concentration de sa part. S'il avait réussi à s'en sortir grâce à une maîtrise de sa science et à la chance lors d'un entraînement, il n'en serait pas de même durant de vrais combats dont l'enjeu pour chaque adversaire était la vie. Marür eut une légère appréhension, car pour la première fois depuis qu'il connaissait son Däg-Chem, quelque chose avait interféré dans la concentration du remarquable guerrier. Il espérait que ce n'était rien de bien grave.

— Assez parlé ! C'était un bon combat. Allons prendre un bain ! dit-il soudainement.

Marür secoua la tête comme s'il voulait chasser ses pensées désagréables de son esprit.

Zoltanör entraîna son capitaine vers la grande terrasse qui surplombait un vaste jardin aménagé au cœur de la demeure. Sous la verdure se trouvait une installation spacieuse. C'était un grand bassin d'eau chauffée dont ils profitaient généralement après leurs entraînements pour enlever non seulement la saleté, mais également la tension physique de leur corps. Ils prirent le petit chemin qui descendait pour accéder à l'entrée. Ils profitèrent des bienfaits du bain de vapeur et se firent également masser par des serviteurs qui avaient acquis une science dans le relâchement des muscles.

Dès qu'ils eurent fini, ils remontèrent dans leurs chambres respectives pour se changer. Zoltanör constata l'absence de sa femme dans la pièce. Il venait de finir de mettre une tenue semblable à celle qu'il portait déjà quand il entendit le son reconnaissable entre tous du **clari**, c'était celui de la fin de l'après-midi. Il retrouva Marür au pied de l'escalier, car ce dernier avait sa chambre dans l'autre aile de la demeure. En fidèle garde du corps, il lui emboîta le pas. Toute la maisonnée se retrouvait une fois par jour pour ce moment. La salle de prières était divisée en deux : les hommes d'un côté, les femmes de l'autre derrière un long paravent. Là, le Hafir de la maisonnée procédait à la conduite de la prière. Ils s'agenouillèrent tous, les paumes levées vers le ciel comme un seul homme, excepté les soldats en faction qui assuraient leur sécurité. Debout dans la pièce, le Hafir prononçait des phrases que l'assistance devait répéter à chaque fois dans une obéissance aveugle. À la fin de l'office, ce dernier ouvrait un canal de communion vers *l'Invisible*, les fidèles pouvant ainsi lui adresser leurs demandes de façon plus efficace que lorsqu'il priait dans leur solitude.

Marür repensa à ses inquiétudes lors de son entraînement. Ainsi, comme prière du jour, il implora *l'Invisible* de faire en sorte que son Däg-Chem restât le formidable guerrier que lui-même avait choisi pour les mener dans les batailles, une machine de guerre implacable. Était-ce sa nouvelle épouse, la responsable de son air distrait ? Était-ce la volonté de *l'Invisible* ?

Oui, c'était manifestement une épreuve, peut-être pour le rendre encore plus fort face à la tentation ? Il demanda donc à son Dieu de bénir son Däg-Chem.

*

Après la prière, Zoltanör se rendit dans son bureau, situé non loin de la salle d'entraînement, pour réfléchir aux idées concernant la campagne militaire qui allait démarrer prochainement. Il devait consulter ses cartes. Quant à Marür, il alla faire une inspection de sécurité : ce travail lui incombait. C'est lui qui recrutait les différents gardes, veillait à établir les rondes, vérifiait le nombre d'armes dont la demeure disposait et testait souvent sans prévenir les failles possibles. Les deux hommes se retrouvèrent au repas du soir. Les épouses de Zoltanör ne mangeaient jamais avec eux. Parfois, ce dernier mangeait en compagnie de l'épouse avec laquelle il allait passer la nuit, même si c'était très rare. Marür avait pensé que son Däg-Chem serait resté avec sa nouvelle épouse, car il ne l'avait guère vu aussi pressé d'épouser une femme. Toutefois, ce dernier mangeait rapidement et la conversation restait superficielle comme s'il n'arrivait pas à se concentrer véritablement. Dès que son assiette fut finie, il se leva en lui disant bonsoir d'un air distrait. Marür se dit qu'il avait eu raison de faire cette prière à *l'Invisible,* car la fébrilité de son commandant suprême était évidente. Sa froideur semblait avoir complètement disparu de ses traits pour laisser place à des yeux fiévreux comme sous l'emprise d'une quelconque drogue. Même sa ferveur, parfois, envers l'*Invisible,* ne paraissait pas le transformer autant. Marür commença à considérer avec inquiétude son comportement.

Avant de monter, Zoltanör expédia sa prière du soir dans son bureau. En entrant dans sa chambre, il chercha immédiatement son épouse. Elle l'attendait sur la chaise, près de la table, dans une nouvelle chemise blanche. Sans un mot, il commença à se déshabiller. Il se retrouva torse nu avec uniquement pour seul habit son caleçon long.

— Approchez, femme !

Elle avança docilement vers lui. Quand elle fut à sa hauteur, il la tint par les épaules à bout de bras, laissant une distance entre eux.

— Aimez-vous vos nouveaux quartiers ? Sans pouvoir rivaliser avec les anciens, je pense qu'ils sont très confortables. Qu'en pensez-vous ? questionna-t-il avec un ton hésitant.

— Ils sont parfaits, mon seigneur. Je vous remercie, répondit-elle d'une voix aimable.

— Bien. Voilà qui est réglé, déclara-t-il avec un air de contentement.

— Et vos nouveaux vêtements, quand seront-ils prêts ? voulut-il savoir également.

— Dans quelques jours, toutefois le tailleur a fait quelques pièces pour que je puisse avoir de quoi me vêtir en attendant, ajouta-t-elle sur le même ton.

Zoltanör était très content de lui. Il avait ramené une prisonnière d'Akméra, lui épargnant la vie. Il l'avait épousée en lui offrant la protection de son nom et de sa position. Il lui avait offert une chambre dans sa demeure ainsi que des vêtements. Il espérait qu'elle en avait bien pris conscience depuis son éclat de colère du matin. Il la lâcha pour lui intimer l'ordre de se mettre dans le lit, ce qu'elle fit en s'éloignant d'une démarche raide. La nuit était claire, la lune inondait comme la veille la pièce d'une pâle lueur. Il distinguait son corps sublime à travers la légère chemise blanche. Sans la quitter des yeux, il enleva ses caleçons et la rejoignit dans la couche. Il se rapprocha de son épouse pour assouvir son désir brûlant. Il se colla, se frotta, la caressa, jouant sans aucune pudeur avec son corps qui lui appartenait à lui, son époux. Puis, lorsqu'il sentit la tension douloureuse de son membre dressé, il s'enfonça en elle sans ménagement, toujours plus loin dans son intimité, la punissant pour son manque de désir pour lui. Quand il eut fini ses assauts brutaux et répétés, il s'endormit, cette fois encore sans la retenir dans ses bras.

*

Marür était resté à table lorsque Zoltanör avait quitté la pièce. Il réfléchissait. Son Däg-Chem ne semblait plus autant maître de lui désormais. Il voyait bien que ce dernier n'était pas véritablement heureux depuis son jemva inattendu. Et cela ne faisait que deux malheureux jours !

Marür voyait dorénavant apparaître sur son visage des émotions qui n'existaient pas auparavant. La parfaite machine de guerre qu'était son Däg-Chem allait-elle s'enrayer en raison d'émotions nouvelles qu'il n'arrivait pas à gérer totalement ? Pour le moment, seuls ceux qui le connaissaient bien, comme lui-même, pouvaient observer ce léger changement dans le cadre privé. Et demain, quand les Sarkinis repartiraient au combat, qu'en sera-t-il ? Marür n'avait jamais douté des capacités de commandement de son Däg-Chem non seulement parce que c'était le meilleur guerrier qu'il connaissait, mais également parce qu'il avait été béni par l'*Invisible*. Et si l'*Invisible* commandait le destin de chaque être, pourquoi avait-il mis cette épouse apparemment néfaste sur le chemin de son chef ? En temps normal, il fallait parfois un petit délai pour s'habituer à une nouvelle épouse probablement récalcitrante, mais, dans le cas de son Däg-Chem, sa nouvelle épouse avait perdu ses enfants à cause de lui !

Marür se rappelait très bien Nelaï, le fils aîné de l'ancien roi d'Akméra avec qui il avait eu une longue conversation avant son exécution. Les yeux de l'adolescent le hantaient parfois dans son sommeil. En revanche, il n'avait pas du tout fait attention à ses deux jeunes frères, car ils avaient dormi d'un sommeil lourd la veille de leur mort. Marür se souvenait de son malaise face au destin tragique dont les enfants du roi avaient été victimes. Il ne remettait pas en cause la décision ni de *l'Invisible* ni du Sahrfir quant à leur avenir, cependant il avait ressenti une peine extrême pour le traitement infligé à ces enfants innocents, les faisant partager le crime de leur père. La mère des deux plus jeunes garçons avait, elle, survécu. Comment pourrait-elle pardonner alors à son nouvel époux, l'auteur de l'assassinat de ses enfants ? Que ressortirait-il de leur union qui semblait difficilement conciliable avec un vrai bonheur ?

Comme tous les Fils de *l'Invisible*, Marür pensait qu'une femme n'avait pas de droits. Elle devait faire tout ce que son père ou son mari lui ordonnait. Elle devait obéir à l'homme en toutes circonstances, mais il n'avait guère vraiment réfléchi sur les liens maternels. C'est vrai qu'il n'avait point été proche ni de sa mère ni même de son père.

En revanche, il se souvenait de la façon dont la nouvelle épouse de son Däg-Chem avait crié et tenté de se soustraire aux Sarkinis pour défendre ses fils. Qui était-elle ? Une femme ordinaire qui plierait face à son destin comme toutes les autres ? Ou bien ce serait le destin qui la transformerait ? Pour quel objectif ? Que pourrait-elle faire concrètement ?

Il n'arrivait pas à se libérer d'un mauvais pressentiment face à cette situation. Son sixième sens lui disait que quelque chose de terrible allait arriver. Que devait-il faire ? S'en ouvrir à son Däg-Chem dont le jugement était certainement altéré par le désir qui brillait régulièrement dans ses yeux quand il évoquait son épouse ? Dans le meilleur des cas, il ne l'écouterait probablement pas, et dans le pire des cas, il le sanctionnerait d'une façon ou d'une autre. Devait-il alors en parler au Sahrfir ? Il avait l'impression que ce serait trahir son Däg-Chem. Pourtant, il devait d'abord obéissance dans l'ordre à *l'Invisible*, puis au Sahrfir et enfin à son commandant suprême. Ne commettait-il pas une faute grave en omettant d'ouvrir son cœur au Sahrfir et en compromettant ainsi les chances de mener à bien les desseins de l'*Invisible*, le Shakkar ? Il décida d'attendre la prochaine campagne militaire. Si son Däg-Chem n'était pas à la hauteur pour guider les Sarkinis comme d'habitude, alors il parlerait de ses inquiétudes au Sahrfir. Il était content d'avoir trouvé une solution à ses craintes.

Toutefois, il ne voulait pas être trop dur envers son Däg-Chem. Il se demanda si un jour une femme pourrait le mettre, lui-même, dans un état émotionnel semblable, le rendant irritable et distrait et peut-être même violent envers elle. Il connaissait le caractère dur et inflexible de son chef ; si son épouse se rebellait, il utiliserait sans états d'âme la manière forte. D'ailleurs, c'était la tradition que le beau-père offre un stépir à son gendre pour mâter l'éventuelle récalcitrante. Qu'en serait-il pour lui ? Pour le moment, il ne pensait pas encore à se marier, n'ayant aucune obligation. Quelle femme lui réservait *l'Invisible ?* Comment la traiterait-il ? Par ailleurs, n'ayant pas véritablement lui-même connu l'amour filial, avait-il vraiment envie d'avoir des enfants ? Et surtout, un fils à qui il apprendrait à se battre pour en faire un guerrier aussi redoutable que lui ?

Sur ces dernières pensées, il décida lui aussi d'aller se coucher comme son Däg-Chem. Cependant, contrairement à son habitude, il ne rechercha aucune compagnie cette nuit-là. Il dormit seul dans son lit et une douce chaleur se répandit dans son cœur en pensant à ce futur fils.

VIII - La conquête du Sud

Convocation chez le Sahrfir

Zoltanör se réveilla très tôt au son du clari. Les trois jours de permission accordés par le Sahrfir pour cause de jemva étaient terminés. Il reprenait son rythme normal. Il repensa aux jours précédents. La première nuit où il avait fait l'amour à sa nouvelle épouse, il avait certes usé de violence, néanmoins il avait pu assouvir la passion brûlante qui dévorait son corps. Les deux suivantes s'étaient bien passées dans la mesure où il avait cessé d'utiliser la force pour la posséder. Pourtant, il n'était pas entièrement satisfait. En effet, Eiinis lui livrait uniquement son corps, évitant ainsi toutes représailles. De son côté, il prenait son plaisir de façon unilatérale, ce qui donnait à la fin de leurs ébats un goût amer. Très fier, Zoltanör ne laissait rien paraître de son insatisfaction. Après sa prière du matin, il appela pour qu'on lui apportât de l'eau; il n'avait pas le temps d'attendre qu'on la chauffât. Ensuite, il réveilla sa femme pour qu'elle lui préparât une tenue pour se rendre chez le Sahrfir. Elle bondit littéralement du lit, ayant peur sans doute qu'il abusât à nouveau d'elle. En sortant de la pièce, Zoltanör la vit s'activer auprès de ses coffres. À son retour, après un bain glacé qui avait revigoré son corps et calmé d'éventuelles ardeurs, il repéra sa tenue posée en évidence sur son large fauteuil : un ensemble caractérisant son appartenance aux Sarkinis assorti d'une petite veste marron doré, sa touche personnelle, et d'une ceinture en cuir naturel servant à y accrocher ses armes. Il s'habilla en silence. Sa femme restait éloignée de lui, les bras le long de son corps, la tête baissée. Une fois prêt, il la regarda longuement : il avait l'impression qu'il ne se rassasierait jamais de son physique magnifique.

Il voulait également qu'elle lui donnât des fils et il espérait qu'elle lui pardonnerait la mort de ses enfants dans un avenir prochain. C'était sa femme, elle n'avait pas le droit de penser, bon sang ! Elle devait juste lui obéir en satisfaisant tous ses désirs. Il sortit en lui disant sèchement :

— Je vous verrai ce soir, femme !

Il retrouva Marür au bas de l'escalier. Ce dernier portait également la même tenue que son Däg-Chem excepté le gilet marron doré. Deux épées pendaient à sa taille : l'épée courte et la fameuse épée longue des Sarkinis. Ils prirent le chemin de la demeure du Sahrfir. Elle se trouvait à une maba environ de la maison de Zoltanör. Les deux guerriers étaient accompagnés d'une petite escorte pédestre d'une dizaine d'hommes. Sans pouvoir rivaliser avec celui d'Akméra, l'ancien palais royal était un édifice majestueux. Il avait été construit avec les pierres si délicates des Terres Dorées, une pierre de couleur rose sombre avec de beaux reflets dorés au soleil ; la nuance la plus raffinée était nacrée, obtenue après un processus de traitement très long et extrêmement coûteux. Nulle décoration extravagante (or, argent, pierres précieuses…) n'habitait les façades comme pour le palais du roi des Nésenets ; il était d'une élégante sobriété.

À l'entrée, Zoltanör et Marür laissèrent leur escorte dans la cour. Farôn, l'intendant, les accueillit avec un grand sourire, ravi de revoir les deux hommes. Ils entrèrent ensemble dans le hall très vaste et le serviteur les guida jusqu'à la Grande salle, là où jadis étaient accordées les audiences royales. À gauche du seuil, on découvrait un véritable arsenal sur une longue table en bois brut, d'un peu plus d'un mab de hauteur, semblable à celle d'un étal de marché. En effet, nul n'était autorisé à pénétrer armé dans la salle sainte ; des soldats veillaient à cette règle. Zoltanör déposa ses armes, suivi de Marür ; ensuite ils pénétrèrent ensemble dans la pièce. Elle était baignée d'un soleil jaune pâle dont les rayons jouaient avec les différentes couleurs des motifs géométriques de l'immense tapis. Sur ce dernier, comme à son habitude, on trouvait le Sahrfir ; et, en face de lui, se tenait un groupe d'hommes habillés, également en orange, c'étaient ses neuf commandants représentant son État-Major. Tout le monde était assis en tailleur.

On avait à peine entendu la porte se refermer que Zoltanör vit le Sahrfir regarder dans leur direction.

— Bonjour mes fils ! Approchez ! Nous n'attendions plus que vous deux, les accueillit-il avec un large sourire.

— Bonjour, Sahrfir, répondirent en cœur Zoltanör et Marür, tout en inclinant leur tête dans un ensemble harmonieux.

Ils se placèrent à leur tour sur l'énorme tapis, perpendiculairement aux commandants, Marür légèrement en retrait.

— Avant de commencer, il vous faut féliciter votre Däg-Chem pour son jemva avec l'ancienne reine des Nésenets, annonça-t-il d'un ton neutre en lançant un rapide coup d'œil à Zoltanör.

Des exclamations de surprise montèrent du groupe, puis chacun se leva pour s'incliner devant Zoltanör afin de le féliciter de son bonheur avant de se rasseoir. La tradition voulait que le marié invitât ses proches à un banquet pour les réjouissances. L'heureux élu annonça donc le festin pour le lendemain soir. Ses commandants furent satisfaits de l'invitation même s'ils auraient aimé poser des questions sur ce mariage totalement inattendu, mais leur guide spirituel coupa court en disant :

— Voilà le premier point de l'ordre du jour abordé !

— Cette nouvelle est fort réjouissante, mais ce n'est point la raison de votre présence aujourd'hui. Votre Däg-Chem est passé, le jour même de votre retour, pour me faire son rapport. Je suis très content de vous tous. Notre armée a triomphé !

Il fit une courte pause, puis reprit avec sa voix si particulière :

— La prise d'Akméra a véritablement lancé le Shakkar. Nous sommes dorénavant les maîtres de tout le centre des Terres Dorées. Les anciens territoires des Harkinis, des Sahrs et des Nésenets ne forment plus qu'un désormais ! C'est pourquoi les Sarkinis rajouteront une tresse dans leurs cheveux pour l'attester.

— Yori, répondirent tous les hommes présents d'une seule voix.

— Je vous ai envoyés à Akméra, car *l'Invisible* m'avait transmis en songe la vision de la reddition de la cité, nous indiquant ainsi le commencement de la phase opérationnelle du Shakkar. Et nous l'avons fait, mes fils, accomplissant ainsi les desseins de notre Dieu !

— Yori, répondit à nouveau l'assistance d'une seule et même voix.

— Si Dieu est avec nous, il ne peut pas mener une campagne militaire à notre place. J'ai prié ces trois derniers jours pour qu'il nous montre la meilleure stratégie. Il m'a répondu que ses Fils étaient dignes de lui et sauraient prendre les bonnes décisions.

Le Sahrfir s'arrêta, quelques ménins, comme s'il réfléchissait. On n'entendait aucun bruit dans la pièce. Tous les guerriers présents attendaient. Il finit par dire :

— Alors, mes fils, quelle est la meilleure stratégie pour conquérir toutes les Terres Dorées ? Je vous écoute, interrogea-t-il les yeux légèrement fermés.

Tous les commandants regardèrent leur Däg-Chem, attendant qu'il s'exprimât en premier avant de répondre à leur tour.

Pendant ces trois jours de permission, Zoltanör avait immanquablement réfléchi à la meilleure stratégie pour la campagne militaire. Enfermé dans son bureau, il avait étudié de nombreuses cartes et des rapports sur les défenses des différents royaumes, récoltés par leurs partisans convertis qui y résidaient encore pour mieux servir *l'Invisible*. Il pensait avoir trouvé la meilleure tactique.

Il prit alors la parole d'une voix ferme :

— Actuellement, nous tenons le centre des Terres Dorées. Nous devons écraser une éventuelle coalition entre les royaumes encore insoumis qui, d'après nos espions sur place, ont demandé de l'aide à nos anciens ennemis, ces chiens des Terres Libres ! explosa Zoltanör en prononçant les derniers mots avec dégoût.

Il préféra oublier qu'ils avaient pourtant créé, bien des lanns plus tôt, une coalition avec certains Êtres de ces terres qu'ils méprisaient afin d'assurer la victoire de la *Bannière blanche.* La situation était bien différente. Autrefois, ils avaient combattu ensemble pour se libérer de l'injustice. Aujourd'hui, les autres royaumes complotaient pour faire entrer, sur les Terres Dorées, des étrangers ne partageant pas du tout leurs valeurs, et cela, uniquement pour conserver leur pouvoir. Par conséquent, tous ces Incroyants qui conspiraient contre l'unification de leur nation devaient être châtiés.

— Nous devons écraser le royaume le plus fort, celui qui guide les autres. Aussi, il faut prendre la route du sud afin d'écraser les Tanhoïs ! Et une fois leur royaume conquis, nous remonterons vers le nord pour nous emparer de ceux des Batürs et des Şadhans. Voilà ce que je préconise, Sahrfir.

Le guide spirituel avait écouté attentivement l'exposé de Zoltanör. Il avait observé les visages de ses commandants pendant que leur chef parlait. La plupart avaient acquiescé de temps en temps, montrant leur approbation. Toutefois, le guide spirituel voulait avoir le sentiment de chacun.

— Mes fils, le plan de votre Däg-Chem semble être excellent, mais quelqu'un en aurait-il un autre ou voudrait-il ajouter quelques points d'amélioration à celui-ci ?

Le silence s'abattit de nouveau sur l'assemblée. Contrairement au silence précédent, on sentait des hésitations pour s'exprimer.

— Allons, allons ! Parlez, mes fils ! Si quelqu'un a une autre idée ou veut rajouter quelque chose, son devoir envers *l'Invisible* est de nous en faire part immédiatement ! sermonna-t-il d'un ton sévère.

Le commandant Elnür prit alors la parole avec une légère hésitation :

— Je suis d'accord avec le Däg-Chem sur l'attaque qui doit être portée contre le royaume le plus menaçant. Et selon moi, nous devons d'abord aller au nord, car si les deux royaumes s'allient aux habitants des Terres Libres, ils peuvent arriver rapidement à nos portes. Au sud, Les

Tanhoïs, eux, sont isolés, dit-il timidement en regardant Zoltanör d'un air contrit.

Comme il l'avait fait quand Zoltanör parlait, le Sahrfir regarda tous les commandants, les uns après les autres. Certains semblaient perplexes, d'autres désapprouvaient par le hochement de leur tête de gauche à droite.

— Merci mon fils pour ta franchise. L'*Invisible* t'en ait reconnaissant. Quelqu'un d'autre veut donner son avis ? dit-il d'une voix douce insufflant une certaine confiance en les regardant avec des yeux bienveillants.

— Je ne suis pas d'accord avec le commandant Elnür. C'est vrai qu'il y a un risque dans le nord, toutefois ces royaumes ne feront rien sans les Tanhoïs. La prise de décision se fera dans le sud. Nous devons donc y aller pour les soumettre. Ainsi, le nord tombera littéralement dans nos mains, assura le commandant Amväg avec empressement, soutenant la proposition de Zoltanör.

— Très bien, mon fils. Nous te remercions tous pour ton avis. Personne d'autre ne veut donner son opinion ? Alors ? insista-t-il longuement.

Le silence s'installa à nouveau. Le Sahrfir semblait réfléchir, la tête légèrement inclinée. Puis, il la redressa soudainement et leur dit :

— Nous allons appliquer la stratégie de votre commandant suprême que vous semblez tous soutenir excepté le commandant Elnür. Et si *l'Invisible* ne m'a donné aucune vision, il vous a toutefois donné un Däg-Chem dont les idées lui viennent sans nul doute de notre Dieu. Nous devons ainsi le soutenir. Je décide donc que notre armée marchera vers le sud, conclut le Sahrfir d'une voix solennelle.

— Melkamat ! cria toute l'assistance.

— En combien de temps vous et vos hommes pouvez être prêts ? chercha-t-il à savoir quand le calme fut revenu dans la pièce.

— Dans trois semas, Sahrfir.

*

Quand ils eurent fini, le Sahrfir entraîna Zoltanör, laissant Marür regagner seul le grand hall. Ils empruntèrent un dédale de couloirs pour aboutir dans un splendide jardin. Ce dernier ressemblait étrangement, avec sa fontaine, son banc et ses arbres, à celui dans lequel son guide spirituel lui avait annoncé son songe, plusieurs lanns plus tôt. Il l'avait vu, lui, Zoltanör, commandant suprême des troupes militaires des Fils de *l'Invisible*. Après la victoire de la *Bannière blanche*, les deux hommes avaient créé ensemble une nouvelle armée, avaient fusionné leurs deux territoires et venaient de conquérir un nouveau royaume. La prédiction de renommée s'accomplissait peu à peu dans le grand dessein de *l'Invisible*. D'ailleurs, ils devaient déjà anticiper la seconde étape du Shakkar, ne doutant pas un seul instant de la réussite de la première, l'unification des Terres Dorées. Comme pour les grandes décisions, ils décidaient ensemble, le religieux et le soldat, pour le bien de tous.

— Assez parlé de tout cela ! Dis-moi mon fils, comment se sont passés les trois premiers jours de ton mariage ? As-tu respecté le nombre de prières ou dois-tu payer une indemnité ? s'enquit le saint homme avec une grande curiosité, car il savait que cela n'était jamais arrivé à Zoltanör.

— Je dois payer une indemnité, répondit Zoltanör avec honte en baissant la tête.

Fort surpris de la réponse, le Sahrfir resta silencieux plusieurs ménins. Depuis sa conversion en ces lieux, à sa connaissance, Zoltanör n'avait point raté une prière sauf pour cause d'opérations militaires. Et il n'avait jamais dérogé à cette règle lors de ces précédents mariages. Il faudrait qu'il surveille cette nouvelle épouse de plus près.

— Ne t'inquiète pas pour l'indemnité, mon fils. Il te suffit de faire une repentance en faisant une offrande à *l'Invisible*, mais j'aimerais savoir si tu es satisfait de ta nouvelle femme. Ou bien regrettes-tu déjà ton choix ? demanda le saint homme avec sollicitude.

Zoltanör réfléchit sérieusement à la question posée sans détour. Après quelques dorons, il répliqua :

— La réponse n'est pas aussi simple.

— Au contraire, c'est très simple. On dit que ce sont ces trois premiers jours qui conditionnent le reste du mariage. Si tu as recours au stépir dès le début, ton union sera tumultueuse, néanmoins le bonheur comme le malheur pourra en découler et si tu n'en as pas besoin, un mariage paisible t'attendra. Alors qu'en est-il pour toi ? interrogea le Sahrfir avec intérêt.

— J'ai eu recours au stépir, avoua-t-il toujours d'un air honteux.

— N'aie point honte, mon fils, de corriger ta femme. Si elle te manque de respect, tu ne dois pas hésiter une seule seconde à lui faire goûter au stépir ou à la sanctionner en fonction de la gravité comme elle le mérite ! Par contre, si c'est une bonne épouse qui fait tout ce que son mari lui ordonne, ce mari doit veiller sur elle et sur les enfants qu'elle lui donnera comme un trésor, car c'est sa véritable richesse, affirma le Sahrfir sur un ton doctrinal.

— Je suis satisfait du plaisir physique que je prends avec elle, toutefois elle me ferme totalement son cœur ne me pardonnant pas la mort de ses enfants. Pensez-vous Sahrfir qu'une mère peut absoudre l'homme qui a fait mourir ses enfants ? questionna-t-il avec fébrilité après plusieurs instants d'hésitation.

Le Sahrfir examina attentivement le visage de Zoltanör. Il ne l'avait jamais vu dans de telles affres. Il ne savait pas quoi penser de tout cela. Il l'avait autorisé à prendre cette Incroyante pour femme tel un trophée de guerre qui, pensait-il, satisfaisait sa vanité de guerrier, cependant il s'était totalement trompé. Zoltanör l'avait prise par pur désir physique et maintenant il se comportait comme un adolescent subissant les caprices du cœur. Il fallait essayer de briser l'emprise que cette femelle commençait à étendre sur lui.

— *L'Invisible* t'a donné cette épouse comme les autres pour que tu en uses selon ton bon plaisir, mais la condition intrinsèque est sa soumission à *l'Invisible*. En se soumettant, elle acceptera le destin que *l'Invisible* a choisi pour ses enfants et, par conséquent, elle te pardonnera. Si elle refuse de reconnaître prochainement *l'Invisible* comme son Dieu, elle ne pourra pas rester ton épouse ni même servir aux autres Fils de *l'Invisible*. Elle subira la noyade ! conclut le Sahrfir d'un ton inhabituellement dur.

Zoltanör essaya de ne rien laisser paraître sous les yeux scrutateurs de son guide spirituel, mais il était effondré par cette sentence implacable. Le Sahrfir avait parlé, il n'aurait pas le choix, il devrait se soumettre. Par conséquent, la seule solution était de convaincre son épouse de se convertir afin d'échapper à un destin aussi tragique. Comment allait-il s'y prendre pour lui faire accepter *l'Invisible* qui avait ordonné la mort de ses enfants ?

De son côté, le Sahrfir aussi réfléchissait. En cas de refus de son épouse à se convertir, même si on n'observait pas le deuil pour les Incroyants, Zoltanör pourrait tomber en grand chagrin, incapable peut-être de préparer la future campagne militaire, la retardant de ce fait. Il n'avait pas pensé à cela. Il prit donc une autre décision :

— Ton banquet sera repoussé jusqu'à la veille de votre départ, on en profitera pour fêter conjointement les deux évènements. J'enverrai dès demain des messages pour avertir tes commandants. Pour le moment, on ne parlera à personne de cette éventualité. Qu'en penses-tu ? demanda-t-il avec une grande douceur, en recouvrant l'une des mains de son Däg-Chem.

— Je suis d'accord, Sahrfir, répondit-il avec soulagement.

Il lui restait trois semas pour convaincre son épouse de vivre. Comment allait-il réussir un tour de force pareil ? C'était un soldat, il ne connaissait rien aux affaires de cœur. Il demanderait à son fidèle Marür s'il avait par hasard une très bonne idée.

Dès leur retour, Zoltanör s'était ouvert à Marür. Il lui avait rapporté les paroles de leur Sahrfir et lui avait demandé conseil quant à la tactique qu'il devait employer pour obliger sa femme à se convertir. Après plusieurs ménins de réflexion pendant lesquelles Marür n'avait jamais vu son Däg-Chem aussi tourmenté, il lui exposa un plan avec une logique imparable :

— La seule chance pour que votre femme accepte de rester en vie alors qu'elle a la possibilité de rejoindre ses enfants morts est de lui donner un autre enfant. Mettez-la enceinte ! Elle devrait alors tenter de protéger son futur enfant d'une mort certaine sinon elle en portera la responsabilité. Oui, je suis persuadé que c'est votre meilleure carte, répéta-t-il d'un ton assuré, tout en observant son chef avec circonspection.

— Merci, Marür. Je pense que c'est une excellente idée. D'ailleurs, je vais la mettre en pratique dès ce soir ! répondit-il d'un ton presque soulagé d'avoir une stratégie comme pour une campagne militaire.

Puis, il lui mit une tape sur l'épaule pour clôturer cet échange.

Deux semas passèrent très vite. La journée, Zoltanör supervisait la préparation de l'armée pour leur prochain départ. Il avait distribué à chacun de ses commandants une tâche particulière, à savoir les approvisionnements en chevaux, vivres, et matériels de toutes sortes… Quant à lui, il avait personnellement pris en charge les entraînements, évacuant ainsi sa frustration. La nuit était réservée à son plaisir. Depuis sa discussion avec le Sahrfir, il n'avait plus fait acte de violence sur son épouse. D'ailleurs, cette dernière ne l'avait plus défié non plus. Dorénavant, lors de leurs ébats, il essayait de lui procurer également le même désir qu'il ressentait dans son corps enflammé ; cependant, il n'était certain de rien, car elle semblait toujours absente quand il la regardait, même lorsque leurs deux corps ne faisaient plus qu'un.

Toutefois, il prenait tout son temps, déployant des trésors de patience, ce qui n'était pourtant pas son fort, pour la prendre doucement : frottements, caresses, soupirs, baisers fougueux. Comme pour une campagne militaire, il mettait en place toute une stratégie pour faire plier les défenses de l'adversaire. Lorsqu'il mettait fin à leurs ébats, il se retirait d'elle délicatement, la couvrait du drap, la serrait tout contre lui de façon ferme sans exercer une réelle force et posait sa tête sur le sommet de la sienne, s'endormant ainsi. Dans ce stratagème intime, la répétition était son meilleur allié. Il recommençait leurs ébats deux ou trois fois chaque nuit, ne lui laissant aucun jour de répit. C'était la raison pour laquelle ses autres épouses lui reprochaient d'être mises à l'écart. Il leur avait répondu qu'il s'occuperait d'elles prochainement. Elles n'avaient pas insisté, car elles connaissaient bien ses décisions unilatérales.

Pendant ce temps, Zoltanör devenait de plus en plus anxieux. Le plan élaboré ne semblait pas donner véritablement de résultats. L'échéance fatale approchait. Un soir, il décida d'aborder directement la question avec son épouse.

— Eiinis. Il avait recommencé à l'appeler par son prénom et avait cessé de lui donner du « femme ».

Il la tenait fermement dans ses bras après leur deuxième ébat de la nuit.

— Je dois offrir un banquet pour notre jemva. Je te demande de te convertir avant celui-ci qui aura lieu dans une sema, annonça-t-il avec douceur.

— Tu peux utiliser mon corps à satiété, en revanche tu ne seras aucunement maître ni de mon cœur ni de mon esprit, déclara-t-elle timidement, après quelques dorons de silence, le dos tourné.

Zoltanör se dégagea lentement d'elle. Il l'entendit commencer à haleter, la peur la gagnait progressivement.

Il essaya de maîtriser la colère qui montait en lui. Cela faisait deux semas qu'il bridait sa nature pour faire naître un début de sentiment au minimum affectueux. Et elle, elle balayait tous ces efforts d'un revers de la main.

— Si tu ne te convertis pas, tu mourras par noyade ! C'est une mort horrible, dit-il d'un ton énervé en se mettant au-dessus d'elle sans l'écraser, son corps reposant sur ses coudes.

— Jamais je ne te pardonnerai la mort de mes enfants ! Je préfère mourir ! La mort ne me fait pas peur comparée à cette vie que je mène aujourd'hui, rétorqua-t-elle avec des yeux accusateurs remplis de larmes.

Il ne souhaitait pas entrer dans un nouveau cycle de violence, mais la frustration face à son impuissance à la faire changer d'avis eut raison de sa maîtrise. Il explosa à nouveau dans un accès comparable à celui du lendemain de leur mariage. Il la prit sauvagement en lui faisant mal de façon délibérée : pétrissant ses bras, ses jambes et ses épaules, mordant ses seins, tirant ses cheveux et lui meurtrissant les lèvres. Et quand il ne supporta plus cette tension douloureuse, il enfonça sans ménagement son membre érigé dans son intimité. Puis, il se mit à bouger brutalement : les va-et-vient étaient sans aucun doute douloureux pour la jeune femme qui se mordait les lèvres pour ne pas crier. Quand il eut fini, il se dégagea d'elle et roula sur le côté avant de s'endormir néanmoins avec mauvaise conscience. Il était revenu au point de départ de leur relation.

*

Quand Zoltanör se leva, il n'eut aucun regard pour son épouse et s'apprêta tout seul contrairement à la routine installée. Il descendit et vit Marür attablé comme c'était souvent le cas, attendant que son Däg-Chem descende.

— Bonjour Marür, dit-il avec un reste de contrariété dans la voix.

— Bonjour Däg-Chem, répondit Marür d'un ton respectueux en se levant pour le saluer.

Ils mangèrent en silence. Depuis plusieurs jours, il sentait les regards circonspects de son capitaine. Plus sa mine s'assombrissait, plus Marür semblait inquiet. Quand ils eurent fini leur repas, ils entamèrent une nouvelle journée de préparatifs de guerre. De retour, à la nuit tombée, Zoltanör ne trouva pas son épouse dans la chambre du maître. Il alla directement dans la sienne qui se trouvait non loin au même étage.

Elle était là, allongée dans son lit, endormie, son médecin personnel auprès d'elle.

— Que se passe-t-il ici ? questionna-t-il avec rudesse en s'adressant au médecin qui venait de lever la tête à son entrée.

— Ce matin, après votre départ, votre épouse a eu un léger malaise avec une perte de connaissance, répondit le praticien.

— De quoi souffre-t-elle ? demanda-t-il avec inquiétude.

— Pour le moment, je ne puis me prononcer. Si vous n'y voyez pas d'inconvénient, je vais la veiller cette nuit avec votre servante. Et demain, je vous donnerai mon diagnostic définitif, répondit-il prudemment.

Zoltanör jeta un coup d'œil aux formes gracieuses que dessinait le drap ; seul son beau profil à moitié recouvert d'une cascade blond argenté était visible.

— Prenez bien soin d'elle ! Je vous tiendrais personnellement responsable s'il lui arrivait quelque malheur, gronda-t-il d'une voix menaçante, lui lançant un regard appuyé avant de sortir.

La nuit fut longue sans Eiinis. Il avait eu l'idée de rendre visite à l'une de ses épouses, mais il n'en éprouvait pas véritablement le désir. Il resta donc dans son lit, seul, à réfléchir au futur. Il avait foi en *l'Invisible*. Quelque chose allait fatalement arriver pour écarter l'avenir funeste d'Eiinis qui prenait forme peu à peu.

Zoltanör se réveilla plus tôt que d'habitude, fit une prière étonnamment longue dans laquelle il suppliait *l'Invisible* de lui laisser Eiinis, puis se prépara comme les autres jours. Une fois prêt, il se dirigea vers la chambre de son épouse. Comme la veille, il ne prêta pas attention à la décoration, se concentrant sur sa femme. Elle était réveillée. Sa servante la soutenait pendant qu'elle crachait dans une petite bassine. Le médecin était assis au bord du lit. Il examina le crachat, scruta le fond des yeux de la jeune femme, toucha son front et écouta son cœur d'un peu trop près au goût du guerrier, en proie à une jalousie irrationnelle compte tenu de l'âge avancé du vieil homme.

— Alors qu'a-t-elle ? questionna de nouveau Zoltanör sur un ton impatient.

Il n'avait toujours aucune explication depuis la veille.

— Rassurez-vous, mon seigneur. Elle est en parfaite santé. Elle est juste enceinte ! déclara-t-il d'un ton enjoué.

Zoltanör présentait un regard soulagé, entrevoyant immédiatement l'issue positive de cette nouvelle, tandis que son épouse était totalement choquée, niant cette possibilité en secouant négativement la tête en silence.

— Que préconisez-vous ? s'informa Zoltanör d'une voix hachée, tentant de maîtriser une joie profonde.

— Rien de particulier, mon seigneur, excepté de ne pas monter à cheval pour ne pas risquer la vie de l'enfant, répondit-il en commençant à se lever lentement pour partir.

— Et son devoir conjugal ? insista-t-il d'un ton qu'il voulait neutre, car il avait du mal à imaginer se passer du corps ensorcelant de son épouse pendant plusieurs misas.

— Aucun problème, assura-t-il en esquissant un rapide sourire avant de faire signe à la servante de sortir et de refermer la porte tout doucement.

Zoltanör se tenait à bonne distance du lit, regardant fixement en silence sa femme qui gardait les yeux baissés. Puis, il dit enfin :

— Je vous attends comme d'habitude dans ma chambre à mon retour. Vous avez compris ?

— J'ai compris, mon seigneur, rétorqua-t-elle d'une voix brisée.

Quand il descendit, il avait un léger sourire. Marür sortait de la salle des repas :

— Ah ! Marür, mon fidèle compagnon. Votre plan a pleinement fonctionné. Mon épouse est enceinte !

Marûr eut un grand soulagement. Tout allait finalement rentrer dans l'ordre.

— Je devrais vous confier notre stratégie militaire également, plaisanta-t-il d'une voix inhabituellement enjouée tout en s'éloignant pour manger avec grand appétit.

*

À son retour, Eiinis était dans sa chambre. Le soir, Zoltanör continuait à la prendre selon son désir, néanmoins avec plus de douceur sachant qu'elle portait maintenant son enfant. Il avait décidé que ce serait un fils. À la fin de leurs ébats, elle pleurait en silence. Il n'avait pas du tout l'intention de la laisser subir la noyade. Il l'obligerait d'une façon ou d'une autre à se convertir. Comme si l'enfant sentait un danger imminent, il décida de lui faire sentir sa présence. Tous les matins sans exception, elle crachait dans son écuelle dissimulée sous son côté du lit, elle avait la nausée et elle semblait le sentir, car elle portait souvent la main sur son ventre. En revanche, lors de leurs ébats, l'enfant ne se manifestait jamais. Cependant, certaines zones de son corps étaient devenues très sensibles telles que ses seins dont les aréoles s'élargissaient à vue d'œil. La veille du banquet, Zoltanör revint à la charge. C'était le petit matin, ils venaient de se réveiller. Elle se redressa sans doute pour cracher avec discrétion.

— Eiinis, tu vois, ton fils te demande de ne pas le tuer. Veux-tu quitter cette terre en l'ayant délibérément assassiné ? Alors, pourquoi continuer à me haïr pour la mort de tes enfants précédents si tu agis comme tu m'accuses d'avoir agi ? Tu n'es donc pas meilleure que moi ! reprocha Zoltanör d'un ton grave.

Il la sentait perdue. Elle s'était assise au bord du lit, la tête entre ses deux jambes pour laisser passer la nausée qui montait en elle.

— Faisons-le ce soir ! Convertis-toi à *l'Invisible* ! Laisse une chance à cet enfant de vivre. Chaque jour, il te rappelle sa présence. Refuse la mort et accepte la vie, pour ton fils ! insistait Zoltanör d'une voix pressante.

Il s'était rapproché tout doucement d'elle. Eiinis redressa

son buste tout en caressant son ventre sans même s'en rendre compte et se basculait d'avant en arrière comme si elle berçait l'enfant.

— Accepte la conversion à *l'Invisible* pour sauver ton fils ! Fais ton devoir de mère ! Protège-le ! chuchota-t-il dans l'oreille.

Elle pleurait doucement tout en continuant à caresser son ventre dans un geste de protection. Il sentit alors sa carapace se fendre. Il se fit encore plus doux. Il lui caressait le dos, les cheveux et pour la première fois depuis qu'ils avaient appris sa grossesse, il posa sa main droite sur la sienne placée sur son ventre. Puis, il enleva délicatement la main de son épouse afin de poser directement la sienne sur son ventre nu ; il avait soulevé sa chemise de nuit sans qu'elle s'en aperçoive.

— Dis oui, insista-t-il, la bouche collée à son oreille droite.

Il répéta plusieurs fois ces deux mots tout en la tenant par son bras. La tête de son épouse reposait au creux de son épaule gauche.

— Oui, entendit-il d'une voix presque inaudible.

Il immobilisa sa main qui lui caressait le ventre. Elle répéta d'une voix plus forte :

— Oui. Je vais me convertir ce soir. Je vais sauver mon enfant ! dit-elle cette fois-ci d'une voix assurée.

Elle avait choisi la vie pour elle et son enfant.

La cérémonie de conversion eut lieu après la prière de la fin d'après-midi. Le Hafir de la demeure officia la célébration très courte. On avait besoin seulement de deux témoins. Zoltanör demanda à Marür d'être le second témoin. Quand ce fut fait, Zoltanör laissa échapper un soulagement. Il avait craint un revirement de dernière minute.

Ce fut donc avec une grande décontraction qu'il accueillit le lendemain ses invités. Les serviteurs avaient mis deux jours à tout préparer. La demeure était décorée avec sobriété et plusieurs tables avaient été dressées. Le Sahrfir arriva après tous les autres convives. Il présida le banquet, ce qui fut un honneur de plus pour Zoltanör.

Avant de commencer le repas, le Sahrfir porta un toast de sa voix singulière :

— Célébrons le jemva de votre Däg-Chem ! Accueillons sa nouvelle épouse qui accepte *l'Invisible* comme son unique Dieu. Félicitons-les et souhaitons-leur beaucoup d'enfants et du bonheur !

Zoltanör était assis à la droite du Sahrfir. Il avait revêtu un ensemble habillé assorti à celui de son épouse : un pantalon bleu sombre couvert de broderies de couleur or avec une veste coordonnée dont la longueur recouvrait entièrement une chemise blanche mi-longue ; une ceinture de couleur jaune doré et une petite dague complétaient le tout. Sa femme, assise à sa droite, portait également une tenue bleue, toutefois d'une teinte plus claire qui faisait ressortir la couleur de ses yeux que les plus proches relevaient avec surprise. Elle portait une longue robe dans un tissu brillant avec un asché bleu coordonné. Elle attirait tous les regards avec son port de reine, ce qui renforçait le prestige de Zoltanör. D'ailleurs, tous avaient répondu à son invitation, curieux d'apercevoir sa nouvelle épouse. Selon la tradition, c'était la seule fois où l'on exposait l'épousée en public : pour la présentation des vœux de bonheur par les invités et surtout la demande de fécondité par les pères présents. Les hommes mangèrent tous dans une décontraction feinte, car l'armée levait le camp le lendemain. Avant de se retirer, donnant le signal de départ pour ceux qui le souhaitaient, le Sahrfir dit d'une voix ferme :

— Sarkinis, le temps du Shakkar a commencé. Notre victoire facile à Akméra est le signe que nous envoie *l'Invisible* pour nous dire qu'il sera toujours à nos côtés. Ne craignez rien ! Partez accomplir son dessein et vous serez récompensés au-delà de toutes vos espérances !

Un tonnerre de « Yori » très bruyant se fit entendre.

Une stratégie imparable

Zoltanör marchait à la tête de l'une des plus grandes armées qu'Ĕphÿr ait jamais connues ; les Sarkinis comptaient dix mille hommes. Ils avaient pris la direction du sud, vers Tanéla, la cité des Tanhoïs, comme cela avait été décidé lors de la réunion chez le Sahrfir. Outre le Shakkar, Zoltanör avait une autre raison d'attaquer les Tanhoïs. Son ancien peuple, les Harkinis, avait été trahi par eux lors de la *Guerre des Deux Terres*. Les Tanhoïs avaient conclu la paix avec leurs ennemis sans les en avertir alors que ces derniers étaient à l'origine de ce conflit. Les Harkinis avaient donc livré leur ultime bataille, seuls, combattant à un contre cinquante. Perdant beaucoup de guerriers de valeur, ils avaient juré de se venger un jour. La victoire de la *Bannière blanche* n'avait pas réussi à leur faire oublier cette infamie ; la rancune s'était transmise de génération en génération. Par ailleurs, la trahison de ces scélérats n'avait pas de limite puisqu'aujourd'hui ils sollicitaient l'aide de leurs anciens ennemis, les Terres Libres, pour combattre leurs anciens alliés, les Sarkinis. Ils méritaient donc largement le sort que *l'Invisible* leur réservait.

La campagne militaire venait véritablement de commencer ; elle serait longue. La prise d'Akméra avait été une expérience grandeur nature afin de tester leur capacité offensive. Pour le moment, depuis trois jours, les Sarkinis empruntaient la route principale du sud qui suivait le *fleuve Paresseux.* Tracée, il y a des lannas, par les Tanhoïs, lorsque ces derniers avaient commencé à faire du troc avec les premières tribus des Terres Noires (appelées désormais la Terre des Chefs), ils s'en étaient servis pour inonder ensuite les Terres Dorées de marchandises. Depuis, elle demeurait bien entretenue, car c'était l'une des principales voies commerciales de ce monde. C'était la raison pour laquelle toute une population, qui rendait de nombreux services aux soldats (petits artisans, serviteurs, esclaves sexuelles), avait la possibilité de les accompagner. Comme la colonne avançait très lentement à cause des nombreux chariots de vivres et de matériels, chacun pouvait contempler les paysages identiques des Terres Dorées.

Des collines de sable alternaient avec des plaines très sèches, excepté de petites montagnes rocailleuses et des forêts qu'on trouvait au nord et à l'est principalement. Les Sarkinis se dirigeaient vers le grand lac Galorn au bord duquel était érigée la cité des Tanhoïs.

Huit jours après le départ de Yazam, la Grande, ils arrivèrent en fin d'après-midi aux portes de Tanéla, la cité des Tanhoïs. L'armée (composée de cavaliers, archers et fantassins) s'installa au nord, là où démarrait la route commerciale. Zoltanör était à la tête de dix mille hommes répartis en dix *férils*, chacun placé sous l'autorité d'un commandant. Chaque féril était divisé, à son tour, en dix narils de cent hommes conduits chacun par un lieutenant-commandant. Et la dernière catégorie était l'unité composée de vingt-cinq soldats chacune, dirigée par un capitaine, quatre par naril. Ainsi, chaque féril avait son propre campement indépendant les uns des autres, ce qui permettait aux Sarkinis d'une part de mieux gérer le rationnement complexe pour une telle multitude, d'autre part de mieux assurer la sécurité du campement. Chaque féril était espacé d'une maba minimum, entouré d'une palissade de bois et de fossés dans lesquels étaient placés de solides pieux taillés en pointes meurtrières pour se prémunir contre une attaque-surprise ennemie. Derrière les quatre côtés de l'enceinte se dressaient des petites tours en bois de dix mabs de haut permettant à des guetteurs de surveiller l'arrivée d'assaillants éventuels. Trois y officiaient : celui qui surveillait l'ennemi arrivant de face, et les deux autres, celui à leur gauche ou à leur droite. Par conséquent, grâce à ce double système de sécurité, il était extrêmement difficile de surprendre les Sarkinis.

Par ailleurs, dans leur armée, tout le monde combattait : nul ne restait à l'arrière. Ainsi, Zoltanör, non seulement commandait toute l'armée, mais conduisait également, en personne, son propre féril au combat. Et dans son féril, il menait aussi parfois un naril dans des opérations audacieuses. La prise d'Akméra avec ce naril formé de ses quatre fidèles capitaines était la preuve que le système fonctionnait de façon optimale. Cette prise de risque constante de leurs chefs, doublée d'une foi sans faille en leur mission divine et d'un apprentissage des Écritures saintes, avait donné naissance à une armée quasiment invincible. Contrairement aux autres armées, les soldats n'étaient pas payés à proprement parler ; on leur versait des gages, mais pas de soldes relatives à des campagnes militaires. En effet, dans la société des Fils de *l'Invisible* chacun avait une fonction précise. Ceux qui avaient choisi le service armé pour accomplir le Shakkar recevaient une indemnité permanente, en temps de guerre comme en tant de paix, permettant ainsi de conserver une autorité sur les hommes et de maintenir leurs bonnes conditions physiques. Cette gestion particulière d'une armée était totalement révolutionnaire. De plus, pour éviter les conflits qui sapaient la discipline au sein des troupes lors des campagnes militaires, les soldats avaient accès gratuitement à toutes sortes de besoins. Concernant les différents objets réalisés par les artisans qui les suivaient, ils y avaient droit en nombre limité ; les artisans étaient payés par la caisse de l'armée à leur retour. Quant aux esclaves sexuelles (environ deux mille) qui les accompagnaient, provenant des différents argatals et de la rafle effectuée à Akméra parmi les riches familles, elles avaient été réparties entre les dix férils. Un planning scrupuleux que tenait un préposé gérait chaque nuitée comme il y en avait un pour les vivres et un autre pour les objets des artisans. Ne sachant pas quand un soldat tomberait dans la bataille, il était indispensable que chaque homme célibataire fût satisfait chaque nuit, car seul *l'Invisible* détenait son destin entre ses mains. Aussi, ces femmes étaient visitées chaque soir en moyenne par cinq soldats dans des tentes dédiées. Nulle frustration ne venait perturber la discipline de l'armée, chacun se pliant à ce strict fonctionnement.

*

Après un si long trajet et les corvées liées à leur installation, Zoltanör avait donné quartier libre à tous les hommes. Le lendemain matin, il convoqua son État-Major, les commandants des férils, sous sa vaste tente couleur orangée ; rien ne la distinguait vraiment des leurs. Aussi l'ennemi ne pouvait pas l'attaquer par traîtrise. En revanche, il était reconnaissable sur le champ de bataille avec sa chevelure cuivrée et son armure marron doré. Les commandants entrèrent en saluant leur Däg-Chem.

En réponse, il leur fit signe de prendre place autour de la table près de laquelle il se trouvait. La tente conservait sa disposition habituelle : un lourd rideau d'un blanc cassé divisait l'installation en deux. La partie cachée était son domaine secret : nul n'y avait guère été convié excepté Marür. L'autre partie était celle où il les recevait dans une décoration quelque peu spartiate. En dehors de la table disposée au milieu de cet espace relativement vide, un seul fauteuil se trouvait un peu en retrait et un tapis épais de couleur sombre recouvrait entièrement le sol. Zoltanör se pencha très concentré sur une grande carte de Tanéla. On y voyait différentes figurines et divers objets en bois représentant leur armée ainsi que leurs adversaires.

— Messieurs, voici Tanéla ! déclara Zoltanör en désignant la cité de son index sur la carte déployée, tout en relevant brièvement la tête pour s'assurer qu'ils suivaient tous son discours.

— Nous sommes ici… ici… ici encore, continua-t-il en indiquant tous les emplacements des dix férils.

— Contrairement à la prise d'Akméra, il n'y aura pas d'effet de surprise. Ils ont déjà été largement prévenus de notre précédente stratégie, il nous faut donc trouver autre chose cette fois-ci, ajouta-t-il d'un air pensif.

Le silence régnait sous la tente. Les commandants se regardaient les uns après les autres en espérant que l'un d'entre eux pourrait satisfaire leur Däg-Chem.

— Quelqu'un a-t-il une idée ?

— Je vous rappelle qu'on ne peut pas se permettre de s'éterniser dans un trop long siège, car les Tanhoïs ont dû largement faire le nécessaire pour leur approvisionnement afin de tenir en attendant des renforts éventuels qui viendraient des Terres Libres ! tonna Zoltanör en tapant son poing sur la lourde table rectangulaire en bois.

Enfin, on entendit une voix hésitante après l'emportement de leur chef.

— Contrairement à la cité d'Akméra, aucun mur de

Tanéla n'est véritablement faible. Il nous faut une nouvelle stratégie pour venir à bout de leurs solides défenses. Notre seule chance d'obtenir une rapide victoire est de lancer une attaque simultanée, dit Marür d'une voix de plus en plus assurée au fur et à mesure qu'il s'exprimait.

Zoltanör s'était retourné très surpris par l'intervention de son capitaine.

Marür s'arrêta aussitôt, se rendant compte que c'était sa propre bouche qui venait de prononcer ces mots à haute voix. Il attendit avec inquiétude la réaction de Zoltanör. Le silence devenait de plus en plus pesant.

— Marür ! Continue ton exposé ! dit-il d'une voix autoritaire en l'invitant à se rapprocher de la table.

— Je pense que notre armée doit, sans plus attendre, se diviser pour couvrir les deux entrées de la cité tout en gardant un naril hors de l'assaut direct, proposa Marür en montrant avec ses doigts les deux emplacements principaux.

— Chaque partie de notre armée lancera une attaque avec les catapultes, les tours d'assaut et les béliers. Pendant qu'ils seront occupés à nous repousser sur ces deux fronts, nous devrons utiliser l'unité mobile du capitaine Vogär pour nous rendre rapidement maîtres du mur ouest resté sous une surveillance réduite, car les Tanéléens ne peuvent pas être informés de cet atout. En effet, les seuls à l'avoir vue, les Kars de Sayâ, sont tous sous terre au moment où je vous parle. Nous ouvrirons ainsi une brèche dans leurs défenses, par laquelle le reste du naril pourra passer à l'attaque pour prendre à revers la défense des Tanhoïs.

La voix de Marür s'était brusquement arrêtée.

— Très bon plan, dit Zoltanör, satisfait de cette proposition. Qu'en pensez-vous ? demanda-t-il à ses commandants.

Ces derniers acquiescèrent tous avec plus au moins de réticence, cependant ils n'avaient pas d'autres plans à soumettre. Il fut donc adopté. Le plan de Marür incluait deux éléments fondamentaux : d'une part la division immédiate de l'armée, d'autre part celle du matériel c'est-à-dire des tours d'assaut, béliers et catapultes. Les Sarkinis avaient transporté tout leur équipement pour faire le siège de Tanéla, leur permettant ainsi d'être opérationnels très rapidement.

Zoltanör choisit l'un de ses commandants les plus expérimentés, Amväg, pour conduire l'autre partie de l'armée, cinq férils, du côté opposé au leur. En fin d'après-midi, la colonne se dirigea vers le sud, là où s'élevaient les portes secondaires de la cité.

Pendant trois jours, les deux parties de l'armée devaient se préparer avant de lancer l'attaque. De chaque côté, les soldats chargés du matériel militaire remontaient trois tours d'assaut et cinq catapultes. Ils vérifiaient les liens ainsi que la solidité de leur bélier. Tous les matins, dès l'aube, les combattants s'entraînaient. Le bruit des fers qui s'entrechoquaient et des cris d'efforts des soldats émettant un brouhaha sonore se répandait jusque dans les hauteurs des murs de Tanéla. L'après-midi, soit les soldats se reposaient en vue des futures journées éprouvantes, soit ils prenaient soin de leurs armes en les affutant et de leurs armures en les nettoyant. À la fin de tous ces préparatifs, Zoltanör envoya un messager pour vérifier que l'autre partie de l'armée serait opérationnelle dès le lendemain ; il revint avec la confirmation. Enfin, à l'aube du quatrième jour, les Sarkinis étaient prêts à se lancer sur la cité. Zoltanör prit la tête de l'armée qui se dirigeait vers l'entrée principale tandis qu'Amväg en faisait de même à l'opposé, vers l'entrée secondaire. Quant au naril, comportant l'unité du capitaine Vogär, il attendait à l'arrière de la troupe de Zoltanör pour se lancer, au moment propice, vers le mur ouest.

À Tanéla, l'effervescence semblait régner depuis deux jours. Les gardes sur les murs étaient de plus en plus nombreux. Parfois, on apercevait un peloton de plusieurs hommes qui se penchaient par-delà le parapet pour tenter de repérer sans doute un quelconque artifice ; les Tanhoïs avaient donc renforcé leur défense. Préalablement au démarrage des hostilités, Zoltanör envoya son *guelfoï* exiger une reddition sans conditions. La réponse des Tanhoïs fut sans surprise : ils refusèrent de se soumettre.

La prise de Tanéla

La bataille de Tanéla allait commencer. L'heure de la vengeance avait enfin sonné ! Zoltanör attendit qu'on installât les tours d'assaut à la bonne distance du mur de la cité. Quand ce fut fait, il lança l'offensive : des bombardements intempestifs de grosses pierres en alternance avec des boules de feu. Plusieurs rangées d'archers envoyaient des flèches enflammées pour ne donner aucun répit à l'adversaire entre deux tirs de catapulte. Cette stratégie permettait ainsi aux fantassins d'avancer à couvert des tours qui roulaient facilement sur ce terrain plat de terre sèche, peu sablonneux. Sur les remparts de Tanéla qui s'enflammaient dangereusement, les archers tentaient de repousser l'attaque des Sarkinis par plusieurs volées de flèches, en vain. Malgré des pertes, les Sarkinis se rapprochaient inéluctablement. Enfin, la première tour arriva au pied du mur nord. Les premiers combattants, qui tentèrent d'arriver au sommet de leur tour, furent ébouillantés par le liquide provenant de grosses marmites vissées à la façade. Pendant ce temps, le naril auquel appartenait le capitaine Vogär s'était détaché du reste de l'armée en vue d'atteindre son objectif : le mur ouest. Puis, les deux autres tours de l'armée de Zoltanör abordèrent également le mur nord. Les Tanéléens se retrouvèrent alors vite débordés, car les premiers assaillants Sarkinis réussirent à y prendre pied. Au bout de deux nars environ, un soldat lança une flèche unique en l'air verticalement. Elle fut relayée par d'autres jusqu'à Zoltanör, lui indiquant de lancer la cavalerie composée de cinq narils.

— Sarkinis ! Nous sommes les Fils de *l'Invisible*. Rien ne peut nous résister ! Faites honneur à l'*Invisible*, à notre Sahrfir, à votre Däg-Chem ! cria-t-il avec ferveur, juché sur son étalon blanc, en passant en revue la première ligne de ses troupes.

Ses soldats lui répondirent en entonnant leur hegâ « Un Sarkinis tombe, dix se relèvent » de plus en plus fort, en tapant leur épée sur leur bouclier, scandant ainsi la mesure. Cette coutume les galvanisait pour le combat.

Puis, Zoltanör fit faire volte-face à son étalon blanc et tendit son bras droit vers l'avant, son épée courte indiquant la direction à suivre. Enfin, après quelques dorons, il lança leur cri de guerre :

— Waramir ! hurla-t-il.

Les chevaux, excités par le vacarme assourdissant et la tension de leurs cavaliers, piaffant depuis plusieurs ménins d'impatience, s'élancèrent avec fougue vers les bruits de bataille. En arrivant près du mur nord, Zoltanör vit que les trois tours se dressaient. Il voyait plusieurs tenues orange sans armure : les hommes de l'unité mobile. Brisant les défenses du mur ouest, ils étaient déjà parvenus à celui du nord. Selon le plan, ils devaient ouvrir la lourde porte principale afin que les troupes puissent s'engouffrer dans la cité. Son cheval était très rapide, il ne lui restait environ qu'une maba à parcourir jusqu'à la porte, toujours close pour le moment. Si l'unité de Vogär ne le faisait pas de façon imminente, la cavalerie qu'il commandait, lui y compris, serait très vite décimée par les flèches des Tanéléens.

Au moment où Zoltanör atteignait le point de non-retour, la moitié d'une maba environ, il vit enfin les portes d'entrée de la cité s'entrouvrir. Des Sarkinis positionnés au-dessus de celles-ci étaient pris en tenaille, mais combattaient toutefois avec courage un ennemi supérieur en nombre. Des compagnons de ces derniers tentaient de leur prêter main-forte sans encore y parvenir. Par ailleurs, l'ouverture de la grande porte n'était pas suffisante pour y laisser passer la cavalerie dans sa formation habituelle, par rangée de quatre. Pour le moment, les cavaliers devaient pénétrer dans la cité en file indienne, ce qui constituait un énorme risque. Finalement, la double porte de la cité s'ouvrit plus largement. Des Sarkinis la maniaient tandis que d'autres protégeaient leurs compagnons des assauts des Tanéléens ; les défenseurs se battaient avec la dernière rage. Zoltanör donna des coups dans les flancs de son cheval qui se cabra avant d'accélérer son allure, fonçant droit devant lui. Il franchit le passage avec ses cavaliers. La troupe se divisa en deux sections inégales. La première se déploya parallèlement au mur, protégeant de cette manière ceux qui gardaient l'accès de la cité ainsi que les fantassins ayant déjà réussi à y entrer et subissant les ripostes répétées des Tanéléens. La deuxième, composée d'un naril entier et menée par Zoltanör, réussit à percer les défenses ennemies pour se diriger directement vers le palais royal, à l'est de la cité. Il vit alors plusieurs soldats tanéléens se précipiter dans leur direction, en provenance du mur ouest, conquis par l'unité du capitaine Vogär ainsi que par le reste du naril. À la vue des cavaliers menaçants, les défenseurs bifurquèrent vers le sud de la cité pour essayer de résister à l'envahisseur à partir d'une meilleure position.

Qu'en était-il du reste de l'armée ? Au moment où il se posait la question, Zoltanör aperçut au loin les troupes d'Amväg poursuivant un grand nombre de soldats tanéléens en provenance du sud et de l'ouest. Totalement encerclés, ces derniers se rendirent alors rapidement à leurs assaillants. Ce n'était donc plus qu'une question de temps pour que le mur nord tombât aux mains des Sarkinis anéantissant ainsi l'armée tanéléenne. Zoltanör laissa la fin de la bataille à ses hommes et accéléra l'allure pour s'emparer rapidement du roi, l'empêchant de s'enfuir par le lac attenant à la cité ; le lac Galorn était la seule issue possible.

Enfin, Zoltanör arriva avec ses cavaliers devant le palais royal. Aucune troupe ne le gardait. Les assaillants descendirent de leurs chevaux et entrèrent prudemment. Ils fouillèrent tout le palais minutieusement : pièce par pièce. Nulle trace ni du roi, ni de sa famille, ni même de sa garde personnelle. Il envoya alors des éclaireurs fouiller les environs de l'édifice. Des soldats revinrent précipitamment en rapportant avoir aperçu du haut des murs plusieurs canoës sur le lac se dirigeant vers le sud.

Zoltanör s'adressa aux soldats d'un ton furieux :

— Débrouillez-vous comme vous voulez ! Prenez une unité s'il le faut ! Mais, ramenez-moi le roi, vivant, de préférence !

Puis, il continua en proférant :

— En cas d'échec, vous le paierez tous de vos vies ? Est-ce bien clair ?

— Oui, Däg-Chem, dirent-ils en cœur en s'inclinant devant leur commandant suprême.

Zoltanör se retourna vers Marür, qui ne l'avait pas quitté depuis le début de l'offensive, assurant ses arrières comme d'habitude et il lui dit d'un ton radouci :

— Le roi et son escorte doivent chercher à rejoindre le *fleuve Infernal* pour atteindre la Terre des Chefs par les *Terrasses Dansantes*. Il n'y a plus qu'à attendre qu'on les rattrape. Viens, mon ami ! Nous n'avons plus rien à faire ici !

*

Les deux guerriers prirent leurs chevaux et se dirigèrent vers la Place Centrale. Ils n'avaient pas eu le temps d'observer les lieux durant leur cavalcade. Marür vit une cité dévastée : de nombreux projectiles jonchaient le sol, plusieurs bâtiments étaient encore en proie aux flammes, des groupes de soldats tanéléens encerclés de Sarkinis se dirigeaient comme eux vers le cœur de la cité. La population, elle, demeurait invisible continuant à se terrer dans des recoins secrets, attendant sans doute dans la peur les premières mesures des vainqueurs.

Avant de s'occuper des affaires de la cité, Zoltanör passa ses troupes en revue. Félicitant par ci, encourageant par là, il demeurait proche de ses hommes. Ensuite, il ordonna le nettoyage de la cité : extinction des flammes des bâtiments, enlèvement des armes ainsi que des cadavres. On brûla les morts dans deux bûchers distincts à l'extérieur de l'enceinte pour éviter les maladies : l'un au sud pour les Tanéléens, et l'autre au nord consacré aux âmes des guerriers Sarkinis pour qu'elles aillent rejoindre les *Omeyri*. À la nuit tombante, les brasiers sentant la chair calcinée illuminaient l'immense plaine.

Pendant que brûlaient les corps amis et ennemis, les Sarkinis fêtaient leur victoire : de nombreux groupes éparpillés célébraient la vie autour d'un feu. Quant à Marür, à qui Zoltanör avait donné une permission bien méritée, il avait retrouvé Lahär lors de la cérémonie des morts. Cela faisait très longtemps qu'ils n'avaient pas passé un long moment ensemble. Les deux amis décidèrent de s'installer sur les hauteurs du palais royal.

Ils avaient trouvé un petit endroit peu confortable, mais loin des sentinelles. La vue sur le lac était splendide, ce dernier leur rappelant celui de l'argatal de Zoltanör dans lequel ils nageaient dès qu'ils en avaient l'occasion. Ils évoquèrent ainsi nombre de souvenirs des lanns à l'académie militaire, puis ceux de leur formation comme Sarkinis, riant énormément aux différentes anecdotes.

— Cela fait une éternité, mon ami, dit Marür.

— Oui, une éternité, répondit Lahär.

Puis, ils parlèrent du présent.

— Combien de temps penses-tu que va durer la campagne du Shakkar ? demanda Lahär d'une voix où l'impatience se mêlait à la curiosité.

— Je n'en ai aucune idée. Notre Däg-Chem ne communique guère à l'avance pour tout ce qui concerne les plans militaires, répliqua Marür avec franchise. On dirait parfois qu'il attend l'inspiration de *l'Invisible*, continua-t-il, en prononçant ces mots à voix basse comme s'il était intimidé.

Lahär hocha la tête d'un air entendu.

— Il ne s'est pas encore ouvert à moi à ce sujet. Pour le moment, j'en sais autant que toi et nos compagnons. Il nous délivrera comme toujours les informations en temps utile, conclut Marür avec une voix empreinte d'une confiance indéfectible en son commandant suprême.

— Oui, tu as raison, assura Lahär sur le même ton.

Toute la nuit, ils restèrent là sous les étoiles sans feu pour se réchauffer. Les fortes températures de la journée conservaient à l'air nocturne une douce chaleur malgré un léger vent tiède. À leur réveil, le soleil commençait à se lever sur le lac, réchauffant peu à peu la faune et la flore environnantes. Au moment où ils descendaient de leur perchoir, ils virent accoster deux larges canoës. Un homme habillé simplement avec les mains liées sur le devant descendit de l'un d'eux aidé par des soldats. À peine eut-il posé le pied au sol que d'autres soldats vinrent se flanquer à ses côtés. Ils entrèrent dans la résidence royale.

Marür et Lahär ne purent en voir plus.

— Penses-tu comme moi qu'ils ont capturé le roi ?

— Je crois que tu as tout à fait raison, mon ami, répliqua Lahär avec son petit air comploteur.

Le même qui les avait mis, par le passé, dans des situations inextricables dont Marür devait les en sortir en faisant alors appel à tout son génie.

— Allons-y ! Suivons ce peloton !

Marür leva les yeux au ciel, toutefois intrigué également, il emboîta le pas à Lahär sans dire un mot. Tous les deux se dépêchèrent pour ne pas se laisser distancer. Ils enfourchèrent prestement leurs montures pour continuer à suivre les soldats. Leur intuition avait été la bonne. Le groupe de soldats les mena vers le centre de la cité. Puis, une fois renseignés sur l'endroit exact où se trouvait leur commandant suprême, ils arrivèrent devant une demeure qui semblait appartenir à un haut dignitaire tanéléen. Une unité complète en gardait l'entrée. Marür et Lahär mirent pied-à-terre pratiquement en même temps que la troupe qu'ils suivaient au loin. Sans attendre, Marür avança, laissant Lahär en retrait, pour se rapprocher du cordon de sécurité qui le laissa passer, lui, l'ombre de leur Däg-Chem. Il se posta à l'extérieur de la demeure en attendant son commandant suprême. Ce dernier, qui venait d'être averti de l'arrivée de la troupe de soldats avec la présence d'un prisonnier, sortit promptement.

Les soldats le saluèrent ; il leur rendit un salut rapide, car il fixait l'homme à genoux.

— Quel est ton nom ?

— Je suis Talref, le roi de Tanéla, répondit-il d'une voix inaudible avant de baisser sa tête dans un signe de soumission.

Zoltanör ordonna au capitaine de l'unité de lui faire un bref rapport. Il écouta attentivement le compte rendu de la poursuite ayant entraîné la mort de trois des leurs ainsi que de la totalité du groupe des fuyards excepté le roi.

Quand le capitaine eut fini, Zoltanör se tourna de nouveau vers son prisonnier.

— Sais-tu ce qui t'attend, sale traître ? La mort ! Comme tous ceux qui se dressent contre l'*Invisible*, le seul et unique vrai Dieu.

Il avait répondu lui-même à sa question sans laisser au prisonnier le temps d'ouvrir sa bouche.

— Mais, avant de te décapiter, tu vas subir ton châtiment devant ton peuple pour abjurer ton faux dieu, le Soleil Doré, et te repentir d'avoir comploté en faisant appel aux étrangers, nos ennemis à tous, ajouta-t-il avec son sourire carnassier qui lui donnait l'air de se délecter comme un animal de la mise en pièce de sa future proie.

Puis, il se tourna vers le capitaine qui venait de lui faire son rapport :

— Capitaine, à vous de le mener jusqu'à la Place Centrale pour qu'il y subisse sa condamnation.

Puis, il se tourna, cette fois-ci, vers Marür :

— Prévois le bourreau pour midi comme d'habitude ainsi que notre spécialiste de la chair qui devrait se réjouir d'un nouveau travail à réaliser. Et faites sortir la population de ses cachettes pour qu'elle profite pleinement de ce spectacle ! déclara-t-il avant de rentrer dans la demeure.

Marür donna des ordres pour aller chercher les différents protagonistes du prochain spectacle : le bourreau, le spécialiste de la chair (qui maîtrisait la science de la torture) et des artisans pour fabriquer une estrade en quelques nars à peine. En dernier lieu, il salua son ami d'un hochement sec de tête et rentra à son tour dans la demeure pour attendre. Ceux qu'on avait envoyé chercher ne tardèrent pas. Marür leur expliqua en détail ce que leur Däg-Chem voulait. Ils repartirent préparer leur travail.

*

Peu avant midi, Zoltanör apparut dans la grande salle de la demeure. Elle était richement décorée avec des meubles et des tapis précieux ainsi que des tentures soyeuses multicolores accrochées devant les ouvertures. Les deux hommes s'étaient lavés et changés.

— Ah, Marür ! Je ne t'ai même pas demandé comment s'est passée ta soirée hier soir. Je suppose que tu étais avec Lahär.

Sans attendre la réponse, il continua son monologue.

— Je me souviens comme vous étiez inséparables à l'académie, se remémora-t-il avec un petit sourire nostalgique en pensant aux jeunes apprentis de l'époque devenus de grands guerriers.

— Oui, Däg-Chem. J'étais avec mon ami. Cela faisait longtemps que je ne l'avais pas vu. Je vous remercie de m'avoir accordé cette soirée.

— C'est normal. Tu es toujours à mes côtés. Il faut bien que parfois tu t'amuses aussi.

— Däg-Chem, je ne vis que pour vous servir ; le reste importe peu, répondit Marür avec dévotion.

— Peut-être. On verra, commenta-t-il d'un air pensif. Il voyait des yeux bleus qui le narguaient. Dans l'avenir, son fidèle bras droit connaîtrait peut-être le même sort que lui, rêvant la nuit à une épouse récalcitrante ; seul *l'Invisible* le savait déjà.

— Un jour tu te marieras pour avoir des fils, tu seras alors moins disponible. Y as-tu déjà réfléchi ? Des tas de pères à Yazam, la Grande, seraient trop heureux de te donner l'une de leurs filles. Qu'attends-tu alors ? demanda-t-il sérieusement.

— Cela m'est arrivé une fois d'y penser et j'ai décidé que je n'étais pas encore prêt, répondit-il franchement.

— On verra. Bon, assez parlé, allons en finir !

Ils sortirent, enfourchèrent leurs chevaux et se dirigèrent vers la Place Centrale, escortés par les mêmes soldats qui protégeaient habituellement la demeure de Zoltanör. Quand ils arrivèrent, la foule était immense. La veille, la cité semblait déserte. En ce jour, elle regorgeait de vie : hommes, femmes, enfants, vieillards. Tous étaient sortis de leur cachette quand on leur avait promis qu'ils ne risquaient rien. D'ailleurs, les Sarkinis ne s'en prenaient jamais au peuple, seuls les rois et les puissants étaient châtiés.

Une estrade solide trônait en plein milieu de la place. Les Sarkinis étaient placés tout autour formant un cordon de sécurité afin de prévenir toute velléité de rébellion d'éventuels partisans du roi. Cette fois-ci, on n'avait procédé à aucune mise en scène. En effet, le roi arriva dans la tenue dans laquelle il avait été fait prisonnier. Il était dans un piteux état : vêtements ordinaires déchirés, les cheveux, le visage ainsi que les mains très sales. Il n'était plus que l'ombre du roi tyrannique qu'il avait été pendant des lanns pour son peuple. Zoltanör se demandait pourquoi les rois étaient des êtres si banals, car généralement dépourvus du charisme d'un chef. En effet, une fois leurs habits luxueux retirés, il ne conservait aucune prestance, rien ne les distinguait alors d'un humble sujet.

On le mena vers une table en bois qui se situait tout au bout de l'estrade près de la première rangée du public. On lui ordonna de s'allonger. Puis, on attacha ses mains et ses pieds avec des lacets en cuir accrochés à des clous enfoncés dans la table de bois. À ce moment-là, Zoltanör monta sur l'estrade et se positionna tout proche du roi.

— Peuple de Tanéla, voici votre roi vaincu ! proclama-t-il en désignant l'homme allongé.

— Pendant des lanns, il vous a maltraités et égarés dans ses croyances blasphématoires, mais le temps du jugement est arrivé ! Selon la volonté divine, toute sa famille a déjà péri dans une fuite inutile. Quant à lui, il sera offert tel un agneau en sacrifice au véritable Dieu, *l'Invisible*, ajouta-t-il.

La foule écoutait en silence et avec crainte les paroles implacables du grand guerrier. Zoltanör lui laissa quelques instants afin qu'elle prît conscience de l'issue fatale.

— Moi, Zoltanör, Däg-Chem des Fils de *l'Invisible*, je te condamne, toi, roi Talref, à souffrir, à abjurer ta fausse foi et à te repentir auprès de *l'Invisible*, le seul et unique Dieu pour que ce dernier t'accueille en son sein à ta mort, acheva-t-il d'une voix puissante et inflexible.

Aussitôt, il fit signe au spécialiste de la chair d'avancer sur l'estrade. Ce dernier pouvait torturer pendant des nars un sujet sans que celui-ci tombât dans l'inconscience, le faisant ainsi souffrir pendant tout ce temps. Il débuta sans plus tarder. Le roi commença par lâcher de petits gémissements de douleur, puis ce fut des cris atroces et enfin, on entendit des hurlements insupportables, incessants, au fur et à mesure des diverses interventions sur les différentes parties de son corps.

Alors Zoltanör s'approcha de lui et lui demanda avec un ton extrêmement dur :

— Qui est le seul et unique Dieu ?

Dans une extrême souffrance, le roi répondit d'une voix chancelante :

— *L'In... visi...ble.*

Zoltanör lui ordonna de répéter plusieurs fois jusqu'à ce qu'il réussît à crier au bout de la cinquième fois :

— *L'Invisible*, avant de s'évanouir sous la douleur.

Le spécialiste de la chair le détacha. Puis, le bourreau entra sur scène. Ce dernier l'aspergea d'un grand seau d'eau pour le réveiller. Deux soldats le portèrent ensuite jusqu'au billot pour la décapitation. À mesure qu'il avançait vers le lieu de son exécution, on vit ses membres se tordre dans tous les sens pour échapper aux bras vigoureux qui le retenaient d'une poigne de fer. On força le souverain à s'agenouiller pour caler sa tête dans l'endroit prévu à cet effet. Puis, le bourreau s'avança. D'un coup sec, sa tête se détacha de son corps. Zoltanör ferma les yeux, satisfait. Leurs ancêtres étaient enfin vengés.

Et désormais, la moitié des Terres Dorées appartenaient aux Sarkinis. Personne ne pourrait empêcher le destin de s'accomplir. Les royaumes du nord tomberaient également. Mais au-delà, qui pourrait les stopper ? Les Terres Neuves ? Éventuellement, car elles possédaient une armée nombreuse et très bien entraînée. Aussi, la recherche d'un allié serait sûrement très utile, du moins dans un premier temps. Cependant, il était indispensable que cet allié se convertît, renforçant par là même le prestige des Sarkinis. Zoltanör y avait déjà réfléchi. Toutefois, le seul allié qui pourrait vraisemblablement convenir se trouvait au loin.

IX - Rivalités sur la Terre des Chefs

La mission secrète de Marür

Ils avaient laissé les chevaux au bord du lac pour prendre les canoës plus pratiques pour débuter le voyage. Depuis qu'il était petit, il avait entendu des milliers d'histoires sur les Terres Noires qui, depuis *Lëhama*, se nommaient désormais la Terre des Chefs. Les Sarkinis l'appelaient ainsi parce qu'il y avait autant de chefs que de territoires. Le fin canoë en bois glissait sans bruit sur le lac. La lune éclairait leur chemin. Marür avait choisi cette nar particulière pour partir en toute discrétion. Il pensait passer la nuit à l'endroit exact où le fleuve Infernal changeait totalement de visage : à la sortie du lac, sur quelques mabapés, il était calme et tranquille, ensuite il devenait soudain tumultueux et imprévisible. Nombre d'hommes y avaient laissé la vie en empruntant cette dernière portion fluviale afin d'accéder aux portes des Terrasses Dansantes; on disait que leur traversée était l'antichambre des Omeyri.

C'était pourquoi les hommes des Terres Dorées ne s'aventuraient guère sur la Terre des Chefs par la voie terrestre, la voie maritime étant beaucoup moins dangereuse. Enfin, tout était relatif, car il y avait la *Douce Chantante* : des récifs qui faisaient échouer des navires sur leurs côtes tels des trophées à sa gloire. Marür réfléchissait à sa mission : trouver des alliés inconditionnels pour mener à bien le Shakkar. Il avait été surpris quand son Däg-Chem lui avait exposé son plan; c'était le lendemain de l'exécution du roi de Tanéla. Ils venaient de terminer leur repas du matin dans la demeure que Zoltanör avait décidé d'occuper pendant tout son séjour dans la cité vaincue. Ce dernier avait aménagé une pièce faisant office de bureau.

Les deux hommes avaient pris place debout autour d'une table moyenne en bois brut sur laquelle son chef avait posé ses cartes ; elles ne le quittaient point que ce soit chez lui à Yazam, la Grande, ou en campagne militaire. Lors de la réunion de l'État-Major, la veille, il avait été convenu que l'armée se reposerait plusieurs jours afin de soigner les nombreux blessés avant de remonter vers le nord en s'arrêtant à Yazam, la Grande, pour se ravitailler. Comme pour Akméra, leur commandant suprême confierait la gouvernance de la cité à l'un de ses commandants âgés qui disposerait de la moitié d'un féril pour conserver leur conquête. De plus, cette fois encore, au-delà de leur victoire, Marür avait également ressenti chez son Däg-Chem une très grande satisfaction qui allait au-delà de leur succès militaire.

En revanche, une surprise l'attendait : une mission de la plus haute importance ! Zoltanör lui avait exposé une tâche délicate de façon simple et directe.

— Marür, *l'Invisible* nous a demandé de mener à bien le Shakkar, cependant, nous ne sommes pas à l'abri d'une alliance entre nos ennemis. Dans le passé, des coalitions ont déjà vu le jour lors de la *Guerre des Deux Terres* ou de la victoire de la *Bannière blanche*. Il faut éviter que cela ne se renouvelle à nos dépens. Je viens de recevoir un message me confirmant qu'une délégation, représentant à la fois les rois des Tanhoïs, des Batürs et des Şadhans, était allée solliciter de l'aide auprès de l'Assemblée des Représentants des Terres Libres. Pour le moment, ses habitants ont refusé de les soutenir, mais pour combien de temps ? Concernant ceux des Terres Neuves, nous savons exactement à quoi nous en tenir, avait expliqué son Däg-Chem d'un air grave.

Marür avait pensé à ce moment-là aux Terres Neuves qui possédaient une armée aussi bien entraînée que la leur, elles seraient un adversaire très redoutable. En cas d'affrontement, ce serait un combat terrible.

— Je ne comprends guère. Hier, vous ne nous avez pas parlé de cela, avait dit Marür totalement interloqué.

— Je n'en ai pas parlé, car nos commandants ne doivent en aucun cas douter de notre invincibilité. Cependant, l'être est faible par nature, c'est pourquoi *l'Invisible* est à nos côtés pour mener à bien ses desseins, s'était défendu son chef légèrement gêné.

— Dans le passé, les Terres Dorées ont entretenu des relations cordiales avec la Terre des Chefs. Et contrairement aux autres terres, la Terre des Chefs n'a pas mis en place un commandement central : elle est en proie à des rivalités incessantes. Si elle est restée proche des Terres Neuves sans réellement approfondir leurs relations, elle n'a pourtant guère copié leur organisation. C'est une véritable aubaine pour nous si nous réussissons à la convertir à *l'Invisible*. Nous pourrions alors nous rendre maîtres d'Ëphÿr sans de longs combats puisque nous ne risquerions plus de nous battre sur deux fronts, avait démontré son commandant suprême en toute logique.

Marür avait emmagasiné toutes ces informations. Il était un peu surpris que son Däg-Chem n'ait pas totalement dit la vérité à son État-Major, néanmoins il avait totalement foi en lui.

— Vous avez affirmé hier que les dirigeants de la Terre des Chefs étaient déjà nos alliés. Comment allez-vous faire ? avait-il questionné d'un ton perplexe.

— Nous y voilà ! C'est la raison pour laquelle je souhaitais te parler seul à seul. En effet, comment faire pour transformer cette anticipation en réalité ? C'est très simple, avait répondu Zoltanör d'un ton serein.

Il avait laissé passer quelques instants avant d'asséner :

— Oui, c'est très simple. Tu te rendras sur la Terre des Chefs et tu convaincras les chefs des territoires de l'ouest de s'unir à notre cause, avait-il continué d'un air confiant comme si c'était juste une question de temps.

— Däg-Chem, je vous suis totalement dévoué. Je vais là où vous me dites d'aller. Si *l'Invisible* est à mes côtés, je remplirai ma mission pour sa gloire, celle de notre Sahrfir et la vôtre ! avait-il exprimé avec ferveur, récitant le serment des Sarkinis qu'il avait personnalisé depuis quelques lanns.

Il serrait son bras droit contre sa poitrine en plaçant son poing fermé sur son cœur dans un geste ferme et en inclinant longuement le buste face à son Däg-Chem, en signe de soumission totale.

— Très bien, Marür. Je savais que je pouvais compter sur ta fidélité et je vais aussi faire appel à ta discrétion. Tu devras t'absenter un long moment pour accomplir cette mission primordiale. Par conséquent, deux problèmes se posent : le premier est de trouver un fidèle tel que toi pour rester à mes côtés en attendant ton retour ; le deuxième est de donner une explication plausible à ton absence pour conserver le secret absolu jusqu'à la réussite de ta mission, avait expliqué son commandant suprême d'un air songeur, en se caressant doucement le menton.

Les deux hommes réfléchissaient. Puis, Zoltanör avait demandé d'un ton brusque :

— Quel guerrier parmi tes compagnons pourrait te remplacer à mes côtés et garder le secret sur le lieu de ton absence ? lança-t-il à haute voix comme s'il se parlait à lui-même.

— Lahär. C'est votre homme. Non seulement c'est un excellent guerrier qui sera en mesure de vous défendre comme je le ferai moi-même, mais c'est également mon meilleur ami. Il restera donc très discret sur mon absence. Qu'en pensez-vous ?

Zoltanör était resté quelques instants perdus dans ses pensées, se souvenant peut-être du jeune homme qui ressemblait beaucoup physiquement à son fidèle capitaine, en revanche dont le tempérament était diamétralement opposé. Puis, il avait approuvé sa proposition en inclinant sa tête.

— Très bien. J'ai confiance en ton jugement. Et pour ton absence, que pourrait-on donner comme explication ? Laisse-moi réfléchir, avait répondu son chef, toujours avec le même air songeur.

Ce dernier s'était concentré plusieurs ménins. Il en avait finalement retenu une qu'il s'était empressé de partager avec lui.

— On pourrait dire que le Sahrfir a envoyé un message pour demander ton retour immédiat à Yazam, la Grande, pour une mission de la plus haute importance. Malheureusement des problèmes qui sont survenus sur la route ont retardé ton arrivée. Oui, je pense que c'est une bonne explication, avait proposé Zoltanör, satisfait de lui.

— Je suis d'accord. Cela tient la route. Quand dois-je partir ?

— Dès demain. Nous n'avons aucun renseignement précis sur leurs chefs. Les différents peuples sont soit en rivalités constantes, soit ils vivent isolés les uns des autres. Il te faudra donc trouver toi-même les bons interlocuteurs pour réussir ta mission.

— Däg-Chem, quels sont les moyens dont je dispose pour les convaincre de nous rejoindre ?

— Il faudra tout faire, tout promettre pour obtenir leur adhésion. Je t'autorise également à leur proposer de l'or, car nos coffres sont bien garnis et nous avons de quoi acheter leur loyauté au départ. Toutefois, n'oublie pas, nous devrons les convertir en fin de compte, car il n'y a pas d'autre Dieu que *Shê, l'Invisible*, avait terminé Zoltanör d'un ton implacable.

*

Marür revint au présent. Ses compagnons et lui étaient arrivés au bout de la vaste étendue liquide. Le passage entre le lac et le fleuve n'était pas difficile, car il était très étroit et d'un débit guère important. Quand ils arrivèrent à l'endroit où le fleuve changeait de visage, il ordonna à ses hommes de s'arrêter pour y passer la nuit avant la traversée assez ardue du segment du fleuve tumultueux qui se jetait dans les Terrasses Dansantes. Les soldats accostèrent sur la berge pour se reposer. Ils tirèrent les trois canoës fins et maniables sur la rive, puis installèrent un campement sommaire pour la nuit. Au lever du soleil, les Sarkinis remirent les canoës à l'eau ; ils s'étaient installés au mieux pour ne pas sombrer dans le fleuve et avaient attaché solidement leurs affaires. Afin de ne pas trop éveiller les soupçons, Marür avait décidé d'emmener une section réduite : une demi-unité soit une demi-douzaine d'hommes. Il les avait choisis dans le naril auquel il appartenait, dirigé parfois par son commandant suprême pour des opérations comme celle d'Akméra.

Cependant, il avait retenu uniquement ceux qui savaient nager et maîtrisaient les pagaies tout comme lui. Si la question en avait surpris plus d'un, aucun d'eux n'en avait demandé la raison. À bord des trois canoës, Marür et ses hommes avaient commencé à accélérer leur rythme, car le fleuve devenait de plus en plus rapide. Après une descente mortelle dans laquelle ils avaient été ballottés dans tous les sens et avaient bu un nombre incalculable de tasses, ils atterrirent sur un plan d'eau très calme. Ils en profitèrent pour se reposer quelques instants avant l'épreuve ultime : des chutes successives vertigineuses à l'origine de la mort d'innombrables braves. Sans prévenir, un courant survint brusquement. Ils tombèrent dans un tourbillon monstrueux. Après plusieurs tournoiements interminables pendant lesquels les canoës étaient baladés comme de simples brindilles d'herbe, ils furent soudain propulsés en l'air pour atterrir à nouveau sur un plan d'eau calme. Ils subirent le même traitement deux fois encore en pensant chaque fois que leur dernière nar était arrivée. Quand ce fut enfin fini, ils étaient tous vivants par miracle, *l'Invisible* les avait protégés ! Ils évoluaient sur une immense étendue d'eau. Alors, ils cherchèrent à accoster sur la rive la plus proche, épuisés de se battre contre cet adversaire fantasque et impitoyable.

Après avoir vérifié leurs armes et leurs provisions, l'essentiel étant présent, les soldats observèrent le paysage autour d'eux. Jamais ils n'avaient vu de forêt aussi dense et luxuriante. Chez eux, les arbres étaient beaucoup moins hauts et semblaient plus secs en raison de la forte chaleur qui y baignait et de l'insuffisance des précipitations. Ils commencèrent à avancer prudemment droit devant eux, chargés de leur matériel. Ils s'enfoncèrent lentement dans ce manteau vert foncé, de plus en plus épais, recouvrant tout sur son passage. Leurs tenues sombres, utilisées souvent de nuit, se fondaient naturellement dans ce milieu peu lumineux. Ils avaient renoncé à leurs protections encombrantes, en revanche, ils tenaient fermement leurs fidèles armes à la main pour parer à toute attaque. Ils cheminaient encore et encore, se frayant un chemin à coups d'épée, tout en restant aux aguets, attentifs aux différents sons de la forêt.

Cela faisait plusieurs nars qu'ils marchaient dans cette entité étonnante lorsqu'un grondement effroyable parvint à leurs oreilles. Des animaux de toutes tailles se ruèrent dans leur direction : animaux à deux, trois, quatre ou même six pattes; animaux dépourvus ou pourvus d'ailes petites, moyennes ou grandes. Marür et ses compagnons se retrouvèrent vite submergés de toute part, pourtant aucun animal ne faisait attention au groupe d'hommes qu'il croisa, trop occupé à fuir. Fuir, mais quoi ?

Marür cherchait des yeux avec anxiété l'origine de cette panique. Il tournait sa tête de gauche à droite et de droite à gauche, mais il n'apercevait rien. Il interrogea du regard ses compagnons; ils répondirent par un hochement négatif de la tête. Par conséquent, le capitaine leur donna l'ordre de se positionner dans la défense réglementaire : ils se placèrent automatiquement en cercle par un harmonieux mouvement d'ensemble. Chaque soldat donnait le dos à un autre. Dans l'espace vide au centre, ils avaient déposé leurs sacs au sol sur ce mélange de terre humide et d'herbe drue. Chaque guerrier se tenait maintenant, debout, immobile, l'épée à la main, retenant son souffle, attendant le danger imminent. Dans cette forêt dangereusement silencieuse, leur tension était palpable.

Tout à coup, Marür perçut à plusieurs mabs, entre deux grands arbres, un reflet bleu éblouissant dans ce flot de vert. Il avança machinalement de deux pas afin d'identifier l'apparition. Son troisième pas resta en suspens. Il vit une créature inconnue, entièrement bleue et terrifiante. D'un bond, apparemment sans effort, elle se retrouva à une dizaine de mabs de lui. Pour la première fois de son existence, une peur incontrôlable s'empara de son être. Instinctivement, comme pour se protéger, il fit trois pas en arrière retournant à son point de départ dans le cercle défensif. Comme si le bond avait été un signal de leur chef, d'autres créatures apparurent également tout autour d'eux. Le capitaine réalisa qu'ils étaient bel et bien encerclés. Il se souvint alors des diverses histoires qu'on colportait au sujet de la Terre des Chefs dont il s'était moqué avec un air narquois.

Parmi toutes ces légendes, il se remémorait l'une d'elles parlant de démons bleus, mangeurs de guerriers valeureux. Et les créatures campées en face d'eux ressemblaient étrangement à ces fameux démons ! Ils étaient aussi grands que des Êtres, mais leur physique était vraiment effrayant. Leur peau repoussante, d'une couleur bleue luisante, recouvrait des membres inférieurs constitués de pattes velues proches de celles de romöls, mais beaucoup plus grosses et plus longues ; les membres supérieurs similaires aux corps des Êtres exposaient un torse mince entièrement imberbe dont les bras courts présentaient de petites mains, cependant avec de longues griffes au bout des doigts. Si leurs corps étaient monstrueux, leurs têtes vous affolaient absolument. C'était une grosse tête chauve avec de grandes oreilles, légèrement abaissées comme pour entendre un bruit permanent, et un visage bestial qui vous épouvantait. Ce dernier était formé d'un front étroit, de narines bien dilatées sur un large nez arrondi, d'une grande bouche proéminente dont trois crocs jaunis, bien visibles, dépassaient de chaque côté ; enfin, des yeux perçants de la couleur de l'orage complétaient cet horrible physique. Ces créatures étaient tout simplement terrifiantes pour les Êtres comme pour les animaux. D'ailleurs, ces derniers avaient tous fui. Aucune espèce n'était restée pour les affronter, tellement cela paraissait évident qu'ils étaient les seigneurs de la demeure verte. Marür avait le sang glacé, mais transpirait en même temps abondamment. Il déglutit difficilement, se demandant comment ils allaient réussir à s'en sortir vivants. Il pria rapidement *l'Invisible*, ce qui lui rendit son courage. Ainsi, il donna des ordres pour rengainer les épées et sortir les arbalètes nichées dans leur dos. N'étant pas à l'aise avec cette arme, lui avait préféré emporter son vieil arc. Comme dans un ballet orchestré à l'avance, ils firent l'échange à tour de rôle, guettant d'un œil leurs prédateurs. S'ils avaient eu le temps, ils auraient pu faire un feu pour tenter d'éloigner ces créatures démoniaques.

Le chef de la meute, légèrement avancé, les observait très attentivement comme s'il évaluait leurs capacités défensives. L'animal se déplaça latéralement de gauche à droite, de droite à gauche.

Soudainement, il démarra à une vitesse impressionnante pour attaquer l'aile gauche de la ligne de défense de la petite troupe. Il tua un soldat proche de Marür en lui dévissant la tête avec une rapidité phénoménale sans que les flèches de ses adversaires ne le touchassent, leur peau étant apparemment dure comme la pierre. Les cinq autres créatures, restées en retrait, imitèrent allègrement leur chef : trois autres compagnons moururent, soit par dévissage de la tête, soit par enfoncement de leurs sextuples crocs dans les gorges des soldats ; on comptait également deux blessés graves. Marür et ses soldats se dépêchèrent de porter secours à leurs compagnons blessés, rompant ainsi leur ligne de défense. Le chef de la meute en profita pour faire une nouvelle victime, tandis que deux de ses congénères se saisissaient des soldats blessés, les achevant en projetant une lumière bleu gris, lui semblait-il, au niveau de leur visage. Puis, les créatures reculèrent, conscientes de leurs forces, jouissant certainement de la fin prochaine de ces êtres faibles.

Marür examina les lieux. Un vrai carnage ! Des morceaux de corps déchiquetés gisaient un peu partout entourés de nombreuses flèches. Le sang maculait le sol ainsi que l'herbe. Épuisé, démoralisé, il ne sentait plus ses doigts à force d'avoir tiré. Il regarda ses hommes, des Sarkinis, solides dans tous les combats, mais déstabilisés face à ces créatures maléfiques. Il leur fit signe de reformer le cercle, devenu plus petit du fait des pertes. Puis, il se mit à entonner leur hegâ d'une voix forte : « Un Sarkinis tombe, dix se relèvent ». Après quelques dorons, le reste de la troupe reprit avec lui leur devise, la répétant en boucle, encore et encore, de plus en plus fort, jusqu'à ce que le courage regagnât leur cœur.

Puis, Marür lança le cri de guerre qui habituellement glaçait le sang de leurs adversaires.

— « Waramir ! »

Ils reprirent tous ensemble, en criant à pleins poumons comme si c'était leur dernier mot sur cette terre.

— « Waramir ! »

Le cri s'éleva longtemps jusqu'au sommet des arbres les plus hauts. Alors, les Sarkinis déposèrent leurs arbalètes ainsi que l'arc et se saisirent de leurs fidèles compagnes en fer. Ils attendirent, désormais sereins, épées à la main, leur dernier instant, certains de rejoindre les Omeyri. On comptait toujours six créatures féroces, si elles étaient blessées, cela ne se voyait en rien. Leur chef regardait à sa gauche et à sa droite, donnant à nouveau un signal d'attaque. Les Sarkinis prirent une longue inspiration se préparant à l'assaut fatal. Au moment où le chef de la meute s'apprêtait à bondir de nouveau, une volée de flèches enflammées, en provenance de leur droite, s'abattit sur ces créatures. On entendit un râle pétrifiant appartenant à un corps bleu, les autres n'avaient pas été atteints. Une nouvelle volée en toucha deux autres. Le chef de la meute fit signe à ses congénères de partir. Les créatures disparurent aussi vite qu'elles étaient apparues.

Marür s'était retourné afin d'identifier les auteurs de cette salve. Il n'eut pas à attendre longtemps. Un groupe d'hommes surgit brusquement et s'avança lentement vers eux, les arcs baissés, prouvant ainsi qu'il ne leur voulait aucun mal. C'étaient des guerriers immenses à la peau d'une couleur très sombre. Ils étaient habillés de vêtements en cuir noir et portaient des protections en fer sur leurs poitrines et leurs avant-bras ; à leurs pieds, on trouvait des bottes en cuir souple marron foncé. Certains étaient coiffés de casque également en fer aux motifs très compliqués, mais la plupart avaient laissé leurs cheveux à l'air, les portant mi-longs. Ils avaient à la main des arcs et des flèches d'une dimension phénoménale, ce qui leur avait permis d'atteindre leurs cibles sans aucun problème alors qu'ils étaient relativement loin d'elles. Ils étaient environ une vingtaine.

Arrivés à leur hauteur, le commandant de cette troupe à la mine revêche leur demanda, certainement en *bénélo* :

— Qui êtes-vous ? Que faites-vous là ?

Marür lui répondit en fadari.

— Nous sommes des Sarkinis et nous souhaitons parler à votre chef, dit-il lentement ne sachant pas si son interlocuteur le comprenait.

Ce dernier lui fit comprendre, les bras ballants, qu'il n'avait rien compris du tout. Marür lui montra également qu'il ne saisissait pas ce qu'il disait, en secouant doucement la tête, faisant ainsi danser ses trois tresses mi-longues. Après avoir observé cette troupe d'étrangers dans un piteux état : des cadavres, des blessés et des hommes éreintés, le chef des arrivants se retourna vers ses hommes et leur dit d'une voix claire et ferme :

— Rentrons ! Notre *Mayntou* décidera de leur sort. En attendant, aidez-les à transporter leurs blessés. Laissons les morts sur place. Allons-y !

Le responsable fit volte-face et indiqua à Marür et ses hommes de le suivre. Leurs sauveurs vinrent se mélanger à eux pour se mettre en route sans tarder et se chargèrent des blessés. Marür entendait les ordres dont il ne saisissait pas la signification. Quand ce dernier eut fini, Marür essaya de lui expliquer qu'il devait brûler les cadavres de leurs compagnons, seulement le responsable le poussait sans ménagement, regardant à gauche et à droite pour tenter de repérer d'éventuels mouvements dans la forêt. Ne pouvant s'expliquer, Marür abandonna bien vite, car il sentait l'inquiétude de son sauveur grandir par ses coups d'œil répétés à la ronde. Les corps de ses hommes resteraient à la merci des charognards comme sur certains champs de bataille ; il ne pouvait pas faire autrement, toutefois il récupéra leurs armes. Leur sauveur aboya de nouveau des ordres. Marür vit deux guerriers partir en éclaireur, d'autres se placèrent sur le côté comme remparts latéraux et ceux de derrière comme protecteurs arrière. Il comprenait tout à fait les précautions dont s'entourait son homologue pour assurer le déplacement de l'ensemble de la troupe. Marür suivit, très confiant, avec ses hommes.

*

Au bout de trois jours de marche, après être sortie de la forêt dense, avoir traversé des plaines, des ruisseaux et contourné des montagnes, la troupe arriva dans une grande plaine. Le chef se porta à sa hauteur et lui dit en montrant du doigt un long mur avec un sourire aimable :

— *Lagdo* !

Marür ne comprit rien et avait hâte de rencontrer quelqu'un avec qui il pourrait échanger afin de remplir sa mission rapidement. Arrivé près de l'enceinte, il fut totalement surpris. Il s'était attendu à une petite fortification, il avait en face de lui un grand mur de briques de cinq mabs environ. On entendit un long son puissant. Les gardes postés sur une tour les avaient vus avancer et prévenaient ainsi le reste de la population. Lorsqu'ils arrivèrent à quelques mabs du mur, Marür vit une double porte en fer qui gardait l'entrée. Les gardes de la tour échangèrent des phrases avec leurs nouveaux compagnons. Puis, après plusieurs ménins d'attente, l'un des pans de la porte s'ouvrit pour les laisser entrer. À l'intérieur, la population s'était rassemblée pour venir accueillir les guerriers de retour. Une foule impressionnante les observait avec curiosité. Un petit groupe se détacha de cet accueil peu officiel et plutôt populaire. Un homme d'un âge très avancé s'appuyait sur un homme jeune; tous deux marchaient vers les nouveaux arrivants.

— Bon retour mes enfants! Que les divinités soient louées! dit le plus âgé toujours dans la langue que ni Marür ni ses hommes ne comprenaient. Bonjour à vous, étrangers ! ajouta-t-il, en fadari, en se tournant brusquement vers Marür et ses soldats, qui s'étaient placés instinctivement près de leur chef dès leur arrivée dans la cité.

Habitué depuis qu'ils avaient rencontré ces guerriers à ne rien comprendre aux échanges verbaux autour de lui, Marür fut stupéfait d'entendre sa langue avec une diction parfaite.

— Je suis Amêlo, le Mayntou de Lagdo. Voici Lâmno, le chef des Tembas, indiqua-t-il de la main, montrant l'homme sur lequel il s'appuyait.

Marür inclina légèrement la tête en sa direction. Ce dernier lui répondit en un bref salut identique.

— Qui es-tu et que fais-tu sur notre territoire armé de la sorte ? continua le vieil homme d'un ton curieux en le fixant des yeux.

— Je suis Marür, le bras droit de Zoltanör, le Däg-Chem des Fils de *l'Invisible*. Mon commandant suprême m'envoie vers votre peuple afin de discuter d'une proposition.

Pouvez-vous demander à votre chef de m'accorder une audience privée ? sollicita-t-il solennellement.

— Bien entendu. Excusez les manières frustes de mon peuple, certains n'ont guère vu des hommes tels que vous depuis plusieurs lanns et d'autres jamais ! répondit-il en souriant, faisant allusion aux mains qui venaient furtivement le toucher ainsi que ses compagnons.

Ils marchèrent pendant plusieurs ménins à travers des rues bien entretenues sous bonne escorte : des gardes les entouraient tout en protégeant Lâmno et Amêlo. Marür regardait autour de lui les maisons de taille moyenne, bien bâties, mais inhabituellement circulaires. Il s'était attendu à un grand village, c'était en réalité une vaste cité et elle semblait prospère.

Enfin, ils arrivèrent devant une petite maison. Un très jeune homme, probablement son domestique ou plutôt son apprenti, sortit accueillir son maître.

— Entrez dans ma demeure, mes enfants ! invita le vieil homme en désignant le chef de son peuple et celui des étrangers.

Le reste de l'escorte se tenait dehors, attendant le résultat de l'entrevue. La maison était très petite. Elle ressemblait plus à une cabane même si sa construction était en terre cuite. Le cache d'obstruction de l'entrée était relevé, laissant pénétrer la lumière du jour. Ainsi, les deux hommes prirent place dans une certaine clarté, sur les tapis en peau disposés au centre de la pièce. Le Mayntou vint les rejoindre. Il alluma un feu translucide, cela raviva les souvenirs de Marür sur une scène semblable lors de son recrutement pour devenir un Sarkinis.

— Mayntou, peux-tu me dire si la présence de l'étranger sera bénéfique ou non pour notre peuple ? demanda Lâmno avec impatience en bénélo afin que l'étranger ne comprît pas sa question.

Le Mayntou prit dans un petit pot de terre cuite, posé à même le sol, une série de petites pierres qu'il disposa apparemment dans un ordre précis.

Il saisit également à côté un pichet, toujours en terre

cuite. Il renversa le liquide transparent qui se trouvait à l'intérieur sur les pierres produisant ainsi une vapeur d'une couleur rouge (le sang de la vie). Il scrutait, impassible, l'émanation dense. Puis, il bougea à nouveau les pierres, toujours, semblait-il, dans un ordre précis. Il observa une fois de plus la vapeur. La couleur devint subitement noire (l'obscurité de la mort). Enfin, tout disparut brutalement. Il resta ainsi, quelques instants, immobile, les yeux dans le vague, comme s'il voyait au-delà du temps. Enfin, il croisa les yeux de ses invités.

— J'ai consulté le dieu de la vie et celui de la mort, commença-t-il d'une voix grave.

— Chaque action possède deux faces. Celle de l'étranger n'échappe pas à cette règle. Même si la présence de l'étranger ne comblera pas toutes tes espérances, elle sera finalement bénéfique pour notre peuple, conclut-il en bénélo, d'une voix essoufflée.

Puis, le Mayntou s'affaissa sur ses coussins moelleux, étalés tout autour de lui, pour accueillir en douceur son corps frêle. Le jeune apprenti se précipita vers son maître pour vérifier son pouls. Ce dernier s'était seulement évanoui.

Après s'être redressé, le chef des Tembas ordonna au jeune aide d'accompagner son maître au banquet qu'il donnerait le soir en l'honneur des étrangers, puis il fit signe à Marür de se lever et de sortir de la pièce. La petite troupe reprit sa route vers le centre de la cité et s'arrêta cette fois-ci devant une grande bâtisse circulaire, c'était la demeure de Lâmno. Ce dernier lança des ordres, et un homme, d'un âge indéfinissable, apparut soudainement sur le pas de l'habitation. Il était vêtu d'un ensemble bleu de très bonne qualité. Marür fut surpris par sa petite taille en comparaison de tous ceux de son peuple, même le Mayntou était plus grand que ce nouveau personnage.

Sa surprise fut encore plus grande quand Lâmno se tourna vers lui et ses compagnons :

— Bienvenue à vous, étrangers ! Je me présente maintenant à vous officiellement. Je suis Lâmno, le chef des Tembas. Je vous accueille avec joie dans ma demeure pour tout votre séjour. Mes guérisseurs prendront soin de vos blessés qui se remettront vite, je l'espère, dit-il d'un ton solennel marquant le début de ses échanges avec les étrangers dont la présence avait été acceptée par leur Mayntou.

Un allié intéressé

Après avoir profité d'un bon bain dans une pièce pas très loin de la chambre qu'on lui avait octroyée, Marür s'était changé en revêtant la fameuse tenue des Sarkinis. Puis, il descendit pour tenter de commencer à s'acquitter de sa mission auprès de leur hôte, laissant ses hommes se reposer après les évènements dramatiques dans la forêt. Au départ, ils étaient treize pour accomplir la mission que son Däg-Chem lui avait confiée ; il restait un peu moins de la moitié de l'effectif. Pendant qu'il descendait l'escalier escarpé de la demeure, il examina les lieux, curieux de cette construction atypique : un bâtiment circulaire qui s'élevait sur un étage. Il était réalisé en terre cuite mélangée avec une pierre inconnue de couleur beige clair. Le couloir qu'il venait d'emprunter contournait le bâtiment comme une sorte de passerelle intérieure, desservant ainsi toutes les pièces du même niveau. Le seul accès menant à l'étage était le solide escalier. Arrivé au rez-de-chaussée, Marür trouva son hôte en grande discussion avec l'un de ses gardes.

— Mon ami, dit Lâmno.

— Seigneur, répondit Marür en s'inclinant avec respect. Puis-je vous entretenir de l'objet de ma venue sur vos terres ? demanda-t-il toujours avec déférence.

— Ne voulez-vous pas attendre demain ? Profitez de la vie, mon ami ! Si j'ai bien compris, vous avez eu de la chance qu'une de nos patrouilles vous sauve ?

— Oui, en effet. D'ailleurs, j'aimerais remercier correctement le chef de cette patrouille, car nous n'avons pas pu échanger ensemble.

Marür observait son hôte. Lâmno semblait flatté par la tournure des évènements. C'était un homme un peu plus âgé que lui, le dépassant d'une bonne tête alors que lui-même était grand. Lâmno portait une espèce de grand caleçon avec un drapé savant de couleur marron et une chemise jaune à manches courtes qui mettait en valeur toute sa musculature : jambes, bras, torse.

Il avait chaussé des sandales de couleur or dont les lacets montaient très haut sur ses robustes tibias. Comme accessoires, il portait un immense collier sur sa poitrine, mélange de bois, de pierres précieuses, d'or et d'argent ; ses avant-bras étaient ornés de bracelets divers ainsi que ses doigts. Et sur sa tête, ses cheveux noirs, épais, ondulés et mi-longs arboraient une coiffure complexe dans laquelle on avait accroché un objet précieux symbolisant sa puissance : une effigie d'un romöl bleu. C'était étrange, car il n'existait pas de romöl de cette couleur. Son visage était taillé comme une pierre carrée et ses lèvres très fines dénotaient un manque de chaleur accentué par un regard sournois n'inspirant pas confiance. L'instinct de Marür lui disait de se méfier de ce personnage, toutefois il avait une mission : chercher un allié. Il fallait bien commencer quelque part !

— Seigneur, je me permets d'insister, car mon maître souhaite mon retour au plus vite, dit Marür en y mettant le plus de respect qu'il pouvait dans sa requête.

Lâmno sembla hésiter, puis fit signe à Marür de le suivre dans son bureau au premier étage. Il en profita pour lui indiquer ses appartements privés situés au nord, au-dessus du poste de sa garde personnelle ; à l'opposé se trouvaient ceux réservés aux invités. Les deux hommes entrèrent dans la pièce. À peine installé derrière son immense bureau, son hôte s'adressa à Marür qui avait pris place de l'autre côté :

— Je vous écoute, mon ami. Quel est le sujet urgent qui ne peut pas attendre demain ? demanda le chef des Tembas avec un sourire en coin.

Marür prit une longue inspiration avant de débuter son exposé :

— Seigneur Lâmno, nous les Sarkinis, amorça-t-il en se touchant la poitrine de la main droite, avons un Dieu, *l'Invisible,* qui nous guide. Son représentant sur terre est notre grand Sahrfir qui a demandé à ses fils, les Sarkinis, d'accomplir le Shakkar : apporter à tous les peuples la connaissance du véritable Dieu. D'ailleurs, je vous rappelle que c'est notre Dieu, *l'Invisible*, qui vous a libérés, par sa seule volonté, vous et les autres peuples, du joug des Heldans grâce à notre Däg-Chem commandant la *Bannière blanche*. En ces temps-là, les rois des Terres Dorées avaient accepté notre Dieu et aussitôt la victoire obtenue, ils l'abandonnèrent en reprenant leur parole, une action déjà très grave, mais ce qui l'a été davantage, ce fut l'ignoble persécution envers nos frères sur leurs terres.

Marür s'arrêta essayant de tempérer sa fureur. Puis, il reprit ; son hôte attendait patiemment de savoir ce qu'il voulait concrètement.

— Nous avons lancé récemment deux campagnes militaires victorieuses. Nous avons conquis le centre et le sud des Terres Dorées, nous devons maintenant nous concentrer sur le nord. Or, un émissaire représentant les royaumes du nord et celui du sud s'est rendu sur les Terres Libres pour solliciter leur aide. Nous ne souhaitons pas être surpris par un front venant du sud, depuis vos terres. C'est pourquoi mon commandant suprême souhaite une alliance avec votre peuple, conclut-il.

Marür observait fixement Lâmno en pleine réflexion.

Après un long silence, il interrogea prudemment son interlocuteur :

— Qu'aurais-je à gagner en me lançant dans un conflit qui ne me concerne en rien ?

— Nous serons maîtres d'Ěphÿr ! affirma le Sarkinis avec une foi inébranlable. La véritable question est : quand le serons-nous ? Certes, plus rapidement avec votre aide, ajouta Marür.

Le chef des Tembas était toujours en proie à diverses émotions.

— Je serais favorable à une alliance avec vous, mais je dois penser avant tout au bien-être de mon peuple, assura-t-il en laissant paraître une pointe de déception dans la voix.

Marür abattit alors sa carte maîtresse.

— Pour compenser les désagréments pour votre peuple, mon commandant suprême vous propose, bien évidemment, cinq coffres d'or et de pierres précieuses immédiatement ; en échange de quoi, vous resterez neutres tant que nous n'aurons pas terminé nos campagnes militaires sur les

Terres Dorées, puis nous effectuerons un partage équitable du butin quand nous lancerons l'attaque contre les Terres Libres et les Terres Neuves. Qu'en pensez-vous ?

Lâmno présentait un regard fiévreux qu'il tentait de cacher en imaginant ces montagnes de richesses.

— Oui, cela pourrait me plaire, énonça-t-il en réfrénant une jubilation apparente.

Son attitude confirmait sa première impression négative, néanmoins Marür répondit :

— Les Sarkinis exigent une seule condition, c'est de rallier les chefs des territoires de l'ouest exposés à un débarquement de nos adversaires. Pouvez-vous les convaincre de se joindre à nous ? demanda Marür avec une sérénité feinte.

— Bien sûr, aucun problème ! s'empressa de dire son hôte, trop vite pour que cela ne lui semblât pas suspect.

Les Sarkinis avaient entendu les rumeurs sur la Terre des Chefs : une grande rivalité opposait surtout les Tembas (peuple du nord) aux Ijars (peuple du centre-est). Les premiers revendiquaient une suprématie que les seconds ne recherchaient pas véritablement. Les autres chefs restaient à l'écart le plus possible des différentes escarmouches qui survenaient de temps en temps entre les deux peuples. Il était donc plus facile de manipuler les premiers que les seconds. Marür n'était pas satisfait de son entretien avec Lâmno, mais comme le disait souvent son Däg-Chem : « la perfection était du domaine de *l'Invisible*, les actions celui des Êtres ». Il fit donc « contre mauvaise fortune, bon cœur », selon le fameux adage.

Les deux hommes se levèrent et se serrèrent la main pour entériner leur accord.

— Quand recevrai-je les coffres promis ? s'informa Lâmno d'une voix impatiente.

— Dès que vous aurez obtenu l'accord des chefs des territoires de l'ouest, répliqua Marür d'une voix ferme.

— Très bien, mon ami. Préparez-les, car cela ne saurait tarder, rétorqua-t-il sur un ton de vantardise.

Marür n'apprécia pas du tout sa fanfaronnade ni sa petite tape dans le dos comme s'ils étaient devenus de très grands amis.

— Retrouvons-nous au banquet ce soir ! proposa son hôte en guise de clôture de leur entretien.

*

Marür occupa la fin de son après-midi à visiter ses hommes. Il passa d'abord voir les blessés dans une bâtisse transformée en sorte d'hôpital qui se situait non loin de la demeure du chef des Tembas. On y trouvait aussi bien les accidentés de la vie ordinaire que les victimes de la chasse ou encore ceux de la guerre ; on séparait seulement les hommes des femmes pour veiller à leur intimité. Sur ses cinq soldats rescapés, trois étaient blessés dont un semblait dans un état plus que préoccupant. Il passa beaucoup de temps avec le jeune homme pour le réconforter, un peu moins avec les deux autres. Puis, il alla voir ses deux soldats valides logés avec la garde personnelle de Lâmno dans une dépendance à côté de la bâtisse principale. Ces derniers, même s'ils ne parlaient pas la langue locale, semblaient réussir à échanger sur le maniement des armes et du combat à mains nues. Rassuré sur leur moral, après la perte de leurs compagnons, le capitaine remonta dans sa chambre. C'était une pièce spacieuse meublée tout en bois de façon spartiate : un grand lit, trois petites tables rectangulaires identiques et une quatrième, lui arrivant à mi-cuisse, sur laquelle était posée une cuvette d'eau avec des serviettes pliées à côté. Après sa promenade, il se débarbouilla tout étant agréablement surpris par la sensation de fraîcheur qui enveloppait l'intérieur de la bâtisse ; cela devait être dû à la matière utilisée pour sa construction : la pierre beige clair. Elle protégeait des morsures du soleil très intense à cette période de lann sur la Terre des Chefs. Laissant ces considérations domestiques, il commença à se préparer. Pour faire honneur aux Sarkinis, il avait fait briller les accessoires qui complétaient sa tenue orange si caractéristique : des bottes noires coordonnées à une ceinture en cuir dans laquelle se logeait une petite dague dont le manche sobre était tout de même en or, un cadeau de son Däg-Chem.

Quand il descendit, le banquet avait déjà commencé. Une foule importante était présente dans la salle principale redécorée pour l'occasion de fleurs et de rubans multicolores. On avait rajouté des tables et des chaises qui n'y étaient pas auparavant pour recevoir les nombreux invités et on avait revu la disposition habituelle de la pièce : en rectangle pour laisser un carré vide en son centre. À cet endroit-là, il y avait un marquage pour délimiter une scène d'environ vingt-cinq mabs sur vingt-cinq. D'ailleurs, on y voyait déjà des acrobates effectuer des figures surprenantes au son d'une musique plaisante. Marür n'était pas à l'aise dans cette ambiance de fête, car, chez les Sarkinis, la danse et la musique, excepté pour glorifier *l'Invisible*, étaient interdites. Néanmoins, il devait y assister pour sceller l'amitié entre leurs deux peuples. Il aurait souhaité se faire discret pour partir au plus vite, seulement son hôte le vit et l'interpella :

— Commandant Marür, mon ami, venez vous installer près de moi ! Je vous ai réservé cette place pour fêter notre alliance, dit son hôte d'un air faussement joyeux.

— Capitaine Marür, précisa-t-il doucement avec patience.

— Commandant ou capitaine, peu importe, ce qui compte c'est que vous êtes le bras droit de Zoltanör, le plus grand guerrier d'Ĕphÿr, celui qui fait trembler tant de peuples. Et vous, l'ami, vous êtes mon invité ! déclara Lâmno avec une joie légèrement forcée.

Marür se dépêcha de s'installer près de son hôte pour éviter de se faire remarquer plus longuement. Il était d'un naturel réservé ; il n'aimait pas attirer les regards sur lui. Et ce chef, imbu de lui-même, le contrariait grandement.

Une fois installé à la droite de son hôte, il eut la surprise de voir le Mayntou sur le siège voisin du sien.

— Mayntou, allez-vous mieux maintenant ? J'étais très inquiet lorsque vous vous êtes évanoui, mais votre apprenti nous a rassurés, le chef Lâmno et moi, sur votre état de santé. Je suis toutefois content de pouvoir le vérifier par moi-même.

Le Mayntou l'observa attentivement, scrutant son visage où une certaine innocence demeurait malgré les nombreux combats qu'il avait déjà menés, puis répondit :

— Je vous remercie Capitaine Marür. Accepterez-vous longtemps notre hospitalité ou rentrerez-vous dès que vos hommes iront mieux ? demanda ensuite le Mayntou comme s'il connaissait déjà la réponse.

— Je vais attendre la guérison de mes hommes. Nous partirons ensuite, affirma Marür d'un ton ferme.

— Parfois, l'inattendu peut se produire lorsque le chemin est pourtant tout tracé, formula-t-il d'un air sibyllin.

Marür le regarda, surpris. Il voulait lui demander plus d'explications, cependant Lâmno prit la parole à ce moment-là. Il était debout avec un verre à la main. Il s'était changé de nouveau et portait des vêtements encore plus somptueux qui auraient pu rivaliser avec certains princes des royaumes des Terres Dorées.

— Chers amis, je reçois à ma table les Sarkinis, nos nouveaux amis venus des Terres Dorées. Moi, Lâmno, chef des Tembas proclame notre amitié en ce jour entre nos deux peuples. Que votre ennemi devienne le mien et que mon ennemi devienne le vôtre. Que notre amitié prospère ! Buvons à notre alliance ! déclara-t-il sur le ton joyeux de quelqu'un qui vient de trouver un trésor.

Il attendit que Marür trinquât avec lui pour se rasseoir. Marür était piégé, les Sarkinis ne buvaient point de boissons fermentées comme la spécialité des Tembas. Il examinait le liquide dont il ne pouvait pas identifier la couleur. Il regarda brièvement le Mayntou qui lui souriait en lui enjoignant de boire son verre. La sincérité de son regard le réconforta et il but le tout comme l'avait fait Lâmno. Marür fut surpris par le goût. On aurait dit le jus d'un fruit pressé, ce n'était donc pas une boisson interdite. Il fut soulagé et ses yeux remercièrent le Mayntou qui lui rendit son sourire.

— Maintenant, mangeons, buvons et amusons-nous ! proposa Lâmno sur le ton un peu lent de quelqu'un qui commençait à subir les effets de l'alcool. Il se rassit et se plongea dans son assiette.

Il avait placé Marür à sa droite, une femme se tenait assise à sa gauche. Il n'osa pas demander à son hôte l'identité de cette dernière ; il supposait que c'était son épouse. Contrairement, aux Terres Dorées, ici, les femmes ne portaient rien sur le visage. Marür n'avait jamais vu autant de visages féminins : des jeunes et des moins jeunes, des belles et des moins belles.

Dans le cas de celle-ci, elle paraissait nettement plus jeune que Lâmno. Il reporta son attention sur son assiette : nombre de mets lui étaient totalement inconnus, néanmoins il devait goûter tout ce qu'on lui proposait pour ne pas vexer son hôte. La soirée se poursuivait avec les différents spectacles que ce dernier avait commandés pour son banquet. Marür se restaurait avec appétit ; la nourriture était vraiment très bonne. Au fur et à mesure du banquet, les hommes fortement alcoolisés batifolaient avec les femmes assises à leurs côtés. Une vision de débauche se profilait à l'horizon pour Marür qui devait trouver le moyen de prendre rapidement congé sans heurter son nouvel allié. Il tourna la tête vers le Mayntou pour commencer à préparer son départ. Il plongea ses yeux dans ceux du vieil homme. Alors qu'il avait décidé de se lever pour quitter le banquet, quelque chose semblait le retenir ; son corps tout entier ne pouvait plus se mouvoir, son esprit étant impuissant à cet état de fait. Il entendit son hôte qui parlait au loin.

Puis tout à coup, il se retrouva de nouveau libre de bouger à sa guise. Il regarda le Mayntou qui lui souriait. Pendant combien de temps était-il resté ainsi ? Il se retourna vers Lâmno pour lui dire qu'il était fatigué, mais ce dernier était comme hypnotisé par ce qu'il voyait devant lui. Marür suivit la direction de son regard et reçut un grand choc.

Les yeux de Marür contemplèrent la femme la plus magnifique qu'il n'eût jamais vue. Elle était plus grande que les femmes des Terres Dorées, toutefois pas plus que celles qu'il avait déjà rencontrées sur ces contrées. Elle était si légèrement habillée que cela en était totalement indécent ! Elle portait un ensemble coordonné gris argenté qui captait la lumière de la grande salle et faisait ressortir différentes nuances de sa peau noire. En haut, un minuscule tissu, très ajusté, retenait une poitrine généreuse qui semblait vouloir s'échapper d'une prison trop étroite accentuant un décolleté très profond ; les manches absentes laissaient découvrir de ravissants bras fins. En bas, une culotte souple, épousant totalement son anatomie, remontait jusqu'à ses hanches aux courbes gracieuses d'où partait un voile très léger, transparent qui laissait percevoir des jambes interminables ! La respiration de Marür s'accéléra subitement lorsqu'il vit son ventre totalement offert aux spectateurs, exposant son nombril ravissant. Une irrésistible pulsion le poussait à vouloir se lever afin de couvrir cette chair qui attirait les regards concupiscents des hommes présents. Et il comprit très vite qu'il était dans le même état que tous les mâles de la salle. Cependant, il percevait autre chose. Le corps de la jeune femme semblait l'appeler afin de le protéger. Bouleversé, Marür secoua la tête d'un geste sec pour tenter de détacher ses yeux de cette perfection et se libérer de cette emprise en se concentrant sur le visage de la jeune femme.

Et là, il reçut un second choc, son souffle en fut coupé. La jeune femme avait un visage d'une beauté époustouflante en forme de diamant. Ce dernier semblait très mystérieux avec des sourcils bien dessinés et des cils très fournis et noirs, ce qui rehaussait des yeux extraordinaires d'une couleur bien étrange. Des pommettes hautes, au-dessus de joues légèrement creuses, lui donnaient un port de tête altier. Son nez ordinaire, ni trop long ni trop petit, s'éclipsait devant une belle bouche sensuelle : des lèvres mordorées, pulpeuses, donnaient envie de les couvrir de milliers de baisers. Enfin, une multitude de longues tresses noires encadrait ce visage magnifique.

Tout à sa contemplation de la jeune femme, Marür n'avait pas entendu les paroles du chef Lâmno. Il essayait de se concentrer, dévoré de curiosité.

— … Elle est depuis peu parmi nous, pourtant chacune de ses apparitions nous enchante, informa Lâmno sur le ton d'une plaisanterie douteuse. Princesse, veuillez nous faire le plaisir de danser. Faites-nous partager vos visions ! ordonna le chef des Tembas sur un ton ferme comme s'il s'attendait à une résistance de son interlocutrice.

La jeune femme s'avança de quelques pas vers la table du seigneur, son regard farouche ne le lâchait pas. Comme attirée par une présence, son regard dévia légèrement sur la gauche : d'extraordinaires yeux multicolores, comme un arc-en-ciel, croisèrent les yeux vert or. Pendant une fraction de doron, le temps sembla suspendu : la jeune femme retint son souffle et Marür en fit tout autant. Puis, elle tourna la tête pour s'adresser au chef des Tembas avec courage :

— Seigneur Lâmno, le pouvoir de la vision ne s'exerce pas dans un tel cadre de débauche, mais à l'abri d'un temple dédié au dieu *Jawaar* dont je suis la fidèle servante, rétorqua-t-elle d'une voix résolue, en relevant la tête avec fierté.

— N'abusez pas trop longtemps de ma patience, Princesse. Soit, vous vous exécutez immédiatement soit je vous livre à ma garde personnelle ! Je suis certain que ni le dieu Jawaar ni votre promis ne voudront de vous après ce petit traitement, déclara-t-il d'un ton menaçant en insistant sur le dernier mot.

Le Mayntou avait traduit naturellement au fur et à mesure à Marür les échanges verbaux entre les deux protagonistes. Ce dernier était révolté par les paroles de son hôte envers la jeune femme, cependant il attendit la suite avec prudence.

— Une danse ! Une danse ! Une danse ! scandaient les hommes très éméchés en frappant des mains sur les tables.

Le vieil homme lui traduisit également le mot qui résonnait dans la grande salle. La jeune femme hésita quelques dorons avant de s'exécuter.

Marür comprit très rapidement pourquoi Lâmno et les hommes présents réclamaient de la voir danser.

*

Il assista, fasciné, à une scène qu'il n'avait nullement imaginée possible. La jeune femme se mit à genoux, le buste replié sur elle, les bras autour de son corps ; elle semblait se protéger contre les agressions extérieures. On commença à entendre une musique étrange qui semblait vous transporter dans un ailleurs. Soudain, son corps s'ouvrit comme une fleur délicate. Le buste ondulait de gauche à droite et de droite à gauche, puis le mouvement s'étendit à ses bras. Ensuite, on vit une jambe nue s'extraire doucement, en ondulant. Enfin, elle se retrouva brusquement debout propulsée par sa jambe arrière. Là, le regard fixe, comme si elle ne voyait aucun spectateur, son corps s'adonna à des mouvements d'une très grande sensualité. Les muscles des cuisses et des bras se tendaient, se relâchaient alternativement sans effort visible sous les yeux enflammés des spectateurs. Ses mains effectuaient des gestes étranges comme si ses doigts écrivaient des mots dans l'air. Sa tête tournoyait en même temps que son corps et ses tresses volaient de toute part. Marür eut envie de se lever et de capturer sa chevelure indisciplinée pour plaquer la jeune femme tout contre lui afin de la caresser ; son émoi augmentait au gré de la danse. Ses fesses rebondies, accentuées par la cambrure de son dos, et ses seins bien ronds appelaient à succomber à la tentation. Marür subissait cette torture insoutenable : son corps réclamait la jeune femme comme un assoiffé réclame de l'eau dans le désert. Jamais, il n'aurait pensé souffrir un jour de cette manière. C'était un soldat, la douleur faisait partie de sa vie, mais il n'avait jamais connu une chose comparable, insupportable. Par contraste à son affliction, le visage de la jeune femme, lui, exprimait un tel plaisir qu'il était jaloux de ne pas être à l'origine de ce sentiment. Ne pouvant en supporter davantage, surtout en public, il était sur le point de battre en retraite lorsqu'il entendit un cri perçant. La musique s'arrêta ! On discerna d'abord des chuchotements, puis des bribes à peine audibles et enfin une voix déformée aux intonations masculines excessivement graves. Un être surnaturel semblait s'exprimer à travers elle non en bénélo, mais cette fois-ci en fadari, provoquant la surprise de nombreux convives dont celle du Mayntou.

« L'étendard blanc et orange impose la loi. La destruction vogue sur la mer des Chagrins. Ĕphÿr souffre, Ĕphÿr se meurt. La lumière viendra du froid. »

Puis, elle s'affala par terre, tremblotante et épuisée par tant d'efforts.

Marür fut profondément secoué. Il s'efforçait de détacher ses yeux de ce tableau surprenant. Lâmno ne l'avait pas prévenu. Toutefois, il se souvint d'une autre rumeur à propos d'un peuple de la Terre des Chefs ayant le don de prescience, c'est-à-dire une vision de l'avenir même partielle. Cependant, chose étrange, le don se transmettait uniquement de mère en fille. Gardant jalousement leur trésor, ce peuple refusait de marier les jeunes filles pourvues de cette aptitude aux prétendants des autres peuples, comme c'était généralement le cas pour contracter ou renforcer des alliances. Marür avait toujours pensé que c'était une légende, car personne de son entourage n'avait nullement rencontré ce fameux peuple. Et là, sous ses yeux, la fiction était devenue réalité.

— Ah, ah, ah ! Tu ne t'y attendais pas ! dit Lâmno sur le ton d'un enfant espiègle. Non seulement elle est belle, mais elle lit également l'avenir. Quel trésor ! Et c'est moi, Lâmno, qui la possède maintenant, ajouta-t-il sur un ton de fanfaronnade, toujours en fadari.

Marür chercha à savoir qui était cette jeune femme, d'où elle venait et bien d'autres choses, seulement Lâmno ne lui répondait pas. Il ne regardait même pas Marür qui lui adressait la parole. Puis, tout à coup, il tourna la tête vers son invité et lui sourit malicieusement en posant son index droit verticalement sur sa bouche fermée, évoquant ainsi le secret absolu. Par conséquent, Marür n'insista plus. Cependant, il prit la résolution, coûte que coûte, d'obtenir tous les renseignements possibles sur la jeune femme avant son départ. Après avoir délivré sa prophétie, cette dernière s'était mise debout et s'était inclinée devant le chef Lâmno. Puis, elle avait tourné la tête légèrement vers le Sarkinis. Leurs yeux s'étaient croisés de nouveau. À cet instant précis, il avait ressenti une décharge dans son corps comme si elle l'avait touché physiquement.

Le temps s'était suspendu à nouveau quelques dorons. Puis, elle s'était volatilisée aussi soudainement qu'elle était apparue. Marür prit alors congé, souhaitant rester seul pour rêvasser à la jeune femme qui l'avait totalement subjugué. Il allait devoir manœuvrer intelligemment afin de soutirer à Lâmno toutes les informations à son sujet, mais, en premier lieu, il devait la revoir.

*

Toute la nuit, Marür avait rêvé à ce corps splendide aperçu au banquet. Il s'était réveillé plusieurs fois en sursaut comme si un danger était tapi quelque part. Fatigué par un sommeil agité, il s'était pourtant levé très tôt. Après s'être débarbouillé sommairement avec un peu d'eau de la veille, il enfila son ensemble de voyage encore sale pour demander un bain. Alors qu'il réfléchissait en marchant à la meilleure façon d'aborder le sujet de l'objet de ses rêves nocturnes avec le chef Lâmno, il vit, au moment de descendre, une porte entrouverte entre le salon privé de Lâmno et la pièce d'eau. Son instinct le guida vers cet endroit. Le couloir était exceptionnellement désert en raison, sans doute, des quantités démesurées de boissons alcoolisées ingurgitées par les soldats, les rendant inaptes à leur service. Marür se colla contre le mur, avançant doucement jusqu'à l'ouverture étroite de la porte. Il pencha la tête en avant pour jeter un coup d'œil rapide dans la pièce. La scène qu'il vit révolta tout son être. Il eut du mal à garder son sang-froid, à ne pas se précipiter à l'intérieur. Il venait de voir le chef Lâmno gifler violemment l'objet de ses pensées. Cette dernière était assise sur les genoux, les mains attachées dans le dos, à moitié dénudée. Il tournait autour d'elle avec une lenteur excessive en lui parlant d'une voix saccadée. Marür ne comprenait pas les mots, mais ils ne semblaient guère plaisants. Tout à coup, il réalisa que le chef des Tembas n'était pas dans son état normal. Il se souvenait du nombre important de verres ingurgités la veille au banquet. Comment pouvait-il tenir encore debout ? De plus, à cette nar très matinale ! Il devait sans aucun doute être habitué à une consommation phénoménale de leur breuvage.

Marür constata tout de même que son hôte commençait à tituber. Puis, brusquement, il entendit un fort bruit sourd. Maintenant, il voyait uniquement les bottes de son hôte, couchées l'une à côté de l'autre.

Il s'était certainement affalé sur le ventre. Il resta en alerte plusieurs ménins. Il percevait un lointain ronflement. Il se déplaça légèrement, passa son corps en biais dans l'espace entrouvert, ses yeux inspectant rapidement le reste de la pièce à la recherche d'un danger éventuel. Rassuré, il referma la porte derrière lui. Il évalua très vite la situation : une prisonnière immobile et un geôlier ivre. Son hôte était étendu à quelques mabs de lui : par terre sur le ventre, la joue droite reposée sur un bras, ronflant allègrement. La jeune femme avait la tête baissée, ses longues tresses cachaient son visage. Une chemise blanche légère pendait en lambeaux autour d'elle, laissant son corps à moitié dénudé. Elle récitait tout doucement une sorte de litanie qu'il ne comprenait pas. Elle ne semblait pas l'avoir remarqué. En effet, elle n'avait pas relevé la tête quand il avait pénétré plus en avant dans la pièce. Cette dernière n'était pas très grande, mais assez confortable avec sa commode, sa table, sa chaise, son coffre, ses tapis au sol et son large lit paré de draps blancs de très bonne qualité. Cependant, la petite fenêtre en hauteur laissait pénétrer difficilement la lumière du jour et les barreaux attenants laissaient facilement deviner l'usage de la pièce : une prison confortable, mais une prison tout de même! Après avoir jeté un dernier regard pour prévenir toute surprise, il se précipita vers la jeune femme. Il n'aurait guère imaginé, la veille, la retrouver aussi vite et dans de telles circonstances. Arrivé à sa hauteur, il lui toucha délicatement l'épaule. Elle ne réagit pas. Sans bouger sa main, il recommença cette fois-ci en la secouant légèrement. Il entendit la litanie s'interrompre et elle releva la tête dans un mouvement exquis de grâce. Ses tresses retombèrent en arrière, dégageant son visage magnifique. Elle le regardait sans le voir, son esprit semblait demeuré dans un monde connu d'elle seule, puis peu à peu ses pupilles dilatées reprirent leur taille normale et elle eut un mouvement de surprise en l'identifiant. Leurs yeux se croisèrent de nouveau. Une sensation de chaleur envahit le corps du guerrier, transpercé par des milliers de petites flammes ardentes.

— Qui êtes-vous ? demanda-t-elle en fadari.

Stupéfait non seulement qu'elle connaisse sa langue, mais également du ton ferme qu'elle avait employé, Marür resta sans voix. Il la regardait tel un adolescent gauche.

Puis, après un gros effort sur lui, il ne put que prononcer timidement ce simple mot :

— Un ami.

Elle lui rétorqua vertement :

— Je n'ai aucun ami chez les Tembas et je n'en ai pas besoin !

— Comme vous pouvez le remarquer, je ne suis pas un Tembas, dit-il avec un ton plein de douceur en voulant couper les liens qui lui maintenaient les bras dans le dos.

— Non, bien sûr, reconnut-elle en se dégageant vivement. Il saura que quelqu'un est venu si vous faites cela, ajouta-t-elle précipitamment en désignant du menton le corps qui gisait inerte par terre.

— Je ne pense pas qu'il se souviendra de tout vu son état, assura-t-il en coupant la corde sans attendre son accord.

Ses bras retrouvèrent leur liberté. La jeune femme les massa légèrement pour détendre les muscles devenus excessivement rigides. Lorsqu'elle eut terminé de se frictionner, il la souleva brusquement dans ses bras. Il était sensible à la chaleur de son corps et à son parfum qui lui embrasaient les sens. Il la déposa rapidement, pour rester maître de lui, sur la chaise qui se trouvait près de la commode. Là, il trouva un pichet et un verre. Il renversa de l'eau dans le verre qu'il porta à ses lèvres. Elle but lentement quelques gorgées.

Elle se laissa faire sans broncher. Elle semblait totalement épuisée.

À peine remise de ses émotions, elle le regarda de nouveau dans les yeux :

— Qui êtes-vous ?

— Je suis Marür, capitaine des Sarkinis. Je viens des Terres Dorées, répondit-il en la contemplant avec ravissement aussi subjugué qu'au banquet.

— Et vous, qui êtes-vous ? questionna-t-il avec curiosité.

Elle ouvrit la bouche, puis la referma.

Il ne s'offusqua pas de son silence.

— Pourquoi le chef Lâmno vous traite-t-il ainsi ? lui demanda-t-il, s'efforçant de maîtriser le courroux qu'on percevait dans sa voix.

Après un silence interminable, elle répondit finalement sur un ton de colère froide :

— Je suis Yëwana, la fille du chef des Nagudas. On m'a enlevée, puis vendue à Lâmno ! Vous vous êtes présenté comme un ami. Pouvez-vous m'aider à m'échapper ? ajouta-t-elle brusquement sur un ton plein d'espoir.

Cette simple demande formulée sur un ton de supplication avec des yeux pleins de détresse bouleversa Marür au plus profond de son être. L'espoir que la jeune femme voulait placer en lui le mettait très mal à l'aise. Il ne s'attendait pas du tout à sa requête. Quand il l'avait découverte, puis aidée, il l'avait fait sans réfléchir, ce qui était très rare de sa part. Il avait eu un élan de pitié et éprouvait un autre sentiment sur lequel il ne voulait pas trop s'appesantir. En revanche, porter secours à la jeune femme, une prisonnière, serait une insulte envers son hôte. Marür était donc déchiré entre son envie de la secourir et la réalisation de sa mission.

D'ailleurs, celle-ci suivait bien son cours. En outre, il devait penser à ses hommes. Il ne pouvait pas les abandonner ! Trois étaient blessés, dont l'un très gravement. Quel genre de chef serait-il s'il les laissait entre les mains d'étrangers qui se vengeraient sur eux, en les torturant ou pire encore ? D'abord, il lui fallait comprendre la situation de la jeune femme avant d'agir. Ainsi, son esprit d'analyse, que Zoltanör requerrait souvent, refit surface, ce qui eut pour effet de calmer immédiatement les battements désordonnés de son cœur, depuis qu'elle avait plongé ses grands yeux magnifiques dans les siens.

— Expliquez-moi ce qui se passe ! exigea-t-il sur le ton qu'il employait pour interroger ses hommes.

Les yeux multicolores parurent surpris par son changement d'expression. Ils hésitèrent à présent à se confier. En effet, Marür réalisa que le ton très dur, qu'il avait employé en s'adressant à elle, avait dû refroidir son envie de confidences. Ayant perçu cela, il mit un genou à terre et lui prit délicatement la main droite en la caressant avec douceur tout en lui souriant. À ce contact, elle plongea de nouveau ses yeux dans les siens, verts tachetés d'or, pleins de sincérité, et son corps se détendit entièrement.

Elle prit alors une grande inspiration, tout en calant son dos sur la chaise, et commença d'une voix posée :

— Je m'appelle Yëwana et je suis la fille du chef des Nagudas comme vous savez. Mon père a décidé de me marier avec le chef des Ijars pour sceller une alliance entre nos deux peuples, car mon frère, son successeur, est mort avec nos meilleurs guerriers dans un guet-apens. Par conséquent, notre peuple est pour le moment sans protection.

Elle s'arrêta pour vérifier que son interlocuteur n'avait aucun problème pour suivre ses explications, le fadari n'étant pas sa langue maternelle.

— Je pense que Lâmno a acheté les Gadusos, un peuple habitant dans le sud, des êtres sans foi ni loi. En effet, ce sont eux qui m'ont kidnappée sur ma terre et qui m'ont vendue à lui contre une forte somme d'argent. Il en a largement les moyens; les Tembas sont le peuple le plus riche. Pourquoi Lâmno a-t-il fait cela? Certainement pour empêcher cette alliance, car tout le monde sait qu'il rêve de gouverner la totalité de la Terre des Chefs. Voilà pour l'essentiel, répondit-elle d'une voix neutre.

On aurait dit qu'elle venait de raconter la vie d'étrangers et non la sienne.

Marür réfléchissait rapidement à toutes les informations fournies. Pourtant, elle avait omis de lui dire une chose.

— Que compte-t-il faire de vous? questionna-t-il d'un ton plus brusque qu'il ne l'avait voulu, irrité par la réponse la plus évidente.

— Je n'en suis pas sûre, dit-elle timidement avec appréhension. Il a déjà une épouse que vous avez vue à ses côtés au banquet, donc il ne peut pas m'épouser. Il pourrait la répudier, mais c'est la famille de sa femme qui est la plus riche de son territoire, il perdrait alors aussitôt son pouvoir. Je pense qu'il veut me garder prisonnière et abuser de moi à sa guise. Je perdrai automatiquement mon don de prescience, ajouta-t-elle à voix basse en regardant avec effroi le corps allongé par terre qui continuait à ronfler.

Yëwana releva la tête vers Marür en déglutissant péniblement, puis elle reprit ses explications :

— Je ne peux pas me permettre de perdre cette capacité, ce serait une catastrophe pour mon peuple. Si le chef des Ijars a accepté ma main, c'est parce je suis une *Nahri* , c'est uniquement pour mon aptitude, ajouta-t-elle paniquée en essayant de se lever.

Marür accentua une petite pression sur sa main emprisonnée dans les siennes.

— Je ne comprends rien. Si vous appartenez à un homme de votre plein gré ou contre votre gré, vous perdrez de toute façon votre pouvoir, énonça Marür d'un ton perplexe.

— Notre peuple profite des visions de la Nahri jusqu'à ses vingt-cinq *bomas*. Ensuite, on la marie et nous attendons qu'elle donne naissance à une fille pour perpétuer cette lignée. Pour le moment, le dieu Jawaar a toujours fait le nécessaire, la chaîne n'a point été rompue depuis la nuit des temps, expliqua-t-elle.

Yëwana marqua de nouveau une pause, le laissant assimiler toutes ces informations. Puis, elle reprit :

— Jamais mon peuple n'avait accepté auparavant un mariage d'une Nahri avec un étranger. Mon père sait sans doute ce qu'il fait et nous devons lui obéir, exposa-t-elle toujours sur le même ton sérieux dénué de tout sentiment.

Marür était impressionné par la capacité d'analyse de la jeune femme. Jamais il n'avait pensé qu'une femme pouvait être aussi intelligente et raisonner ainsi. Et de toutes les explications d'Yëwana, il n'avait retenu qu'une seule chose importante à ses yeux : aucun homme n'avait encore possédé son corps sublime. Il était soulagé sans trop savoir pourquoi. Toutefois, une inquiétude prit naissance de façon fulgurante, enserrant son cœur. Il se rappelait les yeux dévorés de désir du chef Lâmno. Pendant combien de temps son esprit ambitieux sera-t-il plus fort que son désir sexuel? À son avis, c'était une question de temps pour que le chef des Tembas y succombât. Il revint donc à ses réflexions de départ. Comment aider la jeune femme sans abandonner ses hommes blessés? La réponse était évidente même si elle ne lui plaisait pas vraiment : il devait être patient tout comme la jeune femme. Il prit une grande inspiration avant de s'adresser à elle :

— J'accepte de vous aider, cependant je ne peux abandonner mes hommes, je suis responsable d'eux. Vous comprenez? insista-t-il d'une voix frustrée par son impuissance immédiate.

Elle fut légèrement déçue, mais acquiesça légèrement de la tête pour montrer qu'elle comprenait sa position. Il ne savait pas si cette attitude était sincère ou non.

— Non, vous ne comprenez pas! Il va falloir attendre que mes hommes guérissent de leurs blessures. Il faudra être patiente. Même si vous ne me voyez pas, j'essayerai de vous rendre visite dès que l'opportunité se présentera de nouveau, dit-il avec conviction.

Pendant qu'il parlait, il l'avait mise debout, tout en se remettant lui-même sur ses deux jambes. Leurs corps se frôlaient. Il sentait de nouveau sa chaleur et son parfum; cette fois-ci, il faisait durer son plaisir. L'attirance entre eux était palpable. Il releva sa tête en tirant avec douceur sur ses tresses comme il avait rêvé de le faire la veille lors du banquet. Tout naturellement, il plaqua son corps superbe contre le sien, leurs visages à quelques lecmabs l'un de l'autre. Tenant le menton de la jeune femme avec sa main droite, il tourna son visage légèrement à gauche, légèrement à droite, inspectant l'état de ses joues, avant d'en effleurer une délicatement. Puis, leurs yeux se croisèrent. Ils s'embrassèrent bien avant leurs lèvres. Le choc fut inouï lorsqu'elles se rencontrèrent! Et quand les bouts de leurs langues s'effleurèrent à peine, son corps s'embrasa instantanément sous une chaleur incandescente; un océan de feu y déferlait inexorablement. Toute retenue le quitta. Il lui caressait les cheveux, le dos, descendant jusqu'à ses fesses bien fermes qu'il pressait fougueusement encore et encore, la collant ainsi contre sa virilité évidente. Leur interminable baiser langoureux dont on entendait s'échapper de petits gémissements de plus en plus sensuels affolait totalement ses sens. Il évoluait dans un monde extraordinaire de volupté.

Tout à coup, son instinct le ramena à la réalité. Il se détacha rapidement d'Yëwana et regarda autour de lui pour identifier l'éventuel danger imminent.

Le chef des Tembas avait bougé par terre dans son sommeil. La jeune femme et le guerrier se regardaient intimidés par ce qu'ils venaient de vivre ensemble. Ils ne se connaissaient pas, pourtant ils avaient partagé de façon prodigieuse une intense intimité, leurs corps irrémédiablement attirés l'un vers l'autre, comme s'ils se reconnaissaient instinctivement.

Marür prit enfin la parole, d'une voix encore troublée :

— Je vais vous laisser, car les gardes ne vont pas tarder à se réveiller. Ayez confiance, Yëwana ! Je ne partirai pas sans vous ! Et lorsque nous nous en irons, je vous emmènerai pour vous ramener à votre peuple. Il prononça les derniers mots de façon solennelle.

Par conséquent, il s'était engagé auprès de la jeune femme. Pour la première fois, il avait pris une décision totalement irrationnelle fondée uniquement sur son instinct ! En outre, en ne respectant pas les ordres, il pouvait compromettre une mission. Il était absolument persuadé que le chef Lâmno n'était pas le meilleur allié pour les Sarkinis ; aider la jeune femme lui permettrait peut-être d'en trouver un beaucoup plus fiable. Il la regarda une dernière fois pour graver son visage dans son esprit. Il résista à l'envie de l'embrasser et la toucher de nouveau, ayant peur de manquer de courage pour la laisser désarmée face à son tortionnaire. Puis, il lui tourna le dos et sortit de la pièce.

*

Les jours suivants, Marür pensait sans cesse à Yëwana. Il était totalement fasciné par la jeune femme. Plus d'une fois, il avait voulu aller l'arracher à sa prison, mais l'état critique de l'un de ses soldats l'en avait empêché. Ce dernier n'en avait désormais plus pour longtemps. Marür décida donc d'anticiper leur départ prochain. D'habitude, il retrouvait ses deux soldats soit dans la grande salle au moment du repas du matin soit dans la zone d'entraînement. La première fois qu'il s'y était rendu avec eux, deux jours après leur arrivée, ses guerriers et lui avaient fait sensation. Leur maîtrise de l'épée avait grandement impressionné les Tembas qui avaient été fascinés par sa longue épée. Rares étaient ceux qui avaient déjà eu la chance de voir l'arme fabuleuse des Sarkinis connue sur toutes les terres d'Ĕphÿr.

Un attroupement s'était formé au fur et à mesure pour les regarder s'entraîner. Marür affrontait simultanément ses deux soldats qui portaient leurs coups sans aucune retenue. Il fut obligé de déployer toute sa science du combat pour parer à leurs assauts mortels en l'absence de protections. Grâce à ses séances quotidiennes avec son Däg-Chem, à Yazam, la Grande, il était devenu aussi redoutable que ce dernier à cette arme. L'assistance le félicita chaleureusement à la fin de leur confrontation, reconnaissant un grand guerrier quand ils en voyaient un. Depuis, Marür et ses hommes jouissaient d'un prestige considérable auprès des guerriers tembas dont certains maniaient également des épées courtes. Ils allaient se servir de cette estime pour échapper à leur vigilance. En attendant, ce matin il était en retard à l'entraînement. Il avait guetté, derrière sa porte, une opportunité pour rendre visite à Yëwana. Malheureusement, des soldats étaient continuellement en faction comme si le chef des Tembas se méfiait de quelque chose. Depuis le lendemain du banquet en leur honneur, Marür n'avait plus aperçu la jeune femme, cela faisait une sema déjà. Il espérait que son hôte ne lui avait fait aucun mal. Si c'était le cas, il le lui ferait payer très cher ! Il le jura sur *l'Invisible*. Il fut surpris de la violence de sa réaction quand il pensait au mal que le chef Lâmno avait pu faire à Yëwana. Durant la sema écoulée, il avait essayé d'obtenir des renseignements et des nouvelles fraîches de la jeune femme, seulement son hôte n'avait pas daigné répondre à la moindre question. Son humeur étant égale, il ne pensait pas qu'elle ait pu souffrir de traitements horribles. Marür arriva sur le terrain. Comme d'habitude, lui et ses hommes s'entraînaient durement. Puis, à la fin de la séance, au lieu d'aller prendre un bain, il s'attarda avec ses soldats. Au loin, on pouvait penser qu'ils discutaient de leur combat. Il en allait tout autrement.

— Soldats, je ne suis pas certain que le chef des Tembas soit l'allié que nous devons trouver sur la Terre des Chefs. J'ai rencontré en secret la danseuse du banquet. Elle m'a communiqué un certain nombre d'informations. C'est effectivement une princesse. Non seulement c'est la fille d'un chef, mais c'est également la promise d'un autre chef, dit-il en prononçant les derniers mots d'un ton douloureux.

Ses deux soldats furent surpris du ton inhabituel.

Marür se reprit très vite en ajoutant, cette fois-ci, d'un ton assuré :

— Mon intention est de fausser compagnie au chef des Tembas dès que possible. Je ramènerai la princesse chez elle. Et là, je verrai si son peuple ou celui de son futur époux, qui dit-on est le plus grand guerrier de la Terre des Chefs, pourrait être un meilleur allié.

Il s'arrêta quelques instants avant d'ajouter solennellement :

— En faisant cela, Soldats, je vais peut-être compromettre notre mission. Aussi, je ne vous demanderai pas de me suivre. Si je me trompe, j'en assumerai, seul, la responsabilité et le châtiment que notre Däg-Chem décidera de m'infliger. Quant à vous, je vous demande de ramener vos compagnons blessés sur notre terre.

Ses hommes se regardèrent et l'un d'eux dit sur un ton solennel :

— Capitaine, nous sommes à votre service. Vous nous avez guidés maintes et maintes fois dans des missions périlleuses et nous nous en sommes toujours sortis vivants. Yori !

— Yori ! répéta Marür.

— Nous avons confiance en vous. Nous souhaitons rester à vos côtés pour vous aider dans cette mission dangereuse que vous allez entreprendre, ajouta le soldat d'une voix ferme.

— Je vous remercie tous les deux pour cette preuve de confiance et de loyauté, cependant nous avons un compagnon mourant et deux autres gravement blessés qui ne pourront pas supporter cette nouvelle mission. J'irai donc seul vers le sud pour ramener la princesse, tandis que vous vous irez au nord pour rentrer chez nous. De plus, notre division perturbera aussi les recherches des Tembas, dit-il avec son habituel esprit logique.

Les deux soldats acquiescèrent avec obéissance, conscients que c'était la meilleure solution.

— Notre réussite dépendra de notre préparation. C'est

pourquoi nous allons, dès à présent, mettre de côté des provisions que nous partagerons. Discutez avec les soldats de la garde de Lâmno pour leur soustraire le plus d'informations possible ! Nettoyez vos armes, nous en aurons besoin. En fin d'après-midi, j'irai voir vos compagnons pour les informer de notre prochain départ dès que l'opportunité se présentera. Pour le moment, je vais aller rendre visite à leur Mayntou et voir quels renseignements je peux obtenir de sa part, conclut Marür.

Peu de temps après, il arriva à sa demeure.

L'apprenti du vieil homme le fit entrer dans l'unique pièce. Le Mayntou s'y trouvait déjà assis en tailleur plongé dans ses réflexions. Son jeune aide avait fait signe au soldat Sarkinis de s'asseoir. Maintenant, il attendait. Cela lui sembla une éternité.

Soudain, le vieil homme ouvrit les yeux. Marür sentit son regard transpercer son âme comme s'il y cherchait une vérité profonde. Cela lui rappela sa première rencontre avec le Sahrfir, c'était à quelques détails près la même scène. Au bout de plusieurs ménins, le Mayntou prit la parole d'une voix grave :

— Je te salue Marür, Fils de *l'Invisible*. Es-tu venu pour des conseils ? Non, je ne pense pas, dit-il sans laisser à son visiteur le temps de répondre.

Le Mayntou effectua le même rituel que la dernière fois. Contrairement à la fois précédente, une vapeur d'une couleur jaune (la couleur des sentiments) apparut, puis se dissipa très vite.

— Je sens que ton esprit est habité par un autre esprit. Vos chemins devaient se croiser un jour ou l'autre. Je vois un départ et une arrivée. Je vois aussi une route solitaire pour le moment, mais une multitude l'empruntera bientôt.

Puis, le vieil homme baissa la tête.

Marür fut abasourdi. Il eut un instant de grande frayeur, car il eut l'impression que le Mayntou savait tout à propos des préparatifs de leur départ. Puis, il se détendit, car c'était totalement impossible.

Le Mayntou releva la tête pour le fixer de nouveau.

— La personne qui te cause grand souci est en danger ici. Toi seul empruntes ta destinée. J'ai vu dans un songe : deux guerriers du nord, deux unions mêlées, un sang royal, mais un seul espoir pour Ĕphÿr, continua-t-il sur le même ton grave.

Marür était stupéfait par les propos du vieil homme. Il avait seulement compris une partie de ses bouts de mots.

— Dans deux jours, démarre la fête de *Termilla*. Elle dure trois jours. D'ici là, ton soldat mourant ne sera plus, ajouta-t-il avec la même voix grave.

— Soyez prêts très tôt le dernier jour de cette fête ! Les soldats auront beaucoup bu. Tu trouveras la princesse en train de t'attendre, ajouta-t-il d'une voix un peu lointaine comme s'il voyait les évènements se dérouler sous ses yeux au moment où il les évoquait.

— Va ! Que nos dieux et le tien te protègent ! termina-t-il enfin.

Puis, il se replongea dans ses pensées. Marür le regarda une dernière fois le cœur léger, car son instinct lui disait que leurs routes se croiseraient de nouveau. Alors, il sortit de la demeure du Mayntou sans dire un mot.

*

En fin d'après-midi, Marür rendit visite à son soldat agonisant. Cela faisait une sema que les guérisseurs s'affairaient autour de lui. Depuis qu'il était arrivé, son état ne s'était guère amélioré : les premiers jours, il avait été stationnaire ; depuis trois jours, il s'était brusquement dégradé. Hier, on l'avait prévenu qu'il lui restait environ quarante-huit nars maximum à vivre. Marür pénétra dans la bâtisse dédiée aux malades. Contrairement aux demeures des Tembas et notamment à celle de leur chef, celle-ci était rectangulaire et ne comportait aucun étage. Il prit l'allée de droite réservée aux hommes. Il marcha jusqu'au fond du bâtiment, là où se trouvaient les blessés dans un état critique ; il n'y avait pas de séparation entre les occupants. Il s'approcha doucement du lit de son soldat, ce dernier gémissait de douleurs. Mais, lorsqu'il aperçut son capitaine, il lui sourit comme pour le rassurer sur son état.

Marür lui tenait la main et lui transmettait des paroles de réconfort. Les deux autres blessés, à qui l'on prodiguait des soins au moment de son arrivée, approchèrent de même que les deux autres soldats valides. Ainsi, tous étaient à son chevet. Marür s'écarta légèrement pour leur laisser l'intimité de la fratrie militaire. Ces derniers instants furent joyeux, puis le soldat alité mourut subitement. Après s'être incliné devant sa dépouille, Marür annonça avec tristesse :

— Nous lui offrirons des funérailles dès ce soir.

Puis, il sortit pour les laisser pleurer leur frère d'armes.

Le soir, la cérémonie autorisée par le chef des Tembas, en dehors des murs de Lagdo, fut courte et pleine d'émotions. D'habitude, les bûchers funéraires comportaient soit plusieurs corps de soldats tombés dans une bataille soit la dépouille seule d'un chef important. Il était donc rare qu'on en monte pour un seul Être. Cependant, accompagné ou non, leur compagnon était bel et bien mort ! Il allait maintenant rejoindre les Omeyri. Dès la fin de la cérémonie, Marür les informa de leur prochain départ.

Jusqu'aux festivités, Marür n'aperçut point Yëwana, le chef Lâmno la conviant apparemment uniquement aux banquets importants. Depuis qu'il l'avait vue exécuter sa danse divine, il n'avait cessé de penser à la jeune femme. Sa beauté l'envoutait, remuait quelque chose au fond de son cœur. Il sentait un besoin irrépressible de la secourir, cela le dépassait complètement. Toutefois, il se demandait comment il allait pouvoir coordonner une opération de sauvetage quand il n'avait aucune nouvelle de la principale bénéficiaire. Pourtant, il avait tenté plusieurs fois de la revoir en guettant, à différentes nars du jour et de la nuit, les appartements où elle était retenue prisonnière, mais en vain. Depuis leur rencontre matinale, il n'y avait plus eu de faille dans la sécurité de sa détention. Par conséquent, il fallait s'en remettre à la parole du Mayntou : prédiction ou arrangement de sa part ? Il lui avait dit qu'Yëwana l'attendrait dans sa prison dorée, le matin du troisième et dernier jour de la fête de Termilla. Du côté de ses soldats, tous les préparatifs étaient faits : nourriture, eau, armes, vêtements, relève de la garde, chevaux, itinéraires.

Rien n'avait été laissé au hasard, car s'ils échouaient dans leur tentative de libérer la princesse, le prix à payer serait terrible. En effet, il ne fallait pas compter sur une clémence éventuelle de Lâmno : lui et ses hommes seraient sûrement exécutés ! Que deviendrait alors Yëwana ? Une esclave sexuelle sans aucun doute, car le chef des Tembas ne résisterait pas longtemps à sa concupiscence pour elle.

Et pour la première fois de sa vie, il se mit à réfléchir au sort des esclaves sexuelles. Sur les Terres Dorées, c'était un art de vivre qui régulait les rapports entre hommes et femmes en dehors du mariage : soit elles appartenaient à un homme (père ou époux) soit elles appartenaient au groupe (les célibataires). Ces dernières travaillaient comme servantes le jour et le soir elles étaient mises à la disposition des hommes. Aussi, elles devaient s'accoupler toutes les nuits avec plusieurs hommes, leur corps ne leur appartenant pas. Elles n'avaient aucun droit : elles pouvaient être battues ou tuées. C'était néanmoins déconseillé, car ces esclaves étaient un bien commun : quiconque en abîmait une devait payer une indemnité. Ce système empêchait donc les guerriers de se battre pour des femmes. En revanche, pour ces dernières, c'était un système dont Marür commençait à entrevoir toute l'horreur. Et aujourd'hui, il allait tourner le dos à l'une des règles sacrées des Sarkinis : il était prêt à se battre pour sauver Yëwana des griffes du chef des Tembas. Il était révulsé que ce dernier puisse utiliser son corps selon son gré. Et que ferait-il pour le chef des Ijars, le promis d'Yëwana, celui qui devait l'épouser ? Cela le mettait également hors de lui. Il devait accepter le destin de la jeune femme. Il décida donc de se concentrer sur son objectif prochain : la libérer et la ramener à son peuple.

Le premier jour de Termilla arriva. La cité avait été décorée de nombreuses fleurs étranges et de tissus chatoyants, provenant sans nul doute des Terres Dorées et plus précisément du territoire des Tanhoïs. La foule était nombreuse, déambulant de spectacle en spectacle, tous offerts par le chef des Tembas à son peuple. Le travail était ainsi suspendu pendant les festivités, excepté pour tous ceux qui contribuaient à leur réussite. Cette fête étant dédiée aux récoltes, la nourriture s'étalait à profusion sur toutes les tables de la cité. Dans la demeure du chef, on donnait un grand banquet qui durait trois jours. Chaque lann, le chef Lâmno se surpassait en nourriture et en représentations. Le deuxième jour ressembla au premier. Le troisième et dernier fut comme le bouquet final : une explosion de couleurs, d'odeurs et de prestations. Marür n'avait jamais rien vu d'aussi magnifique, mais il ne pouvait réellement se détendre, car leur départ était prévu dans quelques nars à peine. Il n'y aurait aucun problème pour le rendez-vous avec ses hommes puisqu'ils avaient tous été conviés au banquet de clôture. Le souci demeurait toujours avec celui de la princesse. Il aurait fallu la prévenir qu'il viendrait la chercher, cependant il n'avait eu aucune possibilité de le faire. Il espérait qu'elle serait bien dans ses appartements, et seule ! Il ne voulait pas penser au cas contraire ; il était impensable de partir sans elle.

D'ailleurs, il n'avait aucune raison de le faire sans elle : trouver un autre allié était le prétexte à son action de sauvetage. Cela faisait deux nuits que les invités buvaient plus que de raison, aussi lorsque la princesse arriva pour danser, des rires grivois et des gestes obscènes l'accompagnèrent tout au long de son évolution. À la fin de sa danse, contrairement à la dernière fois, elle ne donna aucune prédiction, ce qui mit en colère le chef des Tembas. Il se leva de son siège et s'avança vers la jeune femme. Il lui agrippa le bras tout en lui parlant durement. Cette dernière lui répondit que la débauche dans laquelle elle se trouvait l'avait empêchée de voir et que le dieu Jawaar n'en dormirait pas cette nuit. Ce message avait-il un double sens ? Lui était-il adressé ?

Cependant, excédé par sa réponse, le chef Lâmno la gifla violemment sans avoir relevé qu'elle s'était exprimée en fadari. Elle recula, légèrement déséquilibrée, puis se redressa. Marür avait fait un effort considérable pour ne pas intervenir. Depuis l'entrée d'Yëwana dans la grande salle commune, il avait soigneusement évité de croiser le regard de la jeune femme, de peur de trahir ses sentiments, en revanche il ne put s'en empêcher à cet instant. Elle était magnifique malgré ses yeux pleins de détresse qui changèrent d'expression quand leurs regards se croisèrent. Avait-il vu de l'espoir dans les yeux arc-en-ciel ? Il ne put s'attarder sur la question, car le chef des Tembas la renvoya brutalement d'un geste de la main et revint s'asseoir à sa place. Marür resta plus longtemps que la dernière fois pour s'assurer de l'état d'ébriété avérée qui gagnait de plus en plus son hôte, puis monta se reposer.

Avant le lever du soleil, une petite troupe armée se faufila dans la salle commune. Ils firent une rapide inspection pour vérifier que les hommes présents dormaient et n'étaient pas en mesure de contrecarrer leur projet. Rassuré, le groupe continua vers la sortie tandis que l'un d'eux montait prévenir leur chef que la voie était libre. Marür, qui guettait son arrivée, sortit immédiatement avec ses affaires. Il s'approcha doucement de la porte des appartements d'Yëwana. Ne percevant aucun bruit, il l'ouvrit doucement. Cette dernière l'attendait manifestement puisqu'elle était habillée discrètement, tout comme eux, de vêtements sombres d'homme. Ses affaires étaient posées à ses pieds. Il la regarda, surpris, avant de lui tendre la main et de lui dire :

— Je vous ramène chez vous comme promis.

Elle le regarda avec la même expression dans les yeux que lorsqu'elle lui avait demandé son aide, une dizaine de jours plus tôt.

— J'avais foi en vous.

Elle prit sa main pour franchir le seuil de la chambre dans laquelle elle était demeurée prisonnière pendant plusieurs semas.

X - Une action solitaire

Une préparation minutieuse

La décision d'une intervention sur les Terres Dorées avait été prise par l'Assemblée des Représentants Élus. Némak et Malaak rentrèrent dans la demeure de ce dernier. Malgré sa prise de parole en faveur d'une intervention, Malaak avait tout au fond de son cœur espéré un vote négatif. De son côté, en dépit de la mission périlleuse, Némak n'avait pas pu la refuser pour l'avenir de sa famille, de sa terre et de son peuple.

Nihma les accueillit à leur retour. Dès qu'elle les aperçut, elle explosa :

— Mais, bon sang ! Que se passe-t-il de si grave ?

Elle se tenait les mains sur les hanches, le buste bien droit, le pied tapant nerveusement sur le plancher ; elle les transperçait de son regard noir de colère.

— Cela fait des jours que j'attends sagement qu'on m'explique. Mais, non, c'est trop demander à ces messieurs ! Je suis juste bonne à…

Malaak l'interrompit en la tirant brusquement par le bras vers le salon, tandis que Némak monta directement dans sa chambre pour rester seul. Cela faisait environ une nar qu'il était allongé sur son lit d'enfant, revivant les grands moments aussi bien heureux que malheureux de sa vie quand il entendit frapper à sa porte. Il ne répondit pas. On cogna de nouveau. Il ne répondit toujours pas.

— Garnement, tu ouvres ou tu vas me laisser me geler sur place toute la nuit ? exigea la voix mi-chagrinée mi-autoritaire, mais tout à fait reconnaissable de Nihma.

Elle avait utilisé sa phrase préférée quand il était petit afin de percer ses défenses. Et cela fonctionna encore. Il se leva pour lui ouvrir et retourna s'asseoir. Dès qu'elle fut dans la pièce, elle se dirigea vers le lit, s'y assit, puis elle lui ouvrit ses bras maternels. Après une courte hésitation, il accepta ce réconfort dont il avait tant besoin. Là, dans les bras de la seule femme qui avait pris soin de lui depuis son jeune âge, il se laissa aller. Il n'avait pas besoin de tenir son rôle ni de mari ni de militaire. Il pouvait redevenir ce garnement qui faisait des bêtises dans son enfance et qui réclamait ensuite son pardon ; sauf que cette fois-ci il n'avait rien fait. Il n'avait rien à se faire pardonner. La faute en revenait à quelqu'un d'autre, au destin.

— Tu pars quand ? questionna-t-elle à la fois attristée et pragmatique.

Elle cherchait à savoir pendant combien de temps elle pourrait encore profiter de sa présence.

— Bientôt.

Elle le serra un peu plus fort.

— Tu es ce que j'ai de plus cher au monde avec Malaak. Pourquoi est-ce toi qui dois effectuer cette satanée mission ?

Némak se dégagea de son étreinte en la repoussant légèrement en arrière pour la regarder fixement. Ses beaux yeux dorés retenaient ses larmes avec grande difficulté. Il libéra l'un de ses bras pour lui caresser doucement la joue.

— Je me suis porté volontaire pour deux raisons. La première réside dans une meilleure connaissance du terrain que tous les soldats pouvant effectuer cette tâche. La deuxième s'appuie sur ma maîtrise du fadari, plus qu'utile pour réussir. Tu vois, mère, je n'avais pas le choix, dit-il gravement.

Il n'avait jamais employé le terme « mère » pour s'adresser à elle. Pourtant, elle avait indiscutablement remplacé sa mère défunte. Toutefois, il avait toujours réservé cette expression significative à sa mère disparue. Quand elle l'entendit prononcer ce simple mot, les larmes qui perlaient sur ses cils dévalèrent inévitablement sur ses joues. Les rôles étaient maintenant inversés, c'était Némak qui la réconfortait à son tour. Ils restèrent, là, dans les bras l'un de l'autre un bon moment sans parler. Puis, Nihma se dégagea comme l'avait fait Némak quelques instants plus tôt.

— Que vas-tu faire pour Hëylyah ? demanda-t-elle inquiète en s'essuyant les joues.

Némak avait pensé à la réaction de sa femme dès qu'il avait accepté la mission.

— Je vais demander une permission d'une sema avant de partir pour passer au moins trois jours chez moi. Je pense qu'ils me l'accorderont sans problème. Je dois mettre de l'ordre dans mes affaires pour assurer l'avenir de ma famille, répliqua-t-il en reprenant automatiquement son ton militaire habituel comme s'il établissait ses plans de bataille.

— Si Malaak et moi pouvons faire quelque chose pour toi, tu nous le demandes sans hésiter, n'est-ce pas ? s'informa-t-elle soucieuse.

— Oui, je vais y penser. Merci, mère, lui répondit-il avec un pâle sourire. Tu peux descendre maintenant. J'arrive bientôt, ajouta-t-il en lui embrassant délicatement la joue.

Elle le regarda avec un mélange de fierté et de tristesse, puis se retourna pour sortir d'un pas hésitant. Il se rallongea sur son lit et repensa à ces dernières misas. Elles avaient été très difficiles, mais Hëylyah et lui s'étaient enfin retrouvés. Ils partageaient à nouveau leur amour. Comme par malchance, c'était à ce moment précis que se présentait une mission plus qu'excessivement dangereuse. « Suicidaire » était le terme exact. Malgré cela, il devait croire en sa bonne étoile ; elle ne lui avait pas encore fait défaut. Il se décida à descendre comme il l'avait promis à Nihma, à sa mère. Il avait ressenti une telle joie quand il avait prononcé ce simple mot. Pourquoi ne l'avait-il pas utilisé auparavant ? Il n'en savait rien. Peut-être qu'il se disait en son for intérieur qu'il avait tout le temps de le faire, seulement l'avenir funeste qui l'attendait l'avait libéré. Il n'aurait pas de regrets pour cela au moins. Némak retrouva ses hôtes sur la terrasse. Ils étaient assis côte à côte sur l'un des confortables canapés recouverts d'un tissu chatoyant.

La couleur bordeaux se mariait admirablement avec l'ocre de la façade et le vert des nombreuses plantes encerclant cet espace de détente. Malaak enserrait les mains de sa femme dans les siennes. Quand ils le virent, Malaak voulut se lever, mais Némak lui fit signe de ne rien faire.

— J'ai à vous parler tous les deux. D'abord, je voudrais vous remercier pour toutes ces lanns de bonheur que vous m'avez données. L'amour, que vous m'avez prodigué, m'a aidé à me forger et à construire mon propre foyer. Nihma, tu as toujours été une mère pour moi, je t'en remercie, et toi, Malaak, un second père.

Némak s'était tourné respectivement vers ces deux êtres chers à son cœur.

Malaak voulut se lever pour le prendre dans ses bras, cependant Némak lui fit de nouveau un geste de négation de la tête.

— Je ne vais pas revenir sur ma décision. Je voulais juste vous dire que je ne pouvais pas me soustraire à mon devoir, ajouta-t-il d'un ton ferme.

Malaak et Nihma acquiescèrent de la tête, lui montrant ainsi qu'ils le comprenaient parfaitement.

— Maintenant, c'est la chose la plus importante que je voulais vous dire. Je voudrais que vous vous occupiez de Hëylyah et Kôdan si jamais… dit-il d'une voix altérée.

— Non, tais-toi ! le coupa Nihma brutalement tout en éclatant en sanglots.

Malaak la tenait par les épaules pour lui éviter de s'effondrer sur les fragiles coussins décoratifs.

–… si jamais, je devais échouer dans ma mission et ne pas revenir. Je veux que vous fassiez comme mon père a fait pour moi. Kôdan doit subir un entraînement militaire rigoureux, car le pire arriverait alors et il devrait pouvoir se défendre. Promettez-moi de tenir cette promesse ! Et ne laissez surtout pas Hëylyah sombrer dans le désespoir ; elle doit continuer sa vie sans moi, continua-t-il fermement sans relever l'interruption de sa mère.

Malaak et Nihma jurèrent, puis se précipitèrent vers lui. Ils s'embrassèrent tous avec beaucoup d'émotion.

— Bon, cela suffit ! Profitons que ce garnement soit encore là, tu veux bien ma mie ? proposa Malaak en se dégageant de cette étreinte collective et en regardant sa femme avec inquiétude.

— Oui, tu as raison, répondit-elle avec un petit sourire forcé, sensible à ce terme affectueux qu'il employait de temps à autre pour lui faire doucement entendre raison.

— Allons prendre un bon repas, cela nous remettra d'aplomb ! termina-t-elle avec son esprit pragmatique, tout en s'essuyant rapidement les yeux avec ses doigts délicats.

*

Dès le lendemain, Némak était redevenu le formidable combattant qu'il était. Il avait surmonté sa peur de ne pas revenir de sa mission pour s'occuper de sa famille. Il s'était libéré de cette angoisse, car il savait qu'il la laissait tout de même en de très bonnes mains. Il renvoya ses deux compagnons, son escorte, chez lui avec un message pour son épouse concernant son retour différé d'environ trois semas.

Le trajet fut très rapide jusqu'au campement militaire. Il retrouva son supérieur dans son bureau, à l'intérieur du bâtiment des opérations de l'armée, situé non loin des différents terrains d'entraînement.

— Bonjour, commandant Reyken !

— Bonjour, colonel Dagan.

— Asseyez-vous !

— Merci, mon colonel.

Le colonel Dagan appela son aide de camp pour lui demander de faire entrer à tour de rôle les trente meilleurs soldats de l'armée qu'il avait convoqués aux aurores. Némak prit toute la matinée pour les interroger tous en leur demandant non seulement quelle était leur spécialité, mais également s'ils étaient célibataires ou sans enfant, ce qui les surprit tous. Bien que ce ne fût pas son cas, il voulait éviter à un autre soldat ce déchirement d'un départ pour une mission sûrement suicidaire.

À la fin de ses entretiens, le groupe l'attendait dans la petite cour du bâtiment. Némak avait retenu dix-huit profils. Il s'empressa de leur indiquer ceux qui avaient été choisis. Certains furent déçus de ne pas l'être, d'autres se contentèrent de hausser les épaules en s'éloignant. Ceux qui avaient été retenus devaient revenir après le repas.

Le colonel Dagan avait invité Némak à partager le sien. Les deux hommes abordèrent la situation sur les Terres Dorées. L'avenir était bien sombre et ils espéraient que la mission qu'ils mettaient en place aboutirait à éloigner la menace immédiate, le temps peut-être de préparer une coalition avec la Terre des Chefs. Il fallait même envisager une alliance éventuelle avec leurs anciens ennemis, les Terres Libres. Profitant de la discussion, Némak sollicita une permission d'une sema pour lui et ses hommes avant leur départ en mission. Son supérieur ne fut que trop heureux de lui accorder cette demande toute légitime. L'aide de camp revint, environ une nar après, les informant que les hommes étaient arrivés. Tous les soldats choisis le matin se trouvaient sur le premier terrain d'entraînement, celui dédié au tir à l'arc et à l'arbalète. Némak et le colonel Dagan sortirent pour les accueillir. Les soldats étaient alignés sur le pas de tir, respectant le périmètre de sécurité, même si aucun d'eux ne s'entraînait. Le colonel Dagan passa en revue les candidats avec Némak à ses côtés qui essayait déjà de les évaluer.

— Soldats ! Nous avons une mission de la plus haute importance à vous confier, c'est peut-être même la plus importante de votre vie et pour notre peuple. Pour des raisons de sécurité, nous communiquerons les détails uniquement aux neuf candidats choisis et au dernier moment. Sachez toutefois que cette tâche est extrêmement dangereuse, peu d'entre vous en reviendront. Vous pouvez la refuser, car nous souhaitons uniquement des volontaires. C'est le commandant Reyken, ici présent, qui retiendra ou non votre candidature. Je vous laisse donc avec lui. Bonne chance à tous ! dit-il en les saluant longuement avant de retourner dans son bureau.

— Bonjour à tous. Je suis le commandant Reyken comme vient de le dire le colonel Dagan, pour ceux qui ne me connaissent pas. En premier lieu, je voudrais savoir si l'un de vous ne souhaite pas participer à cette mission. Vous en avez tout à fait le droit, car certains la considèrent comme suicidaire. Dites-le maintenant, car sinon vous devrez attendre un hypothétique refus de ma part. En effet, il n'y aura pas de désistement possible après. Alors, réfléchissez bien ! Je vous laisse donc jusqu'à demain pour vous décider. Rendez-vous au lever du soleil pour ceux qui acceptent d'y participer. Rompez maintenant ! dit-il d'une voix autoritaire.

Il salua brièvement quelques soldats qu'ils connaissaient bien ou qu'il avait déjà croisés avant de repartir chez Malaak et Nihma. Il avait décidé de passer le plus de temps possible avec eux avant son départ.

*

Le lendemain matin, Némak fut heureux de retrouver les dix-huit candidats au même endroit. Il les salua et ils lui rendirent son salut. Ils étaient tous en tenue d'entraînement : un pantalon et une tunique ample vert foncé. Comme chez les Irhyns et les Szakirs des Terres Libres, les femmes étaient des Êtres totalement libres. Par conséquent, elles pouvaient combattre si tel était leur désir. Némak retrouva donc parmi les soldats qu'il connaissait bien, le capitaine Lanka Kalan, une femme d'une grande expérience, experte dans le maniement de l'arc. Il avait sélectionné d'autres femmes, il les verrait à l'œuvre à l'entraînement. Parmi les hommes, il y avait son fidèle acolyte depuis leur Rekkin, le capitaine Balek ; ils avaient effectué plusieurs opérations ensemble. Pour le moment, Némak passa les hommes en revue.

— Bonjour, Soldats !

— Bonjour, Commandant, répondirent-ils d'une seule voix.

— Je vois que tout le monde est là. C'est bien, nous allons commencer sans plus tarder. Vous allez passer plusieurs épreuves : les tirs lointains avec votre arme préférée, le combat au corps à corps, puis la prise d'un poste de garde. Chaque épreuve va se dérouler sur une journée.

À l'issue des trois jours, je choisirai les neuf soldats qui m'accompagneront pour la mission, expliqua-t-il sur un ton professoral.

— Des questions ? Aucune ? Alors, c'est parti, termina-t-il avant de donner l'ordre de passage pour la première épreuve, celle du tir.

Chaque soldat avait une arme préférée : couteau, arc, arbalète, hache… Il devait déterminer celui qui pouvait tirer le plus loin possible en silence avec le plus de précision. Ce fut une épreuve très disputée. En finale, le capitaine Lanka Kalan s'opposait à un soldat d'une carrure impressionnante, expert dans le maniement de la hache. Ce fut le capitaine Lanka Kalan qui remporta l'épreuve à son plus grand plaisir, en se montrant beaucoup plus précise avec son arc. Le second jour, ce fut celle du corps à corps. Les combats furent acharnés. Ceux que Némak avait sélectionnés étaient tous des combattants exceptionnels. Cette fois-ci le géant à la hache remporta la victoire. Le troisième et dernier jour, la compétition fut très difficile. Elle consistait à mettre en place une tactique efficace afin de prendre un poste de garde ennemi tout en perdant le moins d'hommes possible dans l'attaque. Les candidats étaient répartis en trois équipes de six soldats. Némak ne fut pas très surpris par la victoire du capitaine Balek dont l'équipe comportait dans ses rangs le capitaine Lanka Kalan ainsi que le géant à la hache.

— Très bien, vous avez tous été formidables ! Je reviens dans quelques ménins avec les noms des soldats retenus pour la mission, déclara-t-il avec simplicité.

Némak se dirigea vers le bureau du colonel Dagan qui devait l'attendre en cette fin d'après-midi pour son rapport.

— Bonjour, Commandant Reyken ! dit le colonel en le saluant dès son entrée dans son bureau.

— Bonjour, Colonel, répondit ce dernier en lui rendant son salut.

— Vous avez votre équipe, Commandant ?

— Oui. Je viens vous demander de m'assister dans le choix de mes hommes, proposa Némak avec respect.

— C'est très gentil à vous, Commandant, puisque je vous

avais promis toute latitude à ce sujet. Mais, je serai très heureux de voir vos recrues. Allons-y ! dit-il avec un petit air complice.

Il suivit Némak jusqu'au pas de tir.

— Soldats ! Garde à vous !

Aussitôt, les soldats s'exécutèrent : ils se mirent debout en position de respect pour leurs supérieurs.

Némak prit alors la parole d'une voix pleine de sincérité :

— Je suis fier de chacun d'entre vous. Vous êtes tous capables d'effectuer la mission qui nous a été assignée, seulement je n'ai besoin que de la moitié d'entre vous. Aussi, j'ai dû faire des choix difficiles. Ceux dont je vais appeler les noms sont ceux que j'ai retenus. Les autres, ne vous lamentez pas trop, car votre tour viendra bien assez vite.

Les soldats hochaient la tête, de temps en temps, au fur et à mesure de son discours. Puis, ils attendirent pour savoir s'ils étaient pris ou non. Némak commença à lire la liste des neuf soldats. Quand il eut fini, il salua chaleureusement les neuf autres qui allaient échapper, pour le moment, à un destin funeste. Quant à ceux choisis, dont le noyau était composé des capitaines Balek et Kalan ainsi que du géant à la hache, il leur demanda de décliner leur nom et leur spécialité devant son supérieur. Puis, il leur donna rendez-vous pour le lendemain à la même heure afin de commencer un entraînement intensif de quinze jours. Le colonel Dagan félicita Némak pour le choix de son groupe d'intervention avant de repartir dans son bureau.

Le lendemain, Némak donna à ses hommes le programme de l'entraînement : tirs, combats à mains nues, repérages, déplacements silencieux, débarquement d'un canoë, tactique de repli. Il souhaitait en un minimum de temps leur donner toutes les chances de réussir l'opération et de s'en sortir vivants. Le temps passa en un éclair. La journée, il travaillait inlassablement avec ses hommes une série d'exercices jusqu'au sans-faute, leur demandant une exigence qui pourrait leur sauver la vie. Après le repas du soir, il se faisait un point d'honneur à partager avec

Malaak et Nihma un moment de détente sur la terrasse. Nihma aimait évoquer ses nombreuses bêtises sur un ton nostalgique comme si elle avait voulu retourner dans le temps.

Enfin, ce fut le dernier jour. À la fin de la journée, Némak fit un petit discours pour encourager sa petite troupe.

— Félicitations, soldats ! Vous avez tous été absolument remarquables lors des entraînements. Je sais que vous êtes impatients de connaître notre objectif. Pour le moment, je vais vous communiquer uniquement notre lieu de destination. Mesdames, Messieurs, nous allons sur les Terres Dorées ! déclara-t-il avec gravité.

Les soldats étaient ébahis. Ils étaient tous au courant de la situation explosive qui y régnait. Quelle pouvait être la mission sur ce territoire en proie à la guerre ?

Némak les laissa, plusieurs ménins, supputer diverses hypothèses dans leur tête.

— Je vous communiquerai notre objectif au moment opportun, ajouta-t-il avec autorité.

Après quelques dorons, il reprit la parole, cette fois-ci sur un ton assez paternel :

— Je vous rappelle encore que cette mission est hautement dangereuse et que nous avons très peu de chance d'en revenir vivants. Aussi, même si vous n'êtes pas marié ou n'avez pas d'enfants, je vous suggère de passer les prochains jours de permission en compagnie des êtres qui vous sont chers. Et rappelez-vous que votre sacrifice sera peut-être le salut de notre peuple !

— Des questions ?

Personne n'osa en poser.

— Aucune ? Alors, rompez et rendez-vous dans huit jours !

Dès le lendemain, Némak prit le chemin de chez lui. La veille, pour la première fois depuis des jours, il avait pu profiter d'une longue soirée en compagnie de Malaak et de Nihma. Ils avaient évoqué encore et toujours le passé pour éviter de parler de l'avenir. Puis, il était parti se coucher tôt pour être en forme lors de son voyage. D'ordinaire, il fallait trois jours de chevauchée pour rallier sa demeure, et grâce à une autorisation manuscrite du colonel Dagan, il pouvait utiliser les chevaux de poste de l'armée qui se trouvaient sur son chemin ; il gagnerait ainsi un jour à l'aller et un jour au retour. Par conséquent, il passerait quatre jours avec sa famille. Il ne pouvait pas en espérer plus.

Némak arriva chez lui au bout de deux journées très éprouvantes ; il avait mené un rythme d'enfer aux chevaux. Sa nouvelle escorte avait dû s'adapter à sa cadence. Au coucher du soleil, la petite troupe arriva sans encombre sur son domaine. Tandis que Solak, son intendant, après les avoir accueillis, se chargeait de l'installation de ses compagnons de route, Némak se précipita dans sa demeure pour serrer sa famille dans ses bras. Comme il était tard, il monta directement dans sa chambre, la pièce était vide. Il eut un instant de panique en ressentant le vide de la pièce avant de ressortir en marchant doucement pour se rendre dans celle de son fils. Ce dernier était allongé dans son lit et Hëylyah était penchée sur lui. Il venait de s'endormir certainement après une histoire racontée, car elle était en train de lui embrasser le front. Némak s'approcha tout doucement pour ne pas réveiller Kôdan. Il posa délicatement sa main sur l'épaule de sa femme. Elle se mit debout rapidement et se retourna pour se jeter dans ses bras. Elle l'embrassa à en perdre haleine. Némak lui rendit ses baisers avec fougue ; elle lui avait terriblement manqué. Puis, il s'arrêta brusquement. Il lui caressa délicatement la joue et se tourna vers le lit de son fils. Hëylyah et lui se tenaient la main en le regardant dormir paisiblement. Némak s'avança alors en se penchant pour l'embrasser, imitant sa femme quelques ménins plus tôt.

Enfin, il se redressa et entraîna son épouse à l'extérieur de la pièce sans oublier d'éteindre la petite bougie posée sur la commode. Arrivés dans leur chambre, les deux époux se jetèrent de nouveau dans les bras l'un de l'autre. Là, ils restèrent immobiles, profitant tout simplement du contact respectif de leurs corps. Puis, leurs bouches commencèrent à parler avec amour :

— Tu m'as manqué, dit Némak.

— Tu m'as manqué également, répondit Hëylyah.

Némak caressait doucement les cheveux de sa femme dont la tête était nichée sur son épaule droite. Hëylyah émettait des petits sons de contentement. Némak sentit le désir monter doucement en lui. Il prit de nouveau la bouche de sa femme pour l'explorer comme à la recherche de nouveaux territoires de plaisir. Leurs langues s'enroulaient l'une autour de l'autre encore et encore avec une délectation évidente, entraînant une respiration saccadée de part et d'autre. À bout de souffle, ils furent obligés de se séparer. Puis, d'un commun accord, ils se déshabillèrent tout en se dévorant des yeux. La lumière tamisée de la bougie accentuait encore leur désir. Némak s'attardait sur ses cheveux de la couleur d'un feu rougeoyant, sur ses yeux verts étirés sous l'emprise du désir tels ceux d'un chat dans un visage d'un ovale parfait et sur ses lèvres pulpeuses gonflées sous ses baisers. Ensuite, il baissa ses yeux pour retrouver le corps qu'il connaissait parfaitement : des seins minces et fermes, une taille étroite qui mettait ses longues jambes délicates en valeur. À son tour, Némak subit le regard amoureux de son épouse. Elle contemplait ses yeux verts d'une nuance différente des siens et ses lèvres charnues qui étaient les éléments les plus attirants d'un visage rectangulaire emprisonné par une épaisse chevelure noire. Elle s'attarda également sur ses muscles fins qui parcouraient tout son corps. Après cette inspection mutuelle à distance, leurs corps entièrement nus se rapprochèrent inévitablement, comme aimantés. Étroitement enlacés, ils se caressaient le dos, les bras, les jambes, les cheveux, toutes les parties qui étaient à la portée de leurs mains. Soudain, Némak porta Hëylyah sur leur lit.

Et là, il la soumit aux tortures les plus délicieuses : parcourant son corps alternativement de caresses et de baisers jusqu'au moindre recoin de son intimité. Plus il l'entendait gémir de plaisir, plus son désir augmentait pour sa femme. N'en supportant pas davantage, elle roula pour se retrouver au-dessus de lui et lui rendre la pareille : caresse sur caresse, baiser sur baiser jusqu'à atteindre également son intimité. Il gémissait également, mais il ne se laissa pas faire pour autant. Il était dans une position stratégique qui lui permettait de capturer sa poitrine entre ses mains, insistant sur les bouts tendus de désir. Puis, il se redressa légèrement pour saisir avec sa bouche ses tétons, qui l'affolaient. Enfin, Hëylyah se déplaça légèrement pour mettre fin à leur torture mutuelle. Il sentit pleinement son corps ; il était dans son intimité. Elle bougeait doucement comme si elle voulait capturer la moindre sensation. Némak était dans un état de supplice extrême. Il ne pouvait plus en supporter davantage, cependant il souhaitait la satisfaire totalement. Au même instant, elle le regarda avec un petit regard coquin, alors, il la renversa sur le dos, cette fois-ci c'était lui qui allait lui imposer son rythme. Il commença à bouger lentement pour bien prendre ses marques, puis la cadence augmenta sensiblement jusqu'à devenir infernale. Sa femme et lui respiraient et gémissaient de plus en plus fort jusqu'à la libération de leur jouissance. Il entendit un petit cri perçant de la part d'Hëylyah avant de s'affaler à ses côtés. Il était épuisé. Sa chevauchée de deux jours et ses ébats lui avaient ôté toute énergie ; il sombra dans un sommeil profond après avoir déposé un long baiser sur les lèvres de sa femme.

À son réveil, le soleil était très haut dans le ciel. Il tourna sa tête et trouva son fils, debout vers la porte d'entrée, attendant qu'il se réveille.

— Mère ! Mère ! Ça y est, Père a ouvert les yeux ! cria Kôdan sur un ton joyeux en tournant la tête sur le côté.

Il s'élança sur son père tel un projectile. Ce dernier réceptionna son corps sans heurt grâce à son anticipation.

— Bonjour Kôdan ! dit Némak sur un ton grave comme s'il essayait de mémoriser cet instant de bonheur.

— Bonjour, Père !

Il serra son fils très fort en lui caressant doucement les cheveux. Kôdan avait sa tête enfouie dans les bras musclés de son père. Il y demeura quelques instants avant de se dégager brusquement. Comme à son habitude, il ne restait jamais longtemps en place.

— On va au lac ? Tu veux bien, dis ? implora-t-il avec un air suppliant.

Némak le regarda en soupirant.

— Kôdan ! Que t'ai-je dit avant de partir sur la façon de demander quelque chose ? dit son père sur un ton légèrement fâché.

— Oui, je me souviens, Père. Je ne recommencerai plus, répondit-il d'un air gêné avec une voix pleine de sincérité.

Puis, il se recomposa un visage neutre pour poser de nouveau sa question :

— Père, pouvez-vous m'emmener au lac, s'il vous plaît ? reformula-t-il en prononçant l'une de ses rares phrases pleines de politesse espérant ainsi une réponse favorable.

— Pas aujourd'hui, fils. Demain, je te promets que nous irons sans faute, et en plus, avec ta mère ! Qu'en dis-tu ?

— J'ai hâte d'être à demain. Merci, Père, dit-il en déposant un baiser sur sa joue mal rasée.

Puis, il se précipita tel un courant d'air hors de la pièce.

À ce moment-là, Hëylyah entra dans leur chambre en prenant soin de bien la fermer. Les yeux de Némak étaient remplis d'amour en la regardant. Il lui ouvrit les bras et comme son fils, quelques instants plus tôt, elle se jeta sur sa poitrine. Cependant, au lieu de la rattraper correctement, il provoqua délibérément un déséquilibre. Ils s'affalèrent tous les deux dans le lit. Là, ils se chamaillèrent et rirent tels des enfants espiègles avant de revenir à des jeux d'adultes. Ils se donnèrent l'un à l'autre avec passion. Beaucoup plus tard, Némak se réveilla. Il s'empressa de tourner sa tête vers l'amour de sa vie. Il la regarda dormir avec plaisir.

Puis, ses traits s'altérèrent, car il se demandait comment il allait lui annoncer la nouvelle de sa mission prochaine à l'issue plus qu'incertaine. Comme si elle avait perçu ce léger changement d'humeur, son épouse se réveilla et le serra tout contre elle, le caressant avec réconfort ainsi qu'elle le faisait pour leur fils. Cette fois-ci, c'était lui, le combattant valeureux qui avait la tête nichée sur la poitrine de sa femme. Il ne bougea pas d'un *necmab*, profitant de cet instant de communion avec elle.

— Qu'y a-t-il ?

— Tu sais que tu peux tout me dire, dit-elle avec douceur.

Némak soupira.

— Vas-y ! Je t'écoute, insista-t-elle le sentant prêt à se confier.

Némak hésita une fraction de doron, mais elle avait eu le temps de lui asséner :

— Je sais depuis hier soir que quelque chose ne va pas et que c'est très grave, affirma-t-elle avec conviction.

Némak leva la tête en arrière pour la regarder avec surprise.

— Eh, oui ! Rien que par ta façon de me faire l'amour, je sais quand un problème t'obsède, assura-t-elle sur un ton malicieux.

Alors, il se releva et s'assit sur ses talons dans le lit, les mains posées sur ses genoux. Il était nu devant elle, son corps luisant en raison des rayons du soleil qui baignaient complètement la pièce.

— Je vais partir, dit-il aussi simplement qu'il le pouvait.

— Tu vas partir ? Où ? Quand ? Tu viens de rentrer ! Qu'est-ce que tu racontes ? demanda-t-elle un brin énervée se redressant également dans la même position.

— Je pars pour une mission sur les Terres Dorée, précisa-t-il d'un ton grave en tentant de la retenir par les épaules sans exercer la moindre pression sur elle, mais en vain.

Hëylyah quitta facilement le lit sans aucune résistance de sa part et elle commença à marcher en long et en large.

C'était sa façon de réfléchir face à un grave problème ou à une prise de décision importante. Némak la regardait faire tout en se laissant tomber sur les fesses, le dos calé contre les oreillers. Il allongea la jambe gauche tandis que la droite était repliée. Il laissa reposer son bras droit de façon négligée. Brusquement, elle s'arrêta et le regarda longuement, scrutant son visage rectangulaire comme si c'était la dernière fois qu'elle pouvait y poser ses yeux verts. Puis, elle s'approcha doucement et s'assit au bord du lit. Némak lui prit les mains en les caressant avec amour. Ils se regardèrent dans les yeux : les yeux verts d'une nuance éclatante tels des pierres précieuses plongés au plus profond d'autres yeux verts d'une teinte plus sombre, comme les pierres qu'on trouvait au fond des rivières. Sans un mot, ils échangèrent, serrés l'un contre l'autre, un long baiser dans lequel l'amour, la tristesse, la séparation et l'espoir se mêlaient à des degrés divers. Hëylyah se dégagea ensuite de cette étreinte ; les larmes coulaient en silence lentement sur ses joues.

— Quand ? interrogea-t-elle avec une pointe de rancune dans la voix.

— Dans cinq jours, répondit-il en la regardant avec un mélange de désespoir et d'excuses.

Hëylyah essuya ses larmes, puis fit un petit sourire à son époux.

— Une éternité ! On va passer les plus beaux jours de toute notre vie, promit-elle. Et, elle posa un baiser sur ses lèvres tel un engagement.

En effet, ils furent pour Némak les meilleurs jours de toute sa vie. Le premier, il mit en ordre ses affaires. Les deux suivants, il les passa à parcourir le moindre recoin de son domaine avec sa famille comme s'il y puisait une force. Ils firent plusieurs étapes au lac, faisant ainsi le bonheur de son fils. Enfin, le quatrième et dernier jour fut divisé en deux. Il consacra toute la matinée à son fils, l'abreuvant de ses dernières recommandations pour devenir un homme même si ce dernier ne pouvait pas tout retenir. L'après-midi, Hëylyah lui avait préparé une merveilleuse surprise.

En cherchant des herbes contre sa stérilité, elle avait découvert une petite grotte. Elle avait décidé de la partager avec lui en guise de cadeau de départ. Elle y avait prié maintes et maintes fois la déesse de la fertilité. Cette démarche n'ayant pas donné de résultats positifs, elle espérait maintenant que cette dernière protègerait au moins son bien-aimé. Elle avait aménagé un lit de fortune et elle se donna toute entière à son mari. Jamais, ils n'avaient atteint ensemble une telle félicité, un instant de fusion totale de leurs âmes. Après la passion vinrent la douceur, puis la mélancolie due à leur prochaine séparation. Ils rentrèrent tôt pour une dernière soirée à partager avec leur fils.

Après le repas du soir, Hëylyah avait proposé de traîner un peu dans le petit salon. Reculant volontairement la nar d'aller se coucher, Kôdan réclama à son père, pour la énième fois, l'histoire de leur peuple. Il savait que son père adorait la lui raconter. Némak s'exécuta donc sans se faire prier. D'ailleurs, en y pensant, en cas de réussite, sa mission serait un nouveau chapitre à raconter dans cette histoire. Installés dans leur élégant fauteuil de velours bordeaux qui avait vieilli au fil des lanns, son épouse et son fils blottis l'un contre l'autre attendaient patiemment. Debout, en face d'eux, Némak prit une longue inspiration avant de débuter son récit d'une voix animée. Rythmant son histoire à grand renfort d'effets gestuels et sonores qui subjuguaient l'enfant, Némak la terminait toujours par un final étourdissant. Il se levait et faisait tournoyer Kôdan. Cependant, cette fois-ci, l'enfant patienta en vain. Au contraire, Némak s'avança et se mit à genoux en dévisageant son fils comme s'il voulait graver ses traits à jamais dans sa mémoire. Il hésitait à continuer, car il ne voulait pas l'affoler, mais la guerre se profilait à l'horizon. Il n'avait donc pas le choix. Sa femme, le sentant hésiter, lui pressa la main pour lui donner son approbation.

Il poursuivit donc sur le même ton :

— L'âge du *Crépuscule obscur* arrive à grands pas. Il y a des vilains qui veulent nous faire du mal. Il faut les arrêter à tout prix. Nous devons veiller à la liberté de notre peuple. Et pour la garantir, il est de notre devoir d'agir quoiqu'il nous en coûte. Est-ce que tu comprends ?

L'enfant percevait certainement son anxiété, il ne put que hocher la tête. Némak gardait le silence. Il repensa au *Grand espoir* qui avait traversé nombre de cœurs avant de disparaître brutalement. Les choses n'avaient pas évolué comme ils l'espéraient tous : vivre en harmonie avec les autres terres. Éphÿr connaissait de nouveau la guerre. Et la clef de l'avenir du monde se trouvait clairement sur les Terres Dorées.

Némak prit une longue inspiration avant de terminer d'une voix solennelle :

— Je vais donc partir, Kôdan ! Chacun de nous doit protéger notre peuple. Hier, ce fut ton grand-père. Aujourd'hui, c'est mon tour. Demain, ce sera peut-être le tien. Nous devons tous accepter notre destin.

L'enfant à moitié endormi, cette phrase allait résonner pendant des lanns dans sa tête, puis dans celle de l'adulte qu'il deviendrait.

Une opération très risquée

Après quatre jours de bonheur auprès des siens, même si certains moments avaient été très difficiles, Némak revint à Délénis pour effectuer les derniers préparatifs pour sa mission. Le groupe qu'il avait sélectionné était fin prêt. Comme lui, ses soldats avaient dit au revoir à leurs proches. Ils avaient un très faible espoir de retour, toutefois, ils étaient convaincus, dans le cas contraire, que leur sacrifice serait utile à leur peuple. Ils étaient partis trois jours après le retour de Némak à Délénis.

Ils avaient choisi la route de l'est, plus discrète, plutôt que celle du nord qui menait à Pelmaris, le plus grand port des Terres Neuves. Ils devaient prendre un navire de contrebandiers qui allait les faire accoster en toute discrétion sur les Terres Dorées, dans une crique isolée. L'effervescence qui y régnait actuellement faciliterait leur arrivée furtive. En revanche, ils devaient se méfier des nombreux espions et mercenaires qui sillonnaient les côtes notamment les endroits très fréquentés à l'affût de proies à vendre aux plus offrants. La trahison et la délation rapportaient énormément en ces temps troublés.

Leur périple était très dangereux pour rejoindre les Terres Dorées. Malgré le recours à un équipage expérimenté du peuple des Irhyns, les meilleurs navigateurs du monde, la route était excessivement périlleuse. En premier lieu, ils devaient éviter les Grands Hurlants, des tourbillons infernaux qui se situaient au confluent des Terres Neuves, de la Terre des Chefs et des Terres Libres ; ces derniers brisaient les navires comme de simples jouets.

En second lieu, les récifs sur les côtes sud-ouest des Terres Dorées. Pour plus de sécurité, ils empruntèrent une route plus longue contournant ces dangers extrêmes. Ils traversèrent d'abord la *Grande Calme* pour aboutir le long des côtes ouest de la Terre des Chefs qu'ils longèrent en remontant vers le nord, puis ils mirent le cap à l'est vers les Terres Dorées. Ils durent rester vigilants pour éviter les récifs.

Leur équipage avait dû employer toute sa science pour les éviter ; on les nommait aussi affectueusement *la Douce chantante*. Rien que par leur itinéraire, la mission avait été jugée hautement dangereuse, mais avec leur cible, elle devenait franchement suicidaire. Némak n'avait pas encore communiqué à ses hommes leur objectif. Même s'ils étaient impatients, ses soldats attendaient le moment où il se déciderait à leur délivrer l'information.

Environ trois semas après son départ des Terres Neuves, la troupe débarqua, à plusieurs mabapés au sud de la cité d'Akméra, loin des villages. L'endroit s'avérait isolé, car très dangereux, encore relativement proche de la Douce chantante. Peu de navigateurs étaient capables d'y faire accoster un navire. En revanche, leur équipage extraordinaire l'avait fait avec succès. Des marins habitués à ces côtes sauvages, car ils venaient régulièrement y décharger des marchandises qu'ils vendaient à un riche commerçant d'Akméra avant la chute de la cité. Par ce système, ces contrebandiers comme le marchand ne payaient pas les lourdes taxes inhérentes aux importations que réclamaient les administrations royales des différentes cités. Les montants de ces taxes étaient si élevés qu'ils avaient été à l'origine de la naissance du commerce de contrebande. Avant les évènements dramatiques sur les Terres Dorées, ce trafic était florissant, car les habitants étaient tout heureux de payer des marchandises beaucoup moins chères et de trouver également des produits rares, réservés aux familles royales et à leurs courtisans. Tout le monde y trouvait son compte en dehors des finances royales. Néanmoins, avec les prises d'Akméra et de Tanéla, ce commerce risquait rapidement de péricliter en raison de la mainmise du Sahrfir sur la société, tout devant être approuvé par lui : nourriture, vêtement, art. Pourtant, les habitants d'Akméra, ayant beaucoup d'appétence pour l'art, raffolaient depuis plusieurs lanns des statuettes en bois précieux représentant non seulement des corps d'hommes et de femmes nus, mais également les représentant dans leurs ébats amoureux. Pour les Fils de *l'Invisible*, c'était un sacrilège abominable ! C'était pourquoi ces derniers avaient été si prompts à détruire, en partie Akméra, la cité des arts, puisqu'elle abritait nombre d'œuvres dont les sujets ou les expressions artistiques ne leur convenaient pas. Et aucune, d'ailleurs, n'avait véritablement trouvé grâce à leurs yeux, jugeant beaucoup d'œuvres obscènes, incompatibles avec leurs croyances : statues, tapisseries, vitraux, livres, dessins… Par conséquent, l'équipage des contrebandiers avait deux raisons de les aider en les emmenant sur les Terres Dorées : l'indépendance de leur terre menacée par un nouveau conflit et leur activité commerciale qui s'en trouvait fortement inquiétée.

*

Leur contact sur les Terres Dorées avait allumé un feu gigantesque pour guider leur navire vers l'endroit le moins dangereux de la côte. Il était resté en retrait, à une moitié de maba environ, pendant que Némak et ses soldats faisaient leurs adieux à l'équipage du navire. Après s'être présenté succinctement, leur contact éteignit rapidement le grand feu et donna l'ordre à la petite troupe de se mettre en marche rapidement. Némak et ses soldats ramassèrent les affaires qu'ils avaient déchargées, puis les mirent sur leurs dos. Ils devaient grimper la falaise abrupte. Leur guide leur indiquait un chemin, nécessitant l'utilisation de leur matériel d'escalade sur une partie du parcours; ils n'avaient guère le choix. Enfin, ils arrivèrent directement dans une caverne naturelle; elle abritait une dizaine de chevaux. Là, un autre homme s'y trouvait déjà, veillant sur les animaux et montant la garde. Les deux compagnons se saluèrent rapidement en fadari. Némak avait été choisi pour cette mission, non seulement parce que c'était le meilleur soldat pour ce genre d'opération, mais également pour sa connaissance du terrain et de la langue.

Leur guide se tourna vers Némak qui l'observa attentivement souhaitant se faire une opinion sur ce personnage. C'était très difficile, car ce dernier portait l'asché comme les femmes de ce territoire, aussi seuls ses yeux apparaissaient.

— Maintenant, nous pouvons parler. Je suis Belkil, se présenta-t-il solennellement en tendant la main au chef étranger.

Némak traduisit dans sa tête : la « vengeance mortelle ».

Depuis l'assassinat de l'ancien roi de Sayâ (l'ancien nom de Yazam, la Grande), quelques-uns de ses fidèles demeuraient dans la cité en attendant leur nar. Par conséquent, ils avaient feint de se convertir à la nouvelle religion d'État, celle de leurs vainqueurs ; cependant dans leur cœur, ils n'adhéraient aucunement à cette croyance. Animés par un esprit de vengeance, ils avaient contacté l'État-Major des Terres Neuves pour se mettre à son service. En effet, ils cherchaient un peuple ayant la volonté et le courage de s'opposer dans l'avenir aux Sarkinis. Seuls les habitants des Terres Neuves semblaient remplir leurs critères. Contrairement aux autres peuples, ces derniers avaient compris que la guerre serait inévitable et ils s'y préparaient déjà. Le Rekkin formait sa jeunesse au combat ; le service au Sekker et leur armée régulière confortaient leurs techniques de lutte. Ainsi, depuis cinq lanns, les partisans de l'ancien roi renseignaient régulièrement les Terres Neuves en attendant la nar de la vengeance.

— Enchanté, Belkil. Je suis le commandant Reyken. Quelles sont les nouvelles ? interrogea Némak sur un ton militaire en fadari en secouant brièvement et fermement sa main.

— J'ai reçu comme instruction de vous fournir une logistique pour une opération secrète. D'après nos renseignements, les troupes bougeront dans huit jours. Il va falloir rallier Yazam, la Grande, en deux jours. Vous aurez ainsi cinq jours pour agir, répondit-il brièvement.

Belkil observait Némak, attendant éventuellement une explication sur leur présence.

— Merci pour ces informations fraîches. Nous vous suivons, dit Némak en le remerciant, sans avoir répondu à la curiosité évidente de son contact.

Puis, il s'adressa à ses hommes dans leur langue, en *yadana*.

La troupe monta à cheval et s'élança en direction de Yazam, la Grande. Après avoir traversé *les plaines Malicieuses*, ils continuèrent vers l'est pour traverser le fleuve Paresseux, puis le *Petit fleuve*. Ils laissèrent au sud l*es monts en Arc* et évitèrent ainsi la route principale.

Puis, ils remontèrent vers le nord pour s'arrêter au pied des *Oreilles de Shê* près de Yazam, la Grande. Comme le leur avait promis Belkil, leur voyage avait duré deux jours. Pendant ce laps de temps, Némak avait eu le temps de se faire une idée sur leur guide. Il devinait un grand guerrier avec sa musculature impressionnante qu'on percevait malgré une chemise ample assortie au pantalon traditionnel de ces terres. En revanche, le physique n'était pas tout. Némak sentait également une détermination implacable dans le train d'enfer qu'il leur avait fait mener pour respecter leur délai.

— Nous y voilà !

C'était Belkil qui venait de s'exprimer d'un ton résolu en apercevant au loin la cité. Némak fut très étonné d'entendre le son de sa voix, car celui-ci avait été très peu loquace pendant tout le trajet.

Maintenant, devant Yazam, la Grande, « leur sort en était jeté » comme le disait le vieil adage, et au-delà, certainement celui d'Ĕphÿr !

Ils retrouvèrent un troisième comparse de Belkil tout aussi peu bavard au pied des Oreilles de Shê. Il les conduisit dans l'un de leurs repaires secrets, une grotte sûre. Là, ils laissèrent leurs chevaux que d'autres membres de leur groupe rebelle, *Membelkil*, devaient récupérer.

Le comparse distribua à Némak et ses hommes des vêtements pour se fondre dans la masse. De manière à permettre le ravitaillement de l'armée s'apprêtant à partir vers le nord, les paysans qui n'avaient pas subi le passage des Sarkinis avaient été fortement invités à venir dans la cité sainte pour proposer leurs animaux, leurs fruits et leurs légumes. Ainsi, débordés par le nombre de chariots, les soldats affectés à cette tâche ne contrôlaient pas systématiquement toutes les carrioles. Ils faisaient une vérification aléatoire, convaincus qu'aucun ennemi ne tenterait rien dans leur cité sainte, sous peine de ne pas en réchapper vivant. L'organisation rebelle réussit donc à faire entrer dans Yazam, la Grande, en plein après-midi, sous un soleil écrasant, la petite troupe venue des Terres Neuves avec leur matériel.

Ils étaient arrivés par l'ouest, car c'était là que se trouvaient la seule entrée et l'unique sortie de la cité.

Une fois dans la place, la troupe se sépara en trois sections. Belkil fit signe à Némak, Lanka Kalan et à un autre soldat de le suivre, créant ainsi la première. La seconde composée de son fidèle bras droit, Balek, et du spécialiste de la hache partit dans une autre direction avec le compagnon de Belkil qui avait fait la route avec eux. Enfin, la troisième s'en alla avec le nouveau comparse du groupe rebelle. La première arriva dans une maison du quartier populaire qui se trouvait à l'ouest de la cité. Némak n'était pas content de cette séparation, non en raison de la pertinence, mais parce qu'il n'avait pas été prévenu. Il s'en ouvrit à Belkil dès leur arrivée dans leur refuge.

Le guerrier des Terres Dorées le toisa de ses yeux sombres :

— Pendant toutes ces lanns de clandestinité, j'ai survécu avec mon groupe grâce à mon extrême prudence. Peu d'entre nous connaissent souvent un plan en entier et nous ne communiquons les informations sensibles qu'au dernier moment tout comme vous apparemment. C'est pourquoi nous sommes encore en vie après cinq lanns ! Et nous pouvons vous offrir aujourd'hui une logistique quasi militaire. Encore d'autres questions, Commandant Reyken ? questionna-t-il d'une voix glaciale.

Manifestement, il n'était plus habitué à rendre des comptes à qui que ce soit. Némak avait l'impression d'être un enfant à côté du guerrier qui semblait avoir connu les pires choses. Même s'il était blessé dans son orgueil, Némak se ralliait à ses mesures de grande prudence. Il répondit donc au guerrier avec modestie :

— Vous avez raison, Belkil, nous ne connaissons pas la situation ici. Je m'en remets donc à votre jugement pour nous mener jusqu'à notre objectif.

— Qui est… ?

Némak garda le silence. Les deux hommes s'observaient avec froideur.

— Je vois que je ne suis pas le seul à faire des cachotteries.

Les deux hommes continuèrent à se dévisager avant d'échanger un bref signe de tête signifiant leur commun assentiment. Ils admettaient donc que chacun d'eux prenait les mesures qu'il estimait nécessaires pour garantir leur sécurité et assurer le succès de l'opération. Némak essaya ensuite de glaner d'autres informations auprès de ce dernier qui lui répondait par monosyllabes. Il abandonna bien vite. Puis, ils mangèrent tôt. Enfin, avant de se coucher tous dans la même pièce, Némak vérifia avec Lanka Kalan leur matériel et ensemble ils nettoyèrent leurs armes cachées dans le chariot, le même qui les avait déposés. Il y eut un petit incident quand Belkil réalisa que le capitaine Lanka Kalan était une femme. Malgré sa réticence, il n'avait pas eu d'autres choix que d'accepter qu'elle dormît parmi les hommes.

Le lendemain matin, Belkil s'absenta quelques nars et revint leur apporter de nouveaux vêtements. Il ne fit aucun commentaire au sujet de Lanka; il adopta une attitude neutre. Caché, Némak ne vit pas ses hôtes. Il comprenait que Belkil agissait de cette façon pour qu'aucun d'entre eux ne puisse être en mesure de donner des informations même sous la torture. Lorsqu'ils sortirent de la maison, la section se divisa de nouveau. Belkil leur avait dit de laisser leurs affaires qu'ils retrouveraient plus tard. N'ayant pas le choix malgré une légère hésitation, Némak avait été contraint d'accepter. La veille, il avait noté un quartier très populaire. Une populace grouillante déambulait dans des rues étroites alors que le soleil s'élevait encore dans le ciel. Des échoppes d'artisans alternaient avec les étals des commerçants vendant de la nourriture et divers objets. Après des détours et des détours, pendant lesquels Belkil semblait faire découvrir à un couple des Terres Dorées les différentes marchandises du marché, il finit par acheter un petit objet d'artisanat. Le marchand l'invita à entrer avec ses amis dans son échoppe. Nul ne les vit ressortir. Dans la rue, derrière l'échoppe, quelques instants plus tard, trois serviteurs semblaient se dépêcher pour rejoindre leurs quartiers se situant tout au nord de la cité, non loin des casernes Est. Ils entrèrent dans l'un des baraquements pour les serviteurs.

Comme la veille, Némak et Lanka Kalan furent installés dans une pièce secrète ; cette fois-ci, c'était une cave. Ils y restèrent pratiquement une journée entière dans un silence contraint. On y avait déposé de quoi se restaurer et derrière une petite porte, il y avait un espace sommairement aménagé pour l'hygiène. La même journée se répéta le lendemain avec néanmoins un changement de maison durant la nuit. Enfin, après des heures interminables, Belkil revint pour leur demander de se nettoyer avant de mettre de nouveaux vêtements.

Némak était dérouté par le plan du guerrier.

— Puis-je vous poser une question ?

Ce dernier hocha la tête.

— Quand retrouvons-nous nos compagnons ? demanda-t-il en regardant Belkil avec impatience.

— Rassurez-vous, bientôt. Je sais ce que je fais. N'oubliez pas que c'est mon territoire ! rétorqua-t-il sur un ton définitif, évitant toute autre question.

Chacun à son tour, ils se débarbouillèrent avant d'enfiler les nouveaux habits. Cette fois-ci, ils étaient de très bonne facture. Après quelques détours, Belkil les fit monter dans des litières fermées, utilisées par de riches personnages, près de l'enceinte nord de Yazam, la Petite. Par conséquent, Némak ne fut pas surpris quand les rideaux s'ouvrirent sur une demeure cossue, se trouvant à l'est de la cité. C'était la quatrième qui les abritait. Leur hôte, un homme petit et bedonnant, les accueillit avec le sourire comme de lointains parents venus visiter la cité sainte. Belkil annonça, avant que la question fût posée, que leurs bagages arriveraient plus tard afin de ne pas éveiller les soupçons des serviteurs. L'intendant leur indiqua leurs appartements. Belkil avait donné au capitaine Lanka Kalan un déguisement mettant en valeur, de façon indiscutable, une grossesse, évitant ainsi de fréquents passages de domestiques dans les appartements qu'elle partageait avec son faux époux, le commandant Reyken. Le capitaine Lanka Kalan mit un point d'honneur à habiter son personnage en s'appuyant ostensiblement sur son « époux » en montant les marches vers leurs appartements, Belkil leur emboîtant le pas.

L'intendant de leur hôte s'arrêta devant une première porte, c'était les appartements de Belkil. Puis, il continua vers une deuxième. Némak et Lanka Kalan franchirent seuls le seuil. Ils se retrouvèrent dans une grande suite richement décorée : voiles, boiseries, tissus précieux se répartissaient entre les différents meubles des deux pièces. Le salon était relativement grand donnant sur une terrasse, tandis que la chambre, qui se trouvait derrière une porte fermée, était petite. Néanmoins, on y trouvait un lit double, un sofa, une commode, un porte-vêtements et, dans un petit coin, un espace pour la toilette. Lanka Kalan vérifia avec Némak tous les recoins de la suite avant d'enlever son déguisement pour se reposer sur le lit double. Quelques ménins plus tard, une collation fut montée dans leur suite. Ils la partagèrent avec appétit, car cela faisait trois jours qu'ils mangeaient de façon frugale. Plus tard, ils entendirent un coup discret à la porte de leur suite. Némak avança avec prudence, puis ouvrit la porte lentement. Plusieurs domestiques portaient des coffres supposés contenir leurs affaires.

Après leur départ, Némak ouvrit l'un d'eux et fut agréablement surpris de retrouver leurs sacs qu'ils avaient abandonnés sur ordre de Belkil dans la première maison. Ils vérifièrent leur matériel ainsi que les armes. Tout était en bon état. Ils les rangèrent au fond des coffres sous une tonne de vêtements prêtés sans aucun doute par le groupe rebelle pour les besoins de la mission. Une fois le rangement terminé, Némak se reposa, laissant son capitaine monter la garde cette fois-ci.

*

Après le repas du soir qu'ils avaient pris également dans leur suite, Némak attendait un signe de la part du rebelle. Depuis trois jours, il s'impatientait. Il comprenait toutes ces précautions pour leur sécurité à tous, cependant il souhaitait en finir avec leur mission. Un coup sec suivi de trois autres coups répétés après un bref silence furent frappés à la porte de la suite qu'il partageait avec le capitaine Lanka Kalan. Malgré le code établi entre eux et Belkil, il alla ouvrir avec prudence, son capitaine assurant ses arrières. Le rebelle leur apporta encore de nouveaux vêtements. Ils se changèrent rapidement. Dès qu'ils eurent terminé, il leur fit signe de le suivre.

Pendant tout ce temps, ils n'avaient échangé aucune parole, uniquement des signes de la tête ou des mains. La demeure était plongée dans le noir, aucun bruit n'émanait des différentes pièces. Seuls les couloirs bénéficiant de quelques torches restées allumées répandaient une lumière diffuse. Belkil, Némak et Lanka étaient, tous les trois, vêtus de tenues noires pour se fondre dans la nuit. Après avoir parcouru des dédales et des dédales de pièces avec prudence, le rebelle les fit enfin descendre dans un sous-sol dans lequel le propriétaire conservait du liekel. La pièce spacieuse, abritant de nombreux tonneaux, était fraîche malgré la présence de toute la troupe qui s'était séparée au fur et à mesure. Les soldats se saluèrent chaleureusement ravis de se revoir et d'effectuer la mission pour laquelle ils s'étaient durement entraînés. Belkil prit la parole en fadari :

— Bonsoir à tous. Je vois que tout le monde est là. Pourtant, certains ont semblé douter, pendant ces trois jours, de nos mesures de sécurité pour éviter les Sardhars, la milice du peuple, qui sillonnent la cité en permanence afin de débusquer les traîtres à *l'Invisible*, dit-il d'une voix assurée.

Némak baissa légèrement la tête comme un enfant pris en faute.

— Vous avez tous récupéré votre matériel ainsi que vos armes, affirma-t-il sur le même ton en regardant à tour de rôle chaque soldat des Terres-Neuves.

Némak traduisait simultanément ses paroles.

— Nous avons rempli notre part du marché en vous assurant la logistique sans connaître le but de tout ceci, constata Belkil avec une certaine rancune dans le ton de sa voix.

— Je comprends votre amertume, cher allié.

Némak soutint sans sourciller le regard rancunier de Belkil et prit la parole comme le chef incontesté du groupe en poursuivant :

— Mais, l'opération qui m'a été confiée est si audacieuse que nous avons demandé sur mon territoire la sécuritim, le secret le plus absolu. Nos Représentants Élus, la quasi-totalité de notre État-Major et même mes soldats ici présents ne connaissent pas non plus notre cible, s'exprima Némak en faisant preuve ainsi d'une certaine diplomatie.

Belkil se détendit en entendant ces mots et attendit la suite du discours de Némak.

— Nous sommes ici pour assassiner le Däg-Chem ! Voilà notre cible, informa Némak d'une voix solennelle en fadari.

Le groupe Membelkil était stupéfait par la décision audacieuse de ce peuple. Ne comprenant pas les commentaires flatteurs de leurs partenaires, ses soldats attendaient la traduction avec impatience, ce que Némak fit sans plus tarder. La troupe était sidérée par la hardiesse de leurs chefs. Ils se regardèrent les uns et les autres cherchant la confirmation des propos prononcés par leur commandant.

Némak attendit plusieurs ménins avant de poursuivre.

— Oui. Nous avons pour mission d'assassiner leur Däg-Chem. Privé de leur stratège, ils seront désorientés pendant plusieurs misas, nous laissant le temps d'organiser une coalition avec les autres terres pour écraser les Sarkinis, continua Némak d'une voix assurée.

Il fit de nouveau une pause, les laissant réaliser l'importance de cette opération. Elle pouvait changer le cours du destin de leurs peuples. Ils semblaient très fiers, non, plutôt honorés de participer à cette action historique, osant à peine croire en leur succès et évitant de penser à un échec éventuel ainsi qu'au prix à payer. Némak se revit, lui-même, apprenant cette décision ; cela avait été un choc immense. Ainsi, les temps changeaient. Jamais il n'aurait pensé auparavant qu'on pourrait défendre les Terres Neuves de cette façon, par l'assassinat. Il observait les visages autour de lui. On y lisait la stupeur, la fierté, mais également la peur.

Après un long silence pendant lequel chacun avait été plongé dans ses pensées, Belkil prit la parole :

— Je comprends maintenant votre extrême prudence. C'est certain que j'aurais agi de même à votre place, assura-t-il d'une voix neutre.

Némak accepta ses excuses, d'un hochement sec de la tête.

Puis, il continua :

— Dans trois jours, les Sarkinis lèveront le camp afin de poursuivre leur campagne de soumission des Terres Dorées vers le nord. Si nous frappons maintenant la tête de l'armée, la campagne sera assurément retardée et ils commenceront à douter de leur invincibilité. D'ailleurs, cela pourrait également nous amener des ralliements. Il faut donc agir dans deux jours. En effet, comme à son habitude, leur Däg-Chem donne un banquet avant leur départ. Tout son État-Major sera présent : ses commandants de férils, ses lieutenants-commandants de narils ainsi que ses capitaines des différentes unités. Nous savons aussi que leur Sahrfir y fera une rapide apparition. Par ailleurs, si on m'avait consulté, nous aurions pu procéder autrement et les éliminer tous en une seule fois se prémunissant ainsi à tout jamais de leur folie.

Le guerrier rebelle avait prononcé ces derniers mots avec une voix haineuse.

— Mais, ce n'est pas le cas. Nous avons une seule cible : leur Däg-Chem. Avez-vous une idée quant au meilleur moment de l'atteindre ? interrogea Némak d'une voix dans laquelle on percevait une autorité mêlée à une certaine humilité, en se tournant vers Belkil.

Ce dernier ferma les yeux, réfléchissant plusieurs ménins, dans une atmosphère électrique. Personne ne parlait, attendant une idée ingénieuse du grand guerrier des Terres Dorées. Enfin, pour la première fois, il parla avec une émotion, certes infime, dans la voix :

— Je connais très bien sa résidence.

Il exposa sa stratégie à la troupe en donnant les instructions concernant les positions de chacun pour leur mission, tout en dessinant le plan de la demeure de Zoltanör dans le sol terreux de la pièce semi-éclairée.

Némak continuait à assurer la traduction pour ses soldats.

— Enfin, le commandant Reyken et moi-même, nous nous occuperons de lui et nous aurons accompli notre mission, termina-t-il en contrôlant tant bien que mal le ton de sa voix.

Un lourd silence s'installa quand il eut prononcé ces mots. Chacun était de nouveau plongé dans ses pensées. Némak, quant à lui, essayait de visualiser le chemin jusqu'aux appartements de Zoltanör et le coup qu'il porterait pour le supprimer. Ils pourraient tous alors rentrer chez eux. Cependant, il évita de trop s'appesantir sur leurs difficultés de retour une fois que les Sarkinis découvriraient l'assassinat de leur commandant suprême. Ils subiraient une traque sans relâche.

Deux jours plus tard, le soir, la petite troupe composée de douze hommes (dix des Terres Neuves et deux des Terres Dorées) se retrouva de nouveau dans le même sous-sol. Belkil leur demanda une nouvelle fois de se séparer de leurs armes et de leur matériel, leur affirmant qu'ils retrouveraient le tout à leur point de contact dans la demeure de Zoltanör. Là, ils attendirent un long moment dans le noir avant que leur hôte ne fasse irruption en leur ordonnant de le suivre. Comme à son habitude, le chef rebelle divisa la troupe, cette fois-ci en deux. Il fit signe à Némak et au capitaine Lanka Kalan ainsi qu'à deux autres soldats des Terres Neuves de l'accompagner en laissant l'autre moitié de la troupe. Némak eut un instant de panique en apercevant les soldats dans le grand hall. Devant le calme de Belkil, il se ressaisit, attendant la suite des évènements tout en restant sur ses gardes. Leur hôte leur fit rapidement, d'un ton autoritaire, le résumé que lui avait fait le chef des soldats. Plusieurs tonneaux de liekel destinés à la soirée de leur Däg-Chem avaient été malencontreusement renversés. En urgence, l'intendant de sa demeure devait réquisitionner les stocks du marchand le plus proche. Némak se dit que le plan était grandiose, car comme par hasard, le marchand en question était leur hôte, celui qui les hébergeait depuis trois jours. De plus, ce dernier avait justement de nombreux tonneaux dans sa cave. Némak l'entendit poursuivre que c'était un honneur pour lui de mettre à disposition du Däg-Chem ses tonneaux de même que ses serviteurs pour les transporter et remplacer les hommes qui s'étaient blessés dans l'incident. Les soldats devaient attendre le chargement des tonneaux. Leur hôte leur proposa d'envoyer déjà les serviteurs pour assurer sans tarder le remplacement des blessés. Le chef des soldats accepta avec soulagement en donnant directement ses instructions aux soi-disant serviteurs. Ces derniers se mirent donc en route pour leur destination.

Le chef rebelle avançait à vive allure dans les rues secondaires quasi désertes sans se retourner pour vérifier si ses compagnons arrivaient à suivre ou non son rythme.

En revanche, lorsqu'ils débouchèrent sur l'artère principale menant à la demeure de Zoltanör, la même qui menait également à celle du Sahrfir, les rues grouillaient de monde. Là, Belkil attendit sa petite troupe pour se conformer à leur rôle de serviteurs. Tandis que de nombreux soldats en tenue d'apparat se dirigeaient à cheval vers un grand portail de fer qui devait être l'entrée principale de la demeure, le petit groupe s'orientait vers l'accès réservé aux serviteurs. Ils y pénétrèrent facilement en délivrant les instructions reçues.

Dès qu'ils arrivèrent dans la vaste cuisine, ils se présentèrent à l'adjoint de l'intendant. L'atmosphère était imprégnée d'odeurs de rôtisseries et de senteurs sucrées ; l'effervescence régnait dans cette partie de la demeure dont le fonctionnement avait été bouleversé par l'incident. Par conséquent, ils n'avaient pas rencontré de difficultés pour endosser leur rôle. Ils avaient commencé par aider au transport des différents plats préparés (viandes, poissons, légumes…) de la cuisine à la salle de présentation en vue de les disposer dans les différents plats que les femmes esclaves venaient chercher pour servir les hommes. C'était la tradition sur les Terres Dorées, esclaves ou servantes, seules les femmes assuraient le service de table. Peu avant la fin de leur tâche, on entendit un brouhaha vers l'entrée. En y revenant, ils aperçurent leurs compagnons qu'ils avaient laissés dans le sous-sol ; ils commençaient à décharger les tonneaux tant attendus.

Une fois tous réunis, ils enlevèrent discrètement les armes et le matériel cachés dans deux des tonneaux parmi ceux prévus pour le banquet. D'ailleurs, ce dernier battait son plein : rires et éclats de voix en attestaient, de même que le ballet ininterrompu des servantes. Puis, ce fut soudain le silence. On entendit alors une voix insolite qui s'éleva dans la grande salle. Némak s'était avancé dans l'embrasure de la porte de présentation des plats. Cette séparation avec la salle de réception permettait de contenir les odeurs désagréables de cuisson. Bien placé, il vit une silhouette debout. On pouvait dire avec certitude que c'était un homme puisqu'il était revêtu d'un nelaj, habit porté exclusivement par les religieux. La couleur orange de son vêtement, l'apanage des Sarkinis, l'identifiait comme leur guide spirituel.

Par ailleurs, les visages d'adoration de son auditoire qui écoutaient son discours suffisaient à Némak pour l'identifier sans faire d'erreur. Ce dernier tendit l'oreille pour tenter de comprendre le discours du religieux. Il parlait de leur Dieu, de leur mission divine concernant le Shakkar, de leur armée invincible et de leurs victoires. À la fin du discours, des cris de ferveur remplirent la pièce.

— Yori ! Yori ! Yori ! entendait-on hurler ici et là.

Némak ne put voir entièrement la figure du fameux Sahrfir, le guide spirituel des Fils de *l'Invisible*. Néanmoins, il avait aperçu un profil qui n'avait rien d'extraordinaire quand le religieux avait tourné la tête vers son hôte, leur cible, assis à sa droite. Némak avait donc vu également le profil du plus célèbre guerrier d'Ĕphÿr, Zoltanör. Il avait retenu une mâchoire carrée, un nez épais et des lèvres minces. Les autres convives de la table d'honneur, tous de dos, n'avaient pas tourné leurs têtes vers les deux hommes. Même s'il avait distingué leurs traits, Némak n'aurait pas su y mettre des noms. Par curiosité, il promena son regard sur le reste de la salle : les hommes mangeaient avec appétit en conversant ou en échangeant des rires ; les femmes portaient des plats très lourds ou de grandes cruches de boisson. Sur tout Ĕphÿr, c'était chez les Fils de *l'Invisible* que la femme connaissait le traitement le plus choquant. Considérée dès sa naissance comme une marchandise, elle avait une vie de servitude soit auprès de son mari soit d'un maître. Némak venait d'une terre qui avait connu l'asservissement et qui s'était libérée pour offrir à chaque homme ou femme la liberté de sa destinée. Cette vision le révoltait profondément.

Belkil s'approcha doucement de Némak pour lui rappeler leur mission. Ils avaient convenu ensemble, comme signal, le départ du Sahrfir du banquet. Abandonnant ses réflexions, Némak se tint prêt à l'action. Par conséquent, les serviteurs du marchand de liekel disparurent, peu à peu, les uns après les autres sous prétexte qu'ils chargeaient les tonneaux vides, leur maître leur ayant ordonné expressément de les ramener chez lui. Et comme nul ne se préoccupait d'eux, les faux serviteurs se placèrent discrètement aux différents endroits prévus dans leur plan. Belkil investit avec Némak les appartements de leur cible.

Lanka Kalan et le géant à la hache se positionnèrent pour assurer la retraite du groupe. Une fois tous en place, cachés dans les différents recoins de la demeure, ils attendirent, armés, avec patience et dans le silence que leur objectif regagnât ses appartements.

Au bout d'une nar environ, la porte de la chambre de Zoltanör s'ouvrit brutalement. Némak et Belkil surgirent chacun de leur cachette : l'un du balcon, l'autre de derrière la porte. Au même moment, ils réalisèrent que le vacarme était étrange pour une personne qui allait se coucher. Faisant preuve d'une grande réactivité, Némak s'élança vers les premiers soldats qui franchissaient la porte de la chambre pour tenter de les repousser. Armé de son épée, il lacéra le torse du premier puis se dirigea vers un deuxième en faisant un pas de côté pour éviter le coup mortel tout en réussissant à l'atteindre sur le flanc, le blessant mortellement. Derrière lui, il entendit un cri de guerre, Belkil l'avait rejoint afin de lui prêter main-forte. Le manque d'espace était apparemment un handicap pour les attaquants qui n'avaient pas réussi à progresser véritablement dans la pièce. Après plusieurs combats avec différents soldats, les deux combattants avaient repoussé les assaillants hors de la chambre et avaient réussi à bloquer son entrée avec, dans un premier temps, le grand fauteuil et la table, puis rapidement, ils avaient renforcé la barrière avec les trois coffres contenant les affaires de Zoltanör. Par conséquent, ils auraient plus de temps pour trouver une solution à la situation compliquée dans laquelle ils se trouvaient. Derrière la porte, il y avait non seulement des soldats aguerris aux combats, mais également de grands stratèges présents dans la salle du banquet.

— Rendez-vous ! Vous n'avez aucune chance d'en réchapper !

Aucun des deux hommes ne répondit.

— Si vous vous rendez, nous vous laisserons la vie sauve.

Au bout de quelques instants, on entendit toujours la même voix, cette fois-ci exaspérée :

— Nous vous donnons cinq ménins pour vous rendre sinon nous lancerons l'assaut pour vous déloger de là !

*

Belkil et Némak réfléchissaient à vive allure. Puis, ils se rendirent en même temps sur le balcon. Dans son plan, Belkil avait évoqué la possibilité d'évacuer la chambre depuis l'extérieur. C'était la raison pour laquelle ils avaient emmené le matériel qui avait servi à Némak et ses hommes pour grimper la falaise lors de leur débarquement sur les côtes des Terres Dorées. Il allait également servir à s'échapper du piège mortel dans lequel ils étaient tombés. Les deux hommes lancèrent un grappin sur un balcon non loin d'eux. Puis, ils attachèrent leurs épées dans leur dos et s'élancèrent dans le vide pour rejoindre au plus vite la voie de leur salut. Dès qu'ils arrivèrent de l'autre côté, ils défirent le système ingénieux afin de ne pas laisser de traces. D'après les renseignements de Belkil, le balcon sur lequel ils avaient atterri était celui des appartements de la nouvelle épouse de Zoltanör. Elle ne les utilisait que rarement, car son époux avait décidé lorsqu'il était présent qu'elle demeurât à ses côtés. La rumeur disait qu'il délaissait ses autres épouses. Par conséquent, la pièce serait un refuge temporaire idéal. Belkil fit signe à Némak de le couvrir pendant qu'il entrait dans la pièce. Elle était plongée dans le noir. On n'entendait aucun bruit. Cependant, les deux hommes perçurent simultanément une présence. Ils virent apparaître dans la lueur de la lune, surgissant du lit, une cascade de cheveux blond argenté et des yeux aussi brillants que des pierres précieuses. Ces derniers les observaient avec une légère appréhension. Pendant que son regard s'attardait sur eux, Némak nota que la jeune femme ressemblait à une jeune fille et qu'elle était éblouissante.

— Qui êtes-vous? leur demanda-t-elle avec une voix douce qui monta dans les aigus sous le coup de la surprise.

Elle se leva rapidement de sa couche et garda ses distances en attendant la réponse des deux hommes. Sans paraître véritablement effrayée, elle serrait le long drap, dans lequel elle s'était enveloppée, tout contre elle telle une barrière protectrice.

— Madame, dit le grand guerrier rebelle, d'une voix inhabituellement douce. Nous ne vous voulons aucun mal, s'empressa-t-il d'ajouter tout en rangeant son épée.

Ensuite, il leva ses mains lentement afin de lui montrer qu'elle ne subirait aucune attaque de leur part.

— Je suis Belkil et j'ai grandi dans cette cité, tandis que mon compagnon, Némak, lui, vient des Terres Neuves, en désignant son compagnon qui l'imita.

— Que faites-vous dans mes appartements ? Comment êtes-vous entrés ?

Se rapprochant furtivement du balcon pendant qu'au contraire les deux hommes s'en éloignaient rapidement, cachée derrière les lourds rideaux, elle jeta un coup d'œil dans la nuit étoilée. En voyant tant de soldats sur le balcon de la chambre qu'elle partageait habituellement avec Zoltanör, la jeune femme réalisa que les deux hommes devaient être extrêmement dangereux.

Pourtant en se tournant vers eux, elle les examina attentivement avec un certain calme avant de les interroger de nouveau :

— Pour quelle raison les soldats vous poursuivent-ils ?

Les deux hommes se regardèrent. Ils hésitaient à lui dire la vérité. Elle était sans nul doute la nouvelle épouse du Däg-Chem des Sarkinis, leur cible. Des rumeurs couraient à son sujet. C'était l'ancienne reine des Nésenets dont Zoltanör n'arrivait plus à se passer. Cependant, son nouvel époux était aussi celui qui avait ordonné la mort de son ancien époux ainsi que celle de ses jeunes fils. Belkil et Némak se firent un signe du regard, puis étudièrent longuement la jeune femme en essayant de se faire une opinion. Enfin, ils se regardèrent de nouveau d'un air entendu.

Belkil prit alors la parole :

— Nous sommes venus pour mettre Zoltanör hors d'état de nuire. Enfin, c'était notre mission, déclara-t-il d'un air légèrement désabusé.

Les yeux d'une couleur étonnante prirent brusquement une nouvelle teinte. On aurait dit qu'un violent orage venait d'éclater, la métamorphosant en une furie.

— Vous ne pouvez pas renoncer ! Impossible ! supplia-t-elle en criant et pleurant à la fois.

Elle s'était avancée et agrippait la manche de la tunique de Belkil. Elle prit une longue inspiration comme si elle allait se jeter à l'eau.

— Vous devez le tuer ! Il doit mourir ! Il faut que quelqu'un le fasse. Mes enfants doivent être vengés, déclara-t-elle, cette fois-ci, avec un ton d'une dure gravité tout en caressant instinctivement son ventre.

Les deux hommes échangèrent de nouveau un air entendu en portant leur regard sur le ventre de la jeune femme pourtant encore mince.

— Il me viole chaque fois que cela lui chante et il a réussi ainsi à me faire porter son enfant. Si je suis dans mes appartements ce soir, c'est uniquement parce que j'ai feint un malaise. Malheureusement, mon répit sera de courte durée. Vous voyez, vous ne pouvez pas laisser ce monstre continuer ainsi à abuser de moi de la sorte ! conclut-elle désespérée.

Après un court silence, Némak prit la parole pour la première fois depuis qu'ils étaient entrés dans la chambre.

— Vous êtes certaine de le vouloir ? demanda-t-il d'une voix neutre.

Elle semblait perdue dans ses réflexions.

Puis, lorsque Némak n'attendait plus de réponse, elle plongea ses yeux dans les siens. Ce dernier y lit une volonté implacable qui ne laissait aucun doute à l'hésitation.

— Oui, certaine.

— Bien. Maintenant, il faudrait pouvoir déterminer où il se trouve à l'heure actuelle afin d'avoir une chance encore de remplir notre mission. Où peut-il être ? se demanda-t-il d'un air frustré.

Belkil interrogea la jeune femme du regard. Cette dernière réfléchissait à toute allure.

— Sa garde personnelle a dû l'évacuer vers…, commença-t-elle.

Au même moment, des coups retentirent à sa porte.

— Madame, Madame, ouvrez ! tonnait-on derrière en essayant de la forcer.

La chambre était fermée à clef. Paniquée, elle regarda les deux hommes. Ces derniers s'étaient positionnés rapidement derrière la porte lorsqu'elle l'entrouvrit après l'avoir déverrouillée.

— Madame, notre Däg-Chem exige que vous le rejoigniez immédiatement dans le bâtiment souterrain, dit son interlocuteur essoufflé.

À la hâte, la jeune femme s'était couvert le visage d'un aschë.

— Donnez-moi quelques ménins pour me rendre présentable, répondit-elle en claquant la porte avant que son interlocuteur ne pût ajouter le moindre mot.

— Vous savez maintenant où il se trouve. Vous savez comment vous y rendre ? demanda-t-elle à Belkil en chuchotant.

— Oui, assura-t-il d'un ton laconique.

— Vous trouverez dans ce coffre là-bas, près du mur, plusieurs vêtements de rechange pour ma servante. C'est une femme assez forte ; ils vous permettront donc de passer inaperçus, informa-t-elle.

Elle s'arrêta quelques instants pour enfiler rapidement un vêtement décent en leur tournant le dos, puis termina par ces mots :

— N'abandonnez pas votre mission. Ne m'abandonnez pas, s'il vous plaît ! dit-elle en les implorant de la voix avant de sortir.

Ils prononcèrent un « merci » tout bas en espérant qu'elle ait pu les entendre.

*

Après avoir trouvé les vêtements dont parlait la jeune femme, les deux hommes se changèrent en plaquant leur épée tout contre leur corps. Ils entrouvrirent lentement la porte de la chambre et, ne voyant nulle âme, sortirent rapidement. Ils devaient compter sur la confusion qui régnait dans la demeure pour ne subir aucune question. Partout, autour d'eux, soldats et serviteurs s'activaient dans tous les sens. Belkil, qui connaissait par cœur la demeure, se dirigea sans hésitation directement vers leur destination. Arrivés dans le jardin, près de l'entrée des bains souterrains, ils jetèrent un coup d'œil aux alentours. Aucun soldat n'en gardait l'entrée. Même s'ils étaient persuadés que c'était un piège pour les obliger à entrer dans le bâtiment, ils n'avaient guère le choix. Ils avancèrent donc avec la plus grande prudence. Plus ils s'enfonçaient dans la bâtisse, plus ils étaient saisis par le silence oppressant qui contrastait avec le vacarme de l'extérieur. Ils étaient également de plus en plus incommodés par la chaleur ; ils transpiraient énormément sous les différentes couches de tissus. Ils n'avaient encore rencontré personne ! Soudain, ils découvrirent Zoltanör assis en tailleur, reconnaissable par sa crinière cuivrée et sa musculature dénudée, impressionnante. Ils avaient atteint une salle de repos de taille moyenne aux murs entièrement blancs et au sol tout lisse.

— Entrez, Messieurs ! Je vous attendais. J'étais impatient de vous rencontrer, annonça-t-il d'un air suffisant en se mettant debout tout en se retournant pour leur faire face.

C'était bien lui, Zoltanör, le Däg-Chem des Sarkinis, le plus grand guerrier d'Ĕphÿr.

— Qui sont ces guerriers intrépides qui ont été chargés d'une si basse besogne ? Non, ne soyez pas timides, Messieurs ! À qui ai-je l'honneur ? s'exprima-t-il avec un ton grandiloquent comme s'il donnait une représentation auprès d'un public.

— Belkil, ancien commandant de la garde personnelle du roi des Sahrs ! Cela fait cinq longues lanns que j'attends le moment de venger mon roi, s'exprima-t-il violemment en arrachant son déguisement.

Zoltanör se tourna calmement vers Némak. Ils s'observèrent en silence.

— Commandant Reyken de l'armée des Terres Neuves, se présenta-t-il enfin tout en ôtant également son déguisement.

— Les Terres Neuves ? Intéressant. Avez-vous été

nommés par hasard champions de notre monde ? Pourtant, ni les Terres Libres ni la Terre des Chefs ne nous ont avertis ! continua-t-il toujours sur le même ton moqueur. Et que voulez-vous ? Me tuer ? Allez-y ! invita-t-il très sûr de lui.

À ce moment-là, plusieurs soldats firent irruption dans la pièce, formant un carré autour des trois hommes qui se retrouvèrent en son centre. L'un des soldats rompit la formation pour tendre une épée à son commandant suprême. Les trois hommes se mirent en garde ; Belkil et Némak se jetèrent ensemble, sans tarder, sur Zoltanör. Au début, ce dernier para avec difficultés les coups de ses adversaires. Puis, peu à peu, la chaleur étouffante eut raison de ses ennemis, qui contrairement à lui, n'étaient pas habitués à cette atmosphère suffocante. Ainsi, Zoltanör désarma Belkil, puis Némak en leur infligeant quelques blessures. Il fit signe à ses hommes de les saisir. Épuisés, ils ne purent s'y opposer.

— Jetez-les en prison ! On les pendra demain. Avant, nous allons toutefois les interroger, dit-il en les regardant avec une lueur cruelle.

En ressortant du bâtiment, la fraîcheur saisit les deux prisonniers, ils recouvrirent une respiration normale. Pas très loin d'eux, la nouvelle épouse de Zoltanör les regardait, totalement effondrée. Ils ne firent aucun signe vers elle, évitant ainsi de la compromettre. On leur attacha les poignets qui furent reliés à une longue longe dont chacune était rattachée à un cheval. Par conséquent, ils durent rallier la prison à pied. Pendant le trajet, Némak gardait la tête haute dévisageant les habitants qui l'observaient d'un regard curieux, car ils ne semblaient pas être au courant de la tentative d'assassinat sur leur Däg-Chem. Soudain, son regard croisa celui de Lanka Kalan. Ayant passé plusieurs lanns ensemble au sein du Rekkin, puis étant devenu son supérieur dans l'armée, il l'aurait reconnue entre mille personnes. Il espérait que le grand à la hache et le groupe Membelkil l'aiderait à retourner sur les Terres Neuves.

Arrivés à la prison, on les jeta dans des cachots séparés. Au bout d'une éternité, sembla-t-il, car il avait perdu la notion du temps, la porte s'ouvrit.

Des bras robustes le saisirent pour le traîner jusqu'à une salle peu éclairée. On y voyait divers instruments ingénieux dont l'objectif était évidemment de faire souffrir. C'était la salle de torture. Après l'avoir ligoté à un support en bois, les soldats attendirent.

Quelques ménins plus tard, Zoltanör entra dans la salle. Il regarda Némak avec une lueur étrange.

— Nous avons compté neuf hommes, dont vous. Un a déjà été exécuté, six sont morts en combattant et votre compagnon d'infortune est déjà mort sous la torture. Il ne reste plus que vous, dit-il sans préambule.

— Pourquoi souffrir ? Je veux savoir où se cachent vos trois autres compagnons qui ont réussi à nous échapper. Et surtout je veux connaître les noms de tous les traîtres qui vous ont fait entrer dans notre cité ! ajouta-t-il d'un ton très dur.

–Vous avez le choix, soit vous me dites tout et je vous pends sans vous torturer, soit je vous fais souffrir énormément avant de vous pendre. À vous de choisir ! reprit-il avec un sourire sadique après une courte pause.

Némak ne prit pas la peine de répondre.

— Comme vous voudrez ! conclut-il d'un ton énigmatique en faisant signe à un homme.

La douleur commença peu à peu à s'emparer de tout son corps. Némak perdit rapidement la notion du temps et sa lucidité. Il voyait devant lui une femme très belle qui tenait par la main un petit garçon qui lui ressemblait. Il entendait une voix lui martelant sans cesse de ne pas parler de Lanka Kalan. Pourtant, ce nom ne lui disait rien. Il fouillait dans sa mémoire, il n'arrivait pas à se concentrer. Il entendait des cris atroces qui semblaient plus proches que la voix dans sa tête. Il saisit une bribe de phrase « Arrêtez sinon il va… ».

Trop tard, se dit Némak, son cœur explosa en mille morceaux et sa tête retomba sur sa poitrine.

XI - Rencontres opportunes

Un long trajet périlleux

Les Sarkinis quittèrent Lagdo avant les premières lueurs du soleil. Ils marchaient à une cadence militaire pour distancer leurs probables poursuivants. Sur les conseils d'Yëwana, ils délaissèrent la route de l'ouest plus rapide, mais également celle du nord par laquelle les Sarkinis étaient arrivés plusieurs semas auparavant. Cette dernière était impraticable dans le sens inverse même si elle commençait cette fois-ci par une grande plaine. Toutefois, l'un comme l'autre, les deux parcours les rendaient trop vulnérables. Ils empruntèrent donc une nouvelle voie. Elle leur avait recommandé d'avancer en direction du sud jusqu'à l'entrée d'une vaste forêt. Marür et ses compagnons étaient un peu réticents, car plusieurs d'entre eux avaient récemment trouvé la mort dans un lieu semblable, mais ils n'avaient guère le choix. La jeune femme prit la tête de la troupe pour les guider à travers les bois jusqu'aux rives d'un fleuve. Dans le milieu de la journée, ils atteignirent leur objectif.

Yëwana s'arrêta et s'adressa à Marür en désignant l'eau toute proche.

— Voici la meilleure chance pour vos hommes d'échapper aux Tembas en fabriquant un radeau qui les emmènera jusqu'à la côte. Appelés les marcheurs, les Tembas ne se risquent que rarement sur l'eau, dit-elle sur un ton savant.

Marür réfléchissait à l'information que venait de lui communiquer Yëwana. La décision qu'il allait prendre sauverait ou non la vie de ses hommes. Se fiant pour la première fois au jugement d'une femme, il se tourna vers ses soldats pour leur ordonner :

— Coupez deux arbres et construisez-moi un radeau d'ici ce soir !

Puis, il se tourna vers la jeune femme pendant que ses hommes exécutaient son ordre.

— Puis-je savoir ce que vous avez décidé pour nous ? lui demanda-t-il sur un ton légèrement moqueur en insistant sur le mot « décidé ».

Elle parut extrêmement gênée avant de répondre.

— Excusez-moi, je ne voulais pas empiéter sur votre autorité. Je connais un peu la région. Cela m'a semblé tout naturel de vous donner un conseil même si vous ne m'aviez pas sollicitée.

— Je vous taquine, dit-il en s'approchant tout doucement d'elle.

Ils étaient face à face. Un mab à peine les séparait. Le décor naturel et surprenant n'existait plus. Leurs yeux étaient rivés l'un sur l'autre. Le trouble de la jeune femme s'accentuait de doron en doron. Comme pour échapper à cette emprise magique, elle fit brusquement un pas en arrière et perdit l'équilibre. Marür tira instinctivement la jeune femme vers lui dans un geste protecteur. Son corps se trouvait maintenant contre le sien. Il sentit une chaleur intense l'envahir, sa respiration se fit sifflante. Leurs visages se rapprochaient inéluctablement pour un contact auquel tous deux aspiraient avec impatience depuis leur premier baiser, plusieurs jours auparavant. C'est à ce moment inopportun qu'il entendit un brouhaha rapproché. Il lâcha immédiatement la jeune femme comme un petit enfant pris en faute. Ses hommes passèrent à côté de lui sans leur jeter le moindre regard, concentrés sur leurs travaux. Il n'avait pas bougé d'un lecmab contrairement à Yëwana qui avait reculé de plusieurs pas. Marür attendit de retrouver un certain contrôle de lui-même pour obtenir la réponse à la question qui était restée sans réponse. La jeune femme lui tournait le dos.

— Yëwana ?

Après un court instant, elle se retourna en évitant de le fixer.

— Vous ne m'avez pas dit quel sera notre itinéraire à tous les deux, formula-t-il avec douceur.

La jeune femme lui répondit succinctement. Puis, il l'abandonna pour aller donner un coup de main. Il avait besoin d'exercice pour évacuer la tension de son corps. Pendant ce temps, sans avoir demandé l'autorisation à quiconque, elle s'était installée sur un rocher en hauteur pour monter la garde. Marür n'était pas enchanté, mais cela lui évitait d'affecter un homme à ce poste. Et comme il l'avait exigé, le radeau fut prêt à la tombée de la nuit. Il répartit alors les provisions entre les deux groupes avant d'ordonner le chargement de l'embarcation et la traversée du fleuve. Sur l'autre rive, il saisit son sac rempli de nourriture et de matériel qu'il mit sur son dos avec son vieil arc et un autre plus léger qu'il tendit à Yëwana, puis il cala ses deux épées à sa taille. Ensuite, ce fut le départ : des embrassades viriles ainsi que des « Melkamat » et des « Yori ». Enfin, l'embarcation s'éloigna doucement sans faire de bruit sur le fleuve paisible. Yëwana suivit l'étendue liquide dans le sens opposé afin de brouiller les pistes, Marür la suivant juste derrière.

*

Les deux jeunes gens ne s'étaient pas adressé la parole depuis leur bref échange quelques nars plus tôt. Ils marchaient l'un derrière l'autre en silence avec vigilance dans la nuit inquiétante. Marür était admiratif non seulement du courage, mais également de la résistance dont faisait preuve la jeune femme. Elle était épuisée, pourtant elle n'avait à aucun moment ralenti son allure.

Enfin, Marür lui signifia de s'arrêter.

— Nous devons nous reposer. Cela fait des nars que vous marchez. Vous devez être exténuée, constata-t-il en se tournant vers elle dont les jambes tremblaient sous le poids de son sac.

— Non, non, nous devons continuer ! S'ils nous rattrapent, ils…, dit-elle d'une voix paniquée. Ses yeux également trahissaient une grande frayeur.

— N'y pensez plus ! Nous devons récupérer, car de toute

façon si nous n'arrivons plus à avancer aussi vite, cela ne servira donc à rien de continuer. Mais, la première chose dont nous avons besoin est d'un abri pour la journée. Nous repartirons donc à la tombée de la nuit. Avez-vous une idée ? demanda-t-il.

— Nous pouvons grimper aux arbres et y rester toute la journée. Nous échapperons non seulement aux Tembas, mais également aux animaux les plus dangereux le jour, lui répondit-elle avec son petit air docte.

Puis, elle continua avec un sourire nostalgique :

— Quand j'étais plus jeune, nous le faisions tout le temps avec mes amis. Vous verrez c'est très facile.

Marür la contemplait pendant qu'elle évoquait ses souvenirs d'enfance. Elle était très belle : c'était la plus belle femme qu'il eut jamais vue. Puis, il se détourna rapidement avant qu'elle ne s'aperçût qu'il la dévisageait ostensiblement.

Elle examinait attentivement autour d'elle pour choisir l'arbre dans lequel ils se reposeraient. Après avoir jeté son dévolu sur un specimen présentant des branches longues et resserrées, elle lui demanda avec assurance :

— Avez-vous une corde ?

— Oui, répondit-il perplexe.

— C'est pour attacher nos sacs et les tirer dans les arbres quand nous serons installés, dit-elle cette fois-ci d'un air moqueur devant son air totalement interloqué, retrouvant, semblait-il, son humeur naturelle.

Marür pensait qu'il avait souvent l'air d'un gamin à ses côtés alors qu'il était un meneur d'hommes et un soldat aguerri !

— Donnez-moi également vos épées, car sinon ce sera très difficile de monter, ajouta-t-elle d'un ton neutre.

Il était totalement déstabilisé par le caractère de la jeune femme. Elle ne ressemblait pas du tout aux femmes totalement soumises de son territoire. Elle était indépendante. La jeune femme lui expliqua rapidement les bases pour grimper aux arbres. Puis, elle commença à s'élever peu à peu.

Marür suivait sa progression avec attention pour parer à une éventuelle chute, mais son ascension était totalement maîtrisée ; elle était souple comme un chat. Une fois arrivée, elle se mit à califourchon sur une grosse branche au-dessus de leurs sacs et lui fit signe d'en favoriser l'élévation vers elle. Quelques ménins plus tard, elle avait récupéré les deux sacs en plus de l'arc et des deux épées du guerrier. Puis, elle lui jeta un regard inquiet, car c'était maintenant à son tour de monter. Il s'élança avec force et souplesse. En un rien de temps, il fut à ses côtés. Elle le regarda avec une colère contenue, ses yeux lançant toutefois des éclairs.

— Vous êtes content de votre petit tour. Ce n'était pas la peine que je perde mon temps à vous expliquer les bases pour grimper ! dit-elle, outrée qu'il se soit moqué d'elle sans vergogne.

— Ne vous fâchez pas ! Vous aviez l'air tellement heureuse de m'expliquer comment faire que je n'ai pas eu le courage de vous dire la vérité. Moi aussi, je montais aux arbres quand j'étais plus jeune, dit-il en pensant avec nostalgie à son vieil arbre qu'il n'avait pas revu depuis plusieurs lanns.

— Pardonnez-moi si je vous ai offensée, ajouta-t-il avec un sourire charmeur.

En effet, elle semblait l'avoir excusé puisqu'elle lui décerna son plus beau sourire qui le laissa sans voix. Pour se donner une contenance, il se concentra sur la logistique : accrocher leurs sacs solidement aux branchages. Puis, il l'invita à dormir ; lui-même se cala contre le solide tronc, non loin de la jeune femme pour tomber rapidement dans un sommeil réparateur.

*

Un bruit sourd réveilla Marür. À peine eut-il bougé qu'il vit une espèce d'écureuil s'enfuir sans demander son reste. Il avait laissé les preuves de son crime : un gros gland en bas de son torse. Il tourna la tête pour apercevoir la jeune femme qui continuait à dormir. Il l'observa plus attentivement : ses yeux arc-en-ciel étirés semblables à ceux d'un chat, clos pour le moment, et ses pommettes hautes lui donnaient un air fier ; ses lèvres pulpeuses, au naturel d'une belle couleur chaude et plus sombres sur les bordures, s'exposaient comme des pétales prêts à être butinés ; ses longues tresses noires qu'il souhaitait saisir à pleine main encadraient son beau visage en forme de diamant ; la tunique délacée laissait entrevoir ses seins sombres et généreux tels des fruits mûrs à cueillir. Et il compléta ce tableau avec ses souvenirs : une cambrure époustouflante couronnée par des fesses délicieusement fermes qu'il avait déjà pressées avec fougue. Marür délaissa cette vision enchanteresse pour monter la garde. Il espérait qu'ils avaient distancé les Tembas, certainement lancés à leur poursuite. Le jour tombait progressivement et le vacarme de la forêt diminuait peu à peu. Ils avaient ainsi évité les créatures les plus dangereuses. Il lui faudrait penser à féliciter la jeune femme pour son idée ingénieuse. Dans l'immédiat, ils devaient se restaurer et reprendre leur route. Il se leva pour s'approcher tout doucement d'Yëwana. Il posa délicatement sa main sur son épaule pour la réveiller. Elle était plongée dans un profond sommeil, épuisée vraisemblablement par leur train d'enfer. Il recommença une nouvelle fois plus vigoureusement, ce qui manqua de lui faire perdre l'équilibre quand son bras le heurta violemment comme si elle combattait un assaillant. Il se raccrocha in extrémis aux bras de la jeune femme qui se réveilla subitement lorsqu'il s'étala sur elle. D'abord surprise, elle se mit à rire avec lui ; ce fut un moment heureux.

Soudain leurs sourires s'effacèrent, laissant place à un échange beaucoup moins innocent. Marür caressa doucement le visage de la jeune femme en la dévorant des yeux. Cette dernière le regardait de la même façon. Yëwana leva à son tour une main qui vint également caresser sa joue rugueuse. Ils retenaient tous les deux leur souffle comme si cet instant pouvait s'évanouir à tout jamais. Puis, la jeune femme s'approcha lentement. Avant qu'elle se décidât, Marür l'avait devancée en capturant ses lèvres pleines. Premièrement, ce fut une impression de douceur extrême ; ensuite, la chaleur s'infiltra au fur et à mesure que sa bouche s'entrouvrait sous une pression exigeante. Le guerrier tenait la jeune femme avec fermeté, car leur position était très précaire, malgré cela ils n'arrivaient pas à se détacher l'un de l'autre. Leur baiser dura une éternité. Ils avaient plongé dans un monde enchanteur où la passion régnait incontestablement. Marür se détacha enfin de la jeune femme.

Ils entendirent leur cœur continuer à battre à toute allure, semblant sur le point d'exploser. Ils se regardaient émerveillés par ce prodige.

Tout à coup, ses sens de combattant reprirent le dessus. Il fit abstraction du corps chaud collé contre le sien afin d'identifier un danger imminent. Après avoir placé rapidement un index sur la bouche d'Yëwana, Marür se déplaça avec prudence, sur la grosse branche, prenant soin de n'émettre aucun bruit ; la jeune femme restait immobile contre le tronc. Il regarda, en bas, à travers les branchages. Des soldats tembas se trouvaient au pied de l'arbre dans lequel ils s'étaient réfugiés. Ils scrutaient le sol à la recherche de précieuses empreintes. Avant de prendre place dans l'arbre, la jeune femme avait bien pris soin d'effacer leurs traces sur plusieurs mabs. En voulant vérifier le nombre d'ennemis, il se pencha un peu trop sur la branche qui émit un petit son aigu. Dix guerriers tournèrent immédiatement la tête en direction du bruit. Ce fut un écureuil qui se jeta sur eux passant d'un crâne à un autre. Cherchant à se débarrasser promptement de l'animal, ils se mirent à bouger sur place comme s'ils exécutaient une danse festive. Le calme étant revenu dans la troupe, ils échangèrent plusieurs mots, puis se séparèrent en deux groupes. L'évasion de sa prisonnière par ses nouveaux alliés avait incontestablement mis Lâmno dans une grande fureur. Si Marür tombait entre ses mains, il le lui ferait payer très cher, c'était une certitude. Combien de soldats Lâmno avait-il envoyés à leur recherche ?

Après le départ de la troupe des Tembas, ils restèrent cachés au moins une nar par prudence. Ensuite, ils descendirent de l'arbre, car ils devaient sans tarder reprendre leur route pour tenter d'échapper à leurs poursuivants. Évitant de se regarder, ils reprirent leurs positions : Yëwana devant, Marür la suivant juste derrière. Ils avaient changé de cap, ils s'orientaient dorénavant vers l'est. Pendant deux jours, en dépit des nombreuses nars de marche difficile, due surtout à l'obscurité, la prison verte les encerclait encore.

Enfin, au lever du quatrième jour de leur voyage, ils débouchèrent sur une vaste plaine. Dans la matinée, ils arrivèrent au bord d'un autre fleuve. La jeune femme informa Marür au sujet des pratiques du Grand fleuve.

On laissait généralement tout le long de la portion centrale, empruntée régulièrement par quatre peuples (Tembas, Kamas, Nagudas et Ijars), de petits canoës que chacun pouvait utiliser à sa guise. Au bout de plusieurs ménins de recherches, Yëwana en trouva un qu'ils mirent à l'eau. Sur l'autre rive, ils découvrirent une petite cavité dans un ensemble surprenant de rochers épars translucides. Ils s'y installèrent pour la journée, à l'abri du soleil mordant. Après s'être reposés et avoir mangé un peu de viande séchée et des fruits, ils continuèrent de nuit la traversée de la vaste plaine pour se diriger toujours vers l'est.

Le cinquième jour, au lever du soleil, ils arrivèrent au pied des vallons de Gyna, la frontière nord du territoire des Nagudas comme l'en avait informé Yëwana. Dorénavant, ils devraient marcher le jour s'exposant aux hommes comme aux animaux, car les chemins escarpés étaient beaucoup trop dangereux à pratiquer de nuit. Cependant, Marür décida de faire une halte pour la matinée. Yëwana était à bout de force ; elle avait considérablement ralenti son allure.

— Bon, on va se reposer un peu ! Nous en avons besoin tous les deux. Je pense qu'il n'y a plus vraiment de risque de voir les Tembas, ajouta-t-il pour rassurer la jeune femme.

Yëwana gardait le silence.

— Cherchons un abri !

Elle n'essaya pas de le contredire : elle était complètement harassée. Après, plusieurs ménins de prospection de grottes, ils en dénichèrent une qui n'hébergeait aucun animal.

*

Marür installa des lits de fortune avec les différents changes que la jeune femme avait emportés ainsi qu'avec leurs couvertures. Il la laissa se reposer tandis qu'il faisait l'inventaire des restes de provisions. Ils allaient devoir se rationner pour tenir encore deux jours avant d'arriver chez son peuple, lui avait dit Yëwana. La jeune femme s'était endormie. Il la regarda se reposer de nouveau comme quelques jours plus tôt. Il ne se lassait pas de la contempler, subjugué par sa beauté, mais également par son caractère : elle était forte, bien plus que certains de ses soldats qui n'auraient pas tenu une telle cadence de marche. Également épuisé, il s'allongea près de la jeune femme. En se réveillant, il sentit un corps pressé contre le sien. Sa chaleur le réchauffait dans l'air frais de la grotte. Il avait tourné légèrement la tête vers la droite pour apercevoir le sommet de la tête d'Yëwana nichée sur son épaule. Il sentait le parfum de la jeune femme, qui avait profité tout comme lui de la traversée du Grand fleuve pour faire une longue toilette. Une odeur persistante de fleurs sauvages lui caressait les narines. Elle bougea dans son sommeil, se collant littéralement à lui. Il se mit sur le côté droit pour mieux la sentir; leurs corps s'épousèrent instinctivement.

Marür avait du mal à respirer, son cœur commençait à s'emballer. Une chaleur intense se répandait en lui. Il allait se dégager de l'étreinte de la jeune femme, qui avait posé ses bras sur les siens, quand il perçut une sensation de froid au niveau de son épaule. Elle avait redressé sa tête; son regard croisa le sien. Ils se regardèrent avec désir, puis tout naturellement s'embrassèrent. Comme la dernière fois, Marür commença avec douceur avant de se laisser emporter par la passion.

En revanche, cette fois-ci, sa langue prit le temps de savourer ce doux fruit mûr un peu sucré. Ses mains caressaient son corps qu'il avait placé sans effort au-dessus du sien. Elles se faufilèrent sans difficulté sous sa tunique lui caressant le dos, puis descendant sous son pantalon pour atteindre ses fesses affriolantes dont la courbure l'affolait totalement. La jeune femme gémissait sous ses caresses sensuelles tout en cherchant comme lui le contact de son corps nu. Elle se mit à lui effleurer son torse musclé avec ses doigts aussi légers que l'air, y allumant un feu ardent. Résistant à cette torture, Marür fit basculer la jeune femme pour se mettre au-dessus d'elle. Leurs yeux se croisèrent se parlant dans un langage muet, celui du désir. Cette fois-ci, au lieu de capturer de nouveau ses lèvres, il s'aventura sur sa poitrine. De son index droit, il commença à tracer, à travers sa tunique, tout doucement des ronds progressivement plus petits autour de ses seins généreux, s'arrêtant à la base du joyau encore caché. Les yeux fermés, elle gémissait de plus en plus fort, la tête légèrement en arrière. Il dénoua alors le vêtement, libérant deux sublimes globes sombres.

Il avança sa bouche pour s'emparer délicatement de l'un des joyaux enfin dévoilés ; elle poussa un petit cri de surprise. Puis, il fit de même avec l'autre.

Enfin, pendant qu'il mordillait l'un, il caressait l'autre avec une délicatesse savante. La jeune femme se tordait sous la double sensation de douleur et de plaisir qu'il lui procurait ; son dos se cambrait instinctivement pour se rapprocher de plus en plus de son corps comme si elle tentait de fusionner avec lui. Ayant perdu toute maîtrise de lui, il se releva, pour enlever son pantalon, cherchant à assouvir sur-le-champ, comme si sa vie en dépendait, le désir brûlant qu'il avait de la jeune femme. Brusquement, la raison lui revint. Yëwana n'avait jamais connu d'homme. Il n'avait pas le droit de se comporter comme il le faisait en ce moment ; elle était promise à un autre. Qu'était-il en train de faire ? Avait-il perdu la tête ? Et sa mission ? Ne devait-il pas convaincre son futur mari de s'allier avec les Fils de l'*Invisible* ?

Le guerrier se releva doucement en remettant sa chemise sur son torse, puis s'éloigna de la jeune femme en lui tournant le dos afin de retrouver le contrôle de lui-même, tentant d'oublier la vision idyllique de la jeune femme alanguie entièrement offerte à lui sur le lit improvisé.

— Marür ? appela-t-elle d'une voix timide en se rasseyant, oubliant la nudité de son buste. Pourquoi vous arrêtez-vous ? Pourquoi ne voulez-vous plus m'embrasser ? demanda-t-elle naïvement.

— Vous êtes promise ! C'est avec votre époux que vous ferez ce genre de choses, dit-il sur un ton douloureux en se retournant pour la regarder, essayant de chasser l'image d'elle faisant l'amour avec un autre, car il sentait une violence monter en lui.

— Mais, c'est avec vous que je veux le faire ! insista-t-elle en le suppliant du regard.

— Je ne peux pas me comporter ainsi ! Oublions ce moment d'égarement ! Cela voudrait mieux pour tous les deux, dit-il d'un ton sans appel. Reposez-vous encore. Nous partirons cet après-midi ! annonça-t-il en sortant de la grotte pour se calmer, lui enlevant par la même occasion la possibilité de plaider sa cause.

*

Il s'éloigna à grands pas de leur refuge. Bouleversé, il marcha un bon moment, puis s'assit au sommet d'une pente assez raide. Il découvrit un paysage étonnant : des dunes blanches rocailleuses s'étendaient à perte de vue sans la moindre végétation. Il eut un petit moment nostalgique en repensant à sa terre. Combien de temps était-il resté là, perdu dans ses pensées ? Enfin, il se leva et prit le chemin de la grotte. Il réfléchissait au comportement qu'il allait dorénavant adopter envers la jeune femme ; il fallait à tout prix rester distant, sans échanger ni la toucher. À peine l'idée avait-elle émergé qu'il se sentait déjà déprimé de la mettre en pratique.

Mais, il n'avait guère le choix, ce qui s'était passé ne devait plus jamais se reproduire, il en allait de son honneur et de celui de la jeune femme. Arrivé devant l'entrée de la grotte, il se composa un visage détaché avant de franchir le seuil. Son instinct l'avertit tout de suite. Il y avait un problème. Il chercha immédiatement Yëwana des yeux. La grotte était vide. Il l'inspecta rapidement et aperçut les nombreuses traces de pas dans le sol terreux. Il remarqua également la disparition de ses armes et du sac de provisions. Il fut donc pris d'une soudaine panique. Des bandits ? Les soldats tembas qu'il avait cru avoir semés ? Comment allait-il faire, complètement désarmé, pour porter secours à la jeune femme ? Il ne pouvait que s'en prendre à lui-même ! Il n'avait guère le choix. Il devait se lancer à la recherche d'Yëwana.

Marür pista les empreintes en courant à un rythme soutenu ; ce n'était pas trop éprouvant, car il avait souvent fait cet exercice à l'académie. Au bout de plusieurs nars, il arriva à la tombée de la nuit non loin du Grand fleuve qu'ils avaient traversé le matin précédent. Il explora méticuleusement les environs jusqu'à trouver un feu autour duquel avait pris place un petit groupe. Marür compta cinq personnes. Il s'approcha lentement en rampant dans les herbes hautes. Il entendait les hommes se disputer tout en tournant autour d'un corps allongé sur le dos portant les vêtements d'Yëwana. Il ne comprenait pas les mots échangés, néanmoins il saisissait tout à fait les mines explicites qui lui donnèrent envie de bondir pour délivrer immédiatement la jeune femme.

Mais, il se retint au dernier moment sinon Yëwana et lui n'auraient aucune chance de s'en sortir vivants. Il se rapprocha encore, toujours en rampant. Il était maintenant à une dizaine de mabs. Il identifia sans problème des guerriers tembas, peut-être ceux qu'il avait aperçus trois jours plus tôt. Apparemment, ils avaient enfin terminé de régler leur différend et trinquèrent. Quand ils eurent fini, certains marchaient avec hésitation. En revanche, ils n'avaient manifestement pas oublié l'objet de leur dispute. Ils se dirigèrent tous vers le corps allongé par terre. Arrivés près de la jeune femme, ils défirent les liens de ses mains. Aussitôt, deux hommes s'emparèrent chacun d'un de ses bras. Puis, ce fut au tour des liens des pieds. Là, encore, deux soldats saisirent chacun une jambe la serrant dans un étau d'acier. Yëwana ne pouvait plus bouger. Marûr ne l'entendait pas crier, car sa bouche, il le constata, était bâillonnée. Quand elle vit le cinquième soldat s'agenouiller devant elle avec son pantalon baissé, elle redoubla ses efforts de plus belle. Marür n'avait pas pensé que la jeune femme risquait le viol collectif, car Lâmno avait dû donner des instructions très précises. Cependant, sous l'influence de la boisson, les soldats avaient clairement imaginé un plan dans lequel ils allaient profiter d'elle avant de la faire disparaître, donnant une explication tout à fait plausible à leur chef. Marür se souvenait des yeux concupiscents de tous les soldats, y compris lui-même, en regardant la jeune femme exécuter sa danse si sensuelle lors des banquets. Il devait trouver rapidement une solution pour arrêter l'acte fatal. Il n'avait aucune arme pour les attaquer. Par conséquent, en premier lieu, il devait récupérer ses armes ! C'était une véritable déchirure de laisser le soldat caresser le corps d'Yëwana qui se tordait pour éviter ce contact répugnant. Ce dernier avait commencé également à déchirer ses vêtements dans son empressement et sous les cris d'encouragement de ses camarades. Marür essayait de faire abstraction de ce qui se passait afin de se concentrer sur son objectif premier. Continuant à entendre les vociférations des soudards, il se dirigea vers l'autre côté du camp où ils avaient entassé leurs affaires. Il récupéra rapidement sa longue épée. Puis, il s'avança doucement vers le groupe qui continuait à tourmenter Yëwana. Il vit celui, qui était à genoux, déchirer cette fois-ci le bas du pantalon de la jeune femme et plonger sa main dans ses cuisses en mimant par gestes à ses compagnons de tirer plus haut les jambes de la prisonnière. Il avait cessé de presser sa poitrine dénudée avec ses mains crasseuses pour se concentrer sur la pénétration. Marür dut faire un choix risqué. Il devait se débarrasser en premier des soldats qui tenaient les membres d'Yëwana avant de s'occuper de celui qui était sur le point de la violer. Se concentrant sur son combat immédiat, il surgit dans le noir et éventra les deux soldats qui lui tenaient les bras. Les deux autres qui retenaient les jambes d'Yëwana se levèrent rapidement en tirant leur épée. Marür les affronta sans difficulté. Quelques passes d'armes brèves en raison de leur état d'ébriété, puis il les transperça chacun à tour de rôle dans le cœur. Ils s'effondrèrent dans des râles sourds. Quant au dernier, il avait remonté son pantalon et s'enfuyait tel un lâche. Marür le rattrapa dans la pénombre, à une dizaine de mabs du feu, en le plaquant dans l'herbe. Puis, sous le coup d'une violente colère, il l'égorgea sans autre forme de procès pour avoir osé toucher la jeune femme. Quand il revint vers le feu, Yëwana était recroquevillée. Des larmes coulaient de ses beaux yeux étonnamment clairs dans l'obscurité. Il s'agenouilla près d'elle en lui parlant doucement. Lorsqu'il voulut la prendre dans ses bras, elle se déroba. Marür laissa sa main retomber et il resta là. Il la regardait sans trop savoir comment l'aider. Ils demeuraient dans le silence. Le temps passait. Puis, Yëwana se leva péniblement sans le fixer et lui demanda à partir de cet endroit sinistre. Il ramassa ses autres armes et récupéra le sac de provisions.

Au bout de quelques ménins, ils arrivèrent à un petit étang négligé la veille. Cette fois-ci, la jeune femme lui demanda d'y faire une halte. Elle enleva ses vêtements déchirés qu'elle laissa au bord et s'enfonça toujours plus loin dans les eaux obscures. Une chaleur brûlante s'était emparée de lui quand il avait découvert son splendide corps sombre aux reflets brillants sous la lune pleine. Marür ne la quittait pas des yeux d'un doron pour sa sécurité. Il la vit se frotter vigoureusement de la tête au pied avec des racines. Il la regarda faire pendant un temps incalculable, avant d'aller la chercher dans l'eau fraîche. Lorsqu'il la toucha cette fois-ci, elle ne se déroba pas.

Alors, il la souleva dans ses bras pour la ramener sur la berge. Ne souhaitant pas la revoir avec ses guenilles qui leur rappelleraient à tous les deux de mauvais souvenirs, il ôta sa chemise pour l'en revêtir. Puis, il fit un feu afin de la réchauffer. Ensuite, il récupéra un bout de pain et un petit morceau de viande séchée qu'il l'obligea à avaler avec une gorgée d'eau. Les soldats tembas n'avaient pas entamé leurs réserves se contentant de boire leur boisson coutumière qui les avait nettement handicapés dans leur combat. Enfin, Marür installa Yëwana, le dos contre son torse, et l'entoura de ses bras, non seulement pour la réchauffer, mais également pour la réconforter. Il la sentait se détendre au fur et à mesure des caresses qu'il lui prodiguait comme à un enfant ; elle s'endormit rapidement, exténuée nerveusement. Il repensa à cette journée étonnante, qui avait démarré sous le coup de la passion amoureuse et s'était terminée dans une violence tragique, avant de sombrer lui-même à son tour.

Au petit matin, Yëwana était réveillée. Elle prenait conscience des bras qui l'encerclaient fermement. Elle sentait l'odeur qu'elle avait appris à connaître. Il l'avait sauvée de ces sauvages. C'était la deuxième fois qu'il risquait sa vie pour elle ! Il devait l'apprécier un peu, voire plus. Elle se remémora leur étreinte passionnée de la veille en se demandant ce qu'elle aurait ressenti s'ils avaient été jusqu'au bout de l'acte. Cela aurait-il été parfait comme le laissaient présager leurs échanges préliminaires ? Elle essaya d'oublier l'autre expérience traumatisante qui n'avait rien à voir avec ce qu'elle avait connu avec le guerrier du nord.

Marür se réveilla à son tour. Il baignait dans un champ de fleurs. Yëwana était dans ses bras ; il s'était habitué à sa flagrance délicate. Il se dit furtivement que c'était là sa place. Il lui embrassa le sommet du crâne avant de la secouer pour la réveiller. Il se leva pour l'aider à se mettre debout.

Il devait savoir. Il lui posa la question qu'il tentait d'occulter depuis la veille.

— Yëwana ? Vous a-t-il..., commença-t-il hésitant.

— Non ! Vous êtes arrivé à temps. Je vous dois encore la vie, et plus. Je vous remercie encore, répondit-elle avec timidité.

Marür était soulagé. Il ne se serait pas pardonné autrement. Il avait pris un risque énorme.

— C'est parce que vous ne saviez pas si j'étais souillée que vous m'avez embrassé ce matin comme on embrasse une enfant ? interrogea-t-elle brusquement avec une colère sourde. Mais, peut-être que je mens. Me croyez-vous vraiment ? continua-t-elle sur le même ton.

Marür la regarda abasourdi. Comment pouvait-elle penser des choses pareilles ? Ils étaient face à face. Leurs corps s'attiraient inéluctablement.

— Yëwana, prononça-t-il avec une douceur extrême comme une caresse.

Marür plaqua la jeune femme contre lui et s'empara de ses lèvres avec une violence contenue. Toute la frustration qu'il avait ressentie en laissant ce soldat prendre des libertés avec elle, pendant qu'il tentait de la sauver, s'exprima dans ce baiser. La douleur profonde se transforma peu à peu en une passion dévorante. Marür avait couché Yëwana sur l'herbe verdoyante. Il l'embrassait à en perdre haleine, se délectant de cette saveur sucrée si particulière de sa bouche. Puis, il commença à caresser chaque centimètre de sa peau pour effacer à jamais le souvenir terrible de ce qu'elle avait vécu. Il goûta de nouveau à sa poitrine généreuse, mordillant les tétons bien durs, laissa ensuite courir ses lèvres sur son ventre plat et descendit encore, toujours plus bas, jusqu'à son intimité. Il entendait les soupirs de contentement d'Yëwana et sentait ses caresses dans ses cheveux. Il aurait voulu la prendre ainsi offerte à lui, mais il s'était juré de respecter son honneur. Après un combat difficile qu'il se livra à lui-même, il se redressa précipitamment.

Avant de s'éloigner de quelques pas, il lui dit avec gravité :

— Jamais je ne penserais que vous ne valez pas la peine d'être aimée. Je viens de vous en donner la preuve. Par ailleurs, je sais que vous me dites la vérité. Et dernière chose, même si vous aviez été souillée, comme vous dites, je voudrais encore de vous !

Le moral de la jeune femme remonta en flèche. Le guerrier du nord ne pensait pas comme les hommes de cette terre.

Ils reprirent la route. Ils firent une brève pause pour récupérer leurs affaires dans la grotte et continuèrent leur chemin. Marür accéléra le pas pour arriver au plus vite, ne sachant pas s'il pourrait résister à la jeune femme une nouvelle fois. La journée fut épuisante pour tous les deux. En premier lieu, leur marche consistait à monter et dévaler les collines blanchâtres sous un soleil, qui sans être très haut dans le ciel, criblait déjà leurs corps de ses rayons brûlants, c'était la période la plus chaude de la Terre des Chefs. En second lieu, Marür exigea une cadence infernale, même pour lui, tentant sans doute d'expier ainsi une quelconque faute commise à ses yeux : la convoitise d'une femme déjà promise. Le soir, ils trouvèrent un autre abri. Il lui demanda combien de temps il leur restait encore pour atteindre le territoire de son peuple. Elle lui répondit qu'ils y seraient le lendemain avant le milieu de la journée s'il continuait à la même allure. Marür s'éloigna pour inspecter les alentours de la grotte avant de s'installer loin d'elle. Au petit matin, les deux jeunes gens échangèrent à peine avant de se remettre en route pour terminer ce long voyage épuisant aussi bien physiquement que moralement.

Retour chez soi

À la mi-journée, sous une chaleur accablante, après la descente d'une énième colline, Marür découvrit avec surprise, dans un cadre enchanteur, un grand lac dont les eaux oscillaient constamment entre le vert et le bleu sous les rayons du soleil. Des arbres majestueux se dressaient tout autour ; une plaine verdoyante s'étalait avec une profusion de fleurs d'une multitude de couleurs éclatantes. Il y régnait un calme divin. La jeune femme se rapprocha de la rive et resta là, debout, un bon moment, les bras en croix en humant l'air comme si elle communiait avec la nature.

Le guerrier l'entendit prononcer une phrase avec le mot : « Dakossa ».

Il voulut savoir ce qu'elle venait de dire.

— *Nayi nze'nenga dakossa*, en bénélo, langue utilisée par mon peuple, signifie « Je suis de retour à la maison » dit-elle en esquissant un large sourire.

Marür la contemplait. Elle était radieuse. Elle était rentrée chez elle.

Yëwana se tourna vers lui :

— Merci de m'avoir ramenée chez mon peuple. Ils vous en seront éternellement reconnaissants, dit-elle en le regardant avec timidité.

Puis, elle se retourna brutalement pour chercher un canoë afin de traverser le lac. Après un court trajet, ils mirent pied à terre sur une berge noircie de monde. Dès que la foule eut reconnu Yëwana, Marür entendit des explosions de joie autour d'eux. La jeune femme pleurait de joie en reconnaissant les siens. Tandis qu'ils avançaient vers le centre de la cité, Marür remarqua l'absence de mur contrairement à Lagdo et observa des rangées de maisons circulaires beaucoup plus modestes en taille. Sur tout le chemin, des hommes, des femmes ou des enfants venaient toucher Yëwana comme si leurs yeux ne suffisaient pas à croire en la présence de la jeune femme.

Elle leur rendait leurs poignées de main avec un sourire affectueux en demandant des nouvelles des uns et des autres. Au bout de plusieurs ménins, un groupe vint au-devant d'eux. La foule s'écarta respectueusement pour le laisser passer. Marür vit un homme d'un certain âge, flanqué de deux guerriers, s'avancer pour prendre les mains d'Yëwana qui le regarda avec affection avant de se jeter dans ses bras. Il y eut un silence avant une explosion de cris et de pleurs. On entendit également des chants et certains se mirent même à danser. Toute la cité était en liesse :

— *Nahri dakossa*, entendit-il répéter de bouche en bouche.

L'homme mûr se détacha d'Yëwana, portant son regard sur l'homme qui accompagnait sa fille. Il dévisagea Marür comme un guerrier qui en juge un autre, évaluant son physique musclé. Puis, il plongea son regard dans le sien pour tenter d'y déceler sa véritable nature. Il parut content de son inspection, car il hocha la tête avant de s'adresser à lui.

Marür examinait à son tour le chef des Nagudas. Ce dernier le dépassait d'une bonne tête. Malgré son âge, on sentait encore une certaine force chez lui avec un corps bien charpenté. Il était vêtu simplement non pas d'un grand caleçon drapé comme ceux qu'arboraient les Tembas, mais d'un tissu confortable, marron, noué autour de sa taille qui lui arrivait au-dessus des genoux; une chemise sans manches ouverte de la même couleur cachait une partie de son torse dont les deux pans descendaient jusqu'à la limite du tissu qui couvrait le bas de son corps. Il portait des sandales semblables aux Tembas, en plus simple dans un cuir souple marron. En revanche, le symbole de son pouvoir ne résidait pas dans une coiffe, mais dans un sceptre en bois magnifiquement taillé qu'il tenait à la main et dont le bout représentait une tête, sans doute celle de leur dieu, dans laquelle les yeux avaient laissé la place à de grosses pierres naturelles polies de couleur bleue. Par ailleurs, ses cheveux noirs étaient courts et son visage altier semblait empli de bonté et de sagesse.

— Bienvenue à toi, étranger ! Bienvenue à *Laréké* ! Je suis Hôro, le chef des Nagudas, prononça-t-il comme phrase d'accueil en bénélo qu'Yëwana s'empressa de traduire.

Puis, il attendit qu'Yëwana le présentât.

— Père, je vous présente le capitaine Marür des Terres Dorées. Il était en visite chez les Tembas quand il a découvert que j'y étais retenue prisonnière. Lui et ses hommes m'ont délivrée, dit-elle à voix haute afin que tous entendent la dette que son peuple devait à Marür.

Pendant que son père ainsi que la foule autour assimilaient ces informations, Yëwana traduisit très vite à Marür :

— Capitaine Marür. Le père que je suis a une dette de sang pour le retour de sa fille qu'il souhaiterait fêter sans tarder. Cependant le chef que je suis également, tout en vous remerciant de nous avoir ramené notre Nahri, doit lui faire subir l'épreuve du *Nahréké* avant qu'elle reprenne sa place parmi nous, dit-il d'un ton empli de tristesse.

Yëwana traduisit sans faillir les mots que lui dictait son père et chef de son peuple.

— Nous le ferons dès ce soir, termina le chef des Nagudas d'un ton fataliste.

La jeune femme déglutit sa salive avant de traduire à Marür.

— Que vont-ils vous faire ? lui demanda-t-il d'un air inquiet en fadari.

Avant qu'elle puisse lui répondre, deux guerriers apparurent, encadrant la jeune femme de chaque côté. Deux autres en firent autant pour Marür, l'ayant désarmé préalablement. Puis ils avancèrent tous ensemble vers le centre de la cité. Arrivés devant une petite maison circulaire, les deux guerriers firent comprendre à Marür d'y entrer. Il voulut résister, car il voyait le groupe d'Yëwana continuer à avancer, cependant les deux guerriers pointèrent leurs lances vers lui afin de le contraindre. Une fois à l'intérieur, Marür inspecta des yeux sa « prison » : elle était circulaire en terre cuite avec un sol terreux ; un lit fait avec des feuilles inconnues était le seul meuble de décoration.

Ne souhaitant pas déclencher un esclandre, il décida de rester calme et de patienter.

*

Au bout d'une éternité, deux soldats entrèrent et lui firent signe de les suivre. Ils prirent la direction que le groupe d'Yëwana avait emprunté quelques nars plus tôt. La cité était plongée dans la pénombre, quelques points de feu étaient allumés à plusieurs mabs d'intervalle, pourtant c'était insuffisant pour se passer des torches que les soldats tenaient dans leurs mains. Plusieurs mabs plus loin, la cité brillait de mille feux. Une foule immense, plus nombreuse que celle qui les avait accueillis Yëwana et lui le midi, se tenait devant une grande bâtisse circulaire dont il apercevait les contours surprenants grâce aux lumières internes qui projetaient des faisceaux dans la nuit. Les guerriers fendirent la foule qui s'écarta à leur passage. Des milliers d'yeux l'observaient en silence : il avait l'impression d'aller à sa propre exécution. Les guerriers traversèrent une place vide qui devait accueillir l'évènement, le plaçant ainsi non loin de l'entrée de la bâtisse. Tout à coup, le chef des Nagudas surgit de l'édifice, toujours flanqué des deux mêmes guerriers. Il commença un discours d'une voix claire et autoritaire. Il avait montré Marür deux fois du doigt. Ce dernier ne savait quelle contenance adopter, car il ne comprenait rien, le chef s'exprimant en bénélo. Aucun cri ni aucune parole ne vint l'interrompre. Tous attendaient la suite. Yëwana sortit également de la bâtisse aussi belle que la première fois qu'il l'avait rencontrée, vêtue, cette fois-ci, d'une tenue bleue éblouissante. Elle marchait non comme une quelconque victime, mais comme une femme sûre de son droit. La jeune femme alla se placer face au chef des Nagudas. On entendit sa voix claire et ferme dans la nuit. Ce dernier lui posait des questions auxquelles elle répondait sans hésitation. Mais, à la dernière question, elle bégaya légèrement entraînant un brouhaha de commentaires de la foule. Elle retrouva bien vite son assurance en s'adressant de nouveau au chef. Ce dernier acquiesça à sa demande.

N'ayant rien compris à ce qu'il avait entendu, Marür fut totalement surpris lorsqu'Yëwana s'avança lentement pour s'arrêter à sa hauteur.

— Marür ! Hôro, le chef des Nagudas, mon père, m'a autorisée à vous parler quelques ménins, car je vous dois la vie. Ne m'interrompez pas, car je n'ai pas beaucoup de temps ! dit-elle en levant la main au moment où il allait ouvrir la bouche.

— Après ma captivité et le long trajet de retour seul avec vous, mon peuple veut la preuve que je n'ai pas été souillée par un homme. Ils vont donc me soumettre à l'épreuve du Nahréké. Cela consiste à danser en présence d'un *Mewar*, c'est le bras de la justice de Jawaar, notre Dieu. Pendant que je danserai, s'il m'attaque cela prouvera ma culpabilité, sinon dans le cas contraire, je serai innocentée définitivement. Je pourrai alors reprendre ma place auprès de mon peuple, termina-t-elle d'un ton neutre.

Elle partit avant que Marür puisse faire un quelconque commentaire. Il se détendit, car cela ne semblait pas être trop dur pour la jeune femme. Il changea rapidement d'opinion. Dans le cercle, où elle avait pris place, apparut un animal terrifiant. Il ressemblait aux démons qui les avaient attaqués lui et ses hommes dans la forêt ! Mais, rien n'était moins sûr, car il faisait nuit. En revanche, l'animal était beaucoup plus petit que ces démons. En outre, il ne se tenait pas debout, mais à quatre pattes comme un animal. En fait, il ressemblait plutôt à une espèce éloignée de romöls avec des pattes velues, beaucoup plus grosses et plus longues. Concernant la tête, elle semblait conforme à celle de ses parents romöls avec un museau allongé et des crocs très acérés. Par contre, ses yeux, extraordinaires, d'un bleu profond, se reflétaient tels des saphirs dans la nuit ! L'animal était indubitablement dangereux. Il était précédé du Mayntou, un vieil homme vêtu d'un long tissu coloré lui tombant jusqu'aux chevilles. Ce dernier jouait d'un instrument inconnu, un air rendant apparemment l'animal inoffensif, car aucun lien ne le retenait. Le Mayntou s'avança vers Yëwana. L'apprenti qui l'accompagnait tourna autour de la jeune femme en projetant directement sur elle une espèce de poussière blanche, insolite dans la nuit. Puis, le vieil homme changea d'air en s'écartant peu à peu de l'animal.

Dès les premières mesures, la jeune femme commença à danser lentement. Elle se déplaçait avec grâce et sensualité sur un air envoûtant. L'animal aussi avait commencé à se mouvoir en suivant lentement ses déplacements. Puis, le Mayntou accéléra peu à peu la mélodie. La jeune femme, qui avait marché pendant huit jours consécutifs, n'était pas au meilleur de sa forme pour une telle prestation, cependant l'animal qui la suivait ne lui donnait guère le choix. Marür avait décidé d'intervenir si l'animal attaquait Yëwana. Peu importe ce qui lui arriverait, il tenterait de la sauver parce que son sort lui importait plus que le sien. C'était un guerrier, il n'était pas habitué à interroger ses sentiments, mais devant le danger encouru par la jeune femme, il réalisa qu'elle avait pris une place considérable dans sa vie en peu de temps. Il n'avait pas d'armes, néanmoins il saurait la protéger de l'animal monstrueux. Le guerrier la voyait tournoyer et tournoyer sans fin et tout à coup la musique s'arrêta. Elle s'affala sur le sol dur, le visage dans la terre. L'animal se précipita en deux bonds auprès de la jeune femme. Marür allait s'élancer quand des mains robustes lui saisirent un bras de chaque côté. Il tourna la tête, à gauche et à droite, les guerriers l'empêchaient d'agir. Le chef des Nagudas avait anticipé sa réaction. Il reporta donc son regard au centre du cercle qu'il formait avec la foule. L'animal regardait sans bouger la jeune femme couchée par terre. Puis, il se mit sur ses pattes arrière comme s'il montait la garde auprès d'elle. Le Mayntou se rendit au milieu du cercle avec son apprenti. Il prononça plusieurs mots d'une voix forte qui portait dans la nuit. Ensuite, il rappela l'animal avec un autre air de musique ; ils quittèrent ensemble le cercle, suivi de son assistant.

Le chef des Nagudas prit alors la parole pendant que la jeune femme se relevait et s'essuyait le visage ainsi que les vêtements. Il fit de nouveau un discours, cette fois-ci très bref. Yëwana s'avança de nouveau vers lui. Il alla à sa rencontre en lui tendant les mains, puis la serra dans ses bras comme plusieurs nars auparavant et prononça quelques mots en indiquant à sa fille de prendre place à ses côtés. La foule qui avait commencé à s'extasier bruyamment depuis le départ de l'animal, se mit à chanter et crier de joie.

— Nahri ! Nahri ! Nahri ! entendait Marür clamé dans la foule.

Il fut soulagé par la fin de l'épreuve. Manifestement, Yëwana avait retrouvé sa place au sein de son peuple. En effet, le chef des Nagudas quitta la cérémonie avec sa fille. Ils entrèrent dans la grande bâtisse. Quelques instants plus tard, les guerriers qui l'encadraient lui firent signe d'avancer pendant que la foule se dispersait. Ils se dirigèrent également vers l'édifice. Marür les suivit à l'intérieur. La construction était éclairée de mille feux. On y voyait aussi bien qu'en plein jour. Intrigué par ce prodige, il regardait autour de lui. La bâtisse en terre cuite ne comprenait qu'une pièce unique : immense. Le plafond très haut ne comportait aucun motif. L'entrée donnait sur un espace de réception dans lequel se trouvait le chef des Nagudas assis sur une espèce de trône en bois, entouré de plusieurs guerriers ainsi que de sa fille. Devant eux se trouvaient des tables et des bancs en bois d'un brun chaud servant au repas, divisés en deux rangées distinctes. Marür emprunta l'espace vide, l'allée principale, sur plusieurs mabs, pour arriver à la hauteur du chef.

— Bienvenue, à nouveau, Capitaine Marür ! Je suis un père et un chef comblé. Vous m'avez rendu ma fille, mais aussi notre Nahri. Le père a une dette de sang dont il devra s'acquitter envers vous. Le chef vous apportera un soutien indéfectible contre vos ennemis. Aussi, je vous accueille sous mon toit en ami véritable, déclara-t-il sur un ton solennel. Cette cérémonie m'a épuisé, nous nous verrons demain. Ma fille va vous montrer vos appartements, ajouta-t-il d'un air las.

— Merci, vénérable Chef, répondit Marür d'un ton très respectueux en inclinant légèrement le buste.

Comme plus tôt dans la journée, Yëwana avait servi d'interprète entre les deux hommes. Quand il se leva pour se retirer par l'accès derrière son trône, Yëwana s'avança vers Marür. Ils étaient à nouveau très proches l'un de l'autre, cependant tout un monde les séparait désormais. Ils se regardèrent avec une certaine détresse dans le regard, ne pouvant pas se toucher. En effet, dans la demeure du chef, des guerriers étaient postés à chaque coin.

— Suivez-moi, Capitaine, je vais vous montrer vos appartements, l'informa-t-elle d'un air aussi détaché que possible.

— Je vous remercie, Princesse. C'est comme cela que je dois vous appeler maintenant ? demanda-t-il d'un ton guindé, mal à l'aise par la distance qu'il sentait s'installer entre eux alors qu'ils avaient été si proches durant leur périple.

— Comme vous voulez, mais personne ne m'appelle « princesse » dans mon peuple. On m'appelle soit Yëwana soit Nahri, rétorqua-t-elle d'un ton de reproche face à son ton d'amabilité forcée.

— Je serai donc le seul à vous appeler Princesse, déclara-t-il avec une douceur subite.

Pendant une seconde ils se regardèrent en oubliant le monde autour d'eux. Un bruit les rappela rapidement à l'ordre.

— Yëwana, votre prénom a-t-il une signification particulière ? Cela fait un moment que je souhaitais vous poser la question, demanda brusquement Marür.

Sensible à la chaleur de sa voix, la jeune femme s'efforça néanmoins de conserver un ton neutre.

— Oui, cela a une signification. Cela veut dire « celle qui est différente ».

— Comment cela ? Vous voulez dire que chaque Nahri porte le même prénom ? Ce ne sont donc pas vos parents qui vous ont appelée ainsi ?

— Oui et non. En fait, chaque Nahri a une révélation avant de perdre son pouvoir pour donner le prénom de son enfant. C'est donc le dieu Jawaar qui nous nomme ainsi ! Notre prénom est en lien avec ce que nous accomplirons en tant que Nahri.

— Et qu'avez-vous accompli pour le moment ?

— Rien de particulier, répondit-elle plus sèchement qu'elle l'avait voulu.

Aussi, elle le laissa sur place et avança de nouveau.

— Voilà vos appartements. Je viendrai vous chercher demain.

Ne souhaitant pas la laisser partir si vite, Marür lui posa des questions sur des éléments de la cérémonie qui l'avait intrigué. Elle répondit à toutes ses questions. Elle lui précisa que la poussière blanche était comme un appât, l'odeur de cette poudre permettait de faire oublier à l'animal les autres odeurs présentes dans la foule et à ne s'attaquer qu'à la personne qui subissait l'épreuve si elle était coupable. Les différentes musiques servaient à maîtriser l'animal. Son peuple considérait ce rituel comme sacré et sans appel. Marür lui dit qu'il avait prévu d'intervenir si l'animal s'était attaqué à elle. Elle le regarda surprise par le ton plein de fougue avec lequel il s'était exprimé. Elle lui rappela les gardes qui le surveillaient et qui ne l'auraient pas laissé intervenir impunément. Il lui répondit qu'il aurait pris le risque de la sauver au péril de sa vie.

— Bonne nuit, Capitaine, dit-elle sur un ton ferme, coupant volontairement son discours.

— Bonne nuit, ma princesse, prononça-t-il tout bas d'un ton suave.

Ils se regardèrent longuement, leurs yeux exprimant des sentiments que leurs corps éloignés ne pouvaient pas montrer ni leurs bouches formuler. Puis, elle l'avait laissé devant un petit espace, délimité par des morceaux de tissus, dans lequel se trouvaient uniquement un lit, un grand tapis et un porte-vêtements en bois.

Marür ne dormit pas longtemps cette nuit-là. Il rêvait de leur étreinte dans la grotte. Il revoyait les yeux d'Yëwana pleins de désir et son corps sombre dénudé qui l'affolait. Dans son lit, Yëwana était dans les mêmes dispositions que Marür. Elle revoyait le beau torse doré du guerrier, se rappelait de la saveur de sa bouche et de l'effet de ses mains ainsi que ses lèvres sur ses tétons. Dès qu'elle fermait les yeux, elle revoyait leurs corps enlacés. Elle était dans une grande détresse, car, comme il le lui avait fait remarquer, ce ne serait pas avec lui qu'elle partagerait ces moments merveilleux, mais avec son futur époux.

De son côté, Marür espérait être parti avant les noces d'Yëwana, car il ne pourrait pas supporter de la voir se lier à un autre homme.

Le lendemain, comme promis, elle vint le chercher.

— Bonjour, Capitaine, dit-elle d'un air détaché, tentant ainsi de mettre de la distance entre eux.

— Bonjour, Princesse, répondit-il sur un ton neutre, souscrivant à sa nouvelle attitude.

Ils évitaient de se regarder pour essayer d'oublier leur attirance sachant qu'ils n'avaient aucun avenir ensemble.

— Mon père m'a demandé de vous montrer notre cité et ses alentours et aussi de vous expliquer notre mode de vie et nos coutumes. Il veut que vous appreniez à nous connaître. Nous passerons donc quelques journées ensemble, seuls, l'informa-t-elle toujours sur le même ton.

Le cœur de Marür s'était emballé lorsqu'elle avait énoncé qu'ils seraient seuls, cependant il revint vite à la réalité.

— Mon père a confiance en vous, car vous auriez pu abuser de moi lors de notre périple. Il se dit que maintenant que vous êtes son invité, vous ne l'insulterez pas en me déshonorant tout en sachant que je dois me marier prochainement, ajouta-t-elle très mal à l'aise en prononçant ces paroles. Je vous attendrai donc tous les matins dans l'espace commun. Comme vous avez pu vous en apercevoir hier, c'est la demeure de mon père et plusieurs espaces de résidence sont attribués à nos proches et à des soldats qui la protègent, expliqua-t-elle sommairement. Suivez-moi, je vais vous montrer maintenant où vous pourrez faire votre toilette, ajouta-t-elle avec un brin d'autorité dans la voix.

Marür lui emboîta le pas.

Des alliés inattendus

Pendant trois jours, l'emploi du temps de Marür fut identique. Il se levait tous les matins à l'aube pour aller faire sa toilette. Deux bassins moyens alimentés par les eaux du lac étaient réservés : l'un pour les hommes et l'autre pour les femmes. Ayant vécu dans un collectif depuis des lanns, le jeune homme n'était pas du tout gêné de partager son bain. Puis, il revenait dans l'espace commun pour avaler une collation en attendant Yëwana, parfois ils mangeaient ensemble en silence. Ensuite, la jeune femme lui faisait visiter la cité et lui expliquait leurs coutumes.

Laréké, leur cité était moins imposante que celle des Tembas. Il n'y avait pas d'étalage de richesses comme chez leur ennemi. La population était aimable et les gens semblaient très heureux, même plus que chez les Fils de *l'Invisible*, ce qui laissa Marür perplexe. Il avait toujours cru que son peuple, l'élu de *Shê*, *l'Invisible,* était le plus heureux du monde. De plus, les relations entre les Nagudas commençaient à ébranler ses certitudes. Il avait été témoin de la simplicité de leur chef lors du banquet de retour de sa fille, au lendemain de l'épreuve. Les invités représentant la population de la cité se mélangeaient à chaque table. Par ailleurs, en déambulant dans les rues avec Yëwana, il avait été témoin d'une scène incroyable ! Un petit commerçant allait tomber sous le poids de ballots de marchandises, quand Hôro, le chef des Nagudas, s'était précipité pour retenir de ses bras encore puissants les paquets sur le point de s'écraser par terre. Le marchand agrippa la manche de son chef pour le remercier. Le chef lui fit une tape dans le dos en lui adressant un large sourire. Sur les Terres Dorées, ni le Sahrfir ni Zoltanör ne pouvaient se promener aussi simplement dans les rues de Yazam, la Grande ; la proximité n'était pas souhaitée, la distance devait développer la ferveur religieuse et la crainte du peuple envers son Dieu, envers ses chefs. Par ailleurs, il y avait encore plus surprenant ! Yëwana lui avait aussi expliqué que leur chef pouvait être révoqué si son peuple n'avait plus confiance en ses jugements ou s'il commettait un acte répréhensible.

Dans le cas de Hôro, il semblait être très aimé. Quant aux femmes, excepté la Nahri, elles étaient libres de leur destinée ; la retenue semblait de mise dans les rapports entre les hommes et les femmes en public contrairement à ce qui se passait chez les Tembas. Marür commençait à entrevoir d'autres rapports régissant le chef et son peuple ainsi que les hommes et les femmes. Depuis qu'il connaissait Yëwana, il voyait autrement le traitement des femmes sur les Terres Dorées.

Pendant ces trois jours passés ensemble, Marür et Yëwana avaient gardé leurs distances hormis le deuxième jour. Lorsqu'ils s'étaient promenés dans les environs de la cité, Yëwana avait glissé et Marür l'avait empêchée de s'écraser dans la poussière. Il l'avait retenue de ses bras musclés. Ils étaient restés quelques instants immobiles dans cette position se dévorant du regard. Puis, Marür avait rapproché lentement sa tête de celle de la jeune femme dont il avait entendu le souffle saccadé. Elle avait senti son odeur qui faisait battre son cœur plus rapidement en pensant déjà à la saveur de ses lèvres. Elle avait fermé les yeux pour goûter pleinement à cette promesse. Mais, elle s'était brusquement retrouvée sur ses deux jambes. Marür l'avait lâchée et s'était éloigné en lui marmonnant une phrase incompréhensible. Elle était restée plantée là ne sachant pas si elle devait regretter qu'il ne se soit rien passé ou si au contraire elle devait se féliciter qu'il ne se soit rien passé. Dès le lendemain, ils avaient évité de trop se rapprocher quand ils marchaient côte à côte. Au cinquième jour à Laréké, Yëwana lui dit qu'il était attendu chez leur Mayntou. Elle l'accompagna jusqu'à la demeure de ce dernier, cependant elle resta à l'extérieur.

*

Marür entra dans une petite maison en terre cuite. Elle était circulaire comme toutes les constructions qu'il avait vues jusqu'à maintenant. Elle comportait une pièce unique. La décoration y était sommaire : un coin pour dormir, caché par un lourd tissu comme ceux qui se trouvaient dans la demeure de Hôro, un autre afin de préparer des potions et autres remèdes comprenant des bols en argile et au milieu un feu dont les braises semblaient encore chaudes au centre de plusieurs peaux disposées de façon circulaire.

Le Mayntou était assis sur l'une d'elles avec un invité. Marür était doublement surpris par cette convocation dans ses lieux et par la présence du chef des Nagudas. Il était debout à l'entrée de la pièce attendant une explication.

— Bonjour, Capitaine Marür ! Venez prendre place près de nous, l'invita le chef des Nagudas.

Marür fut stupéfait. Hôro parlait le fadari alors qu'Yëwana avait dû servir d'interprète auprès de son père depuis son arrivée.

— Bonjour, répondit Marür timidement en s'asseyant.

Sans ses armes, confisquées dès le premier jour, et vêtu d'une tenue nagudas (un tissu entourant sa taille et tombant jusqu'aux genoux que lui avait offert le chef), ce fut beaucoup plus facile de s'installer par terre. Avant de s'asseoir en face des deux hommes, il inclina respectueusement sa tête.

— Je vous présente d'abord mes excuses, Capitaine Marür pour vous avoir menti à propos de ma compréhension de votre langue. Je l'ai apprise en même temps que mes enfants auprès d'un homme de votre peuple. Je vous ai fait venir ici, Capitaine Marür, pour m'entretenir avec vous en toute discrétion. J'adore mon peuple, toutefois il me prend beaucoup de temps et je viens souvent ici pour réfléchir en paix. C'est le seul endroit où l'on respecte ma tranquillité, expliqua-t-il d'un ton affable.

Il n'attendait pas vraiment de commentaires. Aussi, il continua son discours sans se formaliser de l'absence de répartie de son interlocuteur.

— Capitaine, je vous ai fait venir, car je dois résoudre un véritable dilemme. Ma fille, notre Nahri, est promise à Ronök, le chef des Ijars. Mon fils, mon héritier, est mort. C'est pourquoi une alliance avec son peuple assurerait notre avenir. Seulement voilà, vous avez sauvé la vie et l'honneur de ma fille. Selon nos coutumes, la vie de ma fille vous appartient désormais. Cependant, selon une autre de nos coutumes, les Nahri épousent des hommes qui vivent parmi nous afin que leur unique enfant, une fille, serve notre peuple à son tour quand elle sera en âge de le faire. Jamais notre peuple n'a connu une telle situation ! dit-il d'une voix accablée.

Marür conservait le silence, attendant que le chef finisse son explication.

— Concernant la décision la plus importante à prendre pour mon peuple, notre Nahri ne peut malheureusement pas nous éclairer, car elle ne peut voir son propre avenir. J'ai donc demandé conseil à notre Mayntou pour m'éclairer. Êtes-vous prêt à vous soumettre à ses demandes ? proposa-t-il d'un ton plein d'espoir.

Marür déglutit lentement, il ne savait pas ce que le Mayntou lui demanderait. Il se souvint de l'épreuve d'Yëwana, néanmoins il choisit de faire confiance à Hôro, un chef juste.

— Oui, j'accepte, répondit-il non sans crainte.

Hôro fit signe au Mayntou qui leva son visage vers lui. Il était aveugle. On se demandait comment il pouvait préparer des remèdes sans voir. Il eut l'explication bien vite. Hôro lui demanda de tendre la paume droite. Sans prévenir, le Mayntou avança sa main droite dans laquelle il tenait une aiguille pointue en os et l'enfonça sans hésitation d'un coup ferme dans la paume de Marür. Ce dernier, surpris, laissa échapper un grognement. Puis, le Mayntou se leva pour s'approcher du coin des remèdes. Il huma plusieurs bols avant de prendre une pincée d'une poudre dont il aspergea l'aiguille tâchée du sang du guerrier. Il revint s'asseoir près du feu dans lequel il la jeta. Les braises se transformèrent en une fumée épaisse que le Mayntou aspira par la bouche. Il la conserva jusqu'à ce qu'elle s'évacuât petit à petit par ses narines. Puis, il tomba en transe : il parlait rapidement en poussant des cris. Brusquement, il s'arrêta ! Sa tête pendait sur sa poitrine. Il fit un rapport détaillé de sa vision à Hôro. Ce dernier écoutait attentivement et hochait la tête de temps à autre. Puis, il se tut. Le chef des Nagudas resta un bon moment à méditer les paroles du Mayntou. Puis, il regarda Marür d'un air étrange.

— J'ai pris ma décision. Seulement, j'attends la venue de Ronök qui ne devrait pas tarder pour vous en faire part, Capitaine Marür. En attendant, Yëwana, notre Nahri, devra rester au temple du dieu Jawaar, déclara-t-il d'un ton autoritaire.

*

Depuis plusieurs jours, Marür était en proie à des émotions contradictoires. Après son entretien avec Hôro dans la demeure de leur Mayntou, il n'avait pas revu Yëwana. La jeune femme lui manquait terriblement. Par ailleurs, il n'osait penser à la décision que le chef des Nagudas avait prise. Il n'osait croire à un espoir aussi fou : l'annulation du mariage d'Yëwana. À l'origine, sa fille, la Nahri, était un formidable atout pour leur peuple dans ce projet de noces avec le chef des Ijars, seulement son sauvetage par un étranger de la Terre des Chefs avait, semblait-il, bouleversé la donne pour Hôro. Par conséquent, l'avenir d'Yëwana apparaissait très complexe. Privé de la compagnie de la jeune femme, Hôro, son père, avait décidé étrangement de la remplacer auprès de lui. Aussi, le chef des Nagudas l'invitait chaque jour soit à converser avec lui soit à se promener dans la cité et ses alentours ou encore à superviser l'entraînement de ses guerriers. Comme chez les Tembas, Marür avait fait sensation avec son épée longue. Les Nagudas n'utilisaient aucune épée. Ils possédaient les mêmes arcs que les Tembas d'une dimension extraordinaire qui leur permettaient d'atteindre leur cible à plusieurs mabas de distance. Étant leur seule arme, ils étaient devenus des experts dans le maniement de l'arc : ils pouvaient ainsi envoyer deux ou trois flèches simultanées avec précision. C'était une formidable arme offensive entre leurs mains. Comme les Tembas, ils ne possédaient pas de chevaux et se déplaçaient à pied, plutôt sur de courtes distances. Par contre leur nom signifiait « ceux qui accompagnent celle qui voit les chemins de la vie ». Pendant que les deux hommes apprenaient à se connaître, on préparait l'arrivée de Ronök, le promis d'Yëwana. Un éclaireur était venu confirmer sa présence imminente. Chez les Nagudas, on accéléra les préparatifs afin que tout fût prêt à son arrivée.

Deux jours plus tard, l'invité était là. On l'annonça à coups de puissants sons de cor. Toute la population, curieuse, se précipita à l'entrée nord de la cité, au bord du lac. Les Ijars avaient descendu la rivière qui prenait sa source sur leur territoire et qui se frayait un chemin jusqu'au territoire des Nagudas à travers d'immenses plaines, longeant une forêt dense et contournant les vallons de Gyna. Ronök, le chef des Ijars, était en tête du cortège.

Ses guerriers et lui étaient qualifiés de meilleurs combattants de la Terre des Chefs ; ils maîtrisaient le maniement de la lance. Les peuples de la Terre des Chefs étaient réputés très grands, les Ijars l'étaient encore plus. Couvert uniquement d'un minuscule tissu autour des hanches, le corps du chef des Ijars était exposé au regard de tous : on pouvait admirer une musculature impressionnante qui s'étalait à travers son torse, ses bras et ses jambes. Son visage dur abritait un front large, des sourcils très fournis, des yeux très sombres, un nez épais, des joues creuses, faisant ressortir ses pommettes, et une bouche large avec des lèvres épaisses. Sa longue chevelure noire était un entrelacement de mèches ondulées formant plusieurs tas non homogènes. Comme tous les êtres de la Terre des Chefs, sa peau était également noire même si certaines nuances pouvaient apparaître d'un peuple à un autre. Comme accessoires, il portait un collier de longues griffes blanches et trois bracelets en argent sur son biceps droit. Aux pieds, il était chaussé des mêmes sandales en cuir souple que les Nagudas. À la main, il tenait une lance courte avec une pointe en fer plus longue que celle qu'on utilisait habituellement sur les Terres Dorées.

Quand Ronök arriva à la hauteur de Hôro, ce dernier semblait chétif en comparaison de l'impressionnant guerrier.

— Bienvenue à toi, Ronök, le terrible, chef des Ijars !

— Je te salue, Hôro, vénérable chef des Nagudas.

— Mon peuple et moi nous t'accueillons toi et ton escorte avec joie aussi longtemps que vous le désirerez, ajouta le chef des Nagudas.

— Merci à toi, Hôro, pour ta générosité, cependant nous resterons juste le temps de conclure notre affaire, précisa-t-il d'un ton peu amène.

*

Les deux chefs se retrouvèrent plus tard dans la demeure

du Mayntou. Ils étaient assis sur les peaux de bêtes en présence du vieil homme.

— Tu m'avais promis ta fille ! commença le chef des Ijars d'un ton courroucé.

— Oui, lorsqu'elle était sous ma protection, sa vie m'appartenait. En tant que père ou chef, j'avais le droit de choisir son destin ! répondit le chef des Nagudas d'un ton neutre.

— Tu envisages donc d'accorder sa main à un étranger ? s'enquit-il choqué de cette hypothèse.

Hôro ne répondit pas. Son invité ajouta sans ambages :

— Jamais une Nahri n'a quitté la Terre des Chefs ! Comment fera ton peuple si tu autorises un étranger à l'emmener ? De ce fait, tu refuses ma protection ?

Hôro accusa le coup ; il ne se laissa pas démonter.

— En tant que chef, j'ai le devoir de respecter nos plus vieilles coutumes. Et la dette de sang en fait partie ! rétorqua-t-il. Le dieu Jawaar a assuré l'existence de mon peuple grâce au don des Nahris, cependant le monde change et peut-être a-t-il prévu autre chose pour mon peuple ? Je vais m'en remettre à notre Mayntou. Es-tu d'accord pour te soumettre à son jugement ? demanda Hôro d'un air faussement innocent.

Ronök ne pouvait pas refuser sans perdre la face.

— Oui, dit-il, agacé.

Comme il l'avait fait quelques jours auparavant, le Mayntou répéta le même rituel qu'avec l'étranger. Il tomba également en transe. Hôro nota que le débit de paroles était plus important que pour le guerrier des Terres Dorées. Après une grande agitation avec des cris et des mouvements de bras impressionnants, il s'arrêta brusquement : sa tête était tombée sur sa poitrine.

Les deux chefs avaient suivi avec attention toute cette manifestation surnaturelle sans en comprendre les conclusions finales. Ils attendaient donc que le Mayntou s'expliquât sans tarder, regardant ses yeux dont les pupilles blanches semblaient transpercer les corps jusqu'à trouver votre âme.

— Alors ? Que fait-on pour notre affaire, mes noces avec votre fille ? dit le chef des Ijars sur un ton impatient.

Ce ne fut pas le chef des Nagudas qui répondit, mais le Mayntou.

— Vos noces semblent bien compromises, Ronök, le terrible, déclara-t-il d'une voix caverneuse. Le dieu Jawaar ne me donne pas des visions aussi précises que les Nahris. Parfois, il accepte de tirer le voile de l'avenir et de me laisser jeter un coup d'œil. Ce fut le cas avec l'étranger et avec toi également, Ronök, le terrible, ajouta-t-il sur le même ton.

Les deux hommes écoutaient patiemment la suite.

— Il ne s'agit plus de l'avenir du peuple des Nagudas. Ce destin n'a déjà plus de sens, continua-t-il ébranlé par sa vision.

Les deux chefs furent interloqués. Ils avaient hâte de connaître les conclusions.

— Le dieu Jawaar a scellé le destin d'Yëwana et du guerrier des Terres Dorées. Il était écrit que ce dernier la sauverait. Ainsi, sa vie, son âme et son amour lui appartiennent désormais. C'est la volonté du dieu Jawaar.

— Hôro ! dit-il en se tournant vers son chef. Ne sois pas triste de ce fait, car ton peuple survivra. Le dieu Jawaar a décidé qu'Yëwana devait emprunter un autre chemin que les précédentes Nahris afin d'assurer la survie de notre peuple. Même, si tu ne le vois pas encore, le dieu Jawaar me l'a montré, conclut-il avec une foi inébranlable.

Ensuite, il pivota vers le le chef des Ijars.

— Ronök ! Ta promise ne l'est plus ! Le dieu Jawaar décide seul du destin des mortels. Yëwana, notre Nahri, ne peut plus être tienne ! Hôro doit payer sa dette de sang et le fruit accomplir son destin, termina-t-il d'un ton sibyllin.

Les deux chefs étaient mécontents de ces révélations pour des raisons différentes : Hôro allait perdre sa fille ;

Ronök allait perdre une arme utile ainsi qu'un riche territoire.

— Acceptez-vous mes visions ou souhaitez-vous les contester, tel est votre droit ? demanda-t-il enfin d'un ton épuisé par tant d'énergie dépensée.

— Le destin d'Yëwana ne m'appartient plus. J'accepte de payer ma dette de sang auprès de l'étranger, confirma le chef des Nagudas d'un air résigné.

— Yëwana est ma promise. Il est hors de question qu'il en soit autrement. Je réclame l'épreuve de dieu selon nos coutumes. C'est mon droit ! dit-il d'un ton courroucé.

Le Mayntou le regarda sans étonnement. En cherchant le destin d'Yëwana, il avait vu l'âme de ce terrible guerrier : elle était habitée par une ambition dévorante. Le dieu Jawaar, dans sa sagesse, allait mettre leur Nahri hors de sa portée, privant son propre peuple, certes de son don, mais pour le bien de leur monde.

— Nous allons donc préparer l'épreuve pour demain ! Mais avant, je dois avertir l'autre participant, lui répondit Hôro en concluant leur entretien d'un ton solennel.

Comme promis, le chef des Nagudas retourna à sa demeure pour s'enquérir du capitaine Marür. Il n'y était pas. Il demanda à ses gardes de le chercher. Ces derniers vinrent l'informer de sa localisation. Excédé par cet enchaînement de situations, Hôro se dirigea vers les rives du lac pour trouver le guerrier des Terres Dorées. Pendant les quelques jours qu'ils avaient passés ensemble, il avait appris à l'apprécier, il commençait même à éprouver de l'affection pour lui. Il comprenait l'attirance que cet homme pouvait exercer sur sa fille. L'étranger était séduit par sa fille pour sa personnalité ainsi que sa beauté sans nul doute, et non pour son statut et encore moins pour son don, contrairement aux autres hommes qui l'avaient courtisée ou à celui auquel il avait promis sa main après la disparition de son fils bien-aimé.

Hôro trouva Marür assis sur un petit rocher fixant le lac d'un air indéchiffrable.

— Ah, mon ami ! Justement, je vous cherchais.

Marür tourna la tête vers le chef des Nagudas et descendit de son rocher pour l'accueillir.

— Il y a quelques jours, je vous avais dit que j'attendais l'arrivée du chef des Ijars pour vous donner ma réponse à une question que je me posais depuis votre arrivée parmi nous. J'ai une dette de sang envers vous, cependant j'avais promis la main de ma fille à Ronök. Comment faire pour agir justement envers vous deux ? ajouta-t-il d'un ton las. Le Mayntou l'a également soumis au même rituel que vous. Il a prononcé l'annulation de la promesse ! Manifestement, je m'étais trompé sur son compte, car il refuse de se plier à la décision du Mayntou en réclamant l'épreuve de dieu, continua-t-il en regardant du coin de l'œil le guerrier des Terres Dorées pour voir s'il suivait bien ses explications.

Marür conservait un visage indéchiffrable, attendant la suite.

— Vous devrez donc vous battre en combat singulier et le vainqueur obtiendra la main d'Yëwana. Acceptez-vous l'épreuve du dieu Jawaar? demanda-t-il enfin d'un ton neutre.

Marür avait réprimé tout sentiment sur son visage pour répondre d'un air détaché :

— Oui ! J'accepte l'épreuve du dieu Jawaar.

— L'épreuve aura lieu demain matin. Nous nous verrons au banquet, conclut le chef des Nagudas avant de repartir vers sa demeure.

Marür le suivit du regard, abasourdi par la nouvelle : la joie commençait à se frayer lentement un chemin dans son cœur.

Lors du banquet donné en l'honneur de la délégation venue du territoire des Ijars, Hôro annonça aux convives qu'ils assisteraient le lendemain matin à une épreuve de dieu. La stupeur avait saisi l'assistance, se demandant qui seraient les participants à cette cérémonie et quel en était le motif. Hôro les éclaira rapidement.

— Bienvenue à tous ! Ce banquet qui devait être une fête grandiose en l'honneur de nos visiteurs ijars sera écourté, car j'ai annulé tous les spectacles. Vous vous demandez évidemment pourquoi ? Demain matin, nous assisterons à un combat entre le capitaine Marür des Terres Dorées, le sauveur de la vie de notre Nahri, ma fille bien-aimée, et Ronök, à qui j'avais promis sa main. Et demain soir, nous fêterons le vainqueur dignement. Alors, ce n'est que partie remise ! dit-il d'un air faussement enjoué.

La pièce fut remplie d'un brouhaha. Chacun faisait ses commentaires. Puis, certains commencèrent à parier sur le vainqueur. Marür décida de regagner ses appartements dès son repas avalé en prenant congé de son hôte. Il s'était attendu à voir la jeune femme au banquet ; manifestement son père lui avait donné des consignes strictes. Il se languissait d'elle et le lendemain il devrait affronter le plus grand guerrier de cette terre. Personne n'était à ses côtés pour l'encourager.

Dans son lit, il ressassait sa rencontre avec Yëwana, leur périple, leur étreinte et les jours passés ensemble chez son peuple. Il devait se reposer sinon le lendemain il manquerait de vigilance dans le combat. Finalement, le sommeil vint le cueillir. Avant les premières lueurs de l'aube, un léger bruit le réveilla en sursaut. Il pensait toujours rêver, car Yëwana était près de son lit, lui souriant timidement. Elle leva sa main et la posa délicatement sur sa joue gauche. Marür sentit une chaleur brûlante se répandre très vite dans tout son corps. Ce n'était donc pas un rêve ! La jeune femme se tenait réellement à ses côtés. Il posa alors tout naturellement sa main gauche sur la sienne. Ils restèrent comme soudés à se regarder, là, dans la pénombre. Il voulut lui parler, mais elle posa un doigt sur ses lèvres. Puis, elle s'approcha lentement pour avancer les siennes près de son oreille :

— Vous êtes fou ! Pourquoi avez-vous accepté ? On ne compte plus le nombre de guerriers que Ronök a terrassés. Je préfère être sa femme plutôt que de vous savoir mort ou blessé gravement, dit-elle en sanglotant tout bas.

Marür sentait ses larmes mouiller son oreille. Il tendit le bras pour l'agripper et la faire basculer sur le lit. Là, il la tint très fort, au creux de ses bras musclés pour la réconforter, lui caressant doucement le dos. La chaleur qui avait commencé à se répandre dans tout le corps de Marür devenait un brasier. Il avait besoin d'étancher la soif qu'il avait d'elle. Ainsi, il tourna lentement sa tête rencontrant celle de la jeune femme. Leurs lèvres se cherchèrent instinctivement, leurs bouches s'entrouvrirent de façon urgente et leurs langues se trouvèrent enfin. Ils s'embrassaient avec passion, perdant leur souffle peu à peu. Puis, la tension se relâcha pour partager de nouveau la tendresse.

— Je n'ai pas l'intention de te laisser à un autre homme, la tutoyant-il naturellement. Jamais, tant que je serai en vie ! Je t'ai sauvée, tu m'appartiens désormais selon vos coutumes. C'est pourquoi ton dieu me désignera vainqueur de l'épreuve qui m'attend. Sois confiante, Yëwana ! Nous nous verrons après l'épreuve et nous resterons ensemble alors toute notre vie, lui murmura Marür avec ferveur à l'oreille.

Il se leva du lit entraînant la jeune femme avec lui. Il la serra une dernière fois très fort dans ses bras. Elle voulut parler, mais c'est lui qui cette fois-ci posa un doigt sur ses lèvres.

— Pars maintenant ! dit-il tout bas.

Sur le seuil de la pièce, elle souleva le lourd tissu, regardant à droite et à gauche avant de s'élancer dans le couloir. Marür s'allongea de nouveau sur son lit. Il se souvenait d'un autre matin, plusieurs lanns auparavant où un petit garçon rêvait d'entrer à l'académie des Harkinis. Aujourd'hui, ce petit garçon avait grandi, il était devenu un homme. Et pour la première fois de sa vie, il allait se battre en combat singulier pour une femme au mépris de ses coutumes. Cependant, le guerrier des Terres Dorées ne voyait pas les choses ainsi : il allait se battre pour la femme qui deviendrait son épouse, la mère de ses enfants. Jadis, il avait eu l'obligation de vaincre pour changer sa vie. Aujourd'hui, il en était de même !

*

Au réveil, Marür était très calme. On lui apporta une bassine d'eau pour faire une toilette rapide ; cela lui fit du bien de décontracter les muscles de son corps. Puis, il s'habilla soigneusement. Il revêtit son ensemble attestant son appartenance aux Sarkinis. Ensuite, il fit une courte prière à *Shê, l'Invisible*, lui demandant son soutien pour terrasser son adversaire et s'excusant par là même de son manque d'assiduité aux prières quotidiennes. Depuis qu'il était arrivé sur cette terre d'Incroyants, il s'était laissé détourner de ses premiers devoirs : prier son Dieu et respecter ses coutumes. Il avait failli à ces deux devoirs, mais il espérait que son Dieu lui pardonnerait, car sa foi était sincère. En sortant de ses appartements, deux gardes postés l'accompagnèrent dans l'espace commun. On lui apporta de quoi se restaurer. Il avala juste quelques bouchées afin de prendre des forces pour le combat difficile qui s'annonçait. Lorsqu'il eut terminé, on le fit attendre. Puis, deux autres gardes vinrent le chercher.

Le soleil n'était pas encore haut dans le ciel ; la chaleur demeurait, pour le moment, supportable. Pareillement à l'épreuve d'Yëwana quelques jours auparavant, il vit la foule qui formait un large cercle.

On lui fit signe de s'avancer pour se placer au centre comme la jeune femme quelques jours plus tôt. Il perçut un mouvement sur sa gauche, le chef des Ijars se dirigeait vers lui. Ils restèrent plantés là, tous les deux, plusieurs ménins, évitant de s'observer. Puis, le chef des Nagudas sortit de sa demeure, toujours accompagné de ses deux guerriers. De même que pour l'épreuve d'Yëwana, il fit un discours d'une voix claire et autoritaire. Il montra du doigt Marür qui reçut quelques clameurs et Ronök qui fut accueilli par une ovation de son escorte. Puis, pour terminer son discours, Hôro se tourna vers sa fille qui avait fait son apparition. Même sans parler le bénélo, n'importe qui aurait compris que deux hommes allaient s'affronter pour gagner la main de la jeune femme. Enfin, le Mayntou, qui apparut tout à coup, prononça également une phrase à voix haute, toujours en bénélo, en lançant une poudre en l'air.

L'épreuve pouvait maintenant commencer. Il s'agissait de vaincre l'adversaire à mains nues. Les deux guerriers se firent face : d'un côté, le soldat des Terres Dorées, de l'autre côté, le natif de la Terre des Chefs. Les deux hommes se dévisageaient attentivement. Puis, ils enlevèrent tous les deux leur haut en conservant leur bas. Le guerrier des Terres Dorées possédait un torse mince et musclé avec des bras bien proportionnés ; son pantalon orange laissait deviner des jambes également athlétiques. Quant au guerrier de la Terre des Chefs, il était vêtu de leur habit traditionnel, un minuscule tissu autour des hanches, exposant une musculature colossale.

Le combat démarra. Ronök semblait le favori incontestable en raison de son corps phénoménal. Marür apparaissait comme un jeune adolescent à ses côtés. Ils tournoyèrent en s'observant, les mains en l'air, tels des lutteurs cherchant à trouver la faille pour attaquer. Plusieurs fois, leurs mains se touchèrent, s'agrippèrent et se relâchèrent. Au bout de plusieurs ménins, Ronök réussit grâce à une feinte à prendre Marür par surprise. Il arriva près de ce dernier et se baissa rapidement pour se saisir de son bras droit dans une poigne de fer. Il réussit à se redresser tout en se déplaçant pour se positionner derrière. Il tirait le bras de Marür de plus en plus fort.

Ce dernier souffrait terriblement et cherchait à se dégager de cette prise terrible. Marür tenta de le faire à l'aide de son autre bras en donnant des coups de coude dans le flanc gauche de Ronök, cependant ce dernier lui agrippa l'autre bras également. Marür se trouvait à la limite du déboitement de son épaule gauche lorsqu'il réussit par un effort surhumain à se dégager en effectuant avec souplesse une roulade qui projeta Ronök à terre sur le dos. Pendant que le guerrier massif se relevait lentement, le guerrier plus agile et rapide massait son épaule. Ils engagèrent à nouveau le combat se précipitant l'un sur l'autre : délivrant des coups et les encaissant dans le ventre et le visage principalement. Tantôt déséquilibré, tantôt à terre, chaque protagoniste se relevait et continuait le combat. Les joues, les tempes, les lèvres, les bras étaient couverts de bleus; le sang perlait même de divers endroits de leurs corps. La cadence des coups ralentissait peu à peu. Malgré sa jeunesse, Marür semblait dépassé par le puissant guerrier plus âgé que lui. On sentait la fin du combat approcher et une défaite pour l'étranger qui tombait plus fréquemment. Puis, au moment du dernier coup fatal pour lui, Ronök, qui se trouvait face au soleil, fut ébloui par un rayon. Marür, très réactif, réalisa une prise savante avec ses jambes qui fit tomber lourdement le guerrier massif. Puis, il serra très fort ses jambes autour du cou du chef des Ijars l'étranglant lentement. Peu habitué au combat à terre, car d'habitude il terrassait rapidement ses adversaires grâce à sa puissance, Ronök semblait peu à l'aise. Sa défense était inefficace : il lançait ses longs bras musclés dans tous les sens, tentant de saisir un bout du corps de son adversaire; cependant ce dernier maintenait très fortement la pression.

Marür se demandait combien de temps il allait pouvoir tenir ainsi. Ses jambes fatiguées n'en pouvaient plus d'exercer une pression sur le puissant guerrier. Enfin, le Mayntou s'approcha des deux hommes et les observa quelques instants. Il eut un air satisfait, car il cria en souriant d'une voix claire :

— Marür *kobombe*.

Puis, il répéta une deuxième et une troisième fois en se tournant vers la foule.

— *Jawaar Ménane zemi Marür Kobombe* ! conclut-il.

Le chef des Nagudas se leva de son siège.

— Jawaar Ménane zemi Marür Kobombe ! reprit-il pour valider la décision du Mayntou.

Les Nagudas semblaient contents de la victoire du guerrier des Terres Dorées contrastant avec les visages défaits des Ijars, car leur chef n'avait jamais encore perdu un duel à ce jour. Les deux hommes se levèrent épuisés par ce combat féroce. L'un des guerriers ijars vint couvrir les épaules de son chef avec un grand tissu tandis que Hôro s'approcha de Marür pour le féliciter de sa victoire.

— Jawaar Ménane zemi Marür Kobombe ! Cela veut dire : *L'épreuve du dieu Jawaar a désigné Marür comme le vainqueur*. Tu es vainqueur ! dit-il en souriant, le serrant dans ses bras.

Aussitôt des chants s'élevèrent relatant les hauts faits héroïques de l'étranger. Il avait sauvé leur Nahri ; il avait vaincu Ronök. Des cris perçants accompagnaient les mélodies ; les Nagudas célébraient le nouveau membre de leur peuple. Marür avait du mal à contenir sa joie. Il chercha Yëwana du regard. Ils se regardèrent intensément. La jeune femme serait désormais sienne. Le destin les avait liés !

*

Dès la fin de l'épreuve, Yëwana avait de nouveau disparu. Marür avait hâte de la retrouver pour la serrer dans ses bras, mais le chef des Nagudas en avait encore décidé autrement. Il conseilla à Marür de se prélasser dans le bain réservé aux hommes près du lac. À son retour, un masseur attendait le guerrier devant sa chambre. Hôro l'avait envoyé pour soulager son corps broyé par les multiples contusions, bleus et blessures. Les remèdes avaient été préparés par leur Mayntou, le masseur se contentant de les appliquer sur son corps. Marür s'endormit sous les mains expertes. Quand il se réveilla quelques nars plus tard, il était revigoré. Les traces de son combat ainsi que la douleur avaient totalement disparu. Les spectacles supprimés la veille eurent lieu pour le banquet en l'honneur du vainqueur.

Hôro lui avait fait porter une nouvelle tenue nagudas :

le bas était un beau tissu brillant jaune vif s'arrêtant au-dessus des genoux, qu'il noua difficilement à la taille non sans appréhension ; le haut, une longue chemise d'un vert éclatant sans manches ouverte, dont les deux pans descendaient jusqu'aux genoux, laissait entrevoir une partie de son torse imberbe ; il y avait aussi des sandales en cuir marron. Honoré par le cadeau, Marür arriva fièrement au banquet. La foule bigarrée était encore plus nombreuse que la veille. Les Ijars, présents également, étaient facilement reconnaissables à leurs tenues ; ils ne portaient pas de chemise. La pièce respirait un parfum spécial relevé des senteurs des différents plats disposés sur les tables. On attendait l'arrivée du chef des Nagudas pour commencer le repas ; il vint, magnifiquement vêtu, s'asseoir à sa table. Il y convia le chef des Ijars qui était resté discret parmi les siens. Ce dernier habillé élégamment avec pour haut une petite fourrure blanche prit place à sa gauche. Puis, Hôro chercha des yeux Marür et lui ordonna également de venir s'installer, cette fois-ci à sa droite. Ensuite, il se leva pour faire un discours en tenant devant lui un gobelet en cuivre.

— Chef Ronök, vous étiez venu pour sceller notre alliance par vos noces avec ma fille. Le dieu Jawaar en a décidé autrement. On ne peut se battre contre les dieux en espérant la victoire. Aussi, je ne peux que vous offrir désormais mon amitié très sincère. En attendant, vous et votre escorte êtes les bienvenus chez nous, déclara-t-il d'un ton amical en se tournant vers son invité.

— Capitaine Marür, le dieu Jawaar vous a désigné vainqueur de l'épreuve de dieu en terrassant un adversaire réputé invincible. La vie de ma fille, Yëwana, notre Nahri, vous appartient dorénavant, dit le chef des Nagudas solennellement, pivotant ensuite vers le vainqueur.

Leur hôte traduisait chaque phrase en fadari.

— Prends soin d'elle comme elle a pris soin de son peuple ! insista-t-il tout bas, uniquement à l'adresse du jeune homme.

— Buvons aux dieux qui savent ce qu'ils font, même si nous, nous l'ignorons encore, termina-t-il d'un air absent pour le reste de la salle.

Marür avala un liquide doux comme celui qu'il avait bu chez les Tembas, soulagé de ne pas enfreindre les lois et coutumes de son peuple. C'est à ce moment-là qu'Yëwana entra dans la pièce. C'était une apparition : des tissus soyeux de couleur or et argent enveloppaient son corps mince. Ses longues tresses avaient été repliées au sommet de sa tête dans une coiffure savante laissant apparaître un cou ravissant. Elle avançait avec grâce d'un pas souple ; son visage était serein, un léger sourire aux coins des lèvres. La jeune femme se tenait bien droite, le Mayntou à ses côtés, devant la table d'honneur où se trouvaient les trois hommes. Le chef des Nagudas fit signe à Marür de contourner la table pour se poster à côté de sa fille ; il se leva également. Selon leurs coutumes, ils se placèrent ainsi : l'homme et la femme, face à face, le chef et le Mayntou face à face également ayant chacun un gobelet dans une main.

— Moi, Hôro, chef des Nagudas, devant vous tous, je donne ma fille Yëwana, notre Nahri, comme épouse au capitaine Marür des Terres Dorées selon la volonté du dieu Jawaar, effaçant ainsi la dette de sang contractée envers l'étranger, déclara-t-il d'un ton solennel en bénélo, puis en fadari pour Marür.

Marür n'avait pas été prévenu de son mariage immédiat. Il faillit éclater de joie.

Le Mayntou transmit un gobelet à Yëwana qui but une gorgée, puis le tendit à Marür qui fit de même. Le breuvage avait un goût amer, une coutume des Nagudas, signifiant qu'ils tournaient le dos au passé. Puis, le chef des Nagudas présenta un autre gobelet à sa fille, qu'elle tendit également à Marür. En revanche, cette fois-ci, le breuvage était délicieusement sucré : une promesse d'avenir.

Aux cris d'allégresse et autres manifestations enjouées, Marür comprit qu'il avait uni son destin à la jeune femme ou plutôt que les dieux lui avaient fait un cadeau inestimable : Yëwana !

— Maintenant, place à la fête, aux spectacles ! annonça le chef des Nagudas.

Les époux furent installés à la table d'honneur, celle du chef.

Dès qu'ils furent assis, Ronök se leva brusquement.

— Avant le début des festivités, je tiens à dire que le capitaine Marür est un formidable adversaire. C'est la première fois que je suis battu et j'y vois dorénavant la main du dieu Jawaar. Moi, Ronök, chef des Ijars, je fais donc le serment, aujourd'hui, de toujours me tenir à ses côtés pour combattre ses ennemis, dit-il en levant son verre avant de le boire à la santé des nouveaux mariés.

— *Misimba*, dit Marür timidement en bénélo pour le remercier.

De nouveaux cris de joie remplirent la salle. Des jongleurs, acrobates et musiciens envahirent alors la pièce.

Les deux époux mangeaient peu attendant un délai raisonnable pour se retirer.

*

Enfin, ils prirent congé. Yëwana entraîna son époux sous les plaisanteries bon enfant des convives. Ils marchèrent plusieurs mabs sous une lune très lumineuse, toutefois Yëwana tenait une torche à la main. Elle s'arrêta devant une petite maison en terre cuite, un peu plus grande que celle du Mayntou.

— C'est le Bengeye, la maison des nuits de noces, dit-elle d'un ton gêné.

Des servantes avaient passé toute la journée à l'aménager pendant que la jeune femme se reposait afin d'être en forme pour sa nuit nuptiale. Ils entrèrent avec précaution. On avait laissé des torches allumées. Marür regarda à peine la pièce principale, son regard était focalisé sur le rideau au fond de la maison. Il s'y dirigea doucement en tenant son épouse par la main. Une fois qu'ils se trouvèrent devant, il souleva le lourd tissu et poussa avec délicatesse sa femme à l'intérieur. Marür regardait Yëwana. Yëwana regardait Marür. Ils contemplèrent tous les deux le lit bas immense en bois qui attendait leurs ébats. Puis, ils se dévorèrent des yeux. Le désir se réveilla dans leurs corps. Marür retira sa main de celle de son épouse pour commencer à caresser son bras, puis sa main remonta jusqu'à son cou.

En un geste tendre, il exerça une légère pression pour la plaquer contre lui. Puis, il l'enserra dans ses bras puissants. Yëwana se mit à caresser le dos de son époux. Mues par une volonté propre, leurs lèvres se cherchèrent avidement, leurs langues prenaient le temps d'explorer leurs bouches avec gourmandise. Une chaleur brûlante prenait peu à peu possession de leurs corps. Ils avaient chaud. Marür commença à déshabiller son épouse qui en fit de même.

Debout, totalement nus, leurs corps soudés l'un à l'autre, ils continuaient de se prodiguer des caresses qui augmentaient leur désir. Yëwana était sur le point de défaillir, ses jambes ne la portaient plus. Marür l'allongea alors sur le lit. Au lieu de reprendre possession de sa bouche, il parcourut lentement son corps de ses lèvres douces. Il commença par la pointe de son pied jusqu'à l'intérieur de sa cuisse. Il hésita un instant puis remonta directement de son ventre à sa poitrine. Il abandonna les petits baisers rapides pour embrasser goulument ses tétons en passant avec une rapidité incroyable de l'un à l'autre.

Puis, il en abandonna un pour le caresser avec sa main. Il entendait sa femme soupirer sous cette torture de plaisir. Elle essayait de se rapprocher de plus en plus de lui, ses jambes se tordant dans tous les sens. Quand il la sentit prête, il descendit vers son intimité pour la goûter également. Yëwana sentait des lèvres l'embrasser lui procurant un plaisir immense dans le bas du ventre, puis son époux remplaça sa bouche par son doigt qu'il fit entrer délicatement en elle tout en saisissant sa bouche avec avidité. Il plongea sa langue tout en enfonçant son doigt. La jeune épousée sentait peu à peu une tension prendre possession de son corps, livré à un supplice insoutenable. La sentant totalement offerte à lui, Marür retira son doigt et se redressa pour la pénétrer.

D'abord délicatement, il sentit une mince membrane qui le bloquait, et d'un coup de rein il s'enfonça plus loin en elle. Il resta quelques instants, immobile, laissant le corps de sa femme s'habituer au sien. Puis, ne pouvant tenir plus longtemps, son corps se mit à bouger, d'abord tout doucement puis de plus en plus vite dans des va-et-vient incessants.

La petite pointe de douleur qu'Yëwana avait ressentie se transforma en un désir intense, la brûlant entièrement. Quand il la sentit bien humide, il s'allongea alors de tout son corps sur elle. Elle put ainsi lui rendre caresse pour caresse, soupir pour soupir, baiser pour baiser. Ils haletaient tous les deux, ils avaient du mal à respirer sous leur passion dévorante. Puis, tout à coup, leurs corps furent libérés de cette délicieuse torture : leurs sens apaisés pour le moment. Épuisés par leurs ébats, ils s'endormirent, Marür serrant sa femme tout contre lui. Et avant de sombrer, il se dit que jamais dans ses rêves les plus fous, depuis qu'il l'avait vue pour la première fois, il n'aurait osé espérer qu'Yëwana deviendrait sa femme. Pour quelle raison les dieux lui avaient-ils fait un tel cadeau ? Y aurait-il un prix à payer pour un tel bonheur ?

XII - La conquête du Nord

Un départ mouvementé

Zoltanör regagna son bureau au rez-de-chaussée de sa demeure, près de sa salle d'entraînement. On avait tenté de l'éliminer ! Il était debout et marchait de long en large dans la pièce, ne réussissant pas à calmer sa colère. C'était un miracle que la tentative ait avorté ! Il y voyait, là, la main de *l'Invisible*. Oui, *Shê*, son Dieu, le protégeait. En quittant le banquet, le Sahrfir avait demandé à un garde qui se tenait debout dans le couloir de lui rapporter son livre de prières qu'il avait oublié sur la table d'honneur. L'homme était resté littéralement cloué sur place en bafouillant des mots incompréhensibles. Alerté par ce comportement inhabituel chez un garde de son Däg-Chem, le Sahrfir avait feint d'être satisfait en continuant tranquillement son chemin. Quelques ménins plus tard, des soldats étaient venus se saisir du misérable. Par conséquent, le Sahrfir l'avait fait appeler et lui avait résumé la situation. Zoltanör avait alors pris les choses en main, traitant ainsi l'incident avec la plus grande discrétion.

En premier lieu, il avait donné des ordres pour ne pas prévenir les autres convives. Aussi, il était retourné dans la salle du banquet en prétextant avec un large sourire une affaire urgente à régler avant leur départ du lendemain et assurant son retour rapide. En second lieu, il avait demandé au capitaine Lahär de rassembler une troupe afin de débusquer les autres traîtres encore présents. Soucieux de ne pas alerter les conspirateurs, Zoltanör avait emmené discrètement le faux garde dans son bureau. Le Sahrfir et un petit groupe, conduit par Lahär, lui avaient emboîté le pas.

Grâce à leur Sahrfir, dont le regard pouvait contraindre les esprits faibles, le traître leur avait avoué toute la vérité. Il les avait renseignés sur leur objectif, sur le nombre de personnes concernées et surtout sur leurs positions à l'heure où il parlait. Zoltanör avait donné des directives pour arrêter tous ces scélérats. Ensuite, ne voulant prendre aucun risque, il avait raccompagné le Sahrfir jusqu'à sa litière et lui avait affecté une unité complète pour rentrer chez lui. Il avait donné également des instructions pour mettre rapidement ses épouses et ses enfants à l'abri. Pourquoi avait-il privilégié sa nouvelle épouse ? Enfin, il avait décidé de tendre un piège à ses assassins. Après un combat singulier difficile contre deux adversaires aguerris, il les avait vaincus.

Zoltanör était toujours en colère en repensant aux évènements de cette soirée. Il était stupéfait. Un groupe insignifiant de rebelles, les Membelkil, œuvrait depuis des lanns dans l'ombre, dans leur cité sainte ! Ils renseignaient les soldats des Terres Neuves, ce peuple de chiens sans laisse qui avait osé envoyer une troupe de soldats pour l'éliminer. Comment avaient-ils eu l'audace de s'introduire dans ses appartements ? Et si son épouse avait été présente, elle aurait pu perdre son fils. Jamais il n'oublierait cet outrage ! Ils le lui paieraient très cher. Sa vengeance serait terrible contre les Terres Neuves. En attendant, il avait fait arrêter presque tous les protagonistes de cette tentative avortée : ils les avaient torturés, non seulement pour obtenir des informations, mais également pour leur prouver sa toute-puissance. Cependant, ils n'avaient guère obtenu de renseignements supplémentaires que ceux déjà délivrés par le faux garde. En effet, les deux hommes qui auraient pu lui apprendre des choses plus intéressantes avaient préféré mourir : le grand guerrier des Terres Dorées et le soldat valeureux des Terres Neuves. Il était tout de même admiratif du courage et de la détermination de ce soldat. D'ailleurs, il serait sûrement élevé au rang de héros ou de martyr de son peuple. Il se souvenait de son nom : le commandant Reyken ! Il monta à l'étage pour aller se coucher. Il se dirigea vers la chambre de son épouse, c'était la deuxième fois seulement.

Il ne voulait pas regagner ses appartements tant qu'on n'aurait pas purifié l'air de la souillure des Incroyants. Il avait demandé au Hafir de sa maison de s'en charger en son absence. L'incident avait balayé sa tranquillité d'esprit. Il n'avait pas prévu de partager la couche de sa femme compte tenu de son léger malaise avant le banquet, évitant ainsi tout risque pour l'enfant qu'elle portait. Toutefois, son inquiétude pour elle, son combat et sa colère avaient créé une tension dans son corps dont il ne parvenait pas à se défaire. C'était aussi sa dernière nuit avec elle avant plusieurs semas. Il changea donc d'avis. Il eut une idée pour évacuer cette tension. Il ne tint pas compte des sentiments de son épouse ; elle était là pour satisfaire ses moindres désirs. Quand il pénétra dans sa chambre, des petites flammes terminaient leur danse dans la cheminée. Malgré ce faible halo doré, il aperçut son épouse allongée. Elle semblait dormir profondément. Sans un mot, il s'approcha du lit beaucoup moins vaste que le sien et la secoua par l'épaule. Doucement, il n'obtint aucune réponse ; plus vigoureusement, elle ouvrit ses immenses yeux lumineux.

Il tira le drap et la couverture pour la sortir du lit et l'installer par terre à genoux telle une esclave, même si, par une délicate attention, il y avait disposé préalablement des coussins épais afin d'atténuer une position aussi inconfortable. À moitié endormie, Eiinis ne résista pas. Après avoir ôté ses caleçons, il se plaça à son tour, nu, au bord de la couche. Il saisit alors brusquement son visage et le maintint fermement tout proche de son intimité. Puis, il lui ordonna d'ouvrir la bouche. Elle le fit sans rien dire avec tout de même une certaine hésitation. Il lui donnait des directives de plus en plus précises, émettant des petits grognements de satisfaction. Et au fur et à mesure que le rythme des va-et-vient s'accélérait, des sensations inimaginables l'envahissaient peu à peu. Son corps s'embrasait de toute part, mais il en voulait encore plus, toujours plus. Aussi, il libéra l'une de ses mains et d'un geste sec déchira le haut de la chemise de nuit offrant à ses yeux dévorés de désir une poitrine généreuse. Il saisit à pleine main un sein, frottant dessus sa large paume sans ménagement pendant que la bouche délicieuse de la jeune femme continuait le travail exigé.

Il sentait son sang bouillir dans tout son corps. Quand il s'empara d'un téton rosé, son excitation avait atteint son paroxysme. Sa respiration devenait sifflante, la transpiration perlait sur son front large. Soudainement, ses muscles contractés se relâchèrent, son corps fut projeté en arrière sous le plaisir inouï qui s'y répandit. Il libéra alors le visage emprisonné et se laissa tomber sur le dos. Une fois comblé, il se souvint alors de son état. Contrastant avec son indélicatesse précédente, il releva tout doucement la jeune femme et l'allongea auprès de lui en l'enveloppant dans ses bras puissants. Cependant, il ne s'endormit pas tout de suite. En effet, la culpabilité l'envahit insidieusement. Il n'était pas très fier de lui. Connaissant déjà très bien son épouse, il se doutait bien qu'Eiinis s'était sentie humiliée. Mais pourquoi ne l'avait-elle pas arrêté ? Pourtant depuis son retour de la campagne du Sud, il avait réussi à dominer son caractère violent et la traitait avec prévenance.

De son côté, Eiinis avait aussi des difficultés à trouver le sommeil. Elle était choquée ! Elle ne savait même pas que ce genre de choses pouvait exister. Jamais son ancien époux, qui n'avait guère été un tendre, ne l'avait traitée de cette façon. Elle avait failli s'évanouir plus d'une fois pendant cet acte horrible. Coincée dans cette position, elle s'était sentie avilie. Jamais elle n'oublierait ce qu'elle venait de subir ! Ce monstre ne lui épargnerait décidément rien. Il exigeait son désir tout en se comportant, en définitive, pire qu'un animal. Après les viols répétés, une grossesse non désirée, il lui faisait maintenant subir ses dépravations sexuelles. Elle n'en pouvait plus. Cependant, elle se fit le serment de lui faire payer le tout au centuple un jour ! Oui, un jour prochain, la haine embrasant ses beaux yeux bleus brillant dans l'obscurité.

*

Le matin, Zoltanör se réveilla très tôt pour terminer les derniers préparatifs avant son départ. Il veilla d'abord à la sécurité de sa famille. D'habitude, c'était Marür qui s'en occupait et il avait encore du mal à se décharger sur Lahär. Il demanda des troupes pour renforcer non seulement la garde de sa demeure, mais également celle du Sahrfir. Deux unités y furent affectées respectivement pour les deux résidences.

Zoltanör donna également des instructions pour le bien-être de sa nouvelle épouse, le médecin devait systématiquement passer tous les jours pour vérifier son état de santé jusqu'à son retour. Avec toutes ces directives, sa demeure prenait des allures de camp retranché. Désormais, il y avait un nombre réduit de serviteurs, identifiés et contrôlés en permanence. En cas d'erreur, le responsable savait qu'il risquait tout simplement sa vie. Puis, il convoqua une rapide réunion pour faire part de l'incident de la veille. Les neuf commandants de son armée furent mécontents de ne pas avoir pris part à la chasse aux traîtres :

— Däg-Chem, pourquoi nous avez-vous laissés dans l'ignorance hier soir au banquet ? Vous avez couru un danger en affrontant ces deux guerriers venus pour vous tuer et nous ne le savions pas, profitant innocemment du banquet ! dit l'un d'eux exprimant l'opinion générale.

— On m'a attaqué chez moi ! On a menacé ma famille ! C'était à moi et à personne d'autre de leur faire comprendre leur erreur. Trois combattants ont réussi à s'enfuir. Ils pourront dire à leurs commanditaires que Zoltanör, le Däg-Chem des Sarkinis, ne craint personne et n'a pas besoin de ses commandants pour se défendre ! Ils y réfléchiront à deux fois, non seulement pour une nouvelle tentative, mais pour nous combattre également, riposta Zoltanör d'un air courroucé. Ils pourront également clamer partout que le Däg-Chem des Sarkinis est protégé par l'*Invisible,* le seul et véritable Dieu !

Ses hommes étaient impressionnés par la protection dont disposait leur Däg-Chem. *Shê, l'Invisible* avait averti le Sahrfir ; lui-même avait alerté Zoltanör qui avait vaincu ses ennemis. Ce dernier était sans conteste béni de Dieu. Personne ne pouvait l'atteindre, car *l'Invisible* l'avait choisi comme instrument pour réaliser le Shakkar. C'était la raison pour laquelle leurs ennemis avaient tenté de l'éliminer. Dans l'immédiat, les Sarkinis allaient le suivre dans une nouvelle campagne militaire dont leur armée sortirait victorieuse.

— Que fait-on Däg-Chem pour le reste des traîtres ? questionna l'un des commandants.

Après une brève pause, Zoltanör termina d'une voix autoritaire :

— Rien. Laissons-les croire qu'ils n'ont plus rien à craindre. Je m'occuperai personnellement de ce groupe de traîtres à mon retour. Je ne souhaite pas prendre du retard dans nos plans. Nous partons donc comme prévu cet après-midi. Alors, ne tardons plus pour les derniers préparatifs.

Enfin, il se prépara dans son bureau pour son voyage, évitant soigneusement les appartements de sa nouvelle épouse, fuyant ainsi des regards certainement très durs en guise d'au revoir. Il espérait que les semas de séparation viendraient à bout de sa rancune. Aussi, il demanda qu'on lui descendît son armure. Lahär l'aida à l'enfiler, puis donna des instructions pour transporter ses affaires dans les chariots. Quand tout fut prêt, Zoltanör et son escorte rejoignirent l'armée sur la Grande place. Ils attendirent tous l'apparition de leur guide spirituel, l'intermédiaire entre leur Dieu et eux. En effet, c'était à travers la bouche du Sahrfir que *Shê* leur donnait leurs ordres.

Soudain, ils le virent sur le *Bêchyar*. Zoltanör était au pied des marches, juché sur son fidèle cheval blanc. Le Sahrfir était seul tout en haut du grand escalier dans sa tenue habituelle, un nelaj orange satiné. Le vêtement absorbait les rayons du soleil, déjà très haut dans le ciel, et renvoyait des éclairs brillants jusque dans le public. *L'Invisible* semblait l'habiter. L'armée occupait la totalité du lieu dont la capacité ne suffisait pas puisque certains soldats se tenaient également dans les rues adjacentes. Se pressant les uns contre les autres, la population tentait d'apercevoir leurs guerriers. C'était le même engouement que lors du retour de la conquête du sud, ces derniers avaient été accueillis avec un enthousiasme identique. Ce jour-là, le Sahrfir avait entériné le port de la quatrième tresse dans les cheveux des Sarkinis, témoignant ainsi de leur domination sur quatre peuples des Terres Dorées.

Pour le moment, le Sahrfir se tenait immobile attendant le silence. Son autorité était impressionnante, car dès qu'il apparaissait les gens se taisaient naturellement pour l'écouter parler. Ainsi, peu à peu, le silence s'installa.

Le Sahrfir prit alors la parole :

— Fils de *l'Invisible*, regardez vos Sarkinis, notre armée, qui s'apprêtent à repartir, cette fois-ci dans le nord pour continuer d'accomplir les desseins de *Shê* : le Shakkar ! Comme pour le centre et le sud, nous triompherons dans le nord ! Mais, restons vigilants pour notre mission, car nos ennemis veulent nous empêcher d'accomplir la volonté de Dieu. Mais, ils ne réussiront pas, car nous sommes les plus forts. Pourquoi, Fils de *l'Invisible* ? Tout simplement parce que c'est *Shê*, le seul vrai Dieu qui guide notre destin, celui du peuple élu !

Il ajouta après une brève pause :

— Vous voyez, Sarkinis. Rien ne peut nous arrêter ! *Shê* nous accompagne à chaque instant de notre route, celle de la victoire. Yori !

Puis, il leva les deux bras vers le ciel avant de les diriger tendus, paumes vers le bas, en signe de protection divine pour l'armée.

— *Shê,* protège tes fils qui vont accomplir ta volonté ! conclut-il toujours avec la même ferveur dans la voix.

— Yori ! Yori ! Yori !

La Grande place résonnait de toute part des mêmes cris. Puis, le silence revint après plusieurs ménins.

— Melkamat Sarkinis ! lança le Sahrfir dans un grondement comme si sa voix naturelle avait été amplifiée par celle de leur Dieu.

— Melkamat ! répondirent-ils tous avec les yeux emplis d'une lueur fanatique comme hypnotisés.

Les Sarkinis étaient prêts à poursuivre leur destin : le Shakkar.

Le siège de Nahmara

L'armée s'était mise en route vers Nahmara, la cité des Batürs. Contrairement au sud, qui déclinait une variété de paysages, la route pour atteindre les cités du nord ne proposait qu'un seul et même horizon : un océan de sable qui s'étendait à perte de vue. Par conséquent, la voie était éprouvante pour les chariots qui s'enlisaient régulièrement sous le poids du ravitaillement et pour les hommes qui devaient tenir des nars à cheval ou marcher sous un soleil de plomb. Comme d'habitude, toute une population non combattante les accompagnait pour les servir dans divers domaines. Dans ce désert de sable vivaient quelques groupes d'hommes isolés. Ils avaient creusé des puits pour y conserver l'eau et avaient fait pousser des cultures pour survivre. Ils possédaient du bétail même s'ils se nourrissaient également d'animaux sauvages. En explorant cet immense territoire depuis plusieurs lanns en vue du Shakkar, les éclaireurs Sarkinis avaient dressé une carte très précise de ses différents points d'eau. Par ailleurs, les académies militaires des Sarkinis avaient accueilli bon nombre de recrues de toutes les Terres Dorées y compris de jeunes gens venant de cette région qui leur avaient fourni des informations très précieuses. Ces derniers étaient donc devenus des Fils de *l'Invisible*. Ils avaient tourné le dos à leur ancien peuple, à leurs anciennes croyances, pour embrasser la foi en *l'Invisible* et devenir un jour des Sarkinis. À leurs yeux, les royaumes des Terres Dorées étaient corrompus et avaient amené les peuples à leur perte. Seuls les Fils de *l'Invisible* étaient sincères dans leur foi, c'est pourquoi ils étaient le peuple de *Shê*, le seul et véritable Dieu, accordant la victoire de la *Bannière blanche* à un futur Sarkinis. Par conséquent, ces recrues n'avaient aucun scrupule à attaquer leurs anciennes cités.

L'armée avançait lentement sur cette route ardue. Grâce à l'identification de ces différents puits, indispensables pour leur campagne, le trajet fut supportable malgré une grosse tempête de sable dans les environs des *monts du Chaos*, responsable de la perte de quelques chariots et chevaux.

Lors de leur passage, les quelques tribus indépendantes, vivant dans cet espace isolé et rude, les accueillirent avec courtoisie. En retour, le chef des Sarkinis les obligea à se convertir à *l'Invisible* au nom du Shakkar ; la moindre parcelle des Terres Dorées devant prendre *Shê* pour Dieu. Effrayées par ces milliers d'hommes qui partaient en guerre, ces tribus acceptèrent avec plus ou moins de sincérité. Au bout de deux semas de voyage, les Sarkinis arrivèrent aux environs de Nahmara. Comme les autres cités des Terres Dorées, elle avait été bâtie près d'un lac qui servait à approvisionner la cité en eau. Nahmara était la plus ancienne cité des Terres Dorées. Le peuple qui l'avait construite, les Batürs, était le spécialiste des constructions. Dans la forêt de Mara, juste derrière leur lac, les Batürs avaient découvert une grande carrière. Après la mise au point d'une technique savante, ils avaient prélevé d'énormes blocs de pierre pour construire toute leur cité. Craignant les invasions des autres peuples venus de la mer comme de la terre, ils avaient érigé, par la suite, une enceinte haute et épaisse qui devait empêcher toute attaque. Cependant, lors de la *Guerre des Deux Terres*, l'enceinte n'avait guère résisté, subissant une invasion conjointe depuis la mer et la terre. Par conséquent, la cité fut détruite comme toutes celles des Terres Dorées. Et lorsqu'elle fut ensuite reconstruite, elle le fut bien évidemment avec beaucoup plus d'inventivité. Les Batürs avaient donc renforcé leur mur d'enceinte, il était beaucoup plus épais qu'à l'origine. Ils y avaient également ajouté de nombreuses modifications dans la défense. Ils ne devaient plus craindre de défaite. Zoltanör s'attendait donc à un siège difficile.

En fin d'après-midi, les différents campements furent installés selon leur rigueur habituelle. Malgré leur épuisement dû à ses quatorze jours consécutifs de voyage à travers des collines de sable, Zoltanör envoya quérir les commandants de son armée pour une réunion. Ils arrivèrent très rapidement dans sa tente, toujours aménagée de la même façon : une partie privée cachée derrière un épais rideau blanc et une partie publique dans laquelle ils étaient tous rassemblés. Comme d'habitude, dans ces occasions, il se tenait à côté de la table dressée en son centre, sur un épais tapis sombre, non loin de son fauteuil.

— Messieurs ! dit-il d'un ton sec en guise de salutations, les deux mains posées sur sa fameuse table, les regardant les uns après les autres. Alors, comment allons-nous prendre cette cité ? Avez-vous eu le temps de vous décider parmi les plans fort ingénieux proposés lors de notre dernière réunion avant notre départ ? ajouta-t-il d'un ton narquois.

Le silence régnait. Les commandants se regardaient tous du coin de l'œil.

— Pourquoi jamais l'un d'entre vous ne peut-il prendre ses responsabilités ou faire preuve d'initiative véritable ? Certes, vous êtes de très bons meneurs d'hommes, toutefois ce qui manque cruellement dans notre armée, ce sont des stratèges ! Et les guerres se gagnent et se perdent beaucoup plus grâce à des stratégies que par le nombre, nul doute important, de combattants ! tonna-t-il en tapant sur la table où se trouvait la carte de la cité.

Puis, il les fixa tous à tour de rôle.

— Comme vous le savez, Nahmara possède une enceinte fortifiée renforcée. Pendant que vous tergiversiez sur le plan à adopter, j'avais ordonné, il y a quelque temps déjà, à nos espions de rechercher les artisans qui avaient travaillé sur les fortifications de la cité. Ils ont retrouvé le chef du chantier, un certain Salag, dit-il d'un ton radouci.

Ses commandants regardaient leur Däg-Chem avec résignation. Leur commandant suprême était non seulement un meneur d'hommes extraordinaire, mais également un fin stratège. Souvent, ils pensaient que *l'Invisible* lui murmurait ses plans à l'oreille ou les lui envoyait par rêves. Depuis la victoire de la *Bannière blanche* lorsqu'il était un jeune homme, il n'avait point perdu de bataille. Par ailleurs, ce n'était pas la première fois qu'il leur communiquait les informations tardivement, car il pensait que les renseignements stratégiques de bataille étaient des trésors à ne pas divulguer par imprudence. C'était pourquoi, obnubilé par la sécurité, leur Däg-Chem dévoilait toujours ses plans militaires au dernier moment. Il expliqua donc longuement le plan qu'il avait imaginé à l'aide de la carte de la cité et de ses habituelles figurines en bois.

Les commandants posèrent des questions pour plus de précisions auxquelles il répondait minutieusement pour être certain qu'il n'y aurait pas d'erreurs lors des manœuvres. Puis, ils se séparèrent dans la soirée.

Quand Zoltanör se réveilla le lendemain, c'était l'aurore. Le soleil s'élevait tout doucement dans le ciel. Il sortit de sa tente faisant quelques pas pour respirer l'air frais avant que la chaleur n'envahît l'atmosphère. Il porta son regard au loin vers l'enceinte de la cité qu'il venait conquérir au nom de son Dieu. Il suivit des yeux la course du soleil qui passa au-dessus de l'enceinte l'éclairant de mille feux tel un joyau à saisir. Lorsqu'il rentra sous sa tente, Lahär avait fait le nécessaire : une grande bassine l'attendait pour ses ablutions. Puis, il fit une prière à *l'Invisible* pour lui demander d'être digne de lui en lui accordant la victoire sur leurs ennemis. Il devait préparer une nouvelle bataille, enfin, cette fois-ci, plutôt le siège d'une cité !

*

Dans la matinée, Zoltanör supervisa le déploiement de son armée. Depuis la prise d'Akméra, ses ennemis savaient qu'il disposait de dix mille hommes. Cependant, lors de la prise de Tanéla, la cité des Tanhoïs, de nombreux guerriers étaient morts. Malgré leurs pertes, l'armée comptait au moins douze mille hommes. Dans le plus grand secret, les Sarkinis avaient recueilli des déserteurs de leurs armées ennemies et certains qui s'étaient rendus. Une fois convertis, ils les avaient incorporés. Et depuis plusieurs semas, ces recrues avaient subi un entraînement intensif afin d'être prêtes pour la campagne du nord. Même s'ils étaient d'anciens soldats, ils devaient se familiariser à la fois avec un nouveau commandant ainsi que de nouvelles techniques de combat. D'ailleurs, le plan de Zoltanör reposait principalement sur ces nouveaux éléments. Il avait prévu de diviser son armée en trois bataillons pour encercler tous les côtés de la cité ; le quatrième donnait sur un lac. C'était pourquoi il avait réparti ses forces de la façon suivante : au nord, il avait décidé d'affecter ses meilleurs éléments pour faire une brèche rapide ; le sud était sa pièce maîtresse, car des artisans principalement et des soldats dédiés au matériel militaire devaient s'activer pour creuser le sol et atteindre les renforcements du mur pour l'ébranler. Cependant, afin de ne pas éveiller les soupçons des Batürs, il devait laisser le plus gros de ses troupes, dont les incorporés récents, devant l'entrée ouest de la cité ; c'était la feinte d'un long siège. En effet, le mur ouest avec sa double épaisseur offrait à Nahmara une protection quasi infaillible. Malgré les six tours d'assaut, les catapultes et les béliers dont disposaient les Sarkinis, une prise directe de la cité par ce mur d'enceinte était irréalisable.

Au coucher du soleil, Nahmara était encerclée : trois férils au nord, trois férils au sud et six férils à l'ouest, gonflées des nouvelles recrues ; deux narils étaient également déployés tout autour du lac pour empêcher quiconque d'entrer ou de sortir de la cité par cette voie. La plaine était noyée d'hommes et de matériel de combat. Une destruction indéniable s'annonçait pour la cité. Cependant, leurs défenseurs ne semblaient guère y croire, car le nombre de gardes qu'on apercevait sur les hautes murailles était resté identique malgré l'impressionnant déploiement de forces au pied de la cité. Apparemment, ils avaient une confiance indéfectible en leur enceinte jugée indestructible. Le montage des tours d'assaut, à cinq mabas à l'ouest de la cité, avait pris plus de temps que d'habitude, car on avait confié cette tâche aux novices moins compétents afin de ralentir délibérément le travail. Concernant les férils du nord et du sud, ils semblaient avoir hérité des soldats les moins compétents. En effet, au bout d'une longue sema, les trois tours d'assaut de l'ouest se dressaient fièrement tandis que les deux du nord étaient arrivées à la moitié de leur assemblage. Quant à l'unique tour du sud, elle était encore allongée, indolente dans la plaine sèche. En revanche, en dessous d'elle, c'était une tout autre vision : cela grouillait d'artisans et de soldats creusant jour et nuit pour réaliser le premier tunnel.

Le huitième jour, les Nahmariens, sur leurs hautes murailles, virent deux détachements quitter l'armée principale. Un petit groupe se dirigea vers le bataillon du nord, un plus gros vers celui du sud. Pendant plusieurs jours, le travail sembla s'accélérer. Les Nahmariens continuaient à surveiller les Sarkinis. Ils constataient un bon nombre de personnes qui s'affairaient autour des tours.

Au fil des jours, leur assemblage prenait forme. Au nord, il fallut encore trois jours pour finir de dresser les deux hautes constructions en bois qui attendaient dorénavant l'ordre d'assaut. Par contre, au sud, on avait démarré ce qui ressemblait à la fabrication d'une nouvelle colonne verticale tandis que la première s'élevait à moitié. Cependant, sous cette deuxième fausse tour en construction, on avait démarré un deuxième tunnel. Pendant ce temps-là, devant le mur ouest, les soldats s'entraînaient quotidiennement de l'aube au coucher du soleil : des cris et des bruits d'armes en fer ébranlaient régulièrement le silence de la plaine qui semblait attendre une tragédie inéluctable. D'autres allaient à la chasse, chaque jour, dans la forêt proche pour faire des réserves de nourriture afin de compléter leur ravitaillement, ne sachant combien de temps le siège durerait. Les Sarkinis semblaient s'installer pour longtemps. D'ailleurs, ils transformaient peu à peu certaines tentes de leurs campements en abri en bois.

Trois semas après leur arrivée, les hostilités furent enfin déclarées. Zoltanör qui supervisait les tunnels qu'on creusait pour accéder aux piliers de renforcement du mur sud, revint en toute discrétion dans le campement principal. Il portait une tenue différente de son accoutrement habituel, déjouant ainsi la vigilance des Nahmariens.

Selon la tradition sur les Terres Dorées, un guelfoï fut envoyé à la porte d'entrée de la cité afin de réclamer sa reddition. Du haut des imposantes murailles, sans attendre les conditions, une voix forte et grave répondit que les Nahmariens n'avaient aucune intention de se soumettre.

— Il gèlera dans cette plaine avant que nous vous ouvrions les portes de notre cité. Nous ne nous soumettrons jamais à un peuple qui adore un faux dieu ! exprima fortement la même voix.

Le guelfoï revint très vite transmettre la réponse à son Däg-Chem : Nahmara refusait de se rendre. Zoltanör ne fut pas surpris. Il en était même heureux, car il voulait montrer à tous ces Incroyants que les Sarkinis, le peuple de Dieu, étaient invincibles. Cela devait donc passer par des batailles victorieuses.

C'est ainsi que débuta l'offensive contre Nahmara. Avant de lancer l'assaut de ses troupes, Zoltanör, juché sur son cheval blanc et vêtu de sa tenue habituelle, passa en revue le premier rang de sa cavalerie.

— Sarkinis, après Akméra et Tanéla, voici devant vous Nahmara. Dieu l'a punie comme les autres de son insolence à son égard. Nous sommes les Fils de *l'Invisible*. Ne devons-nous rien faire quand notre père, notre Dieu, est offensé ? prononça-t-il d'une voix forte.

Les Sarkinis lançaient des cris vengeurs.

— Aujourd'hui, certains d'entre vous tomberont. Néanmoins, ce ne sera pas en vain comme les Nahmariens qui protègent seulement leurs richesses accumulées grâce à la souffrance de leur peuple. Vous, mes compagnons, si vous mourez ce sera pour le Shakkar, et *Shê*, notre Dieu vous accueillera en personne aux Omeyri ! Soyez alors sans crainte, mes frères !

Les soldats lui répondirent par des cris répétés et commencèrent à entonner leur hegâ « Un Sarkinis tombe, dix se relèvent » de plus en plus fort.

On entendit aussi des « Melkamat » partout dans les rangs.

Puis, enfin, quand ils lancèrent leur cri de guerre « Waramir », les hommes commencèrent à attaquer. En premier lieu, ce fut le mur principal de la cité qui subit un déluge de projectiles. Des boules de feu ou de grosses pierres projetées par les catapultes, des flèches enflammées tirées par les rangées d'archers qui progressaient rapidement vers la cité, permettant l'avancée des tours d'assaut. Cependant, les Nahmariens avaient positionné une rangée importante d'archers en haut des murs. Ces derniers étaient si adroits qu'ils repoussèrent aisément l'attaque des assaillants. L'offensive du mur ouest fut un fiasco complet malgré la détermination des Sarkinis. Ils subirent un nombre important de pertes. L'assaut du mur nord fut stoppé par les défenseurs au prix de nombreuses morts ; un nouveau désastre pour les assaillants. Le deuxième et le troisième jour furent éprouvants aussi bien pour les Sarkinis que pour les Nahmariens.

Tandis que la cité tenait avec détermination, les Sarkinis semblaient subir pour la première fois une défaite. Le constat était laborieux : le bataillon de l'ouest subissait des pertes importantes, le mur semblait infranchissable ; celui du nord se battait avec rage, toutefois leurs positions n'avançaient que lentement et celui du sud lançait des attaques totalement inefficaces, de l'ordre de l'escarmouche. Agréablement surpris, les Nahmariens qui défendaient ce côté avaient remonté à leurs chefs l'incompétence de ces divisions. Négligeant cette remarque surprenante de la part de ses hommes, le chef nahmarien de la défense du mur sud ne remonta pas l'information aux généraux, plutôt content d'avoir affaire à des soldats inexpérimentés.

Le quatrième jour, les Sarkinis ne lancèrent aucune attaque. Les Nahmariens du mur sud laissaient éclater leur joie et raillaient les Sarkinis pour leur supposée invincibilité. Les Nahmariens commençaient à penser que la réputation de combattants de leur adversaire était bien surfaite. En surveillant toujours rigoureusement les mouvements dans leurs campements, ils virent différents chefs se retrouver dans une tente pour définir sans doute une nouvelle stratégie. Le lendemain, il n'y eut également aucune attaque. Le moral des Nahmariens était entièrement revenu au beau fixe. Dans les hypothèses les plus folles, ils pensaient que les Sarkinis allaient se retirer. Cependant, dès le lendemain matin, on entendit une grosse explosion qui ébranla le mur sud.

Les Nahmariens furent totalement pris au dépourvu. Aucun de leurs chefs n'avait imaginé que les Sarkinis pouvaient élaborer un plan aussi audacieux. Les troupes emmenées par Zoltanör se déchaînèrent littéralement. Ces précédents jours de petites escarmouches et de repos forcé ordonnés par leur Däg-Chem avaient frustré ces soldats aguerris. Aussi, ils se jetèrent avec une délectation sur leur objectif. Le mur s'était effondré sur lui-même comme une tente sans piquet pour la retenir. Beaucoup de Nahmariens s'y trouvant étaient morts ou agonisaient, ensevelis sous des tonnes de pierres. Sans pitié, les Sarkinis passaient à la lame de leurs épées tous les corps à terre. Ils avançaient avec une détermination sans faille à la rencontre des troupes nahmariennes envoyées du mur ouest principalement et de celui du nord pour contrer leur avancée. Toutefois, les Nahmariens n'étaient pas de grands guerriers, ils étaient surtout de bons défenseurs derrière une enceinte bien fortifiée. Face à des experts du combat rapproché, ils n'avaient aucune chance ! Manquant de défenseurs, les trois tours d'assaut de l'ouest et les deux au nord abordèrent sans trop de difficultés le haut des murs. Avec le franchissement des ruines du mur sud, les assaillants se déversèrent à l'intérieur de la place forte. L'explosion avait créé un nuage de fumée qui s'élevait très haut dans le ciel et sur plusieurs mabas. Habituellement, les civils restaient chez eux en attendant la fin des combats. Cependant, effrayés par l'explosion et asphyxiés par la poussière, certains paniquèrent complètement. Ceux qui tentèrent de s'enfuir furent pris en tenaille entre les soldats nahmariens et les Sarkinis. Dans la confusion la plus totale, beaucoup de civils furent tués. Ce fut seulement à la fin des combats que les Sarkinis se rendirent compte de cette atrocité. Plusieurs d'entre eux, qui s'étaient battus non loin du mur sud, venaient de cette cité. Par conséquent, ils reconnurent parmi les corps sans vie des amis, des voisins, des connaissances, et pour leur plus grand malheur des membres de leur famille. De toutes les victoires des Sarkinis, celle de la cité des Batürs incarna une monstruosité sans précédent. L'histoire transformerait plus tard cette barbarie en sacrifice ordonné par *Shê*, justifiant ainsi la mort d'innocents tels que des femmes et des enfants. Mais, personne ne se poserait la question fondamentale de savoir quel genre de dieu aurait pu demander une telle infamie ?

Comme les rois précédents, le roi des Batürs fut également arrêté et décapité ainsi que tous ses descendants mâles. En revanche, Zoltanör le fit sans tarder, le jour même. En effet, en raison de la prise de la cité d'une façon aussi monstrueuse, les Sarkinis ne pouvaient plus guère apparaître comme des libérateurs. Le scénario habituel bien rodé ne serait pas du tout crédible au regard de la mort de milliers d'innocents. Pourtant, Zoltanör était content de lui. Son plan avait parfaitement fonctionné : il avait sacrifié les soldats les moins utiles pour conserver les meilleurs et prendre la cité. Il était encore victorieux. *L'Invisible* avait été à ses côtés. Il était son instrument infaillible !

L'anéantissement des Şadhans

Après six jours de repos pendant lesquels les hommes valides récupéraient leurs forces et les blessés légers se remettaient doucement, l'armée s'apprêtait à lever le camp. La victoire sur les Nahmariens avait coûté très cher aux Sarkinis. On ne comptait plus que huit mille hommes environ dans l'armée : la quasi-totalité des jeunes recrues avait péri avec quelques centaines de combattants aguerris. La veille de leur départ, Zoltanör désigna le gardien de la cité de Nahmara. Comme pour les autres territoires, Zoltanör en confia les rênes à l'un de ses commandants âgés; la moitié d'un féril restait pour la sécuriser. L'armée des Sarkinis se mit de nouveau en marche en emportant dans ses chariots le trésor royal, toujours en secret sous l'escorte du capitaine Örkon. Cette fois-ci, elle se dirigeait vers la dernière cité libre des Terres Dorées : Oraya, celle des Şadhans. C'était la plus petite et la moins bien protégée des cités. Les Şadhans étaient un peuple pacifique. C'était pourquoi, lors de la *Guerre des Deux Terres*, ils avaient refusé de participer à cette course, selon eux, inutile, vers la richesse. Demeurant plus ou moins à l'écart des autres peuples, ils consacraient toute leur énergie à comprendre le fonctionnement des êtres et des animaux vivant en ce monde. Ainsi, ils étaient devenus de grands guérisseurs. Des rois ou des hommes très fortunés sur les Terres Dorées et même au-delà venaient leur demander conseil ou encore les faire quérir d'urgence. Ils avaient également inventé les premiers instruments efficaces pour réparer les corps, sauvant ainsi un nombre de vies considérable. Étant profondément altruistes, ils guérissaient également les gens modestes, tous ceux qui avaient besoin d'aide, car toutes les vies se valaient selon eux. C'était un concept totalement révolutionnaire pour les Terres Dorées dont les structures sociales reposaient sur une hiérarchisation des êtres : les rois à leur tête, les esclaves tout en bas. Cependant, c'était un peuple de convictions. Aussi, ils n'avaient aucunement l'intention d'embrasser une religion qui voulait détruire les anciennes croyances des Terres Dorées et les contraindre à modifier la structure de leur société.

Ainsi, dès la prise d'Akméra, ils avaient accepté d'envoyer une délégation conjointement avec leurs voisins, les Batürs, auxquels s'étaient joints les Tanhoïs, afin de solliciter une aide auprès du Parmen des Représentants des Terres Libres.

Après cinq jours de marche, les Sarkinis arrivèrent à destination. Ils avaient mis le cap vers le nord avant de longer le *fleuve Fourchu* leur permettant un meilleur confort pour leur parcours, évitant la chaleur de la partie désertique. Malgré les nombreuses pertes, l'armée gardait un moral de vainqueur puisqu'ils allaient affronter un ennemi nettement inférieur en nombre et en valeur combative. Juché sur son étalon blanc, Zoltanör fixait la petite cité. Les derniers rayons du soleil délaissaient lentement la vaste plaine sèche. Contrairement aux autres cités des Terres Dorées, celle-ci ne possédait pas de grands murs ; seule une enceinte basse la protégeait beaucoup plus des incursions inopportunes d'animaux que de la fureur des hommes. Malgré la faible opposition attendue, les Sarkinis installèrent leurs campements selon leurs règles habituelles de sécurité. Le lendemain, Zoltanör convoqua comme avant chaque bataille son État-Major, les commandants de ses férils, sous sa tente pour faire le point sur la stratégie militaire.

— Messieurs !

— Bonjour, Däg-Chem, saluèrent-ils d'une seule voix.

— Qu'en pensez-vous, Messieurs ? questionna Zoltanör en désignant de sa main gauche l'une de ses cartes sur sa table.

Jamais ses commandants n'avaient été aussi prolifiques en idées pour une attaque. Les faibles défenses de la cité les rendaient beaucoup plus à l'aise pour s'exprimer. Ces Orayiens ne semblaient guère effrayants pour leur armée aguerrie. Pendant qu'ils continuaient à parler, un soldat entra brusquement :

— Däg-Chem ! Il y a un homme qui dit qu'il a été envoyé par le roi des Şadhans. Il est venu seul avec une bannière, dit-il en mettant un genou à terre en signe d'excuses pour être entré dans la tente de son commandant suprême sans y avoir été invité.

Zoltanör lui fit signe de se relever promptement.

— L'avez-vous fouillé ?

— Oui, Däg-Chem. L'homme ne possède aucune arme.

— Faites-le entrer !

— Oui, Däg-Chem.

Pendant que le soldat était sorti pour chercher l'envoyé du roi des Şadhans, Lahär qui se tenait derrière le fauteuil de son commandant suprême lors des réunions de l'État-Major, s'avança vers lui avec déférence.

— Däg-Chem ! Permettez-moi de vous rappeler d'agir avec la plus grande prudence. Certains ont voulu vous assassiner récemment. Je vous propose de fouiller à nouveau personnellement cet homme et de vous tenir éloigné de plusieurs mabs de lui, s'exprima-t-il avec une certaine assurance pour faire son devoir.

— Merci Capitaine Lahär de vous montrer aussi précautionneux. Je vais suivre vos suggestions, accepta-t-il après un bref instant de réflexion.

Les commandants regardèrent Lahär avec jalousie, car ils n'arrivaient pas à se montrer aussi francs avec leur Däg-Chem. De son côté, Lahär était soulagé que son commandant suprême ait daigné l'écouter. Depuis qu'il avait remplacé Marür, toujours en mission sur la Terre des Chefs, il devenait de plus en à l'aise dans sa mission de protection rapprochée.

Un homme entra sous la tente, encadré par deux soldats. Lahär leur dit de ne pas avancer davantage et se dirigea lui-même vers les arrivants. Il observa rapidement l'étranger avant de le fouiller minutieusement pour découvrir une éventuelle arme cachée. L'homme se laissa faire sans broncher. Puis, Lahär le regarda de nouveau, détournant les yeux, mal à l'aise, face au regard scrutateur de l'étranger.

Zoltanör qui se tenait à plusieurs mabs derrière Lahär, déclara sur un ton autoritaire :

— C'est bon, Capitaine Lahär !

Aussitôt, Lahär fit un pas de côté et se plaça tout près de l'homme afin de surveiller ses moindres gestes pendant qu'il parlerait à son Däg-Chem. Les commandants s'étaient placés à une distance de sécurité de l'étranger. Ils tournaient le dos à leur commandant suprême, tel un rempart humain.

— Qui êtes-vous ?

— Je suis Tewhär, le roi des Şadhans !

*

Sous la tente du chef de l'armée des Sarkinis, ils étaient tous sidérés. Jamais un roi ne venait en personne, de plus sans escorte, pour rencontrer ses ennemis.

— Je souhaite m'entretenir avec le Däg-Chem des Sarkinis. Si je suis devant vous, je suppose que vous êtes la personne que je recherche ? exposa-t-il, sur un ton assuré.

— En effet, je suis Zoltanör, le Däg-Chem des Sarkinis. Que faites-vous là ? demanda Zoltanör ébahi par cet acte insensé du monarque.

— Je viens vous entretenir du sort de mon peuple, dévoila le souverain d'un ton ferme, avec l'assurance de celui qui avait l'habitude de commander.

— Qui me dit que vous êtes le vrai roi des Şadhans et non un imposteur venu pour nous tromper ? formula Zoltanör d'un ton peu convaincu, après quelques instants de réflexion.

— Demandez à votre capitaine Lahär, Däg-Chem ! proposa-t-il d'un ton sibyllin.

Zoltanör observait Lahär debout à côté du souverain, totalement interloqué par la remarque de l'étranger. Qu'est-ce que cela signifiait ? Il somma d'un geste Lahär de s'expliquer tandis que l'étranger restait absolument muet.

— Däg-Chem, les rois des Şadhans sont les guides de leur peuple. Ils sont choisis parmi une assemblée. Lorsque c'est fait, ils sont marqués sur le cœur du sceau de leur charge pour qu'il n'oublie nullement leur devoir envers le peuple, révéla Lahär mal à l'aise d'être ainsi le centre de l'attention de tous. Vous permettez ? dit Lahar en se déplaçant face au souverain pour soulever le haut de sa tenue.

C'était une longue tunique étroite rouge vif coupée dans un beau tissu agréable, néanmoins loin d'être luxueux, qui descendait sur un pantalon assorti. Lahär tenait à la main une large ceinture vert foncé en tissu qui servait à souligner la taille mince du roi et le haut de son ensemble. Le souverain se tenait donc debout dans son pantalon et ses sandales plates en cuir marron. Le capitaine s'était à nouveau déplacé pour laisser son Däg-Chem contempler la marque si particulière.

— Je vois, dit Zoltanör d'un ton laconique.

— Däg-Chem ! Nous, les Şadhans, nous n'avons pas de querelles avec vous. Pourquoi venez-vous nous combattre ? interrogea le souverain d'un ton étonné, une fois rhabillé.

— C'est pourquoi vous avez accompagné les Batürs et les Tanhoïs afin de solliciter l'aide des anciens ennemis des Terres Dorées ! rétorqua Zoltanör d'un ton accusateur en regardant Tewhär droit dans les yeux.

— C'était une erreur de notre part, dit le roi d'un ton las. Comme excuse, je vous dirais que notre peuple était effrayé par le récit de la prise d'Akméra. Nous avons cédé à l'insistance de nos voisins alors que nous n'avons point participé aux batailles dans le passé, ni celle des *Deux Terres,* ni celle de la *Bannière blanche*. Nous sommes fondamentalement pacifistes !

— Que voulez-vous ? demanda Zoltanör d'un ton presque aimable.

— Laissez notre peuple en paix et retirez votre armée de notre territoire. Laissez-nous à l'écart de vos plans ! répondit Tewhär avec une voix pleine d'espoir.

Zoltanör examinait le souverain. C'était un homme de taille moyenne avec un visage très banal dont les traits vous marquaient tout de même par leur sérénité. Lors de ses campagnes, il avait rencontré des rois dans des tenues luxueuses, refusant d'abandonner leur statut ou dans des tenues banales pour fuir. Il observa attentivement cet homme ne comprenant pas du tout sa démarche. S'il avait été un homme sans honneur, il aurait pu l'arrêter et l'exécuter immédiatement dans son camp.

— Quel dieu vénérez-vous ? questionna brusquement Zoltanör.

Sous la tente, on n'entendait plus aucun bruit, en attente de la réponse du roi qui conditionnerait le sort de son peuple. Tous en étaient conscients : les commandants, Lahär et le monarque lui-même.

— Attention, roi des Şadhans, nous n'accepterons qu'une réponse en forme de serment sur le dieu que vous vénérez ! prévint Zoltanör sur un ton insistant.

Après quelques ménins d'hésitation, Tewhär répondit fermement :

— Nous, les Şadhans, nous vénérons le dieu de nos ancêtres, le Soleil Doré, qui est notre père à tous et pas seulement le mien, mais celui de tout mon peuple.

Zoltanör resta songeur face à la réponse du souverain. Ce dernier avait choisi son dieu plutôt que sa vie. Il condamnait ainsi tout son peuple. Toutefois, il reconnut en lui un brave, car il s'était présenté désarmé.

— Et ton peuple, penses-tu qu'il serait prêt à abjurer votre faux dieu pour le seul et vrai Dieu, *l'Invisible* ? demanda-t-il d'une voix excessivement douce.

Tewhär réfléchit plusieurs ménins avant de lui répondre d'un ton serein :

— Non, jamais ! Nous n'échangerons en aucun cas nos convictions contre des vies dépourvues de sens à nos yeux et surtout de liberté.

— Nous testerons vos certitudes lorsque nous entrerons dans Oraya. Et lorsque vous perdrez des êtres chers, peut-être reviendrez-vous sur vos paroles ? rétorqua Zoltanör d'un ton railleur.

— Nous nous verrons sur le champ de bataille, Däg-Chem, dit-il sur un ton fataliste.

— Comme vous voudrez, souverain, rétorqua-t-il d'un ton détaché.

Le roi des Şadhans s'inclina révérencieusement devant Zoltanör avant de quitter la tente.

— Nous allons vraiment leur faire la guerre alors qu'ils ne possèdent aucune armée et qu'il n'y a aucun combattant valable dans leurs rangs ?

La question de Lahär fusa sous la tente avant même que Zoltanör et ses commandants n'aient décidé de leur façon d'agir. Ces derniers étaient soulagés de combattre un si faible ennemi leur garantissant une victoire facile et sans pertes énormes. Ils pensaient tous à la victoire contre les Nahmariens qui leur avait coûté nombre de novices qui seraient devenus des combattants aguerris. De son côté, Zoltanör pensait à sa première intention. Il était venu en force pour les intimider. Il n'avait guère réellement eu l'intention de les attaquer, les sachant sans réelles défenses. C'était un fier combattant qui recherchait des adversaires à sa mesure : la qualité de ses ennemis renforcerait indéniablement sa renommée dans et hors des Terres Dorées. Cependant, il ne pouvait se dérober au Shakkar. *L'Invisible* l'avait investi de cette mission ainsi que son Sahrfir. Si c'était la volonté de *Shê*, son Dieu, alors le peuple des Şadhans connaîtrait dès le lendemain son destin.

*

Le lendemain, Zoltanör se leva sans la tension habituelle avant la bataille. Lors de tous ses combats précédents, il était certain de l'emporter uniquement grâce à sa foi dans son Dieu, car les adversaires avaient des combattants tout aussi valeureux que les Sarkinis, par exemple, les Kars, l'unité d'élite de l'armée des Nésenets. Ce matin, il n'était pas pressé de donner des ordres qui allaient anéantir un peuple sans défense. Il ordonna à Lahär d'envoyer des éclaireurs pour se renseigner sur les manœuvres de ses adversaires. Zoltanör avait détecté un trouble lors de la confirmation de son ordre, ce qui était logique puisque Lahär était un ancien Şadhan. Aussi, il se retourna pour avancer vers le jeune homme. Zoltanör nota une certaine pâleur sur son visage.

— Lahär, c'est normal d'éprouver des sentiments pour ton ancien peuple, celui qui t'a vu naître et grandir, cependant tu as choisi de les abandonner pour devenir un combattant, un Sarkinis !

Il s'arrêta quelques instants pour laisser Lahär s'imprégner de ses paroles.

— Au fil des lanns, tu es devenu un excellent guerrier. Je sais que tu feras ton devoir pour notre Sahrfir et pour *l'Invisible*, conclut Zoltanör avec conviction.

— Je suis au service de *l'Invisible*. Je ne le décevrai pas. Ni lui, ni le Sahrfir, ni vous également, mon Däg-Chem. Je le jure sur ma vie ! déclara-t-il avec ferveur en récitant l'un des serments de fidélité des Sarkinis.

Zoltanör resta impassible, hocha la tête en signe d'assentiment. Puis, il se retira dans la partie privée de sa tente pour faire ses ablutions et se changer. Quand il revint de l'autre côté, l'éclaireur était revenu et l'attendait pour son rapport.

— Däg-Chem, j'ai vu des manœuvres devant la cité. Ils préparent leur défense, annonça-t-il en inclinant la tête en signe de respect. Merci, soldat. Tu peux disposer. Lahär, dis aux commandants de préparer leurs férils, nous marchons sur Oraya, assura Zoltanör d'un ton fataliste.

— Oui, Däg-Chem.

Lahär n'était pas le seul Sarkinis originaire de ce territoire. C'était la deuxième fois consécutivement qu'ils allaient combattre, non pas des soldats de rois corrompus, mais des gens du peuple, ceux qu'ils étaient censés protéger et libérer. Zoltanör pensa que c'était une épreuve envoyée par *l'Invisible* pour tester leur foi. L'armée se mit donc en route pour atteindre son objectif. Zoltanör avait donné des instructions inhabituelles. Certes, dans ce cas précis, les tours d'assaut ne servaient à rien vu la hauteur du mur (pas plus de deux mabs), et l'encerclement était totalement inutile. L'armée marchait par rangées immensément larges, férils côte à côte. La cavalerie, commandée par Zoltanör, était en première ligne et non en atout décisif comme généralement lors de leurs batailles.

Quand les Sarkinis arrivèrent dans la plaine sèche s'étalant devant Oraya, les Şadhans, une poignée d'environ cinq cents hommes les attendaient. Devant le si faible nombre de combattants, Zoltanör donna l'ordre à son armée de s'arrêter et décréta à un seul naril de le suivre. Il avait ordonné à Lahär de rester derrière pour le secourir en cas de difficultés.

Ce dernier avait contre argumenté, en vain. Il devait obéir à son chef. Avant de s'élancer vers l'ennemi, ses soldats commencèrent à entonner leur hegâ « Un Sarkinis tombe, dix se relèvent » de plus en plus fort. Zoltanör qui d'habitude joignait avec joie sa voix à la leur ne le fit pas cette fois-ci. Il ne lança pas également avec eux leur cri de guerre « Waramir ». Arrivé à la hauteur de leurs adversaires, Zoltanör vit que Tewhär était à la tête des défenseurs. Beaucoup n'étaient plus très jeunes. Ils étaient habillés très simplement avec la tenue traditionnelle du peuple des Terres Dorées : un pantalon et une tunique blanche. Ils tenaient tous de longues lances qui semblaient plutôt servir pour la chasse. De nature pacifique, auraient-ils le courage de tuer d'autres êtres ?

Zoltanör leur ordonna de se rendre. Tewhär répondit négativement au nom de son peuple. Le chef des Sarkinis n'avait plus le choix, il devait agir. Il ordonna à son naril de charger leurs adversaires sans faire de quartiers. Malgré une peur légitime, les Şadhans, qui étaient à pied, ne reculèrent pas face à la charge des Sarkinis. Les épées fermes des uns rencontrèrent les lances chancelantes des autres. Les Orayiens tombaient les uns après les autres se défendant à peine. Furieux contre cet ennemi si faible, Zoltanör continuait pourtant à transpercer des corps jusqu'à ce qu'il rencontrât Tewhär. Il descendit alors de son cheval blanc et vint rapidement à bout du chef. Puis, il se pencha sur le corps agonisant du roi des Şadhans.

— Pourquoi ? Pourquoi ? Pourquoi ? demanda Zoltanör atterré en secouant frénétiquement le corps du souverain pensant qu'il était déjà mort.

— Pour mon peuple, prononça ce dernier dans un ultime souffle.

Zoltanör demanda alors à ses guerriers de mettre un terme immédiatement au combat. Les Sarkinis regardèrent autour d'eux, ils se tenaient parmi un amoncellement impressionnant de cadavres. Une dizaine seulement de

Şadhans restaient en vie sur cinq cents défenseurs. Du côté des Sarkinis, très peu étaient tombés, moins d'une dizaine sur une centaine de guerriers.

Puis, il remonta sur son cheval pour repartir rejoindre son armée à qui il ordonna d'entrer dans la cité sans combattre. La phrase du souverain agonisant l'avait laissé perplexe sur le moment, il comprenait maintenant le sens de ses paroles. Cinq cents hommes avaient accepté de sacrifier leur vie aux côtés de leur souverain afin que, lui, leur vainqueur, épargnât le reste des habitants de la cité. Ce sacrifice resterait à jamais gravé dans la mémoire des Orayiens survivants. Ils se souviendraient également qu'aucun peuple n'était venu les secourir malgré une délégation envoyée conjointement avec les Batürs et les Tanhoïs sur les Terres Libres dès la chute d'Akméra, quelques misas auparavant.

Comme les précédentes cités, Oraya fut confiée à un commandant de féril expérimenté pour gérer leur conquête. Contrairement aux autres royaumes, les Şadhans ne possédaient ni famille royale héréditaire ni trésor. Zoltanör se contenta de leur acceptation passive à leur présence. Avec leur reddition, les Fils de *l'Invisible* avaient conquis toutes les Terres Dorées. *L'invisible* était l'Unique Dieu dont ils étaient incontestablement ses fils !

Le retour vers Yazam, la Grande, fut joyeux. La tension des batailles imminentes avait totalement disparu au profit d'une satisfaction du devoir accompli. Les Sarkinis étaient partis avec une tâche à réaliser. Elle était loin d'être simple, mais ils l'avaient largement remplie. Après la reddition d'Akméra, la prise de Tanéla, le siège victorieux de Nahmara et l'écrasement des Şadhans, les Sarkinis avaient balayé toute opposition sur les Terres Dorées. Du Nord au Sud, d'Est en Ouest, tous les peuples formaient enfin une seule et même nation, ils connaissaient désormais le seul et unique Dieu, *Shê*, *l'Invisible* et un seul chef, leur Sahrfir. Par ailleurs, ces campagnes militaires leur avaient rapporté beaucoup plus qu'elles ne leur avaient coûté. En effet, le capitaine Orkon s'était consciencieusement attelé avec une grande discrétion à une mission récurrente : la saisie de trésors royaux. Aussi, les Fils de *l'Invisible* étaient devenus immensément riches, bien sûr pour la gloire de Dieu !

L'accueil à Yazam, la Grande, fut grandiose. La population fêta avec liesse l'armée des braves qui pénétra en plein après-midi dans la cité. Des doubles portes jusqu'à la Grande place, les troupes avançaient lentement se faisant acclamer par des hommes, des femmes, des enfants et des vieillards. Tous les habitants avaient interrompu leurs activités pour les honorer. On entendait des cris interminables de joie, des sons stridents pour rendre hommage à leur victoire et on leur jetait essentiellement des fleurs pour attester de leur succès. Zoltanör n'avait rien laissé au hasard pour cet accueil. Il avait envoyé un messager au Sahrfir pour annoncer leur arrivée. Ce dernier avait pris des dispositions pour célébrer les soldats de Dieu comme il se devait. Par ailleurs, le chef des Sarkinis avait donné à ses hommes comme instruction de soigner leur tenue : les changer ou les repriser pour paraître à leur avantage. Ainsi, en défilant dans les rues de Yazam, la Grande, l'armée semblait invincible puisqu'elle avait en plus à sa tête le plus grand guerrier de ce monde. Arrivées à la Grande place, les troupes s'arrêtèrent. Après plusieurs ménins, le Sahrfir apparut sous un tonnerre d'applaudissements.

La population s'était agglutinée tant bien que mal. Tout à coup, le brouhaha sur la place s'atténua. Comme quelques semas auparavant, le Sahrfir se tenait immobile sur le Bêchyar, la grande terrasse de sa demeure. Cette fois-ci, il fit signe à Zoltanör de le rejoindre. On entendit de nouveau un tonnerre d'applaudissements. Zoltanör descendit promptement de son magnifique cheval blanc qui piaffait nerveusement dans le vacarme de la place. Avant de le quitter, il murmura à son oreille et le caressa avec douceur pour l'apaiser. Le cheval hennit longuement avant de se calmer. Zoltanör remonta alors les marches de l'escalier monumental qui menait à la grande terrasse. Pendant sa montée, il vit des soldats se tenant debout à intervalles réguliers qui serraient dans leur main une bannière dont le tissu flottait dans le vent : il était orange. Parvenu tout en haut, il fut accueilli par le Sahrfir. Ce dernier le serra quelques instants dans ses bras. La foule était en délire.

— Sahrfir ! Zoltanör ! scandait la foule avec ferveur.

Étincelants sous les rayons du soleil dans leur tenue d'un orange satiné, les deux hommes confortaient dans les esprits de la population une sorte d'appartenance divine. Ils étaient les envoyés de leur Dieu ! Le Sahrfir leva son bras gauche pour réclamer le silence. La foule se tut immédiatement.

— Fils de *l'Invisible,* soyez fiers de votre armée ! Oui, vos soldats, les Sarkinis, méritent effectivement tous vos applaudissements. Ils ont mené à bien la lourde tâche que *l'Invisible* leur avait confiée : l'unification des Terres Dorées ! dit-il avec une satisfaction immense.

— Les Nésenets, les Tanhoïs, les Batürs et les Şadhans n'existent plus ! Aujourd'hui, ils ont dû reconnaître définitivement l'*Invisible*, eux qui l'avaient offensé en le reniant. La vengeance de l'*Invisible* a été implacable ! Désormais, notre Terre est unifiée. Nous sommes une seule et même nation : tous les Fils de *l'Invisible* ! Et pour que nul ne l'oublie jamais dans et hors des Terres Dorées, la chevelure de vos Sarkinis comportera dorénavant six tresses, symbole de chaque ancien peuple vivant dans une nouvelle unité, celle de notre Dieu, informa-t-il d'un ton solennel.

— La première étape du Shakkar est terminée, maintenant la deuxième peut commencer ! Nous devons aller au-delà de nos terres, dans le reste du monde, pour faire connaître le seul et unique Dieu, *l'Invisible*. Telle est notre destinée, celle des Fils de *l'Invisible* ! Melkamat ! conclut-il avec une ferveur exacerbée.

— Melkamat ! Yori ! scandait cette fois-ci en alternance la foule avec vénération.

*

Le Sahrfir resta immobile, Zoltanör à ses côtés. Il fit un dernier geste à la foule et repartit, Zoltanör sur ses talons. Au lieu de se diriger vers sa salle d'audience, il mena le guerrier jusqu'à son endroit préféré dans le palais, celui qui l'aidait à réfléchir sereinement. Zoltanör aimait également le petit jardin paradisiaque. Le Sahrfir prit place sur l'un des bancs en bois lisse d'un marron très clair et invita Zoltanör à s'installer près de lui.

— Je me souviens de la première fois que je t'ai invité dans un jardin semblable, c'était à Yazam, la Petite. Tu étais très anxieux, dit-il de sa voix mélodieuse en regardant le bassin d'eau comme hypnotisé.

— Oui, je me souviens, répondit Zoltanör en esquissant un petit sourire.

Ils restèrent de nouveau silencieux, quelques instants, comme sur la grande terrasse ; cette fois-ci, chacun était plongé dans ses pensées.

— Te souviens-tu de l'offre que je t'avais faite ce jour-là ? demanda le Sahrfir brusquement en tournant sa tête, plongeant ainsi ses yeux singuliers dans ceux du grand guerrier.

— Oui, je me souviens. Vous m'aviez dit que vous aviez fait un songe, vous dévoilant que nos destins étaient liés. Vous alliez devenir le nouveau Sahrfir et moi j'allais devenir le Däg-Chem des Fils de *l'Invisible*, rétorqua Zoltanör d'un ton doctrinal comme s'il récitait une leçon apprise par cœur.

— Et que t'avais-je dit d'autre ? continua le Sahrfir, son visage exprimant une mine réjouie.

Zoltanör se concentrait de façon intense, des plis barraient son front large. Puis, les fronces disparurent quand il répondit en se tournant vers son interlocuteur avec des yeux remplis de grande satisfaction :

— Vous m'aviez prédit des victoires !

— Oui, des victoires ! *L'Invisible* a tracé nos chemins il y a bien longtemps. Il nous a choisis, tous les deux : moi, le guide de notre peuple, et toi, le chef de son armée pour accomplir ses desseins. Nous sommes ses fils, les Fils de *l'Invisible*. Il nous protège contre nos ennemis. D'ailleurs, il nous a sauvés, tous les deux, d'assassinats lâches en confondant nos ennemis. Il t'a accompagné dans chacun de tes combats, chacune de tes batailles pour te donner la victoire pour son peuple ! affirma-t-il d'une voix de nouveau emplie de ferveur. Et ce n'est pas fini ! Comme je l'ai déjà dit, il attend maintenant que nous commencions la seconde étape du Shakkar. Nous devons convertir tout Ĕphÿr en son nom ! Alors, Däg-Chem des Fils de *l'Invisible*, quand serons-nous prêts à attaquer les autres terres ? demanda le Sahrfir d'une voix impatiente.

— Sahrfir, j'ai envoyé Marür sur la Terre des Chefs pour y chercher des alliés afin d'éviter une coalition qui serait dangereuse pour notre objectif. Nous devons attendre son retour pour dresser notre plan de bataille, l'informa Zoltanör.

— N'oublie pas, guerrier, qu'ils seront nos alliés à la seule condition qu'ils se soumettent à *l'Invisible* en abjurant leur foi dans leurs anciens dieux ! S'ils refusent, ils seront également écrasés à leur tour, ajouta le Sahrfir en parlant tout bas comme s'il voulait garder cette information confidentielle.

Zoltanör hocha la tête en signe d'assentiment. Les deux hommes demeurèrent de nouveau côte à côte, immobiles. Le destin était en marche. Marür était également l'une des clefs de ce destin en raison de sa mission de la plus haute importance. Ce monde allait bientôt leur appartenir à eux, les Fils de *l'Invisible*, car ils étaient indubitablement le peuple de Dieu !

XIII - L’allégeance de la Terre des Chefs

Honneur et vengeance

Yëwana se réveilla. Elle se trouvait dans le Bengeye, la maison des nuits de noces. Cela faisait bien longtemps que les torches s’étaient éteintes. Une lumière vive, bloquée par le lourd rideau qui servait de porte, laissait tout de même passer des jais de lueur par les interstices. Elle était dans une douce euphorie. Le corps alangui contre son époux, le bras placé autour de sa taille, la tête posée sur son épaule, elle repensait à leur nuit de noces, à leur nuit d’amour. Jamais de sa vie elle n’avait été aussi heureuse ! Il dormait profondément sur le dos dans l’immense lit en bois sans doute doublement épuisé par l’épreuve de dieu et leurs ébats nocturnes. Il lui avait fait l’amour une deuxième fois avec plus de tendresse que de passion, faisant chavirer son cœur après son corps. Elle l’aimait depuis leur étreinte passionnée dans la grotte, lors de leur long périple quand elle pensait encore qu’ils n’avaient aucun avenir ensemble.

Cependant, le dieu Jawaar en avait décidé autrement. Elle se redressa sur le coude gauche, la tête posée au creux de sa main, pour le contempler tout à loisir dans la pénombre de la pièce. Elle commença d’abord par scruter son visage comme si elle voulait en connaître le moindre détail. De forme anguleuse, il comprenait des sourcils minces, des pommettes saillantes encadrées par un long nez droit, une mâchoire solide et des lèvres ourlées. Elle jeta un rapide coup d’œil à ses trois tresses mi-longues de couleur noire qui encadraient ce visage, dont l’atout principal était de beaux yeux vert doré, encore clos. Des yeux qui la faisaient fondre littéralement. Puis, elle tira timidement vers le bas le drap qui les couvrait tous les deux, dénudant son corps magnifique jusqu'à ses hanches : une taille plus élevée que la sienne, un torse musclé imberbe, des bras athlétiques dénotant de son excellente condition physique. Il était superbe ! Enfin, elle compara sa peau d'un hâle doré à la sienne d'un noir brillant : ils venaient de deux peuples différents. Ils étaient attirés l'un par l'autre. Ils étaient dorénavant mariés. Pour autant s'entendraient-ils ?

Tout à ses réflexions, Yëwana n'avait pas vu Marür ouvrir discrètement ses yeux, l'observant à travers ses longs cils aussi noirs que ses cheveux. Le guerrier des Terres Dorées contemplait avec émerveillement son épouse. Il n'avait jamais couché avec une femme tout en sachant qu'au matin elle serait près de lui ainsi que les jours suivants. Selon leurs coutumes, les Sarkinis se partageaient toutes les femmes non mariées excepté les jeunes filles promises. Par conséquent, il avait dû partager avec ses compagnons toutes les femmes avec lesquelles il avait eu des relations sexuelles. En revanche, comme il les traitait avec ménagement, certaines d'entre elles lui avaient appris la façon de leur procurer du plaisir. Il avait ainsi utilisé ses connaissances pour satisfaire Yëwana. Jamais il n'avait été autant attentif à la jouissance d'une femme, encore plus qu'il s'agissait maintenant de la sienne. Il savait qu'il l'attirait physiquement, mais cela suffirait-il pour qu'ils soient heureux ? Après tout son destin à elle était de se marier, l'aimait-elle pour autant ? C'était peut-être trop tôt. Il devrait être patient. Cela lui rappela les affres de son Däg-Chem avec sa nouvelle épouse. En revanche, contrairement à cette dernière, Yëwana n'était pas une prise de guerre ! Il commençait à réaliser que derrière la satisfaction physique de son corps, il avait toujours aspiré en secret à autre chose qu'il entrevoyait depuis qu'il vivait chez les Nagudas. Les femmes semblaient heureuses, les hommes voyaient leurs visages nus sans aschë. Elles ne paraissaient pas subir la correction du stépir. Pourtant, certaines possédaient un caractère aussi difficile qu'Yëwana. Leurs yeux se rencontrèrent tels des aimants interrompant les réflexions de chacun. Marür tendit le bras gauche pour caresser tout doucement la joue droite d'Yëwana qui était penchée vers lui. Il admirait avec satisfaction l'objet de son désir : un visage d'une beauté époustouflante avec de grands yeux d'une couleur extraordinaire, dont les cils noirs très fournis en accentuaient le mystère, et des lèvres pulpeuses représentant une tentation permanente ; un corps ensorcelant qui possédait une poitrine généreuse, un ventre plat et des jambes fuselées ; enfin, ses longues tresses noires avec lesquelles il aimait jouer en les enroulant autour de ses doigts.

— Bonjour, ma princesse, murmura Marür avec douceur, tout en continuant à lui caresser la joue.

— Non, pas « princesse ». Je ne suis plus une princesse. Je suis ton épouse et cela me suffit. Il faut donc dire, bonjour mon épouse, le reprit-elle gentiment.

Marür aimait son petit air savant quand elle semblait lui expliquer les choses. Elle se pinçait légèrement les lèvres, lui donnant envie de l'embrasser. C'est ce qu'il fit d'ailleurs sans plus tarder.

Après un échange passionné qui fit tomber Yëwana sur la poitrine musclée de Marür, ce dernier lui glissa tendrement à l'oreille :

— Bonjour mon épouse, mais dans mon cœur, tu seras toujours ma princesse, prononça-t-il d'une voix pleine d'émotions.

Ils passèrent deux jours inoubliables dans le Bengeye, sortant juste pour leurs ablutions. Quatre fois par jour, ils trouvaient plusieurs plats préparés déposés devant leur entrée. La tradition voulait que personne ne leur adressât la parole. C'était aux époux d'entamer la conversation s'ils le souhaitaient. Ces deux jours devaient permettre au nouveau couple de se concentrer sur leur découverte mutuelle loin des corvées quotidiennes, favorisant ainsi la construction de leur entente future. Ils firent l'amour encore et encore remerciant chacun leur Dieu pour leurs noces.

*

Au troisième jour, un messager du chef des Nagudas vint se présenter à la porte du Bengeye. Yëwana sortit pour s'entretenir quelques instants avec lui avant de rentrer.

— Que voulait-il ? demanda Marür avec inquiétude, pensant qu'une catastrophe était arrivée qui pouvait les séparer.

— Nous sommes convoqués chez mon père, annonça-t-elle d'une voix contrariée.

— Pour quelle raison ? insista-t-il.

— C'est un peu compliqué, mais en gros, cela consiste à me venger. Mon père t'expliquera mieux que moi. Allons-y ! dit-elle d'un ton pressé.

Ils se changèrent rapidement sans mot dire pour se rendre rapidement dans la demeure de Hôro.

— Bonjour Père, dit Yëwana en se précipitant vers le chef des Nagudas qui lui ouvrit ses bras.

— Bonjour ma fille, répondit-il tendrement en la regardant. Il l'observa attentivement et hocha la tête avec approbation.

— Bonjour mon fils.

Il se tournant vers Marür pour le saluer.

— Bonjour, lui retourna brièvement ce dernier sans réussir à ajouter « père ».

Ce dernier lui sourit d'un air compréhensif, lui signifiant qu'il n'en prenait pas ombrage.

— Je vous ai fait venir dès la fin de votre période de noces, car malheureusement les affaires de notre peuple n'attendent pas. Tous à notre joie de te retrouver, ma fille, nous avons négligé certaines coutumes qui nous ont été rappelées, expliqua Hôro d'un air résigné.

Après quelques instants de silence, il déclara sans ménagement :

— Ronök réclame vengeance auprès des Gadusos et des Tembas pour l'offense qu'il a subie puisque tu étais sa promise au moment de ton enlèvement. Et par conséquent, les Nagudas sont obligés de l'aider dans cette entreprise. Il en va également de notre honneur, ajouta-t-il avec empressement, préoccupé par la réaction future de sa fille quand elle saisirait toutes les implications. Deux bataillons de guerriers devront se joindre à Rönok. Le premier de nos guerriers doit donc être celui qui a bénéficié de ton honneur intact, à savoir ton époux, continua-t-il très mal à l'aise en regardant sa fille.

— Non, Père ! Marür m'a déjà sauvée avec ses hommes. Pourquoi devrait-il risquer de nouveau sa vie pour quelque chose qui a déjà été fait ? Cela n'a aucun sens ! explosa-t-elle furieuse.

— Yëwana, ce sont nos coutumes et nous devons les respecter ! Même si elles te paraissent illogiques. Nous n'avons guère le choix, rétorqua-t-il sur un ton réprobateur.

Marür regardait alternativement le père et la fille qui se fixaient, éloignés l'un de l'autre, ce qui contrastait avec leur proximité quelques instants plus tôt. Le visage du premier avait vieilli soudainement, il faisait dorénavant son âge. Celui de la seconde était complètement anéanti.

Marür hésitait à prendre la parole ne sachant que dire. Il fit un premier pas vers son épouse afin de la réconforter.

C'est à ce moment-là que Ronök pénétra dans la demeure le stoppant net dans son élan.

— Je vous salue, vénérable Hôro. Je vous salue valeureux Marür ainsi que votre épouse, dit-il en inclinant le buste respectueusement devant les trois personnes citées.

— Bonjour, lui répondirent-ils tous, le saluant à leur tour.

— Serez-vous des nôtres comme l'exigent nos coutumes pour défendre l'honneur de votre épouse, valeureux Marür ? questionna innocemment le chef des Ijars avec un sourire poli.

Il s'adressait toujours à Marür dans un fadari approximatif.

— Oui, je viendrai avec vous. C'est à moi et à moi seul de défendre tout ce qui concerne mon épouse ! rétorqua-t-il avec une grande fermeté.

— Heureux de vous l'entendre dire, car nous partirons dans trois jours pour punir les Gadusos de l'enlèvement de votre épouse, annonça-t-il avec un sourire satisfait avant de sortir.

— Père ? Comment as-tu pu laisser faire une chose pareille ? Cela fait juste deux jours que je suis mariée ! protesta Yëwana en éclatant en sanglots.

Le chef des Nagudas s'approcha de sa fille qui voulut échapper à l'étreinte paternelle.

— Comme a justement répondu ton époux, c'est à lui de défendre ton honneur passé, présent ou futur. Cela fait partie de ses devoirs d'époux ! Dans le mariage, il y a les bons moments comme les deux jours que vous venez de passer et d'autres qui seront très durs comme ceux qui vont venir. Et il faut y faire face pour construire quelque chose de valable qui dure ! répondit-il avec rudesse.

Jamais Marür ne l'avait entendu s'exprimer ainsi depuis le début de son séjour. Hôro s'arrêta un instant de parler, respirant fort, pour évacuer la tension dans son corps.

— De plus, c'est toi qui m'as fait part de l'attitude méprisable de Yöbo se vantant devant toi de l'embuscade qui a coûté la vie à ton frère et à une vingtaine de nos meilleurs guerriers ! Et tu voudrais que je laisse Ronök nous venger ? Pour lui être redevable ? demanda-t-il d'un ton courroucé.

— Pardon Père, implora Yëwana en se jetant de nouveau dans ses bras.

Puis, elle se détacha de ce dernier pour regarder son époux entre ses longs cils, se faisant ainsi une idée de sa réaction à son attitude impulsive comme toujours. Marür fit ce qu'il s'apprêtait à faire quand Ronök avait débarqué, c'est-à-dire la prendre dans ses bras pour la consoler. Elle se laissa aller dans son étreinte réconfortante. Il entendit d'abord de gros sanglots, puis elle se calma peu à peu jusqu'à ne plus émettre de son. Ensuite, elle s'essuya rapidement les yeux et les joues et regarda son époux avec un sourire d'excuses. Il lui caressa doucement la joue avant de déposer sur ses lèvres un bref baiser d'une infinie douceur. Le chef des Nagudas les avait observés avec tristesse, souhaitant qu'il n'arrivât rien à son gendre.

— C'est bien ma fille. Plus de larmoiements ! Tu as épousé un guerrier valeureux. Fais-lui honneur ! Les dieux ont scellé vos destins de façon si incroyable qu'il me semble peu probable qu'ils se soient donné toute cette peine uniquement pour cinq jours de bonheur, déclara-t-il avec assurance.

— Profitez encore du temps qu'il vous reste, mais revenez pour partager notre repas la veille du départ, termina-t-il avant de se retirer.

Trois jours plus tard, les guerriers prirent la route du sud en vue d'une expédition punitive contre les Gadusos. Dès sa requête, le chef des Ijars avait envoyé un messager sur son territoire. Trois mille guerriers étaient arrivés une journée avant leur départ, cela représentait trois férils des Sarkinis. Quant au chef des Nagudas, il avait autorisé deux mille guerriers à participer à cette expédition leur permettant de venger leurs compagnons.

Comme le lui avait conseillé son beau-père, Marür avait profité avec Yëwana de leurs trois derniers jours, bénéficiant d'une dispense spéciale pour rester dans le Bengeye. Par accord tacite, ils n'avaient pas parlé de son prochain départ ni des risques qu'il encourrait. Ils essayèrent de faire abstraction de ce danger imminent pour continuer à se découvrir : leur corps, mais aussi leur esprit. Au moment de leur séparation, Marür jura à Yëwana de revenir. Il embrassa rapidement sa femme et la tint juste une minute dans ses bras avant de quitter sans se retourner la maison du bonheur.

Malgré son échec face à Marür dans l'épreuve de dieu, dû, comme on le disait, à une intervention divine, on avait plébiscité Ronök pour mener cette armée mixte. En effet, chez les Nagudas, il n'y avait plus ni héritier légitime ni leader charismatique pour commander. Quant à Marür, bien qu'il ait vaincu Ronök, le plus grand guerrier de la Terre des Chefs, il n'était pas encore très connu. De plus, on ne savait pas ce qu'il valait personnellement dans une bataille même s'il bénéficiait du prestige des Sarkinis. Enfin, c'étaient les Ijars qui avaient réclamé l'action punitive.

Après avoir longé le lac des Nagudas vers le sud, l'armée continua à se diriger toujours vers le sud. En raison de chemins trop étroits pour un si grand nombre de guerriers, ils contournèrent les fameux Pics d'acier, les montagnes séparant le territoire des Nagudas de celui des Gadusos. Ronök mena la vaste armée à l'est de la zone montagneuse pour redescendre de nouveau vers le territoire des Gadusos afin de les surprendre.

Ces derniers habitaient tout au sud de la Terre des Chefs, ils effectuaient régulièrement des raids sur les territoires des autres peuples : les Wotos, les Kamas et les Nagudas. Curieusement, ils ne faisaient aucune intrusion sur le territoire des Ijars, réputés les meilleurs guerriers de la Terre des Chefs. Les Gadusos étaient des êtres sans foi ni loi qui achetaient et vendaient tout et n'importe quoi au plus offrant. C'était pourquoi ils commerçaient principalement avec les Tembas avides de richesses et de pouvoir. Par ailleurs, ils étaient dotés d'une force incroyable, leurs plus grands guerriers possédaient des musculatures colossales. La légende disait que leur chevelure en était la source. En effet, ils ne coupaient point leurs cheveux excepté le jour de leur mort ; on leur rasait alors la tête et on déposait les mèches à côté de leur corps pour qu'ils les récupérassent quand ils renaîtraient. Les Gadusos n'avaient pas de cité comme celle des Tembas ou encore celle des Nagudas ; ils étaient installés sur plusieurs villages regroupés en petits clans néanmoins sous l'autorité d'un chef commun. Certaines de leurs coutumes étaient proches de celles des autres peuples de la Terre des chefs, leurs dieux également, et ils parlaient le bénélo comme tous les autres peuples avec bien sûr quelques variantes propres. Pour les combats, certains Gadusos avaient emprunté aux Tembas l'utilisation de l'épée avec des protections pour des endroits sensibles du corps, toutefois ils affectionnaient aussi les lances et les grands boucliers en fer et en bois. Cinq jours après leur départ, Ronök installa le campement à plusieurs mabas du premier village. Les bataillons ne se mélangèrent pas : chaque peuple s'organisait dans un chaos inimaginable pour un Sarkinis. Même s'il avait été bien accueilli au sein des troupes nagudas, Marür ne s'était jamais senti aussi seul lors d'une campagne militaire malgré la présence d'un Nagudas parlant le fadari, affecté à son service par Hôro. Les Sarkinis, ses frères d'armes, lui manquaient tout simplement. Ronök, qui l'avait ignoré depuis le départ, le fit appeler le lendemain de leur installation.

Marür, accompagné de son interprète, se rendit sous sa tente. Après les salutations d'usage, il commença son exposé :

— Hier, à notre arrivée, j'ai envoyé un message au village devant lequel nous nous trouvons. Je viens de recevoir la réponse. Il refuse nos conditions. Par conséquent, nous attaquerons. Je vous ferai savoir quand.

Ronök avait fait venir ses commandants uniquement pour délivrer cette information lapidaire.

Marür, qui souhaitait en savoir plus, avança d'un pas pour s'exprimer :

— Respectable chef, j'aimerais savoir quelles étaient les conditions de leur reddition? demanda-t-il d'un ton courtois, son interprète traduisant sa demande.

— La livraison de leur chef, Yöbo, responsable de la capture d'Yëwana et de la mort des guerriers nagudas dont son frère, répondit-il d'un ton agacé, n'étant pas habitué à s'expliquer davantage sur ses prises de décisions. Je vous ferai connaître l'heure de la bataille, répéta-t-il pour conclure.

Deux jours après, Marür fut de nouveau appelé avec les commandants sous la tente de Ronök.

Expédiant les salutations d'usage, il dit pour commencer :

— C'est le moment.

Il expliqua rapidement sa stratégie et donna pour instruction de capturer Yöbo, vivant. L'armée s'était de nouveau mise en marche vers une grande plaine où devait avoir lieu l'affrontement. Fin stratège, Marür observait le terrain et la position linéaire des deux armées face à face. Il se dit que beaucoup de soldats allaient mourir dans un engagement si désordonné. C'était apparemment leur façon de combattre : des guerriers armés d'épées ou de lances avec de grands boucliers ou encore d'arcs, plus ou moins protégés, se jetaient les uns contre les autres. Il allait devoir être vigilant dans la mêlée, car les deux armées adverses ne portaient pas d'uniformes; c'était également son cas. Il avait échangé sa tenue de Sarkinis contre un ensemble nagudas offert par son beau-père pour mieux se fondre dans la masse. Il recommanda son âme à *l'Invisible* avant de s'élancer avec son épée en criant à pleins poumons comme ses compagnons.

Peu habitué à faire autant de distance à pied avant de fendre son épée sur un adversaire, il ralentit son rythme pour conserver toutes ses forces. La plaine verdoyante était inondée de guerriers. Les plus rapides étaient déjà au contact avec leurs ennemis. Jamais il n'avait connu de bataille aussi chaotique. Soudain, une lance vint face à lui en direction de sa hanche droite, il esquissa l'attaque en faisant un pas de côté. Deux autres faillirent le prendre en tenaille, il para à cette attaque avec son épée dans un mouvement d'une rapidité impressionnante. Il vit un guerrier nagudas aux prises avec trois assaillants et dont la dernière nar semblait avoir sonné. Il s'élança et, grâce à une détente phénoménale, réussit à bloquer l'attaque des Gadusos. En quelques passes d'armes, il les défit, puis releva le guerrier. À peine eut-il le temps de jeter un coup d'œil autour de lui, qu'il dut se protéger d'une attaque par-derrière. Son épée fendait, tranchait, fracassait. Il luttait depuis des nars. Puis, peu à peu, les rangs s'éclaircirent autour de lui jusqu'à devenir totalement vides. Il était épuisé. Un amoncellement de cadavres se tenait à ses pieds. Il entendit un long son de cor. Il essuya avec son avant-bras le sang qui perlait sur son front et imita les guerriers ijars et nagudas qui repartaient vers leur campement. Sur le chemin du retour, il enregistrait les cris de joie ; leur armée était victorieuse. Les guerriers, déjà parvenus dans leur camp, criaient, se battaient, chantaient, dansaient, exprimant leur joie. À son arrivée, des acclamations avec des cris retentirent. Un guerrier nagudas, puis un autre et encore un autre s'avancèrent vers lui pour le porter en triomphe sur leurs épaules robustes. Puis, ce fut le tour de guerriers ijars.

Ronök apparut soudainement. Le silence se fit.

— Yöbo est mort. Je l'ai tué. Leur armée s'est rendue, cria-t-il fièrement.

Des clameurs fusèrent de toute part.

Puis, il regarda Marür d'un air inexpressif.

— Nous avons lavé notre honneur. Tu peux être fier de toi, valeureux guerrier des Terres Dorées. Tu es un grand combattant, fidèle à la réputation des Sarkinis. Tu as gagné l'estime de nos guerriers. Désormais, tu es doublement notre frère à tous : par le mariage et par les armes, déclara-t-il d'un ton solennel, en fadari, avant de traduire en bénélo, en levant le bras droit de Marür, qu'on avait mis en avant, et en lui offrant l'un de ses bracelets qu'il portait sur son biceps.

— Misimba, dit Marür d'une voix forte en bénélo pour le remercier.

Ensuite, il fut serré sur de nombreux torses, des bras le happèrent et il reçut de nombreuses tapes viriles. Il était désormais l'un des leurs. Il s'était battu et les avait défendus en sauvant la vie de pères, de frères, de fils, de cousins, d'amis.

— Lozomo, prononça un guerrier, puis cela fut répété à l'infini dans les rangs en crescendo.

Son interprète, resté en sécurité au campement pendant la bataille, s'approcha de Marür.

— Lozomo, cela signifie l'éclair. Tu es rapide quand tu te bats comme un éclair, lui traduit-il en souriant.

Marür répondit à son sourire. Il était en vie. Il reverrait Yëwana. *L'Invisible* l'avait décidé.

*

Après leur formidable victoire, l'armée de coalition prit quelques jours pour se reposer. Pendant ce temps, Ronök, leur chef, avait assuré la gestion inhérente au règlement du conflit. Ayant perdu plus de la moitié de leurs guerriers dans un affrontement en raison de la cupidité de leur chef décédé, les Gadusos avaient désigné un nouveau dirigeant moins belliqueux. En effet, il s'était avéré que Yöbo était coupable de l'assassinat des guerriers nagudas ainsi que de l'enlèvement d'Yëwana sur ordre de Lâmno qui l'avait grassement rétribué. Souhaitant préserver le reste de son peuple, le nouveau chef des Gadusos avait accepté de reconnaître Ronök comme autorité supérieure. Par conséquent, ces derniers devenaient un peuple vassal des Ijars ; ces derniers semblaient prendre l'ascendant aussi sur les Nagudas privés d'un guerrier incontestable.

Quant à Marür, sa popularité commençait à croître

aussi bien chez les Nagudas que chez les Ijars. Beaucoup voulaient se battre avec lui et boire en sa compagnie.

S'il acceptait toujours avec joie la première option, il refusait obstinément la deuxième en prononçant le nom de Dieu ; personne n'insistait alors en raison de la rumeur. Ce dernier avait vaincu en combat singulier Ronök, leur plus grand guerrier ; il avait épousé la Nahri, le plus grand trésor des Nagudas, et avait également sauvé la vie à certains d'entre eux. Force était de constater qu'il était protégé par le dieu Jawaar et apparemment béni de son Dieu. Grâce à son interprète, Marür continuait d'apprendre d'autres mots en bénélo, motivé par le souci d'échanger plus facilement avec ses nouveaux compagnons. Les Nagudas comme les Ijars appréciaient ses efforts fort louables. Ronök l'observait souvent de loin d'un air énigmatique.

Enfin, ce fut le départ. L'armée mixte quitta le sud pour se diriger vers le nord, vers les terres des Tembas afin de châtier le véritable coupable. Elle prit une autre route que celle empruntée pour descendre dans le sud ; celle parcourant d'immenses plaines entrecoupées de deux fleuves dont la traversée fut laborieuse et de rochers noirs qui avaient donné autrefois le nom de Terres Noires à l'actuelle Terre des Chefs. Les guerriers étaient moins nombreux qu'au départ, mais leurs pertes étaient moindres en comparaison de celles des Gadusos. Après plusieurs jours de route, ils arrivèrent aux abords de Lagdo. L'armée s'installa dans la plaine et attendit l'émissaire du roi des Tembas. Il ne fut pas très long à se déplacer au camp des assaillants. Le chef reçut son visiteur sous sa tente en compagnie de son éternel bras droit, un soldat très discret. Marür se reconnaissait dans ce personnage protecteur et efficace, il se nommait Tarök. Cela faisait plusieurs lanns qu'il était au service du chef des Ijars. Plusieurs fois depuis l'affrontement avec les Gadusos, Marür avait essayé de se rapprocher de lui, en vain ; il gardait ses distances tout comme son chef. Au bout de plusieurs ménins, Ronök sortit, son fidèle compagnon sur ses talons, tel un chien de garde. Tandis que l'émissaire s'éloignait, le chef monta sur un petit rocher noir, l'un de ceux qui jonchaient le territoire, pour s'adresser à son armée entière. Il était habillé comme d'habitude avec son carré de tissu sur les hanches, son collier de griffes blanches et ses bracelets au bras droit.

Avec sa musculature impressionnante, il avait fière allure sous le soleil brillant.

— Guerriers ijars et nagudas, clama-t-il d'une voix forte.

Un silence s'abattit sur l'armée tout entière pour saisir la moindre de ses paroles.

— Les Tembas, ces lâches, osent nous proposer de l'argent ou des terres pour laver l'affront de notre honneur bafoué. Que leur répondons-nous, guerriers ?

— *Lébéna* ! Lébéna ! Lébéna ! criaient les guerriers tout en frappant leurs lances sur leurs grands boucliers.

Le bruit assourdissant se propageait dans la plaine. Marür avait compris le mot signifiant « non » par les vociférations et l'attitude belliqueuse des guerriers. Ils voulaient en découdre avec les Tembas qui fomentaient sans cesse des conflits pour prendre le pouvoir sur la Terre des Chefs. Ils souhaitaient en finir maintenant !

— Je vois que vous êtes d'accord avec moi. Nous donnerons à tous les Tembas la leçon qu'ils méritent, conclut-il avec satisfaction en faisant signe à ses commandants de le suivre.

Il fit signe également à Marür qui obtempéra bien que fort surpris. Des cris de joie et des clameurs se propageaient dans le camp pendant que le petit groupe convoqué par leur chef se réunissait sous sa tente. La première fois qu'il y avait été convié, Marür n'avait pas eu le temps d'examiner l'intérieur, car Ronök l'avait reçu à peine une ménin. Elle était beaucoup plus petite que celle de son Däg-Chem. Il n'y avait pas d'espace privé sans doute en raison de sa forme circulaire : des peaux de bêtes cousues sur des planches en bois souple servaient de couchage. Un feu était éteint avec des braises encore rougeoyantes en son centre tandis que ses affaires ainsi que ses armes occupaient l'espace situé à la gauche de ce lieu. Le lourd tissu utilisé pour l'ouverture et la fermeture de la tente était relevé et le soleil éclairait généreusement l'endroit.

— Capitaine Marür ! Vous pouvez peut-être nous conseiller

sur une stratégie pour venir à bout de leurs défenses ? Si je ne me trompe pas, vous vous êtes échappés de Lagdo pour sauver la fille de Hôro ?

— *Bésimi*, Respectable Chef, c'est vrai. Si vous le souhaitez, je vous conseillerai sur une tactique. Je vais y réfléchir et j'espère trouver rapidement une idée qui vous convienne, répondit-il d'un ton courtois par le biais de son interprète, avant de prendre congé.

Marür ne savait que penser de Ronök. Il semblait juste et loyal. Toutefois il l'observait souvent et celui-ci semblait soupeser le pour et le contre d'une décision difficile. En outre, il paraissait avoir totalement renoncé à Yëwana qui devait lui procurer un prestige plus grand sur la Terre des Chefs. Qu'en était-il réellement ? Il décida d'arrêter ses conjonctures et de se mettre à réfléchir dans l'immédiat pour prendre d'assaut la cité des Tembas. Il y avait séjourné plusieurs jours. Il s'en rappelait très bien les détails. Elle était entourée d'un mur en brique de cinq mabs environ. Elle comportait une entrée unique dont l'accès se faisait par une double porte en fer située au nord et elle était protégée par une tour de garde. Il pensa à la stratégie de la prise de Tanéla même si les combattants de la Terre des Chefs ne possédaient pas un matériel militaire complexe. Marür passa beaucoup de temps à échafauder plusieurs plans avant d'en retenir un qui lui semblait le plus réalisable. L'armée était arrivée par l'est, c'était plutôt une bonne chose. Après le repas du soir, Marür alla soumettre son plan à Ronök. Ce fut son fidèle Tarök qui le fit entrer avec son interprète dans la tente éclairée par un bon feu. Le chef des Ijars était assis par terre sur des peaux. Il écouta l'exposé de Marür en lui posant au fur et à mesure des questions auxquelles ce dernier répondait en vérifiant que Ronök comprenait tout. Quand il eut fini, le chef des Ijars resta un long moment pensif avant de faire signe à Marür de disposer.

Le lendemain matin, Ronök prit la parole comme la fois précédente pour s'adresser à son armée. Il lui expliqua le plan en citant la contribution de Marür qui fut sensible à cette reconnaissance. Ensuite, il donna l'ordre de départ de l'armée. Il fit signe à Marür de le rejoindre sous sa tente, l'interprète lui emboîtant le pas. Comme lors de la prise de Tanéla par les Sarkinis, l'armée fut divisée en deux : les Ijars restèrent du côté du mur est avec Marür tandis que les Nagudas se rendaient à l'entrée de la cité dans une manœuvre de diversion.

Durant deux jours, les Nagudas lancèrent de fausses attaques, apparaissant totalement ridicules aux habitants de Lagdo retranchés derrière leur enceinte robuste. Quant aux Ijars, ils semblaient impuissants et dans l'attente de quelque chose. Marür avait testé la chirmaï qu'il avait apportée pour sa mission. Il l'avait jalousement conservée, attendant le moment opportun pour l'utiliser en raison de la quantité infime dont il disposait. En regardant le mur de Lagdo, il estima que cela devait suffire s'il espaçait les points d'explosion. Il passa encore une journée à mettre au point les dispositifs. Puis, dans la nuit, avec quelques volontaires, ils les enterrèrent au pied du mur Est, échappant à la vigilance des gardes.

Au matin du troisième jour, les Ijars lancèrent une flambée de flèches enflammées qui atterrirent sur les dispositifs explosifs provoquant un passage. Marür avait espéré une brèche franche. Mais, sa tactique était allée au-delà de ses espérances : le mur complet s'était effondré ! Les Ijars lancèrent leurs cris de guerre et se précipitèrent sur l'ouverture béante. Affolés, les Tembas qui avaient concentré leurs troupes sur l'entrée nord n'eurent pas le temps de parer cette attaque. Ils rencontrèrent les Ijars au centre de la cité, là où se dressait la demeure de leur chef. Sans parade efficace, l'entrée de la cité fut investie par les Nagudas. Apeurés, les gardes affectés à la tour se sauvèrent laissant la double porte en fer sans défense. Les Nagudas purent ainsi facilement pénétrer dans les lieux et rejoindre les troupes basées à l'est. Prise en tenaille, l'armée des Tembas ne résista pas longtemps, elle se rendit rapidement. Ronök, suivi de Tarök, demanda à Marür de l'accompagner pour s'emparer du chef des Tembas. Ils entrèrent avec prudence dans la demeure de Lâmno. Ils le trouvèrent, seul, au premier étage dans son bureau, la gorge tranchée ; sa garde personnelle l'avait abandonné. Tandis que Ronök se réjouissait de l'élimination d'un ancien rival qui avait tenté de l'empêcher de réaliser son ambition cachée, Marür, lui, était furieux que le chef des Tembas soit mort avant de répondre de ses crimes.

Néanmoins, l'honneur des Nagudas, celui des Ijars ainsi que le sien étaient désormais lavés.

Comme chez les Gadusos, les Tembas désignèrent un nouveau chef qui jura fidélité à Ronök en vassal obéissant. La victoire était de nouveau portée à son crédit !

*

Le chef des Ijars contrôlait dorénavant quatre des six peuples de la Terre des Chefs. Les deux derniers encore indépendants étaient considérés comme les plus faibles. Pendant que son armée goûtait à des jours de repos bien mérités, il réfléchissait. Jamais, il n'avait été aussi près d'atteindre son aspiration secrète, celui de réunir tous les peuples de la Terre des Chefs sous son seul et unique commandement ! Il savait ce qui se passait sur les Terres Dorées. Les Sarkinis avaient mis en pratique son souhait le plus cher. Par conséquent, il décida justement de s'entretenir avec un Sarkinis. L'objet de ses réflexions était parti rendre visite à Amêlo. Sur le chemin, il avait constaté que seule une partie de l'enceinte de la cité ainsi que la demeure de Lâmno avaient véritablement souffert. En outre, la population ne semblait pas mécontente de la disparition de leur chef puisque l'un d'eux l'avait assassiné. Quand il s'assit devant le Mayntou, dans sa maison, il eut l'impression que ce dernier l'attendait.

Marür était soulagé de le voir, car il n'avait pas pu remercier le vieil homme pour son aide précieuse lors de son séjour précédent.

— Je te salue Marür, Fils de *l'Invisible*. Es-tu venu pour des conseils ? Non, je ne le pense pas, affirma-t-il en reprenant les mêmes mots que lors de sa précédente visite.

— Mayntou, je suis très heureux de vous savoir sauf et je déplore l'état de votre cité, dit-il d'un air honteux.

— C'était prévisible depuis un certain temps. De mauvais choix entraînent de lourdes conséquences. Toi, tes choix se sont avérés payants : tu es parti seul et une multitude t'accompagne désormais comme je te l'avais prédit, dit-il avec un léger sourire.

— Et je vois que celle qui te causait tant de souci est dorénavant tienne, ajouta-t-il avec un sourire encore plus large.

Puis, son visage se fit grave.

— Retiens ceci, Fils de *l'Invisible*. Grave-le dans ton esprit à jamais ! Deux guerriers du nord, deux unions mêlées, un sang royal, mais un seul espoir pour Ĕphÿr, déclara-t-il d'un ton solennel. Nous nous verrons encore, Fils de *l'Invisible*, conclut-il avant de refermer ses yeux, le congédiant ainsi sans un véritable échange.

Marür quitta la demeure du Mayntou perturbé par ses dernières paroles. C'était la deuxième fois qu'il les entendait. Que voulaient-elles dire ? Il en cherchait encore la signification quand Tarök fit irruption devant lui et l'entraîna jusqu'à la tente de Ronök, ce dernier préférant demeurer en dehors de la cité.

— Marür Lozomo, dit le chef des Ijars comme formule de bienvenue, souhaitant flatter son interlocuteur.

— Respectable Chef.

— Que diriez-vous si nous allions rendre visite aux Wotos puis aux Kamas avant que l'armée ne se sépare ? demanda-t-il d'un air impénétrable.

— Je pense qu'il n'y aurait pas de meilleur moment à condition de leur proposer une paix durable, exposa Marür sur un ton neutre.

Dès le lendemain, Ronök annonça à son armée un détour vers les territoires des Wotos et des Kamas avant de rentrer chez eux. Ils mirent donc le cap vers l'ouest. Face à une armée aussi nombreuse et victorieuse de peuples beaucoup plus aguerris qu'eux, les Kamas, entretenant un lien étroit avec la nature, puis les Wotos, versés dans la guérison de l'âme et de l'esprit, durent se résoudre à jurer, à leur tour, fidélité à Ronök. Ne pouvant pas rivaliser en force, ils acceptèrent de devenir les vassaux des Ijars. Grisé par ses victoires, le chef des Ijars prit le chemin du retour vers son territoire en réfléchissant déjà aux différentes opportunités qui s'offraient désormais à lui. Il invita Marür à le suivre, car il sentait que ce dernier faisait indéniablement partie de ces possibilités. Marür accepta l'invitation de Ronök à condition de s'arrêter quelques jours chez les Nagudas comme devaient le faire les guerriers de Hôro.

Après plus d'une misa d'absence, Yëwana accueillit son époux avec bonheur. Elle avait eu tellement peur pour lui qu'elle avait du mal à croire qu'il était revenu sain et sauf. Pendant son absence, on avait construit une maison au jeune époux pour le récompenser de sa victoire sur Ronök dans leur combat singulier. Cette dernière se situait non loin des rives du lac que Marür appréciait tant, et par conséquent, loin de la demeure de son beau-père. Le jeune homme s'y sentit immédiatement chez lui grâce à Yëwana qui l'avait décorée avec amour : chaque meuble et chaque tissu avaient été choisis et disposés avec le plus grand soin. Marür passa trois jours merveilleux auprès de son épouse dans leur nid d'amour. Puis, ils se séparèrent non sans difficulté néanmoins avec beaucoup moins d'appréhension que la première fois.

Trois jours après, Marür arriva chez les Ijars accompagnés d'une centaine seulement de guerriers nagudas. L'armée de coalition avait été dissoute. Ronök avait rejoint son territoire, dans les montagnes de l'est, uniquement avec les guerriers de son peuple. Dès son arrivée, Marür fut introduit avec son interprète dans la demeure de son hôte, une construction en terre cuite similaire à celles des autres peuples de la Terre des Chefs. Ils eurent un long entretien. Jamais le chef des Ijars ne lui avait parlé aussi longuement. Assis par terre sur des peaux, Ronök lui fit part de son intention de faire une cérémonie dans les dix jours pour l'acclamer comme le chef incontesté de leur terre. D'ailleurs, il attendait le retour des émissaires envoyés dans les différents peuples. Et surtout, il voulait savoir si les Terres Dorées envisageaient d'envahir la Terre des Chefs. Marür lui assura le contraire en lui répétant mot pour mot son ordre de mission de la part de Zoltanör : « C'est très simple. Tu te rendras sur la Terre des Chefs et tu convaincras les chefs des territoires de l'ouest de s'unir à notre cause ».

— Vous voyez, Respectable Chef, j'avais pour mission de

faire une alliance auprès des peuples de l'ouest. Les dieux en ont décidé autrement, ajouta-t-il avec sincérité.

Ronök exprima son peu de confiance envers les peuples des Terres Dorées.

La réponse de Marür ne tarda pas :

— Nos deux campagnes militaires se sont avérées victorieuses contre des royaumes corrompus. Ce n'est qu'une question de jours maintenant pour que notre armée ne s'empare de toutes les Terres Dorées, dit-il d'un ton très assuré, proche de la fierté.

— Oui. Je vous concède votre force, cependant qu'en est-il de votre loyauté ? Vous nous avez déjà trahis une fois. Qu'est-ce qui vous empêchera de recommencer ? soutint Ronök d'un air très méfiant.

— Les Sarkinis n'ont jamais trahi personne ! rétorqua Marür très choqué.

— Je vais vous rafraîchir un peu la mémoire sur les trahisons passées, dit le chef des Ijars sur un ton condescendant.

Le chef des Ijars dit à Marür :

— Je vais vous raconter l'histoire des peuples de la Terre des Chefs.

Marür se demandait comment cette dernière pouvait différer de celle qu'il connaissait, néanmoins il réajusta sa position pour être plus à l'aise afin d'écouter Ronök. Ce dernier prit une longue inspiration avant de parler sur un ton détaché :

— Au commencement était l'âge de *l'Insouciance*. Les Jambes rapides, nos ancêtres étaient des nomades qui parcouraient leur terre, vivant en harmonie avec la nature.

L'âge des *Premières rencontres* succéda à celui de *l'Insouciance*.

Certains groupes finirent par se lasser de ces déplacements incessants, ils recherchèrent une terre plus au nord pour s'y installer définitivement. Ainsi, ils s'aventurèrent sur les Terres Dorées, le territoire des Longs bras, votre peuple, en traversant les Terrasses Dansantes facilement accessibles alors. Nos ancêtres rencontrèrent donc les vôtres. C'étaient les premières rencontres, pleines de promesses dans l'avenir. Copiant vos ancêtres, les nôtres décidèrent aussi de changer de nom. Ils se nommèrent les enfants des Terres Noires en raison de la couleur noire des rochers qui jonchaient leurs routes lors de leurs déplacements. Cependant, ils continuèrent à vivre en nomades, excepté les Tembas, les marcheurs, qui avaient cessé de marcher pour s'installer de façon définitive au nord de notre terre. Ces derniers y avaient construit des habitats rudimentaires, s'améliorant au contact des fils des Terres Dorées, vos ancêtres, avec lesquels ils commencèrent à faire du troc. Puis, les Tembas développèrent les échanges sur leur propre terre. Cette période de rencontres et d'échanges pacifiques dura plus d'un lannari. Pour le moment, Marür retrouvait les éléments similaires qu'il connaissait déjà dans l'histoire de son peuple, ce qui changeait c'était le découpage des périodes. Il resta donc silencieux en attendant la suite.

Après une courte pause, le ton de Ronök changea. Il continua avec un brin de colère dans la voix :

— Puis, vint l'âge des *Grandes traversées.*

Ce fut la période la plus sombre pour les peuples de la Terre des Chefs, une période monstrueuse. Qui en fut responsable ? Les Heldans furent à l'origine de la découverte d'une contrée encore inconnue regorgeant de richesses immenses ; ils la nommèrent les Terres Rouges. Afin de les exploiter, ils réduisirent très vite en esclavage leurs habitants. Mais, ces derniers ne pouvaient pas supporter les cadences effrénées imposées. Il fallait plus de bras aux conquérants pour extraire les fabuleuses ressources. Alors, ils eurent une grande idée ! Leur idée de génie fut de capturer les peuples des terres de l'ouest et de les envoyer sur les Terres Rouges. Et ce n'était pas suffisant. Il fallait toujours plus de prisonniers. Ils s'emparèrent alors des peuples du nord qui les avaient accueillis si généreusement, mais également de tous les autres ! Ils vidèrent ainsi peu à peu les Terres Noires ! Ce fut une grande trahison. Malheureusement pour nous, ce ne fut pas la seule que nous ayons subie.

Les yeux du chef des Ijars étaient devenus plus sombres en évoquant ce souvenir douloureux transmis de génération en génération. Et dans sa voix, on notait une révolte impuissante face à ces évènements anciens. Il ferma les yeux un instant et respira profondément pour calmer sa colère sourde. Il continua néanmoins sur un ton accusateur :

— Certes, les Heldans entretenaient de très bonnes relations avec nos ancêtres. Cependant, ces derniers demeuraient plus proches encore des Tanhoïs avec lesquels non seulement ils échangeaient, mais avec lesquels ils avaient tissé des liens profonds d'amitié, du moins c'était ce que nos ancêtres croyaient. Cependant, tout ce qui intéressait les Tanhoïs, c'était uniquement le troc plus que rentable dont ils bénéficiaient (or et pierres précieuses). Nos soi-disant amis des Terres Dorées profitaient largement de nous !

Ronök s'arrêta quelques instants pour se calmer. Pendant ce temps-là, Marür réfléchissait aux comportements passés des Tanhöis ; ils avaient profité de la crédulité des ancêtres des peuples de la Terre des Chefs. Quand ils racontaient l'histoire de leur peuple, les Tanhoïs se gardaient bien de donner cette version de leurs agissements.

Le chef des Ijars reprit son récit d'un air détaché :

— Mais, nos ancêtres n'étaient pas encore au bout de leur peine. *La Guerre des Deux Terres* opposa les Heldans et les Tanhoïs ainsi que leurs alliés respectifs pour les richesses des Terres Rouges. Elle fut terrible pour les Terres Dorées. Mais, les conséquences pour les Terres Noires furent encore plus désastreuses ! Les vainqueurs, les Heldans, qui nous avaient trahis, et leurs alliés pillèrent notre terre. Une partie des Terres Noires, toute la moitié nord, fut totalement exploitée (habitants, animaux et sol). Contrairement à leurs ancêtres, les envahisseurs ne s'aventurèrent pas sur les corniches dangereuses des montagnes de l'est, laissant ainsi une partie des Terres Noires échapper à leur contrôle. Ce sont mes ancêtres, les Ijars, qui s'y sont réfugiés en attendant l'heure de la révolte.

*

Il s'interrompit plusieurs ménins, semblant se perdre dans ses souvenirs, avant de reprendre avec élan :

— Puis, l'âge de la *Lumière foudroyante* succéda à celui des *Grandes traversées*. Il fut synonyme du Grand espoir. Grâce au combat de Melveir, un homme vénérable même si c'était un Heldan, cet espoir se propagea sur toutes les terres d'Ĕphÿr. Elle aboutit à la victoire de *la Bannière blanche* qui fut rapide et totale. Mais, les conséquences de ce triomphe ne furent pas les mêmes pour tout le monde. Sur les Terres Noires, la situation était compliquée. Les différents peuples n'avaient plus de contact entre eux depuis longtemps. L'armée d'occupation contrôlait tout le territoire excepté nos montagnes de l'est dans lesquelles elle ne s'était pas risquée en raison de la dangerosité extrême des chemins pour des non initiés. Ce fut mon peuple, les Ijars, qui fut à l'origine de la rébellion. Nous étions informés de ce qui se passait sur les autres terres. Et je sentis qu'il fallait également saisir notre chance pour se débarrasser de nos spoliateurs. Je réussis donc à convaincre d'autres jeunes guerriers comme moi que le temps était venu de nous battre et de reprendre nos terres. Nous descendîmes de nos montagnes, unîmes peu à peu tous les peuples des Terres Noires et vainquîmes nos oppresseurs !

Dans les yeux de Ronök, on lisait toute la fierté à l'évocation de cette période de révolte.

— Oui, *la Lumière foudroyante*, apporta le changement tant espéré. Les peuples des Terres Noires étaient de nouveau libres !

Puis, Marür vit les traits de son visage changer de nouveau.

— Et ce fut le début du grand chaos. Dès la victoire obtenue, les jeunes guerriers, qui avaient mené leur peuple au succès, prirent les commandes en écartant les anciens chefs jugés trop passifs. C'est comme cela que Lâmno, Yöbo et d'autres, tout comme moi, sommes devenus des chefs ; cependant chacun voulait commander son propre peuple. Nous sommes rapidement tombés dans des rivalités et des conflits alimentés encore et toujours par les Tanhoïs ! Ces derniers n'avaient pas oublié que les Terres Noires avaient été leur poule aux œufs d'or avant que les Heldans s'en emparassent. Ainsi, les Terres Noires devinrent très rapidement la Terre des Chefs, car les différents peuples n'acceptaient ni l'unité ni un chef unique. Et certains impressionnables et corrompus par les richesses, tels que Lâmno et Yöbo, ne se sont guère aperçus qu'ils étaient encore manipulés par les Terres Dorées pour maintenir notre division afin de nous exploiter plus facilement ! ajouta Ronök en prononçant ces derniers mots d'un ton très dur.

Le silence s'installa dans la pièce. Les deux guerriers se fixaient attentivement en essayant l'un et l'autre de percer leur véritable nature.

— Moi, contrairement à ces pantins, j'attendais quelque chose d'autre. Un signe de nos dieux disant qu'ils n'avaient pas abandonné notre terre. Lassé d'attendre, j'ai saisi l'opportunité d'un rapprochement durable avec les Nagudas. En effet, j'ai pensé pendant un temps que mon mariage avec la Nahri des Nagudas était la clef de notre avenir, mais apparemment, je me trompais. Heureusement pour toi qui sembles beaucoup aimer cette jeune femme, n'est-ce pas ? demanda Ronök d'un air entendu.

Marür hocha la tête d'un ton sec. Le chef des Ijars se contenta de cette brève assertion.

— Pourtant, je ne m'étais pas beaucoup trompé. Yëwana, la fille du chef des Nagudas en était la clef, toutefois pas de la façon dont je l'imaginais. Son enlèvement, ta venue, son sauvetage, mon combat perdu contre toi, ton mariage avec elle, notre campagne pour l'honneur et la vengeance, nos victoires dont la prise rapide de Lagdo grâce à ton savoir, tout cela est l'œuvre du dieu Jawaar. Je le vois très clairement maintenant. D'ailleurs, tous ces évènements ont concouru à l'unité de la Terre des Chefs sous mon unique commandement, continua le chef des Ijars avec une lueur mystique dans le regard.

— J'étais appelé à être le premier de tous les chefs. Le dieu Jawaar m'a désigné comme tel, pour quelle raison ?

Marür laissa sciemment passer plusieurs ménins avant de répondre.

— Respectable Chef, j'ai bien écouté votre récit. J'y ai entendu les noms des peuples qui vous ont trahis : les Heldans des Terres Libres et les Tanhoïs des Terres Dorées. Ai-je entendu le nom des Sarkinis ? Non, car nous n'avons jamais trahi aucun peuple ! appuya-t-il en martelant chaque mot.

Marür fixa Ronök dans les yeux. Sous le regard franc du guerrier des Terres Dorées, le chef des Ijars inclina la tête pour convenir de la véracité des paroles de son interlocuteur.

— De même que vous, nous avons aussi subi les trahisons de peuples alliés. Pour autant, avons-nous renoncé à accorder notre confiance ? Non ! Quant à la réponse à votre question, j'en ai une petite idée, Respectable Chef, termina Marür avec une grande assurance.

Ronök fut surpris par les paroles du guerrier Sarkinis. Il le regardait comme s'il était ailleurs.

Marür répéta donc ses propos :

— J'en ai une petite idée. Je crois savoir pour quelle raison votre dieu vous a désigné comme le premier de tous les chefs.

Il marqua un temps d'arrêt afin de créer un petit suspens auprès de son interlocuteur.

— Comme je vous l'ai dit tout à l'heure, mon commandant suprême m'a demandé de rechercher des alliés auprès des peuples de l'ouest. Cependant, j'ai rencontré d'abord Lâmno ; il ne m'a pas du tout inspiré confiance. Aussi, ai-je bravé les lois de l'hospitalité pour sauver Yëwana de ses griffes, ce qui a entraîné en définitive notre rencontre. Par conséquent, je suis tout à fait d'accord avec vous. Des forces divines ont été mises en œuvre : je cherchais un allié loyal et je vous ai trouvé, exposa Marür avec logique. Pensez-vous réellement que votre dieu Jawaar ait fait tout cela uniquement pour que vous présidiez à la destinée des peuples de la Terre des Chefs ? insista Marür avec conviction. Non, je ne pense pas cela une seule seconde ! répondit-il sans attendre de réplique. Votre récit sur l'histoire de votre peuple vous a permis de vous remémorer que des peuples des Terres Dorées vous ont trahis. Mais je vous rappelle que ce sont ces mêmes peuples qui nous ont également trompés. En revanche, les Fils de *l'Invisible* n'ont jamais trahi qui que ce soit ! Nous, les Fils de *l'Invisible,* sommes les seuls, non seulement à ne rien avoir à nous reprocher, mais également à pouvoir contrecarrer des velléités futures des Terres Libres, ajouta Marür d'un ton convaincant.

Le chef des Ijars semblait réfléchir aux dernières paroles du guerrier du nord.

— Respectable Chef, nous sommes actuellement au début d'une nouvelle ère et vous pouvez, si vous le souhaitez, vous joindre à nous, les Fils de *l'Invisible* afin de changer le visage d'Ĕphÿr. Notre Dieu nous a investis d'une mission, celle du Shakkar. Il s'agit dans un premier temps d'unifier les Terres Dorées, ce que nous sommes en passe de faire, puis de convertir tous les autres peuples des autres terres, termina Marür avec ferveur.

— Et que demandez-vous pour cela ? Que j'abandonne mes dieux pour le vôtre ? questionna-t-il courroucé.

— J'avais proposé à Lâmno cinq coffres d'or et de pierres précieuses pour rester neutre tant que nous n'aurions pas achevé nos campagnes sur les Terres Dorées, puis un partage équitable du butin à la défaite des Terres Libres et des Terres Neuves. Mais, je pense que la campagne du nord doit être déjà terminée. Aussi, cette partie est désormais caduque. Par ailleurs, Lâmno était un chef totalement corrompu, cela n'a rien à voir avec vous. Contrairement à lui, on peut dire sans se tromper que vous ne courrez pas après les richesses. Par conséquent, ne souhaitant pas vous insulter, je ne monnayerai pas votre loyauté, Respectable Chef, répondit Marür avec sincérité.

Ronök apprécia la dernière phrase qui le flatta beaucoup. Marür marqua de nouveau un temps d'arrêt, puis il reprit :

— Respectable Chef, je ne vous propose pas d'argent, seulement une alliance sincère avec les Fils de *l'Invisible*. Nous vous avons déjà vengés sur notre terre en décapitant le roi du peuple responsable de vos malheurs passés, cependant vous pourrez tout de même bientôt châtier vos anciens oppresseurs, les Terres Libres. Qu'en pensez-vous ?

Le chef des Ijars semblait réfléchir longuement face à une décision cruciale pour son peuple et le reste de la Terre des Chefs.

— Avant de me prononcer, je voudrais avoir des réponses sur deux exigences, déclara-t-il sur un ton ferme donnant l'impression qu'il n'y avait pas de négociations possibles à ses demandes.

Marür savait qu'il tentait uniquement d'obtenir le maximum.

— Quelles sont-elles ? demanda Marür d'un ton aimable.

— Je veux une part importante des richesses que nous accaparerons que ce soit des trésors, des demeures ou même des personnes. Je veux pouvoir posséder des esclaves de ces terres pour nous servir comme l'ont fait ses habitants avec nous. Il est toujours utile d'avoir des possessions, marmonna-t-il se défendant d'une quelconque cupidité.

— Pas de problème. Nous-mêmes avons de nombreux esclaves pour nous servir. Et quelle est votre seconde exigence, Respectable Chef? interrogea Marür toujours sur le même ton.

— Nous allons reprendre notre ancienne appellation de *Terres Noires,* car je veux avoir comme nouveau titre, le *Néré* des Terres Noires. Et je réclame une cérémonie entérinant mes nouvelles fonctions en présence de tous les peuples des Terres Noires selon nos traditions, mais également selon les vôtres par la plus haute autorité des Fils de *l'Invisible,* votre Sahrfir, déclara Ronök d'un ton autoritaire.

— Très bien, Respectable Chef. Nous allons préparer la cérémonie qui vous consacrera Néré des Terres Noires selon vos traditions. Ensuite, lors de votre venue sur les Terres Dorées, notre Sarhfir procédera en personne à votre conversion dans notre cité sacrée pour que votre titre soit incontestable sur notre terre. En contrepartie, vous devrez abandonner les dieux de vos ancêtres, termina Marür en observant attentivement le visage de Ronök.

Ronök réfléchit plusieurs ménins, semblant peser le pour et le contre. Puis, il accepta d'un ton grave. Ainsi, la Terre des Chefs, autrefois divisée, n'existait plus ! Elle était redevenue les Terres Noires, reprenant son ancienne appellation. En revanche, cette fois-ci, elle s'était transformée en une terre unie sous l'autorité d'un chef unique, Ronök.

*

Dès le lendemain, Marür se mit à la recherche de Tarök. Il eut beaucoup de mal à lui faire comprendre ce qu'il voulait. En dernier recours, Tarök l'introduisit de nouveau dans la demeure de Ronök où il obtint de ce dernier la venue d'Amêlo, le Mayntou des Tembas pour l'aider, car celui des Ijars était peu à l'aise dans la maîtrise de différents protocoles.

En attendant son arrivée, Marür continua dans l'apprentissage accéléré du bénélo. Il était plus qu'urgent de se passer d'un interprète auprès de Ronök, car les conversations deviendraient rapidement de plus en plus confidentielles ; il souhaitait également faire une surprise à Yëwana qui lui manquait terriblement. La nuit, il revoyait son visage, son corps. Il rêvait d'elle comme un adolescent transi. Le jour, il se promenait dans des lieux grandioses, assez sauvages. À l'instar d'autres peuples des Terres Noires, les Ijars n'avaient pas construit une cité. Ils vivaient dans des villages disséminés dans les montagnes ; d'autres, destinés à une retraite en cas d'attaque, se trouvaient perchés beaucoup plus haut. Parmi ces villages, le plus gros était celui de leur chef. Leur habitat était typique des Terres Noires : des constructions circulaires en terre cuite. Compte tenu de la nature accidentée des sols montagneux, elles étaient petites. En déambulant dans le village, Marür s'était vite rendu compte que les Ijars avaient sensiblement les mêmes coutumes que les Nagudas et vénéraient également les mêmes divinités, dont le dieu Jawaar. En outre, chaque peuple avait un dieu protecteur différent, même s'il existait aussi en divinité mineure chez un autre. En revanche, les Ijars ressemblaient davantage aux Tembas, s'entraînant régulièrement comme eux. Toutefois, contrairement à ces derniers qui semblaient plutôt des chasseurs, les Ijars étaient aguerris aux combats au corps à corps. C'était pourquoi ils ne laissaient point un adversaire gagner, leur réputation étant trop importante à leurs yeux. Le temps passa finalement excessivement vite. Le Mayntou des Tembas arriva une sema plus tard. Marür et lui furent très heureux de se revoir. Marür l'accueillit dans la maison qu'on lui avait attribuée pour le temps de son séjour. Le vieil homme frêle s'assit sur les peaux de la pièce principale.

— Je suppose que cette fois-ci, tu veux des conseils, guerrier des Terres Dorées ? supposa le Mayntou avec un sourire espiègle.

— Oui. Cette fois-ci, ce sont des conseils dont j'ai besoin. Comment préparer une fête solennelle afin de consacrer Ronök comme Néré des Terres Noires ? demanda Marür avec une petite inquiétude.

Le Mayntou lui donna beaucoup d'instructions pour garantir une cérémonie réussie. Dès le lendemain, Marür accéléra les préparatifs sous la supervision d'Amêlo avec les constructions de plusieurs maisons à l'attention des invités. Tous les invités arrivèrent chez les Ijars au plus tard la veille de la cérémonie. Parmi eux se trouvait Hôro qui avait insisté pour voyager malgré son âge. Il n'avait pas voulu se faire représenter; Marür en profita pour prendre des nouvelles de son épouse.

Le grand jour, le Mayntou des Ijars reprit la place lui revenant de droit en présidant la cérémonie. Dans la matinée, Marür ainsi que les autres invités, tous les chefs vassaux, se tenaient à l'extérieur de la maison de Ronök. Le Mayntou psalmodiait tout bas des phrases incompréhensibles pour les non-initiés en lançant des éléments invisibles. Puis, lorsque Ronök apparut devant sa maison, son Mayntou se plaça face à lui et lui souffla différentes poudres colorées censées lui procurer diverses vertus. Ronök, habituellement habillé de façon simple, avait troqué son morceau de tissu habituel pour un vêtement de la couleur des forêts qui ressemblait étrangement à ceux que portait l'ancien chef mort des Tembas. Il portait des sandales dorées dont les lanières montaient jusqu'à ses tibias. Comme accessoires, des bracelets en or avaient remplacé ceux qui enserraient toujours son biceps droit; à son collier de griffes blanches, il avait substitué un lourd médaillon en or dont Marür n'apercevait pas les motifs et il portait sur ses épaules une longue peau bleue familière. Enfin, ses cheveux longs habituellement mal coiffés avaient un aspect souple et élégant. Soudain des porteurs surgirent, avec une chaise en bois sculptée de motifs très anciens, le plaçant sous les auspices de leurs dieux. La sobriété de l'objet contrastait avec l'allure de Ronök. Des guerriers, armés de leurs lances, vinrent encadrer de toute part la chaise en bois. Puis, ils se mirent en route, le Mayntou ouvrant la marche, les invités en fonction de leur importance se plaçaient sur plusieurs rangs et les soldats fermaient le cortège. Tout ce petit monde déboucha sur une vaste étendue, non loin du village.

Là, on avait dressé une petite estrade richement décorée

sur laquelle on avait monté un large fauteuil en bois incrusté de pierres précieuses qui faisait sans nul doute office de trône. La chaise portée s'arrêta au pied de l'estrade et Ronök en descendit pour monter les marches jusqu'en haut où se trouvait le fameux trône. Il resta debout dans le soleil, attendant que le Mayntou plaçât tous les invités en arc de cercle face à l'estrade. Une fois la manœuvre effectuée, il grimpa à son tour sur l'estrade pour rejoindre Ronök. Le Mayntou fit signe à Ronök de s'asseoir sur le trône, puis il tint au-dessus de sa tête un petit accessoire en métal qu'il tenait dans sa main, cela ressemblait à une petite couronne. Alors, il se mit à crier pour que tous l'entendissent. Il posa des questions aux invités qui répondirent sans hésitation. À son tour Ronök prit la parole avec passion :

— Moi, Ronök, ancien chef des Ijars, je suis désormais le Néré des Terres Noires. Je déclare que nous ne sommes plus des peuples différents, mais nous formons tous un seul et même peuple, celui des Terres Noires !

D'interminables ovations retentirent dans la plaine.

Puis, le Mayntou descendit rejoindre quatre soldats qui bloquaient totalement un animal ressemblant à un mewar, mais exceptionnellement docile. Il s'en approcha pour l'égorger d'un geste rapide. Il recueillit son sang dans une écuelle en bois et l'amena jusqu'à Ronök. Quand ce dernier eut terminé de boire tout son contenu, un nouveau tonnerre d'acclamations et de cris de joie jaillit dans la prairie. Une fois la cérémonie terminée, toute l'après-midi fut consacrée à partager le grand banquet dressé de l'autre côté du village. Les convives profitèrent jusque tard dans la nuit de la profusion de nourriture et de boissons. Les couples se faisaient et se défaisaient naturellement dans cette ambiance de liesse pourtant sans la vulgarité apparente que Marür avait constatée chez les Tembas.

Pendant que les soldats des Terres Noires célébraient leur Néré selon leurs coutumes, ce dernier regardait vers l'avenir. Certes son alliance avec les Sarkinis était pour le moment secrète, mais elle avait comme mérite d'être déjà entérinée.

XIV - Le Shakkar

L'appel du devoir

Après la cérémonie, Marür s'entretint rapidement avec Ronök, devenu le Néré des Terres Noires. Il lui annonça qu'il repartait dès le lendemain chez les Nagudas, puis qu'il retournerait très bientôt chez lui, sur les Terres Dorées. Quand il serait chez son peuple, il lui enverrait un message pour sa venue à Yazam, la Grande. Dès le lendemain, les invités commencèrent à repartir dans leurs territoires. La veille au dîner de clôture, le nouveau Néré avait rappelé à ses vassaux leur engagement premier : ils devaient accourir sans tarder au moindre appel de sa part.

Lors du retour vers le territoire des Nagudas, Marür et le chef Hôro échangèrent beaucoup lors de soirées autour du feu. Hôro lui racontait son enfance avec son père, son apprentissage de futur chef et sa rencontre avec la mère d'Yëwana qu'il avait énormément aimée. Marür écoutait son beau-père sans se livrer à son tour. Ce dernier, voyant sa réticence, n'insistait pas avec ses différentes questions. Les deux hommes s'appréciaient de plus en plus. D'un commun accord, ils évitaient d'aborder le sujet du prochain départ des nouveaux époux.

C'était probablement l'origine de la tristesse que Marür notait parfois sur les traits du père d'Yëwana. Hôro était surtout las des responsabilités. Concernant sa fille, son avenir ne lui appartenait plus, elle lui manquerait beaucoup, car ils étaient très proches. Elle devait suivre son époux sur ses terres, c'était le cours naturel de la vie. Il regarda son gendre occupé à remettre du bois dans le feu. Il savait que sa fille avait fait un excellent choix ; il serait un très bon mari pour elle.

Quant au devenir de son peuple, il paraissait tout tracé selon la volonté du dieu Jawaar. Avec le départ de sa fille, son peuple n'aurait plus de Nahri pour guider sa destinée. Et l'enfant qu'elle mettrait au monde ne serait jamais au service de son peuple. Son monde disparaissait, celui de la division. Un autre émergeait, celui de l'union avec un chef unique pour les guider.

Quatre jours plus tard, les Nagudas étaient de retour chez eux. Ils furent accueillis par la population ravie de revoir ses maris, ses frères, ses fils. On les embrassait, on leur donnait des tapes sur les épaules, on leur serrait la main. Dans cette liesse générale, Marür cherchait Yëwana du regard, il ne la voyait pas. Son cœur s'emballait par l'inquiétude. Où était-elle ? Il vit alors une jeune femme lui faisant signe. Il n'arrivait pas à se souvenir d'elle, puis il réalisa qu'il l'avait souvent vue avec son épouse : c'était l'une de ses amies. Il la suivit en lui demandant où était Yëwana. Elle répondait « Yëwana ! Yëwana ! Yëwana ! » en émettant des petits gloussements continus suivis d'un long soupir. Marür devait allonger son pas pour suivre ceux très rapides de la jeune femme, qui après plusieurs ménins, le laissa brusquement à l'entrée d'une petite maison. C'était celle dans laquelle il avait passé quelques jours avec son épouse à son retour de la campagne militaire. Il regarda la petite construction circulaire en terre cuite qu'il considérait comme son foyer. Il souleva le lourd tissu de l'entrée. La pièce était dans la pénombre. Le soleil, d'habitude étincelant à cette nar du jour, était légèrement voilé. Le décor n'avait pas changé pendant son absence d'un peu moins de trois semas ; au contraire, la maison s'était étoffée de peaux, de tissus et de quelques objets. La pièce était vide. Il appela son épouse. Un petit son étouffé lui parvint loin devant lui. Son regard se porta alors au fond de la petite bâtisse, là où on avait aménagé l'espace du coucher. Yëwana avait trouvé un joli tissu vert rappelant la couleur de ses yeux pour abriter leur intimité. Marür avança doucement, plutôt curieux que véritablement inquiet désormais. Il était couvert de la poussière du voyage. Même en l'absence d'une armure il transpirait beaucoup, la sueur perlait sur son corps, son front et ses cheveux noirs mi-longs enserrés dans ses tresses.

Il leva délicatement le fin tissu brillant retenu par deux sortes d'attaches métalliques enfoncées dans les murs latéraux. Puis, il vit Yëwana. Il ressentit les mêmes émotions que la première fois qu'il l'avait aperçue : un enchantement ! Elle était assise sur le bord du lit bas qui paraissait immense en comparaison de son corps mince. Elle releva la tête quand Marür entra dans cet espace confiné et doucement éclairé par une bougie. Marür se précipita en une enjambée pour la lever et la serrer dans ses bras puissants, cependant elle se déroba au dernier moment avec une feinte digne d'un soldat.

Marür fut interloqué. Sa première impression se relevait être la bonne. Quelque chose n'allait pas avec son épouse. Il l'examina attentivement. Elle était à trois mabs à peine de lui. Comme lors d'un combat, il scruta minutieusement son adversaire. Elle était encore plus belle que dans ses souvenirs. Ils étaient pratiquement de la même taille grâce à ses jambes fuselées apparentes avec la tenue que portaient les femmes des Terres Noires : une espèce de jupe à taille basse en peau très souple s'arrêtant à mi-cuisse. Son regard remonta sur son buste dont les seins paraissaient légèrement plus gros, enserrés dans un haut assorti à la jupe en dépit d'un léger décolleté. Son ventre plat était totalement dénudé. Il fut déconcerté de la voir habillée ainsi, car elle l'avait habitué à de longues jupes, certes transparentes, mais qui couvraient tout de même ses jambes ! Il releva ses yeux jusqu'à son visage dont il rêvait la nuit tel un jeune homme qui n'avait pas encore connu de femme. Il était fidèle à son souvenir : la forme en diamant, de grands yeux arc-en-ciel extraordinairement brillants, de longs cils noirs, des pommettes hautes sur une mâchoire fine, un nez banal et des lèvres pulpeuses; sans oublier ses longues tresses noires qui l'encadraient. Pourtant, quelque chose avait changé. Peut-être une certaine douceur et une brillance plus soutenue dans ses yeux. Sa main s'avança pour lui caresser le visage. Il sentit parfaitement cette douceur incroyable sous ses doigts. Il voulut de nouveau la prendre dans ses bras, mais elle leva la main. Il suspendit alors son geste.

— Marür, mon époux, murmura-t-elle.

Marür vivait une véritable torture de ne pas la serrer dans ses bras après tant de jours de séparation.

— Je veux d'abord te dire que je suis très contente de te revoir sain et sauf, dit-elle d'une voix soulagée.

Manifestement, elle avait quelque chose d'important à lui dire. Marür évita donc de la brusquer, rongeant son impatience.

Elle prit une longue inspiration et lui annonça gravement :

— J'attends un enfant. En fait, nous attendons un enfant.

C'était donc l'explication de tout ce comportement étrange.

Elle le regardait timidement scrutant les traits anguleux de son époux pour en saisir la moindre réaction.

— Tu en es sûre, car je ne suis pas resté longtemps la deuxième fois? insista-t-il choqué par cette nouvelle surprenante.

Le visage d'Yëwana commençait à se fermer, jusqu'à ce elle vît celui de Marür s'illuminer progressivement jusqu'à l'émerveillement le plus total. Elle ne l'avait jamais vu sourire ainsi tel un enfant à qui on venait d'offrir le plus beau cadeau du monde. Ses yeux vert doré brillaient de mille feux.

— Est-ce une façon alors d'accueillir son époux? lui demanda-t-il taquin en la soulevant de terre et la faisant tournoyer dans l'espace si réduit qu'ils tombèrent sur le lit en riant de joie.

— J'avais peur que tu ne sois pas aussi content que moi et que tu me désires moins, avoua-t-elle d'un air penaud.

Contredisant ce qu'elle venait de dire, son mari qui se tenait au-dessus d'elle saisit par surprise ses lèvres pleines qui l'attiraient toujours inexorablement. Il commença à caresser son ventre nu, puis ses seins. Il releva la tête pour voir l'effet que cela produisait sur elle. Les yeux clos, elle gémissait. Puis, il suspendit son geste, ce qui eut pour effet de lui les faire ouvrir soudainement.

— Je vais te torturer comme tu viens de le faire pour te punir, annonça-t-il très sérieusement avec un large sourire.

Il jouait avec ses cuisses, les caressant lentement de bas en haut. Il s'arrêtait à chaque fois à l'intérieur, de plus en plus près de son intimité, avant de redescendre tout doucement. Yëwana fondait de plaisir ; sa tête était rejetée en arrière sur le lit. Puis, il répéta l'opération avec ses lèvres ; elle commençait à haleter tel un animal.

— Comment peux-tu penser une seule seconde que je puisse ne plus te désirer alors que tu me rends complètement fou ? se défendit-il fougueusement sous l'emprise du désir. Tu me manques quand tu n'es pas à mes côtés. Et je rêve de toi la nuit.

Après cette déclaration d'amour, il enfouit son visage dans le creux de son cou. Il n'avait pas prévu de lui avouer ses sentiments, mais cela lui avait semblé si naturel de le faire. Surprise par son aveu, Yëwana lui répondit en lui saisissant fermement le visage et en plongeant les yeux dans les siens :

— Je t'aime.

Ils se déshabillèrent comme possédés par une fièvre intense. Et le choc de leurs corps nus les fit basculer dans une passion enivrante.

— Tu ne veux pas que je me débarbouille un peu ? Je ne sens pas très bon, protesta-t-il avec un reste de lucidité avant de capturer ses tétons déjà dressés par la force du désir.

Sans répondre, Yëwana exerça une pression sur ses cuisses pour le faire basculer sur le côté et elle se mit sur lui. Elle le contemplait avec amour. Elle lui prodigua des caresses avec ses doigts parcourant son torse, ses jambes comme il venait de le faire.

Puis, elle renouvela l'opération avec ses lèvres. Sa peau avait un goût légèrement aigre à cause de la transpiration, cependant elle était incapable de s'arrêter. Elle fit également pleuvoir des baisers sur son visage. Marür tendit les mains pour caresser ses seins en insistant sur les tétons. Sous la passion, Yëwana se plaça directement sur son époux pour le prendre en elle et elle bougea d'abord doucement, puis de plus en plus vite.

On entendait dans la pièce uniquement des sons étouffés et des gémissements de plus en plus soutenus. Yëwana rejeta sa tête en arrière. Puis, Marür se redressa et se tint à son niveau, leurs deux corps enlacés intimement. Ils se regardaient les yeux dans les yeux. Ils échangèrent un long baiser passionné, leurs langues se cherchant sans cesse pour se procurer du plaisir. Chacun voulait en donner à l'autre. Dans cette joute sexuelle, ils furent tous deux vainqueurs quand la jouissance les libéra de leur tension. Leurs corps atteignirent une plénitude des sens. Ils s'embrassèrent longuement avant de s'allonger sur le lit.

Plus tard, Marür réveilla son épouse. Leurs bouches se cherchèrent de nouveau, cependant Marür s'arrêta :

— Debout, paresseuse ! J'ai besoin d'un bon bain, d'un bon repas et ensuite… ? avança-t-il en souriant, laissant un suspens. Il n'y a pas de risque pour l'enfant ? demanda-t-il tout à coup avec inquiétude.

— Pas le moins du monde. C'est d'ailleurs fortement recommandé pour faire des enfants forts, mais tu sais qu'on risque d'avoir une fille. Si c'est le cas, tu ne seras pas trop déçu ? questionna-t-elle à son tour, très inquiète.

— Non. Je ne le serai pas. D'ailleurs, nous aurons ensuite d'autres enfants dont des fils, répondit-il confiant dans le futur.

Yëwana était heureuse. L'avenir s'annonçait si radieux aux côtés de Marür.

*

Marür et Yëwana avaient passé trois jours presque idylliques ; ils avaient été néanmoins empreints d'une tristesse due à la séparation imminente d'Yëwana avec son père. Par conséquent, ils avaient mangé tous les soirs avec Hôro, et Marür avait prétexté les préparatifs de leur voyage pour que son épouse profitât des derniers moments avec son père. Quand il y réfléchissait, il aurait aimé rester plus longtemps encore chez les Nagudas, loin du tumulte des Terres Dorées. Par ailleurs, les adieux avaient été très difficiles avec ce peuple que ce soit avec le père d'Yëwana, leur chef, ou certains guerriers ou même encore les autres membres de Laréké, leur cité, qu'il ne reverrait probablement jamais.

Il devait rentrer faire son devoir, car son Däg-Chem avait besoin de lui. Et *l'Invisible* avait également besoin de lui : le Shakkar devait être mené à son terme. En effet, sa mission sur ce territoire était terminée. Elle avait été couronnée d'un succès au-delà de ses espérances les plus folles. D'un point de vue militaire, les Sarkinis avaient gagné un allié acquis à leur cause, fort de milliers de soldats. D'un point de vue privé, il ramenait une épouse qu'il aimait et qui portait déjà leur enfant.

Pour le retour vers les Terres Dorées, Marür privilégia des chemins plats, non seulement faciles pour la marche, mais également pour transporter à dos d'hommes leurs affaires : provisions, vêtements surtout ceux d'Yëwana et des cadeaux de la part de Hôro destinés au Däg-Chem et au Sahrfir. Leur groupe, qui comprenait sa femme et une douzaine de guerriers nagudas, traversa le lac dans sa largeur à bord de deux canoës. Ils prirent ensuite la même route empruntée par l'armée mixte quelques semas auparavant. Puis, ils bifurquèrent vers l'ouest pour atteindre *le Grand fleuve* qu'ils descendirent en canoë afin de rejoindre la côte et de la longer, contournant la forêt dans laquelle Marür s'était séparé de ses soldats. Cinq jours après, ils trouvèrent des marchands des Terres Dorées qui avaient l'habitude d'accoster à l'embouchure du fleuve irriguant Lagdo pour décharger diverses marchandises à vendre aux Tembas ; ces derniers avaient également un point de rencontre tout au sud, sur le territoire des Gadusos pour la même finalité. Compte tenu de la situation sur les Terres Dorées, les marchands ne se firent pas prier pour emmener un Sarkinis en mission à Yazam, la Grande, Marür leur promettant également un dédommagement. Depuis qu'ils avaient entrepris la navigation le long de la côte des Terres Noires, Marür avait recommencé à porter sa tenue de Sarkinis. Par ailleurs, il avait recommandé à Yëwana de remettre ses anciennes tenues de Nahri qui la couvraient beaucoup plus que celles d'épouse. Afin de limiter les risques de la traversée, les marchands longèrent la côte puis s'en éloignèrent peu à peu, au fur et à mesure qu'on quittait les Terres Noires. Ils évitèrent la Douce chantante pour continuer jusqu'à une petite crique au sud d'Akméra.

La traversée fut moins dangereuse grâce aux navigateurs expérimentés ; de plus, ils n'eurent pas à souffrir de la houle pendant les trois jours. Enfin, Marür et ses compagnons retrouvèrent la terre ferme. Après avoir rétribué correctement les marchands, Marür se procura un cheval ainsi que des réserves d'eau avec le restant du pécule que lui avait donné Hôro. Habitués à marcher, les Nagudas refusèrent de monter sur ces drôles de bêtes qu'ils ne maîtrisaient pas ; Marür chevauchait ainsi le seul cheval du groupe. Yëwana pouvait donc se reposer dans ses bras. Cependant, pour ménager leur monture, Marür initia peu à peu Yëwana à l'équitation. Quatre jours après, la petite troupe arriva enfin, en milieu de matinée, aux portes de Yazam, la Grande.

La cité était entourée d'une haute muraille solide. Le seul passage pour y entrer ou en sortir s'effectuait à l'ouest, protégé par des gardes en haut de la muraille et au sol, derrière la lourde porte en fer. Marür prit l'artère principale, puis contourna sur sa droite la petite enceinte de Yazam, la Petite, pour déboucher sur la Grande place. Ensuite, il emprunta une artère secondaire sur la gauche pour s'arrêter devant une petite demeure confortable au cœur du quartier des riches marchands et des cadres de l'armée. Pour la première fois, il trouva qu'elle avait un certain charme avec sa couleur propre aux pierres des Terres Dorées, un rose sombre auquel les rayons du soleil matinal apportaient des reflets dorés. Dans la petite cour d'entrée, il y avait principalement une écurie et un abreuvoir. Zoltanör avait tenu à lui offrir cette maison en prévision de ses futures noces pour le remercier de sa fidélité à toute épreuve. Malgré son peu d'enthousiasme, Marür n'avait pas pu refuser ce cadeau. Depuis, il ne l'avait guère vraiment utilisée, car son service à plein temps le retenait chez Zoltanör où il avait dormi presque toutes les nuits. Aujourd'hui, il était content de l'insistance de son Däg-Chem sinon il aurait eu des difficultés à loger son épouse. Elle serait tranquille dans son propre foyer, à l'abri des regards curieux, pour s'adapter à son propre rythme aux diverses coutumes de son peuple. Il pensa également à sa future conversion, c'était une nécessité absolue, se souvenant de celle de la nouvelle épouse de son

Däg-Chem. Marür confia Yëwana et les guerriers nagudas à son intendant qu'il voyait rarement.

Et il continua sans faire un brin de toilette jusqu'à la demeure de Zoltanör sur une autre monture. Marür reprit dans le sens inverse l'artère secondaire bordée de quelques arbres d'une élégance majestueuse, puis continua tout droit en passant à droite des anciens jardins royaux luxuriants dont profitait désormais le Sahrfir. Sur sa gauche s'étalait le quartier des membres de l'État-Major des Sarkinis : les commandants qui occupaient les anciennes villas des hauts-dignitaires de l'ancien roi. À l'angle de ce quartier se tenait la demeure la plus imposante en hauteur et en largeur dont la vue de la grande terrasse de la chambre à coucher permettait de contempler pratiquement toute la cité. Devant la demeure de son Däg-Chem, il descendit de son étalon noir, une bête fougueuse dont il s'était emparé quand elle s'enfuyait des écuries royales lors de la prise d'Akméra. Comme sa demeure, celle de Zoltanör possédait une cour intérieure, cependant beaucoup plus vaste que la sienne. Son écurie comptait une vingtaine de chevaux tandis que la sienne ne pouvait en contenir que cinq. Un forgeron, dont l'atelier se trouvait au fond de la cour à droite, officiait à plein temps pour entretenir leurs sabots ainsi que les armes de la maisonnée. Quelques parterres de plantes donnaient une touche moins austère à l'endroit. Marür avait passé les gardes à l'extérieur du domaine, ensuite ceux postés devant l'entrée de la grande demeure. Les deux fois, les gardes l'avaient salué sans l'arrêter en le reconnaissant. Il pénétra dans le grand hall. Cela faisait plusieurs misas qu'il n'y était pas venu, depuis leur départ pour les terres du sud. Il entendit des pas rapprochés. S'attendant à voir l'intendant de son Däg-Chem, il découvrit Lahär, son meilleur ami, qui surgit devant lui. Après quelques dorons de surprise, ils se prirent par les épaules en se donnant de grandes tapes viriles.

— Ah, te revoilà ! Je vois que ta petite promenade t'a fait beaucoup de bien, dit Lahär avec un grand sourire.

— Oui. On peut dire cela, répondit Marür d'un ton laconique.

— Je suis content de te revoir sain et sauf, mon frère, ajouta Lahär avec une voix pleine d'émotions en regardant avec bonheur son meilleur ami qu'il considérait comme le frère qu'il n'avait point puisqu'il était le seul garçon de sa fratrie.

— Moi également, répondit Marür avec le même émoi.

Après ce petit interlude chargé de sensibilité, les deux guerriers en vinrent bien vite à leurs missions respectives.

— Raconte-moi ton service auprès de notre Däg-Chem ? demanda Marür en entraînant Lahär dans la salle des repas, là où il attendait son Däg-Chem le matin.

— Nous sommes rentrés hier de la campagne du nord. Elle s'est très bien passée. Comme tu t'en doutes, leurs forces n'étaient pas de taille contre nous, répondit-il d'un ton désabusé.

Lahär raconta brièvement le siège de Nahmara avec sa petite pointe d'humour habituelle, puis lorsqu'il passa à l'écrasement des Şadhans, sa voix s'était légèrement voilée. Marür comprit qu'il s'était passé quelque chose qui avait perturbé son ami. Il se dit qu'il lui demanderait des détails plus tard.

— Et s'est-il passé quelque chose d'intéressant à Yazam, la Grande ? interrogea Marür qui souhaitait avoir un bref aperçu de la situation actuelle.

— Oui, rétorqua Lahär.

Son visage habituellement si joyeux s'était déformé par une haine féroce. Il n'arrivait toujours pas à croire en l'audace des Terres Neuves.

Alerté par ce changement, les traits du visage de Marür se parèrent d'inquiétude.

— Que s'est-il passé ? insista-t-il sur un ton impatient.

— Les Terres Neuves ont envoyé des assassins pour éliminer notre Däg-Chem, rétorqua-t-il sur le ton de la colère

— Et ? Notre Däg-Chem… ? questionna-t-il avec angoisse.

— Non, rien de grave. Il n'a même pas été blessé. Au contraire, il s'est battu contre deux adversaires redoutables et les a vaincus, tout seul ! rétorqua-t-il avec fierté.

Marür lâcha un long soupir de soulagement.

— Je n'étais pas là pour le protéger, protesta-t-il avec un ton dur envers lui-même.

— Ce n'est pas grave. J'y étais, moi. Pourtant il n'avait besoin de personne pour vaincre. De toute façon, c'est le plus grand combattant d'Ĕphÿr. Nul ne peut le battre ! Il est protégé par *l'Invisible*, dit Lahär religieusement à voix basse.

Marür avait du mal à se remettre de cette nouvelle. Puis, il demanda avec un visage interrogateur :

— En parlant de notre Däg-Chem, où est-il justement ? Il n'est pas encore descendu de ses appartements ? questionna-t-il en regardant Lahär avec étonnement en raison de l'heure avancée.

— Non, je l'attends comme toi quand tu étais de service, rétorqua son ami sur un ton patient.

— Mais toi, que racontes-tu sur la Terre des Chefs ? As-tu rencontré des gens intéressants ?

*

Marür ne savait pas par où commencer son récit. Il devait également annoncer de vive voix son mariage, toutefois c'était à son Däg-Chem à qui il devait en faire part en premier. D'ailleurs, ce fut à ce moment-là que ce dernier apparut en face de lui.

— Capitaine Marür, pouvez-vous m'expliquer pourquoi vous avez cru devoir risquer votre mission pour sauver une femme que vous ne connaissiez pas ? J'ai lu votre bref message remis à vos soldats, néanmoins je n'ai toujours pas compris le risque que vous avez pris ? dit Zoltanör en guise de phrase d'accueil avec un regard sévère en employant un vouvoiement inhabituel. Vous avais-je, oui ou non, donné des ordres très précis ?

— Oui, Däg-Chem, répondit Marür d'un air grave en

baissant la tête, acceptant ainsi explicitement sa culpabilité.

— Vous n'avez manifestement pas respecté ces ordres. Qu'avez-vous à répondre ? continua-t-il très sévèrement, son visage fermé ne reflétant aucune émotion.

— Vous m'aviez donné des ordres pour trouver un chef fiable qui pourrait devenir un allié sur la Terre des Chefs. Je suis conscient d'avoir fait peser un risque considérable sur ma mission, cependant lorsque j'étais sur place, j'ai analysé différents éléments et choisi une autre option, expliquait Marür pour se justifier.

Il s'était levé à l'arrivée de son Däg-Chem tout en relevant sa tête pour se défendre.

— Je suis très curieux d'entendre votre explication, car je vante souvent votre esprit d'analyse, émit Zoltanör sur un ton désormais railleur.

Marür se détendit légèrement, car la froide intonation avait laissé la place au ton narquois, présageant généralement une sentence beaucoup moins grave en cas de faute reconnue. Ainsi, il relata les faits qui avaient abouti à une décision largement discutable, toutefois qui s'était avérée très bénéfique.

— J'ai rencontré l'ancien chef des Tembas. Intéressé uniquement par l'or, il ne m'a pas exposé la réalité de la situation sur la Terre des Chefs. Puis, j'ai rencontré une prisonnière qui m'a communiqué d'autres éléments très intéressants. J'ai donc compris que le chef des Tembas n'était pas fiable. En revanche, la jeune femme prisonnière était la fille d'un chef et elle pouvait m'être fort utile dans l'accomplissement de ma mission. J'ai donc choisi sciemment de trahir les lois de l'hospitalité en la faisant évader afin d'obtenir ainsi plus facilement le soutien de son peuple, dit Marür avec une grande assurance.

Zoltanör observait attentivement Marür dont les traits s'étaient adoucis quand il avait évoqué la fille du chef. Il ne l'interrompit pas, attendant la suite des explications.

— Mon instinct me donna raison. Grâce à cette action, une armée fut montée rapidement pour punir les auteurs de cet odieux forfait. Et contre toute attente, cela a abouti à l'unification de la Terre des Chefs, rebaptisée les Terres Noires, qui était avant mon arrivée totalement divisée et en conflit latent, ajouta Marür, toujours sur le même ton.

— Tu as eu de la chance, mon ami. Si tu avais échoué en prenant des risques inconsidérés, je n'aurai pas hésité une seule seconde à prononcer la sentence obligatoire pour un manquement aux ordres, et cela malgré l'affection que je te porte, dit Zoltanör avec un visage impassible, abandonnant le vouvoiement au profit du tutoiement habituel.

— Oui, Däg-Chem. J'en étais conscient. C'est pour cette raison que j'ai renvoyé mes hommes. Sont-ils tous revenus sains et saufs ?

— Oui, répliqua Zoltanör d'un ton sec. D'ailleurs, tes hommes ont tous soutenu ta décision et vanté tes mérites dans leur retour chez nous.

— Qu'est devenue la jeune femme pour laquelle tu as pris de tels risques ? questionna Zoltanör d'un air innocent.

— Je l'ai épousée et ramenée, répondit Marür légèrement mal à l'aise par le résumé simpliste qui venait d'être donné aux évènements extraordinaires qu'il avait vécus.

Lahär laissa échapper un cri de surprise quand il entendit ces mots. Zoltanör lui fit signe de la main pour obtenir plus de détails à ce sujet. Une fois son récit terminé, son commandant garda le silence un moment, songeur. Il observait attentivement Marür. En faisant abstraction de la poussière et de la transpiration qui recouvraient son corps, il paraissait en très bonne santé, cependant il avait remarqué que son visage avait abandonné son aspect taciturne coutumier. Il attendrait pour lui poser de plus amples questions d'ordre personnel. Puis, il reprit son interrogatoire.

— Et ce nouvel allié ? Qu'en penses-tu ? Peut-on s'y fier ?

— Il aspirait à unifier les différents peuples de son territoire. C'est désormais fait grâce à notre aide.

— Non, pas grâce à nous, mais grâce à toi, mon fidèle Marür. Tu as bien servi les Fils de *l'Invisible* comme toujours, assura Zoltanör avec reconnaissance. Je suis content de te revoir, mon ami, conclut-il, sur un ton enfin chaleureux en s'avançant pour lui enserrer les avant-bras dans un geste d'une affection virile.

— Däg-Chem, je suis à votre service.

— Maintenant, tu peux disposer et aller faire un brin de toilette. J'enverrai quelqu'un te chercher pour nous rendre chez le Sahrfir afin que tu lui fasses un rapport complet.

Puis, avant que Marür ne sorte de la pièce, il lança sur un ton ironique :

— Tu vois que j'avais raison mon ami. Une maison est toujours utile dans la vie.

En arrivant chez lui, Marür laissa en suspens les problèmes qu'ils devraient résoudre rapidement pour ne penser qu'à se plonger avec délice dans un bon bain. Yëwana avait déjà pris des dispositions pour que tout fût prêt à son retour. Dans toutes les demeures confortables des Terres Dorées, on avait aménagé une pièce d'eau à l'étage, pas très loin des appartements privés du propriétaire. Il monta directement pour enlever toute la saleté accumulée pendant ce long voyage de retour, car la toilette avait été très sommaire pendant tout ce temps. En sortant de la pièce, Marür se dirigea vers sa chambre située au bout du long couloir étroit. Arrivé devant sa porte, il entra directement. La pièce était fraîche. Yëwana avait baissé les volets de couleur jaune pour empêcher le soleil d'inonder la chambre de ses rayons. Marür balaya la pièce d'un coup d'œil, il retrouva les meubles de décoration habituels : la commode, la chaise, le miroir, les coffres, les porte-vêtements en bois, les tapis, le petit canapé et le grand lit confortable. Yëwana était étendue dessus. Son long corps mince était endormi, tourné vers la gauche. Elle portait toujours une de ses tenues dénudées de Nahri dont la jupe recouvrait en partie ses jambes fuselées. Il s'approcha d'elle, son corps la désirait ardemment. Il s'assit au bord du lit pour l'observer plus attentivement. Il ne remercierait jamais assez *l'Invisible* pour ce cadeau inespéré. Sa main droite se leva pour caresser sa jambe gauche, puis remonta sur son bras, son épaule, son cou jusqu'à sa joue gauche qu'il effleura délicatement. Marür l'entendit soupirer doucement en entrouvrant légèrement la bouche. Il se pencha alors pour capturer le prochain souffle qui s'y échapperait. Il posa ses lèvres sur les siennes; leur contact lui procura une douce chaleur. Instinctivement, il y enfonça sa langue, ses lèvres effectuant une petite pression sur celles d'Yëwana. Marür entendit son épouse gémir dans un son étouffé. Soudain, complètement réveillée, elle s'agrippa naturellement à ses épaules en cherchant à se fondre en lui. Il s'allongea alors sur elle et ils échangèrent un long baiser passionné.

Puis, les lèvres de Marür abandonnèrent sa bouche pour s'aventurer vers d'autres contrées : son cou, sa poitrine généreuse, son ventre nu jusqu'à son intimité. Maintenant, allongée sur le dos, Yëwana suffoquait de plaisir se tendant comme un arc pour s'unir à lui. Ils n'avaient pas fait l'amour pendant leur long voyage en raison du manque d'intimité. Ils ne pouvaient plus réprimer leur désir. Trop pressé pour se lever et se déshabiller correctement, Marür se redressa brusquement sur ses genoux pour retirer la grande culotte assortie à la jupe de son épouse ; il libéra aussi ses seins de son petit haut bleu ajusté. Il la contempla ainsi : à demi nue, offerte à lui. Sentant son membre dur qui attendait une délivrance à une tension insoutenable, il baissa à son tour son pantalon jusqu'à ses genoux, puis s'enfonça avec rudesse en elle. Yëwana en eut le souffle presque coupé, pourtant elle l'accueillit avec passion.

Dès le début, il bougea sans ménagement, ne pouvant réfréner son ardeur. Yëwana sentait le même désir impérieux s'emparer d'elle. Elle avait glissé ses mains sous sa tunique pour lui caresser le dos, le torse, les épaules. Marür s'arrêta une seconde pour enlever lui-même ce mince tissu qui les gênait. Puis, il recommença à bouger en lui caressant les tétons noirs qui devenaient de plus en plus durs sous le désir. Yëwana tournait la tête de gauche à droite et gémissait. S'agrippant à ses épaules, elle réussit non sans mal à l'attirer vers elle, souhaitant sentir son corps. Au contact de leurs corps nus, leurs mains s'enflammèrent en caressant la moindre parcelle de peau qu'ils pouvaient atteindre. Puis, Marür prit de nouveau ses lèvres avec passion tout en continuant à bouger avec frénésie. Débarrassée de ses vêtements par magie, le corps totalement enflammé, Yëwana enroula ses longues jambes autour de la taille de son époux pour suivre ce rythme infernal. Déjà rapide, il devint de plus en plus pressant, d'une urgence intolérable jusqu'à ce que la jouissance vienne soulager leurs sens. Marür s'effondra alors sur la poitrine d'Yëwana qui l'accueillit avec tendresse en caressant ses tresses, puis sa joue. Elle ferma les yeux, totalement heureuse. Marür se laissa aussi sombrer dans le sommeil.

Quand ils se réveillèrent, les rayons du soleil n'éclairaient plus la chambre à travers les interstices des volets. Ils se regardèrent avec amour puis s'embrassèrent délicieusement. Marür serait encore resté dans les bras de son épouse, cependant l'heure de la prière de la fin de l'après-midi n'était plus très loin, il devait se dépêcher.

Depuis sa mission sur la Terre des Chefs, il avait négligé cet aspect de son devoir auprès de *l'Invisible*. Heureusement, lors de missions ou de campagnes militaires ou encore lors du jemva, le nombre de prières pouvait être réduit à une, celle du soir, évitant ainsi à trop de Sarkinis de risquer des pénalités importantes. Sur les Terres Dorées, il retrouvait le rythme perdu. Il embrassa une dernière fois sa femme, goûtant la saveur de sa bouche avant de se lever du lit. Il sortit pour faire de nouveau un brin de toilette et revint rapidement se changer. Yëwana s'était rendormie, épuisée par le trajet et sans doute par l'enfant grandissant déjà dans son ventre. Marür espérait n'avoir pas été trop brutal lors de leurs ébats.

Il entendit le son du clari en se dirigeant déjà vers le rez-de-chaussée. Tout comme la salle d'eau, les maisons confortables, riches et luxueuses disposaient toutes d'une salle de prières. Elles présentaient toutes le même agencement : deux grands tapis et un paravent. Un Hafir y officiait. Ce dernier était le gardien de la spiritualité des âmes, de même que le soldat était le gardien de la sécurité des corps pour tous les résidents de la demeure. Dans la partie réservée aux hommes, agenouillé sur un tapis, les bras tendus, les paumes tournées vers le ciel, Marür répétait et répétait encore, tout comme les autres croyants, les paroles du Hafir.

Quand il eut fini, ce dernier resta silencieux et ouvrit son canal de communication vers *l'Invisible* pour accueillir les suppliques silencieuses des fidèles afin de les lui transmettre. Chaque Hafir était nommé par le Sahrfir et possédait un lien privilégié avec *Shê*, *l'Invisible*, augmentant ainsi la puissance de la requête du fidèle en vue de sa réalisation. Comme prière de retour dans sa maison, il demanda à *l'Invisible* de lui donner une vie longue et heureuse avec sa femme et ses futurs enfants.

*

Un messager attendait Marür quand il sortit de la salle. Avant de partir de nouveau, il informa son intendant de s'occuper du repas des guerriers nagudas et de son épouse. Il refit sur son étalon noir le même chemin que le matin. Les rues grouillaient de monde contrairement à la matinée, en revanche on respirait les mêmes odeurs épicées et grillées. Il arriva chez son Däg-Chem. Lahär l'attendait sur le seuil de la demeure.

— Le mariage a l'air de bien te réussir, soutint son ami avec un petit sourire.

Marür effaça immédiatement de son visage le sourire qui l'habitait quelques ménins auparavant.

— Et toi, comment se portent les servantes ? lança Marür avec un rictus moqueur qui disparut pourtant bien vite.

Depuis son séjour sur la Terre des Chefs, son regard avait changé sur la condition des femmes.

— Alors, quand me présentes-tu ton épouse ? reprit Lahär d'un ton sérieux, ne faisant pas de commentaires sur son changement d'humeur.

— Demain, quand tu auras un peu de temps, passe chez moi ! proposa-t-il avec affection.

— Allons-y ! dit Zoltanör qui était arrivé dans le hall, interrompant ainsi leur conversation d'ordre privé.

Les trois hommes enfourchèrent leurs chevaux escortés par une demi-unité pour se rendre chez le Sahrfir. Depuis l'attaque qu'il avait subie, Lahär avait réussi à faire accepter à son Däg-Chem de se déplacer à l'intérieur de la cité avec une douzaine de soldats. Il les avait recrutés personnellement dans sa propre unité parmi ses meilleurs guerriers. Ses hommes étaient très fiers d'assurer la protection du Däg-Chem, c'était un vrai honneur pour tout soldat. Arrivés dans la cour, les trois guerriers mirent pied à terre pour entrer dans la demeure. Sur le seuil, ils furent accueillis par Farôn, son éternel sourire de bienvenue aux lèvres. Ce dernier les guida jusqu'à la grande salle d'audience. Avant d'y pénétrer, ils déposèrent leurs armes selon la procédure, puis rejoignirent le Sahrfir comme à leur habitude sur le grand tapis au milieu de la pièce.

— Ah, notre Marür est enfin de retour parmi nous ! J'ai prié *l'Invisible* pour la réussite de ta mission et pour qu'il te protège des nombreux dangers. *L'Invisible* m'a exaucé. Yori ! dit-il de sa voix singulière en esquissant un large sourire.

— Yori ! répondirent les trois hommes en cœur.

— Sahrfir, Marür est venu te faire son rapport sur la Terre des Chefs… rectification, les Terres Noires. Il va falloir se réhabituer de nouveau à ce nom dorénavant.

Avant de commencer, Marür leur remit les cadeaux que Ronök et Hôro leur adressaient. Pendant qu'il parlait, le Sahrfir regardait Marür avec ses yeux scrutateurs. Il nota les petits changements chez le guerrier. Ses traits semblaient détendus alors qu'auparavant ils apparaissaient toujours maussades. Quels autres changements avait-il subis ?

— Alors Marür ? Que vaut notre nouvel allié ? Sera-t-il fidèle à *l'Invisible* ? fut la première question du Sahrfir très soucieux.

— Oui, Sahrfir. Je pense que j'ai trouvé l'allié qu'il nous fallait. C'est le plus grand guerrier des Terres Noires, affirma Marür avec conviction.

— Pourtant d'après mes sources, il me semble que tu as obtenu la main de ton épouse en battant ce grand guerrier, rétorqua-t-il dubitatif.

— C'est *l'Invisible* qui m'a accordé la victoire. J'étais en fâcheuse posture sur le point de perdre quand il fut ébloui par le soleil, continua Marür avec une grande humilité.

— Yori ! dit le Sahrfir d'un ton songeur.

Ce dernier observa de nouveau Marür avec une grande attention. *L'Invisible* avait manifestement un plan pour lui. Quelle serait sa contribution au Shakkar ? Sa présence avait favorisé l'unification des Terres Noires. Il avait également obtenu l'adhésion de leur chef.

— Et leur chef, sa foi est-elle sincère dans sa prochaine

conversion ? voulut savoir le Sahrfir avec curiosité.

— Oui. Je pense qu'elle l'est. C'est un homme croyant et ma victoire sur lui a renforcé le prestige de *l'Invisible*. Il veut être protégé par un dieu qui lui garantira des victoires comme les nôtres, répondit Marür.

— C'est bien. A-t-il toutefois abandonné ses anciens dieux ? insista le Sahrfir.

Marür ne pouvait pas mentir.

— Non, je ne pense pas. Je pense que, pour le moment, il va comparer les bienfaits qu'il va retirer de ses dieux ou du nôtre. Ensuite, il pourrait basculer définitivement vers *l'Invisible* en fonction des résultats de la seconde étape du Shakkar, répondit Marür avec franchise.

— Très bien. Je vois que ton esprit d'analyse est toujours aussi percutant. N'oublie pas, *l'Invisible* est un Dieu unique ! Par conséquent, il ne partage pas ses faveurs. Et les habitants des Terres Noires quels qu'ils soient devraient le garder en mémoire. As-tu bien compris ? continua le Sahrfir en regardant Marür avec insistance dans les yeux. Et ton épouse ? As-tu prévu une date pour sa conversion ? Quand comptes-tu aussi te marier selon nos coutumes ? se renseigna-t-il sur un ton anodin.

— J'attendais votre bon vouloir, Sahrfir, car je souhaitais également vous demander de bénir mon mariage, répondit Marür avec déférence, baissant la tête en signe de soumission totale.

— Le mariage a déjà été consommé, n'est-ce pas mon fils ? interrogea le Sahrfir d'une voix douce.

— Oui, répondit Marür, gêné.

— Étais-tu obligé de le consommer aussi rapidement ?

— Non.

Ce dernier répondait brièvement, tout piteux de se retrouver dans une telle situation. Après plusieurs ménins de silence, le Sahrfir reprit la parole.

— Mon fils, nous célèbrerons ton mariage dans une sema. Et en guise de pénitence pour ne pas avoir respecté nos coutumes, ton épouse et toi, vous n'aurez pas le droit de partager une intimité jusqu'à ce que je vous unisse et qu'elle soit convertie. Tu as compris ? conclut-il d'un ton sévère.

— Oui, j'ai compris Sahrfir, accepta Marür avec soulagement, conscient que la sentence aurait pu être beaucoup plus sévère.

— Qu'en penses-tu Zoltanör ? Toi qui as une nouvelle épouse, juges-tu la peine trop sévère ? chercha-t-il à savoir avec une certaine sincérité.

— Sahrfir, je ne suis qu'un guerrier. Vous, vous êtes notre guide spirituel, le porteur de la parole de *Shê*, *l'Invisible*. Je ne remettrai donc jamais en cause l'un de vos jugements puisque c'est *l'Invisible* qui vous les inspire. De plus, j'ai totalement foi en notre Dieu et en vous, répondit-il avec une grande humilité, très étonnante de la part d'un si grand guerrier.

*

Un coup retentit à la porte. Elle s'ouvrit pour laisser passer de nombreux guerriers. Comme les trois déjà assis, ils étaient vêtus des tenues orange des Sarkinis et leurs cheveux étaient séparés en six tresses mi-longues harmonieuses. Ils étaient tous différents de taille et de corpulence, leurs yeux étaient soit noirs soit marron, cependant leurs visages avaient la même expression farouche. C'étaient des soldats qui avaient mené de nombreuses guerres. Lahär se retourna pour voir les nouveaux arrivants. Il reconnut rapidement les commandants Elnür et Amväg ainsi que les capitaines de sa promotion Vogär et Örkon.

— Bonjour, Sahrfir, dirent-ils en s'inclinant devant lui.

— Bonjour, mes fils. Prenez place ! Nous devons parler de plusieurs sujets.

Marür fut reconnaissant au Sahrfir de les avoir fait venir, Zoltanör, Lahär et lui, bien avant la tenue de la réunion de l'État-Major au complet (les commandants des férils, les lieutenants-commandants et les capitaines). D'un naturel un peu sauvage, malgré les nombreuses lanns passées dans un cadre collectif, Marür n'était pas très à l'aise pour parler de sa vie privée en public. Et il la gardait jalousement hors d'atteinte des moqueries.

Une fois installés, les soldats écoutèrent le Sahrfir.

— Pour commencer, sachez que nous avons, grâce à la perspicacité de Marür, conclu une alliance avec un nouvel allié qui va rendre plus facile l'aboutissement du Shakkar, annonça-t-il toujours sur le même ton.

Il fit un rapide résumé du succès de la mission de Marür.

— Le chef des Terres Noires est devenu notre allié pour écraser les Terres Neuves et soumettre les Terres Libres. Il arrivera très prochainement pour se convertir et mettre en place avec nous la stratégie finale pour le Shakkar, ajouta-t-il avec une grande satisfaction.

Des « Yori » de ferveur retentirent dans la grande salle. Quand le silence revint, le Sahrfir reprit la parole non pas de son habituelle voix mélodieuse, mais d'un ton courroucé.

— Dans l'immédiat, mes chers Fils, nous devons régler l'infamie que nous avons subie avant votre départ pour la campagne du nord, l'attaque ignoble des Terres Neuves perpétrée contre notre Däg-Chem. Cette dernière aurait pu lui coûter la vie si *l'Invisible* ne l'avait pas protégé !

Tous les membres de l'État-Major présents dans la demeure de Zoltanör lors de la tentative d'assassinat baissèrent la tête, honteux de ne s'être aperçus de rien.

— Lors du seul interrogatoire réussi, nous avons appris diverses choses intéressantes. Je laisse le soin à votre Däg-Chem de vous donner tous les détails, conclut-il avec une intonation grave.

— En effet, nous avons tiré quelques renseignements utiles, reprit Zoltanör en se déplaçant légèrement sur le côté afin d'être visible de tout l'État-major.

— Nous savons que les Terres Neuves ont envoyé un groupe d'intervention dirigé par un certain commandant Reyken pour m'éliminer. En dehors d'eux, il y en avait un qui venait des Terres Dorées, de notre terre ! Il faut donc éradiquer le fléau de la traîtrise pour éviter qu'il ne se propage telle une maladie contagieuse au sein de notre cité, dit Zoltanör en haussant la voix. En effet, ce traître s'est présenté comme un certain Belkil, l'ancien chef de la garde personnelle du roi des Sahrs. Apparemment, il attendait depuis des lanns l'occasion de venger son maître. Ce rebelle a monté une organisation sous le nez de nos fameux Sardhars qui pourtant sillonnent sans cesse la cité pour y chasser les traîtres à *l'Invisible* ! Malgré cela, son groupe vit parmi nous depuis des lanns et nous espionne pour le compte des Terres Neuves. D'ailleurs, il dispose de partisans dans divers endroits de la cité. Comment est-ce possible ? continua-t-il sur un ton furieux.

Zoltanör s'arrêta quelques instants, les laissant prendre la pleine mesure du danger qu'ils hébergeaient au sein de leur cité.

— Il est impératif de traquer et d'éliminer tous les membres de ce groupe ! termina Zoltanör d'un ton autoritaire.

— Comment allons-nous les identifier, Däg-Chem ? demanda l'un de ses commandants.

— C'est très simple. Avant notre départ, nous n'avons donné aucune information sur la tentative d'assassinat et nous n'avons pas répondu non plus à l'outrage, à ma demande, car je souhaitais m'en occuper personnellement à mon retour. Les coupables ont cru assurément en leur impunité. Une erreur de plus pour eux, car maintenant nous allons riposter. Nous allons faire circuler la rumeur selon laquelle les prisonniers avaient cédé sous la torture en livrant tous les noms des membres de ce réseau qui se feront arrêter dans deux jours lors d'un vaste coup de filet. Ceux qui tenteront de fuir la cité avec armes et bagages seront nos principaux suspects. Par conséquent, il nous suffira juste de les cueillir, répondit-il avec sérénité. Qu'en penses-tu Marür ? Est-ce un bon plan ? interrogea Zoltanör avec une note d'impatience dans la voix.

Il reprenait tout naturellement l'habitude de prendre l'avis de Marür avant celui de ses commandants en raison de sa très grande franchise.

— Oui. C'est à priori un très bon plan, rétorqua Marür avec sincérité.

— Et vous, qu'en pensez-vous ? demanda Zoltanör en

s'adressant au reste des participants à la réunion.

Tous approuvèrent le plan. Les guerriers étaient impatients de capturer ces traîtres.

— Nous devons faire disparaître la totalité du groupe rebelle avant de poursuivre le Shakkar au-delà des Terres Dorées. Nous cueillerons tous ces traîtres dans deux jours et ils subiront le châtiment du Tarxoï ! conclut Zoltanör d'un ton dur avec des yeux qui lançaient des flammes orangées.

Le châtiment du Tarxoï

Dès le lendemain matin, l'information fut donnée à la population de Yazam, la Grande, concernant la présence de traîtres parmi eux. Or, depuis l'avènement du nouveau Sahrfir, les habitants de la cité semblaient vivre dans une sorte de paradis. En effet, après les persécutions subies dans les royaumes des Terres Dorées aujourd'hui disparus, ils se réjouissaient de vivre parmi leurs semblables : tous convertis à *l'Invisible*. Et cette information ébranlait leurs certitudes. Les traîtres, qui voulaient les anéantir, vivaient parmi eux ! Cependant, ces félons allaient bientôt être arrêtés. Dans les rues, la terreur se répandit telle une maladie contagieuse. Commença alors une surveillance des uns par les autres : voisins, connaissances, amis, famille, parents et même enfants. Nul n'était au-dessus de tout soupçon ! Au soir de cette première journée, la rumeur de leur arrestation prochaine se propageait de maison en maison, d'échoppe en échoppe, de rue en rue. Par conséquent, les traîtres ne pouvaient pas leur échapper s'ils résidaient encore dans la cité. Zoltanör avait renforcé les unités de Sardhars par des unités de l'armée. Toute la cité était quadrillée et la seule porte de sortie placée sous très haute surveillance. La cité retenait son souffle. On attendait le dénouement comme une délivrance de cette tension insupportable.

Après le départ de l'armée pour la conquête du nord, les membres du groupe rebelle, face à leur échec d'assassinat contre le Däg-Chem, avaient résisté à l'affolement. En effet, rien ne s'était passé : aucune action répressive n'avait eu lieu. Rassurés sur leur sécurité, ne pensant pas être découverts, ils étaient restés à Yazam, la Grande. Ils avaient continué à vaquer à leurs occupations en espérant une opportunité prochaine pour se débarrasser d'une façon ou d'une autre des Fils de *l'Invisible*. Par ailleurs, ils avaient aidé les deux rescapés de cette tentative manquée, originaires des Terres Neuves, à retourner chez eux sans encombre. Et malgré la mort de leur chef, ils avaient décidé de continuer la lutte, car ils pensaient être à l'abri de représailles, ignorant que Zoltanör avait soigneusement préparé sa terrible vengeance.

Aussi, en entendant les rumeurs qui se propageaient depuis un jour, ils furent complètement pris de panique. Comme tous les citoyens de Yazam, la Grande, les rebelles avaient entendu le récit colporté d'habitant à habitant de l'arrestation ainsi que de la torture non seulement de leur chef militaire, mais également du commandant des Terres Neuves. Ils savaient aussi que l'un des leurs, le marchand de liekel, celui qui avait vendu de façon si fortuite sa boisson pour le banquet de Zoltanör, favorisant ainsi l'intrusion du groupe rebelle, n'avait pas attendu que l'enquête menât les Sardhars jusqu'à chez lui. Il s'était envolé comme par enchantement. C'était la seule piste tangible pour les Fils de *l'Invisible*. Mais, ce qui les inquiétait, c'était le châtiment qui serait réservé aux traîtres : le Tarxoï. Depuis l'apparition de *l'Invisible* à Yazam, la Petite, jamais un tel châtiment n'avait été prononcé contre quiconque bien que tout le monde en eût déjà entendu parler. Ainsi, ils abandonnèrent toute prudence afin de fuir la vengeance de Zoltanör en quittant rapidement la cité. Le surlendemain, plusieurs personnes se présentèrent aux portes de la cité. Parmi elles, il y avait des partisans des rebelles Membelkil. Ils étaient tombés dans le piège que Zoltanör leur avait tendu !

Postées en renfort sur les hauteurs et au pied du mur ouest, plusieurs unités de soldats regardaient l'attroupement beaucoup plus important que d'ordinaire qui se tenait devant l'entrée de la cité. De nombreux chariots étaient arrêtés en file indienne. En effet, un seul pan de la double porte était ouvert ralentissant le trafic habituel de mouvement d'hommes, d'animaux et de marchandises. Les Sardhars effectuaient leur travail de spécialistes : ils fouillaient méticuleusement chaque carriole et interrogeaient consciencieusement les passagers.

Devant leur regard implacable, même les innocents perdaient contenance cherchant avec frayeur quelle faute ils avaient bien pu avoir commise. Les soldats virent une dizaine d'individus tirés violemment de leurs charrettes. Pour des traîtres, ils n'avaient pas du tout l'air de combattants bien redoutables : pas très grands, peu athlétiques, excepté trois solides gaillards ; la plupart portaient des vêtements de serviteurs.

Comment avaient-ils pu être d'une aide quelconque à une unité armée étrangère ? Ils n'avaient même pas tenté d'échapper aux Sardhars bien que cela eût été vain ! Les habitants présents les virent disparaître, ligotés, en compagnie de leurs gardiens vers le nord de la cité. La petite troupe arriva devant les casernes. On les descendit dans les sous-sols, là où se trouvaient les cellules de prison. Un soldat l'ayant prévenu, Zoltanör arriva rapidement sur les lieux, accompagné de Marür et de Lahär. L'aspect misérable des hommes emprisonnés dans les cachots les frappa tous. Après une rapide inspection de la dizaine de traîtres, Zoltanör fit un signe pour le premier interrogatoire. La chambre de torture ne se trouvant pas très loin des cachots, ceux qui restaient entendaient les cris des suppliciés, ce qui sapait incontestatblement leur volonté de résistance. Après le passage de plusieurs prisonniers, Zoltanör réussit à avoir une idée exacte du groupe Membelkil. Ces traîtres avaient essentiellement effectué comme mission du renseignement depuis toutes ces lanns, une lutte passive, car ils étaient trop peu nombreux pour faire autrement. Et lorsqu'ils étaient passés à l'action, sans entraînement, même avec une très grande détermination, cela avait été un échec cuisant. Seuls leur chef, mort sous la torture, et les trois hommes pendus par les poignets étaient d'anciens soldats. Les autres, de pauvres hères, s'accrochaient à leur fausse divinité pour rejeter le véritable Dieu. Zoltanör avait laissé ces êtres insignifiants mourir sous la torture après qu'ils eussent livré quelques renseignements.

— Que fait-on maintenant ? demanda Lahär en regardant durement les trois créatures résistantes, mais boursouflées et couvertes de sang.

— Comme prévu, nous allons leur faire subir le châtiment du Tarxoï sur la Grande place. Ce sera un avertissement pour tous ! répliqua Zoltanör sur un ton implacable.

Marür gardait le silence.

— Qui y a-t-il Marür ? Je ne t'ai pas encore entendu. N'es-tu pas d'accord avec ma décision ? voulut savoir Zoltanör.

— Non, Däg-Chem. Je ne conteste en rien votre décision. Comme beaucoup, je ne sais pas en quoi consiste véritablement ce châtiment. Depuis que je suis entré chez les Sarkinis, on en parle pour effrayer les jeunes recrues, mais nul ne l'a encore subi. Je me posais tout simplement la question, répondit Marür avec une réelle curiosité.

— Tu verras cela demain. Tous les Fils de *l'Invisible* le verront demain. Pour le moment, je vais voir le Sahrfir pour les préparatifs.

— Que fait-on pour le marchand de liekel et pour les deux soldats des Terres Neuves qui se sont enfuis ?

Cette fois-ci, la question provenait de Lahär.

— Rien. On ne peut rien y faire pour le moment. Cependant, quel que soit l'endroit où ils se cachent, un jour je les retrouverai et ils subiront le même sort que ces trois-là ! rétorqua Zoltanör sur un ton vengeur, jetant un rapide coup d'œil aux prisonniers qui agonisaient.

*

Cinq jours après leur retour de la campagne victorieuse, la Grande place grouillait de monde comme pour un départ de l'armée. Pourtant, au lieu de la ferveur et de la liesse habituelle qui portaient la foule, on sentait une tension palpable flottant au-dessus des lieux. Les sentiments des habitants oscillaient entre une certaine compassion pour le châtiment à venir et une curiosité malsaine. En effet, c'était la première fois que le Tarxoï, cette sentence jamais encore prononcée, serait appliqué. On disait qu'elle était réservée aux plus grands traîtres de *l'Invisible* qui n'étaient pas de sang royal. Tous les rois des Terres Dorées avaient subi une mort déshonorante pour eux : une décapitation et non un coup d'épée enfoncée directement dans le cœur. Le Tarxoï était bien pire ! La sanction allait commencer. C'était le matin. La position du soleil indiquait 10 nars. C'était l'horaire habituel pour les exécutions. Toutes les activités de la cité cessaient ce matin-là pour permettre à tous de remplir leur obligation : assister en famille à la condamnation. Pressée les uns contre les autres, la foule attendait dans le calme l'apparition de leur Sahrfir.

Pour la première fois, depuis qu'il était devenu le guide spirituel des Fils de *l'Invisible*, ce dernier descendit les marches de sa terrasse qui menaient sur la Grande place où se tenait une multitude.

Une demi-unité bien armée le protégeait. Le groupe s'arrêta juste en bordure de la place, puis monta sur une tribune en bois qui avait été construite en une seule journée. Elle était longue d'une dizaine de mabs sur une largeur de quatre ou cinq ; les marches relevaient la tribune de deux ou trois mabs au-dessus du sol. On y avait disposé deux fauteuils : l'un était plus avancé que le second. Les deux bénéficiaires y prirent place : le Sahrfir et le Däg-Chem. Ils étaient tous les deux vêtus comme d'habitude : le religieux, d'un nelaj orange brillant ; le soldat, d'un pantalon et d'une tunique assortie, également de couleur orange, agrémentés de son éternel gilet marron doré. On apercevait également le bras droit de Zoltanör, le capitaine Marür, et son nouveau protecteur depuis quelques semas, le capitaine Lahär. Les deux soldats s'étaient placés consciencieusement derrière le Sahrfir et le Däg-Chem, les autres sur les côtés de la tribune pour optimiser la sécurité des deux hommes.

Sur la Grande place, une autre estrade également en bois avait été érigée pour y appliquer le châtiment. Elle était beaucoup moins longue et moins haute : on aurait dit une petite sœur avec ses dimensions divisées de moitié. Trois hommes relativement grands surgirent, semblant appartenir aux Terres Dorées ; toutefois la crasse qui recouvrait leur corps et leurs cheveux rendait toute affirmation impossible. Recouverts de lambeaux, ils s'avancèrent au milieu de la foule. Ils étaient apparus à l'autre extrémité de la place en provenance de la prison ; les seuls rescapés des arrestations. Une unité complète les escortait jusqu'à l'estrade aménagée pour la sentence.

Contrairement aux condamnations habituelles, on ne voyait aucun bourreau. Seul, un Hafir vêtu d'un nelaj orange clair attendait les prisonniers. La foule ne savait pas ce qu'elle devait en penser : on avait annoncé le châtiment du Tarxoï, toutefois nul bourreau, nul instrument de torture n'étaient visibles ! Seuls des piquets en bois de la forme de croix tournée à 45° étaient dressés. De plus, le Hafir était-il présent pour les absoudre de leurs pêchés ? Impossible ! L'impatience gagnait la foule qui commençait à manifester sa haine envers les traîtres.

Dès l'arrivée des prisonniers sur l'estrade encadrés de leurs gardiens, le Sahrfir se mit debout et leva son bras gauche. Le silence se fit immédiatement sur la place.

— Fils de *l'Invisible,* les autres terres nous ont défiés, ont défié notre Dieu. Ces hommes sont venus corrompre certains d'entre vous avec de l'argent ou des faveurs. Que voulez-vous ? Vivre en hommes libres sous les préceptes de *l'Invisible*, votre Dieu, ou vivre comme avant selon la volonté d'un tyran qui vous exploitait et vous mentait en se proclamant le fils d'un faux dieu ? demanda-t-il d'une voix courroucée.

Des cris de protestation se répandirent à travers toute la foule.

— Des soldats des autres terres se sont faufilés comme de vils serpents parmi nous pour assouvir leur infâme dessein, aidés par ces félons, les indexant. Que répondons-nous à cela, Fils de *l'Invisible*, je vous le demande ? Que voulez-vous dire aux autres terres ? continua-t-il sur le même ton.

— Shakkar ! Shakkar ! Shakkar ! se répétait sur toutes les lèvres.

— Oui, Fils de *l'Invisible*. Le Shakkar ! *Shê*, notre Dieu, dans sa grande sagesse, nous demande de mener le Shakkar. Il avait prédit que les autres terres voudraient notre destruction, car il est le seul et l'unique Dieu d'Ĕphÿr ; tous les autres étant des imposteurs ! Nous devons donc finir ce que nous avons commencé. Nous devons porter le Shakkar au-delà des Terres Dorées jusqu'au cœur de toutes les autres terres. Tous nos ennemis devront alors se soumettre à *l'Invisible* ou mourir ! Telle est sa volonté, termina-t-il avec une intense voix mystique.

— Yori ! Melkamat ! criait la foule en transe avec son guide spirituel.

Après plusieurs ménins de cette ferveur religieuse, le Sahrfir reprit la parole en levant de nouveau son bras gauche.

— Mais pour le moment, nous sommes ici pour appliquer le châtiment aux pires traîtres de *l'Invisible*. Hafir Temôn, commencez !

Chaque prisonnier fut placé sur l'une des trois croix en bois. Les deux gardiens qui les tenaient chacun par un bras défirent les liens qui attachaient leurs poignets derrière leur dos. Chacun était maintenant installé. Les bras et les jambes nus tendus dans le prolongement des planches en bois ; les poignets et les chevilles liés. Ils étaient tous les trois immobilisés tentant de ne pas montrer leurs émotions à leurs ennemis, néanmoins leur visage blême trahissait une grande frayeur. La foule réclamait avec avidité le sang des scélérats. Une lueur fanatique emplissait les yeux des gens. Ils étaient prêts maintenant pour le Tarxoï.

Le Hafir Temôn regarda son supérieur d'un air interrogateur. Ce dernier répondit d'un signe affirmatif. Il se baissa pour prendre un petit pot en terre parmi deux autres sur les planches de l'estrade. Personne ne les avait remarqués auparavant.

— Fils de *l'Invisible,* contemplez son châtiment le plus terrible. Voyez le Tarxoï s'accomplir ! annonça le Sahrfir en transe.

Le Hafir se baissa pour renverser le premier pot sur le pied du premier prisonnier. Puis, rapidement, il fit de même pour les deux autres. La foule regardait ce châtiment avec un air dubitatif. Il ne semblait pas si terrible. Soudain, elle perçut des gémissements sourds. Ceux qui étaient placés dans les premiers rangs voyaient quelque chose d'arrondi qui remontait à l'intérieur de la jambe des prisonniers : ce n'était pas plus gros qu'un œil.

Le Sahrfir leva de nouveau son bras gauche pour capter l'attention de la foule interloquée par la condamnation.

— Fils de *l'Invisible*, le Tarxoï est un supplice qui dure trois jours. La Tarxa est une sorte de parasite qui vit uniquement dans un seul endroit que notre Dieu m'a montré. Il se nourrit lentement de la chair de sa victime pendant trois jours, lui administrant d'atroces souffrances avant qu'elle ne succombe, le corps entièrement dévoré de l'intérieur. Voilà le châtiment divin que tout traître subira dorénavant : de sang royal ou non ! Telle est la justice de *l'Invisible*, dit le Sahrfir dont la voix avait retrouvé son timbre habituel.

La foule, qui réclamait la vie des traîtres plusieurs ménins plus tôt, fut terrorisée par une telle sentence.

— Pendant trois jours, Fils de *l'Invisible,* vous viendrez tous, chaque matin, contempler la souffrance de ces traîtres pour ne jamais vous détourner de votre Dieu ! Yori ! conclut-il sur le même ton, contrastant avec les paroles menaçantes qu'il venait de prononcer.

— Yori ! Yori ! Yori ! répétait la foule dans une ferveur mêlée d'une crainte tangible.

Ainsi, durant trois jours, Yazam, la Grande, vécut au son des cris de souffrances des félons. La première journée avait été supportable pour la population : on entendait les gémissements uniquement sur la place principale. Dès la deuxième journée, les hurlements de douleur des condamnés se disséminaient dans toutes les ruelles de la cité jusque dans les maisons empêchant la population de dormir : les enfants pleuraient sans cesse, éprouvant également les nerfs déjà à vif des adultes. Enfin, la troisième journée, nul habitant n'avait pu effectuer correctement son travail ; ils étaient tous ébranlés par l'atrocité du châtiment. *L'Invisible* avait toujours été un Dieu de vérité et de protection, certes excessif parfois, mais là, c'était un autre visage qu'ils venaient d'entrevoir. Tout en conservant une foi intacte, cela leur faisait peur. En début d'après-midi, on enleva les corps sans vie des trois prisonniers et on démonta leur estrade, celle où s'était tenu le Sahrfir avait été retirée dès le premier jour. On vint donner la nouvelle de leur mort au Sahrfir qui n'émit aucun commentaire. Tout avait été dit le jour de la sentence. Toutefois, ce dernier était conscient du sentiment de peur qui s'était répandue dans les rues de la cité. Autrefois, naïve dans sa croyance en une conversion inévitable dans *l'Invisible*, la population venait de réaliser pleinement les conséquences d'un refus pour les habitants des autres terres. Le Shakkar éradiquerait des centaines de milliers de personnes.

Deux semas environ après cet évènement terrible, les guerriers des Terres Noires arrivèrent à Yazam, la Grande. Ronök avait attendu la missive de Marür avant de faire mouvement avec ses hommes vers la cité des Fils de *l'Invisible*. Devenu le Néré des Terres Noires, il pouvait désormais lever une armée d'au moins quinze mille hommes. Pour le moment, seule une infime partie de ce nombre l'avait accompagné. Ils avaient remonté les Terres Dansantes par un chemin très dangereux, que seuls les Ijars, formidables montagnards expérimentés, pouvaient pratiquer. Devenu l'allié des Fils de *l'Invisible*, il venait sceller sa participation au Shakkar. C'était l'une des raisons de sa présence avec ses guerriers, l'autre raison était sa conversion par le Sahrfir.

En pleine après-midi, les habitants virent parader fièrement un millier d'hommes environ. Peu d'entre eux avaient déjà vu les farouches guerriers des Terres Noires. Ils firent grande impression par leur aspect. Dotés d'une musculature impressionnante, ils étaient très grands, ils portaient des coiffures très différentes d'eux et ils étaient également vêtus de façon singulière. Cela allait de tenues incorporant des morceaux d'armures de protection jusqu'à une certaine nudité. Pour ces dernières, il faudrait y remédier assez rapidement, car la population semblait très choquée. Néanmoins, elle était fascinée par ces hommes un peu frustes, qu'elle voyait de très près, se déplaçant à pied contrairement à une partie des combattants Sarkinis. À la tête de cette troupe armée de lances et d'épées, on remarquait un homme immense ; il avait indéniablement une prestance de chef. Il avait revêtu sa tenue de Sarkinis, offerte par le Sahrfir pour sa conversion, proclamant ainsi à tous sa soumission à *Shê*, leur Dieu. Dès que la foule en prit conscience, elle l'acclama avec une exaltation extrême. Après la condamnation horrible à laquelle elle avait assisté quelques semas auparavant, elle était heureuse de voir un peuple accueillir son Dieu volontairement.

Sous les applaudissements et les cris de joie, les nouveaux arrivants débouchèrent rapidement sur la Grande place. Ronök s'arrêta en bas des marches qui menaient à la terrasse de la demeure du Sahrfir. Il y trouva le capitaine Marür, un visage familier parmi cette marée inconnue, l'accueillant avec un large sourire.

— Bienvenue à toi sur notre sol sacré, Néré des Terres Noires ! dit-il avec respect tout en inclinant le buste en avant.

— Merci, Capitaine Marür. Je suis très content de vous revoir, répondit aimablement le grand guerrier.

— Notre Sahrfir vous attend.

Ronök le suivit en se portant à sa hauteur. Ils montèrent l'escalier sous la liesse populaire qui ne retombait pas. Les deux hommes débouchèrent sur l'immense terrasse, là où le Sahrfir prononçait toujours ses discours. Ronök chercha des yeux le guide spirituel des Fils de *l'Invisible*. Il fut légèrement déçu. Il s'était attendu à un homme très charismatique. Il n'en était rien. Il pouvait même passer inaperçu de loin avec sa taille moyenne et son corps sec que le nelaj orange, certes satiné, camouflait habilement. Cependant, en s'approchant de lui, il sentit des yeux qui le transperçaient. Le Sahrfir l'accueillit avec une voix très particulière : mélodieuse. On aurait juré de la présence de *l'Invisible*.

— Bienvenue à toi Ronök, Néré des Terres Noires. Nous nous réjouissons tous de ta venue. Et je suis ravi de faire enfin ta connaissance. Marür m'a longuement parlé de toi. Voici Zoltanör, le Däg-Chem des Fils de *l'Invisible*. C'est à lui que tu dois la venue du capitaine Marür sur tes terres, ajouta-t-il avec un grand sourire en se tournant vers Zoltanör.

Les deux hommes s'observèrent avec une curiosité évidente avant de se serrer la main dans une étreinte où chacun mesurait la force de l'autre. Ils furent satisfaits et hochèrent simultanément la tête.

— Maintenant, approche-toi de moi pour que tous puissent t'apercevoir ! continua le Sahrfir en portant ses yeux sur la foule impatiente.

Ronök commençait à comprendre l'emprise que le Sahrfir avait sur les êtres. Il avançait avec confiance au son de la voix du religieux. Le Sahrfir lui avait montré la place à sa gauche. Il vint s'y positionner tout naturellement, attendant qu'on lui dise ce qu'il devait faire. La place de droite était occupée par Zoltanör.

Le Sahrfir leva son bras gauche. Le silence tomba immédiatement sur la place.

— Fils de *l'Invisible,* voici Ronök qui se tient à mes côtés. C'est notre frère ! Il a accepté sans aucune contrainte *l'Invisible* comme son Dieu. Ce n'est pas arrivé par hasard. C'est *Shê* qui a conduit le capitaine Marür jusqu'à lui. *Shê, l'Invisible* lui a montré sa vérité et sa puissance en unifiant ses terres comme il l'a fait pour les nôtres. Je vais bénir, devant vous tous, notre nouveau frère, annonça-t-il en s'adressant à la foule.

Puis, il se tourna de nouveau vers Ronök.

— À genoux, Ronök, Néré des Terres Noires ! ordonna le Sahrfir d'une voix forte.

— Acceptes-tu *l'Invisible* comme ton seul et unique Dieu pour qu'il te protège et te comble de ses bienfaits ? ajouta-t-il.

Il s'exprimait d'une voix solennelle en tendant ses bras vers le ciel, les paumes tournées vers le bas, au-dessus de la tête de Ronök.

Ronök n'avait toujours pas abandonné le dieu de ses ancêtres, Jawaar. Il pensait le conserver dans sa sphère privée, car il avait du mal à le rayer complètement de sa vie, cependant tout le monde attendait sa réponse. Et face à des yeux qui semblaient fouiller jusqu'au tréfonds de son âme, il dut faire un choix définitif. Il répondit donc :

— Oui, Sahrfir. J'accepte, *Shê, l'Invisible* comme mon seul et unique Dieu, assura-t-il d'une voix puissante avec une sincérité qui l'étonna lui-même.

La réponse transporta la foule de joie. Des cris et des acclamations inondaient la place principale.

— Bien, mon fils ! rétorqua le Sahrfir avec un air très satisfait de lui, juste à l'intention de son interlocuteur.

Sans le prévenir, le religieux l'avait obligé à faire ce qu'il repoussait sans cesse par simple nostalgie du passé de ses ancêtres, alors que l'avenir lui tendait les mains à lui ainsi qu'à son peuple avec un Dieu qui semblait très efficace dans la réalisation des ambitions. Son choix était irrémédiablement fait, l'avenir lui dirait s'il avait eu raison de suivre la route tracée par *l'Invisible*.

— Viens maintenant ! reprit le Sahrfir de sa voix singulière.

Ronök venait à peine de se relever. Il suivit le Sahrfir à l'intérieur de sa demeure jusqu'à arriver dans une immense salle dépourvue de toute décoration superflue.

— Prends place ! dit le Sahrfir en s'asseyant sur son tapis habituel dans la salle d'audience.

Ronök qui avait l'habitude de s'asseoir sur des peaux de bêtes n'eut aucun mal à ramener ses longues jambes musclées dans un croisement souple et efficace.

— Comment s'est passé ton voyage ? demanda le Sahrfir avec sollicitude.

— Bien, répondit Ronök sur un ton laconique.

Le Sahrfir observait son allié de ses yeux inquisiteurs, essayant de le jauger. Ronök resta immobile, se prêtant avec assurance à cette inspection. Au bout de plusieurs ménins, il rompit le silence.

— Que penses-tu de notre cité ? demanda le Sahrfir avec une pointe de curiosité.

— Beaucoup plus impressionnante que nos simples villages, même si Lagdo, l'une des cités des Terres Noires, s'est inspirée de vos constructions, répondit Ronök avec sincérité.

Puis, sans avertir, le Sahrfir demanda à son interlocuteur :

— Pourquoi as-tu accepté *l'Invisible* comme ton Dieu ?

Pris au dépourvu, Ronök ne savait pas quelle réponse donner. Pendant quelques dorons, il réfléchit.

Puis, il décida d'être totalement sincère.

— Autrefois, j'étais un fervent croyant envers les dieux de mes ancêtres. Je les priais sans cesse pour que je puisse unifier notre terre. Je voulais qu'elle devienne plus forte, cependant je n'étais guère entendu dans mes prières, car rien ne changeait. J'attendais en vain un signe. J'ai cru que la mort du fils du chef des Nagudas était ce fameux signe. Alors, j'ai négocié auprès du père pour épouser sa fille, une prêtresse du dieu Jawaar, l'un des plus populaires sur notre terre. Seulement, rien ne s'est passé comme prévu, exposa-t-il très sérieusement.

Le Sahrfir entendit une légère expiration. Puis, Ronök reprit sa confession :

— Votre Dieu avait déjà tout planifié. Je n'ai pas épousé la fille du chef des Nagudas et c'est votre émissaire, le capitaine Marür qui a obtenu sa main. Cependant, cette dernière a été à l'origine de la réunification des Terres Noires pour laquelle votre émissaire a apporté une contribution considérable. J'y vois là désormais l'intervention de *l'Invisible* de même qu'il vous a accompagnés dans l'unification des Terres Dorées en vous apportant vos victoires !

Il s'arrêta quelques ménins, fixant le visage du Sahrfir pour y déceler une quelconque émotion, en vain. Il termina donc :

— C'est ce que je veux pour les Terres Noires. Je veux que nous devenions un grand peuple craint des autres comme le vôtre. C'est pourquoi j'accepte *l'Invisible* qui guide son peuple vers une très grande destinée.

Le Sahrfir gardait toujours le silence. Puis, il acquiesça de la tête en signe d'acceptation de ses motivations. Enfin, il s'exprima d'un ton solennel :

— Ce sont de très bonnes raisons que tu avances là, Ronök, Néré des Terres Noires. Comme mon peuple te l'a fait comprendre par ses acclamations à ta conversion, *l'Invisible* est un Dieu jaloux et vengeur. Maintenant que tu l'as accepté, tu ne pourras plus revenir en arrière !

Puis, il marqua une pause, semblant se plonger dans ses pensées, avant de continuer d'une voix pleine de ferveur :

— *L'Invisible* t'a mené jusqu'ici pour que tu participes à la seconde étape du Shakkar. Il attend de nous que nous apportions sa parole sur les autres terres qui devront se soumettre ou payer le prix du sang en cas de refus. Ton peuple et toi êtes désormais nos frères. Ensemble, nous deviendrons les maîtres d'Ëphÿr pour la gloire de *l'Invisible* ! ajouta-t-il sur le même ton. Va maintenant te reposer ! Je te verrai demain avec l'ensemble de notre État-Major pour parler stratégies et batailles, conclut-il en fermant les paupières, mettant ainsi fin à l'entretien.

Ronök se leva donc sans rien ajouter et sortit de la pièce, laissant le Sahrfir à ses pensées.

*

L'intendant du Sahrfir attendait Ronök à sa sortie.

— Mon seigneur, je me présente, je suis Farôn. Mon maître m'a demandé de vous mener à vos appartements, dit-il d'un ton cérémonieux.

Ronök regarda le serviteur affable qui était aussi menu que son maître, néanmoins il était beaucoup plus vieux que ce dernier. Ses cheveux étaient légèrement grisés tandis que ceux de son maître ne comptaient encore aucune mèche grise.

— Je vous remercie, Farôn, répondit Ronök sur un ton aimable.

Avant qu'il ne posât la question concernant son escorte, le serviteur lui donna la réponse.

— Le commandant Tarök vous attend dans vos appartements avec vos affaires. Veuillez me suivre s'il vous plaît, mon seigneur.

Ils empruntèrent le long couloir du rez-de-chaussée qui desservait la salle d'audience dans laquelle avait eu lieu l'entretien. Farôn indiqua, en passant devant, la salle de banquet voisine, puis, à l'opposé, la grande salle de prières et la salle de lecture dans laquelle on conservait les différents rouleaux des préceptes sacrés de *l'Invisible* et le bureau privé du Sahrfir, là où il étudiait sans relâche les textes sacrés pour guider au mieux les Fils de *l'Invisible*.

L'intendant ne fit aucun commentaire sur d'autres portes visibles.

Enfin, les deux hommes débouchèrent sur le grand hall d'entrée dans lequel se trouvait un escalier majestueux dans une pierre polie de couleur crème menant au premier étage, là où se situaient les appartements du Sahrfir ainsi que ceux réservés à ses invités de marque. Ronök suivait docilement l'intendant. Enfin, ce dernier s'arrêta devant une grande porte.

— Voici vos appartements. Le reste de votre escorte personnelle, une vingtaine de vos gens, loge dans les appartements voisins ; quant à vos soldats, ils logent parmi les nôtres, dit-il avec amabilité en donnant plusieurs coups secs à la porte devant laquelle ils étaient arrivés.

Elle s'ouvrit brutalement laissant apparaître un guerrier des Terres Noires aussi grand que son seigneur.

— Vous voilà seigneur ! formula-t-il avec impatience, laissant Ronök pénétrer dans la pièce tout en observant avec ses yeux perçants le moindre signe de blessure sur le corps de ce dernier.

— Mon cher Tarök, inutile de paniquer ! Je suis là, assura Ronök avec un sourire radieux en ouvrant ses bras et en tournant lentement sur lui-même, montrant qu'il se portait à ravir.

Tarök, le bras droit de Ronök, qui faisait office de commandant et de garde du corps avait une tête renfrognée. Il protégeait son chef depuis que ce dernier lui avait sauvé la vie quand ils étaient de jeunes guerriers. Il avait décrété de lui-même qu'il servirait Ronök aussi longtemps que ce dernier souhaiterait sa présence à ses côtés. Et il prenait sa mission très à cœur.

Le silence s'abattit sur la pièce.

— Il y a des gardes à l'étage. Si vous avez besoin de quoi que ce soit, vous pouvez me réclamer et je viendrai aussitôt pour satisfaire vos moindres demandes. Je vous laisse maintenant pour veiller aux préparatifs du banquet de ce soir donné en votre honneur, dit-il d'une traite avant de s'éclipser en s'inclinant respectueusement.

Ronök fit une inspection rapide. Plusieurs pièces se succédaient : celle dans laquelle il se trouvait tenait lieu de petit salon privé ; il y avait deux chambres attenantes. Si on pouvait constater que l'ancien palais royal avait été construit avec un certain luxe dans l'architecture et les matériaux utilisés, la décoration intérieure en était pratiquement dépourvue. Il en était satisfait, car il aurait été très mal à l'aise de résider dans un grand luxe alors que le confort qu'il voyait lui convenait tout à fait même s'il y était peu habitué.

Tarök gardait toujours le silence pendant qu'il déambulait dans les différentes pièces.

— Cesse de faire cette tête, mon ami ! J'étais en sécurité avec le Sahrfir. Nous sommes chez nos frères avec lesquels nous allons accomplir de grandes choses ! rassura-t-il avec l'enthousiasme d'un jeune guerrier qui allait partir à la bataille pour la première fois.

Ronök s'approcha de son bras droit et lui donna une accolade virile qui sembla le dérider enfin.

— Viens, on va s'installer ! Tu auras droit de choisir la chambre que tu préfères.

— Vous savez bien, mon seigneur, que j'ai déjà choisi celle qui est la plus proche de la porte afin de vous protéger.

— Très bien. Je te laisse alors, car j'ai besoin de me reposer un peu.

— Ne devriez-vous pas manger avant ? demanda son bras droit en montrant les différents plats trônant sur une grande table placée au coin du salon privé.

Ronök regarda brièvement la nourriture.

— Non, merci. Je prendrai quelque chose si j'ai faim en me levant. Ne me dérange pas ! ordonna-t-il en s'éloignant vers la chambre la plus éloignée.

Une fois dans la pièce, il enleva la tenue des Sarkinis et s'écroula nu sur le lit. Là, les yeux ouverts, il revit dans sa tête tous les évènements depuis sa rencontre avec le capitaine Marür. Et maintenant, il se retrouvait ici, au cœur de la cité des guerriers qui allaient changer le visage de leur monde.

Depuis l'adolescence, il sentait qu'il était voué à un grand destin, cependant les dieux de ses ancêtres n'avaient guère écouté ses prières. Par conséquent, il avait dû en changer. Qu'importe, il avait commencé à emprunter les chemins de sa destinée !

*

Ronök se réveilla. Il était très tôt. Il entrevoyait à peine les rayons du soleil. Il pensa à la journée de la veille : son premier jour chez ses nouveaux frères. Après son petit somme, il s'était levé et avait dévoré quelques victuailles, puis il avait commandé un bon bain. Il avait été surpris du niveau de confort de la demeure puisqu'il avait trouvé tout le nécessaire à l'étage de ses appartements. Les servantes qui s'étaient occupées de lui portaient toutes une horrible robe longue de couleur beige, peu seyante, qui cachait entièrement leurs corps et un bout de tissu qui dissimulait entièrement leurs visages. Lorsqu'il revint dans ses appartements, Tarök sur ses talons, il avait convoqué le chef de sa garde rapprochée qui logeait dans les pièces voisines. Il lui avait assigné pour mission de vérifier le niveau de confort du reste de la troupe. Puis, il s'était préparé avec son bras droit pour le banquet. Il avait soigné sa tenue, revêtant une tenue digne de son rang de Néré des Terres Noires : une espèce de grand caleçon vert dans un drapé savant, une chemise sans manches, couleur or, assortie à ses sandales dorées, et sa cape en peau bleue. Des bracelets en or portés à son biceps droit et un lourd médaillon en or, signe de son autorité sur les Terres Noires, rehaussaient sa tenue. Tarök avait également fait un effort vestimentaire, délaissant son minuscule tissu habituel qui lui enserrait les hanches. Il avait adopté une tenue semblable à celle de son seigneur, néanmoins dans un tissu beaucoup moins soyeux et avec des couleurs moins vives ; il avait gardé ses sandales en cuir marron aux pieds. Comme accessoire, il portait uniquement un collier de griffes blanches, cadeau de son seigneur qui n'avait plus l'utilité de le porter.

Cependant, les cheveux des deux hommes auraient mérité une meilleure attention : ils ondulaient en formant plusieurs tas non homogènes. Farôn était venu les chercher avec une dizaine de membres de son escorte afin de les accompagner dans la salle de banquet.

Ronök n'avait jamais vu une salle aussi immense, cependant rien ne faisait penser à un banquet de fêtes : il n'y avait aucune décoration. Ils avaient été accueillis avec chaleur par tous les invités, pour la plupart déjà installés aux tables, uniquement des hommes, aucune femme n'y était assise ! Il avait été placé à la table d'honneur avec le Sahrfir et Zoltanör tandis que Tarök occupait une table très proche en compagnie du capitaine Marür et d'un mélange de Sarkinis et de guerriers des Terres Noires. Comme Tarök et lui, les Sarkinis avaient troqué leurs tenues habituelles contre des tenues d'apparat. Après un discours fort accueillant, on avait commencé à manger. La nourriture était très différente de celles des Terres Noires : des mets beaucoup plus raffinés avec des plats grillés, en sauce ou en vapeur, accompagnés de nombreux légumes au goût sucré ou salé, le tout présenté très simplement et arrosé d'une boisson fort agréable.

En effet, chez les Fils de *l'Invisible*, on semblait toujours aller à l'essentiel, loin du luxe extravagant des anciens rois corrompus par leurs richesses. Toutefois, malgré cette prodigalité de nourriture, le banquet avait été fort ennuyeux en comparaison de ceux des Terres Noires : aucun spectacle, aucune joie festive ne venait accompagner les aliments. On entendait uniquement des discussions à voix basse et non des joutes verbales dont Ronök avait l'habitude sur ses terres. Par ailleurs, il avait fait l'objet d'un véritable interrogatoire sur son passé et sur la situation actuelle sur les Terres Noires sous le voile d'une simple conversation. Comme le banquet avait été assommant, Ronök s'était couché tôt. D'ailleurs, il n'y avait aucune distraction dans la demeure du Sahrfir à part un présent nocturne surprenant.

Tout à fait réveillé, il se dirigea vers le salon, là où Tarök l'attendait bien sagement.

— Bonjour, mon ami ! T'es-tu bien reposé cette nuit ? l'interrogea Ronök

— Oui, mon seigneur. Et vous, avez-vous apprécié la compagnie ? s'enquit Tarök avec sollicitude.

— Oui. Je me suis plié sans me faire véritablement prier à leurs coutumes, cependant je préfère nos femmes pleines de fougues à ces créatures passives devant remplir un devoir pénible. C'est pourquoi, je l'ai renvoyée dans la nuit dès que j'en ai eu terminé avec elle préférant dormir seul, répondit Ronök avec une insatisfaction notable dans le ton.

Ce dernier repensa aux femmes, qui arpentaient la demeure, tels des spectres à moitié vivants. Il les avait surnommées les « sans visage », car ce dernier était dissimulé derrière un bout de tissu. Elles vivaient dans une grande docilité, tout à l'opposé des femmes des Terres Noires. D'ailleurs, les préceptes de *l'Invisible* reléguant la femme au rang de servante de l'homme seraient très difficiles à faire accepter sur ses terres auprès des premières concernées. Cependant, elles n'auraient guère le choix. Cette nouvelle orientation des rapports entre l'homme et la femme exigeait le sacrifice de leur liberté en gage de la puissance future de leur peuple. En outre, c'était lui le Néré des Terres Noires, sa parole était force de loi !

Tarök ne fit aucun commentaire laissant son chef dans ses réflexions.

— Bon. Y a-t-il de quoi me débarbouiller et me restaurer ?

— Je vais appeler pour qu'on nous serve.

Il quitta immédiatement la pièce pour faire le nécessaire. Ronök prit place dans un grand fauteuil, vêtu uniquement de son bout de tissu habituel. Le soleil éclairait doucement la pièce. Après s'être débarbouillés et restaurés, les deux hommes s'habillèrent dans des tenues semblables à celles de la veille, mais plus modestes par la qualité des tissus. Farôn vint les chercher pour les mener jusqu'à la salle d'audience. Ils durent laisser leurs lances qu'ils tenaient à la main sur la longue table en bois que des soldats gardaient devant l'entrée.

— Bonjour à vous, Fils de *l'Invisible* ! formula le Sahrfir avec sa voix singulière.

— Bonjour, répondirent en cœur les guerriers des Terres Noires, ravis d'un tel accueil.

Le Sahrfir leur fit signe de prendre place sur le tapis comme la dizaine de Sarkinis déjà assis en tailleur.

— Je vous ai tous convoqués pour vous informer de notre stratégie pour le lancement de la seconde étape du Shakkar, déclara le guide religieux avec gravité. Comme pour la création des Sarkinis, *l'Invisible* m'a montré, juste après la prise d'Akméra, une flotte immense de bateaux ! Avec votre Däg-Chem, nous avons déjà ordonné sa construction grâce à des spécialistes réquisitionnés, continua le Sahrfir devant les expressions pleines de surprise qu'on pouvait lire sur les visages des commandants. Nous avions déjà commandé deux cent cinquante navires pour transporter nos dix mille Sarkinis avec nos chevaux, mais récemment nous en avons rajouté trois cents pour les quinze mille guerriers des Terres Noires. Toutefois, nous devrons attendre que tous les bateaux soient prêts pour nous mettre en route, ajouta le guide religieux.

— C'est pourquoi, en attendant, nous allons reprendre nos entraînements pour former notamment nos nouvelles recrues. Il faut cinq lanns pour faire un Sarkinis, nous ne disposerons que de huit misas maximum !

Zoltanör avait continué les explications commencées par le Sahrfir.

— Nous aurons deux armées distinctes, mais chacune d'elles intègrera des éléments de l'autre. Ainsi, quatre mille guerriers des Terres Noires incorporeront les Sarkinis et seront formés à leur technique de même que deux mille cinq cents Sarkinis intègreront l'armée des Terres Noires.

Les commandants écoutaient attentivement la nouvelle organisation militaire.

— Concernant la stratégie, nous en reparlerons ultérieurement en fonction des informations sur les préparatifs que feront nos ennemis, termina-t-il sur le même ton laconique. Y a-t-il des questions ? demanda Zoltanör en regardant ses commandants à tour de rôle.

— Oui, Däg-Chem. Comment seront répartis les guerriers des Terres Noires dans nos férils respectifs ? chercha à savoir le commandant Elnür, toujours prompt à se mettre en avant.

Ronök se pencha en avant pour tourner la tête vers celui qui venait de poser cette question. C'était un homme au visage émacié avec des yeux qui lui rentraient dans les orbites et dont la mine revêche accentuait un visage peu avenant. Ce dernier se trouvait à gauche tout au bout du rang qu'il formait avec les guerriers Sarkinis. La rangée se tenait assise sur les tapis qui recouvraient le sol de la pièce, bien en face du Sahrfir.

— Chaque féril concerné comportera désormais cinq narils de Sarkinis et cinq autres de guerriers des Terres Noires. C'est pourquoi nous allons nous entraîner ensemble pour être aussi efficaces que nous le sommes actuellement, rétorqua Zoltanör d'une voix coupante comme s'il était exaspéré par l'auteur de la question. Ai-je répondu à tes craintes, mon frère ? ajouta-t-il avec une voix moins cassante.

— Oui, Däg-Chem. Je te remercie d'avoir précisé ce point, répondit son interlocuteur sur un ton extrêmement respectueux.

— Comment feront les guerriers des Terres Noires, quinze mille au total, as-tu dit, Däg-Chem, afin d'arriver rapidement pour les entraînements ? chercha également à savoir un autre commandant sur un ton dubitatif.

— Laisse-moi dissiper tes craintes, mon frère, rassura Zoltanör avec patience. Les quinze mille guerriers des Terres Noires emprunteront le même chemin que leurs compagnons qui viennent d'arriver. Il existe un passage pour remonter les Terres Dansantes que seuls les Ijars savent emprunter, c'est ce que le Néré des Terres Noires m'a confié l'autre jour. N'est-il pas vrai ? continua Zoltanör, se tournant ostensiblement vers son voisin.

— Oui. C'est vrai, mon frère. Seul mon peuple le connaît et sait l'emprunter avec un minimum de risque et sans chevaux, ajouta Ronök d'une voix assurée.

— Bien. Nous avons donc notre nouvelle organisation. Il faut nous mettre dès à présent au travail pour assumer la mission que *l'Invisible* nous a confiée : réaliser le Shakkar. Melkamat ! conclut Zoltanör.

— Melkamat ! répondirent des voix pleines de ferveur.

XV - Un espoir ?

Le garçon

Pendant les semas d'absence de Zoltanör, on avait rapidement fait comprendre à Eiinis sa position au sein du foyer de son époux. Bénéficiant de l'extrême attention de ce dernier, les autres épouses s'étaient toutes liguées contre elle. Au départ, elle n'avait point remarqué ces petites piques quotidiennes, car elle s'isolait volontairement. Mais, dès qu'elle avait commencé à se préoccuper de l'enfant qui grandissait en elle, c'était devenu tellement évident. Elle devait attendre pour son bain, elle devait attendre pour ses repas, certains d'ailleurs arrivaient complètement froids ; pour résumer, elle devait attendre si elle demandait la moindre chose. Toujours attendre, encore et encore, les désirs des quatre épouses passant avant les siens. La guerre avait été déclarée sans que le moindre mot fût échangé. Par conséquent, sa situation était très précaire. Zoltanör avait épousé une prise de guerre qui s'avérait être une cinquième épouse, mais elle n'avait ni famille ni soutien pour la défendre. Elle ne craignait pas du tout la jalousie des autres femmes envers elle.

En revanche, son enfant serait une cible parfaite, particulièrement si elle accouchait d'un fils ! Par conséquent, elle devait obtenir une protection inconditionnelle. Elle n'avait donc guère le choix. Zoltanör devait continuer à la désirer, davantage même, après la naissance de ce dernier. Seul son désir les protégerait, elle et l'enfant, d'éventuelles manigances de ses autres épouses. C'est pourquoi elle devait établir une stratégie pour s'attacher les faveurs de son mari. Pourrait-elle réussir à le duper pendant leurs ébats ? À lui faire croire qu'elle le désirait également ?

Il faudrait être très habile en changeant jour après jour son comportement, de façon subtile, jusqu'à qu'il croie en ses sentiments pour lui. La tâche n'était pas aisée, mais elle tiendrait là sa vengeance quand elle pourrait la dévoiler. C'était la raison pour laquelle, tout en espérant le retour de Zoltanör, Eiinis l'avait aussi redouté. En effet, elle ne savait pas si elle pourrait suivre la stratégie qu'elle avait décidée. Elle était folle de rage quand elle repensait à la manière dont il l'avait traitée avant son départ, mais elle devait se calmer et tenir ses nouvelles résolutions.

Revenu victorieux de la conquête du Nord, Zoltanör retrouva celle qui lui avait tant manqué. Toutefois, il appréhendait son accueil en repensant à leur dernière nuit. Qu'est-ce qui lui avait pris? Il ne comprenait rien. Il désirait son épouse comme un jouvenceau, mais il la punissait régulièrement alors que tout ce qu'il voulait c'était qu'elle…, qu'elle quoi ? Il n'osait prononcer le mot. Il n'était pas encore prêt pour cela. Il se contenterait pour le moment qu'elle le désirât. Quand il pénétra dans la chambre de son épouse, il la découvrit, assise, devant sa coiffeuse, elle brossait ses splendides cheveux blond argenté que les reflets du soleil de l'après-midi transformaient en diamants étincelants.

— Eiinis, prononça-t-il dans un murmure.

La jeune femme arrêta le mouvement gracieux de sa main. Elle demeura immobile telles les statues d'albâtres proscrites par *l'Invisible*, entrevues dans les demeures de son royaume vaincu.

Zoltanör se précipita vers elle. Il la leva de sa chaise, encercla ses bras autour d'elle et plongea son visage dans son cou gracile. Sentant la transpiration, après sa longue chevauchée, son corps à elle lui transmit une douce fraîcheur ainsi que des parfums envoûtants qui prirent possession de ses sens. Il resta là, sans bouger pendant plusieurs ménins, avant de la retourner avec une extrême délicatesse. Il s'excusa maladroitement pour leur dernière nuit. Elle conserva une mine neutre. Leurs deux visages se tenaient à quelques necmabs l'un de l'autre. Zoltanör se noya alors dans un océan infini. Le temps s'était arrêté.

Puis, son regard se détacha du bleu pour se poser sur le rose. Ses lèvres pulpeuses semblaient l'attendre patiemment. Il saisit alors avec douceur son visage, puis avança lentement sa bouche et les captura avec une tendresse inattendue. Sa langue fut ravie de retrouver le goût qui lui avait tant manqué : un léger mélange fruité et une autre saveur indéfinissable. Et pour la première fois depuis le soir de leur jemva, il sentit le corps de sa femme s'abandonner timidement à ces sensations extraordinaires. Heureux de cet accueil inespéré, il décida de battre en retraite, chose qu'il n'aurait jamais faite sur un champ de bataille, préférant la mort à l'humiliation. Il mit donc difficilement fin au baiser passionné en sortant précipitamment de sa chambre sans un mot.

Zoltanör donna des ordres pour un bain dans lequel il se prélassa agréablement avant de se changer. Il demanda qu'on lui apportât ses vêtements dans la salle d'eau pour résister à l'envie de se précipiter vers sa femme. Trop bouleversé par sa réaction très sentimentale, il tentait de retrouver une certaine maîtrise. Par conséquent, il resta éloigné de son épouse pour quelques nars. En entendant le clari, il se rendit directement à la prière. Il ne l'aperçut point puisqu'elle se tenait parmi les femmes de l'autre côté du paravent séparant la pièce en deux. Ensuite, il s'enferma dans son bureau jusqu'au repas. Avant de partager son dîner avec Lahär, il donna des ordres pour que son épouse le rejoignît pour la nuit.

Lorsque le moment arriva, Zoltanör était anxieux. Avait-il imaginé ce qu'il avait pris pour une timide réponse de son épouse dans leur baiser échangé plutôt ? Il avait peur de s'être trompé, car cela l'avait rendu si heureux. De toute façon, il n'avait pas le choix, il devait en être certain. Il entra dans sa chambre avec une légère hésitation. Il cherchait Eiinis du regard. Elle n'était nulle part ! Il lança machinalement un coup d'œil dans le lit et vit un corps allongé sous les draps. Il se débarrassa prestement de sa tenue et gagna la couche. Il reconnaissait la respiration haletante de sa femme, celle de la peur. Il hésita, car son cœur n'aurait pas supporté une nouvelle fois ni résistance ni soumission.

Il resta alors allongé sur le dos quelques ménins ne sachant que faire. Puis, attiré inexorablement, son corps se tourna sur le côté gauche et se rapprocha de celui tant désiré. Il l'enveloppa d'un bras et ne bougea plus. Il sentit une douce chaleur l'envahir. Indépendamment de sa volonté, sa main se mit à la caresser doucement, d'abord les bras fins, puis les jambes fuselées, en soulevant délicatement sa chemise de nuit, enfin ses seins plus généreux en effleurant les tétons grossis. Il entendait la respiration de plus en plus saccadée de la jeune femme. Alors, il l'allongea sur le dos et la couvrit de son corps, se tenant sur les coudes pour éviter de l'écraser. Il captura sa bouche dont il aimait tant la saveur tout en ondulant les hanches plaquées aux siennes pour qu'elle sentît son désir intense. Au début, il n'obtint aucune réponse. Mais, Zoltanör décida qu'il la ferait le désirer au moins une fois. Il repartit donc à l'assaut de la tour imprenable, distribuant des baisers sensuels sur chaque lecmab de sa peau, s'attardant sur son ventre légèrement arrondi. Et le miracle se produisit ! Il commença à entendre de timides gémissements. Enhardi, il redoubla d'ardeur, suçant ses doigts, caressant ses tétons, allant jusqu'à lécher avec gourmandise son intimité. La jeune femme se tordait frénétiquement sous cette douce torture.

Enfin ! Il avait enfin réussi à éveiller son désir pour lui. Elle le réclamait implicitement en se collant tout contre lui. Pour être certain de cela, il quitta son intimité pour capturer de nouveau ses lèvres ; un doigt s'était insinué doucement à la place, glissant dans une tiède humidité. Sentant son sexe bien dur, Zoltanör ne résista plus. Il écarta fougueusement les jambes de la jeune femme et la pénétra brusquement, s'enfonçant toujours de plus en plus loin, avant de bouger avec frénésie. La tension douloureuse persistait dans tout son corps. Son épouse s'agrippait à ses épaules pour tenir son rythme effréné. Il entendait leurs deux respirations saccadées. Enfin, après avoir été traversé par des milliers de pics ardents, il fut délivré par une jouissance salutaire. Épuisé, il s'affala près d'Eiinis. Avant de s'endormir, il enserra un bras autour de sa taille, calant son dos contre son corps. Il eut une dernière pensée en se disant qu'il n'avait jamais connu une aussi grande plénitude.

De son côté, Eiinis resta éveillée quelques ménins avant de s'endormir à son tour. Elle était très contente de sa performance. Son plan avait fonctionné, il avait été tellement heureux à la fin de leurs ébats !

*

Si au niveau de sa vie privée tout semblait aller à merveille depuis la nuit de son retour, il en était autrement au niveau de son travail. Dès son arrivée, l'urgence avait été de tendre un piège au groupe Membelkil, responsable de la tentative d'assassinat contre lui ; il leur avait appliqué le terrible châtiment du tarxoï. Après d'autres tâches importantes à régler, il avait convoqué Marür. Cela faisait environ huit jours qu'il avait retrouvé son fidèle capitaine et il n'avait pas eu encore le temps de vraiment s'entretenir avec lui.

Ce dernier arriva en milieu de matinée. C'est Lahär qui le reçut avant de le faire entrer dans son bureau.

— Bonjour, mon ami.

— Bonjour, Däg-Chem.

— Je t'ai fait venir, car j'ai une très bonne nouvelle à t'annoncer.

Comme d'habitude, Zoltanör alla directement à l'essentiel.

— Mais, avant de t'en parler, dis-moi comment se passe ton jemva ? s'enquit-il avec sollicitude.

— Très bien, même si je n'ai pas vraiment eu de permission.

— J'en suis désolé pour toi, mais comme tu l'as vu, nous avons dû gérer des urgences dès notre retour de campagne.

Marür inclina brièvement la tête en signe d'assentiment.

Zoltanör scruta attentivement son visage. Il ne s'était pas trompé quelques jours plus tôt. Il avait changé. Le petit air farouche qui persistait dans ses yeux, depuis plusieurs lanns, s'était transformé en une certaine douceur. Il était curieux de rencontrer la femme qui était à l'origine de cette évolution. Très vite, il se demanda si lui-même subissait la même chose. Il ne l'espérait pas, il ne souhaitait pas avoir l'air d'un jouvenceau.

— J'ai décidé de te libérer de mon service !

Marür resta sans voix.

Son esprit formula un pourquoi qu'il entendit nettement dans la pièce.

— Pourquoi ? demanda Zoltanör surpris.

— Pourquoi ? répéta Marür hébété. En quoi vous ai-je déplu, Däg-Chem ? interrogea-t-il d'une voix choquée.

— Je pensais que tu serais plutôt content. Tu viens de prendre une épouse et tu dois prendre soin de construire une famille, il me semble !

Marür observa attentivement son supérieur. Il y avait encore peu, c'était une machine de guerre sans états d'âme. Et maintenant, il prenait en compte le bien-être de son capitaine. Il ne savait pas quoi penser de tout cela. Devait-il s'en réjouir ou refuser sa proposition ? Marür n'était pas vraiment convaincu. Ce fut pourquoi, après une légère hésitation, il déclara avec fermeté :

— Je ne souhaite pas être relevé de mon poste, Däg-Chem !

— Comment ? Je te rappelle que le service auprès de ma personne nécessite d'être en permanence à mes côtés jour et nuit, dit Zoltanör d'une voix sèche.

Après un court silence, Zoltanör reprit d'une voix plus aimable.

— Crois-moi, Marür, c'est un très beau cadeau que je te fais pour ton jemva.

Marür commençait enfin à accepter la fin de cinq lanns de service auprès de son Däg-Chem. Qu'allait-il faire désormais ?

— Puis-je vous demander, Commandant suprême, quel soldat avez-vous choisi pour me remplacer ? chercha-t-il à savoir d'une voix affectée. Il avait encore du mal à approuver cette décision.

— Lahär, bien sûr ! Comme tu l'avais prédit, il t'a admirablement remplacé, répondit-il d'un ton satisfait.

Marür était soulagé. Il laissait son Däg-Chem en de bonnes mains.

— Puis-je connaître ma prochaine affectation ?

Zoltanör scrutait le visage d'une grande honnêteté avant de répondre.

— Je t'offre une promotion. Tu commanderas l'un des férils dans l'armée des Terres Noires. Je veux avoir mon plus fidèle soldat parmi nos nouveaux alliés. Qu'en dis-tu ?

Marür se leva de sa chaise, mit un genou au sol et récita son serment de fidélité, bouleversé par l'immense confiance que lui faisait son chef. Puis, il se releva et dit :

— Ce sera un honneur que de vous obéir, Däg-Chem.

Zoltanör était heureux de récompenser son fidèle capitaine.

— Pour le moment, je souhaite garder la nouvelle secrète.

— Oui, Däg-Chem, acquiesça-t-il très ému.

Le jour même, il démarra les préparatifs pour la prochaine étape du Shakkar en attendant l'arrivée de leur nouvel allié.

*

Concernant sa vie privée, depuis leurs retrouvailles, Eiinis et lui étaient tombés dans une certaine routine : Zoltanör s'éclipsait tôt le matin pendant que son épouse dormait encore. Cette dernière s'occupait comme elle le pouvait, les jours se ressemblant sans fin. Puis, ils se retrouvaient pour la prière du soir, ensuite ils mangeaient ensemble et priaient encore avant de se coucher pour s'adonner à des ébats sexuels. Zoltanör n'était toujours pas lassé de son épouse. Et malgré son ventre qui s'arrondissait de sema en sema, il la désirait toujours autant. De plus, depuis son retour de la conquête du nord, Eiinis semblait apprécier dorénavant leurs rapports charnels. Elle ne prononçait aucun mot. En revanche, ses gémissements étaient très explicites. Un soir, environ à six misas de grossesse, elle n'arrivait pas à dormir. Le bébé n'arrêtait pas de bouger. Elle se leva pour tenter de le calmer en marchant. Elle essayait de refouler tout souvenir de ses deux premières grossesses qui lui procurait inévitablement un immense chagrin et d'oublier le responsable de cette tragédie, car sa stratégie portait indéniablement ses fruits. Soudain, au milieu de ses réflexions, elle eut le souffle presque coupé ;

elle était courbée en deux comme une vieille femme en proie à une violente douleur.

Sans s'en rendre compte, elle avait poussé un petit cri. Aussitôt, deux bras robustes l'enveloppèrent pour la déposer sur le lit qu'elle venait de quitter quelques instants plus tôt. Zoltanör regarda son épouse avec une certaine douceur, chose rare sur le visage de ce guerrier impitoyable. Eiinis le regardait avec des yeux pleins de reproches non formulés. Ému par sa souffrance évidente, Zoltanör s'assit dans le lit, la calant devant lui pour lui servir de dossier. Ses mains remontèrent sous le léger voile de sa chemise de nuit, caressant doucement son ventre tendu. Il lui murmurait à l'oreille des mots incompréhensibles. Et peu à peu, elle tomba dans une certaine somnolence, puis elle s'endormit dans ses bras. Zoltanör se dégagea tout doucement et l'allongea directement sur le lit. Il la regardait à la lueur du grand feu qu'il avait rallumé dans la cheminée. Son visage laissait apparaître une douceur qu'elle réprimait, éveillée ; sa poitrine généreuse évidemment s'était alourdie encore plus, ses jambes fuselées s'étaient un peu épaissies et sa peau ainsi que ses cheveux étaient devenus plus lumineux. Un désir irrépressible monta en lui. Il alla s'allonger contre elle et la réveilla doucement par des caresses de plus en plus hardies. Puis, quand elle fut tout à fait réveillée, il la prit sur le côté aussi doucement qu'il le put pour ne pas la fatiguer. Quand il sentit la libération de la tension de son sexe, il enfouit son visage dans ses cheveux blond argenté au moment de la jouissance. Puis, il l'embrassa sur le haut de son crâne avant de s'endormir en la serrant très fort.

Depuis cette nuit placée sous le signe de la douceur et de la sensualité, leurs relations avaient nettement évolué. La prisonnière rebelle s'était transformée en une épouse docile qui partageait avec son époux l'attente, avec une certaine hâte, de l'arrivée de leur enfant. Eiinis laissait Zoltanör prendre soin d'elle tout naturellement. En effet, il l'aidait régulièrement à dormir en lui massant le dos ou en lui caressant doucement le ventre ou la tête, laissant alors couler ses doigts le long de sa chevelure magnifique. Son ancien époux n'avait jamais été aussi prévenant lors de ses grossesses, pour la simple raison qu'il ne l'avait jamais approchée pendant cette période. Les époux devenaient de plus en plus proches.

Désormais, Zoltanör conversait avec sa femme avant de faire l'amour. Il lui posait des questions sur son enfance, mais pour le moment, il ne l'interrogeait jamais sur sa vie à Akméra, ne souhaitant pas raviver des souvenirs douloureux pour tous les deux. Ils avaient instauré un statu quo qui semblait leur convenir pour le moment. Un matin, pendant que Zoltanör prenait son bain, Eiinis se réveilla sous une douleur atroce. Elle tenta de se lever, mais elle en était incapable. Sa respiration était intermittente. Elle savait que son époux ne tarderait pas, alors elle essayait de ne pas paniquer. Quand Zoltanör arriva dans la chambre avec un grand sourire aux lèvres, ce dernier disparut immédiatement à la vue de son épouse qui se tordait de douleur dans leur couche. Sans bouger, il appela dans une tonalité proche de son cri de guerre sur le champ de bataille, avant de se précipiter vers sa femme. Il souleva la tête d'Eiinis qu'il plaça sur ses genoux. Puis, il caressa ses cheveux en lui murmurant des mots doux comme il avait appris à le faire ces dernières misas.

Un son sec se fit entendre à la porte.

— Entrez !

Un soldat entra.

— Oui, Däg-Chem ? formula-t-il, hésitant.

— Le médecin. Vite ! hurla le futur père.

Une petite troupe arriva très vite. Le médecin était accompagné de trois femmes que Zoltanör n'avait jamais vues. Il ausculta rapidement la patiente, puis il se leva en essayant de détacher les bras de Zoltanör de son épouse.

— Mon seigneur, veuillez nous laisser maintenant, insista le médecin, sans obtenir la moindre coopération.

Le médecin ne savait pas quoi faire, car tant que l'époux était présent, il ne pourrait travailler convenablement. Il appela discrètement un soldat lui demandant d'aller chercher son capitaine. Lahär arriva en courant ; il revenait de l'autre bout de la demeure. Il comprit rapidement le problème. Il réussit ce que n'avait pas pu faire le praticien, escorter son Däg-Chem hors de la chambre à coucher, s'empressant ainsi de mettre le plus de distance possible avant d'entendre les premiers cris de la future mère. Il se souvenait bien de ceux de sa propre mère, car il faisait partie d'une grande fratrie dont il était l'aîné.

Arrivé dans la salle des repas, il versa un grand verre de liekel à son supérieur qui le but d'un trait. Pendant ce temps-là, il demanda à un soldat d'aller chercher Marür. Il ne serait pas de trop pour l'aider à garder leur Däg-Chem éloigné de la couche de son épouse.

Après une attente interminable pendant laquelle Lahär avait fait plus d'une fois un rempart de son corps, empêchant ainsi son commandant suprême de se précipiter dans sa chambre, il fut soulagé de voir enfin Marür.

— Däg-Chem, dit-il en guise de salut.

Ce dernier lui répondit en marmonnant un mot incompréhensible.

— Je propose un petit entraînement en attendant que votre fils vienne au monde.

Un grognement lui répondit.

— J'ai beaucoup progressé sur les Terres Noires et je suis certain de réussir à vous battre désormais.

De nouveau, un grognement se fit entendre.

— Il me semble qu'un Sarkinis ne refuse jamais un défi ! dit Marür en faisant preuve de beaucoup de hardiesse.

Zoltanör le regarda enfin bien en face.

— Viens donc prendre ta raclée si tu le souhaites, petit, dit-il, énervé, employant le terme utilisé autrefois quand il formait son élève.

Lahär suivit les deux hommes dans la salle d'entraînement.

— Quelle arme ? L'épée longue ? Allons-y !

Zoltanör avait saisi rapidement une arme au mur et, sans prévenir, avait attaqué son ancien capitaine qui eut à peine le temps de parer le coup.

Puis, pendant un temps indéfini, les deux hommes se livrèrent un combat acharné même si Marür se contentait uniquement de se défendre. Il encaissait, coup après coup, permettant à son supérieur de libérer toute la frustration qu'il percevait à chaque attaque. Épuisé par ses assauts désordonnés inhabituels, Zoltanör perdit rapidement toute énergie et soudainement s'étala de tout son long sur le sol dont le froid contrastait fortement avec la chaleur excessive de son corps. Il resta là, quelques ménins, sous les yeux ahuris de Marür et de Lahär. Enfin, il se redressa et dit calmement :

— On peut repartir. Je vais attendre des nouvelles de mon épouse sur la terrasse.

Le parfum des fleurs lui rappellerait Eiinis jusqu'à ce qu'il la serre à nouveau dans ses bras.

Après son attitude très étrange, Marür le vit prendre place sur l'un des canapés. De temps en temps, il se mettait debout et marchait de long en large, puis se rasseyait. Il ne fit plus d'esclandre. Il attendait.

Au bout d'une éternité, le médecin se présenta devant Zoltanör.

— Alors ? questionna Zoltanör d'une voix fébrile.

— Un fils !

— Et la mère ? demanda-t-il, sur un ton légèrement plus aigu.

— Bien. Très bien même. Mais…

— Mais quoi ? cria Zoltanör, d'une voix encore plus aiguë.

Le médecin l'entraîna loin de ses hommes et lui expliqua ce qui s'était passé.

Zoltanör accusa le coup. Puis, il remercia *l'Invisible* pour lui avoir donné un autre fils et pour avoir gardé sa femme saine et sauve. Quand le grand guerrier entra dans sa chambre, son épouse se reposait avec leur fils. Il fut ému par cette vision. Des sentiments sur lesquels il refusait de s'interroger tentaient de briser la barrière érigée autour de son cœur.

Toutefois, il refoula le tout. Puis, sans réveiller Eiinis, il prit son fils dans ses bras. Il était aux anges. C'était un garçon comme il l'avait prédit ! Il ressemblait déjà à sa mère avec son petit duvet blond argenté. C'était son deuxième fils au milieu des nombreuses filles nées de ses autres épouses. Cependant, le guerrier comprit inconsciemment, en posant les yeux sur la femme allongée dans le lit, que ce fils serait son préféré !

— Merci Eiinis.

Il l'embrassa sur les lèvres, puis se tourna vers son fils.

— Tu seras au service de notre peuple. Je t'appellerai donc Volkör !

Il répéta le prénom inlassablement en plongeant dans les yeux clairs, couleur saphir du bébé.

Son fils le contempla comme s'il avait reconnu son géniteur. Zoltanör sentait déjà qu'il aurait un grand destin. Il deviendrait un grand guerrier au service de *l'Invisible*. Et un jour, il prendrait sa place à la tête des Sarkinis, et bien sûr, à la tête d'Ëphÿr ! Son avenir était déjà tout tracé.

La fille

Yëwana se réveilla toute seule dans le grand lit. Machinalement, elle posa la main à la place qu'aurait dû occuper son époux. Elle sentit la fraîcheur. Marür n'avait pas dormi avec elle ! Elle fut prise d'une panique indescriptible. Marür s'était déjà lassé d'elle malgré les mots d'amour dont il l'abreuvait sans cesse. Le traître ! Elle était si concentrée en pensant aux moyens dont elle userait pour se venger qu'elle ne sentit pas tout de suite l'arrivée du félon.

— Mon amour, murmura-t-il en essayant de l'enlacer pour l'embrasser sur la bouche.

Au dernier moment, elle détourna la tête. Ses lèvres atterrirent sur sa joue mêlée de ses tresses multiples. Marür sentait que l'humeur de sa femme était morose. Avait-elle déjà le mal de son pays natal ? Ou pire, était-elle déjà lassée de lui ? Elle semblait totalement indifférente à sa présence. Il fut pris d'un terrible affolement. Depuis le début, il savait au fond de lui que tout cela était trop beau pour durer. Les dieux s'étaient-ils joués de lui ? À quelles fins ?

Un silence assourdissant s'était installé dans la chambre.

Assise dans le lit, Yëwana regardait droit devant elle avec une expression indéchiffrable. Debout, les bras ballants à côté de la couche, Marür contemplait sa femme avec un regard totalement perdu.

Le silence perdurait sans qu'aucun des deux protagonistes n'osât le rompre.

Enfin, Yëwana tourna la tête pour observer son époux, ce scélérat, avec des yeux remplis d'hostilité ! Marür fut déstabilisé par la haine qu'il perçut dans ce regard.

Que s'était-il passé ? Qu'avait-il fait ?

— Tu as passé une bonne nuit ?

— Eh, oui. Et toi ?

— Très bien, comme tu peux le voir.

— Tant mieux, j'étais un peu inquiet à vrai dire.

Il essaya de détendre l'atmosphère avec un petit sourire timide en sa direction.

— Si tu étais si angoissé, tu aurais dû venir t'en rendre compte par toi-même au lieu de m'abandonner là toute seule comme un vieux vêtement usé !

Il ne mit pas longtemps à comprendre son attitude hostile. Était-ce l'explication de tout cela ? Était-ce aussi simple ? Il n'osait le croire. Il devait obtenir la confirmation.

— Tu es en colère parce que je t'ai laissé dormir toute seule ? interrogea Marür avec hésitation.

Yëwana ne voulait pas s'humilier en répondant par l'affirmative, mais elle devait bien répondre quelque chose. Indépendamment de sa volonté, ses mots franchirent ses lèvres :

— Oui, je suis dans une rage folle, car, la nuit même de notre arrivée, tu m'abandonnes toute seule dans notre lit pour aller dormir on ne sait où, avec on ne sait qui !

Elle s'était levée prestement du lit et elle marchait maintenant en long et en large dans la pièce, fulminant à chaque pas.

Marür la regardait avec amour. Il pensait combien il l'aimait et, manifestement, elle l'aimait également. Il s'approcha d'elle pour la prendre dans ses bras, mais elle se déroba volontairement. Il essaya une nouvelle tentative qui se solda par un second échec cuisant pour le guerrier. Il changea donc de tactique.

— Je t'aime, petite folle !

Yëwana s'arrêta brusquement. Elle buta dans l'un des coffres et serait tombée si Marür ne l'avait pas rattrapée à temps.

— Comme d'habitude, votre fidèle serviteur est là pour vous servir, dit-il avec un sourire narquois en repensant au nombre de fois où elle s'était déjà retrouvée dans la même position.

Mais, Yëwana ne l'écoutait plus. Elle était restée sur son avant-dernière phrase.

— C'est vrai, tu m'aimes ? Tu m'aimes, vraiment ?

— Oui, je t'aime vraiment, mon adorée.

Marür tint avec douceur son visage en forme de diamant dans ses mains, plongea ses yeux vert doré totalement sincères dans les siens d'une extraordinaire palette de couleurs brillantes, avant de capturer ses lèvres dans un baiser d'une douceur inouïe, scellant plus qu'une promesse, un engagement ! Yëwana était totalement sous le charme, mais elle n'oublia pas pour autant le début de la querelle.

— Peux-tu me dire maintenant où tu as dormi ?

— À côté. La chambre juste à côté. Tu veux venir voir ?

Yëwana secoua la tête négativement.

— Mais, pourquoi ? Je ne comprends pas. Est-ce à cause du bébé ?

— Mais, pas du tout.

Marür lui intima l'ordre de se taire, puis l'accompagna jusqu'au petit canapé pour la faire asseoir. Il lui prit les mains qu'il enserra dans les siennes avant de parler d'une voix assurée :

— Hier, quand je suis rentré de chez le Sahrfir, tu dormais. Tu paraissais si épuisée que j'ai préféré ne pas te réveiller. De plus, notre guide m'a infligé une pénitence jusqu'à notre mariage selon nos coutumes.

— Que dois-tu faire ?

— Oh non, chère épouse. La question exacte est : que devons-nous faire tous les deux ?

Yëwana était légèrement anxieuse. Marür la rassura très vite.

— Je pense que tu ne vas pas beaucoup apprécier la pénitence vu ta réaction précédente.

Yëwana le regarda avec des yeux totalement égarés.

— Notre Sahrfir exige que nous ne partagions plus notre couche jusqu'à ta conversion et la célébration de notre mariage selon nos coutumes ! J'ai enfreint nos lois en n'attendant pas la bénédiction de notre Dieu.

Yëwana respirait enfin. Elle avait cru au pire alors que son cher amour n'y était pour rien. Au contraire, il se pliait à leurs traditions. Elle était si heureuse qu'elle s'installa à califourchon sur les cuisses de son mari et commença à l'embrasser langoureusement. Marür répondit à sa passion, caressant son dos, ses reins, ses fesses. Yëwana n'était pas en reste, elle glissa ses mains sous la tunique orange qu'il portait. Leur respiration devenait haletante. Lorsque la jeune femme se déplaça légèrement pour mieux sentir l'intensité de son désir, il fit un bond comme si on l'avait brûlé, manquant de renverser son épouse. Puis, il s'adressa à elle avec sévérité :

— Yëwana, tu dois m'aider à respecter ma parole. C'est pourquoi j'ai décidé de prendre des mesures radicales. Pendant toute cette période de pénitence, je dormirai dans la chambre voisine et je ne viendrai plus dans la nôtre, je mangerai avec le Hafir et j'éviterai au maximum les contacts avec toi. Nous devrons attendre une sema pour reprendre nos ébats amoureux. C'est compris ?

— Oui. C'est compris ! Puis-je avoir un dernier baiser ? le taquina-t-elle innocemment.

Marür s'attendait à une petite ruse de sa part. Aussi, il déposa sur ses lèvres pleines un bref baiser trop rapide pour qu'elle puisse envisager la moindre malice.

*

Une sema plus tard, on procéda à deux cérémonies. Le matin, ils se rendirent chez le Sahrfir, qui comme pour l'épouse de Zoltanör, assura la conversion d'Yëwana. Puis, pour celle de son mariage, elle fut également très brève. Seuls Zoltanör et Lahär assistèrent le jeune marié ! Ensuite, un banquet fut donné dans la soirée pour présenter la nouvelle épouse, ce serait la seule et unique fois où on la verrait en public. La demeure avait été décorée avec de nombreuses fleurs à l'entrée, dans la salle des repas et dans les chambres des invités. Marür avait commandé plusieurs tenues décentes pour son épouse.

Elle avait choisi une robe qui la couvrait entièrement, aucune partie de son corps n'était dénudée ; elle avait entouré sa tête du fameux aschë, cachant ses longues tresses. La couleur vert doré de la tenue rendait hommage à la couleur des yeux de son époux qui portait une tenue assortie. La nourriture avait été succulente ! Tout s'était bien passé et ils avaient reçu de nombreux cadeaux. Malgré sa critique acerbe sur leurs coutumes et sur la place de la femme, Yëwana s'était prêtée à la moindre règle pour ne pas embarrasser son époux. Elle voulait qu'il soit fier de la présenter à sa famille qui vint pour l'occasion ainsi qu'à ses amis, dont le fameux Lahar qu'elle appréciait déjà énormément. Quand les deux époux s'étaient éclipsés pour leur nuit de noces, ils avaient comblé leurs sens excités par un manque comparable à une grande douleur. Ils avaient touché à une plénitude encore jamais atteinte !

Depuis, Yëwana vivait avec Marür un bonheur presque parfait. Son installation dans sa nouvelle vie n'avait pas été facile. D'abord, elle avait dû se convertir au Dieu de Marür, un grand sacrifice pour une ancienne prêtresse du dieu Jawaar. Elle espérait que ce dernier lui pardonnerait ce sacrilège. Ne vivant plus sur les Terres Noires, elle pensait qu'avec cet outrage, son dieu ne donnerait aucun pouvoir à sa fille qui, de toute façon, ne deviendrait en aucun cas une Nahri, loin du peuple de sa mère ! Par ailleurs, en secret, elle espérait donner un fils à Marür. Après les premières semas, Yëwana commença à se rendre véritablement compte des coutumes rétrogrades par rapport à celles de son peuple. Quand elle était à l'intérieur de sa demeure, tout semblait à peu près normal ; elle réussit même à interdire sous son toit que les visiteurs de passage abusent des servantes, ce qui favorisa rapidement sa popularité chez la gent féminine de sa maisonnée. De même, les serviteurs masculins durent reconnaître qu'elle les traitait avec respect. Toutefois, dès qu'elle franchissait les murs de sa demeure, elle était totalement impuissante face à la réalité qu'elle constatait. Il y avait tellement d'interdits, notamment pour les femmes, qu'elle avait du mal à tenir un compte bien précis. Aussi, elle décida très vite de rester chez elle non seulement pour garder le moral, mais également pour ne prendre aucun risque pour l'enfant qu'elle attendait.

Marür et elle trouvèrent leur rythme. Le matin, son époux partait entraîner ses troupes pour la journée pendant qu'elle supervisait la tenue de la demeure. Il rentrait pour la prière de la fin de l'après-midi ; ils mangeaient tout seuls dans leurs appartements privés ou, lorsque Lahär était présent, en compagnie du Hafir de leur maison, obligeant Yëwana à porter l'aschë. Ensuite, ils priaient ensemble avant d'aller se coucher, faisant l'amour toutes les nuits malgré le ventre d'Yëwana qui s'arrondissait au fil des jours.

Son bonheur aurait pu être parfait sans la pesanteur de la société des Fils de *l'Invisible* et sans le prochain départ de son époux pour effectuer son devoir envers son Dieu : le Shakkar ! Ayant conservé la croyance dans le dieu Jawaar sans le révéler à son époux pour ne pas l'attrister, elle n'appréciait guère cette idée d'aller faire la guerre à d'autres peuples pour les obliger à abandonner leur foi ! Elle aurait préféré que leurs dirigeants tels que Ronök se convertissent en obligeant leur peuple à en faire autant. C'était pour elle la moins mauvaise des solutions. Toutefois, elle aimait tellement Marür qu'elle ne souhaitait pas qu'il se retrouvât à devoir choisir entre sa croyance en son Dieu et leur amour. Elle taisait donc ses convictions profondes. Une nuit, dans la huitième misa de sa grossesse, Yëwana fit un cauchemar affreux. Elle se vit morte, son bébé dans ses bras, une fille ! Puis, elle vit Marür couvert de sang dans un étrange paysage blanc qu'elle ne reconnaissait pas. Enfin, elle vit une jeune fille très belle à la peau de couleur bronze très sombre et des tresses recourbées avec des yeux bleus singuliers dans ce paysage mystérieux. Elle se réveilla en sueur, angoissée, la respiration haletante.

Marür, qui l'avait entendue crier, la serra très fort contre sa poitrine :

— Chut ! Chut ! Ce n'est rien. Ce n'était qu'un mauvais rêve. Rendors-toi, ma chérie ! lui dit-il en l'embrassant tendrement sur le front.

— Non, non ! Ce n'était pas un rêve ! protesta-t-elle, se dégageant avec brusquerie de son étreinte.

Elle releva la tête, les larmes coulaient le long de ses joues, en silence.

Marür fut bouleversé, car jamais il ne l'avait vue pleurer avec désespoir depuis qu'il la connaissait, même lorsqu'elle avait dû se soumettre au Nahréké !

— Écoute-moi ! Je pense que le dieu Jawaar m'a envoyé une vision, dit-elle avec tristesse.

Marür secouait sa tête de gauche à droite, signifiant par là une dénégation de son explication.

— Je croyais que les Nahris perdaient leur pouvoir dès qu'elles devenaient véritablement des femmes. Rappelle-toi, c'est ce que tu m'as dit ! Ce n'est pas possible ! affirma Marür avec assurance.

— Je ne sais pas comment, mais écoute-moi sans m'interrompre ! Dans ma vision, je mourais, notre fille dans mes bras. Oui, une fille ! Je suis désolée, mon amour. De plus, je te voyais mort également dans un paysage si étrange, mais tu semblais plus vieux que maintenant. Cela me rassure de savoir que notre fille ne grandira pas seule. D'ailleurs, je la voyais plus tard en jeune fille, très belle, avec des yeux bleus, semblant voler dans les airs. Je sentais aussi une menace oppressante. Oui, maintenant que je le dis à haute voix, j'en ai l'intime conviction. Il faudra la protéger en toutes circonstances quoiqu'il t'en coûte. Promets-le-moi, mon amour ! Promets-le-moi ! Yëwana prononça les derniers mots avec une voix brisée.

— Tu vois bien que c'est un cauchemar et non une prédiction. Tu m'as vu vieux et notre fille presque une adulte. Que veux-tu donc qu'il lui arrive ? dit Marür d'une voix rassurante.

— Je ne sais pas, mais je sens encore ce danger diffus dans l'air, même en ce moment, répondit Yëwana d'une voix égarée.

Elle effaça les traces de larmes sur ses joues.

— Promets-le-moi ! dit-elle de nouveau sur le même ton.

— Je te le promets ! répondit rapidement Marür pour la calmer.

— Sur ton Dieu ! insista-t-elle.

— Sur *Shê, l'Invisible*, affirma-t-il, après une légère hésitation, car tout cela semblait tellement irréel.

Ils restèrent alors dans un silence, chacun dans ses pensées. Yëwana était certaine de son instinct tandis que Marür ne percevait pas ce danger futur.

Puis, il la reprit dans ses bras, la serrant très fort, n'envisageant pas un avenir sans elle.

— Je t'aime, mon amour. Je ne laisserai rien de mal t'arriver. Je te protègerai toujours, prononça-t-il avec douceur.

Yëwana était à peine rassurée ; elle savait au fond de son cœur qu'elle n'avait plus beaucoup de temps à passer auprès de lui.

— Je t'aime aussi. Je t'aimerai jusqu'à mon dernier souffle.

Ils s'embrassèrent avec passion comme si c'était la dernière fois. Puis, ils firent l'amour avec la même frénésie.

Plus d'une misa après, au petit matin, Yëwana mit au monde un beau bébé. Comme elle l'avait prédit : c'était une fille ! Cependant, rien ne se déroula comme prévu. D'une grossesse facile et heureuse, on était tombé dans un accouchement dramatique. Au bout de quelques nars, on s'était rendu compte que le bébé se présentait très mal : sa tête étant à l'opposé du passage naturel pour sortir du ventre de sa mère. Yëwana souffrait atrocement, elle ne tiendrait plus longtemps. La vie de la mère et celle de l'enfant étaient en danger ; on ne pouvait en sauver qu'une. Il fallait choisir. Il fallait prendre une décision rapide. On avait consulté l'époux.

Sans hésitation, Marür ordonna de sauver sa femme malgré son impossibilité future à porter de nouveau un enfant, on avait bien insisté sur ce fait. Il savait qu'il n'aurait jamais le fils qu'il espérait, mais il aimait Yëwana plus que tout. Il ne pourrait pas vivre sans elle ! Elle lui avait appris l'amour. Mais, Yëwana, qui avait entendu la conversation, se saisit fermement de la main de Marür. Elle l'obligea en pleurs à choisir de sauver l'enfant. Il devait respecter le serment qu'il lui avait fait !

Dès qu'il avait juré, il avait su que cela lui coûterait énormément, mais il n'avait jamais imaginé que ce serait au détriment de la vie d'Yëwana. Ils s'embrassèrent longuement. Puis, on le sortit de la chambre pour tenter de sauver au moins une vie. Il se laissa faire, l'esprit totalement engourdi. Dès que l'enfant avait crié, Marür qui attendait résigné de l'autre côté de la porte en compagnie de Lahär, s'était précipité au chevet de sa femme. Elle semblait épuisée : ses traits étaient tirés, ses yeux semblaient éteints comme si la vie s'en allait doucement. Marür retenait ses larmes tout en lui caressant la joue et les mains. Il ne comprenait rien. Comment un tel bonheur avait-il pu virer en un cauchemar pareil en à peine quelques misas ? Il regardait Yëwana, son amour, avec une grande détresse ! Les larmes qu'il avait contenues jusque là coulaient lentement le long de ses joues rugueuses, il ne s'était en effet pas rasé depuis la veille. Il gardait ses mains emprisonnées dans les siennes, les baisant légèrement, essayant de lui insuffler un peu de vie tout en la regardant avec amour.

— N'oublie pas ta promesse, mon amour. Prends soin de notre fille ! Protège-la ! Je l'ai appelée Waleykya, cela signifie en bénélo « celle qui s'élève ».

— Yëwana. Ne me laisse pas ! Je t'aime, dit Marür bouleversé par la réalité que son épouse lui avait décrite une misa auparavant.

— Je serai toujours près de toi tant que tu m'aimeras. Je t'aime, mon amour, dit-elle dans un dernier souffle.

Ce furent ces derniers mots avant de s'éteindre doucement.

Il resta, là, prostré pendant un certain temps, le visage sur la poitrine de son épouse défunte jusqu'à ce qu'il entende le bébé gigoter. Il se redressa, regarda cet être fragile qui avait dérobé la vie de sa mère. Il se souvint du prénom que lui avait donné sa mère :

— Waleykya, dit-il d'une voix brisée par le chagrin.

L'enfant le regarda de ses surprenants yeux bleu intense comme si elle avait reconnu son nom.

ÉPILOGUE

Il était là, immobile dans le noir, au cœur de la caverne sombre. Il attendait encore la rematérialisation de son corps qui se ferait, il en était persuadé. Il devait être encore patient ! Sa véritable nature n'avait pas disparu tout au long de ces parans (ou lannari comme le disaient ces êtres) de solitude. Au contraire, sa soif de pouvoir s'était accrue. La transformation de son corps n'avait pas changé son esprit, un esprit dévoré par une ambition infinie. Son destin n'était-il pas d'être le détenteur du Xōrl-Tôt, le pouvoir suprême, et de régner sur les cinq mondes ? Le franchissement de la Porte Close l'avait envoyé dans le monde le plus primitif. Qu'importe, il accomplirait sa destinée !

Aussi, avait-il façonné ce monde pour y arriver. Son absence de corps lui permettait, depuis plusieurs lannas (même seul, il devait utiliser les mots de ces êtres), de prendre possession régulièrement des corps de leur guide spirituel, le Sahrfir. Lentement, patiemment, il avait implanté une idéologie dans ces esprits faibles pour les manipuler à sa guise.

Ainsi, il avait convaincu les guides successifs de trois vérités. La première, seul Lui, *l'Invisible*, était l'unique Dieu de ce monde. La deuxième, les Fils de *l'Invisible* était le peuple élu, car choisi par Dieu. La troisième, *l'Invisible*, leur Dieu, leur réservait un destin exceptionnel : le Shakkar qui transformerait leur vie à jamais. De ce noyau de religieux sans aucune envergure, il en avait fait une caste religieuse de première importance qui lui était totalement dévouée, les Fils de *l'Invisible.* Pour cela, il avait créé deux mythes fondateurs. Le premier était basé sur un lieu : Yazam. Il avait eu un éclair de génie en protégeant Yazam, l'enceinte des Fils de *l'Invisible*, et en laissant le reste de la cité, Sayâ, être pratiquement détruite lors de la *Guerre des Deux Terres*.

Son acte calculé (même s'il n'aurait pas eu la force à ce moment-là de sauver la cité entière) l'avait ancré dans les esprits comme le seul et unique Dieu. Ainsi, le prestige des Fils de *l'Invisible* s'était répandu dans tous les recoins des Terres Dorées. Le deuxième était basé sur une prophétie. Créée de toute pièce par lui, elle avait rassemblé des milliers d'êtres autour des Fils de *l'Invisible*, dont leur Dieu leur garantissait la victoire ! Le rêve, le choix d'un commandant inexpérimenté et un tissu blanc volant dans les airs comme signe de la volonté divine avaient été un plan dont il était extrêmement fier ; cela avait abouti à la victoire de la *Bannière blanche*. Ainsi, son armée avait vu le jour quelques lanns plus tard : les Sarkinis.

Tapi dans son antre, sous les fondations de Yazam, la Petite, il se félicitait des évènements récents. Aujourd'hui, son armée avait achevé la première étape de la mission qu'il lui avait assignée : le Shakkar. Il respira lentement savourant cet instant qui en annonçait d'autres encore meilleurs. Un sentiment de plénitude total envahi son corps mi-énergie et mi-physique. En effet, ces derniers temps, il arrivait à matérialiser son corps pendant quelques ménins. Il avait eu raison d'y croire. C'était encore une question de temps.

Et tant qu'il ne récupérerait pas tout à fait son corps, il devrait encore passer par ses intermédiaires : le religieux et le soldat pour achever son œuvre dans ce monde, la première étape vers le Xōrl-Tôt.

Une inquiétude soudaine vint s'insinuer dans son esprit. Il pensa soudainement au Dargynn. Qu'était-il devenu ? Avait-il péri dans le franchissement de la Porte Close ? Ou, était-il comme lui arrivé dans un monde qu'il n'avait pas choisi ? Non, c'était impossible le franchissement sans le Rân-el-Feÿ.

Il se persuada qu'il était le seul être de son espèce dans ce monde. Sinon…

Lexique

I-

Ménin (un) : une minute

Le Däg-Chem : le commandant suprême des Fils de l›*Invisible*

Les Sarkinis : les soldats de l'armée des Fils de l'*Invisible*

Mab (un) : un mètre

Maba (une) : une centaine de mètres

Lann (une) : une année

Les Terres Dorées : l'une des quatre terres connues située à l'est de ce monde sur laquelle vivent les Sarkinis et d'autres peuples rivaux

Melkamat : Que cela s'accomplisse !

Nagor (un) : un canon d'une portée maximale de 4 mabas

Les Batürs : un peuple vivant au nord-ouest des Terres Dorées

Chirmaï (la) : une poudre explosive dont l'ingrédient principal provient des Terres Neuves

Les Şadhans : un peuple vivant au nord des Terres Dorées

Sema (une) : une semaine

Ĕphÿr : Le monde

Les Grands Hurlants : les courants marins entre les Terres Libres, la Terre des Chefs et les Terres Neuves

Les Terres Neuves : quatrième terre située au sud-ouest de ce monde, appelée autrefois les Terres Rouges

Le guetteur-délivreur : celui en charge des codes de transmission sur le terrain lors des opérations militaires

Les Fils de l'*Invisible* : une secte religieuse fanatique ayant pour croyance l'Invisible comme le seul et l'unique Dieu

Hegâ (le) : la phrase symbolique des Sarkinis pour aller au combat

Doron (un) : une seconde

Ruanok (un) : une sorte d'éléphant mais plus compact et moins grand qu›on trouve principalement sur les Terres Neuves

Nar (une) : une heure

Romöl (un) : un genre de loup qu›on trouve aussi bien sur les Terres Dorées que sur la Terre des Chefs

Aschë (un) : un genre de voile cachant le visage et les cheveux des femmes des Terres Dorées, laissant apparaître uniquement leurs yeux

Shakkar (le) : la guerre sainte des Fils de l'*Invisible*

II-

Sahrfir (le) : le guide suprême des Fils de *l'Invisible*

Hafir (un) : une sorte de prêtre de l'*Invisible*

Yazam : l'enceinte sacrée des Fils de l›*Invisible* à l'intérieur de Sayä, la cité des Sahrs

Liekel (le) : une boisson non fermentée autorisée aux Sarkinis

Calir (un) : un grand morceau de tissu dans lequel s'enveloppent les hommes de condition modeste sur les Terres Dorées

Huroa (un) : une sorte d'arbre du Ténéré mais plus gros et plus haut qu'on trouve uniquement sur les Terres Dorées

Argan (un) : l'habitation d'un arg chez les Harkinis

Arg (un) : un seigneur d'un argatal chez les Harkinis c'est-à-dire un chef

Argatal (un) : le territoire conquis par un arg chez les Harkinis

Arg-Chem (l') : le Grand seigneur des Harkinis

La Petite Tiède : la mer séparant les Terres Dorées des Terres Libres

Misa (une) : un mois

Nelaj (un) : la tunique longue des prêtres de l'*Invisible* (jaune pâle pour les Hafirs et jaune foncé pour le Sahrfir puis avec les Sarkinis, respectivement orange pâle et orange brillant)

Yori : Gloire à Dieu

III-

Lëhama (la Lumière foudroyante) : la période qui a suivi la victoire de la *Bannière blanche*, entraînant de grands bouleversements sur toutes les terres (y compris des changements de noms) excepté sur les Terres Dorées

Les Terres Blanches : l'ancien nom des Terres Libres situées au centre de ce monde

La Guerre des Deux Terres : elle opposa les Heldans des Terres Blanches (actuelles Terres Libres) aux Tanhoïs des Terres Dorées ainsi que leurs alliés respectifs pour les richesses des Terres Rouges (actuelles Terres Neuves)

Volchoïs (les) : les crieurs professionnels qui annoncent les nouvelles publiques

Teymir : le printemps sur les Terres Dorées

Jemva (le) : les noces sur les Terres Dorées

Lecmab (un) : un millimètre

IV-

Les Karus : peuple habitant à l'est des Terres Libres

Le pays de Narmala : le monde des rêves sur les Terres Libres

Balam (un) : un lourd manteau en lainage sans manche sur les Terres Libres

Nemgar (le) : un cercle restreint de 4 personnes représentant les quatre peuples des Terres Libres

Valmen (le) : le voyage de noces sur les Terres Libres

Ërer (un) : un aristocrate sur les Terres Libres avant la victoire de la *Bannière blanche*

Le Couloir Tiède : le petit bras de mer qui sépare le territoire des Nésenets de celui des Karus

Les Heldans : peuple vivant au sud des Terres Libres

Mabari (un) : une centaine de kilomètres

Gemen (un) : le mariage sur les Terres Libres

Ragnak (un) : l'habitation d'un seigneur chez les Irhyns

Le Ragmär : le Chef élu de tous les seigneurs des Irhyns

La Grande Vision : l'époque de la grande expansion pour les Terres Libres ayant abouti à la découverte des Terres Rouges (actuelles Terres Neuves)

Numen (la) : la nuit de noces

Benvir (le) : une boisson fermentée qui engourdit l'esprit des moins résistants mais dont raffolent les guerriers des Terres Libres pour son goût sucré

Yal (un) : un kilomètre marin

La Terre des Chefs : le nouveau nom des Terres Noires ; elle est située au sud des Terres Dorées

Lanna (une) : une centaine d'années

Rag (un) : le territoire d'un seigneur Irhyn

V -

Wäleyr : le Jour de la destinée juste des Terres Neuves

Nesmi (une) : une fleur délicate de couleur cuivrée poussant uniquement dans les contreforts de la chaîne des Fières montagnes au centre des Terres Neuves

Bomin (un) : un fruit violet juteux sucré se ramassant dans les arbres sur les Terres Neuves

Lün : L'été sur les Terres Neuves

Picnis (un) : un petit oiseau multicolore qu›on trouve uniquement sur les Terres Neuves

Sekker (le) : une milice armée pour assurer la sécurité sur les Terres Neuves

Rekkin (le) : le service obligatoire de l'armée pour les jeunes pendant cinq lann sur les Terres Neuves

Délénis : la plus grande cité des Terres Neuves située en son centre

Les Fières montagnes : montagnes situées au sud de Délénis

La forêt Rouge : forêt située entre Délénis et les Fières montagnes

Le fleuve Escalier : fleuve qui traverse les Terres Neuves en son milieu coulant du sud au nord

Pelmaris : la deuxième plus grande cité des Terres Neuves située sur la côte au nord-est

Lannari (un) : des milliers d›années

Minsis (des) : des apéritifs sur les Terres Neuves

La mer des Chagrins : la mer séparant les Terres Libres, les Terres Neuves et la Terre des Chefs

Céol (un) : une petite carriole légère tirée par deux chevaux sur les Terres Neuves

Aséycall (l') : le bâtiment hébergeant les sessions de l'Assemblée de Représentants Élus sur les Terres Neuves

Viguerem (un) : la personne s›assurant de l›identité des personnes (Représentants Élus et de leur expert) avant leur entrée dans la salle des débats

Layerr (le) : une petite tribune, placée en hauteur, où s›expriment les interlocuteurs qui le désirent à tour de rôle dans l›Aséycall

VI-

Les monts Gracieux : les montagnes au centre des Terres Libres
Les Hautes Lames : des cascades meurtrières au centre des Terres Libres

Le Bras ami : un passage aménagé sur le fleuve Vertueux séparant la Terre des Irhyns de celle des Karus

Le fleuve Vertueux : le plus long fleuve des Terres Libres

Lër : mois dont les journées sont les plus longues sur les Terres Libres

Rayymer : l'un des deux plus grands ports des Terres Libres, situé à côté du domaine de Dolfir

Mabapé (un) : un kilomètre

Parmen (le) : le bâtiment où siège l'Assemblée des Représentants

Parlen (le) : l'endroit où l'orateur s'exprime lors de l'Assemblée des Représentants

VII-

Dirmi (le) : le deuil sur les Terres Dorées

Stépir (un) : un petit fouet domestique pour corriger les femmes sur les Terres Dorées

Clari (le) : une sorte de gong pour annoncer les prières chez les Fils de l'*Invisible*

VIII-

Le fleuve Paresseux : il prend sa source dans le territoire des Sahrs, traverse celui des Nésenets pour se jeter dans le lac Galorn (territoire des Tanhoïs)

Feril (un) : une phalange de l'armée équivalent à 1000 hommes (il y en a dix)

Naril (un) : une colonne de feril équivalent à 100 hommes (il y en a dix)

Guelfoï (un) : un messager pour exiger la reddition de l'ennemi

Le fleuve Infernal : le fleuve qui part du lac Galorn pour se jeter dans les Terrasses dansantes

Les Terrasses Dansantes : des rapides extrêmement dangereux séparant les Terres Dorées de la Terre des Chefs

Les Omeyri : les jardins paradisiaques des Sarkinis, là où les combattants vivent éternellement

IX-

La Douce Chantante : les récifs qu'on trouve au sud-ouest des Terres Dorées

Bénélo (le) : l'une des principales langues sur la Terre des Chefs

Mayntou (le) : le sage à la fois guérisseur et voyant dans les clans de la Terre des Chefs

Lagdo : la cité du peuple des Tembas sur la Terre des Chefs

Jawaar : l'un des principaux dieux de la Terre des Chefs

Nahri (la) : La prêtresse du dieu Jawaar chez les Nagudas sur la Terre des Chefs ; elle a le don de prédire l'avenir

Boma : le printemps sur la Terre des Chefs

Termilla : la fête des récoltes sur la Terre des Chefs

X -

Necmab (un) : un centimètre

La Grande Calme : la mer séparant les Terres Neuves de la Terre des Chefs

Yadana : la langue principale sur toutes les Terres Neuves

Les plaines Malicieuses : alternance entre petites collines de sable, tempêtes de sable, sables mouvants… au sud d'Akméra

Le Petit fleuve : affluent du fleuve Paresseux coulant au nord des monts du Chaos

Les monts en Arc : au nord du territoire des Tanhoïs

Les Oreilles de Shê : un ensemble de grottes au Nord de Yazam, la Grande

Membelkil : les hommes de la vengeance mortelle

XI-

Grand fleuve (le) : le fleuve central, le plus long, de la Terre des Chefs

Nayi nze'nenga dakossa : je suis de retour à la maison

Nahri dakossa : La Nahri est de retour

Laréké : la cité des Nagudas

Nahréké (le) : l'épreuve de la justice divine

Mewar (un) : l'animal consacré au dieu Jawaar pour rendre la justice divine

Kobombe : le vainqueur

Jawaar Ménane zemi Marür Kobombe : l›épreuve du dieu Jawaar a désigné Marür comme le vainqueur

Misimba : Merci en bénélo

XII-

Bêchyar (le) : l'ancienne terrasse du palais royal de Sayâ devenue la grande terrasse de la demeure du Sahrfir

Les monts du Chaos : lieu de résidence de nombreuses tornades, se situant à l'Est d'Akméra

Le fleuve Fourchu : le fleuve desservant la cité d'Oraya, au nord-est de la cité de Nahmara sur les Terres Dorées

XIII-

Lébéna : Non en bénélo

Bésimi : Oui en bénélo

Le Néré : le Premier Chef (le chef de tous les chefs) des Terres Noires

Remerciements

Tout d'abord, je souhaite remercier ceux qui me portent toujours dans mes projets. Je les appelle mes soutiens inconditionnels : Hervé, mon mari, Patricia, ma sœur et Myriam, ma meilleure amie.

Je remercie aussi Jayson, mon fils, Rose-Madeleine, la fille de Myriam ainsi que Lionel, les lecteurs des premières pages qui m'ont encouragée à continuer à écrire cette histoire. Je salue Rose-Madeleine pour la première carte d'Ĕphÿr.

Je remercie également Christian, mon beau-frère et Quentin, mon neveu, les lecteurs de la première version du manuscrit achevé. Leurs remarques m'ont beaucoup aidée à améliorer mon travail. De même que deux jeunes femmes très charmantes habitant le sud de la France m'ont donné des conseils très pertinents pour progresser dans mon écriture. J'y associe aussi Florence, mon ancienne responsable, qui m'a poussée à retoucher mon travail.

La longue et fastidieuse tâche de relecture a été réalisée par Ranya que je remercie encore. Elle y a consacré un temps considérable. Ses corrections judicieuses tant sur le fond que sur la forme ont grandement contribué à relever le niveau du manuscrit.

Enfin, je remercie Wolking pour sa patte finale en identifiant divers éléments de langage et pour ses encouragements.

Je vous remercie tous encore profondément. Et je pourrais le faire un million de fois, car sans vous ce livre n'aurait pas la même qualité.

Imprimé : La plume céleste - Europe - Mai 2021
ISBN : 978-2-956-36871-7
Dépôt légal : Octobre 2017

***

Composition et mise en pages
Marilyn De Nilsen - La plume Céleste
www.marilyndenilsen.com